화재의 색

화재의 색

피에르 르메트르 장편소설

임호경 옮김

이 책은 실로 꿰매어 제본하는 정통적인 사철 방식으로 만들어졌습니다.
사철 방식으로 제본된 책은 오랫동안 보관해도 손상되지 않습니다.

파스칼린에게,

그리고 사랑하는 미카엘에게.

차례

1927년~1929년

모든 점을 고려해 볼 때, 세상에는 선인도 악인도,
정직한 사람도 사기꾼도, 양도 늑대도 없다.
다만 처벌받은 사람과 처벌받지 않은 사람이 존재할 뿐이다.
― 야코프 바서만

1

마르셀 페리쿠르의 장례식은 어수선하게 진행되다가 완전히 혼란스럽게 끝났지만, 적어도 시작만큼은 정시에 이루어졌다. 쿠르셀 대로는 아침부터 교통이 통제되었다. 공화국 근위대가 내정에 모여 약음으로 악기들을 조율하는 가운데, 자동차들은 각국 대사, 국회 의원, 장성, 외국 사절 등을 보도 위로 쏟아 냈고, 도착한 조문객들은 엄숙한 얼굴로 인사를 나누었다. 한림원 회원들은 현관 층계를 온통 뒤덮은, 고인의 이니셜이 새겨진 은술 달린 대형 천개 아래를 지나, 운구를 기다리는 군중의 질서 유지 임무를 맡은 장례식 집례자의 조용한 지시에 따랐다. 사람들 가운데는 알려진 얼굴이 많았다. 이 정도 중요성을 지닌 장례식은 어떤 공작 가문의 결혼식이나 뤼시앵 를롱 컬렉션 발표회와 같아, 어느 정도 지위를 가진 사람이라면 얼굴을 비치지 않을 수 없었다.

부친의 사망으로 큰 충격을 받았음에도, 마들렌은 여기저기 돌아다니며 세세한 점들까지 놓치지 않고 조용히 지시를 내리는 등 조신하면서도 유능한 모습을 보였다. 특히나 공화국 대통령이 〈내 친구 페리쿠르〉의 유해 앞에서 묵념하기 위해 직접 방문하겠다고 알려 와, 그녀는 더욱 신경을 쓰고 있었다. 대통령이 방문을 예고함에 따라 모든 게 힘들어졌으니, 이는 공화정의 의전이 왕정의 의전 못지않게 까다롭기 때문이었다. 보안을 책임진 공무원들과 의전 담당자들이 들이닥친 페리쿠르가 저택에서 사람들은 잠시도 쉴 틈이 없었다. 또한 장관, 자문관, 추종자 들도 새카맣게 밀려들었다. 국가 원수는 그것의 움직임 덕분에 먹고사는 새들을 구름처럼 몰고 다니는 일종의 어선과도 같았다.

예정된 시간에, 마들렌은 검정 장갑을 긴 두 손을 얌전히 앞으로 모은 자세로 현관 층계 위에 서 있었다.

자동차가 도착하자 주위가 갑자기 조용해졌다. 차에서 내린 대통령은 계단을 걸어 올라가서 잠시 마들렌을 말없이 포옹했다. 큰 슬픔은 말이 없는 법이다. 그런 다음, 그는 우아하고도 체념 어린 손짓으로 그녀가 먼저 영안실로 향할 것을 청했다.

대통령의 참석은 단지 작고한 은행가에 대한 우정의 표시만이 아니라, 하나의 상징이기도 했다. 마르셀 페리쿠르와 함께 〈프랑스 경제의 한 상징이 사라지다〉라고 일간지들은 이번에도 절도 있게 제목을 뽑았다. 반면 〈그는 아들 에두아르의 비극적인 자살이 있은 지 7년을 채우지 못하고 세상을 떠났다……〉라고 논평한 신문들도 있었다. 어쨌거나 상관없었다. 마르셀 페리쿠르는 이 나라 금융계의 중심인물이었으며, 그의 서거는 이 1930년대가 다소 어두운 전망 속에 시작되고 있기에 더욱 불안한 어떤 시대적 변화를 나타낸다고, 모두가 어렴풋이 느끼고 있었다. 제1차 세계 대전에 뒤이은 경제 위기는 물러갈 줄을 몰랐다. 또 정치가들은 패전국인 독일에 그들이 파괴한 모든 것에 대한 보상을 한 푼도 남김없이 받아 내겠다고 가슴에 손을 얹고 약속하고 또 맹세했지만, 나타난 사실들은 그렇지 않았다. 곧 주택을 다시 짓고, 도로를 다시 뚫고, 상이용사들에게 보상금을 지불하고, 모두에게 연금을 지급하고, 일자리를 창출할 것이니, 한마디로 이 나라는 과거 상태로 — 아니, 전쟁에서 이겼기 때문에 과거보다 더 나은 상태로 — 돌아갈 것이니, 기다려 달라는 말을 들은 사람들은 이미 오래전에 체념했다. 그런 기적은 결코 일어나지 않을 것이고, 이제 이 나라 사람들은 각자 스스로 헤쳐 나가야 할 터였다.

마르셀 페리쿠르는 바로 이 이전의 프랑스, 그러니까 훌륭한 가장처럼 경제를 잘 이끌어 온 프랑스를 대표하는 인물 중 하나였다. 사람들은 자신들이 공동묘지에 데려가려는 것이 유력한 프랑스 은행가인지, 아니면 그가 체현하는 지나간 시대인지 정확히 구분할 수 없었다.

영안실에서 마들렌은 아버지의 얼굴을 오랫동안 들여다보았다. 몇 달 전부터는 늙어 가는 것이 그의 주된 활동이었다. 그는 이렇게 말하곤 했다. 〈난 나를 끊임없이 감시해야 해. 내가 늙은이 냄새를 풍길까 봐, 할 말을 잊어버릴까 봐 걱정되거든. 누군가를 주책없이 방해할까 봐, 혼자 중얼거리는 모습을 남에게 들킬까 봐 겁난단 말이야. 난 항상 나 자신을 염탐하고 있지. 늙는다는 것은 정말이지 너무나 피곤한 일이야…….〉

마들렌은 옷장 속에서 그의 정장 중 가장 최근의 것과 깨끗하게 다림질한 셔츠 한 벌, 그리고 완벽하게 왁스 칠한 구두 한 켤레를 발견했다. 모든 게 준비되어 있었다.

전날 페리쿠르 씨는 딸과 손자, 그러니까 귀여운 얼굴과 창백한 피부와 수줍은 성격을 지니고 말을 더듬는 일곱 살배기 사내아이 폴과 함께 저녁 식사를 했다. 하지만 여느 저녁과 달리 손자에게 그가 공부를 얼마나 잘했는지, 하루를 어떻게 보냈는지 묻지 않았고, 중단되었던 체스 게임을 이어서 하자고 제안하지도 않았다. 그는 상념에 잠겨 있었다. 그렇지만 불안한 기색은 아니었고, 어떤 몽상에 잠긴 것처럼 보이기까지 했는데, 이는 그의 평소 모습이 아니었다. 그는 음식에도 거의 손을 대지 않았고, 다만 자신이 거기 있음을 보여 주려는 듯 간간이 미소만 지을 뿐이었다. 그러더니 식사가 너무 길게 느껴졌던지 냅킨을 접고는, 난 그만 올라가 봐야겠다, 너희끼리 식사를 마저 하거라, 라고 말하고는 잠시 폴의 머리를 꽉 잡아 준 다음, 잘들 자거라, 라고 말했다. 그는 종종 통증을 호소했지만, 이때만큼은 아주 유연한 걸음으로 층계로 향했다. 평소에는 〈자, 애들아, 말썽부리지 말고!〉라고 말한 뒤 식당을 떠나곤 했지만, 이날 저녁에는 이 말을 하는 것도 잊었다. 그러고는 다음 날 세상을 떠났다.

페리쿠르가 저택의 내정에서 마의 입힌 말 두 필이 끄는 운구차가 천천히 나오는 가운데, 집례자는 가족과 지인들을 한데 모으고, 의전에 따라 사람들을 각자 위치에 서게 했다. 마들렌과 공화국 대통령은 커다란 은십자가 번쩍이는 참나무 관에 시선을 박은 채 나란히 서 있었다.

마들렌은 몸을 파르르 떨었다. 몇 달 전, 자신은 과연 올바른 선택을 한 것일까?

그녀는 독신이었다. 보다 정확히는 이혼한 몸이었지만, 이 시대에는 그게 그거였다. 그녀의 전남편 앙리 도네프라델은 세상을 떠들썩하게 만든 재판 이후 교도소에 웅크리고 있었다. 하지만 딸이 남자 없이 홀몸으로 지내는 이런 상황이, 미래를 생각하는 아버지로서는 걱정되지 않을 수 없었다. 그는 이렇게 말하곤 했다. 〈그 나이에는 재혼해야 해! 수많은 회사와 이해관계를 맺고 있는 은행은 여자가 할 일이 아니라고!〉 마들렌도 이 말에 동의했지만, 한 가지 조건이 있었다. 좋아요, 남편을 갖는 것까지는 받아들일 수 있어요. 하지만 남자는, 앙리 하나 경험한 걸로 충분하기 때문에 사양하겠어요. 결혼은 뭐, 그렇다 쳐도, 동침은 기대하시면 안 돼요……. 본인은 극구 부인했지만, 그녀는 앙리와의 첫 번째 결혼에 상당한 기대를 걸었었다. 하지만 그 결혼은 엉망으로 끝났고, 이제 그녀의 입장은 확고했다. 경우에 따라 배우자를 얻을 수는 있지만, 그 이상은 아무것도 원치 않았다. 특히 더는 아이를 가질 생각이 전혀 없었다. 그녀의 행복을 위해서는 폴 하나로 충분했던 것이다. 이것은 마르셀 페리쿠르의 살날이 얼마 남지 않았다는 걸 모두가 느끼게 된 지난해 가을의 일이었다. 당시 그는 신중을 기하기위해 뭔가 조치를 취할 필요가 있다고 여겼는데, 그 이유는 그의 손자, 맏더듬이 폴이 이 가족 기업의 조타수 위치에 오르려면 아직 여러 해가 남아 있었기 때문이다. 게다가 그 승계가 제대로 이루어질지도 의문이었다. 어린 폴은 단어를 내뱉는 것조차 힘들어했고, 대부분의 경우 너무 어려워 말하는 것을 아예 포기해 버리곤 했다. 이런 아이한테 기업 총수 운운한다는 것은…….

이때 페리쿠르 은행의 권한 대행이요, 자녀가 없는 홀아비 귀스타브 주베르가 마들렌의 이상적인 결혼 상대로 떠올랐다. 나이는 50대이고, 검소하고, 성실하고, 철저하고, 자제력 있고, 항상 앞날을 생각하는 성격인 그에게는 취미가 딱 하나 있었으니, 그것은 바로 기계, 구체적으로는 자동차(그는 브누아를 혐오하고 샤라벨을 너무나 좋아했다)와 비행기(블레리오를 끔찍이 싫어하고 도라를 숭배했다)였다.

페리쿠르 씨는 이 방안을 적극적으로 추진했다. 마들렌은 받아들였지만, 당사자에게는 이렇게 경고했다.

〈귀스타브, 이건 분명히 해둬요. 당신은 남자니까 그걸…… 하시더라도 뭐라고 하지 않겠어요. 내가 지금 무슨 말 하는지 알 거예요. 하지만 그걸 하려면 사람들 모르게 해야 돼요. 또다시 우스꽝스러운 꼴을 당하고 싶진 않으니까.〉

주베르는 이 요구를 너무나 쉽게 이해할 수 있었으니, 마들렌은 자신이 거의 느끼지 못하는 욕구에 대해 말하고 있었기 때문이다.

그런데 몇 주 뒤, 그녀는 아버지와 귀스타브에게 결혼하지 않겠다고 느닷없이 통고했다.

그야말로 마른하늘에 날벼락 같은 선언이었다. 당연히 페리쿠르 씨는 말도 안 되는 주장을 펼치는 딸에게 맹렬히 화를 냈다. 그녀는 자신이 서른여섯인데 주베르는 쉰한 살이라는 이유를 내세웠지만, 아니, 그 사실을 이제야 발견했단 말인가? 그리고 어느 정도 나이가 있고 판단력을 갖춘 남자와 결혼하는 것은 오히려 좋은 일 아닌가? 그러나 마들렌은 이 결혼에 〈도저히 적응이 안 된다〉고 주장했다.

따라서 싫다는 거였다.

그러고는 입을 닫아 버렸다.

다른 때 같았으면 페리쿠르 씨도 이런 답변에 만족하지 못했겠지만, 벌써부터 너무나 피곤했다. 그는 여러 가지 이유를 대며 설득도 하고 강요도 하다가 결국 포기했는데, 이 일은 사람들에게 그가 더 이상 예전과 같지 않음을 깨닫게 해주었다.

오늘 마들렌은 자신의 결정이 과연 올바른 것이었는지 불안스레 자문해 보았다.

바깥에서는 대통령이 영안실에서 나오자 모든 활동이 중단되었다.

마당에 모인 조문객들은 불만스러운 표정으로 시계를 들여다보기 시작했다. 그들은 그저 얼굴만 비치러 온 터여서, 온종일 죽치고 있을 생각이 전혀 없었다. 가장 힘든 것은 추위를 피하는 게 아니라 — 그것은 불가능했다 — 이 모든 것을 빨리 끝내고 싶은 조바심을 감출 묘안을 찾아내는 것이었다. 하지만 어떤 방법도 효과가 없었다. 옷을 두껍게 입고 왔는데도 귀와 손과 코가 얼어붙고 있었다. 사람들은 점차 발을 동동거렸고, 만일 망자가 계속 꾸물거리고 나오지 않았다면 그를 저주하기 시작했을 것이다. 그들은 행렬이 빨리 움직이기만을 바랐다. 그러면 적어도 걸을 수는 있을 테니까.

드디어 관이 내려올 거라는 말이 퍼지기 시작했다.

마당에서 검은색과 은색이 어우러진 제의를 입은 사제가 보라색 법의와 흰색 겉옷 차림의 성가대 아이들을 이끌고 나아갔다.

집례자는 슬며시 손목시계를 들여다보고는, 상황을 보다 전반적으로 파악하기 위해 현관 앞 계단을 또박또박 올라갔고, 몇 분 뒤 행렬을 이끌기로 되어 있는 사람들을 눈으로 찾았다.

고인의 손자만 빼놓고 모두 있었다.

어린 폴은 어머니와 함께 선두에, 그러니까 행렬의 약간 앞쪽에 서기로 되어 있었다. 영구차 뒤에 따라오는 아이, 이것은 누구나 좋아하는 이미지인 것이다. 더구나 얼굴이 허여멀겋고 눈 주위는 거무스름한 아이의 연약해 보이는 인상은 이 광경에 매우 감동을 더해 줄 것이었다.

마들렌의 시중도 들어 주고 말벗도 되어 주는 레옹스는 조그만 수첩에다 뭔가 열심히 메모하는 폴의 가정 교사 앙드레 델쿠르에게 다가가서 그의 어린 제자가 어디 있느냐고 물었다. 그는 발끈해서 그녀를 노려봤다.

「아니, 레옹스……! 나 지금 바쁜 거 안 보여요?」

두 사람은 늘 이렇게 으르렁댔다. 하인들 간의 적대감 같은 거였다.

「앙드레,」 그녀도 물러서지 않았다. 「당신도 언젠가는 유명한 기자가 될 수 있겠죠. 그래요, 분명히 그렇게 될 거예요. 하지만 지금은 그냥 가정 교사일 뿐이에요. 그러니까 어서 가서 폴을 찾아오라고요!」

얼굴이 시뻘게진 앙드레는 수첩으로 자기 허벅지를 탁 치고 연필을 호주머니에 거칠게 쑤셔 넣은 뒤, 〈실례하겠습니다〉를 연발하고 죄송스러워하는 미소를 뿌리며 사람들을 헤치고 건물 입구까지 가려고 애썼다.

마들렌은 대통령을 자동차까지 배웅했다. 그를 태운 차가 마당을 가로지르자 군중은 마치 대통령이 고인이기라도 한 것처럼 양옆으로 엄숙히 비켜섰다.

공화국 근위대의 드럼 소리가 드르르르 울리는 가운데, 마침내 마르셀 페리쿠르의 관이 현관에 도착했다. 문들이 활짝 열렸다.

아무리 찾아도 보이지 않는 삼촌, 샤를 페리쿠르 대신 귀스타브 주베르의 부축을 받으며 마들렌이 아버지의 유해를 따라 계단을 내려왔다. 레옹스는 어린 폴이 엄마 근처에 있는지 눈으로 찾아보았지만, 아이는 보이지 않았다. 앙드레는 돌아와서 자신도 어쩔 수 없다는 듯 어깨를 으쓱했다.

국립 중앙공예학교 대표단이 힘겹게 들고 온 관이 덮개가 없는 운구차 위에 내려졌다. 사람들은 그 위에 화환과 꽃다발들을 올려놓았다. 관청에서 나온 집행관 한 사람이 레지옹 도뇌르 훈장이 놓인 쿠션을 떠받들고 나아갔다.

마당 한복판에 빽빽이 모여 있던 정부 관계자들의 몸이 갑자기 한쪽으로 쏠렸다. 이상하게도 군중의 중심부가 움푹 꺼지는 것 같았고, 심지어 사방으로 흩어지려는 느낌마저 주었다.

관과 운구차는 더 이상 관심의 초점이 아니었다.

사람들의 시선이 건물 전면 쪽으로 향했다. 모두가 숨죽인 비명을 질러 댔다.

눈을 들어 올리던 마들렌의 입이 딱 벌어졌다. 저 위, 건물 3층에 일곱 살밖에 안 된 어린 폴이 두 팔을 쫙 벌리고 창문 받침대 위에 서 있었다. 허공을 마주하고서 말이다.

아이는 검은 예복을 입고 있었지만 넥타이는 풀려 있었고, 흰 셔츠는 앞섶이 활짝 열려 있었다.

모두가 어떤 비행선의 이륙을 구경하듯 멍한 상태로 공중을 바라보았다.

폴이 무릎을 살짝 굽혔다.

그를 소리쳐 부르고 달려갈 틈도 없이, 아이는 잡고 있던 양쪽 창문짝을 놓고서, 마들렌의 비명이 울리는 가운데 허공에 몸을 던졌다.

아이의 몸은 추락하는 동안 엽총에 맞은 새처럼 제멋대로 흔들렸다. 신속하고도 무질서한 하강 끝에 아이의 몸은 커다란 검은 천개 위로 떨어져, 그 속에 잠시 모습을 감췄다.

사람들은 신음하듯 안도의 한숨을 내쉬었다.

하지만 팽팽한 천이 아이의 몸을 팅겨 내 아이가 상자 속에서 튀어나온 악마처럼 다시 나타났다.

사람들은 아이의 몸이 다시 공중에 솟구쳐 휘장 위로 넘어가는 것을 보았다.

그리고 자기 할아버지의 관 위로 처박히는 모습도 보았다.

갑자기 조용해진 마당에서 아이의 머리통이 참나무 관에 픽 소리를 내며 부딪히는 광경은 모든 이의 가슴을 뒤흔들었다.

모두가 경악하며 입을 딱 벌렸고, 시간은 그대로 멈춰 버렸다.

사람들이 달려갔을 때, 폴은 관 위에 길게 뻗어 있었다.

그의 두 귀에서는 선혈이 흘러내렸다.

2

장례식 집례자는 불시에 벌어진 이 상황에 얼이 빠졌다. 하지만 장례식에 대한 일이라면 빠삭했다. 그는 헤아릴 수도 없는 한림원 회원들과 네 명의 외국인 외교관의 장례식을 치렀고, 심지어 전·현직 대통령을 세 명이나 매장한 바 있었다. 아주 침착하면서도 일을 확실히 처리하는 사람으로 명성이 높은 그였지만, 지금 3층에서 뛰어내려 자기 할아버지의 관 위에 처박힌 저 꼬마는 이해의 범주를 벗어났다. 대체 어떻게 해야 하나? 그의 눈동자는 초점을 잃었고, 축 늘어진 두 손은 갈피를 못 잡고 허둥댔다. 그렇다, 그는 완전히 넋이 나가 버렸다. 아닌 게 아니라 그는 이 일이 있고 몇 주 뒤 죽어 버렸는데, 어떤 의미에서는 장례계의 바텔[1]이라 할 수 있었다.

맨 처음 달려간 사람은 푸르니에 교수였다.

그는 영구차 위로 기어 올라가서 화환들을 양옆으로 마구

---

1 François Vatel(1631~1671). 루이 14세 궁정의 주방장이자 각종 연회를 연출하고 지휘하던 집사로, 1691년 국왕이 참석하는 샹티이성의 연회 때 필요한 생선이 제때 도착하지 않자 검으로 자살했다고 한다.

밀어 포석 위로 떨어지게 한 다음, 아이를 조심스럽게 다루면서 재빨리 의학적 검사를 했다.

대단한 능력이 아닐 수 없었으니, 비로소 반응하기 시작한 군중이 마당이 떠나갈 듯 와글대는 상황이었기 때문이다. 정장을 차려입은 이 사람들은 갑자기 일어난 사건에 호기심이 한껏 달아오른 거리의 구경꾼으로 돌아와 있었다. 〈오!〉, 〈아!〉 하는 탄성이 사방에서 터졌다. 지금 보셨어요? 그럼요, 페리쿠르의 아들내미예요! 아니에요, 그럴 리가 없어요, 그는 베르됭에서 전사했다고요! 그 친구 말고 다른 애 말이에요, 그 어린 아들……! 아니, 저 창문으로 뛰어내린 건가요? 미끄러졌나요? 내 생각에는 누가 저 애를 떠민 것 같은데……. 설마, 그럴 리가! 아뇨, 보라고요, 저게 아직 열려 있잖아요. 아, 맞네, 아, 빌어먹을, 아, 시발! 미셸, 제발 품위 좀 지켜……! 모두가 자신이 본 것을, 똑같은 것을 본 다른 이들에게 떠들어 댔다.

운구차 아래에서는 마들렌이 관을 싣는 짐칸의 가로장을 손톱이 박히도록 꽉 움켜잡고서 미친 여자처럼 울부짖었다. 레옹스는 마들렌의 두 어깨를 붙잡아 진정시키려 했다. 그녀 역시 눈물에 젖어 있었다. 이건 누구에게도 믿기지 않는 일이었다. 아이가 3층 창문에서 떨어지다니, 어떻게 이런 일이 일어날 수 있단 말인가! 하지만 화환들이 어지러이 흩어져 있는 쪽으로 눈을 들면, 참나무 관 위에 시체처럼 뻗어 있고, 그 위로 푸르니에 박사가 몸을 굽혀 맥이 뛰고 있는지, 아직 호흡이 남아 있는지 열심히 살피는 아이의 몸이 보였다. 박사는 피범벅이 된 모습으로, 다시 말해 턱시도의 가슴 부분까지 피로 얼룩진 모습으로 허리를 다시 세웠다. 하지만 그는 아무도 쳐다보지 않은 채 아이를 두 팔로 안아 들고 벌떡 일어섰다. 한 운 좋은 사진사가 이 장면을 포착했고, 운구차 위, 마르셀 페리쿠르의 관 옆에서, 귀에서 피가 뚝뚝 흘러내리는 아이를 안아 든 푸르니에 교수의 사진은 전국을 돌게 될 터였다.

사람들이 그가 내려오도록 도와주었다.

군중은 옆으로 갈라졌다.

어린 폴을 꼭 안아 든 교수는 새파랗게 질린 마들렌을 뒤에 달고 사람들 사이를 급히 뛰었다.

그가 지나감에 따라 사람들은 입을 다물었고, 이 갑작스러운 숙연함이 장례식보다 더 음울하게 느껴졌다. 자동차 한 대가 징발되었다. 드 플로랑주 씨 소유의 시제르베르빅이었는데, 그의 아내는 근심 가득한 얼굴로 차 문 옆에 서서 맞잡은 두 손을 비틀었다. 좌석 쿠션에 묻은 피는 좀처럼 지워지지 않을 텐데…….

푸르니에와 마들렌은 뒷좌석에 앉았고, 아이의 몸은 자루처럼 축 늘어져 어머니의 두 다리 위에 가로누워 있었다. 마들렌은 레옹스와 앙드레에게 애원하는 듯한 시선을 던졌다. 레옹스는 1초도 망설이지 않았지만, 앙드레는 잠시 우물쭈물했다. 그는 내정 쪽으로 고개를 돌려 운구차, 화환, 관, 말들, 제복들과 예복들을 한번 둘러보았다. 그런 다음, 고개를 푹 숙이고 차에 올라탔다. 차 문들이 쾅쾅 닫혔다.

자동차는 라 피티에 병원을 향해 쏜살같이 달렸다.

모두가 얼어붙어 있었다. 성가대 아이들은 아무도 거들떠보지 않는 존재가 되었고, 사제도 의욕을 잃은 듯했다. 공화국 근위대는 프로그램에 포함된 장송곡 제창을 망설이고 있었다.

그리고 피의 문제가 있었다.

왜냐하면 무릇 장례식이란 아주 멋진 것, 단지 뚜껑이 닫힌 관만이 아닌 어떤 것인데, 피는 유기적인 것, 무서운 것, 죽음보다도 못한 고통과 관계된 것이기 때문이었다. 그런데 폴의 피는 포석 위에도 있었고, 농가의 마당에 점점이 뿌려진 핏방울들처럼 보도에까지 이어져 있었다. 얼룩들을 보고 있노라면 두 팔을 축 늘어뜨린 그 어린 꼬마의 모습이 떠오르면서 피가 뼛속까지 얼어붙는데, 이런 일을 겪은 뒤 자기 집안 일도 아닌 장례식을 차분하게 지켜본다는 것은……

페리쿠르가의 고용인들은 제 딴엔 잘해 보겠다고 톱밥을 한 움큼씩 쥐고 뿌려 댔는데, 그 효과가 확실해 모두 딴 곳을 바라보며 콜록대기 시작했다.

그러다가 어린아이의 피가 뚝뚝 떨어지는 한 남자의 관을 공동묘지까지 끌고 간다는 것은 그리 점잖은 일이 못 된다는 생각을 하게 되었다. 사람들은 검은 천을 찾았지만, 그런 것은 보이지 않았다. 한 하인이 김이 무럭무럭 나는 뜨거운 물로 채워진 양동이를 들고 운구차 위로 올라가 도금 십자가를 스펀지로 닦아 보았다.

귀스타브 주베르는 결단력 있는 남자답게 페리쿠르 씨의 서재에 있는 커다란 청색 커튼을 뜯어 오라고 지시했다. 그것은 볕을 가리기 위한 묵직한 직물로, 마들렌이 햇볕이 건물 전면을 비추는 낮 시간 동안 아버지가 휴식을 취할 수 있도록 쳐놓은 것이었다.

아래쪽에서 올려다보면 몇 분 전에 아이가 뛰어내린 창문 안에서, 작업용 발판 위로 올라가 천장으로 팔을 뻗은 남자들의 모습이 보였다.

　마침내 문제의 천이 대충 둘둘 말린 채 아래로 내려왔다. 사람들은 그것을 공손히 펼쳐서 관을 덮었으나, 그래 봤자 하나의 커다란 커튼에 불과해 마치 어떤 잠옷 차림의 남자를 매장하는 듯한 느낌이 들었다. 제대로 빼내지 못한 황동 고리들이 공기가 조금만 움직여도 고집스레 관의 옆면에 쨍강거리며 부딪혀 그런 느낌이 더욱 심했다……

　사람들은 빨리 모든 것이 공적인, 다시 말해 별로 중요하지 않은 장례식의 정상적인 분위기가 되살아나기를 바랄 뿐이었다.

　병원까지 가는 동안, 흐느끼는 어머니의 무릎 위에 가로누운 폴은 속눈썹 하나 움직이지 않았다. 맥박이 매우 느렸다. 운전사는 연신 경적을 울렸고, 사람들은 마치 가축 수레에 탄 것처럼 몸이 사정없이 흔들렸다. 레옹스는 마들렌의 팔을 꼭 잡아 주었다. 푸르니에 교수가 출혈을 억제하고자 자신의 하얀 스카프로 아이의 머리통을 감아 놓았으나 피는 계속 배어 나오더니 급기야 바닥에 뚝뚝 떨어지기 시작했다.

　공교롭게도 마들렌과 정면으로 마주 앉은 앙드레 델쿠르는 가급적 시선을 딴 데로 돌렸으나 신경은 바늘처럼 곤두서 있었다.

　마들렌이 그를 만난 것은, 폴이 나이가 차면 입학시킬 계획이었던 한 가톨릭계 교육 기관에서였다. 큰 키에 여윈 몸매, 부드럽게 물결치는 곱슬머리를 가진 그는, 갈색 눈에는 매우 침울한 빛을 띠고 있지만 입술은 도톰하면서도 아주 달변인 것이, 일종의 시대적 클리셰 같은 모습을 하고 있었다. 그는 프랑스어 복습 교사였는데, 들리는 말로는 라틴어도 완벽하게 구사하며, 필요하다면 그림 공부도 도와줄 수 있다고 했다. 또 이탈리아 르네상스를 열광적으로 좋아해서 그 얘기만 나오면 지칠 줄 모르고 떠들어 댔다. 시인으로 인정받고 싶었던 그는 열기에 찬 시선과 영감에 사로잡힌 표정을 연출했으며, 얼굴을 갑자기 옆으로 홱 돌리곤 했는데, 이는 어떤 섬광 같은 생각이 머리에 떠올랐다는 의미였다. 항상 수첩을 품고 다니면서 걸핏하면 그것을 꺼내 몸을 옆으로 돌리고 맹렬히 메모하다, 어떤 고통스러운 병에서 회복된 사람 같은 얼굴로 다시 대화에 임하곤 했다.

마들렌은 그의 홀쭉한 볼과 길쭉한 손, 그리고 어떤 강렬한 순간들을 기대하게 하는 그 뜨거운 무언가를 곧바로 좋아하게 되었다. 더 이상 남자를 원치 않게 된 그녀가 이 청년에게서 뜻밖의 매력을 발견한 것이다. 그래서 그녀는 한번 시험해 봤는데, 앙드레는 그녀에게 딱 맞았다.

맞아도 기가 막히게 맞았다.

마들렌은 그의 품 안에서 결코 나쁘지 않았던 어떤 추억들을 되찾았다. 그녀는 상대에게서 자신에 대한 욕망을 느꼈다. 비록 행동으로 들어가기 전에 한참 뜸을 들이긴 했지만, 그는 그녀를 무척 다정하게 대해 주었다. 그는 항상 나눠야 할 인상들, 설명해야 할 직관들, 언급해야 할 생각들이 있었고, 팬티 바람으로도 시를 읊어 대는 수다쟁이였지만, 일단 입만 다물면 이불 속 솜씨가 과히 나쁘지 않았다. 마들렌에 대해 알고 있는 독자들은 그녀가 한 번도 미인인 적이 없었다는 사실을 기억할 것이다. 못생겼다기보다는 아무도 주목하지 않는 평범한 외모의 소유자였다. 그녀는 아주 잘생기긴 했지만 자신을 전혀 사랑하지 않은 남자와 결혼했었기 때문에, 앙드레와의 관계에서 사랑받는 행복을 발견한 것이었다. 또 자신은 가능하리라고 전혀 생각하지 못했던 성적 쾌감을 발견하게 되었다. 그녀는 나이가 더 많은 자신이 리드해야 한다고, 실습을 통해 그에게 보여 주고 설명해 줘야 한다고, 한마디로 그를 입문시켜 주는 역할을 해야 한다고 믿었다. 물론 그럴 필요는 없었다. 앙드레는 불우한 시인이긴 했지만, 꽤 많은 사창가를 들락거렸을 뿐만 아니라, 난교 파티에도 몇 번 참여하면서 상당히 개방적인 정신과 확실한 적응력을 증명한 바 있었기 때문이다. 하지만 그는 현실주의자이기도 했다. 마들렌이 그럴 능력이 별로 없긴 하지만 교습자 역할을 너무나 즐긴다는 것을 이해한 그는 이 상황을 기꺼이 받아들였고, 그러면서 그가 느끼는 쾌감은 자신의 다소 수동적인 성향을 그녀가 만족시켜 주었기에 더욱 강렬했다.

앙드레가 방문이 금지된 학교에 살고 있어 그들의 관계는 아주 복잡했다. 그들은 먼저 어떤 호텔 방의 도움을 받았는데, 마들렌은 마치 풍속 희극에 나오는 여자 도둑처럼 벽에 바짝 붙어서 걷고, 머리를 푹 숙인 채 드나들곤 했다. 그녀는 앙드레에게 돈을 쥐여 주며 호텔비를 지불하도록 했는데, 그가 여자에게 돈에 팔린다는 느낌이 들지 않게 하려고 온갖 방법을 동원했다. 벽난로 위에 돈을 올려놓기도 했지만, 사창가 같은 느낌을 주어 그의 웃옷 어딘가에 슬그머니 집어넣었는데, 이런 세심한 배려 덕분에 앙드레는 접수 데스크에서 이 돈을 찾으려고 호주머니란 호주머니를 죄다 뒤지며 한바탕 쇼를 벌여야 했다. 한마디로 다른 해결책을 마련해야 했다. 마들렌이 애인이 하나 생긴 것으로 만족하지 않고 정말로 사랑에 빠져, 이 문제는 더욱 시급한 일이 되었다. 앙드레는 전남편에게는 없었던 거의 모든 것을 가지고 있었다. 하지만 교양 있고, 세심하며, 수동적이지만 정력적이기도 하고, 언제나 부르면 총알같이 달려오는, 그리고 결코 천박하지 않은 이 앙드레 델쿠르에게도 한 가지 결점이 있었으니, 그는 가난했다. 이것이 마들렌에게 중요하다는 얘기는 아니다. 그녀는 두 사람에게 충분한 돈이 있었다. 하지만 그녀에게는 지켜야 할 사회적 위치가, 자기 딸보다 열 살이나 어린 데다가, 근본적으로 사업 능력이 없는 사윗감을 결코 좋은 눈으로 보지 않을 아버지가 있었다. 앙드레와 결혼한다는 것은 도저히 생각할 수 없는 일이어서, 마들렌이 찾아낸 한 가지 해결책은 앙드레를 폴의 가정 교사로 들이는 거였다. 그리하면 아이는 교사와의 특별한 관계 속에서 그에게 맞춤 수업을 받을 수 있고, 무엇보다 어떤 사립학교에 다닐 필요가 없을 거였다. 거기서 — 심지어 가장 좋은 학교들에서도 — 일어나는 일들에 대한 소문은 아이를 새파랗게 질리게 했는데, 교육 사제들은 이미 그 당시에도 악명이 자자했다.

한마디로 마들렌은 아무리 생각해도 자신의 묘안이 괜찮게 느껴졌다.

이렇게 하여 앙드레는 페리쿠르가 저택의 위층에 입주하게 되었다.

어린 폴은 같이 놀 친구가 한 명 생겼다는 생각에 이 아이디어를 기쁘게 받아들였다. 하지만 그는 환상에서 깨어나야 했다.

처음 몇 주 동안은 모든 게 잘 되어 갔지만, 폴의 열광은 갈수록 식었다. 마들렌은 속으로 이렇게 중얼거렸다. 그래, 라틴어, 프랑스어, 역사, 지리…… 어떤 아이도 이런 것들을 좋아하진 않지. 애들이란 다 똑같거든. 게다가 앙드레가 맡은 일을 너무 진지하게 수행하니까 더욱 그런 걸 거야……. 폴은 이 개인 수업에 점차 흥미를 잃었지만, 여기서 이점들만 발견하는 마들렌의 열광은 조금도 사그라지지 않았다. 이제 그녀는 두 층만 조심스레 올라가면 되었다. 아니면, 앙드레가 이따금 내려오거나.

결국 그들의 관계는 페리쿠르 집안에서 공공연한 비밀이 되었다. 하인들은 뒤쪽 층계를 살그머니 올라가는 여주인의 걸음걸이를 한껏 달아오른 표정과 함께 흉내 내면서 킥킥대곤 했다. 혹은 밀회 후에 기진맥진해서 비틀거리며 층계를 올라가는 앙드레를 흉내 내기도 하면서, 주방에서는 이들을 소재로 배꼽깨나 잡았다.

언젠가는 문인이 되기를 꿈꾸고, 기자 일을 거친 뒤 첫 번째 책을 내고, 두 번째 책을 내고, 또 어떤 큰 문학상을 받게 되리라 ―〈마들렌 페리쿠르의 애인〉이라는 확실한 카드를 쥐고 있는 그가 안 될 것도 없지 않은가? ― 꿈꾸는 앙드레로서는 저 꼭대기 층, 하인들 방 바로 아래에 있는 골방에서 지낸다는 것이 정말이지 견딜 수 없는 모욕이었다. 그는 하녀들이 풋 하고 웃음을 터뜨리고, 운전기사가 거만하게 미소 짓는 것을 보았다. 어떤 의미에서는 그도 그들 중 하나였던 것이다. 그의 서비스는 성적인 것이었지만, 서비스는 서비스였다. 어떤 화류계 무용수에게는 폼나는 일이겠지만, 시인에게는 모욕이었다.

따라서 품위를 떨어뜨리는 이 상황에서 한시라도 빨리 벗어나야 했다.

이날, 그가 이렇게 속이 쓰린 것은 바로 이런 이유였다. 페리쿠르 씨의 장례식은 그에게 둘도 없는 기회였으니, 마들렌이 『수아르 드 파리』지 사장 쥘 기요토 씨를 불러 앙드레가 이 장례식 보고 기사를 쓸 수 있게 해달라고 특별히 부탁했던 것이다.

상상해 보라! 제1면에 실린 장문의 기사! 그것도 파리에서 가장 많이 팔리는 일간지의 제1면에!

앙드레는 사흘 전부터 이 장례식 속에서 살아왔고, 운구차가 지나갈 노선을 여러 차례 걸어서 사전 답사까지 했다. 심지어 단락들을 통째로 미리 써놓기도 했다. 〈그 위에 놓인 헤아릴 수 없는 화환들로 둔중해진 장례 마차는 이 프랑스 경제의 거인에게서 우리가 보았던 그 차분하면서도 힘찬 걸음걸이를 연상케 하는 장엄한 보조로 나아가고 있다. 오전 11시다. 이제 장례 행렬이 움직이려 한다. 쏟아지는 경의의 무게 아래 진동하는 선두 차량에서 보이는 것은……〉

이게 웬 떡이란 말인가! 만일 이 기사가 성공을 거둔다면, 자신은 신문사에 채용될지도 모른다……. 아, 품위 있게 생계를 유지하고, 지금은 어쩔 수 없이 하고 있는 이런 모욕적인 일들에서 해방될 수 있으리라! 아니, 성공하고, 부와 명예를 거머쥘 수도 있으리라!

그런데 갑자기 일어난 이 사건이 모든 걸 망쳐 놓고 그를 원점으로 돌아가게 한 것이다.

앙드레는 폴의 감긴 두 눈과 눈물에 젖은 마들렌의 얼굴과 레옹스의 긴장되고 굳은 얼굴에 시선이 걸리지 않게 하려고 고집스레 차창 밖을 내다보았다. 또 바닥에 점점 더 크게 번지는 피 웅덩이도 보고 싶지 않았다. 그는 죽은 아이(혹은 거의 죽은 아이. 몸은 영혼이 떠나 버린 것처럼 축 늘어지고, 피가 흠뻑 밴 스카프 아래로는 더 이상 숨소리가 들리지 않았다) 때문에 가슴이 부서질 듯 아프기도 했지만, 또한 자신을, 물거품이 되어 버린 모든 것을, 자신이 품었던 희망들과 기대들을, 그리고 망쳐 버린 기회를 생각하고는 끝내 흐느끼기 시작했다.

마들렌이 그의 손을 잡았다.

이렇게 하여 마르셀 페리쿠르의 장례식 현장에 아직 남아 있는 유족은 그의 동생 샤를 페리쿠르가 유일했다. 사람들은 현관 앞 층계 근처에서 〈그의 하렘〉에 둘러싸여 있는 그를 마침내 찾아냈다. 〈하렘〉은 그가 아내와 두 딸을 부르는 명칭으로, 그는 그렇게 고상한 사람이 못 되었다. 그는 자신의 아내 오르탕스가 남자들을 별로 좋아하지 않기 때문에 사내아이를 갖지 않으려 한다고 생각했다. 그에게는 혼기가 꽉 찬 두 딸이 있었다. 새처럼 가느다란 두 다리는 X자형으로 굽고, 얼굴에는 여드름이 만발하고, 시도 때도 없이 풋 하고 웃음을 터뜨리는데, 그때마다 적나라하게 드러나 부모를 절망시키는 그 끔찍한 치아를 손으로 가려야만 하는 아가씨들이었다. 마치 그들이 태어났을 때 어떤 신이 의욕을 상실해 버려 그들의 입에다 아무렇게나 한 움큼 집어 던진 것 같은 치아 앞에서 치과의사들조차 기절초풍하곤 했다. 그것들을 죄다 뽑아 버리거나 신체의 성장이 끝나자마자 의치로 갈아 끼우지 않는 한, 그들은 평생 부채로 얼굴을 가리고 살아야 할 팔자였다. 치과 치료

혹은 그것을 대신할 결혼 지참금에 돈깨나 퍼부어야 할 터였다. 이 문제는 어떤 저주처럼 샤를의 머리를 지끈거리게 했다.

하루의 반을 식탁에서 보내는 탓에 불룩 튀어나온 배, 뒤로 빗어 넘긴 허연 머리칼, 선이 굵은 용모와 뭉툭하게 솟은 코(이는 과단성 있는 성격의 표시라고 그는 강조하곤 했다), 양 끝이 꼬부라져 올라간 무성한 콧수염, 이게 바로 샤를이었다. 여기에다 이틀 전부터 형의 죽음을 애도하느라 펑펑 울어 얼굴은 시뻘게지고, 눈은 퉁퉁 부어 있었다.

그가 화장실에서 나오는 모습을 보자마자 아내와 딸들이 그에게로 달려갔지만, 모두가 정신없이 떠들어 대기만 할 뿐, 아무도 상황을 명확히 설명하지 못했다.

「엉, 뭐라고?」 그는 사방으로 고개를 돌리며 반문했다. 「뭐야? 뛰어내렸다고? 누가 뛰어내렸는데?」

귀스타브 주베르는 차분하고도 단호한 손짓으로 주위 사람들을 모두 물러서게 했다. 이리 좀 오세요, 샤를……. 그는 샤를에게 몸을 꼭 붙이고 마당 쪽으로 함께 걸으면서, 그가 이제 유족을 대표하게 되었으며, 따라서 상당한 책임을 떠맡아야 한다는 사실을 이해시켜 주었다.

어리벙벙해진 샤를은 주위를 둘러보면서, 아까 자리를 비울 때와는 완전히 달라져 버린 상황을 파악하려고 필사적으로 노력했다. 지금 군중이 빠져 있는 흥분 상태는 여느 장례식과 성격이 완전히 달랐다. 그의 딸들은 부채처럼 펼친 손가락으로 입을 가린 채 조잘대고, 아내는 딸꾹질까지 해가며 흐느끼고 있었다. 주베르는 그의 팔을 꽉 잡으며 말했다. 샤를, 마들렌이 없으니 당신이 행렬을 이끌어야 해요…….

그런데 샤를은 마침 고통스러운 양심의 문제와 마주하고 있었기에 더욱 당황스러웠다. 형의 죽음은 엄청난 슬픔을 안겨주기도 했지만, 요즈음 개인적으로 몹시 힘든 상황에 처한 그에겐 아주 적시에 일어난 일이기도 했다.

그는 매우 똑똑하다고는 할 수 없지만, 그래도 어떤 상황에서는 형이 달려와 곤경에서 꺼내 줄 때까지 뜻밖의 잔꾀를 짜내어 시간을 벌 줄 아는 영악한 면도 없지 않았다.

그는 손수건으로 눈가를 쿡쿡 찍으면서 까치발로 사방을 둘러보았다. 그러더니 사람들이 운구차에 청색 커튼을 씌운 다음 화환들을 올려놓고, 성가대 아이들이 다시 제자리에 서고, 이 어색한 순간을 채우기 위해 군악대가 느린 행진곡을 연주하는 사이, 주베르의 손아귀에서 몸을 빼내 한 남자에게 부리나케 달려가 팔짱을 확 끼었다. 이렇게 해서 건설부 제2고문관 아드리앵 플로카르는 본의 아니게 모든 의전 규칙을 무시하고 고인의 동생과 그의 아내 오르탕스, 그리고 그의 두 딸 자생트와 로즈 사이에 끼여 행렬 맨 앞에 서게 되었다.

샤를은 마르셀보다 열세 살 아래였는데, 이것이 모든 걸 말해 주었다. 그는 항상 자기 형보다 조금씩 모자랐다. 나이도 모자라고, 두뇌도 모자라고, 근면함도 모자라고, 그리고 당연히 재산도 모자랐다. 그는 1906년 형의 돈 덕분에 국회 의원이 되었다. 그는 당황스러울 정도로 순진하게 이렇게 설명하곤 했다. 〈국회 의원에 당선되려면 기둥뿌리가 뽑혀 나가. 아, 유권자, 신문, 동료 의원, 경쟁자 등에게 뿌려야 하는 돈이 정말 장난 아니라고……!〉

마르셀은 그에게 경고했었다. 〈네가 일단 그 싸움판에 뛰어

들면, 절대로 져선 안 돼. 난 페리쿠르 집안의 누군가가 어떤 듣도 보도 못한 급진 사회주의자 놈에게 지는 꼴을 볼 수 없단 말이야!〉

선거는 잘 치러졌다. 그리고 일단 당선되면, 떡고물이 한두 가지가 아니었다. 공화국은 여자로 치면 괜찮은 여자여서, 그렇게 쩨쩨하지 않았고, 심지어 그처럼 잔머리를 굴리는 인간들에게조차 인심이 아주 후했다.

많은 국회 의원이 자신의 지역구에 대해 생각했지만, 샤를의 머릿속에는 온통 차기 선거 생각뿐이었다. 그는 돈을 두둑이 쥐어 준 어떤 족보학자의 재능에 힘입어 센에우아즈도(道)에서 아주 오래되고 아주 모호한 뿌리를 발굴해 그것을 수백 년 된 것으로 소개하고는, 자신이 〈향토의 아들〉이라고 정색을 하며 주장하곤 했다. 정치적 자질이라고는 전혀 없는 그가 하는 일은 오직 하나, 유권자들의 비위를 맞추는 것이었다. 그는 성찰에 의했다기보다는 직관에 따라 아주 인기 있는 활동 분야를 하나 선택했는데, 정치적 진영을 초월해 많은 사람을 결집시킬 수 있으며, 부유층과 빈곤층, 보수주의자와 진보주의자 모두를 만족시킬 수 있는 이 분야는 다름 아닌 세금에 대한 투쟁이었다. 이것은 매우 비옥한 땅이라 할 수 있었다. 1906년부터 그는 케요 소득세 법안이 〈가진 이들, 절약하는 이들, 일하는 이들〉을 겁에 질리게 한다는 점을 강조하면서 맹공격했다. 그는 매주 부지런히 지역구를 돌아다니며 사람들과 악수를 나누고, 〈견딜 수 없는 세무 조사〉를 비난하고, 각종 시상식과 농업 선거인 회의, 체육 대회 등을 주재하고, 종교 행사에도 꼬박꼬박 얼굴을 비쳤다. 또 다양한 색깔의 메모 카드에 자신의 재선을 위해 중요성을 지니는 모든 것을 세심하게 기록했다. 지역 인사들, 그들의 야심, 성적인 습관, 수입, 정적들의 부채와 악습, 일화들과 소문들, 그리고 보다 일반적으로는 적절한 때 그가 사용할 수 있는 모든 것을 빠짐없이 적었다. 또 지역 구민들의 이익을 옹호하기 위해 장관들에게 보내는 서면 질의 사항들을 작성하는가 하면, 1년에 적어도 두 번은 기어코 국회의사당 연단에 올라 자신의 지역구와 관련된 어떤 문제를 거론하곤 했다. 『주르날 오피시엘』지에 꼼꼼하게 언급되는 이런 활동들은 그가 지역구를 위해 동분서주하고 있으며, 아무도 그보다 잘할 수 없음을 증명해 줌으로써, 그가 지역구민들 앞에 당당히 설 수 있게 해주었다.

이런 대단한 에너지도 돈이 없었다면 아무 소용 없었을 것이다. 선거 포스터와 각종 집회를 위해서도 돈이 필요했지만, 국회 의원 임기 중에도 그의 메모 카드들에 빽빽이 적혀 있으며, 주로 사제들과 시청 직원들, 몇몇 카페 사장으로 이루어진 선거 운동원들에게 보상해 주기 위해서도, 그리고 은행가의 동생을 선출하면 그가 스포츠 클럽들을 지원하고, 우등생들에게 상으로 주는 책을, 톰볼라 게임들에 당첨금을, 참전 용사들에게 국기를, 그리고 거의 아무에게나 각종 메달이며 훈장들을 제공할 수 있기 때문에 비할 바 없는 장점들이 있다는 점을 보여 주기 위해서도 돈이 필요했다.

고(故) 마르셀 페리쿠르는 1906년, 1910년, 1914년에 동생을 위해 지갑을 열었다. 예외적으로 1919년에는 그러지 않아도 되었다. 왜냐하면 샬롱쉬르손 근처의 한 경리 부대에 징집된 적 있는 샤를이 수많은 참전 용사를 국회에 입성시킨 〈청회색)²의 거대한 물결에 어렵잖게 올라탈 수 있었기 때문이다.

지난번 1924년 선거 때는 동생의 재선을 위해 전보다 훨씬 많은 돈을 써야 했다. 이때는 좌파 연합이 득세했고, 실적이 별로 없는 어떤 우파 의원이 선거에 이기는 것이 전보다 훨씬 어려웠기 때문이다.

이렇게 마르셀은 항상 샤를과 그의 커리어를 힘겹게 지탱해왔다. 심지어 죽어서도, 만일 모든 게 샤를이 바라는 대로 이루어진다면, 아주 골치 아픈 상황에서 또다시 그를 꺼내 줄 것이다.

샤를은 이것에 대해 아드리앵 플로카르와 지체 없이 의논하고 싶었다.

행렬이 움직이기 시작했다. 샤를은 요란스럽게 코를 풀었다.

「그 감리사들은 정말 욕심이 많네요…….」 그가 허두를 떼었다.

제2고문관(민법으로 다져진, 뼛속까지 공무원인 그는 아마 임종하는 침상에서도 루스탕 법을 암송할 것이다)은 눈살을 찌푸렸다. 운구차는 느릿느릿 장엄하게 나아갔다. 모두가 폴의 투신으로 인한 충격에서 헤어나지 못하고 있었다. 하지만 샤를은 그런 느낌이 없었다. 그 이유는 그가 아무것도 보지 못해서가 아니라, 지금 당장 형의 죽음이나 어쩌면 죽을 수도 있는 어린 조카의 일보다 더 급한 자신의 골칫거리 때문이었다.

2 청회색은 제1차 세계 대전 때 프랑스군의 군복 색깔로, 전후에는 참전용사들, 그리고 독일로부터 반드시 배상금을 받아 내야 한다고 주장하는 보수주의자들로 구성된 〈청회색 국회〉의 강경한 국수주의를 상징하게 되었다.

기대와 달리 플로카르가 아무런 대답도 하지 않자, 샤를은 지금 그가 생각하고 있는 것과 건설부 관리의 무반응에 몹시 역정이 나서 이렇게 덧붙였다.

「솔직히 그들은 이 상황을 악용하고 있어요, 그렇게 생각하지 않나요?」

짜증을 내며 흥분하는 바람에 운구차와 거리가 벌어진 샤를은 대화 상대자를 따라잡기 위해 걸음을 재우쳐야 했다. 걷는 것이 익숙지 않은 그는 벌써부터 숨이 턱턱 막히고 고개가 힘없이 픽픽 꺾였다…… 이런 식으로 계속하다간 — 그는 속으로 한탄했다 — 오늘 밤 파리에서 살아 있는 페리쿠르 집안 사람이 한 명도 없겠어!

그는 기질적으로 걸핏하면 분개하는 사람이었다. 그는 삶이 자신에게 공정했던 적이 한 번도 없으며, 세상이 돌아가는 방식이 자신과 전혀 맞지 않는다고 생각했다. 그가 HBM[3]과 관련해서 겪은 일들은 이것을 다시 한번 증명해 주었다.

수도를 강타한 엄청난 주택 위기에 대처하고자, 센도(道)는 이른바 〈저가형 주택 프로젝트〉라는 대규모 계획을 시행했다. 건축사, 건설 회사, 건축재 제조사들로서는 뜻밖의 횡재가 아닐 수 없었다. 각종 인허가, 토지의 양도, 수용, 선매 등과 관련해 막강한 영향력을 행사하는 정치가들도 마찬가지였다……. 불법 수수료와 뒷돈들이 낙원의 포도주처럼 흘러넘쳤으며, 이런 은밀하면서도 풍성한 잔치에서 샤를은 튀어 오르는 흙탕물을 피할 수 없었다. 도(道)할당위원회 위원인 그는 부스케&프레르사가 멋진 서민용 주택 단지를 지을 수 있는 콜로니가의

---

3 아래에 나오는 〈저가형 주택 프로젝트 *habitations à bon marché*〉의 약자다.

2헥타르 부지에 대한 사업권을 얻을 수 있도록 힘을 써왔다. 이때까지는 모든 게 아주 평탄했다. 샤를은 다들 그러듯이 수수료를 약간 챙겼을 뿐이다. 하지만 그는 이 좋은 기회를 활용하려고 대형 건축재 제조사인 파리 모래·시멘트사에 투자한 뒤, 이 회사를 사업권 후보에 억지로 끼워 넣었다. 하품 나오는 봉투들과 상징적으로 건네는 뇌물들은 이제 안녕이었다! 목재, 철재, 콘크리트, 골조, 타르, 도료, 회반죽의 매출에 따른 일정 비율이 샤를에게 어마어마하게 쏟아졌다. 딸들의 옷가지와 치과 방문 횟수는 세 배로 늘었고, 오르탕스는 카펫까지 포함해 가구를 싹 바꾸었으며, 심지어 눈알이 튀어나올 정도로 비싼 순종 애완견까지 한 마리 샀다. 날카로운 소리로 노상 짖어 대는 이 흉측한 발바리는 심장마비에 걸린 듯 카펫 위에서 죽은 시체로 발견되었는데, 주방 하녀는 이것을 채소 껍질이며 생선 가시와 함께 쓰레기통에 던져 버렸다. 샤를로 말할 것 같으면, 당시 애인이었던, 국회 의원들을 전문으로 다루는 통속극에 출연하는 여배우에게 포도알만큼 큼직한 보석을 하나 선물했다.

샤를의 삶은 마침내 자신에게 걸맞다고 생각하는 수준으로 올라왔다.

하지만 2년 동안 반짝한 이 호경기가 지나자 삶은 다시금 그에게 고약하게 굴기 시작했다. 그것도 아주 고약하게 굴었다.

「그렇지만,」 아드리앵 플로카르가 속삭였다. 「그 인부는 아주…….」

샤를은 고통스러운 표정으로 눈을 질끈 감았다. 그렇다, 여기저기 수수료를 뿌려야 했던 파리 모래·시멘트사는 이익금을 보전하기 위해 좀 덜 비싼 자재들, 그러니까 덜 마른 목재와 덜 걸쭉한 회반죽과 철근이 덜 들어간 콘크리트를 공급해야 했다. 그 결과, 2층 전체가 하마터면 1층으로 변할 뻔해, 마룻바닥이 푹 꺼져 버리면서 석공 한 사람이 그 사이로 추락해 버렸다. 당장 무너져 내릴 것 같은 2층 바닥을 황급히 받쳐 놓긴 했지만, 공사는 거기서 중단되고 말았다.

「다리 하나 부러지고, 몇 군데 골절상을 입었을 뿐이라고요!」 샤를이 항변했다. 「이게 무슨 국가적 재난은 아니지 않습니까?」

사실 인부는 8주째 입원 중인데, 아직도 일어서지 못하고 있었다. 다행히 가족이 별것 아닌 사람들이었고, 그들의 요구 또한 별게 아니어서 지폐 몇 장으로 입을 막을 수 있었으니, 대단한 일은 아니었다. 또 HBM 공단 공무원들은 현금 3만 프랑이라는 약소한 금액에, 인부의 비고의적 과실로 결론 내리고 공사 재개를 허가해 주었으나, 너무 꾸물대는 바람에 소문이 건설부에까지 퍼지고 말았다. 그곳 담당자에게도 2만 프랑을 먹였으나, 이 우발적 사건이 정말로 우발적인 것이었다고 선언해 주는 대가로 각각 2만 5천 프랑씩 요구하는 두 감리사의 임명을 막지는 못했다.

「시청이나 건설부 쪽으로…… 뭔가 해볼 수 있지 않을까요? 그러니까 내 말뜻은…….」

아드리앵 플로카르는 샤를이 무슨 말을 하고 싶은지 아주 잘 알고 있었다.

「아, 그게 말이죠…….」 그는 애매하게 대답했다.

현재로서는 문제가 선의로 충만한 몇몇 공무원에 국한되어 있지만, 샤를이 쓸 수 있는 5만 프랑은 이미 눈처럼 녹아 버렸고, 플로카르의 이 애매한 답변은 이 사안이 종결되기 전에 다른 중재자들은 그들의 의무감과 공화국 시민으로서의 도덕성의 값을 엄청난 액수로 산정할 거라는 사실을 의미했다. 스캔들이 터지는 것을 막으려면 봉투가 평소보다 최소 다섯 배는 필요하다는 얘기였다. 빌어먹을, 처음엔 모든 게 정말 기똥차게 돌아갔는데!

「시간이 조금 필요해요. 조금만 있으면 돼요. 딱 1, 2주면 된다고요!」

며칠 후면 공증인이 상속 절차를 밟아, 샤를 몫의 유산을 내줄 것이다. 샤를은 오로지 여기에 목을 매고 있었다.

「뭐 1, 2주 정도는 어떻게 해볼 수 있겠죠…….」 플로카르가 조심스럽게 말했다.

「브라보!」

형이 물려주는 유산으로 저들이 요구하는 돈을 주기만 하면 되는 것이다.

그러면 모든 게 전처럼 돌아갈 것이고, 이 고약한 추억은 저 뒤로 아주 멀리 물러날 것이다.

1, 2주만 있으면.

샤를은 다시 울기 시작했다. 정말이지 그는 상상할 수 있는 최고의 형을 두었다.

3

라 피티에 병원 내정에 도착한 마들렌은 어린 아들의 축 늘어진 손을 꼭 잡고 의사를 따라 달렸다. 의료진은 극도로 조심해 가며 아이를 환자 운반대에 눕혔다.

푸르니에 교수는 지체 없이 아이를 검사실로 데려가게 했는데, 마들렌은 함께 들어갈 수 없었다. 그녀가 마지막으로 본 것은 폴의 머리통과, 도무지 정리가 안 되어 그녀가 항상 한탄하던 헝클어진 머리칼이었다.

그녀는 레옹스와 앙드레에게로 돌아왔다. 둘 다 아무 말이 없었다.

모두 경악스러운 충격에서 헤어나지 못하고 있었다.

「아니…….」 마침내 마들렌이 물었다. 「어떻게 그런 일이 일어날 수 있었지?」

레옹스는 이 질문이 당황스러웠다. 이게 〈어떻게〉 일어났느냐고? 그냥 사건을 한번 떠올려 보면 될 것 아닌가? 하지만 마들렌은 생각이 거기까지 미치지 못하는 모양이었다. 레옹스는 앙드레를 집요하게 노려보았다. 마들렌에게 상황을 설명해야 할 사람은 그가 아니던가? 하지만 청년은 몸만 여기 있을 뿐 정신이 딴 데 가 있었다. 이 답답한 병원 분위기에서 어디론가 멀리 도망쳐 버리고 싶은 모양이었다.

「3층에 누군가 다른 사람이 있었어?」 그녀가 재차 물었다.

뭐라고 대답하기 힘들었다. 페리쿠르가 저택에는 하인들이 많았고, 이날 특별히 고용한 사람들도 있었다. 누가 폴을 밀었을까? 그게 과연 누굴까? 어떤 하인? 그렇다면 대체 왜 그런 짓을 했을까?

마들렌은 뒤에서 간호사가 다가오는 소리를 듣지 못했다. 간호사는 마들렌이 사용할 수 있도록 3층에 방을 하나 마련해 두었다고 알렸다. 침대 하나, 옷장 하나, 의자 하나만 달랑 놓인 그곳은 너무나 엄숙한 분위기여서, 병원이라기보다 어떤 수도원 같은 느낌이 들었다. 앙드레는 창가에 못 박혀서 내정에 들락거리는 자동차며 구급차들을 내려다보았다. 레옹스는 마들렌을 침대에 눕게 하고는 계속 흐느꼈다. 레옹스는 의자에 앉아 그녀의 손을 잡아 주었는데, 푸르니에 교수가 방에 들어오자 마들렌은 마치 전기에 감전된 것처럼 움찔했다.

그녀는 교수에게로 달려갔다.

그는 의사복 차림이었지만, 아직 콜 카세[4]를 벗지 않아, 병원 안을 헤매는 어떤 시골 사제 같은 모습이었다. 그는 마들렌의 침대 언저리에 걸터앉았다.

「폴은 살아 있어요.」

역설적이게도 결코 좋은 소식이 아니라는 것을, 마음을 단단히 먹고 들어야 할 다른 내용이 있다는 것을 모두가 느꼈다.

4 끝부분이 접힌 칼라가 달린 정장용 셔츠.

「아이는 혼수상태에 빠졌어요. 몇 시간 지나면 깨어날 겁니다. 지금 백 퍼센트 확신할 수는 없지만요. 그러나 마들렌, 그 다음에는 어떤…… 힘든 상황을 각오하셔야 합니다.」

그녀는 자기가 알아야 할 것을 빨리 설명해 주기를 바라며 고개를 끄덕였다.

「아주 힘든 상황 말이에요.」 푸르니에가 되풀이했다.

마들렌은 눈을 질끈 감더니 그대로 실신해 버렸다.

장례 행렬은 사람들의 이목을 끌었다. 운구차가 너무 천천히 이동해 뒤따르는 사람들이 짜증 날 정도였지만, 보도의 행인들은 마차가 지나가면 예외 없이 감탄하는 얼굴로 걸음을 멈추곤 했다. 하지만 운구차가 가까이 오면 얼굴을 찌푸렸다. 방에서 뜯어 와 햇빛 아래에 놓으니 약간 경망스럽게 느껴지는 커다란 파란색 커튼, 고인만큼 고통을 받은 것처럼 보이지 않는 관 위에 쌓인 꽃다발들, 운구차에 부딪혀 쩽강거리는 고리들, 이 모든 것이 이 행사를 아주 어설프게 만들었다. 다른 누구보다 귀스타브 주베르는 그걸 느끼고 있었다.

그는 행렬의 두 번째 열, 샤를 페리쿠르와 오르탕스 페리쿠르, 그리고 키만 껑충해서 애들처럼 팔꿈치로 서로 옆구리를 쿡쿡 찔러 대는 쌍둥이 자매에게서 몇 미터 떨어져 걷고 있었다. 심지어 이 상황에서는 아무런 중요성도 없는 아드리앵 플로카르까지 그의 앞에 있었다. 샤를이 이 기회를 이용해 자기 사업 얘기를 하려고 거기 세운 건데, 물론 귀스타브는 이 일에 대해 훤히 알고 있었다. 귀스타브는 거의 모든 사람의 거의 모든 것에 대해 알고 있었고, 이 점에서는 완벽한 은행가라고 할 수 있었다.

키가 훌쩍하고 깡마른 몸매, 각진 얼굴, 널따란 어깨와 움푹한 가슴, 오로지 뼈로만 이루어진 듯한 이 사내는 그가 일종의 성직처럼 여기는 자신의 임무에만 전적으로 매달리는, 스위스 근위병 제복을 입혀 놓으면 딱 어울릴 법한 인물이었다. 그는 깜빡이는 법이 거의 없고, 계속 쳐다보면 상대를 아주 불편하게 만들 수 있는 맑은 남옥색 눈을 지니고 있었다. 이를테면 중세의 종교 재판관과 같은 인상이었다. 그렇게 수다스러운 성격은 아니었지만, 일단 입을 열면 자기 생각을 곧잘 표현했다. 상상력은 그다지 풍부하지 못했지만, 성격만큼은 매우 견고했다.

그는 국립 고등공예학교를 졸업하자마자 마르셀 페리쿠르에게 채용되었다. 페리쿠르는 자신의 모교이기도 한 이 학교에서 늘 직원들을 뽑았던 것이다. 귀스타브 주베르는 간발의 차로 수석 졸업을 놓친 수재로, 수학과 물리에 뛰어난 재능을 보였다. 영어, 독어, 이탈리아어를 유창하게 구사한다는 이유로 참모부에 징발되었던 전시 몇 해를 제외하곤, 커리어 전체를 페리쿠르 그룹에서 쌓아 왔다. 성실하고, 엄청나게 부지런하고, 치밀하고, 별로 감정에 휘둘리지 않는, 한마디로 은행가가 되기에 완벽한 조건을 갖춘 그는 승진을 거듭해 금방 최고 직급까지 올라갔다. 마르셀 페리쿠르의 신뢰는 그가 그룹 전무 겸 은행 권한 대행으로 승진한 1909년까지 계속 이어졌다.

아들이 사망한 1920년 이후 페리쿠르가 쇠약해지기 시작하자, 그가 사업을 지휘하는 일이 잦아졌다. 그리고 2년 전에 마르셀 페리쿠르가 아예 회사의 고삐를 넘겨 버려, 주베르는 거의 전적인 위임권을 행사해 왔다.

1년 전, 마르셀 페리쿠르가 자기 외동딸과 결혼하는 문제를 꺼냈을 때, 귀스타브 주베르는 그저 이사회의 결정을 듣는 것처럼 묵묵히 고개를 끄덕였지만, 사실 표면적으로는 초연함을 유지했으나 마음속으로는 엄청 기뻐했다. 아니, 어떤 자부심마저 느꼈다.

그야말로 혼자 힘으로 은행 직계의 맨 꼭대기까지 올라갔으나, 업계에서 존경받는 그에게 없는 단 하나는 바로 재산이었다. 자기 재산을 불리는 데는 너무 세심한 편이었던 그는 두둑한 봉급 덕분에 매우 안락한 삶과 몇 가지 부수적인 특혜들에 늘 만족하며 지내 왔다. 하지만 이 특혜라는 것도 근사한 아파트 한 채와 기계에 관심 많은 그가 필요 이상으로 자동차를 바꾸는 것 정도여서, 대단한 것이라고 할 수도 없었다.

그의 대학 동기 중 많은 이가 사업에 성공했지만, 그것은 개인적으로 성공한 거였다. 그들은 가족 기업을 물려받아서 발전시키거나, 어떤 잘나가는 기업을 만들거나, 유리한 결혼을 했지만, 그의 성공은 위임받아서 이룬 것일 뿐이었다. 마들렌 페리쿠르와 결혼하라는 뜻밖의 제안을 받았을 때, 그 안에서 이제껏 한 번도 의식하지 못했던 무언가가 꿈틀대기 시작했다. 그는 이 은행에 평생을 바친, 자신의 헌신과 봉사에 걸맞은 감사 표시를 오래전부터 기다려 왔지만, 그런 것이 전혀 없었다. 감사를 표하는 순간을 계속 늦춰 오던 마르셀 페리쿠르가 드디어 방법을 찾아낸 것이었다.

아직 공식적인 것은 아니었지만, 앞으로 있을 이 결혼에 대한 소문으로 파리 전체가 들끓었다. 페리쿠르 은행의 주가는

45

몇 포인트 상승했는데, 이는 시장(市場)이 귀스타브 주베르를 책임감 있는 인물로 간주한다는 신호였다. 그는 시샘 어린 소문들이 만드는 감미롭고도 상쾌한 공기가 주위에 떠도는 것을 느꼈다.

그 후 몇 주 동안, 귀스타브는 페리쿠르가의 저택을 지금까지와 다른 눈으로 보기 시작했다. 그는 서재의 안락의자에, 그리고 회장과 함께 수없이 저녁 식사를 했던 드넓은 식당에 주인으로 앉아 있는 자신의 모습을 상상했다. 이 모든 것이 오랜 세월 동안 무사무욕하게 노력해 온 자신에게 전혀 과분하다고 느껴지지 않았다.

그는 터무니없는 공상에 빠져들었다. 저녁마다 잠들기 전에 여러 가지 계획을 세우고, 모든 것을 개편했다. 우선, 세 부아쟁에서의 저녁 식사는 더 이상 없으리라! 마르셀 페리쿠르가 즐겨 이용하는 이 레스토랑 대신, 그는 〈집에서〉 손님을 맞을 것이다. 그는 자신이 고용할 수 있는 젊은 주방장 몇 사람을 벌써 생각하고 있었고, 제대로 된 와인 저장고도 하나 만들 생각이었다. 그의 식탁은 파리 최고의 식탁 중 하나가 될 것이다. 그 덕분에 집에는 사람들이 붐비고, 그는 저녁 파티에 오고 싶어 안달하는 수많은 후보자 중에서 사업에 도움이 될 사람을 고르면 될 것이다. 이렇게 감미로운 음식들과 우아하면서도 격식 없는 접대는 주베르가 프랑스의 가장 큰 기업 중 하나로 키우고자 야심을 품고 있는 은행의 성공을 위한 지렛대로 작용할 것이다. 오늘날에는 새로운 환경에 적응하고, 독창적인 금융 상품을 개발하고, 창의적인 모습을 보여야, 한마디로 프랑스가 필요로 하는 현대적 은행의 모델을 만들어 내야 하지 않겠는가? 어린 폴이 어느 날 자기 할아버지의 사업을 이어받는다는 것은 상상할 수도 없는 일이다. 이사회를 주재하는 말더듬이는 사업에 치명적인 결과를 가져올 게 뻔하다. 귀스타브는 마르셀 페리쿠르처럼 해나갈 것이고, 때가 되면 자신이 이 가족 기업을 위해 이뤄 낼 업적에 걸맞은 후계자를 찾아낼 것이다.

보다시피, 그는 자신을 이 상황에 딱 맞는 인물로 여기고 있었다.

따라서 마들렌이 전혀 그런 기미를 보이지 않다가 느닷없이 결혼하지 않겠다고 선언했을 때, 주베르는 꿈에서 사정없이 끌려 나와야 했다.

그 애송이 프랑스어 복습 교사 놈과 잔다는 이유만으로 그들의 계획을 취소한다는 생각이 그에겐 너무나 불합리하게 느껴졌다. 그래, 그녀가 원하는 만큼 애인을 가지라고 해! 그렇다고 그들의 결혼이 위험에 빠질 이유가 뭐 있겠는가? 자신은 아내의 혼외 관계와 얼마든지 타협할 수 있었다. 만일 그런 것들 때문에 일을 멈춰야 한다면, 도대체 이 세상이 뭐가 되겠는가 말이다! 하지만 그는 아무 말도 하지 않았다. 만일 자기가 그녀의 〈여자로서의 삶〉을 — 암시적으로라도 — 거론한다면, 그녀는 이것을 결례로 여길 수도 있었다. 그러면 현재의 불운은 굳어질 것이고, 모욕을 받은 것도 모자라 비웃음까지 사지 않겠는가?

사실 이 모든 이야기 위에는 마들렌의 전남편 앙리 도네프라델의 그림자가 드리워져 있었다. 신경질적이고, 자신만만하고, 남성적이고, 매력적이고, 권위적이고, 뻔뻔하고, 거리낌 없는(그래, 수식어가 너무 많은 게 사실이다. 하지만 그를 아는 사람들은 이 묘사에 과장된 게 전혀 없다고 말할 것이다) 그는 1년의 날 수만큼이나 많은 애인을 가졌었다. 귀스타브가 이 사실을 알게 된 것은 어느 날 회장 사무실을 나오다가, 마들렌이 레옹스 피카르에게 자신이 과거에 얼마나 고통을 받았는지 설명하는 대화를 몇 마디 들었기 때문이다.

「난 귀스타브에게 똑같은 짓을 할 수 없어. 그를 온 파리의 웃음거리로 만들 수는 없단 말이야. 우리가 사랑하는 사람에게는 고통을 줄 수 있지만, 사랑하지도 않는 사람에게는……. 아냐, 그것은 비열한 짓이야.」

아버지에게 결혼 취소를 선언한 뒤, 마들렌은 주베르에게도 뭔가 말해 줘야 한다고 느꼈다.

「귀스타브, 내가 분명히 얘기하는데, 여기에 개인적인 감정은 전혀 없어요. 당신은 정말로…….」

하지만 더 이상 할 말이 떠오르지 않았다.

「그러니까 내가 하고 싶은 말은…… 이걸 마음에 담아 두지 말라는 거예요.」

그는 이렇게 대꾸하고 싶었다. 난 이걸 마음에 담아 두지 않을 거요! 아니, 난 이걸 마음속에 꽉 박아 둘 거요! 하지만 그는 꾹 참았다. 다만 마들렌을 뚫어지게 응시하다가, 평생 그래 왔던 것처럼 정중히 고개를 숙였다. 그는 이런 상황에서 어떤 신사라도 그리했을 행동을 취했지만, 그녀의 갑작스러운 변심에 심한 모욕감을 느꼈다.

그는 권한 대행이라는 자신의 위치가 갑자기 답답하게 다가왔다. 그리고 얼마 지나지 않아 빈정거리는 듯한 주위의 시선이 느껴졌다. 감미롭고도 상쾌한 소문의 바람은 야릇한 침묵들과 비꼬는 듯한 말들에 자리를 넘겼다.

마르셀 페리쿠르는 그에게 그룹 산하 여러 회사의 부회장직을 맡겼고, 귀스타브는 이에 감사를 표했지만, 이 승진 인사가 자신이 입은 손실에 대한 보상금으로는 걸맞지 않다고 여겼다. 그는 어린 시절에 읽은 다르타냥의 이야기, 즉 추기경으로부터 대위 수여증을 약속받았지만 결국 중위로 남게 된 그의 쓰디쓴 감정을 떠올렸다.

사흘 전, 전 보스의 입관식 때 그는 마들렌 옆에, 마치 하인장 같은 모습으로 약간 뒤쪽에 서 있었다. 그를 자세히 관찰해 보면 그가 어떤 감정을 품고 있는지 어느 정도 알 수 있었고, 냉혈 동물들에게서는 더 고약한 양상으로 나타나는 그 서서히 연소되는 분노들에서 만날 수 있는 그 뻣뻣함, 그 팽팽함을 감지할 수 있었다.

장례 행렬이 말셰르브 대로에 이르렀을 때, 차디찬 빗방울이 떨어지기 시작했다. 귀스타브는 자신의 우산을 펼쳤다.

샤를은 몸을 돌려 주베르를 바라본 뒤, 양해를 구하듯 자기 딸들을 가리키며 팔을 뻗어 우산을 잡았다.

그러자 두 소녀는 비를 피하려고 아버지에게 달라붙었다. 오르탕스는 추워서 발을 동동 구르며 조금이나마 우산 속에 머리를 넣어 보려고 애썼다.

귀스타브는 모자도 쓰지 않은 채 공동묘지를 향해 계속 걸었다. 얼마 지나자 빗줄기가 더욱 굵어졌다.

격심한 충격으로 의식을 잃은 마들렌은 입원해야만 했다. 샤를의 식솔을 제외하면, 페리쿠르 집안의 반은 병원에, 나머지 반은 공동묘지에 있는 셈이었다.

요컨대 이것은 너무나 이 시대다운 반전이라 할 수 있었다. 부유하고도 존경받는 집안에 단 몇 시간 사이 가장이 사망하고 유일한 남성 후사가 어린 나이에 변을 당하는 일이 일어난 것이다. 패배주의적 사고를 가진 사람들은 이것을 모종의 예언으로 볼 수도 있었을 것이다. 앙드레 델쿠르 같은 지적이고 교양 있는 사람에게는 생각해 볼 거리가 많은 사건이었으나, 그는 어린 폴의 추락이 야기한 끔찍한 충격에서 벗어나자 미칠 듯한 실망감만 곱씹고 있었다. 마르셀 페리쿠르의 장례식을 전할 자신의 기사, 그리고 성공에 대한 희망이 물거품되어 버린 것이다. 우연, 운명, 숙명, 그리고 우발성 등에 대해 오랫동안 철학적 상념에 빠질 수 있는 이 이야기 앞에서, 거창한 담론을 좋아하는 그로서는 물 만난 고기 같은 기분이어야 했으나, 머릿속이 온통 우울한 전망들뿐이었다.

마침내 아이는 열 시간 만에 혼수상태에서 깨어나 턱까지 올라오는 일종의 뻣뻣한 구속복 속에 꽁꽁 묶여 저녁에야 그들이 있는 병실로 옮겨 왔다.

누군가가 그를 지켜봐야 했는데, 앙드레가 자원했다. 레옹스는 갈아입을 옷을 가져오고, 화장을 좀 고치기 위해 페리쿠르의 저택으로 돌아갔다.

병실에는 침대가 두 개 있었다. 하나는 의식이 없는 폴의 것이고, 거기서 몇 센티미터 떨어진 다른 하나에는 약으로 마취시킨 마들렌이 누워 있었는데, 그녀는 끊임없이 몸을 꿈틀대기도 하고 뒤척이면서, 어떤 악몽을 꾸는지 뜻 모를 말들을 웅얼거렸다.

앙드레도 의자에 앉아 다시 우울한 상념에 빠져들었다. 움직이지 않는 이 두 몸뚱이는 그의 마음을 불편하게 만들었고, 식물인간이 된 아이는 두려움을 느끼게 했다. 그리고 어떤 의미에서 그는 아이를 원망하고 있었다.

그가 장례식 전문 기자로서 국가적인 영예를 얻게 될 꿈에 얼마나 부풀어 있었는지, 그리고 이제 그렇게 할 수 없게 되어 마음이 얼마나 무거운지, 독자는 어렵지 않게 상상할 수 있으리라. 모두 폴 때문이었다. 모든 것을 유산으로 받은 이 아이 때문이었다. 자신이 아무런 사심 없이 거의 아버지 같은 마음으로 보살펴 온 이 녀석 때문이었다.

물론 그는 엄격한 가정 교사였고, 폴은 이따금 자신의 멍에를 조금 무겁게 느꼈을 수도 있지만, 이것은 모든 초등학생의 운명이었다. 앙드레 자신도 생퇴스타슈 학원에서 이보다 훨씬 힘든 시간을 보냈지만, 그렇다고 죽지는 않았다. 그는 누구를 교육한다기보다는 제로에서 시작해 아이를 하나 만들어 나가는 이 임무에 열정적으로 뛰어들었다. 그는 자기가 아는 모든 것을 아이에게 전수해 주리라 굳게 마음먹었다. 앙드레는 〈아이가 하나의 돌덩어리라면 교사는 조각가다〉라고 말하곤 했다. 그리고 그의 노력을 충분히 보상해 주는 결과들을 얻었다. 이를테면 말 더듬는 버릇 같은 거였다. 아직 갈 길이 멀긴 했지만, 점점 나아지고 있다는 데는 의심의 여지가 없었다. 그의 오른손도 마찬가지였다. 아직 완전하다고는 할 수 없었지만, 훈련과 집중 덕분에 가시적이고도 고무적인 결과들에 이르렀다. 가르치는 이와 배우는 이가 동행하는 길이 항상 쉽지만은 않다. 천만의 말씀이지만, 앙드레와 폴은 결국 친구가 되었고,

이제 와서 생각하면 그것은 가슴 뭉클한 일이었다.

앙드레가 폴을 원망하는 것은 도무지 그의 행동을 이해할수 없기 때문이었다. 할아버지의 죽음이 그를 엄청 슬프게 한것은 알고 있었지만, 왜 자기에게 말하지 않았단 말인가? 그럼뭔가 필요한 얘기를 해줬을 텐데 말이다.

밤 10시였다. 내정에 드문드문 세워진 실외등만이 창백하고, 노르스름하고, 흐릿한 불빛으로 방 안을 비춰 주었다.

이렇게 실패를 곱씹고 있던 앙드레의 머릿속에 정말 모든기회가 사라진 것일까, 하는 생각이 떠올랐다. 장례식에 끝까지 참석하진 못했지만, 그래도 기사를 쓸 수 있지 않을까?

물론 이것은 무모한 짓이었지만, 침대에 누워 있는 폴을 내려다보니 이런 생각이 들었다. 그래도 이 기사를 쓰려고 애쓰는 것이 아이에 대한 의리와 미래에 대한 믿음의 표시가 아닐까? 폴이 다시 소생해『수아르 드 파리』지 한 면의 아래쪽에서자기 친구 앙드레 델쿠르의 이름을 발견하고 자랑스러워하지않을까?

문제를 제기하니, 답이 저절로 떠올랐다.

그는 일어나서 까치발로 방을 가로지른 다음, 당직 간호사가 있는 곳으로 갔다. 등나무 의자에서 자고 있던 뚱뚱한 간호사는 소스라치며 잠이 깨어, 엉? 뭐라고요? 좋이요? 라고 반문했다. 앙드레의 부드러운 미소가 눈에 들어오자 그녀는 병원장부에서 여남은 장 뜯은 뒤 가지고 있던 연필 세 자루 중 두자루와 함께 내밀고는 다시 잠들어, 이 젊은 청년이 등장하는달콤한 꿈속으로 빠져들었다.

병실로 돌아와서 그가 처음 본 것은 폴의 부릅뜬 두 눈이었는데, 초점이 고정되어 번쩍거렸다. 그는 섬뜩한 기분이 들어 망설였다. 어떡하나? 다가가 봐야 하나? 말을 건네 볼까? 그는 어떻게 해야 할지 알 수 없었고, 설사 안다고 해도 한 걸음도 내디딜 수 없다는 걸 깨달았다. 그래서 그냥 제자리에 앉았다.

허벅지 한쪽에 종이를 올려놓은 그는 벌써 무수한 메모가 적힌 수첩을 꺼내 작업을 개시했다. 결코 쉽지 않았다. 시작 부분밖에 보지 못했는데, 자신이 떠나고 나서 대체 어떤 일들이 일어났을까? 이 사건을 다루는 다른 기자들은 장례식 뒷부분에 대해 자신이 모르는 정확하고도 깜짝 놀랄 만한 세부 사항들을 제공하리라. 그래서 그는 그들과 전혀 다른 시각을 취하기로 했으니, 바로 서정성이었다. 그는 『수아르 드 파리』지를 위해 글을 썼고, 일부러 문학적으로 꾸민 기사를 좋아할 일반 대중을 염두에 두었다.

수없이 구기고, 줄을 그어 삭제하고, 접기를 반복해 종이들은 더 이상 글자를 읽을 수 없는 상태가 되었다. 결국 그는 새벽 3시에 전에 없이 흥분한 얼굴로 창구로 돌아가서는 종이 몇 장을 더 부탁했고, 단잠에서 깨어난 간호사는 짜증을 내며 그가 요구하는 것을 얼굴에 거의 집어 던지다시피 했다. 하지만 그는 허벅지 위에 올려놓고 기사를 베껴 쓸 수 있는 종이를 확보했기 때문에 조금도 개의치 않았다.

이때 그는 어린 폴의 고정되어 번들거리는 눈이 자기 쪽을 향하고 있다는 것을 알아챘다. 머리에서 발끝까지 꽁꽁 묶여 있고, 송곳 바늘만큼이나 뻣뻣한 아이의 기이할 정도로 새하얀 얼굴이 시야에 들어오는 것을 막으려고 그는 의자 위에서 몸을 돌렸다.

4

아침 7시경에 레옹스가 교대해 주자, 앙드레는 집으로 돌아가는 대신 택시를 잡아타고 신문사로 향했다.

쥘 기요토는 평소 습관대로 7시 45분에 출근했다.

「어...... 지금 여기서 뭐 하고 있어요?」

앙드레는 종잇장들을 쑥 내밀었지만, 사장은 큼직하고 거침 없는 글씨들로 채워진 다른 종이들을 손에 들고 있어 선뜻 받아 들기 힘들었다.

「왜냐하면...... 당신을 다른 사람으로 바꿨기 때문이오, 내가 말이오!」

기요토는 미안한 마음이 들었지만, 한편으로는 호기심도 일었다. 델쿠르는 장례 행렬이 출발하기 전에 불려 가서는 더 이상 모습이 보이지 않았는데, 어떻게 보고 기사를 썼단 말인가? 그는 언론계에 몸담아 오면서 별의별 이상한 일, 야릇한 상황들을 겪었다. 그런데 이 상황은 그를 저녁 식사 자리의 스타로 만들어 주는 일화들의 레퍼토리 가운데 충분히 한 자리를 차지할 수 있을 거였다. 자, 기요토 씨, 뭐, 새로운 게 있으면 얘기해 봐요, 라고 사람들은 마치 늙은 화류계 여자에게 하듯 졸라 대곤 했다. 자, 쥘, 빨리 좀 풀어 봐요, 라는 초대한 집 여주인 의 재촉에 못 이겨, 그가 큼큼 목을 고른 뒤, 자, 이것은 정말 얘기해선 안 되는 건데……, 라고 운을 떼면 식탁에 둘러앉은 사람들은 그들이 듣게 될 이야기를 동네방네 퍼뜨리고 싶어 벌 써부터 침을 꿀꺽 삼킨다. 에, 그러니까, 그 불쌍한 마르셀 페 리쿠르의 장례식 다음 날 아침에 말이야…….

「오, 좋아요, 좋아…….」 그는 문을 열며 말했다. 「자, 어서 들어와요…….」

기요토는 외투도 벗지 않은 채 의자에 앉아서는, 손에 들고 있던 기사와 앙드레의 원고를 데스크 위에 나란히 내려놓았다. 앙드레는 떨리는 마음을 감추기 위해 주위를 둘러보았지만, 생각이 전혀 다른 곳에 가 있는 사람처럼 멍한 표정이었다.

사장은 두 개의 글을 차례로 읽었다.

그런 다음 〈끔찍한 비극으로 그늘진 마르셀 페리쿠르의 장 려한 장례식〉이라는 제목 아래 〈장례 행렬이 시작될 무렵, 고 인의 손자가 이 집안 저택의 3층에서 추락하다〉라는 부제가 달 린 앙드레의 것을 좀 더 천천히 다시 읽어 보았다.

그의 기사는 상투적인 미사여구로 묘사한 장례식으로 시작 되다가(〈이 경제계의 귀감, 마르셀 페리쿠르가 드리운 보호의 그늘에 경건한 자세로 자리 잡은 공화국 대통령은……〉), 그 충 격적인 성격이 기가 막히게 표현된 뜻밖의 사건으로 이어지더 니(〈앞섶이 활짝 열린 흰 셔츠가 그가 얼마나 순진무구한 존재 인지 잘 보여 주는 이 아이의 모습에 모두가 얼어붙었다……〉), 갑자기 어떤 가족 멜로드라마 쪽으로 방향을 틀었다(〈이 상상도 할 수 없는 사건은 한 어머니를 절망으로, 집안 전체를 경악 속으로, 그리고 거기 있던 모든 사람을 더없이 깊은 연민 한가운데로 빠뜨렸다).

앙드레는 전통적인 보고 기사 형식을 버리고, 감동과 반전과 연민으로 가득한 3막 비극을 내놓은 것이다. 그의 펜을 거치니, 세상에서 이 장례식보다 생기 넘치는 것이 없었다. 쥘 기요토의 기준에서 볼 때, 이 청년은 기자 일을 하기에 필요 불가결한 두 가지 자질을 갖추고 있었다. 자기가 전혀 알지 못하는 주제에 대한 얘기를 늘어놓고, 자기가 보지 못한 사건을 묘사하는 능력이 있었던 것이다.

기요토는 눈을 들어 올리고, 안경을 벗어 내려놓은 다음, 입맛을 쩝 다셨다. 아주 난처한 심정이었다.

「그래, 당신 것이 더 나아…… 훨씬 낫다고! 힘 있고, 나름의 스타일도 있어……. 솔직히 난 이걸 쓰고 싶어. 하지만…….」

앙드레는 눈앞이 캄캄했다. 기요토는 유례를 찾아보기 힘든 병적인 인색함으로 명성이 자자한 인물이었지만, 앙드레는 아직 그걸 모르고 있었다.

「왜냐하면 내가 벌써 다른 사람을 고용해 버렸거든, 내가 말이야! 이해해 주시오. 당신은 횡하니 사라져 버렸고, 난 기사가 필요했던 말이지! 그리고 난 이제 고료를 지불해야 해…… 그래서…….」

그는 안경을 다시 접은 뒤 앙드레에게 기사를 돌려주었다. 상황은 명확했다.

「난 이걸 『수아르 드 파리』에 그냥 제공하겠습니다!」 앙드레가 선언했다. 「그냥 드릴 테니, 발표해 주세요!」

사장은 군말 없이 제의를 받아들였다. 그렇다면 좋아, 그렇게 하도록 하지!

이렇게 해서 앙드레 델쿠르는 저널리즘에 입성했다.

잠에서 깨어난 마들렌은 폴의 침대를 발견하고는 곧바로 달려들었다.

아들을 다시 보게 되어 너무나 기뻤던 그녀는 아이를 와락 껴안고 싶었지만, 먼저 그를 묶어 놓은 구속복에, 그리고 무엇보다 그의 시선에 동작을 딱 멈췄다. 아이는 누워 있는 게 아니라 눈을 부릅뜬 채 시체처럼 뻗어 있었다. 심지어 그가 듣기나 하는지, 주위에서 일어나는 일들을 이해하기나 하는지조차 알 수 없었다.

레옹스는 맥없이 두 팔을 펼쳐 보였다. 내가 왔을 때부터 이랬어요, 이렇게 꼼짝 않고 있었어요…….

마들렌은 옆에 있는 사람이 정신없을 정도로 흥분해 폴에게 말하기 시작했다.

마들렌이 이런 극도의 기쁨과 불안감이 뒤섞인 상태에 빠져 있을 때, 푸르니에 교수가 들어왔다. 그는 깊이 심호흡을 하면서 그녀의 시선을 끌어 보려 했지만 허사였다. 젊은 어머니는 빳빳하게 풀 먹인 구속복 밖으로 빠져나온 아들의 손을 꼭 잡은 채 놓지 않았다.

교수는 그녀의 손가락을 하나하나 풀고는, 마들렌의 얼굴을 자신에게로 돌리게 했다.

「X선 검사 결과…….」 그는 마치 귀머거리에게 말하듯이 — 아닌 게 아니라 지금 그녀는 귀머거리나 다름없었다 — 천천히 설명하기 시작했다. 「X선 검사 결과, 폴의 척추가 부러졌어요.」

「얘가 살아 있는 거죠!」 마들렌은 동문서답을 했다.

소식을 알리는 것 자체가 쉽지 않은데, 상대가 이렇게 정신 없으니 의사로서 너무나 힘들었다.

「척수에 손상을 입었습니다.」

마들렌은 눈썹을 찌푸리며 어떤 알쏭달쏭한 수수께끼의 답을 찾는 사람처럼 푸르니에 교수를 쳐다보았다. 갑자기 그녀는 그 답을 찾아냈다.

「얘를 수술하실 거죠? 그리고…… 아! 아주 긴 수술을 각오해야 한다, 그 말인가요? 아마도 아주 어려운…….」

마들렌은 고개를 끄덕였다. 네, 저도 이해해요. 폴이 이전 모습으로 돌아오려면 당연히 많은 시간이 필요하겠죠.

「마들렌, 우린 수술하지 않을 거예요. 할 수 있는 게 아무것도 없어요. 이 척수 손상은 돌이킬 수가 없어요.」

마들렌은 뭐라고 말하려 입을 벌렸지만, 말이 나오지 않았다. 푸르니에는 한걸음 뒤로 물러섰다.

「이제 폴은 대마비(對痲痺) 환자예요.」

단어는 기대한 효과를 낳지 못했다. 마들렌은 계속 그를 쳐다보며 그다음 말을 기다렸다. 그래서요……?

〈대마비〉라는 개념은 다소 추상적인 게 사실이었다. 좋아, 확실히 얘기해 버리자, 라고 푸르니에는 속으로 중얼거렸다.

「마들렌…… 폴은 하반신이 마비됐어요. 앞으로 영원히 걷지 못할 겁니다.」

5

파리 날씨가 갑자기 다시 추워졌다. 도시 위로 젖빛 하늘이 걸렸는데, 뼛속까지 한기가 스며드는 차가운 빗방울이 떨어져 내리기까지 그것의 의도를 가늠하기 힘들었다.

르세르 변호사의 어둑한 사무실에 불을 밝히자, 사람들은 외투의 물기를 털어 옷걸이에 건 다음 저마다 자리에 앉았다.

꼭 참석하고 싶다며 따라온 오르탕스는 남편, 샤를 옆에 앉아 있었다. 가슴도, 엉덩이도, 정신도 좁쌀만 한 이 여자는 남편을 엄청난 인물로 여기고 있었다. 그 무엇도 이 터무니없는 의견을 확증해 주지 못했지만, 그녀는 남편에 대한 한없는 경외심을, 그녀가 생각하기에 순전한 질투심으로 늘 자기 동생의 앞길을 막곤 했던 시숙, 마르셀 페리쿠르를 끔찍이 싫어해 더욱 깊어진 경외심을 계속 간직해 왔다. 형 덕분에 남편이 이렇게까지 성공한 것이 아니라, 형의 방해에도 불구하고 남편이 성공을 거두었다고 여겼다. 유서 공개는 장례식 이상으로 마르셀 페리쿠르, 이 늙은 심술쟁이의 종말을 의미하는 것이기 때문에, 그녀는 무슨 일이 있어도 이 중요한 사건을 놓치고 싶지 않았다.

그래서 샤를과 오르탕스는 맨 앞줄에 앉고 주베르는 원래 뒤에 앉아야 옳았지만, 병원에서 떠나기를 거부하는 마들렌을 대리해 그들 옆에 앉았다.

어린 폴에 대한 소식은 좋지 않다. 그는 혼수상태에서 깨어났지만, 병실에 잠시 들른 귀스타브는 시체와 다름없는 아이의 모습을 보았고, 상황은 전혀 고무적이지 못했다. 이런 중요한 순간에 마들렌을 대리한다는 사실은 그가 충분히 남편이 될 만한 사람이었음을 여실히 보여 주었다.

앞줄의 반대쪽 끝, 한 송이 연보라색 제비꽃 뒤에는 그 이느 때보다 매혹적인 자태의 레옹스 피카르가 두 손을 무릎 위에 얌전히 포개고 앉아 있었다. 그녀는 폴 대신이었다. 아, 어떻게 저토록 예쁠 수가 있을까! 여자에 관한 한 돌부처나 다름없는 귀스타브를 제외하곤, 사무실에 있는 모든 사람이 그녀의 미모에 전율했고, 그렇지 않은 사람은 오르탕스처럼 불편해했다.

르세르 변호사는 법률적인 이야기와 개인적 추억을 섞어 20분 넘게 서론을 늘어놓았다. 그는 이런 상황에서 공증인의 말을 중간에서 끊을 사람은 아무도 없다는 것을 경험을 통해 알고 있었다. 어떤 빗나간 행동을 하면 재수가 없을 수도 있는 법, 지금은 위험을 무릅쓸 때가 아닌 것이다.

그래서 모두 꾹 참고 기다리면서, 저마다 다른 것을 생각하고 있었다.

오르탕스는 자신의 난소에 대해 생각했다. 오래전부터 난소가 아팠고, 검사할 때마다 의사는 끔찍한 통증만 안겨 줄 뿐이었다. 그녀는 여기에 대한 갖가지 이야기를 들었고, 그럴 때마다 머리에서 발끝까지 발발 떨면서, 문제만 안겨 주는 자신의 배를 증오했다.

샤를은 족제비같이 생겨 먹은 그 건설부 공무원 놈의 말을 떠올렸다. 〈지금 의원님께서 부탁하시는 것은 아주 복잡한 일입니다…….〉 그는 옆 사무실의 문을 가리키며 속삭였다. 〈저기 있는 다른 친구는 얼마나 욕심이 많은지 상상도 못하실 거예요……. 정말 욕심이 한도 끝도 없는 친구죠…….〉 빌어먹을, 빨리 여기서 벗어나야 해! 샤를은 발을 살짝 구르며 생각했다.

레옹스는 유산이 분명 천문학적인 액수일 터인데, 대체 얼마나 될까 하는 호기심이 일었다. 그녀는 마들렌을 많이 좋아했지만, 이처럼 돈이 엄청 많은 사람들과 같이 사는 것은 솔직히 쉬운 일이 아니었다.

마지막으로 귀스타브는 진수성찬이 눈앞에서 지나가는 것을 다시 한번 지켜볼 준비를 하고 있었다.

「그리고 우리의 친애하는 마르셀 페리쿠르 씨께서는 당신의 마지막 뜻을 알려 주시기 위해 저를 부르셨습니다.」

마르셀 페리쿠르의 재산은 그가 설립한 산업예금신용은행 주식이 대략 1천만 프랑으로 산정되었고, 여기에 프로니가 (街)의 저택 가격으로 250만 프랑이 추가되었다. 샤를은 생각했던 것보다 많은 액수에 기분 좋은 놀라움을 느꼈다.

마르셀 페리쿠르의 유언장은 유산 수혜자들을 중요한 순서대로 언급했다. 아들 에두아르가 죽은 뒤 마들렌은 그의 유일한 상속자였다. 그녀는 6백만 프랑 조금 넘는 액수와 저택을 상속했는데, 그녀의 대리인 주베르는 그냥 눈만 한 번 깜빡였다. 마들렌이 챙긴 것은 정확히 그가 잃은 것이었다.

너무도 당연한 일이지만, 페리쿠르의 손자 폴은 국채로 3백만 프랑을 받았다. 국채이기 때문에 큰 이익을 얻긴 힘들겠지만, 적어도 세월이 지나면서 가치가 줄어드는 일은 없을 것이었다. 이것의 관리를 법적 후견인인 마들렌 페리쿠르에게 맡겼고, 그는 만 스물한 살이 되는 날 직접 사용할 수 있었다.

누구보다 계산을 잘하는 주베르는 그의 보스가 유산의 나머지를 대체 어떻게 배분했을까 궁금해 주판알을 튕겨 보았다. 왜냐하면 단 두 번 만에 저택을 제외한 유산의 90퍼센트가 증여되었기 때문이다.

샤를은 다소곳이 고개를 숙였다. 논리적으로 보면 그의 차례였기 때문인데, 이 생각은 맞기도 하고 틀리기도 했으니, 다음번 증여는 그의 딸들에 대한 것이었다. 그들은 각각 5만 프랑씩 받았는데, 이 정도면 그들의 부모가 만들어 줄 수 있는 지참금을 훨씬 불려 줄 수 있었다.

주베르는 속으로 미소를 지었다. 더 이상 계산할 필요도 없이, 드러난 결과는 그가 상상했던 것보다 훨씬 심했다. 샤를 페리쿠르에게는 고작 20만 프랑이 돌아간 것이다…… 그야말로 푼돈이었다. 유산의 2퍼센트도 되지 않는 액수였다. 그가 받은 것은 유산이 아니라 따귀 한 방이었다. 그는 얼굴이 벌겋게 되어 넋을 잃었고, 눈은 죽은 새의 그것처럼 딱 고정되었다.

귀스타브 주베르는 이것이 그렇게 놀랍지 않았다. 마르셀 페리쿠르는 사석에서 이렇게 말하곤 했기 때문이다. 〈난 그 녀석에게 할 만큼 해줬어. 걔는 모든 걸 망쳐 놓기만 할 뿐, 혼자서는 아무것도 못 할 놈이야. 돈이 많으면 1년 만에 다 말아 먹

고, 집안 전체를 진창으로 끌고 갈 놈이라고…….〉

재산의 나머지는 5만 프랑씩 나누어 조케 클럽, 서부 자동차 클럽, 프랑스 레이싱 클럽 같은 다양한 단체에 증여되었다(마르셀은 거기에 드나들지도 않으면서 클럽이라면 사족을 못 썼다).

최후의 일격은 물론 그의 죽은 아들 에두아르 페리쿠르를 상징적으로 대신하는 참전 용사 협회에 돌아간 무려 20만 프랑이나 되는 액수였다. 일개 상징 하나가 샤를 전체보다 더 중요하단 얘기였다!

르세르 변호사는 결론에 이르렀다.

「〈오랜 세월 동안 나와 함께해 준 충직하고도 정직한 동료 귀스타브 주베르에게는 10만 프랑을 증여한다. 그리고 페리쿠르 저택의 직원 일동에게 1만 5천 프랑을 남기는데, 이 돈은 내 딸이 일상생활을 하면서 차차 공제해 분배해 나갈 것이다.〉」

주베르는 샤를과 달리 냉정을 잃지 않았지만, 그래도 분한 마음을 금할 수 없었다. 그가 받은 것은 따귀가 아니라 적선이었다. 그는 맨 끝에, 하녀들과 운전수와 정원사 바로 앞에 언급된 것이다.

샤를은 누군가 다른 사람이 발언하기를 기다리는 듯 주위를 둘러보았다. 하지만 유언장 낭독은 끝났고, 공증인은 파일을 덮었다.

「어…… 여보시오, 선생…….」

「변호사입니다!」

「네, 그렇다면 변호사 양반…… 그게 다 합법적으로 작성된 거요?」

공증인은 눈썹을 찌푸렸다. 만일 자기가 작성한 증서의 합법성을 공격한다면, 이는 자기에게 책임을 묻는다는 얘기이니, 그는 이것이 마음에 들지 않았다.

「〈합법적〉이냐고요? 아니, 그게 무슨 말씀이시죠, 페리쿠르 씨?」

「어, 난 잘 모르겠소. 하지만…….」

「설명해 보세요!」

샤를은 무슨 설명을 해야 할지 알 수 없었다. 하지만 너무나 자명한 어떤 생각이 번쩍 떠올랐다.

「그러니까 말이오, 변호사 양반! 지금 숨이 간신히 붙어 있는, 어쩌면 내일 죽을지도 모르는 어린아이에게 3백만 프랑을 주는 게 정말 합법적이오? 당신이 그에게 이 어마어마한 액수를 내주는 이 순간, 걔는 라 피티에 병원의 어느 병상에 누워 있고, 일주일 안에 자기 할아비 무덤에다 옮겨 놓을 식물인간일 뿐이야! 그래, 다시 한번 묻겠는데, 이게 정말 합법적이오?」

공증인은 천천히 몸을 일으켰다. 그의 직업적인 경험은 신중하면서도 단호하게 나가라고 명령했다.

「신사 숙녀 여러분, 마르셀 페리쿠르 씨의 유언장 낭독은 이제 끝났습니다. 만일 이 유언장의 적법성에 이의를 제기하고 싶은 분은 내일 당장 법원에 호소하시면 됩니다.」

하지만 샤를은 아직 할 말이 남아 있었다. 이런 그의 모습은 경보 시스템이 장착되지 않아서 뒈질 때까지 초콜릿을 처먹거나 기름을 마셔 대는 그런 종류의 개들을 생각나게 했다.

「잠깐, 잠깐!」 그는 아내가 소매를 잡아끄는데도 고래고래 소리를 질렀다. 「만일 그놈이, 그 애새끼가 지금 죽어 있다면 어떻게 할 거요, 엉? 그가 죽어 있다면 어떻게 할 거냐고! 당신이 읽은 그 뭐시기가 합법적이오? 그래도 당신은 무덤에 있는 그놈에게 유산을 보낼 거냐고, 엉?」

그는 연극배우처럼 과장된 몸짓을 써가며 모인 모든 사람을 증인으로 삼으려 했지만, 귀스타브는 보란 듯이 몸을 돌리고는 반코트를 걸치고 있어 그를 보고 있는 사람은 레옹스뿐이었다.

「아, 이거야, 원! 그래, 이렇게 시체들에게 수백만 프랑을 나눠 주고도 모두 아무렇지 않단 말이지? 오, 그래, 잘한다! 브라보!」

그는 이렇게 소리치고는 말 그대로 아내를 가방처럼 옆구리에 끼고 방을 나가 버렸다.

공증인은 입을 꾹 다물고 레옹스와 악수를 나눴고, 그녀도 뒤따라 방을 나갔다.

「주베르 씨…….」

그는 귀스타브에게 손짓을 했다. 잠깐 저와 얘기 좀 하시죠……. 그들은 다시 사무실로 들어갔다.

「샤를 페리쿠르 씨께서는 만일 원한다면 이 유언장을 법정에 가져갈 수도 있을 겁니다. 하지만 가족 전체의 이익을 위해서 이사님께서…….」

귀스타브는 짤막한 손짓으로 말을 끊었다.

「샤를은 아무것도 안 할 거예요! 그 양반은 다혈질이긴 하지만 현실주의자예요. 그리고 만일 그가 혹시 그런 마음을 먹는다면, 내가 가서 말리겠어요.」

공증인은 당연하다는 듯이 고개를 끄덕였다.

「아, 참!」 그는 마치 무언가를 뒤늦게 기억한 것처럼 다시 말했다.

그는 데스크 서랍을 열고, 뒤지지도 않고서 커다랗고 납작한 열쇠 하나를 꺼냈다.

「존경하는 우리 고인께서 내게 이것을 맡기셨습니다……. 그분 서재의 금고 열쇠지요. 마들렌 양에게 전해 주라고 하셨어요. 지금 마들렌 양을 대리하고 계시니…….」

귀스타브는 그것을 받아서 곧바로 호주머니에 집어넣었다. 그들은 대화를 더 이어 갈 생각이 전혀 없었다. 둘 다 이것은 샤를이 이의를 제기할 만한 이유가 있는 증서이며, 그리되면 누구에게도 좋을 게 없음을 잘 알고 있었다.

샤를은 아까 일을 계속 곱씹고 있었다. 오르탕스는 그의 팔뚝에 손을 올려 보려 했지만, 그는 사정없이 뿌리쳤다. 가만히 있어! 그러잖아도 성질나 죽겠으니까……. 그녀는 보일 듯 말 듯 한 미소를 머금었다. 그녀는 이런 순간들이 너무 좋았다. 그녀의 수컷이 어떤 의혹이나 분노에 사로잡혀 있다는 것은 그가 곧 다시 튀어 오른다는 틀림없는 신호였기 때문이다. 원래 커다란 야수들은 이런 법이다. 그들은 상처를 입었을 때 가장 힘을 낸다. 따라서 그의 얼굴이 일그러질수록 그녀는 의기양양해졌다. 유언장 낭독을 듣고 돌아오면서, 그녀는 잔뜩 들떠 있었다. 자, 이제 어떤 일이 벌어질지 모두 두고 보라지!

자동차가 가로지르는 파리의 풍경은 샤를의 마음 상태와 놀라울 정도로 닮아 있었다. 이제 이런 거친 날씨가 오래 지속될 것을 각오해야 했다. 그는 계산을 해보았다. 공무원 세계의 계산표상 〈욕심이 많다〉라는 표현은 1만 프랑, 〈게걸스럽다〉는 2만 프랑, 그리고 〈욕심이 한도 끝도 없다〉는 5만 프랑을 의미했다. 여기에다 직인을 받아야 할 몇몇 하급 직원들, 그러니까 2만 프랑 정도를 추가하고, 또 전혀 예상치 못한 곳에서 튀어나올 인간들을 위해 1만 프랑 정도 떼어 놔야 하고…….

이러다가 나도 죽어 버리지 않을까? 이런 생각이 문득 떠올랐다.

그는 갑자기 고아가 된 기분이었다. 울고 싶었지만, 그것은 사나이가 할 행동이 아니었다. 어떻게 이 궁지에서 빠져나가야 할지 도무지 알 수가 없었다. 갑자기 형이 너무나 그리웠다.

운전기사는 윈도 브러시를 작동시키고는, 앞창에 서린 김을 손등으로 쓱 한 번 닦아 냈다.

귀스타브는 비가 눈으로 바뀌고 있는 하늘을 잠시 바라보고는 자동차에 올랐다. 그는 상황이 어떻든 직접 운전하는 편이었다.

이 치세의 끝은 그에게만 슬픈 게 아니었다.

어린 폴이 자고 있는 병실에 들어서, 의자 위에 두 발을 올려놓고 잠든 마들렌의 모습을 보니, 마르셀 페리쿠르가 남긴 것은 사실 아무런 의미도 없다는 게 느껴졌다. 죽은 그보다 오래도록 살아남을 것은 아무것도 없고, 곧 이 모든 게 낙엽처럼 흩어져 버릴 것이니, 얼마나 서글픈가…….

「아, 오셨어요, 귀스타브?」

마들렌은 힘겹게 몸을 일으켰다.

「그래, 다 잘 처리됐나요?」

「네, 물론이죠, 걱정 마세요.」

마들렌은 거기에 대해 조금도 의심하지 않았던 듯, 세부적인 것은 전혀 묻지 않았다. 단지 〈네, 좋아요, 잘됐군요……〉라는 뜻으로 고개만 끄덕였다. 그리고 그들은 몇 분 동안 폴을 내려다보며 각자 생각에 잠겼다.

「르세르 변호사가 당신께 드리라고 이 열쇠를 맡겼어요. 아버님의 금고 열쇠랍니다.」

마들렌에게 중국 농업이 겪는 어려움들에 대해 얘기했다고 해도, 이보다 더 반응이 없지는 않았을 것이다. 하여 그녀가 열쇠를 기계적으로 붙잡자, 귀스타브는 그녀의 주의를 환기시키기 위해 그것을 꽉 쥐고 놓지 않았다.

「마들렌…… 이 금고에 들어 있는 것은 정식 유언장에 언급되지 않은 거예요. 무슨 말인지 아시겠어요? 만일 세무 당국이……. 신중하게 행동하세요.」

그녀는 고개를 끄덕였지만, 지금 그가 한 말의 의미를 정말로 이해했는지는 알 수 없었다. 그녀는 울기 시작했다. 그는 본능적으로 두 팔을 벌렸고, 그녀는 그에게 몸을 기대고 흐느꼈다. 아주 어색한 상황이었다. 〈그만 진정하세요, 진정하세요〉라고 그가 다독였지만, 이미 감정이 걷잡을 수 없이 터져 버린 마들렌은 더 이상 자제하지 못하고, 〈귀스타브, 오, 귀스타브〉만 되풀이할 뿐이었다. 물론 그녀가 지금 그에게 말하는 것은 아니었지만, 귀스타브 입장에선 어떤 생각이 들겠는가?

그런 상황이 한동안 계속되었다.

마침내 그녀는 몸을 떼고 코를 훌쩍였다. 그가 서둘러 손수건을 내밀자 그녀는 그것을 받아 들고 요란하게, 우아함 같은 것은 조금도 신경 쓰지 않은 채 코를 풀었다.

「미안해요, 귀스타브……. 이런 꼴을 보이면 안 되는데…….」

그녀는 그를 뚫어지게 쳐다봤다.

「와주셔서 고마워요, 귀스타브……. 모든 게 고마워요.」

그는 침을 꿀꺽 삼키고 나서, 자신이 아직도 금고 열쇠를 쥐고 있다는 사실을 알아차리고는 그것을 내밀었다.

「아니에요, 가지고 계세요. 그건 나중에 보도록 하죠. 그렇게 해줄 수 있겠죠?」

그러고는 다시 다가와 분위기를 한층 어색하게 만들었다. 그녀는 그의 볼에 키스를 해서 그를 얼빠지게 만들었다. 그는 무슨 말이든 해야 했으나, 그녀는 몸을 돌리더니 폴의 침대 시트 가장자리를 매트리스 아래로 살며시 집어넣었다.

병실을 나선 그는 거리로 나와 자동차에 올라탔다. 윈도 브러시는 뻑뻑하게 돌아갔고, 히터에서 나오는 바람 때문에 목이 콱 막혔다. 그는 어떤 모호한 감정에 사로잡혀 있었다. 자신의 감정 상태를 분석하는 일이 거의 없는 그는 마들렌이 대체 무엇을 표현하려 했을까 짐작해 보려 했다. 어쩌면 그녀 자신도 모르고 한 행동이었는지도 모른다.

페리쿠르가 저택에 도착한 그는 하녀에게 자신의 반코트를 건네고는, 전에 늘 하던 대로 지체 없이 서재로 이르는 층계를 걸어 올랐다.

서재는 그가 보스와 마지막으로 대화를 나눴던 때 이후 크게 변한 게 없었고, 데스크에 놓인 고인의 안경이며 그가 저녁마다 피우던 파이프 같은 서글픈 물건들이 그대로 눈에 들어왔다.

그는 지체 없이 열쇠를 꺼내 금고 앞에 무릎을 꿇고 그것을 열었다.

거기에는 가족과 관련된 서류 몇 점, 개인적인 노트들, 그리고 녹색 끈으로 주둥이를 봉한 로열블루색 마직 자루가 하나 있었는데, 그 안에 프랑스 지폐로 20만 프랑 넘는 현금과 거의 두 배에 달하는 외국 화폐가 들어 있었다.

6

마르셀 페리쿠르가 땅속에 묻힌 지도 두 달이 다 되어 갔다. 집 안에는 말다툼이 벌어진 가족 식사가 끝났을 때와 같은 어색한 침묵으로, 무거운 분위기가 감돌았다.

아무도 말을 주고받지 않았지만, 자동차가 도착하기 전 몇 분 사이, 하인들은 죄다 1층 쪽으로 슬금슬금 모여들었다. 어떤 이는 깃털 빗자루로 층계 난간을 건성건성 쓸고, 어떤 이는 서재에서 부지깽이로 난롯불을 쑤셔 대고, 또 다른 하인은 빗자루를 잃어버렸다는 핑계를 대며 왔다 갔다 했다.

이처럼 들뜬 동시에 당황해하는 분위기는 아마도 며칠 전 레옹스 양이 직접 사온 휠체어와 관계있을 것이다. 나무 궤짝의 널판들 틈으로 보이는 휠체어는 아직 그 위험성을 알 수 없는 동물원의 어떤 짐승과도 흡사했다.

폴 도련님이 돌아온다는 소식에 정원사 레몽은 노루발장도리로 궤짝을 뜯었고, 모두가 겁에 질린 순간이 지나가자, 하녀 하나는 조심조심 다가가 단장을 해주었다. 철로 된 부분은 놋쇠에다 하듯 광을 내고, 목재 부분은 왁스 칠을 해놓으니, 휠체

어는 반들반들 윤이 났다. 거기 앉기 위해 스스로 반신불수가
되고 싶을 정도였다.

그동안 그들은 마님을 잠깐 한 번 봤을 뿐이었다. 그녀는 단
지 옷을 갈아입으려고 집에 들렀고, 사람들의 질문에 건성으
로 대답하곤 했다. 아, 그건 레옹스와 얘기해 봐요⋯⋯. 그녀는
온종일 라 피티에 병원에 죽치고 있었는데, 이런 모습을 보면
그녀가 그곳을 완전히 자기 본거지로 삼은 것은 아닌지, 더 이
상 내쫓을 수 없게 된 요양원의 환자들처럼 된 것은 아닌지 궁
금해질 정도였다.

아침 일찍 레옹스가 도착해 마지막 점검을 했다. 앙드레도
그 변함없는 짙은 회색 프록코트와 필사적으로 광을 낸 낡은
구두 차림으로 거기에 있었다. 주베르는 자기도 이 집에서 외
인이 아니라는 것을 보여 주기 위해 가서 포르토를 병아리 오
줌만큼 따라 마시면서, 앞으로 마들렌이 사업에 대해 얼마나
권위를 행사하려 들지 생각해 봤는데, 자신의 입지가 크게 걱
정되지는 않았다.

폴이 입원해 있는 동안, 그녀는 서류를 가져다주면 아무것
도 읽지 않고 사인만 했다. 고마워요, 귀스타브⋯⋯. 그가 도착
하면 그녀는 그들이 마치 오래된 친구 사이라도 되는 것처럼
그의 볼에 키스를 하곤 했다. 만일 그녀가 화장을 하고 옷을 제
대로 갖춰 입은 차림이었다면, 주베르는 그녀의 이런 행동을
그러려니 하고 받아들였을 것이다. 하지만 잠옷 바람에, 머리
도 대충 손질하고, 집에서 가져온 방울 술 달린 슬리퍼를 신은
여자가 그러니 조금 야릇한 느낌이 드는 게 사실이었다. 그것
은 여느 가정에서나 볼 수 있는 행동이었다. 마치 그들이 내외

간이어서, 그녀가 침실에서 나와 점심 먹으러 내려가기 전에 남편에게 키스하는 것 같았다. 어디 그뿐인가? 그녀는 그보다 훨씬 키가 작았기 때문에 까치발로 몸을 높이고, 균형을 잃지 않으려고 그의 팔뚝을 붙잡아 어쩔 수 없이 몸을 밀착시키곤 했으니…… 전에 순전히 상황적인 이유들로 떨쳐 버린 결혼 생각이 다시 그녀의 머릿속에서 고개를 쳐든 것일까?

이렇게 가까이 다가오려는 것은, 이제 중증 장애를 안게 된 아이에게 전적으로 헌신해야 하는 상황에 처하자, 누군가로부터 보호받고 싶기 때문 아닐까?

10시 반 가까이 되었을 때, 자동차 소리가 들렸다. 샤를의 차였다. 조바심에 숨도 제대로 쉬지 못해 그는 바로 달려가서 체리 브랜디 한 잔을 가득 부어 꿀꺽꿀꺽 마셨다. 그의 모근에 맺힌 땀방울, 시뻘건 얼굴, 이 모든 것은 귀스타브에게 정보 제공자들이 규칙적으로 알려 주는 것들이 모두 사실임을 확인시켜 주었다. 그들의 말에 따르면, 샤를 페리쿠르는 그 어느 때보다 궁지에 몰려 있었다. 어떤 이는 그의 사업이 흔들리고 있다고 말했고, 어떤 이는 상황이 갈수록 악화되고 있다고 말했다. 만일 그가 도움을 요청한다면, 주베르는 자신이 어떻게 해야 할지 아직 알 수 없었다. 그를 구해 주는 것에는, 기술적으로 볼 때 침몰하게 놔두는 것만큼이나 유리한 점들이 있었다. 혹은 그가 빨리 침몰하게 하는 것도 한 방법이었다.

「아!」 샤를이 갑자기 빽 소리쳤다. 「저기 왔네!」

자동차가 멈춰 섰다.

차창 뒤로 폴의 머리가 보였다. 아주 짧게 자른 머리칼은 조그만 얼굴을 평소보다 동그랗게 보이도록 했다. 그는 현관 앞 층계에 모여 있는 사람들을 쳐다보았다. 귀스타브와 샤를이 맨 앞줄에 서고, 앙드레는 좀 더 뒤쪽에 다른 고용인들과 섞여 있었다. 마침내 나타난 레옹스가 모든 사람을 헤치고 제일 먼저 자동차 쪽으로 내려가 차 문을 열었다.

그녀는 무릎을 꿇고 미소를 지었다.

「자, 우리 어린 왕자님, 드디어 돌아오셨군요!」

폴은 대답이 없었다. 그의 시선은 휠체어를 내놓은 현관 쪽으로 향해 있었다.

그의 입가에 침이 조금 흘러나온 게 보여, 레옹스는 손수건을 가져오지 않은 것을 후회했다.

다른 차 문으로 내린 마들렌은 자동차를 한 바퀴 돌아서 나왔다. 그녀는 마치 하루에 1킬로그램씩 살이 빠진 듯한 모습이어서, 도착한 마님과 폴 도련님의 바짝 마른 몰골은 정말이지 충격적이었다.

「자, 우리 강아지, 이제 집에 돌아왔다!」 마들렌은 이렇게 말했지만, 사람들은 격한 감정이 그녀의 목구멍까지 차오르는 것을 느꼈다. 그녀는 금방이라도 울음을 터뜨릴 듯한 표정을 지은 채 모여 있는 사람들 쪽으로 몸을 돌렸다. 아무도 움직이지 않았다.

사람들은 아이를 태우려면 휠체어를 층계 아래로 내려야 한다는 사실을 생각했다.

그러자 정원사 레몽이 휠체어의 손잡이를 잡았는데, 휠체어가 너무 갑작스레 움직이는 바람에 첫 번째 계단을 지나자마자 사람들은 참사의 규모를 예감하고는 조심하라고 외쳤다. 레몽은 뒤로 몸을 활처럼 당기며 버텼지만, 이내 휠체어의 무게에 끌려가며 하마터면 넘어질 뻔했고, 그 바람에 손잡이를 놓쳐 버렸다. 사람들이 손을 내밀었지만 너무 늦어 버려, 휠체어는 점점 빠른 속도로 요동치며 현관 층계를 굴러 내려갔고, 마들렌과 레옹스는 아슬아슬하게 옆으로 비켜섰다. 폴은 시선을 고정한 채 파국이 다가오는 것을 꿈쩍도 않고 지켜보았다. 휠체어는 쇠가 우그러지는 소리와 함께 자동차에 처박히고는 무겁게 옆으로 쓰러졌다.

황급히 몸을 일으킨 레몽은 어쩔 줄 몰라 하며 죄송하다는 말들을 늘어놓았지만, 듣는 이는 아무도 없었다. 그는 안절부절못하고 그의 새 앞치마에 두 손을 문질러 댔다. 이 사고는 모두를 경악시켰다. 모로 누운 휠체어의 찌그러진 바퀴가 헛되이 돌고 있는 광경은 거기 있는 모든 이에게 어떤 실패의 감정을 느끼게 했고, 이 감정은 기이하게 고정된 시선으로 아무도, 그 무엇도 쳐다보지 않는, 머리칼을 짧게 자른 사내아이의 대리석 같은 얼굴로 인해 더욱 심해졌다.

샤를은 아연실색해 입을 딱 벌렸다. 그는 이런 생각이 들었다. 차라리 죽은 물고기를 한 마리 봤다면 내 마음이 아플 거야. 하지만 꼼짝도 못 하고 아무짝에도 쓸데없는 이 애는, 도대체 왜 존재하는지 알 수 없는 이 녀석은 나를, 그리고 너무나 건강하고 앞날이 창창한 내 두 딸내미를 파멸시킬 거야! 아, 빌어먹을! 아직 사춘기에도 이르지 못한 이 송장은 그동안 내가 쌓아 온 것들을 모두 박살 낼 거라고!

레몽은 당황해 뭐라고 더듬거리면서 우그러진 차 문 가까이 가서는 한쪽 무릎을 땅에 댔다.

그는 사내아이를 안아 들고 일어섰다. 이렇게 폴 도련님은

축 늘어진 두 다리를 흔들거리고 시선은 고정한 채 정원사의
품에 안겨 집 안으로 들어갔다.

7

마들렌의 삶에서 모든 게 한 발 옆으로 비켜선 것 같았다. 그녀는 더 이상 울지 않았다. 하지만 종종 폴은 끔찍한 악몽을 꾸며 공포 어린 비명과 함께 침대에서 몸을 벌떡 일으켰고(〈애는 분명히 또 떨어지는 꿈을 꾸는 거야!〉 그녀는 맞잡은 두 손을 비틀며 소리쳤다), 그럴 때면 그녀는 황급히 달려가 아이와 함께 울부짖곤 했다. 또 아이의 침대 머리맡에서 잠들기도 했는데, 그 모습을 보면 대체 누가 누굴 지켜 주는 건가, 하는 생각이 들 정도였다. 그녀는 몹시 피곤한 상태였다.

집 안에서 항상 적극적이고 빈틈없던 그녀의 모습은 온데간데없어졌다. 여전히 활발하게 움직이고, 모두가 아는 그 걱정스러운 눈빛으로 복도를 돌아다니긴 했지만, 그저 부산을 떨기만 할 뿐 필요한 조치들을 전혀 취하지 못했다. 폴의 휠체어가 한 예였다. 층계 아래로 떨어지면서 바퀴 하나가 휘어지고, 앉는 부분이 반으로 쪼개져 더 이상 사용할 수 없는 상태가 되어 버려, 레옹스가 그걸 수리하러 보내야 한다고 말하자, 마들렌은, 아, 그래야지, 물론 보내야지, 라고 고개를 끄덕였지만,

이틀 후에도 휠체어는 거기에, 고미다락방 안의 어떤 기념품처럼 1층 홀에 여전히 있었다. 결국 그 일은 레옹스가 맡았다.

3층에 있는 폴의 침실에 대해서도 마찬가지였다. 그 방은 더이상 용도에 적합하지 않아, 다른 방을 골라서 꾸며야 했다. 마들렌은 계속 해결책을 찾기만 할 뿐 선뜻 결정을 내리지 못했다. 여기가 어떨까, 라고 말하는 그녀에게, 하지만 여긴 화장실에서 너무 멀어요, 라고 이의를 제기하면, 아, 그래, 맞아, 그렇다면 여기는 어떨까, 라고 다시 물었고, 하지만 여긴 북향이어서 폴이 항상 추울 수 있어요, 그리고 햇볕도 잘 안 들어요, 라고 대답하면, 손톱을 잘근잘근 씹으며 집을 쳐다본 채, 그래, 맞는 말이야, 라고 중얼거렸고, 거기서 포기하고는 화제를 돌려 버렸다. 그녀는 사소한 디테일들에 몇 시간씩 집중하곤 했다. 만일 여기가 타이태닉호였다면, 그녀는 덱 체어들을 다시 칠하기 시작했을 것이다.

결국, 페리쿠르 씨의 방이 폴이 지내기에 가장 좋을 것 같아요, 라고 레옹스가 제안했다. 그 방은 화장실도 붙어 있고, 볕도 잘 들고, 공간도 널찍하잖아요. 그러자 마들렌은, 좋아, 라고 마치 자기 머릿속에서 떠오른 생각에 대해 중얼거리듯이 대답했다. 레몽 씨는 어디 있지? 그녀가 물었다. 폴의 침대를 창문 근처에 놓도록 하지…….

레옹스는 잠시 눈을 감으며 답답한 마음을 가라앉혔다.

「마들렌…… 내 생각엔 말이죠, 우선 그 방 정리를 해야 할 것 같아요. 지금 그 방 상태로는…… 폴이 살 수 없어요.」

페리쿠르 씨가 죽은 날 이후 전혀 손을 대지 않은 방에 그대로 들어가서 살 수는 없다는 뜻이었다. 마들렌도 동감이었다.

그녀는 고개를 한 번 끄덕이고 나서 아들에게로 돌아갔다.

레옹스는 작업에 들어갔다. 카펫과 커튼을 바꾸고, 방을 청소한 뒤 소독하고, 기존 가구들을 치우고, 항상 앉아서 지내는 일곱 살짜리 아이에게 적합한 보다 현대적인 가구들을 사왔다. 이를 위해서는 돈이 필요했다.

「물론 그렇겠지. 귀스타브와 얘기해 봐요.」 마들렌은 대답했다.

레옹스는 직책이 바뀌어야 옳았다. 집사가 되고, 그에 따라 그녀의 얼마 안 되는 봉급도 인상해야 옳았지만, 물론 마들렌은 그럴 정신이 없었다. 그런데 레옹스에게는 돈이 중요했다. 그녀는 종종 웃으면서 이렇게 말하곤 했다. 〈난 도대체 돈이 어디로 새어 나가는지 모르겠어요. 마치 손가락 사이로 빠져나가는 것 같아요.〉 그녀가 가불을 요청하지 않은 달이 한 번도 없었다.

한편 주베르는 상당한 노력이 요구되는 이 모든 일이 하녀인 그녀의 직무에 속하지 않는다는 것을 너무 잘 알고 있었지만, 노련한 경영자인 그는 이 문제를 거론하지 않고 그대로 두었다. 감히 불평하지 못하는 직원의 봉급을 먼저 인상해 줄 필요는 없었다.

앙드레 델쿠르는 식물인간이나 다름없어, 그 어떤 수업도 받을 수 없게 된 폴의 가정 교사 일을 재개하지 못하고 있었다. 하지만 봉급은 계속 받았다. 무엇을 해야 할지 알 수 없어, 그는 옆구리에 책을 한 권 끼고 수심에 찬 얼굴을 하고서, 자신이 받는 봉급에 대해 아무도 따지고 들지 않기를 하늘에다 빌면서 뚜벅뚜벅 집 안을 돌아다니곤 했다. 그가 알았던 마들렌 페리쿠르, 그렇게 자주 웃으며 그를 침대 쪽으로 밀곤 하던 마들렌 페리쿠르는 그가 복도에서 마주치는 신경질적이고 긴장하고 바쁘고 불안해하는 이 여자와 아무 관계가 없었다. 그녀는 그에게 이렇게 말했다. 앙드레, 가서 폴을 위한 잡지 좀 사다 줄 수 있어요? 내가 그 애에게 뭐 좀 읽어 줄까 해서요. 가벼운 것들 말이에요. 무슨 말인지 알겠죠? 그러고 나서 곧바로 그를 다시 부르면서, 아니, 앙드레, 그보다는 어떤 모험 소설이 좋겠어요. 아니면 어떤 소식지도 좋고요. 글쎄, 난 잘 모르겠으니까, 알아서 좋은 걸로 골라 와요. 지금 당장 갈 수 있어요? 하지만 그가 돌아올 때면, 그녀의 정신은 이미 딴 데로 옮겨 가 있었다. 레몽 씨에게 여기로 좀 오라고 할래요? 폴을 아래로 내려야겠어요. 아, 아이가 바람을 좀 쐬는 게 좋겠어요.

다른 일자리를 찾아야 할지도 모르는 이 상황은 자신이 드디어 뭔가 문턱에 이르렀다고 느끼고 있던 앙드레를 더욱 분통 터지게 했다. 지난 2월의 멋진 장례식 기사는 그에게 한 푼도 가져다주지 못했지만, 여기저기서 그의 이름이 사람들의 입에 오르내리고 있었다. 심지어 그는 매주 한 번씩 생제르맹 대로 자택의 만찬에 다양한 사람을 초대하는, 그리고 아직 책 한 권 내지 못한 그를 진정한 작가로 여기는 마르상트 백작 부인에게 한 번 초대받기까지 했다. 그는 좋은 인상을 주기 위해 저금해 둔 돈을 탈탈 털어 정장을 한 벌 샀다. 물론 맞춘 것은 아니고 중고였지만 아주 새것이어서 사람들이 전혀 눈치채지 못할 것 같았다. 그러나 바로 다음 날 등 쪽의 재봉선이 터져 버려, 상티에 구역에 있는 한 재봉 공방에 수선을 맡겨야 했다. 그는 수선한 부분이 크게 눈에 띄지 않으리라 생각했지만, 그것은 그가 살롱에 들어갈 때 길을 양보해 주는 하인들의 깔보는 듯한 시선을 보지 못한 탓이었다.

이제 마들렌의 머릿속에는 폴밖에 없었다. 그녀는 모든 것을 기어코 자기가 직접 하려고 들었다. 이제 더 이상 휠체어가 없어 폴을 안아 들고 다녀야 했는데, 마들렌은 아무에게도 자기 대신 그 일을 허용하지 않았다. 그는 많이 여위어 15킬로그램밖에 되지 않았고, 일곱 살짜리 아이치고 무게가 많이 나가는 편은 아니었지만, 그래도…… 〈마들렌 아가씨, 제가 하도록 해주세요!〉라고 레몽 씨는 애원하곤 했다. 비틀거리며 넘어질 뻔한 게 열 번이나 되었지만, 그녀는 요지부동이었다. 폴은 〈그…… 그냥 놔…… 놔둬…… 어…… 엄마……〉라고 말하곤 했다. 그가 이렇게까지 말을 더듬은 적은 한 번도 없었다.

모두가 마들렌이 아들 곁에서 정신없이 움직이는 것을 보면서 도대체 그녀가 어디까지 갈 것인지 자문하곤 했다.

특히 내밀한 부분들을 뒤치다꺼리하는 일은 결코 쉽지 않았다. 하루에 네 차례씩 폴의 몸을 들어 올리고, 눕혀 옷을 벗기고, 화장실에 데려가고, 젖먹이처럼 기저귀를 갈아 주고, 죽은 다리들을 제자리에 돌려 놓고, 몸을 뒤집고, 다시 뒤집고, 다시 옷을 입히는 일들 말이다. 그의 흐물흐물한 팔다리는 보는 이의 가슴을 찢어지게 했다. 초점 없이 고정된 눈을 한 채 그는 결코 불평하는 법이 없었다. 그에게 유황 목욕을 시켜 주거나, 푸르니에 교수의 처방대로 아편 성분이 함유된 물질로 마사지를 해줄 때면, 그녀가 폴의 귀에 대고 마치 실성한 여자처럼 뭔가 웅얼웅얼 속삭이는 소리가 들리곤 했다. 그는 그녀의 연옥이 되어 있었다.

창문에서 뛰어내린 그의 행동은 끊임없이 그녀를 괴롭혔다. 그녀로서는 자신의 동생, 에두아르가 한 행동을 떠올리지 않을 수 없었다. 둘 다 허공에 몸을 던졌다. 한 사람은 자기 아버지의 자동차 바퀴 아래로 떨어졌고, 한 사람은 할아버지의 관 위에 떨어졌다. 페리쿠르 씨는 온 가족이 가서 부딪혀 박살 나는 기하학적 지점이었다.

마들렌은 조사를 해보고 싶었다.

그녀는 폴부터 시작했다. 그를 의자에 앉히고는 얼굴을 똑바로 쳐다보면서 말했다. 엄마가 너랑 얘기 좀 하고 싶어, 폴. 엄마는 이게 대체 무슨 일인지 알고 싶구나…. 독자 여러분은 그림이 그려질 것이다……. 폴은 얼굴을 붉히고, 몸을 꿈틀거리고, 고개를 사방으로 돌렸지만, 마들렌은 계속 캐물었다. 시…… 싫어…… 시…… 싫어……. 폴은 더듬거렸다. 아니, 아니, 아니, 폴, 엄마는 알고 싶어, 이해하고 싶다고……. 폴은 소리 없이 울기 시작했고, 마들렌은 언성을 높이며 몹시 흥분해 머리칼을 쥐어뜯으며 방 안을 왔다 갔다 했다. 아, 정말 미치겠네! 그녀는 소리쳤다. 폴은 흐느끼고, 마들렌은 목청이 터져라 고함을 쳐댔다. 레옹스는 장을 보러 밖에 나가 있었고, 고함 소리에 놀란 레몽 씨가 한걸음에 네 계단씩 층계를 뛰어 올라와서는 문을 왈칵 열었다. 제발 아가씨, 그러다 병나시겠어요, 라고 말하며 마치 모가지가 잘려 나간 닭처럼 방 안을 뛰어다니는 마들렌을 간신히 붙잡았다. 어린 폴은 의자 위에 널브러져 떨어지기 일보 직전으로, 몸을 바로 세울 기력이 없는 그는 손가락 끝으로 등받이를 잡아 겨우 몸을 지탱하고 있었다. 레몽 씨는 어찌할 바를 몰라 어머니를 놓고 아들을 도우러 달려

갔다. 그사이 주방 하녀가 도착해 마들렌을 부둥켜안듯 붙잡
았다. 레옹스가 발견한 것은 바로 이런 광경이었다. 레몽 씨는
다리가 축 늘어지고 얼굴은 천장을 향한 폴을 안고 있고, 주방
하녀는 침대에 앉아 여주인의 머리를 무릎 위에 올려놓고 있는
광경 말이다.

이 사건의 충격에서 회복되기 무섭게, 마들렌은 다시 똑같
은 질문으로 스스로를 괴롭히기 시작했다.

그녀의 정신 속에 어떤 확신 하나가 생겨났다. 분명 누군가
는 뭔가 알고 있을 것이다, 그렇지 않을 리가 없다······.

어쩌면 이 누군가는 폴과 함께 있었을 것이다. 집 안 고용인
들 가운데 누군가 죄를 지은 사람이 있다는 생각은 처음엔 개
연성 있는 것으로 느껴졌다가, 곧 확실한 사실이 되었고, 이게
모든 것을 설명해 주었다.

그녀는 모두를 불렀다. 레옹스와 앙드레를 제외하고 여섯
명 전원이 집합해 한 줄로 늘어섰다. 이것은 최악의 방법으로,
누군가 집 안의 은 제품을 훔치기라도 한 것 같은 기분이 들게
했다. 정말이지 우스꽝스러운 광경이었다. 마들렌은 신경질적
으로 두 손을 비비면서 진실을 요구했다. 사고가 일어난 날 누
가······ 폴을 보았죠? 누가 그의 곁에 있었죠? 모두가 무슨 대답
을 해야 할지 알 수 없었을 뿐 아니라, 무슨 일이 벌어질지 짐
작조차 할 수 없었다.

「예를 들어, 당신!」 그녀는 주방 하녀를 검지로 가리키며 물
었다. 「사람들 말로는 당신이 3층에 있었다던데?」

불쌍한 여인은 앞치마를 꾸깃꾸깃 주무르면서 얼굴을 새빨
갛게 붉혔다.

「그건…… 거기서 할 일이 있었기 때문이에요, 저는!」

「아!」 마들렌이 의기양양하게 외쳤다. 「맞죠? 당신은 거기에 있었다고요!」

「저, 마들렌…….」 레옹스가 부드러운 목소리로 애원했다. 「제발…….」

더 이상 아무도 입을 열지 않았다. 모두가 자기 발을 내려다보거나 정면의 벽을 쳐다볼 뿐이었다. 이 침묵은 마들렌의 분노를 한층 돋우었다. 그녀는 어떤 음모를 의심하고 사람들에게 차례로 질문했다. 그럼 당신은요?

「마들렌…….」 레옹스가 다시 애원했다.

하지만 마들렌의 귀에는 아무 소리도 들리지 않았다.

「당신들 중 누가 폴을 밀었냐고요!」 그녀는 거세게 고함쳤다. 「누가 내 아기를 창문 밖으로 던졌느냐 말이야!」

모두의 눈이 휘둥그레졌다. 내가 진실을 알기 전까지 아무도 여기서 못 나가요. 난 경찰을 찾아갈 거고, 도지사를 찾아갈 거예요. 만일 입을 여는 사람이 아무도 없다면, 모두 감옥에 가게 될 거예요. 내 말 듣고 있어요? 한 사람도 빠짐없이 감옥에 가게 될 거라고!

「난 진실을 요구해요!」

그러고 나서 마들렌은 말을 멈췄다. 그녀는 그들이 거기 있다는 사실을 처음 발견한 것처럼 멍한 눈으로 사람들을 쳐다보더니, 털썩 무릎을 꿇으며 흐느꼈다.

땅바닥에 주저앉아, 이제는 쉰 목소리로 신음하는 이 여자의 모습은 마음을 짠하게 하는 바가 없지 않았지만, 아무도 그녀를 도우려 하지 않았다. 하인들은 한 명 한 명 방을 나갔다.

그날 저녁, 많은 사람이 사임했다. 마들렌은 폴의 기저귀를 갈기 위해 몸을 일으킬 때를 제외하고 이틀 동안 침대에 누워 있었다.

이날부터 집은 기이한 마비 상태에 빠져들었다. 사람들은 입을 다물었고, 말을 하더라도 나지막이 했으며, 마님을 동정하긴 했지만 그래도 자기를 살인자로 취급하지 않을 다른 직장을 알아보았다. 무엇보다 사람들은 폴 도련님을 가엾게 여겼다. 불쌍한 꼬마 양반, 보고 있으면 너무 가슴이 아파⋯⋯.

더 이상 세워 볼 가설도 없자, 마들렌은 이 끔찍한 질문에 대한 대답이 하늘에서 올 거라 상상하고는 비이성적인 영역으로 기울었고, 그녀의 동생 에두아르가 죽은 이후 내팽개쳤던 교회로 돌아갔다.

생프랑수아드살 성당의 사제는 그가 줄 수 있는 유일한 충고를 해주었다. 인내하고 하느님의 뜻에 모든 걸 맡기라는 거였다. 이 상황에서는 별로 도움이 되지 않는 충고였다. 가톨릭 신앙과 점술의 차이는 다만 정도의 문제일 뿐이었다. 마들렌은 점성술사, 카드 점술사, 영매들을 쫓아다니기 시작했다. 혼자 가고 싶어 하지 않아 레옹스가 따라다녔다.

손금쟁이, 점쟁이, 텔레파시 능력자, 수(數) 점술사 등에게도 상담을 받았다. 심지어 어떤 세네갈 도사까지 찾아갔는데, 그는 브레스 닭의 내장을 뒤진 뒤 폴은 여기 계신 어머니의 품에 안기고 싶었던 것이라고 단언했다. 그가 3층에서 뛰어내렸다는 사실도 그의 확신을 흔들지 못했으니, 닭님의 말씀은 분명하다고 했다. 이 모든 과정에는 한 가지 상수가 있었는데, 한 번의 방문으로 문제를 검토하는 것은 불가능해 여러 번 방문해야 했다.

마들렌은 상담을 받을 때마다 사진, 머리카락, 1년 전에 빠진 폴의 젖니 등을 가지고 갔다. 그녀는 흐느끼면서 하나같이 모호한 설명들에 귀를 기울였다. 한 점성술사는 폴의 추락을 행성들의 회합으로 설명했다. 그것은 성경에 기록된 예언이었다. 이로써 다시 신에게 돌아오게 되었으며, 결국 한 바퀴 돈 셈이었다. 레옹스는 지폐들을 건네는 것을 겁에 질린 눈으로 쳐다보았다. 무려 6천 프랑 넘는 돈을 쏟아부었던 것이다.

마들렌은 그들이 말하는 것을 믿을 정도로 순진하지 않았다. 너무나 불행한 그녀는 무엇을 생각해야 할지, 누구를 믿어야 할지 알 수 없었고, 그저 불쑥불쑥 솟아나는 공포에 사로잡혀 아무 논리 없이 이 생각에서 저 생각으로 옮겨 다니며 정신없이 부산을 떨어 댔을 뿐이다. 그녀의 이런 시도들은 절망스러울 정도로 어김없이 실패로 끝났다.

마침내 수리된 휠체어가 돌아왔다.

폴은 이로 인해 더 좋아지지도 나빠지지도 않았지만, 적어도 마들렌은 그를 같은 층에서 이리저리 산책시키고, 허리가 꺾이도록 힘쓰는 일 없이 화장실까지 데려갈 수 있었다. 그의 앞에는 책이나 게임 기구 같은 무언가 놓을 수 있는 조그만 판이 하나 붙어 있었지만, 그는 결코 책을 읽거나 게임을 하는 법이 없었고, 창밖을 내다보며 대부분 시간을 보냈다.

마침내 폴의 방이 완성되었다. 페리쿠르 씨의 서재였던 예전 모습을 전혀 찾아볼 수 없었다. 레옹스는 생기 있고 유쾌한 색상의 벽지를 선택하고, 커튼도 밝은 것으로 골랐다. 폴은 고…… 마워…… 어…… 엄마, 라고 말했다. 애야, 내가 아니라

레옹스가 다 했단다, 라고 마들렌이 대답하면, 고…… 고마
워…… 요…… 레…… 레…… 옹…… 옹…….

「고맙긴, 뭘…….」레옹스가 대답했다. 「중요한 것은 이게
네 마음에 드냐는 거지.」

레옹스가 간호사를 한 명 고용하면 어떻겠냐고 말했을 때,
마들렌은 손을 휙 저어 제안을 물리쳐 버렸다.

「폴은 내가 보살펴요.」

샤를은 유산으로 받은 20만 프랑으로 그 부동산 문제를 해
결하고, 이제 겨우 숨을 쉴 만하다고 생각했는데, 머리칼은 빨
갛고, 얼굴은 족제비 같고, 시선을 자꾸 옆으로 굴리는 작달막
한 기자 놈 하나가 〈콜로니가의 신축 공사장에 관심 있다〉며
찾아왔다.

그는 이렇게 운을 떼었다.

「저를 우울하게 만드는 것은 공사가 아니라, 공사가 중단되
는 거예요. 공사가 사흘 동안 중단되었다가 이번에 재개되었
다죠…….」

「아니, 그래서?」샤를이 소리쳤다. 「공사가 재개되었다면
문제없는 거 아니오?」

「제가 라 살페트리에르 병원에서 만난 인부의 생각은 그렇
지 않았어요……. 형편이 말이 아니더군요. 자식은 네 명이나
되고, 아내는 아무것도 할 줄 모르고, 사장이란 작자는 겨우 찾
아와서 그가 부주의해서 다친 거라고 비난하고는, 그나마 봉
투를 하나 찔러 주고 갔답니다. 그렇게 두툼하지도 않고 겨우
목발 하나 살 수 있는 액수였다죠…….」

샤를은 그를 쳐다보았다. 이놈이 도대체 무슨 말을 하려는 거지?

「제게 어떤 르포 기사에 대한 아이디어가 떠올랐어요. 어떤 공사가 일주일 정도 진행됐는데, 갑자기 어떤 양반이 마룻바닥 사이로 푹 꺼지더니만 다리를 위로 한 채 아래층으로 떨어진 거예요. 그리고 병원, 피해 상황…… 무슨 말인지 잘 아실 겁니다……」

샤를은 이 기사가 어떤 재앙을 초래할지 금방 이해했다.

「이것을 기사로 쓸 생각도 했습니다만, 안심하세요, 전 아무것도 안 하고 돈을 받는 게 더 좋습니다.」

샤를 자신도 평생 거의 아무것도 안 하고 살아왔기 때문에 충분히 이해할 수 있었지만, 이런 말이 어떤 봉급자의 입에서 나오니 아주 비윤리적으로 느껴졌다. 기자는 상당히 철학적인 어조로 말을 이었다.

「그런데 말입니다, 어떤 정보는 발표하는 순간 엄청나게 가치를 잃게 되죠. 발표하지 않았을 때 값이 훨씬 많이 나가고요. 이를테면 참신함에 대한 프리미엄이라고 할 수 있겠죠……」

「다, 당신은…….」

샤를은 더 이상 말을 잇지 못했다.

「……네, 기자입니다, 페리쿠르 씨. 기자는 정보의 가격을 아는 사람이죠. 그리고 저는 이 분야에서 전문가라고 할 수 있는데, 의원님에 대한 정보의 가격은 1만 프랑입니다.」

샤를은 하마터면 숨이 막힐 뻔했다.

이제 그는 신문사 대기실을 왔다 갔다 하고 있었다. 쥘 기요토는 사무실에 도착하면서 시뻘겋게 분개한 그의 얼굴과 마주쳤다.

콜로니가에서 터진 사고, 불량 자재, 어떤 빨간 머리 기자 놈(경찰서와 병원을 담당하는 그 조그만 녀석 말이다), 그리고 1만 프랑……

「오, 샤를!」 기요토가 대답했다. 「당신 말이 전적으로 옳아요! 내가 그 친구를 불러서 당장 멈추게 하겠어요.」

샤를은 만족스러워하며 안도했다. 그들이 악수를 나누었을 때, 기요토가 물었다.

「그런데 샤를…… 당신이 말한 그 회사 말이에요…… 부스케&프레르라는…… 그 회사가 신문에 광고를 내나요?」

「아뇨! 그 회사에는 고객들이 알아서 찾아와요! 쓸데없이 돈 쓸 필요가 없죠.」

「아, 유감이네요! 자, 좋아요, 샤를, 또 봐요. 그리고 그 젊은 기자 말인데, 그가 좀 더 이해심 있는 모습을 보여 주길 바라겠어요…….」

「뭐라고요? 〈바란다〉고요……? 그럼 확실하지 않다는 얘긴가요?」

「왜냐하면…… 직업 윤리라는 게 있어요! 신문사 사장은 누구에게 자기가 원하는 것을 강요할 수 없어요. 그것은 직업 윤리에 반하는 짓이라고요!」

해괴한 논리였다. 『수아르 드 파리』는 진정한 신문과 전혀 거리가 먼 찌라시 중 찌라시였다. 여기엔 진짜 언론인은 한 명도 없고, 고용인들만 있을 뿐이었다.

「내가 한번 시도는 해보겠지만, 만일 그가 거부하면…….」

「그럼 해고해요!」

「하지만 샤를, 난 그런 종류의 직원 없이는 일을 해나갈 수가 없어요! 아주 적은 봉급으로 일해 주는 사람들이에요! 필요 불가결한 존재들이죠! 아, 물론 신문사를 유지해 나가기 위해서는, 만일 우리가 광고를 더 많이 실을 수만 있다면…… 그러니까 광고를 4만 프랑어치만 얻을 수 있다면, 난 당신의 그 일에 대해 보다 중립적일 수 있을 거예요……. 그러면 그에게 침묵을 부과할 수도 있겠죠!」

샤를은 입을 딱 벌렸다. 4만 프랑…….

「좋소.」 그는 더듬거렸다. 「내가 한번 알아보겠소, 알아보겠소…….」

기요토는 문을 열더니, 샤를의 팔에 손을 올려놓았다.

「그리고 그 파리 모래·시멘트사 말이에요, 그 사람들도 광고를 하나요?」

이렇게 해서 샤를은 신문에 나오지도 않을 광고들을 위해 7만 5천 프랑의 빚을 지게 되었다.

이제 그는 품위를 떨어뜨리는, 하지만 불가피해진 어떤 방법을 사용해야만 했다.

귀스타브 주베르는 유예 기간이 지나가게 놔두었지만, 이제는 5월이니 더 이상 기다리기 어렵겠다고 생각했다.

그는 마들렌과 마주 앉아 상황을 설명했지만, 젊은 여인은 그가 어떤 외국어로 말하기나 하는 것처럼 빤히 쳐다보기만 했다. 그는 그녀의 두 손을 붙잡고 마치 어린아이에게 하듯 이렇게 말했다.

「마들렌, 당신은 우리 은행 이사회 의장이세요. 의장은 이사회를 주재해야 합니다…….」

「네? 이사회를 주재하라고요?」

그녀는 기겁했다.

「그냥 나가서 얼굴만 비치면 돼요. 내가 연설문을 하나 써드 릴게요. 우리 은행이 여전히 신뢰할 만한 사람의 손에 있다는 사실을 모두에게 확인시켜 줄 연설문 말이에요. 아무도 질문 하지 않을 테니까, 걱정할 것 없어요.」

이사회는 사옥의 맨 위층에 위치한 엄청나게 커다란 홀에서 열렸다. 거기에는 60명 넘는 사람이 앉을 수 있도록 특별히 설 치된 커다란 테이블이 놓여 있었다.

마들렌은 숨 막힐 듯한 정적이 흐르는 홀 안으로 들어갔다.

그녀가 들어가자 모두 일어섰다. 우아한 정장 차림을 한, 유 령 같은 모습의 그녀는 떨리는 손으로 한 뭉치의 종이를 들고 있다가 이내 떨어뜨렸다. 사람들이 급히 달려들어 흩어진 자 료를 다시 순서에 따라 정리하느라 법석을 떨었다. 이러느라 시간을 엄청나게 잡아먹어, 모두의 얼굴에 당혹스러워하는 빛 이 떠올랐다.

그녀는 귀스타브의 조언에 따라 모두 자리에 앉으라는 의미 로 고개를 살짝 끄덕였다. 60명 넘는 남자가 말없이 그녀를 응 시하며, 그녀가 확신을 심어 주기를 기다리고 있었다.

그녀의 연설은 엉망진창이었다. 끊임없이 머뭇거리고 잘못 말하고 뒤로 돌아가기를 반복해 이해하기 힘들었으며, 들리지 않을 때도 많아, 한마디로 한심했다. 이사들이 슬그머니 퇴장 해, 그녀가 연설을 마칠 때는 절망한 얼굴로 15미터 거리에 떨 어져 앉은 서너 명의 주주밖에 남아 있지 않을까, 하는 걱정이

매 순간 스칠 정도였다.

그러나 그런 일은 일어나지 않았다.

마침내 그녀가 고개를 들었을 때, 홀 안에는 깊은 정적이 흘렀다. 귀스타브가 일어서서 그녀를 보며 박수를 치기 시작했고, 곧이어 이사들 모두가 그를 따라 했다. 대성공이었다.

모두가 진심으로 박수를 쳤다.

그들이 가장 우려하는 것은 그녀가 자기 권리를 앞세워 은행을 좌지우지하려 들지 않을까 하는 점이었는데, 이제 완전히 안심한 것이다. 그들이 열광적으로 박수를 친 것은 그녀가 아무것도 아는 게 없고, 현명하게 자기 자리에 머무를 줄 알기 때문이었다.

귀스타브 주베르가 이 행사를 준비하고, 필요 이상으로 전문적인 이 연설문을 작성한 것은 몇 달 전 마르셀 페리쿠르가 부탁한 그의 뜻에 따르기 위해서였다. 〈귀스타브, 마들렌은 나의 유일한 상속자가 될 거야, 그건 분명해. 하지만…… 그 애에게 사업에 관여하지 말라고 충고해 주게. 그 애는 그 자리가 불편하게 느껴질 거야. 그리고 만일 그 애에게 그럴 뜻이 있다면, 말릴 방법을 찾아봐.〉

그녀는 더 이상 한마디도 하지 않고, 회의가 끝없이 이어지는 것을 지켜보았다. 떠날 때는 숱한 사람들에 둘러싸였다. 모두가 그녀에게 인사를 하고 싶어 했다. 아마도 다음 해까지는 아무도 이런 장소에서 그녀를 다시 볼 일이 없음을 알았던 것이리라.

마들렌은 벽과 창문을 응시하다가 돌아서고, 또 돌아서기를 반복했다. 이런 행동은 그녀가 초조히 기다리다가 앙드레를 보러 〈위〉로 올라가곤 했던 예전의 밤들을 떠오르게 했다. 〈오늘 밤…… 위에서〉, 이것은 그 무렵 그들끼리 은밀하게 사용하던 표현이었다. 그녀는 마치 전에 행복했던 추억이 아들의 상황에 대한 모욕이기라도 한 것처럼 부끄러움을 느꼈다.

자정이 가까운 시간이었다.

마침내 마음을 먹고 문을 연 뒤 복도를 따라 걸어서 하인들이 쓰는 층계 쪽으로 나와 위로 올라가기까지 한 시간 넘는 시간이 필요했다.

앙드레의 방에 이른 그녀는 문에 귀를 대보고 아무 소리도 들리지 않자, 손잡이를 잡아 돌렸다.

앙드레가 소스라치며 놀랐다.

「마들렌……!」

놀람, 어색함, 어쩔 줄 모르겠는 마음……. 이 외침에 들어 있는 모든 감정을 묘사하기란 불가능했다. 종이 몇 장과 연필 한 자루를 손에 들고 있던 앙드레는, 마들렌, 마들렌, 떨리는 소리로 중얼거리며 급히 종이를 머리맡 탁자에 내려놓은 다음, 뜻밖에 뭔가를 발견한 어떤 고고학자처럼 입을 딱 벌리고 마치 모르는 사람을 쳐다보듯 그녀를 응시했다.

마들렌은 곧바로 그에게 팔을 뻗었다. 〈걱정 말아요!〉라고 말하고 싶었고, 올라온 게 벌써 후회되었다. 그녀는 침대를 보았다. 그 위에서……. 그녀는 다시 부끄러움에 사로잡혀 성호를 긋고 싶은 충동이 일었다. 그녀는 울음을 터뜨렸다.

「앉아요, 마들렌…….」 앙드레가 마치 그들이 이런 모습으로 들키면 안 되는 사람들인 것처럼 속삭였다.

아니, 그녀는 침대에 앉고 싶지 않았다. 앙드레는 하나 있는 의자를 그녀에게 끌어다 주었다. 그는 전에 그들이 다른 사람들과 함께 있을 때 그랬던 것처럼 존댓말을 썼다.

「미안해요, 앙드레…….」

그는 그녀에게 손수건을 내밀었다. 마음이 조금 가라앉은 그녀는 마치 방을 처음 보는 듯 주위를 둘러보았다. 이 방이 이렇게 좁은 줄 전에는 미처 몰랐다.

「앙드레…… 난 당신의 의견이 필요해요……. 당신 생각에는…… 왜 폴이…….」

그녀는 다시 울음을 터뜨렸다. 자, 자, 마들렌, 진정해요……. 그녀는 마침내 떠듬거리며 질문을 끝까지 할 수 있었는데, 질문은 이내 자책하는 양상을 띠기 시작했다.

「자신을 너무 괴롭히지 마세요.」 앙드레가 말했다. 「내가 분명히 얘기하는데, 자신에 대해 못되게 굴어 봤자 아무 소용 없어요.」

「내가 잘못 행동했죠, 그렇지 않은가요?」

마들렌은 일종의 천벌을 생각하고 있었다. 하지만 이 방 안에서 이런 질문을 하는 것은 그들의 관계에다 아들 일에 대한 책임을 씌우는 것이었다. 앙드레는 여기에 대해 대답할 준비가 되어 있지 않았다.

「하지만 당신이 그렇게 나쁜 엄마였던가요?」

「어쩌면 산만한 엄마였을지도 모르죠…….」

「폴은 결코 혼자 있지 않았어요. 당신도 있었고, 나도 있었고, 할아버지도 있었다고요! 모두가 그 아이를 사랑해 주었고요……!」

그가 너무나 흥분된 어조로 말해 마들렌은 가슴이 조금 풀리는 느낌이었다. 그녀는 그가 이 모든 사실을 벌써 과거형으로 말한다는 사실을 알아채지 못했다. 그녀는 일어나서 탁자 위의 종이들을 가리켰다.

「일하는데 내가 방해했군요…… 이것은 시인가요?」

그녀는 마치 영성체 전날의 아이를 보듯 그를 쳐다보았다.

「이렇게 일하고 있으니 기뻐요, 앙드레.」

그녀는 문으로 다가갔고, 삐걱대는 소리를 내지 않으려면 문을 단번에 열어야 한다는 사실을 기억했다.

앙드레는 마음이 편치 않았다.

그녀의 즉흥적인 방문은 이 집에서 자신의 위치가 불안정하다는 사실을 확실히 보여 주었을 뿐이다. 그는 떠나야 할 것 같았다. 하지만 가정 교사의 봉급이 끊기면 앞으로 어떻게 살아간단 말인가? 그는 몇 가지 안 되는 해결책을 머리에서 지워 버렸다. 그가 가진 경력으로는 기껏해야 프랑스어 혹은 라틴어 복습 교사 자리밖에 얻을 수 없었다. 먼저 자리를 구해 구제불능인 아이들과 수십 시간씩 싸움을 해서 받는 쥐꼬리만 한 보수로 먹을 것, 입을 것, 잠잘 곳을 찾아내야 했다. 이제 선금으로 받는 주급 40프랑도 없고, 계속 오르는 집세를 낼 돈도 없지 않은가?

문턱에서 마들렌이 몸을 돌렸다.

「앙드레, 당신에게 할 말이 있었어요…….」

그녀는 마치 성당에서 말하는 어떤 여자처럼 속삭였다.

「당신은 폴에게 너무나 잘 해줬어요……. 정말이에요……. 여기에 원하는 만큼 머물러도 돼요……. 혹시 모르잖아요, 언젠가 폴이……. 그러니 망설이지 말고…….」

앙드레로서는 대체 무엇에 대해 망설이지 말아야 하는 건지 영원히 알 수 없게 되었다. 마들렌이 갑자기 말을 중단하고 나가서 문을 닫아 버렸기 때문이다.

앙드레는 자신이 — 그의 도도한 표현을 빌리자면 — 〈삶의 여러 가지 필요성〉 때문에 어쩔 수 없이 이러는 거라고 생각하는 척하면서 페리쿠르가 저택에서 계속 살았다. 사실 그는 그 자신이 생각하는 것보다 훨씬 자존심이 약한 사람이었다. 마들렌의 지시에 따라 하녀가 매주 한 번씩 그의 방을 청소해 주었고, 그는 세탁된 옷을 입고, 난방이 되는 따뜻한 방에서 지내며 보름이 되는 첫 번째 월요일마다 계속 봉급을 받았다.

마들렌은 그와 마주칠 때마다 걸음을 멈추었다. 오, 앙드레, 어떻게 지내요? 이렇게 말하며 그녀는 마치 폴이 어렸을 때 했던 것처럼 그를 물끄러미 쳐다보곤 했다. 자기 자신의 감정에 사로잡힌 어떤 어머니들에게서 찾아볼 수 있는 그 다정함과 너그러움과 측은함이 섞인 시선으로 말이다.

8

은행과 라 피티에 병원을 왔다 갔다 했던 귀스타브 주베르는 이제 은행과 페리쿠르가 저택을 오갔다. 그는 신형 스튜드베이커가 나올 때까지 스타 모델 M을 직접 운전했고, 회계원 브로셰 씨를 데리고 다녔다.

그들의 방문은 틀에 박힌 의식처럼 이뤄졌다. 함께 집 안으로 들어간다. 주베르는 브로셰 씨에게 잠시 양해를 구한다. 전에 페리쿠르 씨가 그랬듯이 그는 직원들을 매우 정중하게 대한다. 페리쿠르 씨는 말하곤 했다. 부하들에게 존중하는 태도를 보일수록 그들은 당신을 더 두려워한다고. 그들은 깊은 인상을 받고, 이 정중함에 거의 위협감마저 느끼는데, 이게 바로 심리학 법칙 중 하나라고.

브로셰 씨는 두툼한 결재 서류들을 무릎에 올려놓고 복도에 있는 의자에 앉는다. 주베르가 서재에 들어가면, 하녀가 시간에 따라 차나 포르토 한 잔을 내온다. 그녀가 브로셰 씨를 지나치면서 그에게도 뭔가 대접하려 하면, 그는 어김없이 손을 쳐들며, 아뇨, 괜찮습니다, 아무것도 필요 없습니다, 라고 사양한다. 보스와 몇 미터 떨어진 곳에서는 물 한 잔도 감히 마실 수 없는 그다.

얼마 기다리지 않아 마들렌이 내려온다. 그녀는, 귀스타브, 어서 오세요, 라고 말하며 그의 팔뚝에 손을 대고 까치발을 하며 볼에 살짝 키스를 한 뒤, 〈혹시 그 애에게 뭔가 필요할 수도 있으니……〉 하며 폴의 방문을 살짝 열어 본다. 귀스타브는 그의 서류철을 꺼내 진행 중인 사안들을 하나하나 아주 꼼꼼히 설명하면서 보고한다.

그런 뒤, 브로셰 씨를 들어오게 해서 결재 서류들을 마들렌 앞에 공손히 펼치게 한 다음, 심지어 페리쿠르 씨가 살아 있을 때처럼 서류들을 한 장 한 장 직접 넘겨 준다. 마들렌은 그가 보여 주는 것에 서명을 한다. 브로셰 씨는 서류들을 가지고 홀로 돌아가 의자에 앉아서, 기어코 뭔가 대접하려는 하녀에게 손을 쳐들며, 아뇨, 괜찮아요, 라고 사양한다.

마들렌에게서 승인을 얻어 내는 것은 너무나 쉬운 일이지만, 사실 귀스타브는 이게 마음에 들지 않는다. 그에겐 은행가의 윤리라는 게 있는데, 그 윤리에 따르면 사람은 돈에 무관심해서는 안 되고, 그것은 거의 비윤리적인 일이다. 이 여자가 이러는 것은 그리 놀라운 일이 아니지만, 그래도 실망스러운 게 사실이다.

그는 서명을 받는 이 번거로운 작업이 끝나자마자 곧바로 떠나지는 않는다. 그는 임무를 마치고 부리나케 떠나야 하는 일개 말단 직원이 아니다. 마들렌은 보통, 귀스타브, 앉으세요, 당신의 친구를 위해 1~2분 더 있어 줄 수 있잖아요, 라는 식으로 말하고는 하녀를 불러 차나 포르토를 가져와 그랜드피아노 근처의 나지막한 탁자에 내려놓게 하면, 귀스타브는 마들렌의 유일한 관심사, 즉 그녀의 아들 얘기를 꺼낸다.

그녀는 그날 일어난 사소한 일들을 논평한다. 폴이 수프를 조금 먹었어요, 내가 책을 조금 읽게 했는데 금방 잠이 들어 버렸어요, 이 아이는 아주 피곤하답니다. 귀스타브는 경우에 따라 고개를 젓기도 하고 끄덕이기도 하다가 자리에서 일어난다. 마들렌, 이제 그만 가봐야겠어요, 라고 말하면, 아, 물론이죠, 일이 아주 많으신데 내가 너무 붙잡았죠, 자, 귀스타브, 이제 빨리 가보세요, 라고 말하며 그의 팔뚝에 손을 올리고, 까치발을 해서 볼에 키스를 하고, 그럼 목요일에 봐요, 라고 작별 인사를 한다. 아 참, 아니지, 수요일이지! 미안해요, 귀스타브, 수요일에 봐요!

이런 식으로 진행되던 의식 가운데, 이날 조그만 단절이 일어났다. 이것은 즉각 마들렌의 주의를 끌었다.

「귀스타브, 무슨 일 있나요?」

「당신의 숙부 샤를 말이에요, 마들렌……. 그 양반이…… 결국 어려움에 봉착했어요. 그에게 돈이 필요해요.」

마들렌은 두 손을 포갰다. 한번 얘기해 봐요.

「직접 그 양반의 설명을 들어 봐야 할 것 같아요. 그러고 나서 결정하세요……. 그를 도와줄 방법이 우리에게 있습니다. 그게 그렇게…….」

마들렌은 손짓을 했다. 그분께 날 보러 오라고 하세요. 만족한 귀스타브는 손목시계를 들여다 본 뒤 아쉽다는 듯 살짝 제스처를 해보이고는 일어섰다. 마들렌은 평소와 마찬가지로 그를 문까지 배웅했다.

그녀는 까치발을 해서 그의 볼에 입을 맞추고는, 고마워요, 귀스타브……, 라고 말했다.

오랫동안 상황을 분석해 온 그는 주어진 모든 가설 중에서 정확히 이 순간이 가장 좋다고 판단했는데……. 젠장, 어어 하다가 그만 지나가 버렸다.

에이, 할 수 없지! 그가 세운 프로그램상 타이밍이 약간 늦었지만, 그냥 밀어붙이기로 했다. 그가 내민 손이 마들렌의 엉덩이 옆 부분에 닿자, 그는 그것을 꽉 움켜잡았다.

그녀는 그 자리에 못 박혔다.

그녀는 아무 소리 없이 그를 응시하고는 천천히 몸을 내렸다.

아주 키가 큰 그 앞에 이런 자세를 하고 있으니 목덜미가 아팠다.

「마들렌…….」 귀스타브가 속삭였다.

목이 너무 아파서 마들렌은 고개를 내렸다. 지금 무슨 일이 일어나고 있는 거지? 그녀는 귀스타브의 손이 자기 엉덩이 옆 부분에 얹혀 있는 것을 보았다. 나한테 뭔가 다른 할 말이 있는 걸까? 귀스타브의 손이 그녀의 어깨에까지 올라왔다. 그 손길이 동기간처럼 차분하고 따뜻하게 느껴졌다.

방금 그녀는 동의한다는 듯 눈을 아래로 깔았고, 그런 그녀를 그는 머리통 하나 위에서 내려다보았다. 좋아, 시작은 약간 즉흥적인 감이 있었지만, 이제 제대로 진행되고 있어…….

그녀는 다시 그를 응시했다.

「우리는 친구예요. 안 그래요, 마들렌?」

어, 그래, 그들은 친구였다……. 마들렌은 그가 시작한 말을 계속하기를, 좀 더 자세히 설명하기를 기다린다는 뜻으로 희미한, 아주 신중한 미소를 지었다.

귀스타브는 수없이 연습해 온 문장들을 줄줄이 쏟아 냈다.

「전에 우리에겐 계획이 하나 있었어요. 이뤄지지 못했지만, 세월이 흘렀어요. 그리고 이제 모든 것이 우리를 가깝게 하고 있어요. 부친께서 사망하시고, 폴이 사고를 당하고, 일을 같이 해나가야 하고…… 이제는 우리 관계를 다른 식으로 생각하는 게 좋다고 생각하지 않나요? 그리고 당신의 오랜 친구를 신뢰하는 게 좋지 않을까요?」

그의 손은 마들렌의 어깨 위에 머물러 있었다.

그녀는 그의 얼굴을 뚫어지게 쳐다보았다. 그가 한 말들이 그녀의 머릿속에서 출구를 찾지 못한 채 빙빙 돌고 있었다. 갑자기 어떤 생각이 떠올랐다. 혹시 지금 귀스타브가…… 내게 청혼을 하고 있는 걸까? 하지만 확신할 수는 없었다.

「귀스타브, 뭘 원하는 거죠?」

우리가 서로의 생각을 이해한 게 맞나, 라고 그는 자문했다. 상황상 어쩔 수 없이 시작 타이밍을 약간 늦추긴 했지만, 이것만 빼놓고는 해야 할 말들을 아무 실수 없이, 질서 정연하게 했기 때문에, 도대체 어디가 문제였는지 알 수 없었다.

마들렌은 질문을 반복하는 대신 눈썹을 찌푸렸다.

주베르는 여러 가지 상황을 상상했지만, 마들렌이 자신의 말을 이해하지 못하리라고는 한순간도 생각해 보지 않았다. 따라서 그는 이 혼란을 걷어 버릴 문장을 준비하지 않아 임기응변으로 나가는 수밖에 없었다. 그녀가 몸을 뒤로 빼지 않은 것은 그가 보다 확실하게 의사를 밝히기를 기다린다는 뜻이니,

그는 말 대신 행동으로 보여 주기로 했다. 그는 그녀의 손을 잡아 자신의 입술로 가져갔다.

메시지는 분명했다. 그는 그녀의 손가락에 키스를 한 뒤, 〈마들렌……〉 하고 덧붙이기까지 했다.

자, 이제는 충분하리라.

「귀스타브…….」 그녀가 대답했다.

확실치는 않았지만, 그는 이 대답의 끝부분에서 어떤 물음표 같은 게 언뜻 느껴졌다. 여자들을 상대할 때 짜증 나는 점은 항상 모든 것을 말하고, 언어로 표현해야 한다는 점이었다. 여자들은 자신에 대해 너무 확신이 없어서 아주 조그만 불안감에도 의혹에 빠지고 흔들리기 때문에, 모든 게 직설적이고 단호하고 명확해야 한다. 공식적이어야 한다. 정말이지 힘들다.

하지만 그렇다고 해서 그녀에게 사랑을 고백하지는 않을 터, 그건 너무 우스꽝스러운 짓이었다. 할 말을 찾던 중 머릿속에 전처와의 처음 순간들이 생각났다. 그 추억은 물방울처럼 깊은 곳에서 떠오르며 그를 놀라게 했는데, 그녀가 지금의 마들렌처럼 주저하는 기색으로 그에게 시선을 들어 올렸던 모습이 선명하게 기억났던 것이다. 그때 그는 고개를 숙였다. 그러고는 그녀에게 키스했다. 그녀가 원하는 바였다. 그는 더 이상 말할 필요가 없었다. 여자들이란 이런 것이다. 그들에게 끝없이 말을 늘어놓든지, 아니면 이 모든 너저분한 소리 대신 이와 같은 기능을 할 수 있는 키스 혹은 동일한 가치를 갖는 무언가(그들에게는 그 무엇도 키스와 동일한 가치를 가질 수 없지만)를 해줘야 하는 것이다.

주베르는 득실을 따져 보았다. 그녀는 입술에 격려하는 듯

한 미소를 머금고 아주 가까이 있었다. 자, 이제 용기 있게 결행해⋯⋯!

귀스타브를 관찰하던 마들렌은 마음이 놓이기 시작했다. 아까는 조금 기분 나쁜 느낌이었는데, 그건 오해였다. 이 사람에게 어떤 개인적인 어려움이 있는 걸까? 이렇게 생각하니 더럭 겁이 났다. 만일 그렇다면? 그래서 지금 은행에서 하고 있는 역할을 못 하게 된다면? 혹시 다른 곳으로 가서 일하려는 것은 아닐까⋯⋯? 그렇다면 나는 어떻게 해야 하지? 지금이야말로 그에게 조금이나마 호감을 보여 줘야 할 때였다. 그녀는 조금 더 그에게 다가갔다.

「귀스타브⋯⋯.」

이것은 그가 기다리던 확실한 신호였다. 그는 숨을 깊게 들이마시고는 허리를 숙여 마들렌의 입술에 자기 입술을 포갰다.

그녀는 즉각 뒤로 물러서며 그의 따귀를 때렸다.

주베르는 상체를 벌떡 세우며 상황을 파악했다.

그는 마들렌이 자신을 해고할 거라고 이해했다.

그녀는 그가 사임해 자기를 혼자 남겨 둘 거라고 이해했다.

그녀는 불안감에 사로잡혀 두 손을 마주 비볐다.

「귀스타브⋯⋯.」

하지만 그는 이미 떠난 뒤였다. 〈맙소사, 내가 대체 무슨 짓을 한 거지?〉라고 마들렌은 중얼거렸다.

귀스타브 주베르는 마음이 몹시 어수선했다. 내가 어쩌면 이렇게까지 잘못 생각할 수 있었을까? 너무 불안해서 거리를 두고 상황을 분석할 수 없었던 그는 계속 이 생각만 곱씹었다.

과거에도 이렇게 자존심에 상처를 입는 적이 종종 있었다. 페리쿠르 씨는 결코 모시기 편한 사람이 아니었다. 하지만 보스에게서는 천 번이라도 받아들일 수 있었던 그런 일을 어떤 여자한테서 — 설사 마들렌 페리쿠르라 할지라도 — 당하고 싶은 마음은 전혀 없었다.

이제 이 은행에서의 커리어는 끝난 것일까? 마들렌을 모시라고 하면 영혼까지 바치겠다고 달려들 재능 있는 젊은 은행가가 한 무더기는 될 것이다. 더욱이 그녀는 젊은 친구들을 싫어하지 않는 것 같으니…….

주베르 자신은 다른 자리를 찾아야 할 것이다. 아, 그건 내 인맥이 적힌 주소록을 펼치기만 하면 돼, 라고 중얼거리기도 하고, 또 그게 사실이었지만, 보스 딸과의 결혼이 취소된 것도 모자라 이제 불미스러운 이유로 해고된 일까지 추가되면 지울 수 없는 오점으로 남을 것이다.

몇 시간 뒤, 그는 선수를 쳐서 체면이라도 세우리라 마음먹었다.

그는 사직서를 작성했다.

회사를 떠나기로 했다고 간단히 알린 다음, 이사회와 그 의장의 결정을 따르겠다고 덧붙였다.

사환이 오기를 기다리면서, 그는 사무실 안을 서성였다. 자신의 판단에 영향을 미칠 수 있는 모든 감정에 거리를 두어 왔던 그는 너무 괴로웠다. 평생을 보내 온 이곳 아닌 다른 곳에서 어떻게 일할 수 있단 말인가? 이 생각만으로도 가슴이 터질 것 같았다.

사환은 스물다섯 살 정도로 보이는 청년이었다. 주베르도 입사했을 때 그 나이였다. 이 회사에 얼마나 많은 시간과 정력을 바쳐 왔던가……

그는 편지를 건네주었다. 사환은 마들렌의 이름이 적힌 다른 편지를 그에게 내밀었다.

그녀가 조금 더 빨랐던 것이다.

친애하는 귀스타브,

일어난 일에 대해 미안하게 생각해요. 오해였어요. 거기에 대해선 더 이상 얘기하지 말아요. 그래 주실 거죠?

난 당신을 전적으로 신뢰해요.

당신의 친구,

마들렌

귀스타브는 다시 은행 일을 시작했지만, 속에서는 분노가 부글댔다. 마들렌은 실용적이고도 현실적인 모습을 보이는 대신, 비논리적이고 이상주의적으로, 한마디로 감상적으로 행동한 것이다.

자리에 계속 남는다는 것은 자신의 약함을 고백한 것이나 다름없었고, 마들렌은 이 고백의 증인이자 그렇게 하도록 만든 장본인이며, 앞으로 그 주요 수혜자로 남을 것이다……

하지만 역설적으로 이렇게 밑바닥까지 내려가면서 귀스타브 주베르는 이 마지막 모욕으로 인해 자기 삶의 새로운 시대를 열게 되지 않을까 자문했다.

9

병원에서 돌아온 지 석 달이 지났는데도 아이는 여전히 창문 밖만 내다보며 시간을 보냈다. 뭔가 다른 것에 관심을 갖게 하려고 필사적으로 노력하던 마들렌은 두뇌 활동이 아이에게 좋은 영향을 미칠 거라는 생각을 했다. 그것은 앙드레의 전문 분야였다.

앙드레는 화석같이 굳어 오줌을 지리며 휠체어에 널브러져 있는 폴의 모습을 생각하면서, 도대체 어떤 기적으로 그와 수업을 할 수 있을지 그저 막막하기만 했다.

「네!」 그래도 그는 용감하게 대답했다. 「해보죠, 뭐.」

하지만 예전에 제자와 하던 일을 다시 시작할 마음은 없었고, 머릿속에는 단지 자신의 삶이 걸려 있는 쥐꼬리만 한 봉급을 어떻게든 보전해야겠다는 생각뿐이었다. 라틴어는 바보 같은 것이고, 산수는 자기 입술도 제대로 닦지 못하는 아이에게 능력 밖의 영역일 것으로 보이며, 역사는 지나치게 이론적이어서, 윤리를 택했다.

옛 제자의 방에 들어가면서 그는 아무런 환상도 꿈꾸지 않앉고, 무엇보다 억누를 수 없는 불안감에 사로잡혀 있었다. 그는 여러 주 만에 폴을 보는 거였다. 방 안은 어둑하고, 유리창 밖에서는 빗물이 줄줄 흘러내렸다. 안색은 흙빛이고, 얼굴에 뼈만 남은 폴은 한 장의 낙엽을 방불케 했다. 마들렌은 앙드레에게 격려의 뜻으로 고개를 끄덕인 다음, 짐짓 쾌활한 미소를 보이며 살그머니 자리를 비워 주었다. 자, 남자들끼리 잘 해 봐요……

앙드레는 크흠 하고 목청을 골랐다.

「자, 폴…….」

그는 책을 뒤적이면서 상황에 맞는 문장을 찾아보았지만, 모든 문장이 가식적으로 느껴졌다. 사실 이런 상황에서는 아무리 좋은 뜻을 품는다 해도 의미가 없었기 때문이다.

그는 〈끈질긴 용기를 가지고 싸우는 사람에게 극복할 수 없는 어려움이란 존재하지 않는다〉라는 문장을 골랐다. 그에게는 이 격언이 적절하게 느껴졌다. 시련을 겪고 있는 폴은 모든 용기를 끌어모을 필요가 있으며, 지금 처한 상황이 아무리 어렵다 해도……. 그래, 괜찮은 문장이었다. 그는 앞으로 한걸음 내디디며 〈극복할 수 없는 어려움이란 존재하지 않는다〉를 다시 한번 읽었고, 숨을 길게 들이마신 다음, 결의에 찬 표정으로 눈을 들어 제자를 쳐다보았다.

그는 잠들어 있었다.

앙드레는 구체적으로 설명할 수는 없었지만 폴이 잔꾀를 부리고 있다는 것을 곧바로 알아차렸다. 그는 자는 척하고 있었다. 얼굴에는 아무것도 나타나지 않았지만, 분명히 아이는 자는 시늉을 하고 있었다.

앙드레는 기분이 상했다. 이 아이를 교육하려고 그렇게 힘을 쏟았건만, 결국 이렇게 보답한단 말인가? 휠체어 안에 널브러져 있는 측은한 실루엣도, 입가에 질질 흐르는 침도 그가 이따금 부당한 상황에 처해 사로잡히곤 하는 이 은은한 분노를 가라앉히지 못했다.

「어림도 없어, 폴!」 그는 목소리를 높여 또박또박 말했다. 「내가 그런 엉성한 함정에 빠질 것 같아?」

그런데도 아이는 꼼짝하지 않았다.

「폴, 나를 바보 취급 하지 마!」

이번에는 의도했던 것보다 훨씬 크게 소리쳤다. 폴은 눈을 떴다. 가정 교사의 목소리에 겁을 먹은 그는 도금한 작은 종을 집어 들고 세차게 흔들어 댔다.

앙드레는 문 쪽으로 고개를 돌렸다. 벌써 마들렌이 와 있었다.

「아니, 무슨…….」

그녀는 폴에게로 부리나케 달려갔다. 왜 그러니, 우리 아기! 그녀는 그를 꼭 안았다. 어머니의 어깨너머로 폴은 앙드레를 차갑게 응시했다. 그것은…… 도발하는 시선이었다. 그렇다, 바로 그거였다. 앙드레는 숨이 막힐 것 같았다. 그는 두 주먹을 불끈 쥐었다. 아냐! 이런 식으로는 안 돼! 절대로 안 돼!

마들렌은 정신없이 물었다. 괜찮니? 우리 강아지, 괜찮아?

「아…… 아…… 아무것도 아냐…… 어…… 엄마…….」 그는 아주 힘겹게 대답했다. 「그…… 그냥…… 피, 피곤해서…….」

앙드레는 아랫입술을 꼭 깨물고 아무 말도 하지 않았다. 마들렌은 근심 가득한 얼굴로 모포를 올려 폴의 다리를 정성껏 덮어 주었다.

「앙드레, 그만 이리 오세요. 애를 쉬게 놔둡시다. 몸에 힘이 하나도 없어요.」

샤를이 진행 중인 일에 돈이 한도 끝도 없이 들어가고 있었다. 그는 이번이 제발 마지막이기를, 귀스타브 주베르에게 부탁하는 처지가 되지 않기만을 바랄 뿐이었다. 자기 형이 부리던 월급쟁이 놈을 찾아가서 사정하다니, 가당키나 한 일인가?

이 빌어먹을 십자가의 길은 도무지 끝이 보이지 않았다. 하지만 무슨 일이 있어도 빠져나와야 하리라.

페리쿠르가의 저택은 그동안 많이 변해 있었다. 마치 요양원처럼 조용했고, 이제 네 명밖에 남지 않은 하인들이 어쩌다 지나갈 때만 이 정적이 끊겼다. 널찍한 층계 아래쪽에는 강철 플랫폼 하나가 놓여 있었는데, 그것은 일종의 도르래 시스템에 연결된 핸들을 조작해 폴의 휠체어를 3층에서 1층으로 오르내리게 해주는 장치였다. 그 전체적인 모습이 중세 시대의 어떤 고문 기계를 연상시켰다.

하녀가 〈마님께서 위에서 의원님을 기다리세요〉라고 알려주었다. 샤를은 숨을 가쁘게 몰아쉬며 도착했다. 방 전체가 어둑했기 때문에 그는 잠시 시간이 지나서야 휠체어 가까이 똑바로 앉아 있는 마들렌의 모습을 식별할 수 있었다. 그녀는 이 상황에 전혀 무관심한 폴의 앙상하게 마른 손을 천천히 어루만지고 있었다.

「앉으시죠, 숙부님.」 이렇게 권하는 마들렌의 음성은 무덤 같은 방 분위기와 대조적으로 맑고 또렷했다. 「그래, 무슨 일로 오셨나요?」

순간 샤를은 의혹에 사로잡혔다. 이 강한 목소리, 거의 인위적인 느낌마저 주는 이 목소리는 어떤 기묘한 예감을 불러일으켰다.

그는 설명을 시작했다.

다들 알다시피, 여자들이란 정치나 사업에 대해 아무것도 이해하지 못하므로, 그들이 제일 좋아하는 영역인 정서적 측면을 강조하기로 했다. 자신은 어떤 악의의 희생자였다. 아니, 어떤 음모의 희생자였다. 사람들은 자신이 위임한 권한을 악용해…….

「제가 무엇을 해드릴 수 있을까요, 숙부님?」

샤를은 잠시 머뭇거렸다.

「에, 그러니까…… 난 돈이 필요해. 많이는 아니야. 30만 프랑 정도.」

보름 전만 하더라도, 그는 보다 협조적인 상대를 만날 수 있었을 것이다. 마들렌은 귀스타브로부터 삼촌을 도우라는 충고를 들었고, 오해가 빚은 그 불행한 사건 이후 그가 떠날지도 모른다는 생각에 너무 겁을 먹어 기꺼이 그의 충고를 따라, 샤를은 입도 벙긋하지 않고 수표 한 장을 챙겨 유유히 떠날 수 있었을 것이다. 하지만 그 후 모든 문제가 해결되었다. 귀스타브가 그녀를 찾아와 감사의 뜻을 표했다. 마들렌이 그에 대한 신임을 재확인한 편지를 손에 들고 와서는 그것을 벽난로에 집어넣는 조금 과장된 제스처까지 보여 주었다. 마들렌은 걱정이 가라앉아, 자기가 원하는 대로 자유롭게 결정할 수 있게 되었다.

「30만 프랑이라면,」 그녀가 대답했다.「숙부님의 은행 주식

액수와 거의 비슷하지 않은가요? 왜 그걸 팔지 않으시죠?」

샤를은 마들렌이 그런 문제들에 관심 있을 거라고는 전혀 상상하지 못했다.

「그건 우리의 유일한 재산이야.」 그는 참을성 있게 설명했다. 「우리 딸들의 지참금으로 써야지. 만일 내가 지금 그 주식을 팔면…… 허허, 참…… (그는 말도 안 되는 상황임을 강조하기 위해 짧막한 웃음을 터뜨렸다) 난 그대로 알거지가 된다고!」

「오…… 그 정도인가요?」

「그럼! 내가 자네에게 부탁하러 온 것은, 다른 해결책이 없기 때문이라고! 사실이야!」

마들렌은 화들짝 놀랐다.

「그러니까 지금 숙부님께서…… 파산 직전이란 말인가요?」

샤를은 고통스럽게 숨을 들이마신 다음, 고개를 끄덕였다.

「그렇다네! 일주일 후면 파산이야.」

마들렌은 동정 어린 표정으로 고개를 끄덕였다.

「숙부님을 기꺼이 도와드리려고 했는데, 지금 하신 말씀을 들으니 그러기 힘들겠네요. 이해해 주세요.」

「뭐라고? 아니, 왜?」

마들렌은 무릎 위에 두 손을 모았다.

「숙부님께서 분명히 말씀하셨잖아요, 파산 직전이라고. 숙부님, 곧 죽게 될 사람에게는 돈을 빌려주지 않는 법이에요. 그건 숙부님도 잘 아시잖아요…….」

그녀는 나지막한 웃음을 짧게 흘렸다.

「조금 버릇없게 들릴 수도 있겠지만…… 송장한테는 돈을 나눠 주는 법이 아니죠.」

그녀는 잠시 몸을 돌려 손수건으로 아들의 턱에 길게 흘러 내린 침을 닦아 주었다.

「또 그렇게 가망 없는 누군가에게 돈을 주는 게 완전히 합법적인 일인지도 모르겠고요…….」

이런 야비한……! 샤를은 고함을 쳤다.

「그래, 이 페리쿠르 집안의 이름이 다시 한번 진창 속을 구르는 꼴을 보고 싶은 게냐? 그게 네가 원하는 거야, 엉? 네 아버지가 그걸 원했을 것 같아?」

마들렌은 그에게 서글픈 미소를 지어 보였다. 마치 그가 불쌍하다는 듯이.

「숙부님, 아버지는 숙부님을 평생 도와드렸어요. 이제 편히 쉬시도록 생전의 일은 들먹이지 않는 게 좋지 않을까요?」

샤를이 너무나 갑작스레 일어나는 바람에 의자가 넘어졌다. 그는 뇌졸중을 일으키기 직전이었다.

그렇다고 마들렌이 자기가 이겼다고 상상하는 것은 섣부른 판단일 것이니, 샤를은 평생 정치적으로 산전수전을 겪어 우스운 꼴로 퇴장하지 않게 해주는 반사 신경이 발달해 있었기 때문이다.

「정말 궁금하구나, 도대체 네가 어떤 종류의 여자인지…….」

그는 갑자기 매우 신비로운 무언가를 마주한 사람처럼, 아주 호기심 어린 시선으로 그녀를 응시하며 말했다.

「아니, 그보다는,」 그는 폴 쪽으로 눈을 돌리며 다시 말했다. 「대체 네가 어떤 종류의 에미인지 참으로 궁금하구나.」

이 말에 방 안 공기가 파르르 진동하는 것 같았다.

「무…… 무슨 말이죠?」

「이 세상에 어떤 에미가 자기 자식이 3층 창문으로 마음대로 뛰어내리게 놔둔단 말이냐.」

그녀는 벌떡 일어섰고, 숨이 막혔다. 그건 사고였다고요!

「대체 어떤 종류의 에미이기에 일곱 살밖에 안 된 아들내미가 창밖으로 뛰어내리고 싶을 정도로 불행했느냐 말이다!」

이 공격에 마들렌은 완전히 허물어졌다. 그녀는 휘청거리며 뭔가 기댈 것을 찾았다. 방을 나가며 샤를은 고개도 돌리지 않은 채 덧붙였다.

「우리 모두는 자기가 한 짓에 대해 조만간 책임을 져야 하는 법이야, 마들렌!」

10

이제 파산 직전 단계에 이른 것일까? 샤를은 다른 사람들과 자신이 상황을 보는 관점에서 얼마나 다른지 확인하고는 충격을 받았다.

그가 조케 클럽 식당에 들어오는 것을 보자마자, 주베르는 읽고 있던 『자동차』지를 접고 냅킨을 내려놓은 다음, 두 손을 내밀면서 자리에서 일어났다. 그는 자신의 식탁을 가리키며 유감스럽다는 어조로 말했다.

「오, 샤를, 힘들게 움직이도록 해서 미안해요……. 하지만 막 수플레를 주문한 터라…….」

샤를은 만족했고, 상대의 사과를 받아들였다.

주베르는 거의 여성적일 정도로 섬세하게 수저와 포크를 다루었지만, 자기 접시는 쳐다보지도 않았다. 대신 그 맑고 새파란 눈을 샤를에게 못 박은 채, 보는 이가 역정 날 정도로 음식을 천천히 씹었다. 그 시선은 〈자, 그래서요?〉라고 말하는 것 같았다. 샤를은 전에도 그를 끔찍이 싫어했지만, 이제는 그를 증오하기 시작했다. 주베르는 지금 자신이 어떤 상황에 있는

지 완벽히 알고 있었다. 지금 저 인간들은 자신에게 똥물을 마지막 한 방울까지 마시게 하고 있으니 정말이지 열통 터지는 일이 아닐 수 없었다. 생각 같아선 당장 식탁을 엎어 버리고 싶지만, 잘못하면 파산할 수도 있다는 생각에 꾹 참았다.

「내 일이…… 잘 해결되지 않았소.」

주베르는 서두르지 않고 천천히 안경을 끼고는, 샤를이 그에게 내민 반쯤 구겨진 종이 위로 고개를 숙인 다음, 휘익 하고 감탄의 휘파람을 불었다.

주베르가 신경 쓰이는 것은 돈 문제보다 잘못하면 페리쿠르 가의 명예가 실추될 수도 있다는 사실이었다. 마들렌은 숙부를 돕는 것을 거부했다. 이번에도 여자로서의 심리가 전략적인 고려보다 앞선 것이다.

그는 입술을 닦고 나서 냅킨을 내려놓았다.

「확실해요, 샤를? 이거면 빠져나올 수 있어요?」

「틀림없어!」샤를이 흥분하며 대답했다. 「내가 계산을 다 해 봤다고!」

귀스타브 주베르는 미소를 지으며 자리에서 일어났다.

그는 자신의 전용 사물함으로 갔다. 그러고는 녹색 끈으로 주둥이를 묶은 로열블루색 마직 자루에서 20만 프랑을 꺼내 조케 클럽의 로고가 찍힌 봉투에 집어넣었다. 그런 뒤 아무 말 없이 돌아와서 그것을 식탁 한 귀퉁이에 올려놓았다.

샤를은 감사를 대신해 뭔가 알아들을 수 없는 말을 웅얼거렸다.

「잘 가요, 샤를. 오르탕스에게 안부 전해 주고요.」

「고맙소, 주베르…….」

모종의 반사작용으로 이렇게 대답했지만, 지금까지 그는 권한 대행을 성 대신 이름으로 불러왔다. 잘난 척해 봤자 결국 한낱 고용인 아닌가?

마들렌은 결코 바보가 아니었다. 앙드레가 최대한 몸을 낮추고 아무리 조심하며 지낸다고 해도, 무위도식하며 지내는 그의 존재는 이 집에서 문제가 될 수 있었다. 자기 방에서 시나부랭이나 쓰고 있는데 꼬박꼬박 봉급을 받는 이 신체 건강한 청년의 존재가 아침부터 밤까지 정신없이 일해야 하는 사람들에게는 뭔가 쇼킹하고도 불공평하게 느껴질 것이다. 이것은 부자라 하더라도 이해할 수 있었다.

오, 아니야……. 그녀는 거울에 비친 자신의 화장한 얼굴을 보며 속으로 중얼거렸다. 그냥 베일로 가리는 게 낫겠어…….

쥘 기요토는 그녀를 기다리고 있었다. 어서 와요, 마들렌. 그는 마치 그녀가 회복 중인 환자라도 되는 듯 그녀의 팔을 붙잡고 자기 사무실까지 데려오며 말했다.

나중에 지인들과의 회식 자리에서 기요토는 이 장면을 신나게 얘기하리라. 자, 자, 쥘, 어서 보따리 좀 풀어 보라고! 에, 솔직히 말이야, 전에 이 여자를 알았던 사람도 지금은 거의 알아볼 수 없을 거야. 그는 그녀가 어떻게 베일을 올렸는지 얘기하고, 얼굴이 슬픔으로 완전히 상해 초췌하기 그지없었다고 말할 것이다. 글쎄, 얼마나 폭삭 늙어 버렸는지 나이를 가늠하기 힘들 정도라니까! 하지만 그는 이 이야기의 클라이맥스는 금방 내놓지 않을 것이다. 자자, 쥘, 그만 애태우고 빨리 좀 말해 봐! 에, 그러니까, 그렇게 무덤 앞에 이른 사람처럼 빌빌대면서도 말이야, 나를 찾아온 것은 자기 애인 때문이었어! 오, 말도 안 돼! 아냐, 아냐, 정말이야, 정말이라고! 모두가 에피소드의 이 부분에 열광할 것이다.

「하지만 우리 아기씨(마르셀 페리쿠르의 가까운 친구였던 그는 그녀가 태어났을 때부터 이렇게 불렀다), 내가 그 친구에게 어떻게 해줬으면 좋겠소?」

제 선친 장례식에 대해 그가 쓴 보고 기사가 마음에 드셨는지요? 사장은 아닌 게 아니라 그 기사는 주목을 받았다고 기꺼이 인정했다. 맞아요, 당신의 남친, 아니 당신이 미는 그 친구는 글을 꽤 잘 써요…….

「그가 사장님 신문에서 조그만 칼럼난 같은 것을 맡으면 어떨까요?」

「마들렌, 그런 것은 확실히 검증된 기자들이 맡는 거예요! 만일 내가 듣도 보도 못한 사람에게 고정란을 맡기면, 우리 신문사 사람들이 뭐라고 하겠어요?」

마들렌은 은행가의 딸이었다. 그녀는 모든 것이 돈의 문제로 시작되고 끝나며, 쥘 기요토의 번드르르한 소리들도 결국 액수의 문제라는 것을 배운 바 있었다.

「쥘, 그를 채용해 달라는 거지, 그에게 봉급을 주라는 얘기가 아니에요.」

기요토는 눈을 내리깔며 생각에 잠겼다. 젊은 남친에게 일자리를 마련해 주면 마들렌 자신이 돈을 지불하겠다는 얘긴가? 그래도 약간 양심에 거리껴 그는 다음 날 앙드레에게 이렇게 말했다.

「마들렌을 기쁘게 해주고 싶지만, 그게 다가 아니란 말씀이야. 내가 경영하는 것은 신문사지 자선 단체가 아니라고! 그래, 내가 자네에게 대체 무슨 일을 시켜야 하지?」

청년은 촉촉해진 두 손을 바지에 대고 비볐다.

「제가 생각해 봤는데요,」 그는 기어들어 가는 목소리로 대답했다. 「〈스케치〉라는 제목의 조그만 칼럼난을 맡으면 어떨까 해요. 세상 돌아가는 분위기나 여기저기서 본 것들에 대해 어떤 특별한 관점에서 단평을 쓰는 거죠.」

이렇게 말한 뒤 앙드레는 호주머니에서 종이 한 장을 꺼내 펼쳐 보였다. 이 기사는······.

「······뭐, 약제사들에 대한 거라고? 아니, 왜 약제사들이지?」

기사를 뒤적이며 기요토는 배가 고파 죽을 지경이었다. 최근에 파리 약제사 몇 명이 일요일에 약국 문을 연 죄로 감옥 형을 받았단다.

〈따라서 배짱 좋게 일요일에 앓아누운 아이를 치료할 만한 곳을 찾아 헤매기보다는 동네 카페에 처박혀 술이나 퍼마시는 게 훨씬 편한 실정이다.〉

앙드레는 비꼬는 어조로 법이 같은 논리로 처벌해야 할 직업 — 소방관, 산파, 의사 등 — 을 열거하고는, 기업의 자유를 열렬히 옹호하는 짤막하면서도 감동적인 주장으로 글을 매듭지었다. 〈국회 의원들께서는 그 양반들이 너무나 좋아하는 그 무의미한 토론을 계속하셔도 좋지만, 아침 일찍, 다시 말해 국회와 상원이 아직 의인(義人)의 잠에 빠져 있는 시간에 용기 있게 기상하는 사람들이 공공의 선을 위해 헌신하는 것을 막지 않으면 고맙겠다.〉

괜찮았다. 쥘 기요토는 약간 놀란 듯 입을 삐죽 내밀었다.

「음, 그래, 괜찮군……」

그로부터 15분 후, 앙드레는 A.D.라는 필명으로 나가는 『수아르 드 파리』의 새 칼럼난을 맡게 되었다. 모두 마흔 줄로, 제3면에 매주 화요일과 목요일에 싣기로 했다.

「화요일과 목요일은 괜찮은 날들이기 때문에 자네 이름을 알릴 수 있을 거야. 한번 시험적으로 써보지. 하지만 자네에게 봉급은 줄 수 없네. 이건 자네의…… 그러니까 마들렌 페리쿠르와 이미 합의된 내용이야, 안 그런가?」

사람들에게 이 이야기를 들려줄 때, 기요토는 보수 문제는 슬쩍 건너뛰고, 자신이 앙드레 델쿠르를 인정상 채용했으며, 다른 칼럼니스트와 같은 액수를 지불한다는 식으로 말하곤 했다.

11

　여름에서 성탄절에 이르는 동안 폴은 키가 2센티미터나 자랐고, 체중은 3킬로그램 줄었다. 반복적으로 불면증에 시달렸으며, 종종 악몽에 사로잡혀 잠에서 깨곤 했다. 음식물 섭취도 문제여서, 거의 먹지 못했다. 푸르니에 박사는 탄식하곤 했다. 폴의 몸무게가 늘어야 할 텐데요, 이건 생명이 걸린 문제예요. 이 말을 들은 마들렌은 겁에 질렸다. 그녀는 하루에 서너 번씩 접시를 들고 휠체어 옆에 앉아 온갖 꾀를 냈다. 노래나 동요를 부르기도 하고, 이야기를 들려주기도 하고, 화를 내기도 했다. 그는 그렇게 비협조적으로 나오진 않았다.

　「어…… 엄…… 엄마…… 아…… 안…… 안 넘어가…….」

　그러면 마들렌은 접시를 주방으로 보내고 다음 식사에 대한 지시를 내리곤 했다. 그녀는 모든 것을 시도해 봤다. 그녀가 브로콜리 죽이 기적을 일으킬 것이라고 상상하는 날이면, 사람들은 그걸 구하러 파리 끝까지 달려가야 했다.

　〈사고〉가 난 지 1년이나 되었는데도 여전히 그녀는 폴의 기저귀를 갈고, 그를 부축해 주는 일을 도맡아서 했다. 점점 피로

가 쌓인 그녀는 1928년 2월 3일, 그를 안고 욕실로 들어가다가 그만 넘어지고 말았다. 아이는 욕조 다리에 머리를 세게 부딪혔다. 마들렌은 죄책감을 느꼈다. 지난해 여름부터 계속 다른 해결책을 주장해 오던 레옹스의 소원이 마침내 이루어져, 간호사들과의 끝없는 면접이 시작되었다.

이 여자는 너무 거칠고, 저 여자는 너무 차가웠다. 혹은 너무 젊거나 너무 늙었다. 다음번 여자는 태도가 수상쩍었다. 지저분하거나 무뚝뚝하거나 사악하거나 멍청해 보여 퇴짜 맞은 사람이 몇 명인지 더 이상 헤아릴 수도 없었다. 마들렌의 마음에 드는 사람이 아무도 없었으니, 그녀가 아무도 원치 않았기 때문이다.

레옹스는 결점이 전혀 없는 간호사를 찾긴 어렵다는 점을 이해시키려 했으나 아무 소용 없었는데, 어느 날 30대 젊은 여자가 찾아왔다. 농부같이 건장한 체격에 널찍한 엉덩이, 딱 벌어진 어깨, 풍만한 가슴, 빨간 볼에 명랑해 보이는 얼굴, 안와 속에 깊숙이 들이박힌 조그만 눈, 너무 연해서 거의 흰색처럼 보이는 금발, 환한 미소, 그리고 시도 때도 없이 드러나는 튼튼한 치아를 지닌 그녀는 매우 상냥했다.

그녀는 마들렌 앞에 떡 버티고 서서 알아들을 수 없는 어떤 문장을 내뱉었다. 폴란드 사람이라서 프랑스어를 한마디도 하지 못했던 것이다. 그녀는 외국어로 작성된 각종 자격증이며 추천서 따위를 수없이 꺼내 폴란드어로 하나하나 설명해 나갔다. 레옹스는 웃기 시작했고, 마들렌은 그녀의 벗과 마찬가지로 상황이 너무나 어처구니없다고 느꼈으나 가까스로 엄숙한 얼굴을 유지하고 있었다. 젊은 여인이 내놓은 자격증은 확인

가능한 것들이긴 했지만, 마들렌으로서는 이 동네에서 〈폴란
드인을 고용한 여자〉가 되는 것을 받아들일 수 없었다. 그녀가
늘어놓는 말을 끝까지 들은 마들렌은 한 다발이나 되는 자격증
들을 다시 깨끗이 접은 뒤, 자신은 〈폴란드……어…… 그러니까
의사소통이 불가능한 간호사〉를 고용할 수 없다고 선언했다.

젊은 여인은 이 말을 잘못 이해해, 첫 번째 관문을 통과한 게
조금도 놀랍지 않다는 듯 큼지막한 미소를 머금었다. 그러고
는 빨리 아이를 만나 보고 싶다는 뜻으로 눈을 크게 뜨며 그의
방 문을 가리켰다.

「*Moze teraz do niego pójdziemy*(이제 그 애를 보러 갈 수
있나요)?」

마들렌은 다시 한번 설명하기 시작했다. 하지만 그녀가 몇
마디 하지도 않았는데 젊은 여인은 벌써 방에 들어가 폴의 침
대로 다가갔다. 마들렌과 레옹스는 황급히 그녀를 따라 들어
갔다.

간호사는 무척이나 말이 많은 여자였다. 그녀가 하는 말을
한마디도 알아들을 수 없었지만, 마치 무성 영화의 여배우처
럼 그녀의 얼굴을 보면 모든 것을 읽어 낼 수 있었다. 한데 방
안 꼴이 마음에 들지 않는지 그녀는 휠체어에서 물러서더니 가
장 가까운 곳에 있는 행주를 눈으로 찾아, 뭐라고 웅얼웅얼 잔
소리를 늘어놓으면서 폴의 침으로 더러워진 목판을 닦아 냈다.
그러고는 모포를 당겨 폴의 다리를 덮어 주고, 그의 잔을 가져
다 물로 헹군 다음, 폴이 볕을 받을 수 있게 휠체어를 옮겼다.
너무 눈이 부시지 않도록 커튼을 살짝 치고는, 그가 사용하지
않는 머리맡 탁자를 제자리에 가져다 놓고 그가 읽지 않는 책

몇 권을 한데 쌓아 놓았다. 이 일을 하면서 쉴 새 없이 입을 놀렸다. 그 재잘거리는 말들이, 마치 그녀가 질문과 대답을 동시에 하는데 질문들은 자신의 귀에도 너무나 재미있고 대답들은 너무나 엉뚱하게 들리는 듯, 갑작스럽게 터뜨리는 웃음으로 끊기곤 했다. 모두가 어안이 벙벙해졌다. 심지어 폴조차 그녀가 일벌처럼 부지런히 방 안을 돌아다니는 것을 보며 고개를 갸우뚱 기울이고는, 마치 저 여자의 정체는 과연 뭘까 궁금해하는 것처럼 가늘게 찡그린 눈으로 그녀를 쳐다봤다. 아이의 표정은 결국 희미한 미소로 바뀌었는데, 그가 집에 돌아온 이후 이렇게 우호적인 태도를 보인 적은 정말이지 한 번도 없었다.

그런데 상황이 돌변했다.

젊은 여인의 몸이 딱 굳더니 마치 사냥개처럼 킁킁거리며 코를 들어 올렸다. 그러고는 폴을 뚫어지게 쳐다보면서 눈썹을 찌푸리며 걸걸한 목소리로 뭐라고 말하는데, 잔뜩 화났다는 것을 모두가 알 수 있었다. 그녀는 단번에 아이를 붙잡아 마치 헝겊 뭉치처럼 가볍게 들어 올려서는 침대에 데려가 눕혔다. 그런 다음, 검지를 쭉 내밀고 계속 구시렁대면서 그의 옷을 벗기고 기저귀를 갈기 시작했다.

이 내밀한 작업이 진행되는 동안, 그녀는 자신의 작업에 대해 끊임없이 뭐라고 지껄였다. 폴에게 말하는 건지, 아니면 자기 자신에게 말하는 건지도 알 수 없고 — 아마 둘 다였으리라 — 어조가 사람 좋게 느껴지면서도 권위적이고, 책망하는 듯 하면서도 재미있어하는 듯 아주 묘했다. 그런데 온갖 것이 섞여 있는 이 어조는 폴에게서 희미한 미소를 끌어냈다. 15분도 안 되는 동안 그는 두 번째 미소를 보였다. 그녀는 별안간 웃음을 터뜨리더니, 손가락 끝으로 기저귀를 들어 올리며 자기 코를 틀어쥐었다. 그러고는 마치 냄새 때문에 금방이라도 쓰러져 버릴 것처럼 비틀거리면서 세탁물 바구니 쪽으로 걸어간 뒤 처음으로 자기 생각을 표현해 보려는 폴의 옷을 갈아입히기 시작했다.

「아…… 아…… 아줌마…… 기…… 기저귀…… 이…… 잊었어요……」

「*Ba ba ba ba*(안 돼, 안 돼, 안 돼, 안 돼)!」 그녀는 동작을 멈추지 않은 채 소리쳤다.

그녀가 일을 마쳤을 때, 이제 더는 폴이 기저귀를 차지 않을 거라는 것을 모두 확실히 알게 되었다.

이유는 블라디가 원치 않기 때문이었다.

브와디스와바 암브로지에비치, 〈블라디〉라고 그녀는 검지 두 개를 치켜들고 말했다.

그녀에게서는 단순하면서도 싱싱한 무언가가, 깜짝 놀랄 정도의 활력과 삶의 기쁨이 느껴졌다.

레옹스는 마들렌의 얼굴이 굳어 있는 것을, 결코 순순히 넘어가지 않겠다는 듯 팔짱을 끼고 있는 것을 보았다. 레옹스는 그녀를 끌어당겼다.

「괜찮았어요.」 그녀는 속삭였다. 「그렇게 생각하지 않으세요?」

마들렌은 기겁을 했다.

「아니, 지금 제정신이에요? 우리 페리쿠르 집안이 폴을 보살필 사람으로 외국 여자를 채용하다니요? 그것도 폴란드 여자를요!」

하지만 바로 이때, 두 여자는 누군가의 낭랑한 목소리에 고개를 돌렸다. 간호사는 폴 앞에 앉아 그의 두 손을 잡고, 어떤 동요 같은 것을 불러 주고 있었다. 그녀는 마치 어떤 연극에 나오는 식인귀처럼 눈알을 굴리면서, 한 절이 끝날 때마다 아이의 볼을 살짝 꼬집었다.

폴은 입가에 엷은 미소를 머금고 반짝이는 눈으로 그녀를 응시했다.

당장 그날부터 블라디는 앙드레의 방이 있는 3층의 한 방에서 지내게 되었다.

적어도 그녀는 가톨릭이니까 괜찮아, 라고 마들렌은 속으로 중얼거렸다.

『수아르 드 파리』에 칼럼 원고를 넘기러 왔을 때, 앙드레는 지금까지 느껴 보지 못한 흥분에 사로잡혔다. 아침에 그는 희망에 부푼 채, 과장법과 거창함을 좋아하는 그의 성향을 잘 보여 주는 〈동녘이 터온다······〉라는 문장을 생각하며 침대에서 벌떡 일어났다.

〈이크, 스캔들이다!〉라는 제목의 기사는 나라를 뒤흔드는 사건들이 끊임없이 일어나는 것을 반기는 듯한 어조였다. 전에는 드물었던 스캔들이 〈다행스럽게도 오늘날에는 기자들의 주요 원료로 자리 잡으면서, 그 어마어마한 다채로움으로 매우 까다로운 독사들까지 기쁘게 해준다. 그래서 연금 생활자는 증권 거래소 스캔들을, 민주주의자는 정치적 스캔들을, 도덕군자는 위생 관리 스캔들이나 윤리적 스캔들을, 문인은 예술적 혹은 사법적 스캔들을 마음껏 즐긴다……. 이 공화국은 오만 가지 취향을 만족시키는 스캔들을 제공한다. 그것도 매일 제공하고 있다. 우리 국회 의원님들은 조세 문제나 이민 문제와 관련해서는 보여 준 바 없는 대단한 상상력을, 이 분야에서 발휘하고 있다. 유권자들은 그 양반들이 이 상상력을 고용을 위해 발휘하길 애타게 기다린다. 여기서는《고용》을《실직》의 뜻으로 이해하자. 왜냐하면 프랑스에서 이 두 단어는 거의 동의어가 되어 있기 때문이다〉.

앙드레는 편집장에게 기사를 가져가면서, 언론계에 입성하는 짜릿한 느낌에 사로잡혔다.

업계 동료들을 만난다고 생각하니 자랑스러우면서도 약간 불안한 느낌이 들었다. 신문사 사장이 〈낙하산 인사〉로 투입한 칼럼니스트에 대한 시샘이 처음에는 인간관계를 어렵게 만들 가능성을 배제할 수 없었다. 하지만 이런 것들은 결국 잊히기 마련이었다. 직업적 유대감은 무엇보다 확실한 일 처리에서 비롯되고, 단체정신이 사소한 개인적 이해관계를 금방 날려 버릴 것이다.

「저는…….」 앙드레가 용기를 내어 말을 걸었다.

「난 자네가 누군지 알고 있네.」 편집장이 그에게 고개를 돌리며 대답했다.

「오늘 제가 가져온 것은…….」

「난 자네가 무얼 가져왔는지 알고 있어.」

편집실 안에는 뭔가…… 책망하는 듯한 정적이 흘렀다. 적어도 앙드레는 그렇게 느꼈다.

「그거 거기다 두게.」

편집장은 마치 휴지통을 가리키듯 바구니 하나를 가리켰다. 어떻게 반응해야 좋을지 생각하는 동안, 앙드레는 너무나 외로웠다. 그렇게 긴 불안의 시기가 시작되었다. 그는 애초부터 내가 마음에 들지 않은 것일까? 내가 무슨 실수를 했나? 내 기사를 읽어 보기나 할까? 만일 기사가 마음에 들지 않으면 다시 부를까, 아니면 그냥 기사를 쓰레기통에 던져 버릴까? 아니, 혹시 자기가 수정하려고 들진 않을까?

그의 칼럼은 게재되었다. 제3면 아래쪽에, 한 군데도 잘리지 않고, 그가 넘긴 상태 그대로. 그의 이니셜도 선명하게 찍혀 있었다.

하지만 그가 〈책망〉으로 해석한 것은 알고 보니 순수한 적의였다. 사람들은 그에게 인사도 하지 않았고, 그가 오면 대화가 뚝 끊기곤 했다. 또 심심찮게 그의 바지에 커피 한 잔을 쏟기도 하고, 그의 중산모가 변기 속에서 발견되기도 했다. 한마디로 지옥이 따로 없었다.

9월에 시작된 이 시련은 이듬해 4월까지 계속되었다.

모욕과 조롱으로 점철된 시련과 역경의 8개월이었다.

앙드레를 자기 취향이라고 느낀 한 여자 타이피스트가 그에게 귀띔을 해줬다.

「여기서는 무급으로 일하면, 사람들이 별로 좋게 보지 않아요…….」

얼마 안 가 그는 더 이상 출근하지 않고, 마감 직전에 살짝 들어가 바구니에 원고를 집어넣곤 했다. 그런데 이 바구니란 게 알고 보니 이곳의 〈왕따〉들만 쓰는 것으로, 아무도 건드리려고 하지 않는 무언가를 담는 것 외에는 다른 용도가 없었다.

돈이 좀 있었다면, 그는 신문사에 가는 대신 심부름꾼을 보냈을 것이다.

그는 이런 고민들을 쥘 기요토에게 털어놓았다.

「너무 걱정하지 말게! 시간이 지나면 괜찮아질 거니까!」 직원들 간의 알력을 은근히 좋아하는 늙은 사장이 말했다.

시간이 지나면 괜찮아진다고요? 봉급을 받는 사람에겐 그렇겠죠! 이런 대꾸가 목구멍까지 올라왔지만 앙드레는 감히 말하지 못했다.

이처럼 그는 신문사 안에서 왕따 대상이었지만, 그의 칼럼은 승승장구했다. 부이용 라신 레스토랑의 웨이터들은 그를 볼 때마다 칭찬을 늘어놓았다. 예를 들어 연초에 찰리 채플린에 대한 그의 칼럼이 발표되었을 때처럼 말이다.

유대인 찰리

찰리 채플린은 아마도 세계 영화계의 가장 위대한 예술가일 것이며, 이 점은 충분히 강조되어야 할 것이다. 최근에 나온 그의 영화 「서커스」는 이 사실을 확실히 증명하고 있다. 러닝 타임이 70분인 이 작품에는 올해 나온 미국 영화를 모두 합친 것보다 더 많은 웃음과 휴머니티, 그리고 독창성이 담겨 있다.

깊이 또한 없지 않다. 왜냐하면 여기서 찰리는 이스라엘인의 전형이라 할 만한 것을 기가 막히게 보여 주기 때문이다.

끊임없이 서툴게 행동해 어디서나 쫓겨나고, 창피한 줄도 모르고 아이에게서 서슴없이 빵을 뺏어 먹는 이 한심하고도 교활한 사내는 타고난 게으름뱅이로, 자신의 수고를 아끼고 주어진 상황과 다른 사람들을 이용해 먹기 위해 기회만 있으면 책략을 꾸미고 머리를 굴린다. 그게 성공하면 자기만족에 빠져 희희낙락하지만, 결국 궁둥…… 짝을 또 한 번 채어 제자리로 원위치하게 된다.

관객들은 포복절도하면서, 그가 적어도 이 발길질만큼은 훔치지 않았다는 것을 인정한다.

집에 들어온 지 몇 주 지났을 때, 블라디는 『마치우시왕 1세』라는 책을 폴에게 큰 소리로 읽어 주기 시작했다.

그녀는 말 그대로 〈실감나는〉 낭독자였다. 인물들을 직접 연기하고, 폴란드어로 써 있어 폴로서는 전혀 이해할 수 없는 이야기의 서사적 효과를 높이기 위해 장면마다 몸짓과 음향효과를 곁들이곤 했다.

이때 방 안에 들어오려던 레옹스는 이 생동감 넘치는 연기를 몇 분 동안 참관했다. 블라디가 자신을 향한 레옹스의 놀란 시선을 느끼고는 낭독을 중단하자, 폴이 손을 흔들어 댔다. 계속해, 계속해! 그가 이걸 좋아한다는 데는 의심의 여지가 없었다.

그 후에도 블라디는 이 책을 여남은 번이나 읽어 줘야 했는데, 폴은 아무리 들어도 싫증을 내지 않았다.

이번에는 마들렌이 뭔가를 해봤다. 축음기를 한 대 사온 것이다. 빅터사의 휴대용 축음기로, 875프랑짜리 디럭스 모델이었다. 여기에 마들렌은 가요, 재즈, 오페라 아리아 등이 담긴 15개가량의 음반도 곁들였다. 폴은 감사의 미소와 함께 축음기를 맞았다. 〈고…… 고마워…… 어…… 엄마.〉 그는 심술을 부리지는 않았지만, 축음기 뚜껑도 열어 보지 않았다. 레옹스가 이따금 들러 모리스 슈발리에의 노래가 담긴 78회전반을 걸어 놓고는 「발랑틴」을 신나게 흥얼거리곤 했다. 또 마들렌이 그와 같이 있을 때는 듀크 엘링턴 악단의 곡들을 크게 틀어 놓았고, 그러면 폴은 부드럽게 미소 짓곤 했다. 그러다 축음기가 꺼지면 폴은 다시 마비 상태에 빠져들었고, 음반 재킷들 위에는 다시 먼지가 내려앉았다.

블라디는 음악을 좋아해서, 일하는 중에도 기꺼이 노래를 부르곤 했다. 노래 실력은 엉터리였지만, 취향은 재즈도 가요도 아닌 오페라 쪽이었다. 방을 청소하다 폴이 선물받은 음반들 가운데 벨리니의 「노르마」의 아리아 몇 곡이 포함된 것을 보고는 좋아서 염소 새끼처럼 팔짝팔짝 뛰었다.

블라디가 종종 요령을 피우는 것을 보며 재미있어하던 폴은 「정결한 여신이여」를 틀어 달라는 그녀의 요구를 마지못한 듯이 들어주었다. 블라디는 이번에는 음악을 들으며 같이 따라 부르지 않고, 긴 도입부가 진행되는 동안 청소하는 속도를 늦췄다. 뭔가 놀랍고도 끔찍한 일이 곧 닥칠 것처럼 말이다. 그러다가 솔랑주 갈리나토의 목소리가 방 안을 가득 채우자, 블라디는 깃털로 된 먼지떨이를 가슴에 꼭 대었다. 그리고 여가수가 어떤 속내 이야기를 하듯이 시작해, 오랫동안 가슴에 담아온 어떤 비밀을 털어놓듯이 청아하면서도 은근한 음으로 끝낸 〈이 신성한〉 부분의 미묘한 바이브레이션 음들이 이어질 때는 두 눈을 질끈 감았다. 여가수의 호흡은 첫 번째 소절에서부터 시작해, 어떤 고백처럼 찾아오는 그 운명적 반음, 〈오래된 나무들〉의 그 A 샤프음에 이를 때까지 끊기지 않고 계속 이어지는 것 같았다. 블라디는 다시 청소를 시작했지만 이제는 천천히, 갈리나토가 그녀만의 대담한 방식으로 끝부분을 아주 미세하게 끊어, 듣는 이의 영혼을 뒤흔들어 놓는 〈이 아름다운 얼굴을 돌려 저희에게 보여 주소서〉에서 서서히 반음계로 옮겨지는 움직임을 강조하고 싶은 듯 잠시 멈추기도 했다. 전에 너무 많이 들었고, 다른 이들이 부를 때는 너무 평범하게 들리던 이 가락들이 여기서는 믿을 수 없을 만큼 자연스럽게 이어져 신선하다 못해 투명하게 느껴지기까지 했다.

블라디는 감동에 사로잡혀 방 한쪽 구석에서 움직임을 멈췄다. 아, 이 날카롭고도 파괴적이고, 비통하기 그지없는 C음이 내뿜는 엄청난 힘……. 이것은 듣는 이의 가슴을 갈가리 찢어 놓았다.

창 쪽으로 얼굴을 돌린 그녀는 자신도 모르게 미소를 머금었다. 폴이 머리를 옆으로 떨어뜨리고 잠들어 있었다. 그녀는 전축을 끄려고 살금살금 다가갔다.

그러자 폴은 단호하게 팔을 쭉 내밀었다. 그도 노래를 듣고 있었던 것이다.

눈을 감은 그의 얼굴이 눈물에 젖어 있었다.

12

전통에 따라 그들은 매년 레스토랑을 바꿨다. 국립 고등공예학교의 1899년도 입학 동기, 그러니까 〈귀스타브 에펠 동기〉라고도 불리는, 평균적 열다섯 명 정도가 모이는 동기생들이 드루앙, 막심, 르 그랑 베푸르를 거친 뒤 이해에 약속 장소로 정한 레스토랑은 라 쿠폴이었다.

식탁에 둘러앉은 사람들의 배치 형태는 이 그룹의 현 상황을 아주 잘 보여 주었다. 어떤 이는 작년의 이웃과 떨어져 앉았는데, 그 이유는 그가 자기 아내와 바람을 피웠기 때문이고, 또 어떤 이는 몇 차례 장사를 잘한 덕분에 등급이 올라가 최고 상석 가까이 자리 잡았다.

귀스타브는 산업부 통상국에 근무하는 사케티와 두르주 광산 회사에서 박박 기고 있는 로브주아 사이에 앉아 있었다. 이 로브주아는 광산 회사 시추부 차장에 불과했지만, 귀스타브 주베르를 간발의 차이로 앞선 수석 졸업생이었기 때문에 지금까지도 어떤 권위 비슷한 것을 행사하는 친구였다. 참으로 이상하게 세월도 직업적 실패도 과거의 이 빛나는 위상이 얻어 준 명성을(그리고 이로 인한 주베르의 양심도) 완전히 없애 버리지 못했다…….

대화는 언제나 똑같은 식이었다. 처음에는 정치, 그다음에는 경제와 사업 얘기를 하다가, 항상 여자 얘기로 끝났다. 그리고 모든 주제의 공통 인수는 물론 돈이었다. 정치 얘기는 결국 돈 좀 버는 게 가능하냐는 거였고, 경제 얘기는 돈을 얼마나 벌 수 있느냐, 사업 얘기는 어떤 방법으로 돈을 벌 수 있느냐, 그리고 여자 얘기는 그걸 어떻게 쓰느냐 하는 거였다. 이들의 모임은 참전 용사들의 술자리와 공작새들의 경연장과도 비슷했으니, 다들 한껏 과시하고 떠벌리느라 정신이 없었다.

「자, 그 2차 투표는 어떻게 되어 가?」 사케티가 불쑥 물었다. 「이번 선거는 확실히 이긴 거지?」

대체 누가 이겼다는 건지 알 수 없는, 모호하기 짝이 없는 질문이었다.

「빨갱이들은 절대로 이 나라를 집어삼키지 못해.」 주베르가 대답했다. 「하느님이 지켜 주시니 우리는 그 모스크바 바라기들을 프랑스에서 쫓아낼 수 있을 거야.」

「나랏빚도 갚을 수 있을 거고 말이야.」 사케티가 고개를 끄덕이며 맞장구쳤다.

이 빚 문제만큼 의견이 일치하는 것도 없었다. 각자 프랑화에 대한 입장이 어떻든 간에, 모두가 한 가지 확신을 공유하고 있었으니, 현 정부는 공무원들만 우글거릴 뿐 비효율적이며 돈을 물 쓰듯 하고, 개인적 발의에 굴레를 씌우고, 갈수록 과중해지는 세금으로 기업과 돈 있는 사람들을 짓밟고 있다 — 하지만 전쟁을 치르느라 막대한 빚을 진 이 나라를 부유하게 만드는 것은 바로 이 기업들과 돈 있는 사람들 아닌가? — 는 생각이었다. 이들은 프랑스가 볼셰비키 시스템의 한 지방적 변종으로 전락했다고 확신하고 있었다. 더 많은 자유와 더 적은 행정이 필요했고, 빚을 갚아야 했다…… 이 멋진 합의 덕분에 백포도주를 넣고 졸인 송아지 가슴살 요리를 먹는 동안에도 토론은 물 흐르듯 진행되었다.

대화가 잠시 잦아든 틈을 타 귀스타브는 사케티의 손목을 슬며시 잡았다.

「이봐, 루마니아 석유에 대해서 자네의 고견을 듣고 싶은데…….」

사케티는 산업부에서 에너지, 증기, 수력 발전, 석탄 등을 맡고 있었다.

「메소포타미아 쪽으로 관심을 돌리는 편이 좋을 거야.」 사케티가 대답했다. 「예를 들면, 키르쿠크 석유 광산 같은 것 말이야. 이라크의 한 지방이지. 내가 분명히 말하는데, 그쪽이 훨씬 더 유망해!」

귀스타브는 깜짝 놀랐다. 루마니아 석유는 몇 달 전부터 증시에서 화제의 중심에 있고, 주가가 계속 오르는 중이어서, 귀스타브는 뛰어들기에 너무 늦었다는 느낌마저 갖고 있었다.

「잘 알겠지만, 이 정보가 어디서 나왔는지는 밝힐 수 없어.」 사케티가 말을 이었다. 「하지만 분명히 말하는데, 이 루마니아 석유는 냄새가 별로 좋지 않아. 이건 아주 나쁜 사업이야.」

「하지만 그들은 신규로 대출도……!」

「손해액을 메꾸려는 거야. 지금 모두가 속고 있으니 주가는 계속 오를 거야. 하지만 나중에 와장창 무너지면 피해자들이 사방에 널릴 거라고. 이봐, 내가 분명히 얘기하는데, 미래는 여전히 석유에 있어. 하지만 루마니아는 절대로 아니야. 중동이지. 이라크라고.」

주베르는 신중함을 유지했다.

「그런데 어떻게 그리 단언할 수 있나? 아직 감정(鑑定)도 완전히 끝나지 않았는데 말이야!」

「그렇다면 하늘에 기도하게. 감정이 너무 빨리 끝나지 않게 해달라고. 그래서 자네가 키르쿠크에 관심을 가질 시간을 좀 주시라고 말이야. 왜냐하면 감정 결과가 나오면 약삭빠른 친구들이 선수를 칠 거고, 그러면 자네는 자네의 갈증을 채워 줄 석유를 한 방울도 맛보지 못할 테니까.」

디저트가 예고되었다.

「자, 난 자네에게 아무 얘기도 안 한 거야! 알겠지?」

그들의 대화는 내부자 거래에 가까웠지만, 사케티의 이 다짐은 형식적인 것일 뿐이었다. 공화국 전체는 이런 종류의 로비들로 짜여 있고, 그 어느 때보다 뒷거래가 성행했다.

안도의 한숨이 터져 나왔으니, 마침내 여자 얘기로 넘어갈 수 있게 되었다. 귀스타브는 겸연쩍은 미소를 지었고, 사람들은 이를 수줍음 탓으로 여겼다. 그는 이 주제에 대해서는 별로 할 얘기가 없었지만, 석유는 그를 달콤한 몽상에 잠기게 했다.

폴은 솔랑주 갈리나토의 레퍼토리에서 가장 유명한 아리아 몇 곡 —「방금 들린 그 음성」, 「토스카는 과연 훌륭한 길잡이 매였어」, 「플로리아! 아모르!」 등 — 이 녹음된 음반을 적어도 여남은 번은 틀게 했다.

즉시 레옹스에게 음반 가게들을 도는 임무가 떨어졌다. 음반 가게 멜로디아의 점원은 어안이 벙벙해져서 음악 애호가의 나이를 되물었다. 네? 여덟 살이라고요? 좋아요. 걔가 뭘 좋아하죠? 아직 잘 모르겠어요. 그냥 어떤 오페라 음반만 계속 들어요. 아, 그렇군요. 그런데 어떤 종류의 오페라를 좋아하죠? 레옹스는 잘 모르겠다고 대답했다.

「희가극은 어떨까요?」 점원이 제안했다.

레옹스는 곧바로 동의했다. 그래, 맞아, 코믹한 것! 그게 바로 폴에게 필요한 거야!

「아주 경쾌한 것들로 주세요!」

멜로디아에는 희가극보다 재미있는 게 있었으니, 바로 오페레타였다!

레옹스는 제목이 가장 호감 가는 것들로 골라, 음반을 한 아름 사가지고 돌아왔다. 「유쾌한 미망인」, 「미소의 나라」, 「즐거운 파리의 아가씨」 등이 포함된 이 음반들은 모두 엄청나게 재미있을 것 같아, 그녀는 이것들을 구해 온 자신을 매우 자랑스럽게 여겼다.

초조하게 기다리던 폴은 열광하며 이 선물들을 맞았고, 빨리 들어 보고 싶어 안달을 했다. 마들렌은 그의 휠체어 목판 위에 전분이 들어간 음식을 한 접시 슬쩍 올려놓았다. 그리고 레옹스와 마들렌이 살며시 박자를 맞추고, 블라디는 좀 더 개인적인 리듬으로 발을 구르는 가운데, 폴은 음식을 먹으며 새로 사온 음반들을 듣기 시작했다.

그는 〈여기에 춤꾼들이 있네, 여기에 리토르넬로가 있네〉로 시작하는 노래가 울려 퍼지자 아무 말이 없었고, 〈은방울꽃,

하룻날의 기쁨, 사랑의 기쁨, 우리를 꾀는 기쁨……〉을 들을 때는 자기 손톱에만 집중했으며, 〈좋아요, 선생님, 저를 껴안아 주세요〉에서는 좀 더 노골적으로 한숨을 내쉬더니, 〈아…… 나의 노새여, 앞으로, 빨리 앞으로……〉에 이르자 더 이상 견디지 못했다. 어…… 어…… 엄…… 엄마……! 여자들은 음반을 중단시킨 뒤, 휠체어를 둘러싸고는 몸을 굽혀 아이가 대체 왜 그러는지 알아내려 애썼고, 그것을 알아내는 데 15분 정도가 걸렸다. 폴은 자기가 직접 몇 곡 고를 수 있게 음반 가게로 데려가 달라고 부탁했다…….

「왜, 우리 아기? 이것들이 마음에 안 드니……?」

마들렌은 절망스러운 심정이었다. 폴은 끔찍이도 예의가 발라 남이 불쾌할 것 같은 얘기를 대놓고 하지 못했다. 그는 아주 만족스럽다고 단언했다. 아…… 아…… 아주…… 조…… 좋아……. 하지만 사실은 전혀 그렇지 않다는 것을 모두가 알고 있었다. 그는 어머니의 마음을 가라앉혀 주려고 사과를 한 입 베어 물었다. 결국 마들렌은 승낙했다.

이리하여 1928년 4월 어느 날, 폴은 파리포노 음반점에 들어갔다. 여기서 〈들어가다〉라는 표현은 약간 성급한 감이 없지 않은데, 휠체어가 문을 통과하지 못해 그걸 바깥에 놔둬야 했다. 블라디는 늘 그러듯 아이를 한쪽 겨드랑이에 끼고 들어가서 카운터 위에 마치 북엔드처럼 척 올려놓았다. 그러면서 뭐라고 한참 설명했으나, 폴란드어를 하는 사람이 한 명도 없어 직원들은 아무런 반응도 할 수 없었다.

점원은 자기가 가장 괜찮다고 생각하는 곡들을 오후 내내 폴에게 들려주었다. 그 틈을 이용해 블라디는 오래전부터 친목을 다지는 차원에서 그녀의 방을 잠시 인사차 방문하고 싶다고 노래해 온 운전기사와 함께 슈크림을 양껏 먹어 치웠다.

아멜리타 갈리쿠르치, 니농 발랭, 마리아 예리차, 미레유 베르통의 작품과「나비부인」,「카르멘」,「몽유병의 여인」,「로미오와 줄리엣」,「파우스트」등을 골랐는데, 알고 보니 취향이 꽤 까다로왔다. 하나를 들어 보더니 휙 고개를 뒤로 뺐고, 점원은 아닌 게 아니라 여기서는 비브라토가 약간 무모하게 처리되었다고 씁쓸하게 인정했다. 또 하나를 들어 보더니 눈을 찌푸리면서 마치 어떤 물건이 갑자기 떨어질까 봐 겁나기라도 하는 듯 어깨를 올리며 몸을 움츠렸고, 점원은 사실 고음 부분에서 16분 음표 하나가 상당히 불안하다고 고개를 끄덕였다. 결국 폴은 음반 네 세트를 샀는데, 아직 솔랑주 갈리나토 얘기는 나오지 않아 떠듬떠듬 그 이름을 발음해 내는 데 성공했다. 점원은 그 이름만으로도 황홀한 듯 눈을 지그시 감았다. 곧 여러 장의 음반이 추가되었는데, 그것은 이탈리아 여가수 음반 목록의 거의 전부라 할 수 있었다.

그들이 떠나려 할 때, 젊은 점원이 계산대 밑으로 모습을 감췄다. 그리고 다시 나타났을 때는 〈라헬, 주께서 너를 나에게 주셨을 때……〉의 첫 두 소절을 흥얼거리면서, 오페라「유대 여인」에 출연한 솔랑주 갈리나토의 모습이 담긴 그림엽서 한 장을 폴에게 내밀었다.

폴은 HMV사, 오데옹사, 콜럼비아사, 그리고 파테사의 카탈로그도 가져왔다.

그날 저녁, 폴은 아주 맛나게 저녁 식사를 했다.

운전기사가 거의 밤 1시가 다 되어 블라디를 (드디어!) 〈인사차 방문)하기 위해 살금살금 계단을 올라갔을 때, 집 안 전체가 갈리나토의 목소리로 가득해 그는 사람들에게 들킬 걱정을 하지 않아도 되었다.

〈*Ella verrà per amor del suo Mario*(그녀는 사랑하는 마리오를 위해 오리라)!〉

13

7월이 되자 폴은 또 전축 한 대를 사달라고 졸라 댔다. 확실히 상태가 나아지고 있었다.

그는 바쁘게 시간을 보냈다. 직접 전축 바늘을 갈아 끼우고, 음반들을 정리하고, 메모를 하고, 메모 카드들을 업데이트하고, 음반사 카탈로그에 소개된 타이틀에 표시를 했다. 또 자신을 도서관에 데려가게 해서, 블라디가 서적 보관 창고에서 하급 사서들과 뭔가 수상쩍은 일을 벌이는 동안, 유럽의 주요 연주회, 가수들의 커리어, 세계 도처의 신작 오페라 초연에 대한 신문 기사를 무수히 스크랩하며 오후를 보냈다. 처음 들을 때부터 더 이상 뛰어넘을 수 없는 수준이라고 여긴 솔랑주 갈리나토만을 위한 노트도 있었다.

5월에는 어머니로부터 철자법을 도움받아 디바에게 편지를 썼다.

경애하는 솔랑주 갈리나토 님,
내 이름은 폴이고, 파리에 살며, 당신의 팬이에요. 내가 좋아하는 작품은 「피델리오」, 「토스카」, 「람메르무어의 루치아」 인데, 「후궁으로부터의 유괴」도 아주 많이 좋아해요. 난 여덟 살이고, 휠체어에서 생활하고 있어요. 당신의 음반을 거의 다 들었지만, 몇 개는 아직 못 들었어요. 왜냐하면 어떤 것들은 1921년 스칼라 오페라 극장에서 공연된 「세비야의 이발사」처럼 구하기 힘들기 때문이지만, 어떻게든 찾아낼 거예요. 만일 당신의 헌사가 적힌 사진 한 장을 얻을 수 있다면 나는 무척 기쁠 거예요.

폴

난 당신이 너무 좋아요.

모두가 답장이 없을 거라고 생각했지만, 놀랍게도 7월에 메데이아 의상을 입은 디바의 모습에, 〈친애하는 폴에게, 솔랑주 갈리나토가〉라는 헌사가 적힌 사진 한 장이 도착했다. 그리고 〈네 편지는 내게 감동을 주었단다〉라는 문장으로 끝나는 짧막한 글 한 줄이 손 글씨로 적혀 있었다.

이 사진은 액자에 넣어 전축 위에 올려놓아야 했다.

마들렌이 얼마나 안도했을지 가히 상상할 수 있으리라. 폴은 조금씩 나아지기 시작했다. 묵묵히 생각에 잠겨 있는 모습을 종종 보이긴 했지만, 그럴 때는 모차르트나 스카를라티를 듣고 있는 거였다. 다시 먹기 시작했고, 혈색도 되찾았으며, 도서관과 음반 가게들을 다니면서 바쁘게 하루를 보냈다. 마들렌은 그와 다시 진지한 대화를 시작해, 그녀를 항상 괴롭히는 그 신비를 파헤칠 수 있다는 희망을 놓지 않았다.

「폴을 그냥 놔두시는 게 좋을 거예요.」 레옹스가 충고했다.

「푸르니에 교수님이 어떻게 말씀하시는지 아시잖아요…….」

그는 〈제발 이 아이는 가만히 좀 놔둬야 한다고요!〉라고 말하곤 했다.

마들렌은 답답한 마음을 달래고자, 자주 아몬드 가루로 빚은 아랍 과자들을 사오게 했다.

앙드레는 불안해졌다. 물론 폴을 위해서는 기쁜 일이었지만, 그의 상태가 나아지고 있으니 다시 가정 교사 일을 시작해야 하지 않겠는가? 하지만 지난번 일만 생각하면 소름이 끼쳤다.

일단 마들렌은 이 문제를 거론하지 않았다. 앙드레는 『수아르 드 파리』에 실을 무급 기사들을 다듬으며 시간을 보냈다. 여성 스포츠, 공공 독서, 남성 패션, 생트카트린 축제……. 그는 쥘 기요토가 마침내 진정한 자리를, 다시 말해 봉급 받는 자리를 주길 바라며 칼럼에서 다양한 주제를 다뤘다.

『수아르 드 파리』 사장은 이에 대해 일언반구도 없었지만, 칭찬을 아끼는 법이 없었다. 〈자네의 어제 기사, 아주 좋았어……! 만일 저 욕심꾸러기들이 헐뜯지만 않으면 자네에게 한 자리 내줄 수 있을 텐데 말이야.〉 사장은 그의 봉사에 만족하고 있었다. 그에게 봉급을 줄 정도는 아니었지만, 여하튼 만족하고 있었다.

앙드레는 보수를 요구하러 쳐들어가기 전에 일단 연말까지 기다려 보기로 했다. 하지만 새해가 밝고, 1월이 되고(〈주현절에 대한 자네의 기사는 값을 매길 수 없는 거였어!〉라고 기요토는 외쳤다), 또 금방 4월이 되고(〈훌륭해! 가사(家事)에 대한 자네의 기사 말이야, 정말 잘 썼어, 하, 하, 하!〉), 여름이 가까워지고, 몇 주만 지나면 1년이 될 것이다. 무려 1년 동안 매주 칼럼을 써 왔지만 사장은 아무런 반응도 없었다.

신문사 내에서도 사정은 별로 나아지지 않아, 그는 동료들의 적대감과 악의를 견뎌 내야 했다.

그러다가 7월 말 어느 날, 다른 이들보다 좀 더 화난 노조 위원 하나가 그의 목덜미를 붙잡아 지하실로 끌고 가서는 어퍼컷을 여러 대 날려 무릎을 꿇게 했다. 숨이 콱 막히고, 구역질이 나고, 금방이라도 가슴이 터져 버릴 것 같았다. 그는 팔꿈치로 서로를 쿡쿡 찌르며 킬킬대는 인부들이 보는 가운데 네 발로 엉금엉금 출구까지 기어갔다. 가장 젊은 친구가 탁 뱉은 가래침이 재킷의 깃 위에 떨어졌다.

그 순간 그는 폭발해 버렸다.

페리쿠르가 저택에 돌아온 그는 불같은 분노에 사로잡혀, 이 분노의 이유를 생각해 보았다. 그렇다, 자신은 착취당하고 있었다! 그는 그렇게 느꼈다. 〈착취〉는 공산주의자들의 표현이었다. 그는 이 공산주의자들과 엮이고 싶은 생각이 전혀 없었지만, 작년에는 정식 기자가 되기 위한 준비 과정으로 여겼던 것이 이 봄에는 합법적인 갈취로 느껴졌다.

앙드레는 방 안을 빙빙 돌며 벽들을 걷어찼다. 날씨가 몹시 무더워지기 시작했다. 천창으로 바람 한 점 들어오지 않는 방에서 그는 밤마다 땀을 줄줄 흘려야 했다. 방이 평소보다 비좁게 느껴지고, 가구들은 낡고, 내의며 침구는 닳아빠지고, 복도 반대편 끝 방에 살며, 매주 두 번씩 찾아가는 폴란드 여자는 상냥하게 대해 주긴 했지만, 저녁 식사 때부터 잠자리에 들 때까지 엉터리 노래를 불러 댔다. 빌어먹을, 더 이상은 이런 식으로 살아갈 수 없었다. 그는 신문사에 제출할 사직서를 썼다. 하지만 월급도 못 받는 주제에 무슨 놈의 사직서란 말인가?

그는 외투를 걸치고 분노로 이글거리며 성큼성큼 신문사에 걸어가 곧바로 기요토의 사무실로 들어갔다.

「아, 마침 잘 왔네! 어떤가…… 자네가 일간 고정란 하나를 맡으면 말이야?」

앙드레는 놀라서 입을 딱 벌렸다.

「딱 1단짜리 기사야……. 하지만 멋진 박스 기사지. 그것도 제1면에!」

「어떤 종류의 기사를 써야 하죠?」

기요토의 얼굴이 심각해졌다.

「그러니까 말일세, 마르시는 경제 기사를 쓰고, 가르방은 정치 기사를 쓰고, 페르낭디에는 아무거나 닥치는 대로 쓰고 있지. 하지만 거리의 사람들은 아무도…… 다루지 않아. 무슨 말인지 이해하겠나? 『수아르 드 파리』를 사는 사람들은 거기서 자기들 얘기를 읽고 싶어 하네. 왜 그들이 사회면 기사들에 그토록 흥미를 갖는다고 생각하나? 그것은 자기들에게도 일어날 수 있는 일들이기 때문이야.」

앙드레는 애매한 몸짓을 해 보였다.

「사회면 기사들은 벌써 있잖습니까……?」

「물론이지! 하지만 내가 생각하는 것은 그게 아니야! 내가 원하는 것은 사람들이 속으로 아주 나지막이 생각하는 것을 큰 소리로 얘기하는 기사야.」

「일종의 자유 시평(時評) 같은 것 말인가요? 어떤 방침이나 노선에 얽매이지 않고 그때그때 기분 내키는 대로 쓰는 시평 말이죠…….」

「뭐, 그렇게 말할 수도 있겠지. 하지만 그 기분이란 게 아주 고약한 것이어야 해. 왜냐하면 우리가 다 알다시피 사람들은 불평하는 것을 더 좋아하니까! 그리고 어느 정도 품위가 있어야 하는데, 바로 그 때문에 자넬 생각한 거야…….」

「품위라…….」

「아무렴! 자네는 독자들이 뭘 좋아하는지 아는가? 그건 보다 똑똑한 사람들이 자기들과 같은 생각을 한다고 상상하는 거야. 그렇게 상상하면 기분이 좋거든. 하지만 잘 읽히기 위해서는 단순함도 필요하지. 이 두 가지를 적절하게 섞어야 해.」

앙드레는 어안이 벙벙해져 사장의 제안 뒤에 어떤 함정이 숨어 있는지 열심히 생각해 보았다.

「그럼 보수는 주나요?」 그가 물었다.

「아…… 그렇게 많이는 못 줘. 요즘 우리 상황이…….」

앙드레는 이 상황에 대해 아주 잘 알고 있었고, 신문사의 상황과 사장의 상황을 혼동해서는 안 된다는 것을 배운 바 있었다. 기요토가 자기 집의 인도차이나 출신 하인들을 해고하지 않을 수 없어야만, 정말 위기가 왔다고 생각할 수 있으리라.

「보수는 주나요?」

앙드레는 배짱 있게 나가는 자신이 자랑스러웠다. 기요토는 마치 상대가 자기 이빨을 하나 뽑으려 하는 것처럼 벌컥 화를 내더니만, 이렇게 소리쳤다.

「아, 그럼! 이건 보수를 줘!」

「얼마요?」 정말이지 오늘따라 기분이 너무 좋은 앙드레가 재차 물었다.

「기사당 30프랑.」

「40.」

「32.」

「37.」

「좋아, 알았다고, 33 줄게. 하지만 명심해, 난 제대로 된 기사를 원한다고, 엉?」

그는 자신의 기분이 얼마나 언짢은지 보여 주기 위해 어깨와 허리를 한꺼번에 휙 돌렸지만, 기실 이 동작은 그가 거래에 지극히 만족한다는 확실한 표시였다.

「아, 그리고 말이야,」 그가 덧붙였다. 「이름을 하나 찾아보라고, 엉!」

「네……? 난 이미 이름이 있어요!」

「상관없어! 어쨌든 자네는 명성을 얻어야 하잖아!⁵ 그게 자네 이름이든, 아니든 간에 말이야!」

기요토는 앙드레에게 가까이 다가와 어떤 속내 이야기를 하는 듯한 어조로 이렇게 말했다.

「가명을 하나 만드는 거야. 그럼 모두가 생각할 거야. 이건 어떤 거물이기 때문에 이름을 밝히려 하지 않는다고 말이야! 그리고 독자들은 점성술을 좋아하기 때문에, 그들에게 어떤 드높은 지혜를 생각나게 할 수 있는 이름을 골라야 한다는 걸 잊지 말라고.」

이리하여 8월 초, 『수아르 드 파리』지 제1면에, 〈카이로스〉⁶

---

5 원문에서 〈명성을 얻다〉는 *se faire un nom*인데, 이는 직역하면 〈스스로에게 이름을 하나 만들어 주다〉라는 뜻으로 해석될 수도 있으며, 기요토의 말은 이 중의(重義)를 이용한 말장난이다.

6 그리스 신화에 나오는 기회의 신으로, 제우스의 막내아들로 알려져 있다.

라고 서명된 첫 번째 기사가 발표되었다.

남자다운 남자

14년 전, 이 나라 국민들에겐 총동원령이 내려졌다. 프랑스 국민 모두가 일어나 전례 없는 전쟁에 온 힘을 모았고, 내밀한 비극들로 채워질 시기를 보낼 준비를 하고 있었다. 그로부터 40개월 후, 형언할 수 없는 희생 끝에 열광은 혼란에 자리를 내줬고, 피할 수 없는 의혹과 불안의 시간이 시작되었다. 이때 국가는 일흔여섯 살 먹은 남자에게 자신의 운명을 맡겼다. 항상 틀렸고, 자신 외에는 그 누구와도 의견을 같이하지 않았으며, 항상 성말랐고, 종종 사나운 모습과 폭군 같은 행동과 독재자 같은 성향을 보이는 남자였다. 짧은 생각을 가진 사람도 어떤 상황에서는 위대해지는 법이다. 클레망소 씨의 정신 속에는 오직 하나의 프로그램만, 그리고 머릿속에는 오직 하나의 단어만 있었다. 〈국내 정책? 난 전쟁을 한다. 대외 정책? 난 전쟁을 한다. (……) 러시아는 우리를 배신했지만, 나는 전쟁을 계속해 나갈 것이고, 마지막 순간까지 계속할 것이다.〉

아주 단순한 얘기였고, 용맹스러운 프랑스 국민들이 듣고 싶어 한 말이었다.

며칠 후면 클레망소 씨는 여든여덟 번째 생일을 맞는다. 얼마 전 방데 지방의 생뱅상쉬르자르에서 찍은 사진 한 장은 굳건해 보이는 걸음걸이로 걷고 있는, 아직 정정한 한 사나이의 모습을 보여 준다.

지금 우리를 다스리고 있는 높으신 분들 쪽으로 눈을 들어보면, 그들은 희미하고 창백하고 허약하고 일관성 없는 존재들로 느껴질 뿐이다. 그리고 우리는 시노페의 디오게네스처럼 우리의 램프를 움켜잡고 〈그렇다면 이제 프랑스에는 클레망소만 한 인물이 더는 없는 거요?〉라고 묻고 싶어진다.

그들을 대립시킨 그 끔찍한 오해 이후 마들렌은 귀스타브를 전처럼 자연스럽게 대할 수 없었다. 그녀는 이 사건이 그들의 관계를 조금도 손상시키지 않았음을 보여 주기 위해 그들 사이의 습관을 조금도 바꾸지 않기로 마음먹었지만, 그의 볼에 짧게 키스를 하고, 잘 가요, 귀스타브, 라고 작별 인사를 하기 위해 까치발을 할 때는 1년이 지난 지금도 어색하기만 했다.

이 남자는 수수께끼 그 자체여서, 마들렌은 그가 대체 무슨 생각을 하고 있는지 전혀 알 수 없었다. 그는 그녀에게 회사 일을 보고했고, 끔찍할 정도로 새파란 눈으로 그녀를 응시하면서 커피를 홀짝거렸다……. 방 저쪽 끝에서 폴이 『이탈리아 오페라사(史)』에 빠져들 때면, 그는 마들렌에게 최근 사안들에 대해 설명해 주었다.

「지금 라울시몽 씨는 약간 어려운 상황에 처해 있어요. 그를 좀 도와주면 어떨까 합니다. 이사회 임원의 마음을 얻어 두면 나쁠 게 하나도 없으니까요.」

마들렌은 마치 공모자처럼 미소를 지었지만, 그 공모의 실제적인 범위에 대해서는 자신도 별로 아는 바가 없었다. 그녀는 그가 내미는 것들에 서명을 하곤 했다. 이따금 주베르는 상대가 귀찮은 기색을 보여도 기어이 설명을 해주었다. 나중에 자신이 충실한 정보 제공자로서의 의무를 소홀히 했다는 책망을 듣지 않으려는 거였다. 그는 이렇게 말했다.

「마들렌, 세부적인 얘기들로 당신을 따분하게 만들고 싶진 않지만, 이제는 당신의 자산을 재정비해야 할 때가 되었어요.」

마들렌은 고개를 끄덕였다. 네, 물론이죠, 이해해요.

「이제 국채는 더 이상 수익을 가져다주지 못하고, 앞으로도 사정이 나아지지 않을 거예요. 〈재정비한다〉는 것은 시원찮은 주식을 버리고 보다 수익이 나는 상품을 사는 것을 의미하죠.」

「네, 좋아요, 좋은 생각이에요.」

「정말로 이게 현명한 결정이에요. 하지만 당신이 사정을 확실히 알고 결정해야 해요.」

그녀는 이해한다고 대답했다.

「내 말 잘 들으세요, 이것은 미래를 위한 중대한 결정이에요. 내가 생각하기에 당연히 이렇게 해야 옳지만, 먼저 이게 무얼 의미하는지 분명히 알고 계셔야겠기에…….」

그녀는 이해한다고 대답하며 서명을 했다.

그녀는 건성으로 이렇게 물은 적이 있었다.

「그런데 아빠의 금고에는 무엇이 들어 있었죠?」

〈평판에 해가 될 만한 것은 없었으니까 안심하세요. 옛날 유가 증권 같은 것들이 좀 들어 있었죠……〉라고 주베르는 대답했다. 그녀는 다른 화제로 넘어갔고, 심지어 열쇠를 요구하지도 않았다.

그리고 이따금 — 그 이유는 알 수 없지만 — 그녀는 무능한 상관들의 틀림없는 후각에 이끌려 어떤 숫자 밑에 숨어 있는 문제점들을 잡아내곤 했다.

사실 이런 일은 8월 중에 단 한 번 있었지만, 마들렌은 아주 깊은 인상을 받았다. 전에는 이런 일이 한 번도 없었기 때문이다.

「이게 뭐죠?」 페레들라주 명의로 된 어음 한 장에 서명하기 직전, 마들렌이 물었다.

주베르는 그녀를 똑바로 쳐다보았다.

「손실이 있었어요. 은행업을 하다 보면 흔히 있는 일이죠. 항상 돈을 벌기만 한다면, 소문이 쫙 퍼지겠죠.」

주베르는 아주 빨리, 매우 퉁명스럽게 대답했는데, 이런 충동적인 반응은 일종의 고백이었다. 마들렌은 만년필을 내려놓고, 이런 경우 아버지가 보였을 태도를 본능적으로 취했다. 그녀는 아무 말도 하지 않고, 그가 스스로 대답할 때까지 기다렸다.

페리쿠르 은행이 증시에서 나쁜 선택을 해, 30만 프랑에 가까운 손실을 입었던 것이다.

마들렌은 지금까지 자신이 귀스타브 주베르에게 전지전능함에 가까운 능력을 부여해 왔으며, 이것이 잘못이었음을 깨달았다. 이런 경우 침묵이 질책보다 더 두려운 것이며, 속내를 드러내지 않으면 자신의 권력이 강화된다는 것을 잘 아는 그녀는 다음 문건으로 넘어갔다.

떠날 때가 되었지만 귀스타브는 계속 앉아서 커피를 홀짝거리며 뭔가 어두운 표정을 짓고 있었다. 아니, 엄한 표정인가. 마들렌은 알 수가 없었다. 마치 그녀에게 뭔가 책망할 게 있는 것 같기도 하고, 그녀에게 꾸짖을 게 있는 것 같기도 했다.

「마들렌, 피카르 양과 브로셰 씨를 잠시 불러도 될까요?」

마들렌은 놀랐다. 네, 물론이죠, 하지만 왜……. 주베르는 한 손을 들어 올려 그녀의 말을 끊었다. 잠깐만 기다려요.

브로셰 씨가 먼저 들어와 허리를 굽혀 마들렌에게 공손히 인사를 했다. 이어 레옹스가 활력과 생기 넘치는 모습으로 도착했다. 제가 무슨 할 일이라도 있나요?

「피카르 양, 여기 있는 브로셰 씨는 회계원으로…….」

주베르가 잠시 말을 멈춘 것은 그 순간 부하의 얼굴에 시선이 박혔기 때문이다. 평소에도 불그스름한 그의 얼굴이 불길에 휩싸인 것처럼, 금방이라도 폭발해 버릴 것처럼 진홍빛으로 변해 있었다. 그는 자동차 헤드라이트 빛을 정면으로 받은 토끼처럼 레옹스를 멍하니 바라보았다. 사실 그녀는 예뻤다. 네크라인이 V자로 파인 저지 투피스, 옷깃에 꽂힌 커다란 꽃 한 송이, 클로슈 모자……. 그녀는 무릎 위에 두 손을 모으고 고개를 갸우뚱하며 브로셰 씨 쪽으로 돌려 마치 뭔가 묻는 것처럼 입술을 살짝 벌렸으니, 어찌 회계원이 시뻘겋게 타오르지 않을 수 있겠는가?

주베르는 크흠 하고 목청을 골랐다.

「……내가 여기 있는 브로셰 씨에게 이 집의 지출 내역을 확인해 달라고 부탁했어요.」

레옹스는 얼굴이 창백해졌고, 깜짝 놀라 눈을 빠르게 깜빡였다. 마들렌은 펄쩍 뛰었다.

「귀스타브, 난 레옹스를 전적으로 신뢰하고…….」

「네, 마들렌, 바로 그 점이에요. 난 그렇게 신뢰하는 게 과연 옳은 건지 의심스럽습니다.」

브로셰 씨는 회계상 하자들을 열거해야 옳았으나, 그 순간 서류들이 영수증이며 전표 등과 함께 우수수 바닥에 떨어졌다. 그가 젊은 여자의 두 발 사이를 네 발로 기어다니며 서류들을 주위 모으고 있을 때, 레옹스는 마들렌을, 주베르는 레옹스를 쳐다보았고, 방 안에는 무겁고 혼란스러운 침묵이 흘렀다.

「그러니까…….」 마침내 브로셰 씨가 말했다. 「계산이 어떻게 되냐면요, 선금으로 나간 것들이 있는데, 그 영수증은…….」

「브로셰, 요점을 말해! 그걸 하루 종일 붙들고 있을 생각인가?」

회계원은 거의 들리지 않는 희미하고도 처량한 목소리로 읽어 내려가기 시작했다.

지금까지 레옹스는 마들렌의 지시에 따라 지출하기 위해 주베르에게 대금을 요청했고, 그 대신 거기에 상응하는 영수증을 제출하면 주베르는 그걸 무심히 받아서 호주머니에 쑤셔 넣곤 했다. 계산은 항상 정확해 단 1상팀도 차이가 나지 않았다. 트집 잡을 것이 전혀 없었다. 문제는 영수증 중 어떤 것들은 실제적인 구매에 대한 것이 아니거나, 상인이 실제 가격보다 훨씬 높은 액수로 확인증을 발행해 준 점이었다. 집안 살림 회계를 주베르가 맡기 시작한 지난해 2월로 거슬러 올라가니, 거의 18개월 동안 사기가 행해진 셈이었다.

브로셰 씨는 고개를 끄덕끄덕하면서 유감스러운 듯 입술을 삐죽 내밀었다. 아, 정말 안타깝네요, 만일 아가씨께서 이 거짓 장부 꾸미는 일을 내게 맡겼다면, 훨씬 설득력 있게 만들어 드렸을 텐데…….

「귀스타브…….」 마들렌이 조심스레 말했다. 「몹시 거북하군요…… 제발…….」

주베르는 요지부동이었다.

「커튼, 양탄자, 벽지, 페인트칠, 가구, 조명, 마룻바닥 공사,

물건 올리는 승강기, 폴 군의 휠체어에서 돈을 남겨 먹었어요⋯⋯. 그런 식으로 오랫동안 쌓이면 액수가 상당해지니까요, 피카르 양!」

레옹스의 태도가 돌변했다.

「내가 봉급을 얼마나 받는지 아세요?」 그녀가 물었다.

그녀는 이렇게 말하며 마들렌을 쳐다보았고, 마들렌은 자기가 이런 생각을 한 번도 해본 적이 없다는 사실을 깨닫고 깜짝 놀랐다. 듣고 보니 자신의 잘못이었지만, 미처 얘기할 틈이 없었다.

「도둑들은 늘 그렇죠.」 주베르가 말했다. 「그들은 자기네가 충분히 갖고 있지 못하다고 생각하기에 도둑질하는 거예요.」

〈도둑〉이라는 단어가 은행가의 입에서 나오긴 했지만, 끔찍한 어감으로 다가오며 치욕스러운 결과들을 줄줄이 떠오르게 했다. 고소, 수사, 법정, 판사, 수치, 감옥⋯⋯.

레옹스가 폴의 휠체어 구입과 장애를 가진 그에게 맞춰 방을 개조하는 과정에서 돈을 남겨 먹었다는 사실에 마들렌은 충격을 받아야 옳았으나, 그러기에는 그녀의 죄책감이 너무 컸다. 그녀에게 레옹스는 단순한 말벗 이상이었다. 이혼했을 때, 폴이 사고를 당했을 때 그녀의 곁을 지켜 준 친구였고, 깊은 속내를 털어놓는 상대였으며, 능력이 안 되는 그녀를 대신해 집안 살림을 도맡아 온 사람이었다. 여러 달 동안 그녀는 아무도 그녀의 지위와 봉급에 대해 신경 써주지 않는데도 묵묵히 일해 왔다. 지금 일어난 일은 부자인 자신의 이기주의에서 비롯된 결과인 것이다.

「피카르 양, 이런 행동을 배임이라고 부르는데, 법으로 처벌

받는 거예요.」주베르가 말을 이었다. 「총액이 얼마나 되죠, 브로셰 씨?」

「1만 6445프랑입니다. 그리고 76상팀.」

레옹스는 조용히 흐느끼기 시작했다. 회계원은 하마터면 자기 손수건을 꺼낼 뻔했지만, 그게 그리 깨끗하지 못했다.

「고맙소, 브로셰 씨.」주베르가 말했다.

회계원은 마치 자신이 죄인인 것처럼 더 이상 무거울 수 없는 걸음으로 방을 나갔다. 이렇게 훌륭한 젊은 아가씨가 일을 이처럼 미숙하게 처리하다니, 얼마나 안타까운 일인가!

주베르는 그가 채무자에게 최후의 일격을 가하기 전에 늘 그러듯이 오랫동안 침묵을 지켰다. 돈거래를 할 때 인간미를 보이는 나름의 방식이었다.

「자, 피카르 양, 어떻게 하시겠어요? 환불하시겠어요, 아니면 법정에 서겠어요?」

「아니에요, 귀스타브! 이건 너무 했어요!」

마들렌이 벌떡 일어나 할 말을 찾았다. 주베르는 그녀가 입을 열 시간을 주지 않았다.

「마들렌, 피카르 양은 어쩌다가 돈을 빼돌린 게 아니에요! 거의 매일, 수개월 동안 상습적으로 그랬다고요!」

「무엇보다 이건 내 불찰이에요. 난 항상 그녀에게 더 많은 일을 요구해 왔어요. 내가 진작 그녀의 사정을 알아차려야 했는데…….」

「그것은 이유가 못 돼요!」

레옹스는 소리 없이 계속 흐느꼈다.

「돼요! 아니죠! 그러니까…… 우리가 해야 할 일은 레옹스의 봉급을 인상해 주는 거예요. 실질적인 폭으로. 봉급을 두 배로 올려 줘야 해요.」

레옹스는 울음을 멈추고 자신도 모르게 〈오!〉 하는 놀람의 탄성을 발했다. 마들렌의 선언을 들은 주베르는 눈썹을 치켜 올리며 자신이 이런 종류의 충동적이고도 신중하지 못하고 낭비적인 결정을 얼마나 좋지 않게 생각하는지 보여 주었다.

그는 레옹스에게로 고개를 돌렸다.

「좋아요. 그렇다면 우리는 다음 달부터 당신의 봉급을 두 배로 인상하겠어요. 물론 실제로 수령하는 액수는 전과 같을 거예요. 차액은 당신이 진 빚을 갚는 데 들어갈 테니까요. 또 우리는 당신의 봉급에서 15퍼센트를 떼어 부채가 더 빨리 줄어들게 해주겠어요. 횡령 금액에 대한 이자는 브로셰 씨가 이미 계산했고, 그것도 당신의 부채에 올려놓겠어요.」

마들렌은 더 이상 항변할 거리가 없었다. 게다가 주베르는 그녀의 대꾸를 기다리지도 않고 일어나 서류 가방을 닫아 버렸다. 일 처리가 끝난 것이다.

귀스타브를 배웅하고 나서 방으로 돌아온 마들렌은 손을 얻다 둬야 할지 모르겠는 심정으로, 아직도 울고 있는 레옹스의 맞은편에 앉았다.

「정말 죄송해요.」 마침내 레옹스가 말했다.

그녀는 눈물이 그렁그렁한 보드라운 시선을 들어 올렸다. 마들렌이 두 손을 내밀자, 레옹스는 마치 멜로드라마의 여주인공처럼 그녀의 발밑에 몸을 던지고 그녀의 무릎 사이에 머리를 박았다. 마들렌은, 레옹스, 괜찮아요, 난 당신을 원망하지 않아요, 라고 말하며 그녀의 머리칼을 쓰다듬었다. 손바닥 아래로 젊은 여인의 오열로 인한 경련이 느껴지고, 그녀의 가벼운 향수 냄새가 콧속으로 들어왔다. 마들렌은 자기가 그녀를 얼마나 좋아하는지 말해 주고 싶었지만, 입으로는, 레옹스, 걱정 마요, 이제 다 끝났어요, 더 이상 생각하지 말아요, 이제 일어나요, 라는 말만 되풀이할 뿐이었다.

레옹스는 오랫동안 그녀를 응시하더니 입술을 살짝 벌렸다. 마들렌은 숨이 턱 멎어 버릴 것 같은데, 레옹스가 머리를 그녀 쪽으로 내밀었다.

마들렌은 아득한 우물 속으로 떨어지는 것 같고, 목이 바짝 타들어 갔다.

레옹스는 마들렌의 두 손을 잡아 자신의 목 주위로 이끌었다. 맙소사, 그녀를 목 졸라 죽여 버릴 수 있도록 말이다……! 마들렌은 흠칫 뒤로 물러섰다. 레옹스는 머리를 푹 숙이고 있었는데, 그녀의 이런 자세는 참회와 고해와 포기, 그리고 상대의 처분만 기다리는 봉헌물을 연상시켰다.

마들렌은 이런 거북한 태도가 부담스러워 그녀를 물리치려고 두 팔을 내뻗었지만, 레옹스가 갑자기 그녀의 손을 잡더니 눈을 감고 격렬히 입을 맞추었다. 그런 다음 더 가까이 다가와서는 마들렌을 꼭 끌어안는데, 그 향수 냄새는……

레옹스가 나간 뒤, 마들렌은 손만 비비댈 뿐 석상이 된 듯 한동안 꼼짝도 하지 못했다. 맙소사…….

그녀는 생프랑수아드살 성당을 처음으로 찾아갔다. 신부는 주님의 뜻에 대해 말할 때는 약간 헤맸으나 죄의식, 양심의 가책, 과오, 수상쩍은 쾌락 등의 문제가 나왔을 때는 물 만난 고기가 따로 없었다.

14

폴이 청석(靑石)으로 된 석판에다 이렇게 썼다. ⟨9월에 푸르니에 교수님과 만나기로 한 약속을 다른 날로 옮겨 줘.⟩

곧바로 마들렌의 대답이 터져 나왔다.

「절대로 안 돼!」

⟨하지만 엄마, 난 9월 12일에 할 일이 있단 말이야!⟩ 폴은 이렇게 쓰고는 빙그레 웃었다. 마들렌은 레옹스에게 힐끗 눈을 돌렸다. 이 메시지를 어떻게 해석해야 할지 알 수 없었던 것이다.

「폴, 엄만 대체 무슨 얘긴지 모르겠다⋯⋯.」 그녀는 휠체어 옆에 무릎을 꿇으며 말했다.

⟨12일엔 안 돼. 오페라 보러 가야 한단 말이야!⟩ 폴은 어머니에게 신문에서 스크랩한 것을 내밀었다.

솔랑주 갈리나토, 드디어 파리에 오다!
가르니에 오페라 극장에서 펼쳐지는 디바의 독창회
9월 12일부터 시작되는 8일간의 특별 무대

폴이 어머니와 레옹스에게 선사한 뭉클한 감동 중에서 그가 이어서 터뜨린 커다란 웃음은, 단언컨대 가장 뜻밖의 감동이었다.

그 다음다음 날 나쁜 소식이 전해졌다. 당연한 일이지만, 남아 있는 좌석이 없었다. 일등석뿐만 아니라, 그 아래 급의 좌석도 없었다.

「폴, 정말 유감이구나⋯⋯.」

폴은 그렇지 않은 모양이었다. 〈엄마, 주베르 아저씨 좀 만나 볼 수 있어?〉

이리하여 통상적인 업무상 미팅이 이번에는 마들렌의 부탁으로 끝났다.

「귀스타브, 폴이 당신과 얘기를 하고 싶어 해요⋯⋯. 부탁할 게 있나 봐요. 당신의 분야를 벗어나는 일일지도 모르지만, 그 애에게 잘 설명해 주신다면⋯⋯.」

「아⋯⋯ 안녕⋯⋯ 하세요⋯⋯ 아⋯⋯ 아⋯⋯ 아⋯⋯ 아저⋯⋯.」

귀스타브는 인사말 한마디 하는 데 하루 종일 걸리지 않을까, 하는 생각이 들었다. 폴의 입술은 나비처럼 팔락거렸고, 눈꺼풀은 발작 직전의 간질 환자처럼 맹렬하게 깜박거렸다. 마들렌이 기겁하며 끼어들었다.

「됐어, 우리 아기, 됐어! 내가 귀스타브 아저씨에게 다 설명해 줄 테니, 그렇게까지 할 필요 없어⋯⋯.」

「아⋯⋯ 아⋯⋯ 아냐!」

그는 눈을 크게 부릅떴다. 〈귀신 들렸군!〉 주베르는 이런 생각을 떠올렸다.

마들렌은 폴에게 그의 서판을 내밀었다.

「그렇다면 하고 싶은 말을 여기다 쓰렴, 우리 강아지.」

아니, 폴은 쓰려고 하지 않고, 얘기하려고 했다. 글쎄, 그걸 〈얘기〉라고 할 수 있을지는 모르겠지만⋯⋯. 어쨌든 우리는 독자들을 위해 주베르는 할 수 없었던 것, 즉 폴의 얘기를 한번 요약해 볼 수 있을 것이다. 왜냐하면 단 네 문장을 주고받는 데 조금도 거짓말을 보태지 않고 무려 반 시간이나 걸렸기 때문이다. 그것들을 요약하자면 이렇다. 〈9월 12일, 가르니에 오페라 극장에서 좌석 세 개가 필요해요.〉 마들렌은 여기에 설명을 더했다. 폴이 거기에 가고 싶어 하는데, 만원이라서 자리가 하나도 없어요.

폴이 말했다. 〈아저씨, 어떻게 힘 좀 써주세요, 제발 부탁이에요⋯⋯.〉

아, 이 〈제발, 부탁이에요〉라는 말 하나 하는 게 얼마나 힘드는지! 사람들은 첫 번째 음절 때부터 그가 무슨 말을 하려고 하는지 알았지만, 폴은 기어코 끝까지 말하려고 애썼다.

「하지만 폴, 나도 어떻게 할 수가 없단다⋯⋯.」 마침내 귀스타브가 대답했다. 「넌 어려서 잘 모르겠지만⋯⋯ 은행과 오페라는 전혀 다른 분야라서.」

폴이 이 답변을 언짢아한다는 게 눈에 보였으니, 더듬거림이 더욱 심해져, 사람들은 이 못 말리는 아이를 대체 어떻게 해야 할지 알 수 없었다. 그런데 폴이 내놓은 논리가 주베르를 흔들어 놓았다. 그의 말을 요약하자면 이렇다. 〈라울시몽 씨에게 힘을 써달라고 부탁해 주세요, 제발 부탁이에요⋯⋯.〉

귀스타브는 짜증이 치미는 것을 꾹 참았다. 이 꼬마 녀석의 말투가 어른 같지만 않으면 좋겠는데 말이야⋯⋯. 더욱이 황소처럼 고집불통인 데다가, 오페라 극장에 좌석표를 사둘 것 같은 인간이 전혀 아닌 이 라울시몽이 대체 무얼 해줄 수 있단 말인가. 폴은 잠시 눈을 꾹 감았다, 모든 걸 시시콜콜 설명해야 하는 이 상황이 너무나 힘들다는 듯이. 〈그분은 가르니에 오페라 극장의 관리인이기도 해요!〉 주베르는 흠칫 놀랐다.

「뭐, 그럴 수도 있겠지. 하나 그렇다고 해서…….」

〈그분은 아저씨에게 빚진 게 있지요. 서부 철도 사업 건 말이에요…….〉

「아니…… 아, 그래, 맞아!」 갑자기 그 일을 떠올린 마들렌이 외쳤다.

아이는 귀스타브의 눈을 똑바로 쳐다보았다.

그는 오래전에 이 사안에 대해 듣고, 이해하고, 기억해 두고 있었다……. 그런데 그것을 지금 끄집어낸 것이다.

「그래, 네 말이 맞다, 폴.」 주베르가 마침내 시인했다.

그는 각 음소를 음미하듯 한 자 한 자 또박또박 발음했다. 속으로는 아이에게서 느껴지는 차분한 결의에 적이 놀라고 있었다.

「내가 라울시몽 씨를 한번 만나 보마…….」

주베르가 떠나자마자 마들렌이 아이 곁으로 달려왔다.

「아니, 폴! 왜 하고 싶은 말을 글로 쓰지 않는 거니? 그렇게 하면 사람들이 얼마나 힘들어하는지 너도 잘 알잖아!」

폴은 미소를 지으며 이렇게 썼다. 〈이렇게 해야 주베르 아저씨가 다시는 나와 얘기하지 않으려고 뭐든 할 것 아냐?〉

폴이 부탁한 좌석표 세 장은 그 다음다음 날, 국립 오페라단 로고가 찍힌 봉투에 담겨 특별 우편배달부 편으로 도착했다.

휠체어를 승강기로 내리고, 폴을 자동차에 태우고…… 하는 일은 아무것도 아니었다. 진짜 문제는 가르니에 오페라 극장의 층계 아래에서 시작되었다.

「내가 한 번 보고 올게요.」레옹스가 말했다. 「여기서 잠깐 기다리고 계세요.」

그리고 이브닝드레스며 턱시도로 몸을 감싼 남녀들과 이 중요한 사건을 취재하려고 몰려든 수많은 기자가 재빨리 계단을 오르는 동안, 레옹스는 오랫동안 모습을 보이지 않았다. 입장하는 관객 수가 점점 줄어들어, 폴이 불안한 기색을 보이기 시작하는데, 레옹스가 마침내 파란 작업복 차림의 청년 두 명을 데리고 나타났다. 그녀가 도대체 이들을 어디서 찾아냈는지는 알 수 없었으나, 레옹스가 나서기만 하면 사방에서 사내들이 구름같이 몰려들곤 했다. 이 친구들은 상황이 상황인지라 다른 사내들보다 몇 분 더 뜸을 들였지만, 어쨌든 이렇게 달려와서는 개똥모자 챙에다 검지를 대어 척 경례를 하더니 폴의 휠체어를 번쩍 들어 올렸다.

「자, 젊은 친구, 조금 흔들릴 거니까 꼭 붙잡아!」

그들의 말은 틀린 게 아니었으니, 층계에는 계단 수가 엄청나게 많은 데다가, 계속 스키를 타듯이 군중 사이를 요리조리 빠져나가야 했기 때문이다. 사람들은 마지못해 비켜 주면서 욕설을 내뱉었다. 장애인의 휠체어를 보려고 오페라 극장에 온 게 아니기 때문이었다.

홀의 입구에 이르니, 문제가 더 심각했다. 1층 관객이 모두 착석해, 너비가 넓은 휠체어가 중앙 통로로 지나갈 수 없게 된 것이다.

두 청년은 어떻게 해야 할지 물어보듯 레옹스를 쳐다보았다.

공연 시작을 알리는 날카롭고도 새된 종소리가 모든 이의 신경을 긁었다.

「우리 어린 신사분께서는 여기에 있어야 해요…….」

마들렌은 고개를 돌렸다. 키가 크고 뻣뻣해 보이는 제복 차림의 남자였다. 그는 차갑기 그지없는 목소리로 마치 장례식을 주관하는 사람처럼 말했다. 폴은 무대에서 너무 멀리 있어, 보이는 게 별로 없었다. 마들렌은 무릎을 꿇고 그에게 상황을 설명해 주었다. 아이는 아주 조용히 훌쩍거리기 시작했다.

결국 1초 전만 해도 마들렌이 받아들일 준비가 되어 있던 것이 이제는 결코 있을 수 없는 일이 되어 버렸다. 그녀는 천천히 몸을 일으켰다.

「이봐요, 우리는 저 맨 앞줄에 자리가 있어요. 그리고 우리는 거기서 공연을 관람할 거예요.」

「부인, 저는…….」

「그러니 당신은 우리가 거기로 가서 앉을 수 있도록 필요한 조치를 취해 주세요. 그렇지 않으면 입구를 막아 문을 닫지 못하게 하고, 공연이 시작되지 못하게 할 거예요. 그럼 당신은 경찰을 부르지 않을 수 없겠죠. 오늘 저녁의 진짜 쇼가 될 당신의 쾌거를 보라고 우리가 부를 무수한 기자들과 사진기자들 앞에서 장애인의 휠체어를 강제로 내쫓기 위해서 말이에요.」

사람들이 고개를 돌렸다. 대체 무슨 일이 일어나고 있는 거지? 저 휠체어의 폭이 너무 넓어서 들어올 수가 없대. 이런, 공연 시작이 늦어지겠군! 거참, 짜증 나네!

「부인, 죄송합니다만,」 제복 차림의 남자가 대답했다. 「우리로서도 어떻게 해볼 수가 없어요.」

「아니, 정말로요?」 마들렌이 어이없다는 듯이 반문했다.

모두가 무대 앞쪽으로 이르는 긴 통로를 쳐다보았다. 여기저기서 고함 소리가 터져 나왔고, 오케스트라에서부터 발코니에 이르기까지, 모두의 눈이 이 작은 무리에 꽂혀 있었다. 아니, 도대체 공연을 시작할 거야, 말 거야?

「해결책은 간단해요.」 그녀가 덧붙였다. 「통로를 따라 앉아 계신 관객분들께 잠시 일어나서 옆으로 비켜서 달라고 부탁하면 돼요. 그게 불가능한가요?」

레옹스가 앞으로 나서 파란 작업복 차림의 두 젊은 짐꾼에게 뇌쇄적인 미소를 던졌다.

「제가 보기에…… 이걸 머리 위로 번쩍 들어 올릴 수 있는 힘센 남자분이 여기에 두 분 계신 것 같은데, 아닌가요?」

두 청년은 결연히 휠체어를 움켜쥐었고, 설사 테스토스테론 주사를 맞았다 한들 그보다 더 힘차게 들어 올리지는 못했을 것이다.

그러자 극장 직원들은 연신 사과를 늘어놓으며 중앙 통로를 주파하는 지난한 항해를 시작했다. 죄송합니다, 아주 잠깐만 일어서 주실 수 있겠습니까, 감사합니다, 부인, 네, 오래 걸리진 않을 거예요, 아이의 휠체어가 지나갈 동안만 잠시 서 계시면 됩니다, 고맙습니다, 네, 저도 압니다, 네, 너무나 고맙습니다…….

그들 뒤에서는 네 팔로 번쩍 들어 올린 휠체어가 마치 어떤 게으른 왕의 옥좌처럼 사람들의 머리 위를 지나갔다. 폴의 얼굴이 환히 빛났다. 청년들은 휠체어를 오케스트라석에서 3미터 정도 떨어진 곳에 내려놓았다.

마들렌과 레옹스가 자리에 앉기 무섭게 홀이 어둠에 잠기고 막이 올랐다.

솔랑주 갈리나토는 8년 만에 파리에 온 거였다. 그녀는 파리의 언론이 거의 이구동성으로 젊은 모리스 그랑데의 오페라 「글로리아 문디」에 출연한 자신을 야유한 이후 잔뜩 토라져 있었다. 로마인들과 노예들이 벌이는 어떤 모험을 담은 이 오페라는 이야기의 끝에서부터 시작되어, 시간적 순서를 무시하며 계속 과거로 돌아가는 형식이어서 따라가기가 아주 힘든 게 사실이었다. 만평 작가들은 도무지 종잡을 수 없는 이 작품을 까대느라 정신이 없었으며, 극장을 찾은 관객들은 휘파람만 불어 댔다. 솔랑주는 세 번 출연한 뒤 파리를 떠났고, 다시는 이 도시에 발을 들여놓지 않으리라 맹세했다.

이러한 실패에도 불구하고 그녀는 계속해서 굉장한 커리어를 쌓아 갔다. 런던에서 「피델리오」를, 밀라노에서 「메데이아」를, 멜버른에서 「오르페오와 에우리디체」를 노래했으며, 그녀와 결혼하는 내기를 걸고 그녀에게 어마어마한 선물 공세를 퍼부은 세 억만장자의 기상천외한 이야기는 전 세계 가십난을 뜨겁게 달구었다. 하지만 당사자는 2년 뒤 여덟 살 연하인 모리스 그랑데와 결혼했다. 이 기묘한 러브 스토리는 사교계를 떠들썩하게 했고, 이들 부부가 함께 다니는 모습이 스위스, 이탈리아, 영국에서 목격되었다. 부드러운 고수머리, 유연한 몸, 새카만 눈썹의 미남인 모리스는 다른 기회가 숱하게 있음에도 오로지 솔랑주에게만 열정을 바치며 뭇 여인의 가슴을 부쉬 놓았지만, 너무나 낭만적이었던 이 관계는 결혼한 지 석 달 만에 끝나 버렸으니, 그가 프랑스 코트다쥐르에서 롤스로이스를 몰고 가다 그만 사고로 죽은 것이다.

솔랑주는 그대로 활동을 중단해 버렸다.

그로 인해 향후 5년 동안 꽉 차 있던 스케줄을 펑크 냈지만, 억만장자 중 하나가 패장의 매너를 발휘해 그 엄청난 위약금을 대신 지불해 주었다.

솔랑주 갈리나토는 1923년 6월 11일 칩거에 들어갔고, 1928년 봄이 되어서야 그녀가 돌아온다는 소문이 돌기 시작했다. 그녀가 자신의 가장 큰 성공작이었던 「라 트라비아타」를 복귀 작품으로 삼으리라는 것을 아무도 의심하지 않았다. 하지만 사람들은 연달아 두 번의 충격을 맛봐야 했으니, 그녀는 오페라가 아닌 독창회로 복귀할 것이며, 그것도 파리에서 한다는 거였다! 독창회라는 것 자체가 가수가 곡마다 하나의 감정에서 다른 감정으로, 아니 하나의 목소리에서 다른 목소리로 넘어가지 않을 수 없는 매우 까다로운 공연인 데다가, 더없이 야심적인 그녀의 프로그램은 가장 어려운 아리아들로 채워져 있었다. 또 파리로 말하자면, 몇 년 전 그녀를 쫓아내다시피 한 곳이었다. 그러므로 이것은 일종의 도발이었다.

이제 솔랑주는 마흔여섯 살이었다. 그녀의 최근 사진들은 끔찍하게 살찐 여자의 모습을 보여 주었다(그녀는 날씬한 적이 한 번도 없었지만, 이 지경이 되리라고는 아무도 상상하지 못했다). 이런 그녀를 겨냥해, 스포츠에 빗댄 은유들이 쏟아져 나왔다. 오페라는 테니스, 수영 등 맹렬한 훈련과 잦은 경쟁을 필요로 하는 운동들에 비교되었다. 홀 안에는, 군중을 공개 처형장으로 끌어들이는 불변의 법칙에 따라, 불안감에 숨도 제대로 쉬지 못하는 몇몇 열혈 팬과 몇 주 동안 언론이 한껏 달궈놓아 언제든 미친 듯한 웃음을 터뜨릴 준비를 마친 안티들만 있을 뿐이었다.

솔랑주는 무대에 걸어서 들어오지 않았다. 막이 올랐을 때, 띠가 주렁주렁 달린 푸른색 긴 망사 드레스를 늘어뜨리고 머리에 왕관을 쓴 차림으로 이미 무대에 나와 있었다. 관객은 박수갈채를 보냈으나 디바는 움직이지도, 미소도, 그 어떤 몸짓도 보이지 않았다. 그러자 기묘한 정적이 내려앉았다. 마치 어떤 초등학교 여교사가 떠들고 있는 학급 아이들을 꾸짖기 직전 분위기 같았다.

청중의 절반이 야유와 휘파람을 퍼부을 준비를 하고 있는 가운데 시작된 첫 번째 곡은 「글로리아 문디」의 서곡이었다. 그렇다. 우울한 기억을 담고 있으며, 특이하게도 오직 피아노로만 반주되는 — 이 작품이 실패한 이유 중 하나였으니, 습관에 전 관객들에게는 충격으로 다가왔던 것이다 — 바로 그 오페라 말이다. 이번에는 피아노 반주조차 없었고, 갈리나토는 아카펠라[7]로 시작했다. 굉장했다. 하지만 더 굉장한 것은 열정과 회한과 고독을 표현하는 솔랑주의 비극적인 목소리에 홀 전체가 불과 몇 초 만에 최면에 걸린 듯했다는 사실이다. 과거에 한 번쯤 열정적으로 사랑하고, 질투하고, 또 채어 본 적 있는 사람이라면 이 목소리에 넋이 나가지 않을 수 없었다.

첫 번째 곡이 끝났을 때, 마치 청중과 가수 사이에 은밀한 협약이 있었던 것처럼, 다시 말해 이 곡을 청중 측의 채무 변제이

7 반주 없이 사람의 목소리만으로 노래하는 형식.

자 디바가 지닌 원한의 시효 소멸로 간주하기로 미리 합의한 것처럼 아무도 박수를 치지 않았다.

솔랑주는 움직이지 않았고, 이 숙연한 정적 속에서 오케스트라가 연주를 시작했다.

그러자 솔랑주는 어딘가에서 붉은 장미 한 송이를 꺼내 이 사이에 물었다. 이 비대한 여인은 「카르멘」의 「사랑은 다루기 힘든 새」를 입이 딱 벌어질 정도로 관능적이고 명랑하고 활기차게 노래하기 시작했다. 어떤 부분에서도 막히지 않는 그녀의 목소리는 기가 막힌 유려함과 우아함을 보여 주었다. 모든 게 그녀에게는 너무나 쉬웠고 자연스러웠으며, 그녀가 〈내가 당신을 사랑할 때, 조심하세요!〉라며 노래를 마쳤을 때, 청중은 약 0.5초 동안 충격에서 헤어나지 못했다. 이 멍한 정적 속에서 폴 페리쿠르의 날카롭고도 천진한 목소리가 〈브라보!〉를 외치자 뒤따라 우레와 같은 박수가 터져 나왔고, 청중은 일제히 일어섰는데, 이는 갈리나토의 재능이 전보다 더 커졌기 때문이 아니라, 영웅을 만들고 싶어 하는 군중의 거의 생물학적인 욕구를 일깨우는 법을 그녀가 알고 있었기 때문이다.

슈베르트, 푸치니, 베르디, 보로딘, 차이콥스키의 곡들……. 공연은 대성공이었다. 사람들은 앙코르를 외치며 재청하고 또 재청해 손바닥이 아파 올 정도였으며, 그렇게 모두가 흥분하고 기진해 있을 때, 솔랑주 갈리나토가 마침내 내려진 커튼 앞으로 걸어 나왔다. 사람들은 입을 다물었다. 그녀는 몇 초간 침묵을 지킨 뒤, 그냥 〈감사합니다〉라고만 속삭였다. 홀 안은 그대로 열광의 도가니로 변했다.

나가는 길은 그야말로 난장판이었다. 폴의 휠체어는 앞줄 사람들에게 방해가 되었고, 그들은 다시 화를 냈다. 극장 안이 다 빈 뒤에야 관계자들은 출발을 허락했다. 조명이 하나하나 꺼졌다. 사람들은 휠체어를 번쩍 들어 올려 다시 중앙 통로를 따라 올라가서 폴을 로비에 내려놓았다. 이때 그에게 다가온 것은 천과 향수와 웃음과 이탈리아 단어들과 분과 머리카락으로 이루어진 거대한 산이었다. 마치 대기(大氣) 전체가 이동하는 듯한, 그것 하나만으로 공간이 꽉 찬 듯한 느낌을 주는 거대한 존재가 폴의 휠체어 쪽으로 검지를 쭉 뻗고 나온 것이다.

「오, 우리 귀여운 피노키오, 아까 널 봤어! 1층 관람석에 있는 널 봤지! 울랄라, 오, 그래, 내가 널 봤어!」

솔랑주는 폴 앞에 무릎을 꿇었다. 아무에게도 인사한 적 없는 그녀가 말이다. 깜짝 놀란 폴은 이를 온통 드러내고 미소를 지었다.

「이름이 뭐지?」

「포…… 포…… 폴, 페…… 페리…….」

「아, 폴! 그래, 네가 나한테 편지를 썼지! 아, 폴, 그래, 바로 너였구나!」

그 어마어마한 가슴에 두 주먹을 꼭 붙인 그녀는 금방이라도 매처럼 아이를 덮칠 듯할 기세였다.

마들렌은 그녀가 뚱뚱하기도 하거니와 매우 늙었다고 생각했다.

우리 나중에 다시 봐, 서로 편지도 주고받고! 솔랑주는 다른 공연이 있을 때 1층 관람석 티켓을 보내 주겠다고 제안했다. 물론 네 엄마께서 동의하신다면 말이야……. 마들렌은 그냥 눈만 감고 말았다. 네, 나중에 보죠……. 울랄라, 폴! 우리 귀여운 폴! 솔랑주는 일종의 구렁이, 다시 말해 긴 털로 된 괴상한 주황색 장신구를 벗어 아이의 목둘레에 감아 주고는 뺨에 키스를 퍼부었다. 우리 귀여운 폴! 우리 귀여운 폴! 그녀는 호들갑을 떨어 댔다. 레옹스가 웃음을 참으려 애쓰고 있을 때, 마들렌이 그들 사이에 끼어들었다. 죄송해요, 시간이 늦어서 그만 들어가 봐야겠어요……. 울랄라, 벌써……?

솔랑주는 자기가 공연 후에 받은 꽃다발 중 하나를 폴이 가져가야 한다고 우겼다.

자동차가 나왔다.

파리는 너무나 따스하고 평온하고 감동적이었다. 마들렌은 꽃다발을 뒤 트렁크에 넣도록 했다.

돌아가는 차 안에서 그녀는 솔랑주가 준 주황색 털 구렁이를 가리켰다.

「폴, 그것 좀 치워 줄 수 없겠니……? 향수 냄새가 너무 역겹구나…….」

15

지난해 내내 한통속으로 앙드레를 배척했던 수아르 드 파리 사 직원들은 이제 그를 볼 때마다 인사를 했다. 그는 더 이상 빈자리를 채우려고 어쩔 수 없이 부르는 하찮은 존재가 아니라, 모두가 흑사병처럼 꺼리는 따분한 파티가 아닌 흥겨운 저녁 식사를 원할 때 우선적으로 초대하는 사람이었다.

그는 젊고 잘생겨서 접근하는 여자들이 없지 않았지만, 운전사나 레몽 씨나 주방 하녀의 남편, 혹은 그들의 아들내미가 방을 차지하지 않는 날이면 전처럼 블라디를 방문하는 신중한 길을 택했다. 이 폴란드 하녀는 아주 상냥하고 따뜻했으며, 그가 어떤 능력을 발휘하든 간에 자신을 인정해 준다는, 위로가 되는 환상을 심어 주었다.

앙드레의 펜은 그야말로 건드리지 않는 주제가 없었는데, 특히 대중이 공유할 수 있는 단순하고도 매력적인 윤리를 담은 주제를 즐겨 다뤘다. 프랑화를 안정시킴으로써 나라의 경제정책을 믿어 온 소액 저축자들을 파산시키는 것이 정상인가? 1914년에는 묶여 있던 취약 가구의 집세가 1928년에 여섯 배,

일곱 배로 뛰는 게 과연 받아들일 수 있는 일인가? 누구나 이해할 수 있고, 곧바로 자명한 진실로 받아들여지는 단순한 얘기들이었다. 이른바〈안전빵〉을 택한 것이다.

이러한 성공에 고무된 앙드레는 이제 사주의 고약한 평판으로 인해 신뢰도가 떨어진 신문이 아닌 다른 신문을 위해 일할 때가 되지 않았나, 하는 생각이 들었다.

파리에는 『수아르 드 파리』 말고도 다른 훌륭한 신문들이 있었고, 또 기요토 밑에서 일하는 이들보다 양심적이고 자유로운 기자들도 수두룩했다. 하지만 앙드레는 이른바〈전속 기술자〉가 있듯이〈전속 기자〉 같은 존재였고, 그의 가치가 다른 곳에서도 인정받을 수 있을지 미지수였다. 하지만 그는 돈을 좀 더 벌기를 바라며 자신의 주가를 계속 살펴 왔다. 기회만 되면 자신의 급료를 협상할 생각이었다.

여기저기서 갖가지 선물도 들어왔다. 시작은 기마 사냥 장면이 묘사된 엄청난 크기의 청동제 벽난로 상판이었는데, 그가 지내는 하녀 방은 그것을 들이기에 너무 좁아서 거절했다. 놓을 자리가 없는 탓에 청렴한 인물로 통하게 된 것이다.

앙드레 델쿠르는 나름의 스타일을 찾아가고 있었다.

마들렌은 점차 나아지고 있었지만, 거듭된 시련들에 많이 망가진 상태였다. 어느 날 오후, 뒤프레 씨와 우연히 마주친 그녀는 이 사실을 분명히 깨달았다.

뒤프레, 뒤프레…… 그렇다, 독자 여러분도 기억할 것이다. 육중한 체구에 억센 힘과 불쑥 튀어나온 귀, 그리고 눈이 항상 축축하게 젖어 있으며, 전쟁 중에 프라델 대위 아래에서 상사로 복무했던 바로 그 사내 말이다. 1919년에 프라델은 그를 채용해 군사 묘지에서 시체 발굴 작업을 계획하고 감독하는 일을 맡겼다. 나중에 그는 〈도네프라델 재판〉에 증인으로 소환됐으며, 마들렌과 그는 법정에서 마주쳤었다. 안녕하십니까, 부인. 안녕하세요, 뒤프레 씨. 증인대에 선 그는 의연하고도 신중하게 증언했고, 자기에게 해준 게 별로 없는 사내에게 끝까지 의리를 잃지 않았다.

마들렌과 그는 거리에서 우연히 마주쳤다. 둘 다 놀라고 당황해 서툴게도 걸음을 잠시 멈추었는데, 이게 치명적인 실수였다. 어쩔 수 없이 그들은 거기 서서 서로의 근황에 대해 몇 마디 얘기를 나누지 않을 수 없었다. 뒤프레 씨는 지금 샤토됭 거리의 한 열쇠 공장에서 십장으로 일한다고 말했다. 그러고 나서 얘깃거리가 금방 떨어져 버렸다. 마들렌이 어색하게 미소를 짓자 그는 꽤 거북한 이 상황에서 그녀를 벗어나게 해주려고 〈요즘 몹시 어려우시죠……?〉라고 불쑥 말했다. 아마도 신문을 통해 알게 된 페리쿠르 씨가 사망한 일, 폴이 사고를 당한 일, 혹은 마들렌의 전남편이 아직도 감옥에서 썩고 있는 일 등을 얘기한 것이겠지만, 그녀는 그가 자신의 외모가 변한 것을 암시한 것이라고 생각해 속이 상했다.

그러나 그래도 집안은 거의 정상에 가까운 상태를 회복한 것을 위안으로 삼았다. 몸이 반쯤 마비된 아이, 프랑스어를 한 마디도 할 줄 모르는 보모, 무위도식하면서 급료만 챙기는 가정 교사, 금고에서 무려 1만 5천 프랑이나 빼돌린 하녀, 그리고 은행 하나를 상속했지만 〈비과세 시작액〉이나 〈채권 액면가〉가 무얼 의미하는지 전혀 모르는 여자가 함께 살고 있는 곳이 이만하면 괜찮은 것 아닌가?

1928년 성탄절 무렵, 이제 쥐꼬리만 한 봉급을 받게 된 앙드레는 페리쿠르가를 떠나겠다고 선언했다. 그는 〈지낼 만한 곳을 찾았다〉고 말했지만, 구체적으로 어딘지는 밝히지 않았다.

「정말 다행이에요, 앙드레. 운전사가 당신 물건들을 실어다 줄 거예요.」

그는 마들렌에게 거북해하는, 아니 거의 앙심마저 느껴지는 표정으로 감사를 표했다. 원래 사람이란 자기에게 잘해 주는 이에게 늘 그런 법이다.

페리쿠르가 저택의 저녁 시간들은 더 이상 지난해처럼 침울하거나 고통스러운 분위기가 아니었다. 마들렌은 폴이 창문에서 뛰어내린 이유에 대해 계속 생각하고 있었지만, 그가 생기를 보이기 시작하고, 식사도 거의 정상적으로 하고, 체중도 약간 불어난 이후 다른 것들에도 관심을 갖게 되었다. 그녀는 늘 마지막까지 기다렸다가 폴을 달래곤 했다. 얘야, 이제 다른 사람들도 자야 한단다, 이제는 음악을 꺼야 할 것 같구나. 그들은 조용히 음반들을 정리한 뒤 살며시 문을 닫았고, 블라디가 자기 방으로 올라가면 마들렌과 레옹스는 비로소 저녁 시간을 시작할 수 있었다. 그들은 소설을 읽거나 잡지를 뒤적이곤 했는데, 마들렌은 당시 프랑스에 들어온 지 얼마 안 되는 크로스워드 퍼즐을 무척 좋아했다. 레옹스는 〈아휴, 난 도저히 못할 것 같아요……〉라며 고개를 절레절레 젓곤 했다.

마들렌은 뒤쪽 층계에서 날쌔게 자기 방으로 향하는 블라디의 발걸음 소리가 들리면 한쪽 눈썹을 조심스럽게 치켜 올리곤 했다. 이 젊은 여자는 이 무렵이면 정신없이 돌아다녔고, 쉴 새

없이 지껄여 댔다. 지난 1년 동안 프랑스어를 한마디도 배우지 못했으면서 말이다.

그녀는 일요일마다 꼬박꼬박 폴란드 교회에 나갔다. 그녀의 머릿속에서는 저택을 나오는 순간부터 예배가 시작되는지도 모른다. 왜냐하면 그녀는 집에서 나오자마자 베일로 얼굴을 가렸는데, 그러면 완전히 딴사람이 되었다. 그러나 월요일이 되면 다시 샤젤가의 야채 상인, 로젤바크 사거리의 약사, 혹은 비니 광장의 견습 배관공 등과 붙어 시시덕거리곤 했다.

「레옹스, 당신 생각은 어때요? 저 아가씨가 언젠가…… 폴에게 위험하지 않을까요?」 마들렌이 레옹스에게 물었다.

「그러니까 아가씨 말씀은…… 에이, 말도 안 돼! 폴은 어린아이잖아요!」

마들렌은 회의적인 표정을 지었지만, 사실 이것은 그녀가 레옹스만 빼놓고 폴에게 너무 가까이 접근하는 모든 여자에게 취하는 태도였다. 예를 들어 솔랑주 갈리나토를 보자. 가르니에 오페라 극장에서의 초연 때 처음 만난 이후, 디바는 폴을 세 번이나 공연에 초대했는데, 그때마다 어머니가 항상 거머리처럼 붙어 다녔다. 파리를 떠나 유럽 순회공연을 시작한 솔랑주는 폴에게 자신의 서명이 적힌 프로그램 북이며, 마들렌에겐 우스꽝스럽게 느껴지는 재미난 코멘트, 사진, 신문기사 등을 곁들인 대사관 만찬회 메뉴판과 함께 열정적인 편지를 보내오곤 했는데, 마들렌은 이런 잡다한 우편물들을 폴에게 전달하는 것을 종종 잊어버리곤 했다. 아, 그래! 맞아, 네게 뭔가 왔어. 어젠가 그저께 말이야. 내가 그걸 얻다 뒀더라……? 그러면 폴은 미소를 머금고 검지를 좌우로 흔들며 말하곤 했다.

어…… 어…… 엄…… 엄마…….

「아니, 이 여자는 살면서 신경 쓸 게 꼴밖에 없는 거야?」 마들렌은 투덜거렸다.

「에이, 너무 질투하지 마세요.」

「질투? 내가 그 뚱뚱보 아줌마를 질투한다고요? 농담 마요!」

레옹스는 신문을 읽고 있었다.

「세상에!」 그녀는 감탄하며 외쳤다. 「루마니아 석유 말이에요, 정말 굉장한데요?」

그녀는 『르 골루아』지의 기사 하나를 가리켰다.

「뭘 말하는 거예요?」

「루마니아 석유 주가 말이에요. 지난 4년 동안 매년 12퍼센트씩 올랐고, 앞으로도 최소 4~5년 동안은 계속 오를 거래요. 어떻게 이럴 수가…….」

레옹스의 횡령 행위가 주베르에게 딱 걸린 이후, 돈과 조금이라도 관련된 얘기가 나오면 그녀와 마들렌 사이에는 어색한 침묵이 감돌았다. 하지만 마들렌은 더 이상 참을 수 없어 그냥 넘어갈 수가 없었다.

「레옹스…….」 그녀는 연필을 내려놓으며 말했다. 「귀스타브 주베르가 당신을 조금…… 어려운 상황에 몰아넣었다는 걸 알아요. 충분히 이해해요. 하지만 제발 부탁인데, 빚을 빨리 갚겠다고 주식 투자에 뛰어드는 어리석은 짓은 하지 말아요.」

「하지만 이것은 확실히 수익을 낼 수 있어요. 『르 골루아』지에도 나왔잖아요! 그리고 이 신문만 이러는 게 아니에요. 몇 주 전에는 『르 피가로』지에서도 같은 내용을 읽었다고요!」

제1차 세계 대전이 끝날 무렵부터 주식 투자는 복싱과 사이

클과 더불어 아주 인기 있는 스포츠였다. 남녀를 불문하고 모두가 거기에 뛰어들었다. 부자들은 더 부자가 되었고, 가난한 이들은 희망을 가지고 참고 기다리게 되었으며, 요령과 수완의 가치가 노동의 가치를 대체하기 시작했다. 마들렌은 오래전부터 입을 근질거리게 하던 질문을 내뱉고 말았다.

「그래, 귀스타브에게 얼마나 갚았나요? 그러니까…… 갚아야 할 돈이 얼마나 남았죠?」

1만 4천 프랑이란다. 이 빚을 다 갚으려면 수년이 걸릴 것이다. 이렇게 터놓고 얘기하니 마들렌은 안도감이 느껴졌다. 또 정확한 액수를 알게 되니 마음이 홀가분하기까지 했다. 그녀는 자신의 데스크로 가서 서류 몇 장을 꺼낸 뒤 몸을 굽히더니, 1만 5천 프랑짜리 수표를 가지고 돌아왔다.

「오, 안 돼요!」 레옹스는 마들렌이 내민 손을 밀면서 외쳤다.

「어서 받아요, 레옹스, 제발!」

이번에는 레옹스가 얼굴이 창백해져서 일어섰다.

「마들렌, 난 받을 수 없어요. 아시잖아요?」

「이걸 어디에다 넣어 놓고, 주베르에게는 빚을 너무 빨리 갚지 말아요. 그럼 또 뭔가 의심할 거예요……. 그냥 주식으로 이익을 봤다고만 얘기해요.」

마들렌은 짐짓 미소를 지었다.

「당신의 그 루마니아 석유가 그래도 뭔가에 쓸모 있지 않겠어요?」

그들은 마들렌이 떨리는 손으로 내민 수표를 사이에 두고 잠시 마주 보았다.

마침내 레옹스는 손가락 끝으로 수표를 받아 들었다. 그러더니 갑자기 마들렌에게 달려들어 그녀를 와락 끌어안았다.

너무나 전격적인 동작이었고, 너무나 세차게 끌어안는 바람에 마들렌은 정신이 아득해졌다. 레옹스는 그녀의 뺨에 키스를 퍼부었다. 고마워요, 고마워요, 전 너무나 부끄러워요, 아시죠, 마들렌, 전 정말 부끄러워요. 아니에요, 부끄러운 것은 오히려 나예요, 그래요, 그래요, 라고 마들렌은 숨이 막힐 것 같은, 금방이라도 폭발해 버릴 것 같은 상태에서 대답했다. 그녀는 손을 대체 얻다 둬야 할지 몰라 머뭇거렸다. 레옹스는 그녀에게 몸을 꼭 붙이고 있었다. 이제 입을 다물어, 움직이는 것은 두 손뿐이었다. 어깨⋯⋯ 목⋯⋯ 그리고 다시금 고마워요, 고마워요⋯⋯.

마들렌의 귀에 복도 쪽에서 생프랑수아드살 성당 사제의 목소리가 들리는 것 같았다.

그들은 몸을 떼었다. 레옹스는 외투걸이가 있는 곳으로 가서 재킷을 걸치고 돌아왔다. 마들렌의 두 어깨를 붙잡고 다시 뺨에다 입을 맞추는데 볼에 댄 입술을 오랫동안 움직이지 않았다. 마치 무언가를 기다리듯이 말이다. 키스를 기다리는 걸까? 그러더니 갑자기 방을 나갔다. 평소에는 〈내일 봐요〉라고 인사했지만, 이번에는 아무 말이 없었다. 그들은 피차 아무 말도 할 수 없었다.

레옹스의 옅은 향수 냄새가 공기 중에 떠돌고 있는 동안, 마들렌은 꼼짝도 할 수 없었다. 맙소사, 혹시 이게⋯⋯.

오, 맙소사⋯⋯.

16

어쩌면 그녀의 삶에서 가장 행복하고 가장 충일했을지 모를 한 시기를 종결지은 앙드레의 출가, 블라디와 솔랑주 갈리나토 같은 여자들과 기묘한 관계를 맺고 있는 폴, 그리고 그녀 자신과 레옹스 간의 모호한 관계(명절 때가 되면 더 힘들었으니, 그들이 겨우살이 밑에서 키스를 할 때,[8] 서로 볼만 맞대고 입술은 허공에 걸렸다)…… 마들렌은 그러잖아도 혼란스럽기 그지없었는데, 1929년 1월 삼촌 샤를이 집으로 찾아와 그녀의 마음을 더욱 어수선하게 만들었다. 딱딱하게 굳은 표정, 잔뜩 찌푸린 눈썹, 좋은 얘기를 하려고 온 것은 결코 아니었다.

약속도 하지 않고 쳐들어온 그는 땀을 뻘뻘 흘리고 거친 숨을 몰아쉬며 안락의자에 털썩 주저앉았다.

「너와 돈 얘기 좀 하러 왔다.」 그는 다짜고짜 이렇게 말했다.

예상한 바였다.

「주로 네 돈에 대한 얘기다.」

---

8 켈트 문화권에서 겨우살이는 불멸의 상징이며, 성탄절과 연말에 겨우살이 가지를 천장에 매달고 그 밑에서 키스를 나누는 풍습이 있다.

약간 의외였다.

「고마워요, 삼촌. 제 돈은 아무 문제 없어요.」

「좋다. 그렇다면…….」

샤를은 두 손으로 무릎을 탁 내리친 다음, 끄응 하는 거친 신음과 함께 허리를 튕겨 몸을 벌떡 일으키더니 그대로 문 쪽으로 걸어갔다.

「그럼 내년에 다시 얘기하기로 하자. 네가 파산했을 때 말이다…….」

샤를은 지금 자신이 무슨 말을 하는지 잘 알고 있었다. 마들렌은 살아오면서 이 〈파산〉이라는 단어를 여러 번 들어 왔다. 그녀의 아버지에게 〈부도〉란 단어 말고 이 말만큼 끔찍한 것은 없었다.

「도대체 왜 제가 망한다는 거죠? 삼촌, 여기 앉아서 설명 좀 해보세요.」

그는 이 말을 기다리고 있었다. 샤를은 다시 돌아와서 거친 숨을 몰아쉬며 안락의자에 궁둥이를 털썩 떨어뜨렸다.

「마들렌, 지금 상황이 좋지 않아, 아주 좋지 않아.」

마들렌은 미소를 억제할 수가 없었다.

「오, 그 정도예요?」

샤를은 역정이 나서 창문 쪽으로 시선을 돌렸다. 아, 여자들이란…….

「마들렌, 네가 도대체 미국 경제에 대해 뭘 안다고 그러냐?」

「미국 경제가 아주 잘 돌아가고 있다는 건 알고 있죠.」

「그래, 하지만 그건 외관에 불과해. 난 지금 네게 현실에 대해 말하는 거다.」

「좋아요, 그러시다면…… 그렇다면 제가 모르는 현실 중에서 무얼 알아야 하는 거죠?」

「지금 미국은 모든 분야에서 생산 과잉 상태에 있어. 미국은 너무 빨리 성장해, 결국 폭발하고 말 거야.」

「어머나, 세상에!」

「그리고 만일 미국이 파산하면, 아무도 안전하지 못해.」

「제가 느끼기에 여기에선…….」

「이 나라 금융인들은 토지 임대료만 철석같이 믿고 있어. 그들은 1세기나 뒤처져 있다고! 위기가 닥쳐도 자기네 시스템은 멀쩡할 거라고 생각하지! 그 천치들이 말이야!」

「아니…… 무슨 위기 말인가요?」

「곧 닥칠 위기! 피할 수 없어. 이건 경제적 쓰나미가 될 거야. 너는 지금 난파가 예약된 배를 타고 있는 거라고.」

샤를은 은유를 매우 좋아했다. 바다에 관련된 은유, 사냥에 관련된 은유, 꽃에 관련된 은유, 말끝마다 온갖 종류의 은유를 사용했다. 지독하게 실용적인 그의 지성은 독창적인 것은 아무것도 만들어 낼 수 없기 때문에, 모두가 알고 있는 것들을 통해서만 자신의 생각을 표현하곤 했다. 샤를의 언어적 특징이라 할 수 있는 이런 진부하면서도 과장된 어투는 어떤 질병처럼 옆에 있는 사람을 피곤하게 만들었으며, 꾹 참아 내지 않으면 안 되는 짜증을 유발하곤 했다. 마들렌은 길게 숨을 들이마셨다.

「그래, 주베르가 너한테 어떻게 충고하더냐?」 샤를이 물었다.

그는 팔짱을 끼고서 대답을 기다렸다. 마들렌에게 미국의 상황보다 더욱 놀라운 것은 주베르가 지금까지 이 문제에 대해 한 번도 언급하지 않았다는 사실이었다. 이런 생각을 하니 반감이 울컥 치밀었고, 그 화살은 샤를에게로 향했다.

「삼촌, 정말 놀랍네요! 만일 그렇게 피할 수 없고 심각한 일이라면, 지금 신문들은 죄다 그 얘기만 하고 있어야 하지 않겠어요?」

「그건 신문들이 그 얘기를 하라고 돈을 받지 않았기 때문이지! 그들에게 돈을 줘봐, 당장 얘기할 테니. 그리고 또 돈을 줘봐, 그러면 입을 꾹 다물어 버릴 거야. 야, 넌 신문들이 존재하는 목적이 무슨 정보 제공인 줄 아냐?」

이 과격한 의견은 사실과 거리가 멀었지만, 어쨌든 샤를은 세상을 이런 식으로 파악하고 있었다.

「그럼 올바른 데다가 제대로 된 정보까지 갖춘 분은 삼촌밖에 없다는 말씀이네요…….」

「야, 난 이 나라 국회 의원이고, 아주 오래전부터 재경위원회 위원으로 활동해 왔어. 공포감을 조장하라고 돈을 받는 것은 아니지만, 우리는 세상을 있는 그대로 볼 수 있는 정보를 가지고 있다고! 이 모든 것에 대해 주베르와 얘기했지만, 쓸데없는 짓이었지. 하기야 똑같은 어항 속에서 평생 살아온 인간한테 뭘 바랄 수 있겠어? 그는 자기가 통제하는 것만 알고 있을 뿐이야. 그리고 이제 일어나려는 상황은 한 번도 본 적이 없거든. 내가 분명히 말하는데, 그는 머리가 꽉 막히고 눈이 완전히 먼 인간이라고! 이 땅에 경제위기가 닥치는 것은 다만 시간문제일 뿐이야. 그리고 그게 프랑스에 밀려오면 은행들이 가장 먼저 피를 볼 거고.」

「그러면 정부가 보고만 있을까요? 은행들을 구해 주겠죠.」

이것은 그녀가 집에서 귀에 못이 박히게 해온 소리였다.

「그래, 큰 은행들은 구해 주겠지. 하지만 그렇지 않은 은행들은 뒈지게 놔둘 거야.」

마들렌은 자신의 개인적 상황 때문에 불안해지리라고는 한 번도 생각해 본 적이 없었다. 여기저기서 경제위기 얘기가 나오고 있었지만, 자신이 직접 관련되었다고는 생각해 보지 않았다.

마들렌은 동요의 빛을 보이기 시작했다.

「그런데 대체 어떤 이유로 삼촌께서 이런 말씀을 하시는지 모르겠네요. 평소에는 이런 분이 아니시잖아요…….」

「난 지금 나 자신을 생각하고, 나 자신을 위해서 이러는 거야! 난 네가 또다시 페리쿠르 집안의 얼굴에 먹칠을 하지 않기를 바랄 뿐이다. 난 이어 나가야 할 커리어가 있는 사람이지, 팔자 좋은 상속자가 아니야! 파산한 집안이라는 꼬리표가 붙으면 내년 국회 의원 선거 때 돈이 들어갈 거고, 난 그게 싫다고! 그럴 돈이 없으니까 말이야.」

샤를은 몸을 앞으로 지그시 기울였다. 정말로 동정하는 표정이었다.

「그리고 너도 문제야. 파산하면 네 아들은 어떻게 되겠냐?」

그는 다시 몸을 세워 안락의자에 느긋이 등을 기댔다. 이 대화에서 승부의 추가 자기 쪽으로 기울게 할 논거를 찾아냈다고 확신하면서. 너무나 쉬운 승리이긴 했지만, 그의 생각은 틀린 게 아니었다.

「은행업은 너무 불안정한 분야야. 리스크에 보다 덜 노출된 투자처를 찾아야 할 게다.」

「하지만…… 어떤 걸 말씀하시는 거예요?」

그는 위로 눈을 들어 올렸다. 사실 그는 아무것도 몰랐다.

「이런 젠장, 그게 바로 주베르가 해야 할 일 아니냐! 그 멍청이는 허구한 날 뭐 하고 지낸단 말이냐?」

마들렌은 충격을 받았다. 경제위기란 돈이 너무 많아서 그게 더 이상 보이지도 않게 된 우주에서 늘 살아온 여자에게는 상상도 하기 힘든 일이었던 것이다.

그녀는 경제지들을 읽기 시작했다. 아닌 게 아니라 미국 쪽의 리스크에 대한 얘기들이 없지 않았지만, 대부분 관찰자는 의견이 같았다. 푸앵카레 덕분에 프랑스는 아무런 위험이 없고, 세계에서 가장 견고한 통화 시스템을 갖추고 있으며, 가내 공업과 지방 산업은 이 나라를 증권 시장의 부침으로부터 지켜 준다는 거였다.

「레옹스, 당신은 위기가 닥칠 거라고 생각해요?」

「위기라뇨? 무슨 위기 말이죠?」

「경제위기.」

「전 거기에 대해선 별로 아는 바가 없어요……. 주베르 씨는 뭐라고 하던가요?」

「그에게는 아직 물어보지 않았어요.」

「제가 만일 아가씨라면 물어보겠어요……. 그분을 좋아하진 않지만, 그분은 자기가 무슨 말을 하는지 알고 있는 사람이기 때문에, 자문을 구할 수 있지 않을까요? 만일 자신의 재산을 관리하는 사람들을 더 이상 신뢰할 수 없다면, 그거야말로 세

183

상이 끝나는 거예요.」

주베르는 눈썹을 찌푸렸다.

「샤를이 와서 그런 멍청한 소리를 했다고요……? 그 양반은 자기 유권자들이나 돌볼 일이지, 대체 왜 그런답니까?」

「귀스타브, 경제에 관한 한 국회는 그렇게 정보가 없지 않아요.」

「국회와 샤를은 별개죠.」

마들렌이 자기 삼촌이 한 얘기를 늘어놓는 것을 들으면서 귀스타브는 바닥을 내려다보며 고개를 절레절레 흔들었다. 그가 이렇게까지 신경질을 내는 것은 드문 일이었다. 그는 프랑스의 재정 흑자며 프랑스 은행의 금 보유량에 대해 얘기해 주고 싶었지만, 그냥 짧게 줄여서 이렇게 말했다.

「마들렌, 지금 나에게 일을 가르치고 싶은 건가요?」

「아뇨, 그게 아니고…….」

「아니긴요! 지금 당신은 그렇게 하고 있어요! 나한테 금융과 경제 강의를 하려는 건가요?」

그는 기가 막히다는 표정을 지었다.

그러고는 일어서서 방을 나갔다. 그에게 이 사건은 이걸로 끝이었다.

하지만 경제위기가 잠복해 있다는 관점에서 뉴스들을 해석하면, 불안해할 거리가 늘 있기 마련이었다. 마들렌도 자신의 미래에 대해, 특히 폴의 미래에 대해 불안감을 느낀 이후 매일 그랬다.

솔랑주 갈리나토와 폴의 관계는 갈수록 뜨거워졌다. 그들은 부지런히 서신을 교환했는데, 일주일에 두 통은 기본이고 때로는 세 통이나 주고받았다. 그는 자신이 발견한 새로 해석된 곡들을 나름의 방식으로 논평하곤 했다. 〈스케르초 부분에서는 오케스트라 대신 팡파르가 연주하는 것 아닌가 하는 생각이 들 정도예요〉, 혹은 〈이 여가수는 너무나 정확하게 부르기 때문에 좀 지루해요〉와 같은 식으로. 그의 방은 온통 그의 유일한 취미에 바쳐져 있었다. 전축도 여러 개였고, 음반이며 음반세트들이 즐비했으며, 선반들은 그가 유럽 각지에 서신으로 주문한 악보들로 휘어질 정도였다.

바로 이 무렵, 솔랑주가 밀라노 여행 얘기를 꺼냈다.

아, 이 여행 계획 때문에 페리쿠르가 저택이 얼마나 시끄러워졌는지 모른다! 이를 둘러싸고 정말이지 뜨거운 논쟁이 벌어졌다.

솔랑주는 이렇게 썼다. 〈우리 귀여운 피노키오, 엽서를 보내주어 너무 고마워. 난 무척 피곤한데, 너의 친절한 생각들이 많은 도움이 된단다. 요즘 새로 시작한 순해공연 때문에 너무 힘들어서 진이 빠질 정도야. 순해공연 얘기가 나왔으니 말인데, 나한테 생각이 하나 떠올랐단다. 이번 여름에 이탈리아에 와서 잠시 머물다 가면 어떻겠니? 난 7월 11일에 스칼라 오페라 극장에서 독창해를 가질 건데, 그때 저녁 식사도 같이하고, 롬바르디아도 조금 구경하고, 그러고 나서 넌 파리로 돌아와 대혁명 기념일을 보낼 수 있을 거야. 물론 네 엄마가 허락하시고, 원하신다면 너와 같이 와주셔야겠지만, 그럼 아주 멋지지 않겠니? 나를 대신해서 엄마께 안부 전해 주렴. 너의 솔랑주가.〉

이탈리아, 스칼라 오페라 극장, 테라스에서의 저녁 식사는 레옹스에게 매우 낭만적으로 들렸다.

「아, 정말 너무 멋진 제안이네요…….」

「이봐요, 레옹스! 이 여자는 마치 폴이 스무 살이고, 그 애를 자기 애인으로 만들 것처럼 말하고 있어요. 이건 그냥 우스꽝스러운 게 아니라, 아주 불건전한 거라고요!」

「폴을 생각하세요…….」

「그러니까 더 그렇죠! 폴 같은 아이에겐 너무 긴 여행이에요. 또 말이죠, 맞춤법이 엉망진창인 이 편지……. 이 여자가 가수가 되었기에 망정이지, 만일 교사가 되었다면……. 또 뭐라고? 〈넌 파리로 돌아와 대혁명 기념일을 보낼 수 있을 거야?〉 아니, 도대체 이게 무슨 말이지? 폴을 휠체어에 태워 시가행진이라도 시키겠다는 건가? 이건 뭐 거의 폴을 모욕하는 말이잖아?」

「마들렌…….」

다시 침묵이 내려앉았다.

「폴은 뭐라고 해요?」

「그 불쌍한 아이가 무슨 말을 할 수 있겠어요? 지금 그녀는 이탈리아 여행으로 그 애를 홀리고 있어요. 세상에 그보다 더 쉬운 일은 없죠.」

마들렌이 질문에 솔직하게 대답하지 않는 것은 이 제안에 완전히 넋이 나간 폴이 이렇게 답장을 썼기 때문이다. 〈난 한 번도 여행해 본 적이 없는데, 아줌마 말씀대로 하면 아주 행복할 것 같아요……. 난 너무나 가고 싶어요…….〉

폴이 은밀히 도움을 청하자 레옹스는 늘 그렇듯 아주 교묘하고도 설득력 있게 행동했다.

어느 날 저녁, 집에 돌아가기 전에 볼 키스를 나누려 할 때, 레옹스가 마들렌의 두 어깨를 잡고 마치 그녀의 눈 속에 티끌이라도 들어간 것처럼 얼굴을 아주 가까이 들이대 마들렌은 눈앞이 흐릿해졌다.

「마들렌, 모든 사람은 저마다 즐거움을 누릴 권리가 있어요, 그렇게 생각하지 않아요?」

그녀는 입술을 반쯤 벌린 채 고개를 살짝 옆으로 기울이고는 마들렌을 오랫동안 포옹했다.

「우리 예쁜 폴이 여행 가는 걸 막지 않으실 거죠?」

레옹스에게 고가의 향수 — 게를랭사의 〈푸르 투르블레〉[9]였다 — 를 사주었던 마들렌은 그 냄새에 감싸였다. 보리수 꽃 냄새가 은은하게 나는 그녀의 숨결도 어렴풋이 느껴졌다.

이런 상황에서 어떻게 제대로 생각할 수 있겠는가?

마들렌은 가난의 망령에 시달리기 시작했다.

어느 날 밤 그녀는 파산해 있었다. 폴은 휠체어에서 울고 있고, 하인은 한 명도 없으며, 자신은 에밀 졸라의 소설에 나오는 것 같은 지붕 밑 다락방에서 손수 요리를 해야만 했다…….

경제지들은 단호하게 낙관적이었다.

「그게 바로 문제예요.」 갈수록 불안해져 마들렌은 레옹스에게 말했다. 「파국은 일어나리라고 아무도 믿지 않기 때문에 더 무서운 거예요…….」

그녀는 이 문제에 대해 어떻게 생각해야 할지, 누구에게 도

9 Pour troubler. 〈정신을 흐려 놓기 위한〉이라는 뜻이다.

움을 청해야 할지 알 수 없었다.

그녀는 다시 시도해 봤다.

그러자 귀스타브는 마치 어떤 어린아이에게 이미 골백번 얘기한 내용을 또다시 힘들게 되풀이하듯이, 프랑스 경제에 대한 광범위한 설명에 들어갔다. 어쩌고저쩌고 긴 문장들을 늘어놓았지만 마들렌은 듣는 둥 마는 둥 하며 자신의 생각에만 골몰해 있다가, 불쑥 그의 말을 끊었다.

「난 루마니아 석유를 생각하고 있어요.」

그녀는 『르 골루아』지의 기사를 내밀었다. 〈……루마니아 석유 산업은 이번에 다시 1.71퍼센트 성장을 기록해, 유럽 최고 투자처로서의 위치를 재확인했다.〉

「이 신문은 경제지가 아니에요!」 주베르는 잘라 말했다. 「이 기사를 쓴 티에리 앙드리외가 누군지는 잘 모르지만, 그에게는 절대로 내 돈을 맡기지 않겠어요.」

그의 파란 눈에서는 제대로 억제하지 못한 분노가 배어 나왔고, 두 손은 파르르 떨렸다.

「혹시…… 선친 은행에 있는 아가씨의 지분을 석유에 투자할 생각은 아니시겠죠?」

그녀는 그가 이렇게 화내는 모습을 한 번도 본 적이 없었다. 그는 침을 꿀꺽 삼켰다.

「마들렌, 이것은 절대로 안 돼요. 만일 당신이 내게 이걸 강요한다면, 당장 사표를 내겠어요.」

아주 이상한 일이었지만, 주베르가 버티면 버틸수록 마들렌은 삼촌의 비판에 더욱 믿음이 갔다. 그녀는 샤를이 한 말을 다시 떠올려 봤다. 〈이 나라 금융인들은 1세기나 뒤처져 있다고!〉

『수아르 드 파리』는 1월 말 루마니아 석유에 대한 장문의 기사를 게재했다. 이 신문으로선 흔치 않은 일이었는데, 지난 몇 달 동안 수익률에 대한 설득력 있는 그래프까지 함께 실었다. 이 기사는 마들렌의 정신이 온통 파산과 영락의 악몽에 사로잡혀 있을 때 나왔다.

도움과 지지가 필요할 때 주베르에게서 맞닥뜨린 완강한 저항은 그녀를 더욱 맥 빠지게 했다.

「난 이 일에 대한 최악의 정보를 가지고 있어요.」 그가 단언했다. 「여기에 대해 아주 잘 알고 있는 어떤 사람이 준 정보죠. 루마니아 석유는 금방 고갈되어 버릴 거예요! 정 그렇게 석유를 원한다면, 차라리 메소포타미아 쪽을 봐요…….」

마들렌은 한숨을 내쉬었다. 귀스타브가 이렇게 늙어 보인 적이 없었다. 그리고 구닥다리로 보였다.

그 한심한 페레들라주 건으로 잃은 자본이 머리에 떠올랐다. 30만 프랑은 결코 적은 돈이 아니었다! 주베르가 상황을 타개할 수 있는 사람이 아니라는 확신이 문득 들었다. 그는 위기 시기에 맞춰진 사람이 아니었다. 그는 지난 세기처럼 구멍가게 주인처럼 가족 은행을 관리하는 사람이었다. 뭐? 이라크의 석유……? 지금 모든 사람이 루마니아 석유를 얘기하는데? 대체 그는 어느 행성 사람이지?

「귀스타브, 좀 더 생각해 볼게요. 하지만 나는 보다 확실한 보고서를 원해요, 무슨 말인지 아시겠어요? 난 이 경제위기의 소문이 기분 나쁘기 때문에, 정확한 정보를 원해요. 적어도 이번만은 간명하게 작성해 주세요. 명확하게요. 나는 또 석유산업에 대한 수치들도 원해요. 루마니아에 대한 완벽한 분석을

요. 만일 이라크에 대해 뭔가 하고 싶은 말이 있으면, 추가하셔
도 되고요.」

샤를은 최대한 늦게 가려고 노력했지만, 결국 쓸데없는 짓
이 되고 말았다.

「사과할 필요 없어요, 샤를, 나도 방금 도착했으니까.」

종업원들은 샤를을 클럽 멤버 중 하나로 대했지만, 주베르
는 단골로 대접했다. 샤를에게는 무엇을 주문하겠느냐고 물었
지만, 주베르가 원하는 것은 이미 알고 있었다. 크로즈에르미
타주 와인 한 병, 해산물용 포크와 나이프....... 샤를은 기분이
아주 나빴다. 심지어 대화할 때도 귀스타브가 이끄는 대로 해
야 했다. 그는 이 얘기 저 얘기 하면서도 샤를이 유일하게 관심
있는 화제는 꺼내지 않아 그를 더욱 불안하게 만들었다.

바닷가재 요리를 먹었고, 농어 요리도 나왔고, 이제 흰 복숭
아 캐러멜을 기다리고 있었다. 샤를은 더 이상 참을 수가 없
었다.

「혹시 내 조카에 대해 무슨 소식이라도......?」

주베르는 자신이 지닌 정보에 최대한의 무게를 부여하고자
침묵 속에서 몇 초 흘러가게 했다.

「루마니아 석유 얘기가 아주 잘 먹히고 있어요.......」

이게 정확히 무슨 뜻일까?

「지금 그녀는 고민 중이에요. 아주 중대한 결정을 내려야 하
니까.」

「그래서, 당신은 어떻게 하고 있소?」

「오, 나는 어떻게 해볼 수가 없어요....... 그 페레들라주 건

이후, 페리쿠르 양은 나를 아주 형편없는 작자로 보고 있거든요. 뭐, 다행스러운 일이죠. 왜냐하면 내가 그 30만 프랑을 일부러 날려 버린 게 헛일이 되지 않을 테니까…….」

뭐? 주베르가 그 돈을 일부러 날려 버렸다고? 샤를은 이게 무슨 말인지 도통 이해가 되지 않았다.

「걱정 마요, 샤를, 다 잘돼 가고 있으니까! 그 덕분에 나는 그녀에게서 신임을 잃었으니, 아주 잘된 일이지! 내가 그 루마니아 석유에 반대하면 할수록, 그녀는 더 고집을 부려요. 내가 경제위기를 부인하면 할수록, 그녀는 더 그걸 믿고요. 나에 대한 의심이 그녀가 위험한 결단을 내리게 할 거예요. 네, 그렇게 될 겁니다…….」

샤를은 숨을 좀 쉴 것 같았다. 주베르는 일단 한 번 발동이 걸리자, 신바람을 내며 자기 전략의 긍정적 효과들을 늘어놓았다.

「나는 마들렌에게 망할 게 뻔한 투자를 하지 말라고 강력하게 충고했어요. 하지만 어쩌겠어요? 그녀는 더 이상 나를 조금도 믿지 않으니 말이에요. 아주 비합리적이고 아주 여성적인 태도지만, 어떻게 해볼 수가 없어요……. 난 사임하겠다는 위협까지 했죠.」

샤를은 입을 헤 벌리고 있었다. 귀스타브는 음식을 가져온 종업원이 일할 수 있도록 몸을 약간 뒤로 젖히고는 미소를 지으며 덧붙였다.

「내가 어떻게 하겠냐고요, 그녀는 이제 내 말이라면 콧방귀도 안 뀌는데…….」

설명을 들으며 샤를은 현기증마저 느꼈다.

「그러는 사이,」 주베르가 다시 말을 이었다. 「이라크 석유는 아주 잘나가고 있어요. 다시 말해 주가가 급락하고 있단 말이죠. 지금 1백 프랑도 안 돼요.」

그의 전략은 간단했다. 한쪽에 관심과 자본이 쏠리면 반대쪽에는 그게 없어지는 원리를 이용한 거였다. 만일 어떤 투자자가 루마니아 석유를 대량으로 매입하면, 모두가 이라크 석유에 흥미를 잃을 것이다.

「그러면 우리는 이 이라크 석유 주식을 단돈 50프랑에 매집하는 거예요. 잘하면 30프랑 이하로도 가능하고.」

「바로 그때 그걸 사야겠지…….」 샤를이 중얼거렸다.

침묵이 흘렀다. 샤를은 준비해 온 말을 꺼냈다.

「그런데 당신이 내게 빌려준 그 20만 프랑은 당신의 처분에 맡기고 싶은데…….」

그는 주베르가 자신이 말을 끝맺게 놔두지 않을 거라고 생각했다. 샤를은 그가 맡긴 임무를 완수했다. 마들렌에게 가서 그가 시킨 대로 말했고, 〈페리쿠르〉라는 이름의 요새를 흔들어 놓았다. 그 덕분에 마들렌은 귀스타브를 더 이상 신뢰하지 않게 되었다. 그래서 그들은 그녀에겐 치명적인, 그러나 자신들을 상상을 초월할 정도의 부자로 만들어 줄 일을 벌이려 하고 있었다…….

그 대가로 지금 주베르는 그가 돈을 갚겠다는 제안을 손을 저어 너그러이 물리쳐야 옳았다. 하지만 주베르는 그를 그냥 빤히 쳐다보기만 했다. 〈그래서?〉라고 반문하듯이.

「내가 그걸 어떻게 해야 할지…….」 샤를이 말을 이었다. 「그러니까 그걸 어떤 형태로…….」

주베르는 와인을 한 모금 마셨다. 아주 길게, 그리고 아주 천천히.

「내가 생각한 게 하나 있는데…….」마침내 그가 말했다.「내게 빚진 그 20만 프랑 말이에요, 왜 그걸 이라크 석유에 투자하지 않는 거죠? 그럼 몇 달 뒤 백만 프랑을 안겨 줄 텐데 말이에요.」

샤를은 식탁을 엎어 버릴 뻔했다. 그래, 자기를 위해 배신까지 했는데 그 빚 하나 탕감해 주지 못한단 말인가? 자기를 위해 조카딸까지 팔아 치웠다! 하지만 체면이 있으니 여기서 소동을 벌일 수는 없었다. 그는 어금니를 꽉 깨물고 일그러진 표정을 지었다. 주베르는 그를 차분히 응시했다. 그런데…… 그는 미소를 짓고 있었다. 〈맞아!〉 샤를은 속으로 중얼거렸다. 〈저 입가의 미세한 선, 저건 분명히 미소야!〉

「심지어 더 투자할 수도 있을 거예요.」주베르가 말을 이었다.「내 생각에는 50만 프랑까지도 가능해요.」

샤를은 후우, 하고 숨을 크게 몰아쉬었다. 방금 목을 죄어 왔던 그 격렬한 심장의 박동이 아직도 느껴졌지만, 기분은 조금 나아졌다. 50만 프랑이라……. 이게 주베르가 자기에게 제안하는 대가였다. 이걸 그의 석유에 투자한다는 조건으로 말이다. 하지만 마들렌을 반역한 것에 대한 보상으로는 조금 부족한 느낌이었다.

「나는…… 70만 프랑 정도 생각했는데…….」샤를이 불쑥 말했다.

주베르는 식탁보를 찬찬히 뜯어보았다.

「샤를, 그렇게는 권하고 싶지 않아요. 내가 당신이라면,

60만 이상은 투자하지 않겠어요.」

좋다. 몇 달 뒤면 2백만 가까이 될 60만 프랑. 샤를은 만족했고, 안도했다.

「그래, 당신 말이 옳을지도 모르겠군.」 샤를이 말했다. 「60만이면 아주 괜찮을 것 같아.」

「마들렌, 무엇보다 폴을 먼저 생각하셔야 해요!」 레옹스가 말했다. 「그 애는 조부님으로부터 채권을 상속받았지만, 그건 성인이 되어야 마음대로 처분할 수 있어요. 만일 그때까지 아가씨의 재산이 아가씨 말씀대로 곧 다가올 경제위기에서 사라져 버린다면, 그 애를 어떻게 키우실 생각이세요?」

드디어 수치들이 도착했다. 경제위기는 비관론자들의 눈에나 보이는 먼 행성이었지만, 여기서 비극 작가처럼 굴고 싶은 것은 아니되, 낙관론자들의 전망이 아주 오랫동안 맞아떨어지는 경우는 드문 법이다. 루마니아 석유는 아주 잘나가고 있는데, 이라크 석유는 아직도 빌빌대며 주가가 계속 떨어졌다.

주베르는 평소처럼 차림이 깔끔하지 않았다. 그에게 약간 비뚤어진 칼라는 최악의 무질서나 마찬가지였다. 그는 살날이 며칠 남지 않은 사형수 같은 인상을 주었다. 마들렌이 어떤 결정을 내리든 그는 이미 포기한 것 같았다.

「내가 내린 결정은…….」 그녀가 입을 열었다.

지금 그녀는 삶 전체를 걸고 도박을 하고 있는 걸까? 그녀의 아버지는 이렇게 말하곤 했다. 〈인생을 살다 보면, 우리가 여러 가지를 많이 따져 보지만 결국에는 결단을 내려야 하는 때가 있는 법이야. 이때는 정보들이 아무런 소용 없어. 좋든 나쁘든 간에 자신의 직감을 믿어야 해.〉 아버지는 자신의 본능은 한 번도 속여 본 적이 없다고 덧붙이면서 조금 으쓱대기도 했다. 마들렌은 지금 이 순간, 선친의 교훈이 얼마나 진실인지 실감하지 않을 수 없었다.

페레들라주 건이 아직도 그녀의 머릿속에 어른거렸다. 30만 프랑의 손실, 이것은 주베르의 직감이 가져온 결과였다. 중대한 결정을 내려야 하는 때 주베르의 판단은 브로셰 씨의 판단보다 혹은 그녀 자신의 판단보다 낫다고 할 수 없었다.

「내가 내린 결정은…….」

「네, 그래서요……?」 주베르가 물었다.

루마니아 석유가 현존하는 투자처 중에서 가장 유망하다는 게 모든 이의 의견인데, 여기에 대체 무슨 위험이 있단 말이죠? 난 지금 모르는 분야에 눈감고 뛰어드는 게 아니에요. 여기 객관적인 수치들이 있잖아요?

그녀는 단호하게 말했다. 침묵이 흘렀다.

「좋습니다.」 마침내 주베르가 말했다.

그는 구취가 심하다고 핀잔 들은 사람처럼 뾰로통한 표정을 지었다.

「아가씨가 원하는 대로 하시죠. 하지만 아가씨의 그……〈루마니아 석유〉(그의 입에서 나오니 이 말이 욕처럼 들렸다)에 재산의 반 이상을 넣어서는 안 됩니다. 석유 주식에다 반만 넣고, 투자를 다양화시켜야 해요. 그게 이치에 맞습니다. 그리고 논리적으로 보면, 나머지는 연계된 주식들에 투자해 포트폴리오를 일관성 있게 짜야 해요. 일관성, 이게 제일 중요해요, 마들렌!」

그는 다음 날 다시 와서 아무 말 없이 산더미 같은 서류를 탁자 위에 내려놓았다.

마들렌은 거의 두 시간 동안 그 서류들에 서명을 했다.

주베르는 입을 굳게 다문 채 무표정한 시선으로 평소처럼 수결해야 할 곳들을 검지로 짧게, 짧게 가리켰다. 여기, 그리고 여기....... 가끔씩 〈이 서명은 무슨 뜻이냐면...... 또 이 서명으로 인해......〉라고 설명했지만, 마들렌은 그 말을 듣기 위해 손을 멈추지 않았고, 결국 그는 입을 다물고 계속 페이지를 넘기기만 했다.

1929년 3월 10일, 폴의 상속분은 국채 형태로 남아 있었지만, 마들렌은 재산 대부분을 루마니아 석유 및 연계된 회사들의 주식에 투자해, 아버지 은행의 자본에서 그녀가 차지하는 지분은 0.97퍼센트에 불과했다.

마들렌은 방을 떠나는 주베르의 발걸음이 몹시 무겁다고 느꼈다.

반면, 복도에서 기다리던 브로셰 씨는 상관의 얼굴에서 그가 좋은 날들에만 보이는 희미한 미소를 발견할 수 있었다.

17

일상은 평온을 되찾았다. 그리고 좋은 소식들이 들려왔다.

마들렌의 은행 지분 매각은 성공적으로 이뤄졌다. 페리쿠르 은행은 신뢰성 있는 기관이어서 주식을 팔겠다고 하니 곧바로 매수자들이 나타났다. 루마니아 컨소시엄이 발행한 공채로 말할 것 같으면, 마들렌의 대량 매수로 인기가 치솟아 다른 투자자들도 열광적으로 달려들었다. 이론의 여지없는 성공이었고, 모두가 그걸 차지하려고 난리였다. 『수아르 드 파리』는 〈굉장한 루마니아의 에너지〉에 대한 기사를 게재했다. 몇 주 동안 루마니아의 주식들은 서서히, 그리고 순조롭게 상승했다.

이제 은행의 다른 이사들에게 결재 서류를 가져다주어야 하는 주베르는 마들렌의 집에 가끔 왔다. 이제 그녀는 기업의 사주가 아니라(다음번 총회 때, 그녀는 더 이상 우스꽝스러운 꼴을 당하지 않을 것이다), 페리쿠르 은행이 관리하는 최대 자산가 중 하나에 불과했다.

폴이 초대받은 밀라노 여행에 대해, 마들렌은 반대할 이유가 떨어져 결국 양보하지 않을 수 없었다.

그녀가 아들과 동행한다는 항목이 포함된 극도로 명확한 프로토콜이 정해지는 데는 거의 몇 주일이 필요했다. 당연하지! 난 폴이 혼자서 그 미친 여자와 있도록 내버려 두지 않을 거야!

폴이 온다는 소식에 열광한 솔랑주는 하루에 두 번씩 그에게 편지를 썼고, 머리에 뭔가 떠오르기만 하면 즉시 서신을 보냈다. 두 여자는 여행과 체류에 관련된 세부적인 점들에 대해 많은 의견을 나눴지만, 불행히도 합의에 이르지 못하는 경우가 많아, 예상하지 못했던 암초들이 가득했다! 마들렌은 솔랑주가 그들을 마중 나오기 가장 편한 열차의 승차권을 구할 수 없었고, 솔랑주는 마들렌이 여행안내 책자를 보고 고른 레스토랑에 자리를 예약하지 못했다. 마들렌은 그들이 밀라노 역에 도착했을 때 누군가 나와서 여행 가방들을 찾아 달라고 부탁했지만, 불행히도 솔랑주는 그다음 날까지 내보낼 사람이 없다고 했다. 또 마들렌은 디바가 파리에서만 구할 수 있다고 말한 향수를 사러 갈 형편이 못 되었고(〈친애하는 솔랑주, 너무나 죄송한데……〉), 솔랑주는 마들렌이 원하는 대로 금요일 오후에 밀라노 대성당 관광을 안내해 줄 사람을 구하려고 했지만, 〈마들렌, 불행히도 확실한 것은 하나도 없어요, 이탈리아 인들은 너무나 종잡을 수 없기 때문에……〉 등등. 또 여가수는 레스토랑에서 그녀의 〈귀여운 피노키오〉와 단둘이 저녁 시간을 보내도 된다는 허락을 얻기 위해 이 여행을 취소해 버리겠다는 ─ 비록 에둘러 표현하긴 했지만 ─ 협박까지 해야 했다.

「이건 둘이서 촛불을 밝히고 데이트하겠다는 소리네!」 마들렌이 소리쳤다. 「레옹스, 세상에 어떻게 이럴 수가 있죠?」

「아가씨는 이 기회에 나가서 바람 좀 쐬면 어떨까요? 내가 만일 아가씨라면…….」

뭔가 좋은 생각이 있어 보이는 레옹스와 달리, 마들렌은 자기 같은 여자가 그 저녁 시간에 밀라노에서 혼자 무엇을 할 수 있을지 전혀 상상이 되지 않았다.

「그리고 그 애를 자꾸 피노키오라고 부르는데, 난 이것도 불쾌해요. 폴은 꼭두각시 인형이 아니라고요! 내가 진심으로 말하는데, 그 여자는 말투를 좀 바꿔야 해요!」

폴은 이 두 라이벌 간의 갈등을 마치 모래사장 놀이터에서 계집애들의 말싸움을 구경하듯이 유쾌하게 지켜보았다. 두 여자 사이에서 레옹스가 짜증을 낼라치면 아이는 〈시…… 시…… 신경…… 쓸 것 없어요〉라고 말하곤 했다.

그들은 7월 9일, 오후 6시 43분 열차로 출발하기로 했다. 여행 가방들은 전전날 버클을 채워 놓았고, 옷 트렁크들은 이미 나흘 전에 떠났다. 마들렌은 자신이 차표며 여권을 잘 챙겼는지 거의 매시간 확인하는가 하면, 아주 세세한 점들을 가지고 집 안 사람들을 들들 볶아 대면서, 여행 경험이 얼마나 없는지를 여실히 보여 주었다. 지금까지 그녀가 해본 가장 먼 여행은, 아홉 살 때 오리야크에 있는 먼 친척 집에 간 것이었다…….

하지만 7월 9일, 다시 말해 출발 당일 청천벽력과도 같은 소식이 날아들었다. 『르 마탱』지의 제1면에 〈심각한 위기에 처한 루마니아 석유〉라는 제목의 기사가 실린 것이다.

이때 마들렌은 조그만 원탁에 앉아 아침 식사를 하며 레옹스가 오기를 기다리고 있었다. 찻잔이 쨍그랑 바닥에 떨어졌고, 머리가 핑 돈 마들렌은 탁자 모서리를 붙잡아 겨우 몸을 지탱했다. 그 바람에 탁자가 기우뚱하며 위에 있던 모든 것이 바닥에 쏟아졌고, 그녀는 털썩 무릎을 꿇었다. 불안감에 빠진 사람들을 사로잡곤 하는 확신에 따라, 그녀는 이 소식이 다른 것들의 예고편에 불과하다는 것을 알 수 있었다.

떨리는 가슴을 진정시키고, 기사 전체를 읽기 위해서는 꽤 오랜 시간이 필요했다.

판노니아 평야 지대 유전의 시추 및 개발을 책임진 루마니아 컨소시엄은 자신들이 〈큰 난관〉에 처해 있다고 선언했고, 파산 위기에 직면해 루마니아 정부의 도움을 요청했다.

프랑스 정부는 부쿠레슈티 주재 무역 고문관을 통해 루마니아 당국의 설명을 요구한 것으로 보이는바, 이는 공채를 매입한 사람은 주로 프랑스 투자자들로, 이들은 지금 최악의 상황을 예상할 이유가 충분하기 때문이다. 투자자들이 기대할 수 있는 마지막 희망의 이름은 〈루마니아 정부〉다……

마들렌은 넋이 나간 사람처럼 신문을 잘게 찢으며 방 안을 왔다 갔다 했다. 끔찍한 불안감에 사로잡혀 제대로 생각조차 할 수가 없었다. 그런데 레옹스는 왜 이리 안 오는지……

그녀는 초인종을 눌러 운전사를 불러서는, 레옹스 양의 집으로 가서 그녀를 데려오라고 지시했다. 급해요, 당장 다녀와요.

그때 문득 의혹이 일었다. 『르 마탱』의 기사는 확실한 걸까?

그녀는 급히 『르 탕』과 『르 피가로』를 펼쳐 보았다. 모두가 토씨 하나 틀리지 않고 똑같은 내용을 전하고 있었다. 상황의 심각성에 대한 인식만 조금 다를 뿐, 제목의 표현이 〈매우 우려스러운〉에서 〈위급한〉으로 넘어가고 있었다. 누구와 상의해야 할까? 샤를? 귀스타브? 앙드레? 레옹스?

그녀는 주베르에게 전화를 걸라고 지시했다.

「아니, 주베르 씨 말고 샤를 페리쿠르 씨에게 전화하세요.」

하녀는 양탄자 위에 쟁반, 토스트, 잼 그릇, 찻주전자 등이 엎어져 어지러이 널려 있는 것을 내려다보았다.

「아니, 아니, 페리쿠르 씨 말고…….」

주베르? 그는 오늘 무슨 조언을 할까? 샤를을 부를까?

「맞아, 그래, 페리쿠르 씨에게 전화를 걸어요!」

샤를의 사무실에서는 응답하지 않았다. 그럼, 주베르 씨에게 걸어요. 그러나 주베르 씨는 통화 중이었다.

마들렌은 마치 어떤 갑작스러운 영감에 사로잡힌 것처럼 다시 위층으로 뛰어 올라가서는 구겨진 기사들을 두 손바닥으로 문질러 펴고 다시 읽어 보았다……. 〈자, 자, 진정해〉라고 그녀는 속으로 중얼거렸다. 〈그렇게 엄청난 사태일 리 없어. 맞아, 바로 그거야! 컨소시엄은 루마니아 정부에 도움을 《요청했다》고 했어! 아직 다 끝난 게 아니라고! 최악의 상황이라고 단언할 수는 없어. 그리고…….〉 그녀는 데스크로 달려가서 말 그대로 서랍들을 통째로 뽑아내, 마룻바닥에 무릎을 꿇고 앉아서 귀스타브가 남겨 놓은 서류들을 샅샅이 훑어보았다.

맞아, 바로 이거야! 휴우! 그녀는 숨이 차고 심장이 위험할 정도로 고동쳤다. 그녀는 마음을 가라앉히려고 애썼다. 그래, 주베르는 이렇게 말했어……. 〈아가씨의 그…… 루마니아 석유에 재산의 반 이상을 넣어서는 안 됩니다.〉이것은 그녀 재산의 절반이었다. 그녀 혼자만의 재산 말이다! 폴의 재산은 국채로 예치되어 있어 무사했다! 〈아무렴! 마들렌 페리쿠르의 재산 절반으로도 충분히 살아갈 수 있어!〉라고 그녀는 중얼거렸다. 이것이 자신의 삶에 구체적으로 어떤 결과를 가져올지 전혀 모르는 채 말이다.

귀스타브는 또박또박 말했었다. 〈투자를 다양화시켜야 해요. 그게 이치에 맞습니다. 포트폴리오를 일관성 있게 짜야 해요.〉그녀는 엄청난 분량의 서류를 계속 뒤져…… 그래, 여기 있다! 귀스타브는 그녀에게 영국(서머싯 엔지니어링 컴퍼니), 이탈리아(그루포 프로초), 그리고 미국 회사들(포스터, 템플턴&그레이브)의 주식을 사도록 했다.

이제 전 재산이 아니라 절반만 잃는다는 게 확실해지자, 이 대폭락의 위기 앞에서 그녀는 자신을 제외한 모두에 대해 분노를 느꼈고, 그들을 원망했다. 이것은 모두의 잘못이었다. 일어나지도 않을 가상의 위기로 자신을 놀라게 한 샤를의 잘못이었고, 자신을 설득할 수 있는 말을 찾아내지 못한 귀스타브의 잘못이었고, 지금 도산 소식을 전하는 루마니아 석유가 좋다고 처음 떠들어 댄 게 바로 자신들이라는 사실에 대해서는 아무 말 없는 신문들의 잘못이었고, 또 레옹스는…… 그런데 지금 그녀는 대체 어디 있단 말인가? 그녀의 존재가 꼭 필요한 날이 있다면, 그건 바로 오늘 아닌가 말이다……! 맙소사, 벌써 오전 10시였다. 오늘 저녁 열차로 출발해야 하는데, 그녀는 아직 올라가서 폴에게 알려 주지도 못했다.

어머니의 황폐해진 얼굴을 발견한 폴은 이유를 물어보려 했지만, 격한 감정에 사로잡힐 때면 늘 그렇듯, 첫음절조차 내뱉지 못했다. 대신 서판을 잡았다. 〈엄마, 무슨 일이야?〉

마들렌은 울음을 터뜨렸다. 그녀는 아들의 휠체어 옆에 무릎을 꿇고 오랫동안 울면서 더듬더듬 말했다. 괜찮아, 우리 아가. 아무것도 아니야. 조그만 문제가 하나 있을 뿐이야. 정말이야. 하지만 폴은 아무것도 아닌 것이 어머니를 이렇게 절망에 빠뜨릴 수 있다고는 믿어지지 않았다.

〈레옹스는 어디 있어? 엄마하고 같이 있지 않아?〉 이 질문에 마들렌은 울음을 그치고 힘겹게 몸을 일으켰다.

「이제 끝났어. 괜찮아질 거야. 아무 일도 아니야. 하지만 우리 강아지, 이번 여행은 힘들 것 같다……」

폴은 울부짖기 시작했고, 그 소리에 집 안 전체가 돌처럼 굳었다.

마들렌은 폴의 알아볼 수 없게 변한 얼굴과 찢어질 듯한 비명 소리에 등이 오싹해졌다. 목구멍에서, 배 속에서, 아니 영혼에서 올라오는 것 같은 그 비명 소리는 너무나 강렬하고 너무나 절망적이어서, 폴이 다시 창문 밖으로 뛰어내릴지도 모른다는 생각이 맨 먼저 떠올랐다. 그녀는 아이의 머리를 꼭 끌어안았다. 걱정 마, 내 사랑, 해결책을 찾을 수 있을 거야. 폴은 계속 흐느꼈다. 내가 약속할게, 엄마는…….

「난 일 때문에…… 갈 수 없지만, 대신 레옹스가 너랑 같이 갈 거야!」

그녀는 이 생각이 떠오른 게 아주 다행스럽게 느껴졌다. 그녀는 폴에게서 몸을 조금 떼고 그의 눈을 들여다보았다.

「자, 어떻게 생각하니? 레옹스랑 같이 가는 거야. 어때, 괜찮아?」

좋아, 라고 그가 아주 창백해진 얼굴로 대답했다. 그래, 좋아, 레옹스랑 같이 갈 거야.

이때 하녀가 들어와 주베르 씨가 오셨다고 알렸다.

마들렌은 형편없이 구겨지고, 차와 잼으로 얼룩진 네글리제 차림에, 머리 손질도 안 하고, 얼굴은 눈물과 근심으로 망가져 있었다……. 그녀는 귀스타브의 시선을 통해 지금 자신의 몰골이 얼마나 형편없는지 깨달았다. 그가 입을 열지도 않았는데, 그녀는 벌써 〈금방 올게요〉라고 웅얼거리며 방을 나갔다. 그녀가 머리를 대충 손질하고, 보다 점잖은 실내복을 걸쳐 입고 돌아왔을 때, 귀스타브는 그 자리에 꼼짝도 않고 앉아 있었다. 그가 빈손으로 오는 것은 드문 일이어서, 이런 그의 모습을 보는 것이 거의 불안하기까지 했다.

「뉴스를 읽고, 한번 찾아뵙는 게 낫겠다고 생각했어요…….」 그가 짧게 설명했다.

그는 바닥에 흩어져 있는 신문들을 가리켰다.

「확인해 보니…… 이…… 루마니아 사람들이 우리에게 그들의 재정적인 실상을 감춘 거였어요.」

그의 음성은 제대로 제어되지 못한 감정 탓에 평소보다 퉁명스럽고 날카로웠다. 마들렌은 안락의자에 털썩 주저앉았다. 그러고는 체면도 잊은 채 펑펑 울기 시작했다.

「내가 경고했잖아요…….」 귀스타브가 말했다. 「하지만 당신은 내 말을 들으려고 하지 않았어요!」

이 말이 자신의 귀에도 너무 거칠고 모욕적으로 들렸는지, 그는 이렇게 덧붙였다.

「걱정 말아요. 루마니아 정부가 모든 걸 무너지게 놔두진 않을 테니까.」

「하지만…… 그들이 지원을 거절한다면?」

「그건 생각할 수 없는 일이에요. 이미 최고 윗선에서 협상이 시작되었을 거예요. 이 일은 단지 경제적인 것만이 아니라, 정치적인 거니까. 어쩌면 이 문제에 대해서는 아가씨 숙부께서 더 많이 알고 계실지도 몰라요…….」

하지만 샤를과는 여전히 연락이 닿지 않았다. 마들렌은 국회의사당, 그의 사무실, 자택 등에 여남은 개의 메시지를 남겼지만, 그가 어디 있는지 아무도 알지 못했다. 아마 회의 중일 거예요, 벌써 루마니아 정부에 엄중한 경고를 보냈을 수도 있고요, 라고 귀스타브가 말했다. 이 사안은 정치적인 것이 되어가고 있고, 샤를은 지금 아주 바쁠 거예요.

벌써 11시였다.

그녀는 폴에게 레옹스가 같이 갈 거라고 약속했기 때문에, 레옹스를 데려와서 준비를 해야 했다. 그녀는 급히 옷을 입었고, 운전사는 그녀를 프로방스가 4번지로 데려다주었다. 하지만 거기에 피카르라는 이름을 가진 사람은 살고 있지 않았다. 〈아주 오래전부터 그런 사람은 없었어요〉라고 작달막하고 통통한 체구에 성격은 쾌활하기 그지없고, 마치 터번을 쓴 인도 여자처럼 과도하게 큰 스카프를 머리에 두른 관리인 여자가 단언했다.

「뭐라고요? 아주 오래전부터 없었다고요……?」

「오, 아마도 1년 전부터일 거예요. 잠깐만요(그녀는 검지를 입술에 대고 두 눈을 가늘게 떴다), 이건 어렵지 않아요…….
여기에 베르트랑 씨라는 사람이 있었는데요, 지금쯤 지옥 불
에서 지글지글 볶아지고 있을 그 못된 인간이 작년 5월에 뒈졌
걸랑요. 내가 그 날짜를 생일날처럼 똑똑히 기억하고 있어요,
그런 좋은 소식은 매년 찾아오는 게 아니니까…….」

「작년 5월이라고 하셨죠…….」

「맞아요. 그리고 피카르 양은, 가만, 그게 얼마야…… 2, 3주
뒤에 떠났어요. 그러니까 열세 달 전이죠, 내가 1년이라고 했
는데, 얼추 맞지 않아요?」

그녀는 손을 내밀었고, 마들렌은 20프랑을 주었다.

차 안에서 그녀는 손가락으로 셈을 해보았다. 작년 5월이라
면 귀스타브가 그녀의 〈정직하지 못한〉 행위를 발견한 시기와
일치했다. 봉급에 가해진 공제로 프로방스가에 계속 살기 힘
들어 좀 더 싼 곳을 찾아야만 했던 것이다.

그녀는 이사했지만, 창피해서 그 사실을 아무에게도 말하지
못했던 것이다.

마들렌은 다시 한번 자책했다. 그동안 자기는 아무것도 보
지 못하고 아무것도 물어보지 않았으니, 얼마나 이기적이었던
가! 지금 레옹스는 얼마나 누추한 곳에서 살고 있을까? 마들렌
은 이 상황이 계속되도록 놔두지 않을 것이다. 진실을 얘기하
라고 요구할 것이다……. 아니, 진실은 아니고……. 그건 너무
모욕적인 표현이야. 아니, 그냥 레옹스에게 우리 집에 와서 살
아도 된다고 말할 거야. 그래, 그렇게 할 거야. 봉급에는 조금
의 변화도 없이. 이제 앙드레도 떠나고 없으니까, 레옹스가 그
작은 방에서 지내도 문제없어. 물론 그 방을 환기도 하고, 좀

더 밝은 분위기로 꾸며야겠지만, 얼마 안 걸릴 거야…….

이때 그녀는 자신이 마치 삶이 계속되는 것처럼, 특별한 일이 일어날 위험이 전혀 없을 것처럼, 이 주식 투자 얘기는 이렇게 일상으로 돌아오면 금방 사라져 버리는 어떤 악몽에 불과한 것처럼 행동하고 있다는 것을 깨달았다…….

아무런 음반도 돌아가지 않는 방 안에서 폴은 어머니를 기다리고 있었다. 분위기가 무거웠다. 놀라울 정도로 조용해진 블라디는 마치 어떤 대기실에서처럼, 벽에 바짝 붙인 의자에 두 다리를 바짝 모으고, 두 손을 무릎 위에 올려놓고 앉아 있었다. 폴은 어머니를 뚫어지게 쳐다봤다.

「애야, 레옹스가 너랑 같이 가기 힘들 것 같아…….」

폴의 입술이 천천히 풀렸다. 그 순간, 그의 표정이 라 피티에 병원에서 봤던 그 시체에 가까운 모습으로 변했다. 그녀는 더 이상 생각하지 않고 이렇게 말해 버렸다.

「블라디가 너랑 같이 갈 거야. 그렇죠, 블라디?」

「Tak, oczywiście! Zgadzam się(물론이에요! 전 좋아요)!」

「내가 필요한 서류를 준비할게요.」

이탈리아 대사관으로 달려가고, 열차표에 적힌 이름을 바꾸고, 블라디에게 급히 여행 가방 두 개를 내주고, 이 폴란드 간호사가 미성년자 아들을 밀라노까지 데려갈 수 있도록 허가증을 작성하고……. 이 모든 일을 하는 데 반나절이 걸렸다. 어쨌거나 오후 5시 30분에는 모두가 역에 나와 있었다. 레옹스가 사라고 권한 여행복을 차려입은 폴, 한껏 성장했는데 마치 커튼 천으로 드레스를 지어 입은 듯한 모습의 블라디, 그리고 바짝 긴장해 있지만, 이미 열두 번은 얘기한 폴에게나, 아무것도 이해하지 못할 뿐 아니라 마들렌이 준 두툼한 이탈리아 리라화 지폐 다발을 낡아 빠진 서류 가방에 아무렇지도 않게 쑤셔 넣은, 도무지 신뢰가 가지 않는 블라디에게 다시 한번 주의사항을 늘어놓는 것을 포기해 버린 마들렌…….

짐꾼들은 리옹역에서 정시에 기다리고 있었고, 블라디는 폴의 휠체어를 열차가 있는 데까지 밀고 갔다. 그들은 끊임없이 움직이는 여행 가방들, 트렁크들, 바쁜 승객들, 상기된 가족들, 가슴이 아픈 커플들을 뚫고 휠체어를 객차 끝쪽의 예비 공간에 가져다 놓은 다음, 붉은 벨벳과 밝은색 목재로 꾸며진 일등칸 칸막이 객실 차창 쪽에 폴을 데려다 앉혔다. 좌석 위의 짐칸에는 승객들의 소지품들이 올려졌다. 마들렌은 열차장, 그러니까 체격은 딱 벌어졌는데 다리는 짤막하고, TSF[10]의 안테나들처럼 하늘을 향해 치솟은 빳빳한 눈썹 때문에 눈빛이 무서워 보이는 30대 사내에게 가서 폴과 블라디를 특별히 부탁하지 않고는 배길 수가 없었다.

마들렌은 어린 아들이 떠나는 것을 보며 가슴이 아팠지만, 아이는 지금 어머니의 삶에 무슨 일들이 일어나고 있는지 전혀 의식하지 못하는 듯 한껏 신나 있었다. 정말로 전혀 의식하지 못했던 것일까? 아마도 그 정도는 아니었을 것이니, 그녀가 객차를 떠나야 할 때가 되자(검표원이 재촉했다. 부인, 곧 출발해야 합니다, 이제 내려가셔야 해요), 폴이 그녀의 귀에 대고 이렇게 속삭였던 것이다.

「어…… 엄마…… 괘…… 괜찮을 거야……. 왜냐하면 내…… 내가…… 어…… 엄말 사랑하니까…….」

10 *télégraphie sans fil*의 약자로, 모스 부호에 의한 무선 전신기를 뜻한다.

기차가 떠난 지 한참 되었으나 마들렌은 여전히 플랫폼에 서 있었다.

폴이 그녀에게서 멀리 떠난 것은 이번이 처음이었는데, 그 조용한 슬픔이 기이하게도 마음을 다잡아 주었다. 폴을 보호할 수만 있다면 무슨 일이 일어나도 괜찮았고, 무엇이든 견뎌낼 수 있었다.

폴 역시 힘들어하는 어머니를 버리고 떠난다는 죄책감에 가슴이 무겁고 착잡했다. 그가 들은 것은, 다시 말해 거의 모든 것이 힘든 시간을 예고하고 있었다. 그러나 어찌 되든 간에 이 여행의 추억은 영원히 남을 것이다. 자기는 스칼라 오페라 극장에 갈 것이고, 솔랑주의 노래를 들을 것이고, 자기가 거기서 체험하는 것을 그 누구도 빼앗지 못할 것이다…….

마들렌에게서 50프랑을 받았기 때문에 임무를 부여받았다고 생각한 열차장은 폴란드 이민자의 아들이었다. 프랑스 시민이었지만 부모의 언어를 유창하게 구사하는 그는, 열차가 출발하고 열차장으로서 소임을 다하자 블라디에게 말을 걸었다. 폴은 그들이 나누는 대화의 내용과 그것에 이어질 결과들을 어렵잖게 짐작할 수 있었으니, 젊은 여인의 헤헤거리고, 큭큭대고, 킬킬대는 웃음소리는 그녀가 미로메닐가 숯장수의 아들이나 토크빌가에 사는 에펠 탑의 엘리베이터 보이와 만났을 때 내는 소리와 똑같았던 까닭이다.

폴과 블라디는 식당 칸에 예약된 그들의 자리에 앉았다. 철도 회사의 글자가 새겨진 하얀 식탁보가 깔려 있고, 은은한 빛을 발하는 조그만 램프가 놓여 있으며, 은제 포크와 나이프, 그리고 잡지 광고에서 볼 수 있는 크리스털 잔들이 놓여 있는 테이블에서 블라디는 레드 와인 반병을 주문했는데, 그야말로 입이 귀에 걸렸다.

밤이 되자 간이침대에 누워, 빳빳하게 풀 먹인 시트와 체크 무늬 담요 아래 새우처럼 몸을 웅크리고 기분 좋은 선잠에 빠져든 폴은 곧 블라디와 열차장의 음성 외에는 아무 소리도 듣지 못하게 되었고, 다시 몇 분 뒤에는 2주일 전 파리포노의 점원이 들려준 「볼레로」의 집요한 소절들을 연상시키는 열차 바퀴들의 멍멍한 템포에 섞여 드는 젊은 간호사의 헐떡임이 자장가처럼 들려왔다. 그는 흥분으로 고동치는 잠 속에 빠져들었다.

마들렌은 잠을 청할 생각도 하지 못했다. 그녀는 미국, 영국, 그리고 이탈리아 주식들에 대한 자신의 소유권을 보장하는 서류들을 다시 한번 읽어 보며 밤시간 대부분을 보냈다.

새벽 6시가 되자 머리를 손질하고 옷을 차려입었지만, 체한 것처럼 속이 꽉 막히고 가슴은 돌덩이에 눌린 듯 답답했다. 기묘하게도 그녀의 얼굴은 불안해 어쩔 줄 몰라 하는 사람 같지 않았다. 창백하고, 심각하고, 집중해 있는 얼굴은 처형 일을 기다리다 지쳐, 죽은 거나 다름없는 상태로 차분하고 결연하게 걸어가는 사형수의 표정과 흡사했다. 레옹스는 8시 30분 전에는 오지 않을 것이다. 마들렌은 운전기사를 불러 길을 떠났다.

「오, 너로구나!」

오르탕스는 덩굴무늬 문양이 그려진 실내복과 털가죽 슬리퍼 차림이었다. 머리에 컬 클립들이 삐죽삐죽 솟아 있는 그녀의 모습은 모든 남자가 언젠가 가질까 봐 두려워하는 배우자의 모습과 끔찍이도 닮아 있었다. 그녀는 마들렌에게 들어오라고 청하지도 않고 팔짱을 척 끼었다.

「삼촌을 찾고 있어요. 그분과 얘기를 좀 나누고 싶어요.」

「샤를은 아주 바빠! 잘 모르나 본데, 그 양반은 여기저기서 찾는 저명한 국회 의원이어서, 단 1분도 자기 시간이 없다고!」

「자기 조카한테도 시간이 없나요?」

「아니, 그 양반에게 조카가 있었던가? 오, 금시초문인데?」

「그분을 뵈어야 해요…….」

오르탕스는 웃음을 터뜨렸다.

「아, 그래. 이게 바로 그 잘난 페-리-쿠-르 마-르-셀 집안 이지! 항상 다른 사람 머리 위에 있는! 분부만 내리시면 모두가 벌벌 떨고 거행해야지!」

이 갑작스러운 적대적 태도는 그녀가 평소에 보이는 멍청한 모습과 너무도 대조적이었다.

「저는 대체 무슨 말인지 이해하지…….」

「조금도 놀랄 일이 아니지! 네 아버지도 이해하지 못했으니까.」

오르탕스는 새된 음성으로 소리쳤다. 그러면서 머리를 얼마나 세차게 흔드는지 컬 클립 몇 개가 바르르 떨리다가 급기야 풀려 버리고 말았다. 하지만 그녀는 그 사실을 알아차리지 못했고, 그녀의 얼굴은 용수철에 매달려 흔들리는 것처럼 머리 위에서 대롱대롱 춤추는 무수한 컬 페이퍼들에 둘러싸였다.

「모두가 자기들이 시키는 대로 해야 해! 하지만 이제 모든 것이 끝났다고! 아! 그 잘난 페-리-쿠-르 마-르-셀 집안은 이 제 땅바닥으로 굴러떨어질 거라고!」

오르탕스는 씩씩대며 마들렌에게 한 걸음 내디뎠고, 원한에 찬 검지를 그녀 쪽으로 쑥 내밀었다.

「첫째, 샤를은 네 하인이 아니야! 둘째, 마지막에 웃는 자가 진짜로 웃는 거야! 셋째…….」

이 〈셋째〉 다음에 할 말을 생각해 내지 못해, 그녀는 이렇게 매듭지었다.

「어때, 놀랐지?」

마들렌은 아무 말도 하지 않고 몸을 돌려 밖으로 나갔다.

그녀는 수아르 드 파리사로 차를 몰게 했다.

편집 회의, 다시 말해 기자들이 사장의 지시를 받는 미팅이 아직 끝나지 않아 직원들은 마들렌을 응접실에서 기다리게 했다.

기요토는 40분이 지난 뒤에야 와서 사과의 말을 늘어놓았다. 미안해요, 마들렌, 이 신문은 정말 사람을 진 빠지게 만드네요. 이 일을 해먹기에 나도 이젠 너무 늙었나 봐……. 그는 10년 전부터 이 말을, 그가 죽는 순간까지 사장실 안락의자에 앉아 있으리라는 것을 너무도 잘 알고 있는 방문객들에게 해왔다. 마들렌은 일어서지 않고, 노상 늘어놓는 엄살이 끝나기를 기다리며 그를 노려보았다. 그는 마지못한 듯 그녀 옆에 앉았다.

「그래요…… 내 생각에는 당신의 상황이 좀 어려워졌을 것 같은데?」

「이게 누구 잘못이죠?」

기요토는 마치 전기에 감전된 듯 움찔했다. 그는 모욕을 당한 것처럼 한 손으로 가슴을 꾹 눌렀다.

「사장님 신문은,」그녀는 말을 이었다. 「이 루마니아 사업의 장점들을 장문의 기사로 계속 띄워 왔잖아요!」

「아, 그거…… 오…….」

그는 안도했다. 얼굴에 그대로 드러났다.

「그건 엄밀히 말하자면 정보가 아니라 그냥 뉴스예요. 자고로 일간지란 밥 먹고 살게 해주는 이들에게 유용한 뉴스를 퍼뜨리는 일을 하는 거죠.」

마들렌은 잘 이해가 되지 않았다.

「뭐라고요……? 그럼, 이 기사들을…… 돈 받고 썼다는 건가요?」

「너무 과장하진 않고! 마들렌도 잘 알겠지만, 우리 같은 신문은 누군가의 지원이 없으면 존재할 수 없어요. 정부가 이런 대규모 공채 발행을 지지했다면, 이게 이 나라 경제에 필요하다고 판단했기 때문이에요! 설마 우리가 애국자라고 비난하는 건 아니겠죠?」

「당신은 다 알고서 거짓 정보를 발표했어요…….」

「거짓 정보는 아니죠! 그건 너무 심한 말이고! 우리는 단지 현실을 어떤 특정한 각도에서 제시해 줄 뿐이에요. 다른 신문들, 예를 들면 야권 신문들은 우리와 반대로 써요. 그래서 이 모든 게 균형을 이루는 거예요! 바로 시각의 다양성이라고 할 수 있는 거죠. 우리가 공화주의자인 것을 비난해서도 안 되는 거라고요!」

마들렌은 치가 떨렸고, 그토록 순진하게 굴었던 자신이 창피할 따름이었다. 그녀는 문을 부서져라 세차게 닫고 나가 버렸다.

18

블라디는 새벽부터 차창가에 앉아 폴란드어의 최상급 표현들을 써가며 솔직히 그렇게 굉장하다고는 할 수 없는 경치에 찬사를 늘어놓았다. 열차는 약 30분 동안 선로 변경을 거듭한 끝에 연기와 사람들이 가득한 어느 역에 진입했다.

솔랑주는 폴이 엄마가 아닌 어떤 보모와 함께 온다는 전보를 받고는 곧바로 계획을 바꿔, 프린시페 디 사보이아 호텔 로비에서 기다리며 뭇사람의 시선을 끄는 대신, 직접 역으로 가서 손님을 데려오기로 결정했다.

갈리나토가 이탈리아 안에 있다는 사실은 현지 신문들을 흥분시켰는데, 그녀가 디바들의 위대한 전통에 따라 변덕스러운 기행이나 깜짝 선언에 인색하지 않았기에 더욱 그랬다. 그녀는 밀라노 역에 간다고 알리면서, 자신이 초대한 손님이 누구인지 전혀 밝히지 않았다. 리포터들과 사진 기자들은 혹시 어떤 새로운 러브 스토리 아닌가 추측도 했지만, 정말 그럴 거라고 믿는 사람은 아무도 없었다.

솔랑주는 지난 두 해 동안 엄청나게 몸이 불었고, 움직임도

둔해졌다. 하지만 이로 인해 목소리도, 가수로서의 재능도 손상되지 않았고, 놀랍게도 갈수록 노래를 잘 불렀다. 사람들은 그녀가 완숙해졌다고 말했고, 그녀의 예술은 절정에 달해 있었다.

하여 그녀는 구름 같은 기자들과 리포터들에 둘러싸여 호텔을 떠났다. 역무원들은 사람이 바글거리는데도 그녀를 에스코트해 주기 위해 최선을 다했다. 열차가 도착했을 때, 그녀는 망사 베일을 폭포수처럼 늘어뜨리고, 머리에는 어마어마한 크기의 모자를 얹고, 푸르스름한 연기에 감싸인 채 플랫폼에 서 있었다. 위압적이고 엄숙하면서도 사람들의 시선 앞에 자신을 내놓은 그녀의 모습은 히스테릭한 여자의 이상적인 전형을 제대로 구현하고 있었고, 기자들이 아주 멋진 사진들을 얻게 해 주었다. 먼저 폴이 블라디의 팔에 안겨 열차에서 내리는 모습, 그리고 그를 휠체어에 앉히는 광경에 기자들은 신나서 어쩔 줄 몰랐다. 사방에서 플래시가 터졌고, 폴은 이를 활짝 드러내고 미소를 지었는데, 그가 이렇게까지 행복해하는 모습을 담은 사진은 내가 생각하기로 이것이 유일하지 않을까 싶다. 무릎을 꿇은 솔랑주, 그녀의 피노키오의 조그만 손을 꼭 잡고 둔중하게 걸어가는 솔랑주…… 사진들은 당장 그날 저녁 석간들의 제1면을 장식했고, 용의주도하지 못했던 사람들은 표 예약을 위해 스칼라 오페라 극장으로 달려갔으며, 암시장에서는 입장권이 말도 안 되는 가격에 팔려 나갔다.

폴은 스위트룸 하나를 쓰게 되었는데, 거기에 연결된 자신의 방문을 열어 본 블라디는 괴성인지 탄성인지 모를 소리를 내질렀다. 샴페인까지 곁들여진 특별 음식이 들어오는 것을 본 폴란드 아가씨는 너무 좋아서 거의 실신할 지경이었고, 웨이터에게 보낸 미소가 얼마나 은근했던지, 한 시간도 안 되어 호텔 종업원들 사이에 소문이 쫙 퍼졌다.

몇 분 뒤, 커플은 호텔 레스토랑에서 일대 센세이션을 일으켰다. 솔랑주는 홀 중앙에 마련된 특별석을 손을 한 번 슥 저어 거절하고는, 맨 끝쪽, 엄청나게 큰 거울들 근처에 있는 보다 은밀하고 눈에 덜 띄는, 다시 말해 사진을 찍으면 효과 만점일 것 같은 조그만 테이블을 택했다.

솔랑주는 아주 품위 있게 식사를 했지만, 무서울 정도로 많은 양을 먹어 치워 점심 식사가 아주 길어졌고, 그 탓에 그녀는 돌아가서 소화를 위한 긴 낮잠을 잘 시간밖에 없었다(사실 이는 그녀의 평소 습관으로, 낮잠을 잔 뒤 저녁때 공연할 홀에 관객이 입장하기 한 시간 반 전에 가곤 했다).

어쨌든 그들이 이렇게 단둘이 얼굴을 마주하게 된 것은 이번이 처음이었다.

폴은 거의 말을 더듬지 않았고, 솔랑주는 미소를 지었다. 그들은 오페라 작품들에 대해, 자신이 한 여행들에 대해 대화를 나눴다. 그녀는 부에노스아이레스에서 보낸 어린 시절과, 레르마 분지에 있는 한 페루비안 파소 말 종마 사육장 주인이었던 아버지와, 열세 살 때 산타 로사의 조그만 극장에서 초라하게 데뷔해 바로 그날 저녁 결혼 신청을 네 번이나 받은 일에 대해 얘기해 주었다.

폴은 생각에 잠긴 표정으로 이 고백들을 들었다. 그는 많은 시간 동안 도서관에서 아주 오래된 자료들을 조사해 그녀의 과거에 대해 잘 알고 있는 몇 안 되는 사람 중 하나였다. 솔랑주 갈리나토의 본명은 베르나데트 트라비에이고, 프랑스 쥐라 지방의 돌시(市)에서 한 도로 작업 인부의 막내딸로 태어났으며, 알코올 중독자였던 그녀의 아버지는 그녀가 예정보다 석 달이나 일찍 태어난 날 가정 폭력으로 인해 브장송에서 투옥되었다는 게 그가 아는 진실이었다.

폴은 침중한 눈으로 그녀를 쳐다보았다. 그는 그녀를 처음 봤을 때부터 그녀의 음반들에서 늘 느껴 왔던 그 무한한 슬픔을 감지했다. 솔랑주는 슬픈 여자였고, 이 사실은 그의 마음을 아프게 했다. 솔랑주에게 큰 영향을 준 이 점심 식사 중에 과연 무슨 일이 일어났는지는 아무도 몰랐다. 자신이 연기한 인물들의 비극적인 운명을 얘기하다가, 그게 불현듯 자신의 삶과 겹쳐진 것일까? 완전히 매혹된 이 사내아이의 모습이 모리스 그랑데가 죽고 나서 자신의 삶이 감정적으로 얼마나 메말라 버렸는지 느끼게 한 것일까? 평생을 휠체어에 앉아 살아야 하는 이 아이 앞에서 숙명을 부과하는 삶이 너무 부당하다고 느낀 것일까? 알 수 없는 일이었다……. 어쨌거나 이날 저녁, 그녀는 리허설 중 오래 서 있을 수 없어 앉아서 노래를 불렀다. 그러고 나서 다시는 일어서지 못했다.

깜짝 놀란 스칼라 오페라 극장 지배인은 무대 위로 뛰어올라가서 그녀의 상태를 살폈다. 그녀는 그저 〈꽃이 필요해요〉라고만 말했다. 지배인은 꽃다발을 한 수레 가져오게 하고, 꽃바구니와 석좌, 석주 등도 준비시켰다.

막이 올랐을 때, 관객은 새틴 천에 덮인 어떤 무대 장치 덕분에 약간 높아진 의자에 몸을 곧추세우고 앉아 있는 그녀의 모습을 발견했다. 꽃과 식물로 화려하게 꾸며진 배경 가운데 앉아 있는 그녀는 마치 어떤 식물원에서 노래하는 것 같았다.

결코 변경하는 법이 없었던 프로그램 순서도 완전히 바뀌었다. 그녀는 처절한 목소리로「글로리아 문디」서곡을 무반주로 시작했다.

> 나의 소중한 사랑이여,
> 우리가 처음 만났던 궁전의 폐허에
> 우리 이렇게 다시 섰노라…….

폴이 스칼라 오페라 극장의 그랜드 홀에서 모리스 그랑데의 오페라 첫 소절들을 듣고 있을 때, 파리는 저녁 7시 30분이었고, 그의 어머니는 『수아르 드 파리』의 기사 제목을 발견했다.

루마니아 정부,
석유 컨소시엄의 요청에도 불구하고 지원을 거부
루마니아 정부는 프랑스 정부의 절박한 호소에도 귀를 닫을 듯.

마들렌은 기사를 훑어보았지만, 잘 이해되지 않았고, 글자가 눈에 들어오지 않았다.

기사 내용을 대충 파악하고, 모두의 바람과 달리 재산의 상당 부분이 증발해 버렸다는 사실을 확인하는 데는 15분이 조금 더 걸렸다.

레옹스는 파산해 버렸는지 여전히 모습을 보이지 않았다. 아무리 애써도 눈물이 줄줄 흘러내렸다. 만일 자신의 친구도 망한 거라면, 그녀에게 어떤 도움을 줄 수 있단 말인가?

그녀는 이 파산이 자신의 삶에서 구체적으로 무엇을 의미하는지 도저히 상상이 되지 않았다. 하인의 수가 줄어든다? 그래, 아마도 그러리라. 하지만 그 나머지 부분에서는 대체 무얼 포기해야 한단 말인가? 지금까지 그녀의 삶은 그렇게 엄청난 게 아니었지 않은가? 수입의 상당 부분을 잃고 아무 일 없을 수는 없는 법, 뭔가 조치를 취해야 할 터인데, 도대체 어떤 조치를 취해야 한단 말인가? 그저 막연하기만 했다. 폴을 생각하자 힘을 모으는 데 도움이 되었다. 현실을 직시해야 했다. 그녀는 다시 귀스타브 주베르에게 전화를 걸었다. 그는 방금 은행에서 퇴근했단다. 그녀는 옷을 갈아입은 뒤 운전기사를 불렀다.

그녀는 『수아르 드 파리』 한 부를 가지고 나왔는데, 어둑한 차 안에 있으니 그 기사 제목이 한층 굵고 위협적으로 느껴졌다. 센강 강변로 부근에서 길이 막혀 차가 꼼짝 못하자 그녀는 다시 한번 관련 기사들을 읽어 보았다. 모두가 이 루마니아 석유가 증시에서 잘나갔다는 것을 잔인하게 상기시키고 있었다.

그녀의 눈이 또 다른 기사 제목 위에 딱 멈췄다.

이라크에서
엄청난 규모의 유전 발견

주가가 80퍼센트나 하락했을 때, 이 주식을 대규모로 매입한 한 프랑스 금융 조직은 금명간 파리 증시 사상 최대 수익을 올릴 것으로 예상된다.

그렇다면 주베르가 옳았다! 마들렌은 놀라서 입이 딱 벌어졌다.

스칼라 오페라 극장의 무대 위 조명이 서서히 약해지면서 밝은 황토색으로 바뀌었다. 솔랑주는 꼭 쥔 두 주먹을 가슴 위에 모았다.

당신은 그 어떤 질투심에 사로잡혔던 건가요?
그렇다면 지금 우리가 서 있는 이 폐허는
우리에게 남은 전부인가요?

귀스타브는 차분하면서도 딱딱한 표정으로 내려왔다. 색깔 있는 가죽신을 신고 실크 커프스를 댄 실내용 재킷을 걸친 그는 여느 가정의 남편 같은 모습이었다.

마들렌은 목이 메어 인사도 할 수 없었다. 그들 관계에서 결정적인 한 페이지가 넘어갔다는 사실을 이해하는 데는 귀스타브가 우뚝 서 있는 모습, 그리고 적의도 호의도 없는 차갑고도 맑은 그의 푸른 눈을 한 번 보는 것으로 충분했다.

「그러니까 어떻게 해볼 방법이 없는 건가요?」 그녀가 불쑥 물었다.

「그런 것 같소, 마들렌……」

그녀는 침을 꿀꺽 삼켰다.

「내 재산의 상당 부분이 거기에 들어갔어요, 그렇죠? 하지만…… 전부는 아니에요! 당신이 포트폴리오를 짤 때, 주식의 50퍼센트는 다른 기업들에 넣었죠, 안 그런가요?」

그녀는 교육받은 바대로 위엄 있는 어조로 질문했지만, 이런 상황에서는 어울리지 않았다.

「맞아요, 마들렌. 하지만……」

「하지만……?」

「그 회사들은 대부분 관련 산업에 연결되어 있어요. 하청 회사, 납품 회사, 수입 업자…….」

「내가 가진 것은 영국과 미국과 이탈리아의 주식들이라고요! 루마니아 정부는 외국 회사들을 관리하지 않는 걸로 알고 있는데요?」

「마들렌, 이 외국 회사들은 모두가 석유 관련 산업에 속해 있어요. 이들도 얼마 안 가서 무너질 거예요.」

「내가 대체 얼마나 잃었죠? 아니, 내게 얼마나 남았죠, 귀스타브?」

「마들렌, 당신은 많이 잃었어요. 남은 것은…… 아주 조금밖에 없어요.」

「내가…… 다 잃었나요? 내 재산 전부?」

「거두절미하자면 그렇다고 말할 수 있어요. 이제 강력한 조치들을 취해야 할 거예요.」

「집을 팔라는 말인가요?」

침묵.

「모두 다 팔아야 하나요?」

「네, 거의 다요. 유감입니다…….」

마들렌은 키가 몇 센티미터는 줄어든 것 같았다. 그녀는 멍한 얼굴로 몸을 돌려, 기계적인 걸음걸이로 문까지 갔지만, 갑자기 걸음을 멈추고 주베르에게 몸을 돌렸다. 그녀는 두 손에 꼭 쥐고 있던 『수아르 드 파리』를 그에게 내밀었다.

「그런데 귀스타브…… 이라크 주식을 저가로 매수하기 위해 루마니아 석유 주가를 올라가게 한 이 〈금융 조직〉, 이게 당신인가요?」

주베르는 냉정하고도 강한 사내였지만, 이번에는 자신의 고백이 상당한 중요성을 지니기 때문에, 시인할 용기가 나지 않았다. 그는 동문서답을 했다.

「마들렌, 난 당신에게 최선을 다해 충고했어요. 하지만 당신은 내 말을 들으려 하지 않았죠…….」

그녀는 무서울 정도로 정신이 맑아지는 느낌이었다. 갑자기 모든 것이 분명해졌다. 지난 몇 달 동안 있었던 일들이 하나하나 연결되었고, 그녀의 분노는 점점 더 뜨거워졌다.

먼저 샤를이 떠올랐다. 그는 자신을 찾아와 경제위기가 코앞에 닥쳤는데, 주베르가 무능하다고 설명했다.

『수아르 드 파리』는 루마니아 석유의 눈부신 성공에 대한 정보들을 쏟아 냈고…….

귀스타브는 절대로 따라서는 안 될 형편없는 조언들이나 늘어놓는 사람처럼 보이려고 갖은 수를 썼다…….

마들렌은 자신이 얼마나 엄청난 계략에 걸려들었는지 분명히 깨달았다.

그녀는 그를 죽여 버리고 싶었다. 뱀처럼 발로 짓뭉개 버리고 싶었다.

「귀스타브, 우린 다시 만나게 될 거예요. 난 내가 관리하는 폴의 국채를 사용해 다시 일어설 거예요. 그리고…….」

「마들렌, 무슨 국채를 말하는 건가요?」

「폴이 할아버지에게서 받는 거요.」

「하지만 마들렌, 당신은 그걸 팔았어요…….」

충격을 받은 그녀는 문 손잡이를 잡다가 펄떡 뛰는 가슴을 애써 진정시켰다. 뭐, 팔았다고?

「마들렌, 난 당신의 자산을 재편성해야 한다고 조언했고, 당신은 받아들였어요. 기억하시겠지만, 지난 6월 난 당신에게 도표며 수치며 그래프 등을 가져다줬어요……. 그때 나는, 국채는 더 이상 아무런 수익이 나지 않고, 시간이 지나도 마찬가지일 거라고 설명했죠……. 당신은 내가 조언한 대로 당신 아들의 채권을 전량 매도하는 것을 받아들였어요. 난 이게 매우 중요한 결정이라고 당신에게 분명히 주의를 줬고요.」

그래, 희미하게 생각났다. 그는 이렇게 설명했었다. 〈수익성 없는 채권들을 버리는 거예요. 그러면 우리 은행은 더 튼튼해지는 겁니다…….〉

주베르는 상대가 지적 열등감을 느끼게 하고 싶을 때 사용하는, 약간 모욕적으로 느껴지는 그 현학적인 어조로 말을 이었다.

「우리가 그 자산 재편성 작업을 진행할 때, 당신은 이게 무엇을 의미하는지 분명히 이해한다고 내게 말했죠.」

「폴의 국채가…… 팔렸다고요?」

「더 정확히 말하자면, 당신의 승인에 따라 은행이…….」

「그럼 폴의 돈은 어디에 있죠?」

마들렌은 고함을 질렀다.

「마들렌, 당신은 그걸 다른 돈과 함께 루마니아 석유에 투자했어요. 내가 반대했음에도 불구하고 말이죠. 나를 비난할 이유는 전혀 없어요.」

「그렇다면 난 다 잃은 건가요?」

「네.」

주베르는 두 손을 호주머니에 깊이 집어넣었다.

「그럼 폴도 다 잃은 건가요?」

「네.」

「잠깐만요, 귀스타브, 내가 이해 좀 할게요……. 당신은 사고 싶은 석유 주식의 가격을 떨어뜨리기 위해, 어떤 강력한 지렛대가 필요했어요. 내 전 재산이 당신을 위해 쓰인 건가요? 그런 건가요?」

「그런 식으로 말하고 싶진 않고…….」

「그럼 어떻게 말할 건가요?」

「당신이 나에 대한 신뢰를 거부했다고 말하고 싶소.」

「당신은 내게 거짓말을 했어요…….」

「그런 일은 전혀 없었소!」

이번에는 귀스타브가 고함을 쳤다.

「당신은 내 충고를 듣지 않고 혼자서 결정을 내린 거요. 난 항상 당신에게 충분히 설명했지만, 당신은 하품만 하고 한숨을 내쉬었소……. 당신이 탓할 사람은 당신 자신뿐이오!」

「당신은……. 」

그다음 말이 혀끝까지 올라왔다. 하지만 최소한의 품위를 지키고자 그 말만은 하지 않았다.

주베르는 그녀를 오랫동안 농락해 왔다. 그는 충분히 숙고한 계획에 따라 행동했던 것이다.

「내 전 재산이 당신의 손아귀에 들어갔군요…….」

「아니, 당신은 당신의 재산을 잃은 거고, 그사이 난 내 재산을 만든 거요. 이건 전혀 다른 얘기지.」

그녀는 휘청거렸다. 하녀가 도와주려고 했지만, 그녀는 밀쳐 버린 뒤 현관 앞 계단을 내려가서 차에 올랐다.

운전기사가 차 문을 닫으려는 순간, 마들렌은 그를 멈추게 했다. 그녀의 시선이 2층의 한 창문에 못 박혀 있었다.

그곳에서 레옹스가 그녀를 내려다보고 있었다.

귀스타브가 레옹스 뒤에 잠시 나타났다가, 다시 사라져 버렸다.

두 여자는 한참 동안 그런 상태로 있었다.

레옹스는 천천히 커튼을 내렸다.

빛은 암흑에 거의 다 녹아들었다.

매혹된 관객들은 이야기를 매듭짓고 있는 이 비통한 목소리의 근원이 어디 있는지 찾으려고 무대 위를 눈으로 더듬었다.

난 너무나도 그대를 사랑했는데
어찌 그대를 미워할 수 있으랴!
하지만 보시오, 당신이 내 삶을
그 어떤 혼돈에 빠뜨렸는지……

19

페리쿠르가 저택은 1929년 10월 30일, 마들렌이 아주 급한 상황이었기 때문에 실제 가치보다 훨씬 낮은 가격으로 팔렸다.

한 경매 평가인은 마들렌이 가져갈 수 있는 몇 가지 물건을 제외한 모든 가구, 그림, 장식물, 책, 커튼, 양탄자, 침대, 화분, 샹들리에, 거울 등에다 그것의 가격을 적은 조그만 딱지를 붙여 놓았다. 2년 전 마르셀 페리쿠르의 장례식 때 참석했던 이들 중 상당수가 줄지어 찾아왔다.

살롱에 들어선 마들렌은 돌처럼 굳어 버렸다.

오르탕스는 승리를 거둔 뒤 전장을 돌아보는 어떤 보병 장군처럼 상체를 발딱 세우고 어슬렁거렸다. 손에 수첩을 하나 들고 어떤 서랍장이나 태피스트리 앞에서 걸음을 멈추기도 하고, 이것을 자기 집에 가져다 놓으면 어떨지 보기 위해 뒤로 물러서서 보기도 하다가, 다음 품목으로 넘어가서는 가격이나 품목 번호를 꼼꼼히 적었다.

「이봐, 마들렌.」 그녀는 인사도 생략하고 대뜸 물었다. 「이 작은 원탁 말이야…… 2천 프랑이라고 써놨는데, 너무 비싸다고 생각하지 않아?」

그녀는 가구에 다가가서는, 마치 자기 하인들에게 아직 먼지가 남았다는 걸 보여 주려는 듯이 검지로 그 위를 쓱 훑었다.

「뭐, 좋아! 이건 그렇다 치고!」

그녀는 가격을 수첩에 적은 뒤 다시 집 안을 어정대기 시작했다.

마들렌은 터지려는 눈물과 그녀의 따귀를 올려붙이고 싶은 충동을 억누르려고 재빨리 층계를 올라갔다. 폴의 방 안에는 열린 판지 상자들이며, 궤짝들, 지푸라기 등이 어수선하게 흩어져 있었다.

「고르기가 아주 힘들겠구나, 그렇지?」 그녀가 떨리는 목소리로 나지막이 말했다.

「아…… 아냐, 어…… 엄마. 괘…… 괜찮아!」

그들은 잠시 아무 말이 없었다.

「애야, 정말 미안해, 내가…….」

「나…… 난…… 아…… 아무 상관 없어…… 어…… 엄마.」

폴은 그녀를 안심시키려고 이렇게 말한 것이지만, 솔직히 그렇게 멋진 상황이라고는 할 수 없었다. 페리쿠르가 저택은 아파트 딱 두 채를 살 수 있는 돈을 만들어 주었다. 뒤엠가에 위치한 아파트는 마들렌과 폴, 블라디가 편하게 살 수 있겠지만, 이 가정의 유일한 수입원으로서 임대하기로 했다.

또 다른 아파트는 그들이 야심을 얼마나 줄여야 했는지 잘 보여 주었다. 응접실 하나, 주방 하나, 침실 두 개, 그리고 블라디를 위한 지붕 밑 방 하나. 이 다락방은 그녀가 전에 지내던 방보다 작고 컴컴했지만, 그녀는 아주 만족한다고 말했다.

그 집은 라퐁텐가 96번지 건물로, 3층이었다. 엘리베이터는 폴의 휠체어가 들어가기에 너무 좁아 외출하려면 블라디가 아이를 접이식 의자에 앉혀 엘리베이터로 내린 다음, 혼자서 계단으로 휠체어를 들고 내려와야 할 터였다. 마들렌은 모든 일을 해주는 하녀 한 사람만 데려갈 수 있었다.

마들렌은 우울증과 죄책감에 번갈아 시달렸다. 단 몇 주 만에 그녀는 그 변변치 못한 지위나마 어떻게든 지키려고 자주 포기하고 늘 계산하며 살아야 하는 소시민의 삶으로 전락했다. 그녀는 몇 시간씩 울곤 했지만, 자신에게 일어난 일들을 체념하며 받아들였는데, 이 체념은 그녀의 날카롭고도 강박적인 죄의식에서 비롯되었다. 물론 주베르는 그녀에게 나쁜 조언을 했다. 하지만 그녀는 이 조언을 충분히 따져 보지 않은 채 따랐고, 이것은 그녀의 잘못이었다. 그녀는 큰 재산을 물려받았지만 그걸 제대로 간수하지 못했다는 것, 이것이 진실이었다. 귀스타브 주베르는 그녀가 〈이게 뭔지 충분히 알면서 서명했고〉, 사업에 관심을 갖지 않은 것은 오직 그녀만의 책임이라고 말했다. 그의 말은 틀린 게 하나도 없었다.

그녀는 여성 교육을 받았다. 그녀의 아버지는 그녀를 무척 사랑했지만, 그녀가 큰일을 할 재목은 결코 아니라고 생각하며 그녀를 키웠다. 그가 물려준 재산을 잃음으로써 이 판단이 옳았음이 증명되었다.

마들렌은 12월 1일 라퐁텐가로 이사했다.

이사하기 며칠 전, 레옹스 피카르 양과 귀스타브 주베르 씨의 혼인 공시가 발표되었다.

마들렌은 자신의 친구라고 믿었던 여자, 그 영향력과 매력을 이용해 그녀에게 자신의 내밀한 성향을 의심하게 만들기까지 했던 여자의 이중성을 다시 한번 생각하게 되었다……. 이 모든 것이 그녀의 마음을 너무나 아프게 했다.

나흘 후, 그녀는 서류에 서명하기 위해 르세르 변호사의 집으로 갔다. 가구 경매 내역서를 훑어본 그녀는 오르탕스가 결국 그 원탁을 정확히 2천 프랑에 샀다는 사실을 알게 되었다. 더 높은 가격을 부른 사람이 아무도 없었던 것이다. 마르셀 페리쿠르의 모습을 담은 커다란 그림은 저택의 새 주인이 〈이 멋진 건물을 지은 위대한 인물을 기념하기 위해〉 구매했다.

「주베르 씨가 그림 값으로 2천 프랑을 주셨습니다.」 공증인이 좀 더 자세히 설명했다.

「아니, 난 다른 사람이 이 그림을 산 걸로…….」

마들렌은 말하다가 중간에 멈췄다. 공증인은 거북한 얼굴로 기침하는 것으로 대답을 대신했다.

이렇게 해서 마들렌은 귀스타브 주베르가 페리쿠르 관(館)의 새 주인이라는 사실을 알게 되었다.

연말이 되어 마들렌은 앙드레에게 연하장을 보냈다. 그는 마들렌으로서는 진심이라고 믿고 싶은 좋은 감정들을 머뭇거리듯이 표현한 편지로 화답했다. 그녀는 신문사에 전화를 걸어, 그를 초대했다.

「이제 가까운 사람이라곤 당신밖에 없는 당신의 친구를 잠깐 방문해 달라는 청을 거절하진 않겠지요? 폴도 당신을 보면 무척 좋아할 거예요…….」

그는 아주 바빠서, 그게 쉽지 않을 것 같단다…….

「당신은 이제 하찮은 사람은 만나지 않는 건가요? 그런 거예요?」

마들렌은 자신이 한 말에 스스로도 깜짝 놀랐다. 그녀는 부끄러워서 사과하려 했지만, 앙드레가 그녀보다 빨랐다.

「아니라는 걸 당신도 잘 아시잖아요! 오히려 방문할 수 있다면 아주 기쁠 거예요. 단지…….」

좋아요, 그럼 목요일에 가죠. 아니, 주말이 좋겠어요. 지금 다음 주 얘기를 하는 거예요, 오후나 저녁 시간이 좋겠어요, 그게 더 편해요. 그렇다면 목요일이 어떨까……. 되는 날이 하나도 없었고, 매번 어떤 장애물이 있었다.

「앙드레, 당신이 편한 날 아무 때나 와도 돼요. 그리고 너무 바빠서 못 오더라도, 우린 따스한 마음으로 당신을 생각할 거예요.」

「그럼 다음 주 금요일 정도로 해요. 오래 있지는 못할 거예요. 최종 편집 작업 때문에 신문사에 있어야 하거든요.」

그는 그런 일을 하는 법이 없었다. 최종 편집 작업은 그를 전혀 필요로 하지 않았다.

앙드레는 서랍장 위에 조그만 꾸러미를 하나 내려놓았다. 그는 친밀감의 표현인지, 경의의 표시인지 알 수 없는 모호한 동작으로 그녀의 두 손을 꽉 잡았다. 그녀는 깊은 잠에 빠져 있는 폴을 가리키며, 미안해요, 라고 속삭였다. 무슨 말인지 이해한 앙드레는 살짝 미소를 짓고는, 요람으로 수줍게 다가가는 젊은 아버지처럼 안락의자 쪽으로 세 걸음 정도 내디뎠다.

폴은 잠에서 깨어나 앙드레를 보았다. 그런데 마치 갑작스럽고도 맹렬하고 예상치 못했던 폭풍우가 몰아치듯 울부짖기 시작하더니, 그 발작이 도무지 끝날 줄을 몰랐다. 두 눈알이 빠질 듯 튀어나오고, 고막을 터뜨려 버릴 것 같은 어떤 굉음으로부터 자신을 보호하려는 듯 두 팔로 머리를 감쌌다. 그리고 세상에, 그 비명 소리라니! 그 죽을 듯이 울부짖는 소리는 대체 어디서 나오는 것이기에 그다지도 거세단 말인가? 블라디가 뛰어들어 와서는 — *Co się stało, aniołku*(이게 대체 무슨 일이죠)? — 폴에게로 달려갔는데, 아이는 그녀를 떠밀었다. 귀신이 들린 것처럼 고개를 미친 듯 흔들어 대고, 눈을 까뒤집고, 자신의 가슴을 떼어 낼 듯이 쥐어뜯었다.

마들렌은 앙드레를 떠밀어 방에서 나가게 했다. 하지만 폴이 울부짖는 소리가 너무 거세어 앙드레는 그녀의 말을 제대로 들을 수가 없었다. 그는 겁에 질려 사정을 충분히 이해한다고 손짓하고는, 마치 악마에게 쫓기는 사람처럼 계단을 구르다시피 뛰어 내려갔다.

마들렌은 폴에게 달려가서 요람처럼 우묵하게 겹친 두 팔로 그의 머리를 꼭 안고 움직이지 못하게 한 뒤 달래기 시작했다.

폴은 뜨거운 눈물을 펑펑 흘리며 흐느꼈다. 블라디, 이제 그만 가봐요, 라고 마들렌이 말했다. 애는 내가 돌볼게요, 나갈 때 불 좀 꺼주고요. 그녀는 어스름 속에서 오랫동안 아들을 안고 살살 흔들어 주었다.

그가 조금 진정되자, 마들렌은 오렌지색 갓이 달려 있어 살롱을 동방 같은 분위기가 느껴지게 하는 조그만 램프 하나만 켰다. 그녀는 그의 앞에 앉아, 아직도 폴의 눈에서는 눈물이 줄줄 흐르고 있었지만 거의 차분해진 마음으로 그의 손을 어루만져 주었다.

그녀는 마침내 그 순간이 왔음을 알았다. 그녀가 오랫동안 들을 준비를 해왔고, 자신에게 무한한 고통을 안겨 줄 그 진실의 순간 말이다. 그녀는 눈물에 젖은 아들의 얼굴을 닦아 주고 코를 풀어 준 다음, 자기 자리로 돌아왔다.

사내아이는 전처럼 멍하니 창밖을 내다보았다. 마들렌은 질문을 하지 않고, 그냥 그의 손만 잡아 주었다.

그렇게 두 시간이 흘렀고, 또 한 시간이 흘렀다. 살롱, 아파트 건물, 거리, 그리고 도시가 차례로 깊은 밤에 잠겨 들었다. 폴은 물을 달라고 했다. 마들렌은 그에게 잔 하나를 가져다주고는, 다시 자리에 앉아 아들의 손을 잡았다.

그는 무거운, 거의 어른의 것과도 같은 목소리로 더듬더듬 말하기 시작했다. 그는 말을 많이 더듬었다. 다시금 눈물이 줄줄 흘러내렸고, 눈물과 함께 진실이 드러났다.

그것은 아주 느리고, 아주 길었다. 입술은 한마디 할 때마다 뒤틀렸고, 때로는 말들이 서로 엉켰다. 마들렌은 참을성 있게, 하지만 찢어질 듯한 심정으로 기다렸고, 아들의 삶이, 그녀는 아무것도 모르는 어떤 삶이, 아들이지만 그녀는 알지 못하는 어떤 아이의 삶이 펼쳐지는 것을 보았다.

먼저 폴이 오른손으로 글을 쓰게 하려고, 앙드레가 그의 왼손을 등 뒤에 묶어 놓은 기나긴 받아쓰기 수업 얘기부터 시작되었다. 그렇게 구속복(拘束服)에 갇히고, 몸은 돌처럼 굳어지고, 근육은 찢어지고, 도무지 마음대로 움직이지 않는 절망적으로 서툰 손을 놀리며 보낸 시간들…… 그리고 글을 쓰다 조금이라도 틀릴라치면 어김없이 손가락 끝에 떨어지는 쇠 잣대…… 〈폴, 울면 안 돼!〉라고 앙드레는 엄하게 꾸짖곤 했다.

꿈속에서도 가정 교사가 나타나면 몸이 땀으로 맥질을 했다. 아이는 자다가 몸을 뒤척이고, 마치 잉어처럼 침대 위에서 펄쩍펄쩍 뛰었다.

아이는 이불 속에서 쥘 베른의 소설을 읽다가 앙드레에게 들켰다. 〈폴, 우리가 이걸 읽어도 된다고 했던가?〉 그의 목소리는 아주 탁했다.

8시가 넘은 시간이고, 살롱에서는 저녁 식사 중이고, 잔들이 쨍강대는 소리가 여기까지 들리고, 담배 냄새가 충계를 통해 올라오고 있다. 폴은 얼굴을 붉히며 자신의 잘못을 인정한다. 자, 그렇다면 볼기를 맞아야지! 아이의 잠옷 바지가 내려지고, 아이는 앙드레의 무릎 위에 엎어진다. 이 못된 녀석 같으니! 그런 뒤 폴을 다시 침대에 눕히고, 앙드레는 측은한 얼굴로 고개를 기울인다. 그 역시 저녁 식사 하는 소리들, 목소리들을 듣고 있다. 흥분이 가라앉은 그는 다시 제자에게 돌아와서는 미안해하는 표정으로 아이의 붉어진 엉덩이를 어루만진다. 그렇게 한참 지난 뒤 침대 가까이에서 뭔가 천이 스치는 소리, 신발 두 짝이 마룻바닥에 무겁게 떨어지는 소리가 들린다. 아래 1층에서는 누군가가 재미있는 일화를 얘기한 듯, 갑자기 터진 웃음소리가 올라온다. 그러고 나서 사람들이 와글대는 가운데, 남자들이 흡연실로 향하는 소리, 여자들이 자녀 교육에 대한 대화를 나누는 소리들이 들려온다. 아, 애들 키우기 정말 힘들어요……. 폴은 머리를 베개에 묻고 눈을 꼭 감아 버린다. 앙드레가 자기 옆에 눕는 게 느껴진다. 그의 호흡, 그의 숨결, 그가 하는 말들……. 그의 손길, 그리고 그의 체중이 느껴진다. 그리고 통증……. 자, 자, 이제 끝났어, 봐, 벌써 끝났잖니? 그리고 아랫도리에 통증이, 몸이 둘로 쪼개지는 것 같은 감각이 느껴진다. 자, 그렇잖니? 앙드레는 근엄한 목소리로, 아주 나지막한 목소리로 말한다. 그는 신음한다. 그는 폴이 열심히 공부하지 않으면 자기는 얼마나 속상한지 모른다고 말한다. 그러고는 다시 신음한다. 우리 폴은 앙드레에게 약속할 거지? 그렇지 않으면 벌을 받을 거야? 손가락 끝을 자로 맞는 것보다 훨씬 무서운 벌을…….

이 무렵 — 마들렌은 기억이 났다 — 그녀는 밤중에 폴의 방에 네 번이나 들어간 적도 있었다. 자, 우리 강아지, 진정해, 엄마가 옆에 있잖아. 그녀는 그의 이마를 쓰다듬었다. 그는 새끼 고양이처럼 불안감에 사로잡혀 어쩔 줄 몰랐다. 레옹스가 달려오면, 마들렌이 말했다. 자, 들어가서 자요, 내가 잠시 아이 곁에 있다가 들어갈 거예요.

왜냐하면 밤마다 폴이 깨어나서는, 뒤쪽 층계에서 발소리가 들리는지 촉각을 곤두세웠기 때문이다. 아이는 앙드레가 걸음을 멈추고, 몰래 방에 들어와 슬그머니 옷을 벗을까 봐 두려워서 덜덜 떨었다. 이따금 그는 목에 와 닿는 앙드레의 숨결에 잠에서 깨어났다. 술 냄새, 담배 냄새로 포화된 그 숨결……. 그리고 여기저기 더듬는 손……. 〈이 못된 녀석은 나를 밖에 나가지 못하게 해요〉라고 그녀는 웃으면서 말하곤 했다. 왜냐하면 폴은 집에 만찬이 있다는 소리를, 그녀가 어떤 공연에 가야 한다는 소리를 들으면 그대로 울어 댔기 때문이다. 〈자, 자.〉 그녀는 이브닝드레스 차림으로, 때로는 어깨에 외투를 걸친 모습으로 그의 침대 언저리에 걸터앉으며 말하곤 했다. 〈엄마는 늦게 들어오지 않을 거야.〉 그는 마치 작은 동물처럼 그녀의 팔에 매달렸다. 폴, 너도 이제 어른이 되어야 해, 그리고 이제 잠자리에 들어야지, 엄마는 우리 강아지에게 화난 상태로 나가고 싶지 않단다, 무슨 말인지 알겠니, 라고 그녀가 말하면 그는 응, 하고 대답하곤 했다. 마들렌은 그가 어둠을 무서워한다고 생각해, 복도의 불을 켜놓을게, 내가 나중에 돌아와서 끌 거야, 그때까지 켜놓을 거니까 걱정하지 마, 약속할게, 라고 말하곤 했다. 그러고 나서는 이런 소리가 들렸다. 안녕, 앙드레! 폴을 돌봐 줄 수 있죠? 고마워요, 당신은 천사예요. 그러고는 폴이 어떻게 해석해야 할지 모를 어떤 조그만 소리가 들렸다. 살짝 키스하는 소리 같기도 했다. 때로는 웃음소리도 들렸다. 쉿! 자, 그만…… . 마들렌은 웃음기 어린 목소리로 말했다. 그런 다음 층계에서 천이 사락사락 스치는 소리가 들리고, 밤이 되고, 그녀가 말한 대로 불은 계속 켜져 있다. 앙드레의 그림자로 가려질 때까지 말이다. 폴은 벽 쪽으로 돌아눕고, 심장은 미친 듯 두근거리고, 토하고 싶은데, 발소리는 침대 가까이 다가오고, 양탄자에 신발이 푹석 떨어지는 소리가 들린다.

할아버지의 모습이 떠올랐다. 파이프 담배 냄새를 풍기는 그 건장하고 묵직한 체구의 남자는 항상 그의 데스크 뒤에 앉아 있다가 폴이 문을 열면, 아, 너로구나, 우리 꼬마 양반, 무슨 일이지? 자, 어서 들어와, 라고 말하곤 했다. 그는 바쁘다고 아이를 물리치는 법이 없었다. 그런 일은 단 한 번도 없었다. 그의 방에서는 블랙커피 냄새가 났다. 할아버지는 오드콜로뉴 냄새를 풍겼고, 볼 키스를 할 때마다 목에 까칠하게 와 닿는 무성한 콧수염을 달고 있었다.

마들렌은 포동포동한 손자를 무릎에 앉히고 서재에 앉아 있던 아버지의 모습을 생각하니 가슴이 미어지는 것 같았다.

어느 날 페리쿠르 씨는 지나가듯이 그녀에게 이렇게 말했다.

「그런데 말이다, 아이를 어떤 교육 기관에 넣어서 또래 아이들과 함께 지내게 하는 게 낫지 않을까?」

「아빠, 이 일에는 끼어들지 마세요! 얘는 제 아들이고, 제가 키울 거고, 나름의 생각이 있다고요!」

페리쿠르 씨는 장님이 아니었다. 귀머거리도 아니었다. 다른 이들과 마찬가지로 그도 마들렌이 한밤중에 뒤쪽 층계를 살금살금 올라가거나 내려가는 소리를 들었을 것이다. 하지만 자기 딸에게 그걸 어떻게 말하겠는가? 그건 불가능했다. 그는 더 이상 얘기를 꺼내지 않았지만, 그녀는 폴이 자주 할아버지 서재에서, 그의 품 안에서 잠들어 있는 모습을 발견했다.

폴은 그 모든 일을 할아버지에게 말하지 않았다. 그걸 어떤 식으로 표현해야 할지 몰랐기 때문이다. 하지만 아이가 피신하고, 잠을 자고, 위로를 받기 위해 찾아간 곳은 바로 그의 곁, 그 파이프 담배 냄새 속, 그의 모직 실내 가운의 주름들 안이었다. 그의 서재가 아이의 도피처였다. 유일한 도피처였다.

그리고 어느 날 할아버지가 죽었다.

그 장례식 날이 왔다.

마들렌은 아이를 찾으러 앙드레를 보냈다. 처음으로 언론계에서 큰일을 맡아 정신없는데 방해를 받아 불같이 화난 앙드레, 얼굴이 시뻘게져 한 걸음에 네 계단씩 층계를 뛰어 올라간 앙드레, 할아버지 서재에서 폴을 찾아내고는 당장 내려가라고 명령한 그 앙드레를 말이다.

아이는 꾸물거리며 말을 더듬고, 앙드레는 그의 따귀를 후려친 뒤 씩씩거리며 다시 내려왔다.

폴은 흐느꼈다. 그는 혼자였다. 할아버지가 죽었기 때문에 이제 그를 보호해 줄 사람이 아무도 없었다.

폴은 창문을 열고, 창문턱 위로 올라갔다.

그리고 앙드레가 현관 앞 계단에 나타나는 것을 보았을 때, 허공에 몸을 던졌다.

이제 그는 어머니의 품 안에 잠들어 있다. 푸르스름한 미광이 새날을 예고하고 있다. 그녀는 몇 시간째 이런 자세로 있었다. 아이의 무게로 몸이 경직되고, 쑤시고, 쥐가 나 근육이 뒤틀렸지만, 그녀는 꼼짝도 하지 않는다. 그녀는 천천히 숨을 쉬고 있다. 그러다가 전에 아버지가 폴에게 해줬던 것을 지금 자신이 해주고 있다는 생각이 문득 스친다.

새벽의 소음들이 올라오고, 블라디가 들어왔다. 그녀는 문턱에서 걸음을 멈추고 속삭였다.

「*Wszystko w porządku*(괜찮으세요)?」

젊은 폴란드 여인은 아주 확실한 본능에 따라 대답을 기다리지 않고 앞으로 와서 폴을 받아 안아 들고는 침대에 눕혔다.

마들렌은 허공을 응시하며 계속 앉아 있었다.

마들렌은 앙드레를 죽여 버리고 싶었다. 그의 집에 달려가, 문을 두드리리라. 문을 연 그가 곧바로 이해하고 한 걸음 주춤 물러서면, 탄창에 든 총알을 모두 그의 가슴에 퍼부으리라.

이런 살인의 욕구는 괴로운 추억들과 자책감이 들끓는 마그마를 뚫고 맹렬한 기세로 치솟곤 했다. 그녀가 아무것도 보지 못하고, 아무것도 듣지 못한 그 긴 시간, 폴이 끔찍한 고통을 겪었던 그 긴 시간은 또한 그녀가 앙드레를 만나러 층계를 살금살금 올라가던 때이기도 했다.

만일 그녀가 곧바로 그의 집에 달려갔다면, 아무 생각 없이 그의 방까지 뛰어 올라갔다면 그를 죽여 버렸을 것이다. 그녀는 문을 두드렸을 것이고, 문이 열리자마자 두 팔을 내민 채 그에게 달려들었을 것이다. 그리고 너무나 세차게 떠밀린 그는 열린 창문까지 뒷걸음치고, 그의 두 다리가 창턱에 걸리는 순간에야 그는 상황을 깨닫고 비명을 내지르며 아래로 떨어질 것이다. 그녀는 몸을 굽혀 그가 추락하는 모습을 지켜보리라. 마치 태아 같은 자세로 기묘하게 웅크린 몸은 먼저 어느 트럭의 짐칸 덮개에 떨어져 한 번 튕긴 다음, 둔탁한 소리를 내며 보도에 떨어지리라. 자동차 한 대가 급정거하지만, 충돌을 피할 수 없으리라…….

그렇다, 만일 그녀가 곧바로 달려갔다면, 아마도…….

하지만 그녀는 그렇게 하지 않았다. 그럴 기력이 없어서도 아니고, 그다음에 이어질 결과들이 두려워서도 아니었다. 솔직히 말하자면 그녀는 이 결과 같은 것들을 전혀 생각하지 않았다.

그녀 역시 죄인이기 때문이었다.

맙소사, 대체 내가 무슨 짓을 한 거지? 모든 것을 이 끔찍한 폐허로 만들어 놓은 것은 바로 나 자신 아니던가……?

폴은 안정을 되찾았다. 진실을 밝히고 난 그는 기진맥진했지만, 이틀 뒤에는 다시 먹고, 음악도 조금 듣기 시작해, 마들렌은 그가 후련해하고 있다는 느낌이 어렴풋이 들었다.

하지만 그녀는 아니었다.

경찰서를 찾아갈 거야. 아니, 그보다는 수사반장이 여기로 와서 고소를 청취하고, 사실들을 기록하는 게 낫겠어. 그러기만 하면 돼.

폴은 불안해서 어쩔 줄 몰라 했다. 고개를 사방으로 휘저으며 소리를 질러 댔다.

「저…… 저…… 저…… 절대 안 돼!」

마들렌은 그가 원하는 대로 하겠다고 굳게 약속했다. 하지만 두 번이나 다시 얘기를 꺼냈고, 그때마다 폴은 공황감에 사로잡혔다. 이 모든 얘기를 반복하고 싶지 않다는 거였다. 아무에게도! 절대로!

폴이 그녀에게 이 모든 것을 털어놓은 것을 후회하자, 그녀는 그의 발밑에 몸을 던지고 용서를 빌었는데, 이제는 왜 그러는지조차 몰랐다.

혼란스러운 일주일 동안 한 가지 분명해진 것은 폴이 절대로 증언하지 않을 것이며, 그런 시련을 견뎌 내지 못하리라는 사실이었다.

그녀는 이 얘기를 다시는 꺼내지 않겠다고 맹세했다. 폴은 알았다고 손짓을 했지만, 마음을 가라앉히는 데 시간이, 아주 많은 시간이 걸리는 어머니를 원망하는 기색이 역력했다.

마들렌은 자신이 범한 죄악들과 과오들의 목록에, 그토록 오랜 세월을 보낸 뒤에야 겨우 꺼낸 고통스러운 고백을 다시 한번 해달라고 폴에게 제의한 일도 추가했다.

그리고 그 세월은 단 1초 만에 내려진 어떤 결정으로 귀착되었다.

그녀는 자신의 개폐식 데스크로 가서 판을 열고는 단숨에, 조금도 머뭇대지 않고, 한 자도 고치지 않고 이렇게 썼다.

파리, 1929년 1월 9일

친애하는 앙드레,

당신이 왔을 때 일어났던 일에 대해 정말 미안하게 생각해요. 그날 폴이 우릴 아주 겁나게 한 어떤 끔찍한 악몽을 꾸었어요. 그 탓에 당신은 모처럼 찾아왔는데 금방 떠나야만 했죠.

그 애를 섭섭하게 여기지 말아요. 우릴 섭섭하게 여기지도 말고요. 잘 아시잖아요, 우린 당신이 오면 언제나 환영이라는 걸요.

이번 성탄절에 폴이 당신에게 꼭 주고 싶어 하는 게 하나 있어요.

우릴 너무 기다리게 하지 말고, 빨리 오세요.

당신의 친구,

마들렌

1933년

신들이 많이 즐길 수 있게 하려면
영웅이 높은 곳에서 떨어져야 한다.

— 장 콕토

20

　1월 7일, 귀스타브 주베르가 라 투르 다르장 레스토랑에 도착했을 때 로브주아는 가장 늦게 일어섰는데, 이 사실은 지금 그의 기분이 어떤지를 잘 보여 주었다. 사케티가 조심스럽게 탁, 탁, 두 번 박수를 쳤다. 잠시 머뭇거린 뒤 좌중은 일제히 박수갈채를 보냈다. 짧게 끝난 박수갈채였지만, 귀스타브는 그걸 기다리고 있었던 듯, 자, 자, 여러분, 그만들 해, 하고 손사래를 쳤다. 그는 활짝 미소를 지었고, 사람들은 앞다투어 그에게 인사를 했다. 로브주아는 시선을 피하며 그에게 손을 내밀었고, 귀스타브는 늦게 온 것에 대해 사과했다. 아, 저 친구, 참 겸손하단 말이야! 사람들은 그의 모든 것을 용서할 준비가 되어 있었다. 보름 전부터 그는 거물이었다.

　와글대는 소리, 의자 끄는 소리, 포크와 나이프들이 쨍강대는 소리, 그리고 첫 번째 샴페인 병마개가 터지는 소리……. 웨이터들이 다가섰고, 모두가 잔을 쳐들었다. 누군가가 외쳤다. 자, 한 말씀 하셔!

　귀스타브는 겸손하게 거절했다.

「하지만 이 샴페인은 내 거야!」

사람들은 폭소를 터뜨렸다. 하하하! 귀스타브가 작년보다 더 재미있는 것은 아니었다. 하지만 지금은 작년이 아니었다.

로브주아는 절망적인 심정으로 그의 맞은편에 자리 잡았고, 사람들은 치열한 설전을 기대하며 미리 입맛을 다셨다. 하지만 무를 넣고 졸인 오리 요리가 나오기 전까진 두 사람 사이에 전쟁이 일어나지 않을 것이므로, 사람들은 늘 그렇듯이 정치 얘기부터 하기 시작했다. 이해에는 논쟁이 벌어질 소지가 없었다. 좌파가 다시 정권을 잡자 모두가 한목소리를 냈던 것이다. 이게 웬 재앙이야!

국립 고등공예학교 동창들인 이 작은 그룹은 지난번 국회의원 선거 때 타르디외[11]에게 희망을 걸었지만, 유권자들은 그렇지 않았다. 그리 놀랄 일도 아니었던 것이, 이 현대화주의자는 실제로 현대화한 게 별로 없었고, 번영 정책에 대한 그의 확신은 사실 자기 자신에 대한 확신일 뿐이었다.

「아무리 그래도,」 누군가가 말했다. 「이 나라는 제반 개혁이 필요 불가결하다는 의식을 가져야 하지 않겠어?」

이 말은 이 그룹 사람들이 생각하는 바를 대변했지만, 어떤 정치적 문장처럼 무게 잡는 느낌도 없지 않았다. 다른 곳에서와 마찬가지로 이 그룹에서도 정치는 그다지 평판이 좋지 못했다. 반복되는 스캔들들이 가장 순수한 선의들을 부식시키고, 가장 굳건한 확신들을 흔들어 놓았을 뿐 아니라, 그 어떤 정치가도 프랑스의 적폐에 대해 용기 있게 필요한 조치를 취하지

11 André Amédée Tardieu(1876~1945). 프랑스의 중도 우파 정치가로, 1929년에서 1932년까지 프랑스 총리를 역임했다.

못했다는 게 사람들의 생각이었던 것이다. 사케티는 그의 전설적인 기지를 발휘해 모두의 의견을 이렇게 요약했다.

「이제는 일할 줄 아는 사람들에게 맡길 때가 온 거야!」

방금 시작했는데, 벌써 거창한 화제가 도마에 오른 것이다. 다시 말해 모두가 주베르의 이야기를 들으려고 안달이었다.

이렇게 사람들이 흥분한 이유를 제대로 이해하기 위해서는, 1929년 말 우리가 아는 그 상황에서 귀스타브가 이라크 석유 덕분에 엄청난 돈을 벌고 나서, 지난 3년 동안 어떤 일이 있었는지 독자에게 설명할 필요가 있을 듯하다.

돈은 그에게 태어나서 처음으로 자신도 선택하며 살 수 있다는 느낌을 주었다. 그는 산업에 강한 흥미를 느꼈는데, 은행업의 미래에 대한 그의 의구심을 확인시켜 주는 일들이 계속 일어났기 때문이다. 우스트리크 은행의 극적인 부도와 뒤이은 아당 은행의 부도는 10억 프랑 이상을 증발시켜 버렸다. 마르셀 페리쿠르가 세운 것과 같은 중소 은행들은 더 취약했고, 따라서 더 위태로웠다.

하여 귀스타브는, 두 아들을 전쟁 중에 모두 잃고 창업자가 여전히 경영하고 있는 클리시에 위치한 수송사에 관심을 가졌다. 일반 기계를 제조하는 이 회사는 약간 구식인 공작 기계 6대, 평균 나이가 불안하게 느껴지는 20여 명의 직공, 구멍 난 공처럼 갈수록 줄어드는 고객······. 매입 제안을 받아들이기에 이상적인 상황이었다. 기업을 물려줄 후사가 없었던 알프레드 수숑은 결국 받아들였다. 귀스타브는 얼마 안 가 자신의 직감을 흐뭇해했다. 오스트리아의 크레디트안슈탈트 은행의 부도, 뒤이은 독일 다나트 방크의 부도, 또 그 뒤를 이은 방크 나시오

날 드 크레디의 부도는 지금 금융업이라는 배에 사방에서 물이 들어차고 있음을 확인시켜 주었다.

주베르는 결단을 내렸다. 자신의 사업에 전념하기 위해 사표를 쓰고 은행을 나온 것이다.

그의 사직에 페리쿠르 은행의 경영자들과 고객들은 갑작스러운 위기의식에 사로잡혔다. 한 지방 지점에서 발생한 공황감은 중앙 본사에까지 올라왔다. 자기 돈을 요구하는 예금자들에게 돈을 돌려주는 게 불가능해졌다. 당국은 다른 할 일이 많았고, 페리쿠르 은행은 단 2주 만에 깨끗이 침몰해 버렸다.

샤를 페리쿠르는 아주 의젓한 선언을 통해 자기 형을 두 번째로 매장해 버릴 수 있었다.

이제는 누구에게도 존재하지 않는 마들렌에게는 질문할 생각조차 하지 않았다.

그사이 메카니크 주베르사의 새 사장은 벌써 현대적인 공작 기계 넉 대의 구매를 협상했고, 나이 든 인부들을 다음 세대로 교체했으며, 조케 클럽과 국립 고등공예학교 동창회에서 구한 고객들에게서 좋은 계약을 따냈다. 그러고 나서는 르페브르스 트뤼달사와 비행기 엔진 부품 납품을 위한 대형 계약도 맺었다. 그 덕분에 메카니크 주베르사는 적어도 2년 동안은 아무 걱정 없이 돌아갈 수 있게 되었으니, 아주 짭짤한 거래가 아닐 수 없었다. 이렇게 산업계의 리더가 된 귀스타브는 마침내 자기 자리를 찾은 듯한 기분이었다.

하지만 단기간에 이룬, 그렇게 특별하다고 할 수 없는 이 성공이 이날 라 투르 다르장 레스토랑에서 사람들이 귀스타브 주베르를 축하하는 이유는 아니었다. 아니, 이 열광의 진정한 이유는…… 〈프랑스 르네상스〉, 귀스타브 주베르가 그 창시자이자 포교자이자 사상가이자 장려자인, 한마디로 그 전부라 할 수 있는 어떤 새로운 사상이기 때문이었다. 그는 현실을 다음과 같이 명쾌하게 정리했다. 미국발 경제위기의 지진파는 마침내 프랑스 해안에까지 도달했고, 독일은 위험스럽게 재무장하고 있으며, 프랑스는 여기저기 균열이 가고 있지만, 프랑스 정치 계급은 정실(情實)에 빠져 있고, 영향력을 은밀히 거래하며, 아무것도 배우지 못하고 있다. 이제는 권력이 지혜롭고, 경험 있고, 확실하고, 애국적인, 그리고 특히, 특히, 유, 능, 한 사람들에게 중요성을 부여해야 할 때다. 다시 말해 전문가들에게 말이다!

이게 바로 〈프랑스 르네상스〉였다. 그것은 하나의 운동, 프랑스를 쇄신하게 될 전문가들로 이루어진 〈아이디어의 실험실〉이었다.

국회는 박수를 보내는 척할 수밖에 없었으니, 전기, 자동차, 전화, 화학, 제철, 제약 등 프랑스 산업계 각 분야 엘리트들을 망라한 그룹을 공개적으로 무시할 수도, 공격할 수도 없었기 때문이다.

「정치가들은 이미 보여 줄 걸 다 보여 줬는데,」 주베르는 말했다. 「그 결과는 한심하기 이를 데 없어…… 비정치적이고도 애국적인 사람들이 프랑스 국민들에게 드디어 진실을 말해 줄 때가 온 거야!」

여기서 〈비정치적〉이라는 말은 〈반공산주의〉를 의미했다.

「난 도대체 어떻게 비정치적인 동시에 애국적일 수 있는지 모르겠군!」 로브주아가 불쑥 말했다. 「내 머리로는 도무지 이해가 안 되는데?」

주베르는 미소를 지었다.

「여보게, 로브주아, 비정치적이라는 얘기는 우리가 무엇보다 실용적인 사람들이라는 뜻이야. 그게 좌가 됐든 우가 됐든 간에, 이 나라를 다시 일으킬 수 있는 조치는 좋은 조치인 거야. 그리고 애국주의에 대해서는…… 우리는 단순히 모든 가능성에 대해 준비되어 있어야 한다고 생각하네.」

「무슨 가능성 말인가?」

주베르는 거만한 웃음을 짧게 터뜨렸다.

「히틀러가 7월 선거에서 승리했고, 독일은 9월에 군축 회담을 떠나 버렸어. 자네는 이게 불안하지 않나?」

「이건 늘 있어 왔던 외교 플레이야! 난 히틀러가 오히려 안심되네. 그는 지금 독일이 빠져 있는 난장판에 질서를 가져올 거야……. 주베르, 자넨 적을 잘못 잡은 거야. 히틀러와 우리에겐 같은 적이 있어. 공산주의 말이야!」

동의하는 소리들이 잠시 와글거렸다.

「그건 자네가 제대로 읽지 못하기 때문이네.」

모욕에 가까운 대꾸였는데, 이는 그룹의 암묵적인 규칙에 어긋나는 일이었다. 상대의 말에 동의하지 않을 수는 있지만, 그래도 친구로 남아야 하는 것이다. 하여 주베르는 급히 이렇게 덧붙였다.

「미안하네, 로브주아. 내가 표현을 잘못했어. 내가 하고 싶었던 말은, 자네가 독일어를 읽을 줄 모른다는 얘기야.」

「만일 내가 그걸 읽을 줄 안다면 무얼 알게 되었을 건데?」

「지금 권좌를 향해 가고 있는 히틀러는 프랑스를 불구대천의 원수로 여기고 있다는 사실을 알았겠지.」

「아, 나도 그런 건 읽었어…….」

「그런데 별로 흥미를 느끼진 못한 것 같군. 하지만 말이야, 〈……*der Todfeind unseres Volkes aber, Frankreich*……〉 참, 자네는 독일어를 모르지……. 〈우리 민족의 철천지원수, 프랑스는 무자비하게 우리의 목을 죄고, 우리의 진을 빼고 있다. 우리를 너무나 맹렬히 증오하는 원수를 쓰러뜨리기 위해서 우리는 모든 희생을 받아들여야 한다.〉 여기에 더 이상 무슨 말이 필요한지 모르겠군…….」

「그게 신문에 나왔나?」

「아니, 『나의 투쟁』이라는 책에. 히틀러의 회고록이자 나치 당의 지침서지.」

「귀스타브, 그건 단지 정치적인 말일 뿐이라고! 지금 새로운 전쟁을 원하는 사람은 아무도 없어. 히틀러는 총리가 되기 위해 자기 몸값을 올리고 있을 뿐이야. 그래서 목소리를 높이고 있지만 평화로운 길을 찾을 거야. 전쟁은 너무 비싼 대가를 치르니까.」

「판단은 각자의 자유지만…… 결과는 역사가 말해 줄 거야.」

귀스타브 주베르는 더 이상 계속하는 것이 좋지 않다고 생각했으니, 지금 식탁 주위에는 자신의 주장에 찬동하는 사람만큼이나 반대하는 사람도 많았기 때문이다. 이 주제에 대해서는 의견이 분열되어 있었다.

그가 입을 다물자 로브주아는 자신이 승기를 잡았다고 생각해 계속 밀어붙이려 했다.

「그리고 말이야, 자네가 하는 그 일은 아주 추상적이야. 자네의 그 〈프랑스 르네상스〉 사람들은 연구 논문들을 발표하겠지만, 그걸 과연 누가 읽을까? 또 어떤 개혁 프로그램도 제안할 테지만, 그걸 누가 시행할 거냐고?」

주의 깊은 관찰자라면 이 순간 그룹이 이전 주제에서와 마찬가지로 슬그머니 둘로 나뉘었다는 것을 눈치챘을 것이다. 이것은 하나의 시대적 현상이었다. 당시에는 모든 것이 분열과 이의 제기와 대립을 낳았다.

「로브주아, 내가 약속하는데, 우리는 절대 추상적으로 남아 있지 않을 거야.」 주베르가 차분하게 대답했다. 「이번 달 말에 보자고.」

「한 달 뒤에 무슨 일이 일어나는데?」

주베르는 그냥 미소만 지었다.

이번 시합이 충분히 오래 지속되었다는 것을 누구보다 잘 이해한 사케티가 불쑥 끼어들었다.

「자, 그럼 우리의 연례 회식은 월례 회식이 되는 건가?」

웃음이 터졌고, 분위기가 풀어졌으며, 다시 샴페인 병들을 터뜨렸다. 이제 여자 얘기를 할 시간이었다. 주베르는 자신의 여자를 생각하며 손목시계를 슬쩍 들여다보았다…….

같은 시간, 레옹스는 네 발로 선 자세를 하고는 이름이 로베르라는 청년의 힘찬 허리 공격을 받으며 헐떡대고 있었다.

누군가가 벽을 두드리며 소리쳤다. 어이, 빨리 좀 끝내지! 날카롭고도 짜증 어린 여자 목소리였다. 레옹스는 웃음을 터뜨리며 무너지듯 침대 위에 쓰러졌다. 아, 정말 좋았어! 아, 세상에, 정말 이럴 수는 없어! 그녀는 땀에 흠뻑 젖어 있었다. 로베르는 아직도 힘이 넘치는 모양이었다. 자기야, 잠깐만 기다려, 숨 좀 돌리고, 라고 그녀는 애원했다. 그러고는 벌렁 드러누웠다. 방은 비좁고, 환기도 잘 안 되고, 공기는 섹스와 타르와 땀의 냄새로 포화 상태였으며, 응결된 물은 타일 사이로 작은 개울을 이루었다. 자기야, 창문 좀 열어 줄래? 그녀는 부채질을 했다. 그녀의 복부와 젖가슴 위에 땀방울이 송골송골 맺혀 있었다. 로베르는 담배를 피워 물고 침대 언저리에 걸터앉았다. 레옹스는 자유로운 한 손으로 기계적으로 그의 성기를 붙잡고는, 아무런 생각 없이 주물렀다. 그녀에게 그것은 묵주를 굴리는 일이나 마찬가지였다.

「이제 가봐야 할 것 같은데……. 지금 몇 시야?」

로베르는 시계를 찾는 시늉을 했다.

「자기 손목시계 어딨어?」

그는 얼굴을 붉혔다.

「오, 말도 안 돼! 벌써 팔아먹었어?」

갖가지 문자반이 붙어 있고 1천 프랑이나 하는 손목시계로, 레옹스가 지난달에 선물한 거였다.

그녀는 화를 내며 벌떡 일어나서는, 세면대와 수건 등을 가리고 있는 병풍 쪽으로 갔다. 이보다 더 날씬한 몸매와, 더 굴곡진 엉덩이와, 더 우아한 젖가슴과, 더 둥글고도 탄탄한 볼깃살과, 더 말끔하게 제모된 삼각주를 상상할 수는 없으리라. 특별히 감정적이라고 할 수 없는 로베르마저 순간 숨이 멎을 정도였다.

그녀는 재빨리 화장을 하면서 살그머니 고개를 내밀었다. 그는 얼굴이 벌게져 어쩔 줄 몰라 하며 아직 침대에 앉아 있었다. 그녀는 미소를 머금었다. 그의 이런 모습이 너무 귀여웠다.

서른 살가량 되는 그는 길쭉하게 뻗은 콧날, 좁다란 양미간, 눈에 맞닿을 정도로 바짝 내려온 눈썹을 가지고 있었다. 두툼한 입술은 닫히는 법이 없어 항상 누리끼리한 치아가 보였다. 한쪽 볼은 뒤쪽으로 당겨져 있고, 그 뒤의 귓바퀴는 찢겨 있었다. 그 연유를 물으면 어떤 사냥 사고를 당했다고만 대답했는데, 부분적으로는 진실이었다. 그 사고로 이렇게 된 것인데, 그 사고를 보는 각도에 따라 그가 순진하게 여겨질 수도 있고, 반대로 아주 살벌하게 느껴질 수도 있었다. 이따금 그는 여자들을 무척 겁나게 했다. 약간 범죄적 성향이 있는 사내들에게 끌리는 레옹스는 그에게 첫눈에 반해 버렸다.

민간에 있을 때, 그는 자동차 정비공이었다. 적어도 그렇게 인생을 시작했는데, 그 까닭은 우선 손이 큼직하고, 둘째로는 학교 공부에 아무런 소질이 없었기 때문이다. 좋은 성적을 받아 본 적이 없었고, 초등학교 졸업장을 딸 가능성이 전혀 보이지 않았던 그는 곧바로 정비소에 견습공으로 넣어졌다. 그는 거기서 오랫동안 휘발유로 부품들을 닦았고, 자기들이 마음대로 부릴 수 있는 직공을 하나 얻은 다른 정비공들은 그에게 사장 행세를 하려 들었다! 로베르는 자동차를 좋아했다. 그것의 기계공학 때문이라기보다는 운전하는 즐거움 때문에, 핸들을 잡고 폼 잡을 수 있기 때문에 좋아했다. 남자들의 그런 모습에 흥분하는 여자들이 있었고, 로베르는 바로 그런 종류의 여자들을 좋아했다. 그는 견습공 생활을 시작한 지 1년도 안 되어, 날씨가 화창한 일요일이면 차고 뒤편의 철제 셔터를 슬그머니 올리고, 고객들을 기다리고 있는 차들을 임의로 빌려 타기 시작했다. 돌아와서는 돈이 없어 정비소의 다른 차들에서 휘발유를 조금씩 빼내 거의 원상태로 채워 넣어야 했는데, 입에 남는 휘발유 맛이 살짝 불쾌하긴 했지만, 포기할 생각이 들 정도로 심하지는 않았다.

그렇게 열아홉 살이 될 때까지, 그의 처지로서는 평생 꿈도 꿀 수 없는 고급 승용차들을 훔쳐 타고 수없이 싸돌아다녔다. 그의 형이 여자들을 구해 오면 그는 차를 끌고 나왔고, 저녁때는 차를 다시 집어넣고 여자들과 함께 즐겼다. 아, 얼마나 멋진 시절이었는지! 하지만 이 모든 것은 파르망 A6B 슈퍼 스포츠카를 몰고 가다가, 새벽 1시의 기분에 취해, 그리고 샴페인에 한껏 달아오른 한 여승객이 그에게 열렬한 감사의 뜻을 표하고자 핸들 밑으로 머리를 들이미는 통에 베베 푸조 한 대, 피아트 티프 3 한 대, 그리고 11 CV 한 대와 연달아 충돌한 후 차를 어느 꽃집 진열창에 처박아 버린 날 끝나 버렸다. 기묘하게도 정비소 사장은 그를 내쫓지 않았다. 단지 작업장을 바꾸게 했다.

이날부터 로베르는 훔쳐 온 자동차에서 부품들을 떼어 내고, 수출을 위한 다른 차들을 예쁘게 꾸미는 일을 하며 빚을 갚아 갔다. 이를 통해 꽤 많은 것을 — 적어도 그의 두뇌에 저장할 수 있을 만큼은 — 배웠다.

로베르는 순전히 본능적인 사내였다. 생각할 능력은 있었지만, 오래 생각하지는 않았다. 그에게서 일주일 너머를 예측하기란 늘 어려운 일이었다. 이렇게 미래 일들을 상상하지 못하는 점은 그를 쾌락 추구자로 만들었다. 그는 어린애 같은 면이 있었으니, 그에게는 오직 현재만이 존재했다. 그는 모든 종류의 노력을 힘들어했고, 그저 눈앞에 보이는 것을 움켜쥘 뿐이었으며, 그렇게 얻는 것이 자동차건, 여자건, 지폐건, 그에겐 큰 차이 없는 듯했다. 로베르는 많이 생각하지 않았지만, 일종의 본능적인 지성을 갖추고 있었다. 일들과 상황들을 감지하고, 필요할 때는 자신을 보호하고, 할 수 있을 때는 챙기고, 가능하면 즐길 줄 알았으며, 위험이 다가오면 몸을 피할 줄도 알았다.

2년 동안 밑바닥에서 박박 기고 난 뒤, 어느 날 아침 잠에서 깬 로베르는 자신이 이미 빚을 다 갚았다는 완전히 본능적인 확신에 사로잡혔다. 그는 그런 사람이었다. 〈기면 기고, 아니면 아니〉였으며, 중간은 없었다. 그리고 지금은 〈아니〉였다.

생망데시의 정비소가 가까워짐에 따라, 그는 이제 충분히 환불했기 때문에 오히려 받을 돈이 있다는 확신에 사로잡혔고, 돈 대신 자동차를 한 대 받아서 떠나고 싶었다. 꼭 어떤 큰 차나 어떤 고급차를 원하는 것은 아니었지만, 그의 가치 체계 안에서 자동차는 그가 자유를 회복해야 하는 이유를 가장 명확히 구현하는 것이었다. 하지만 사장은 그의 말을 들으려 하지 않았다. 결국 로베르는 그 커다란 오른손으로 잭을 하나 집어 들었고, 그 덕분에 파리 교도소에서 두 달간 보내며 새로운 친구들을 사귀었다.

출감한 그는 완전히 다른 사람이 되어 있었다. 정비소 생활(자동차에 대한 열정에는 조금도 변함이 없었지만)과 다른 사람들을 위해 일하는 삶은 끝났고, 이제 자기 사업을 시작할 때였다. 손재주가 좋고, 기계에 관한 한 박사이며, 겁이 별로 없는 그는 전략이 없다는 점만 제외하고는 절도범이 되기 위한 최소한의 조건을 갖추고 있었다. 그리하여 일련의 작전들이 줄줄이 이어졌는데, 그것들은 모두 예상대로 진행되지 않았다는 공통점이 있었다. 자물쇠와 두 시간 동안 씨름한 뒤 겨우 들어가 보니 집주인이 전전날 이사해 아파트가 텅 비어 있질 않나, 금고가 벌써 열려 있질 않나, 겨우 귀금속을 찾아내 가져가면 장물아비가 낄낄대며 이건 말도 안 되는 가짜라고 비웃질 않나, 정원에서 집 밖으로 나가다 재수 없게 경찰관 두 명과 딱 마주치질 않나, 정말이지 먹고살기가 너무 힘들었다.

로베르는 자신의 방법에 뭔가 부족한 점이 있다고는 상상도 하지 못했다. 이런 일에는 으레 불운이 따르는 것이라고만 믿었다. 하지만 어느 날 의혹에 사로잡혔으니, 어느 상점의 1층에서 어떤 여자에게 발각되어, 다짜고짜 엽총으로 총알 세례를 받은 것이다. 적시에 머리를 숙여 목숨은 건졌지만, 튀어 오른 도자기 파편에 볼 위쪽과 귀의 반쪽이 떨어져 나갔고, 돼지처럼 피를 철철 흘리며 간신히 도망쳤다. 병원을 나오면서 그는 자기가 직업을 제대로 택했는지 자문해 보았다.

이러고 있을 때 전쟁이 그를 붙잡아 갔다.

처음 참가한 전투에서 어깨에 부상을 입은 그는 새 병원으로, 혹은 새 부대로 옮기려고 시도하며 대부분 시간을 보내면서, 크게 고생도 하지 않고, 영광도 얻지 못한 채 전쟁을 마쳤다.

제대해서는 〈그럭저럭 입에 풀칠하며〉 살아갔다. 다시 말해 이런저런 수상쩍은 일들을 벌이며 살았다는 얘긴데, 결국 이것들 때문에 프랑스 땅을 급히 떠나야만 했다. 그리고 레옹스를 알게 된 것은 카사블랑카에서였다.

레옹스는 오후 2시를 알리는 종소리를 들었다. 잘못하면 늦겠어! 그 방에는 간신히 몸을 씻을 수 있는 공간만 있을 뿐, 옷을 둘 곳이 없어 그녀는 그것을 병풍 위에 걸쳐 놓았다. 그녀는 이 호텔이 끔찍이 싫었다. 복도에는 오페라 광장의 자동차보다 많은 수의 창녀가 오갔다. 하지만 로베르에게는 여기가 딱 맞았다. 분위기가 조금이라도 탁하면 그는 물 만난 고기가 되었다. 그리고 호텔은 파리 9구에 있었다. 그것도 주베르가였다. 그가 이곳을 택한 것은 바로 이 때문이었다.

「주베르가라니! 정말 웃기지 않아? 난 그 양반이 너무 좋더라…….」

〈그 인간하고 한번 자보면 그런 소리가……〉라고 레옹스는 하마터면 대꾸할 뻔했지만, 로베르는 선별적인, 다소 변덕스러운 질투심의 소유자였고, 때로는 말보다 손이 빨리 나오곤 했다. 레옹스는 볼기짝 맞는 것을 즐기긴 했지만, 로베르는 항상 그걸로 그치지 않았다.

그녀가 슈미즈를 걸치고 있을 때 그가 빠끔 고개를 내밀고는 그녀의 젖가슴을 어루만졌다. 〈자, 우리 내일 볼 거지?〉 그러고 나서 몸을 돌리는가 싶었는데, 그는 벌써 방을 나가 궁금했던 경마 결과를 알아보기 위해 맹렬히 달렸다.

아주 간단한 화장을 끝내면서, 레옹스는 잠시 후면 만나게 될 주베르를 생각했다. 그녀는 늘 그를 참아 내기가 힘들었다. 그녀는 이 사내의 모든 것이 싫었다. 그의 체취, 그의 살갗, 그의 입 냄새, 그의 음성……. 그녀는 그의 죽은 전처가 성적인 면에서 그에게 과연 무슨 소용 있었을까, 자문해 보곤 했다. 그는 영성체를 받는 아이만큼이나 그 방면에 무지했다. 하지만 그와 첫날밤을 치렀을 때, 그녀는 남자에 대해 알 만큼 알고 있었다. 뒤늦게 발동이 걸린 남자들의 문제는 잃어버린 시간을 만회하고자 날뛴다는 점이지만, 그녀는 신학생처럼 별것을 다 해보려 드는 그의 취향보다는 그의 코 고는 소리가 더 불편했다. 그는 그다지 오래가지 못했고, 15분 정도 천장을 올려다보는 것은 큰 문제가 되지 않았다.

레옹스는 이 관계를 통해 많은 것을 얻었다. 돈(주베르는 그녀가 지출하는 것을 가지고 쩨쩨하게 굴지 않았다), 그리고 시간(그는 그녀가 무엇을 하든 상관하지 않았다). 그저 그와 결혼해 주기만 하면 되었다.

그녀는 재빨리 호텔을 떠나 거리로 나왔다. 두 다리는 아직도 물에 젖은 솜처럼 흐느적거렸다. 그녀는 택시를 부르기 전 상점 진열창 유리에 비친 자신의 모습을 살폈다. 젊은 부잣집 마나님의 모습을 되찾기까지 채 반 시간도 남지 않았지만, 그녀에게는 그 정도면 충분했다.

주베르와 그의 아내는 동시에 각자 자신의 손목시계를 들여다보았다.

사실 그는 약간 불안한 심정이었다. 이곳의 전통은 여자들에 대한 얘기는 하되, 그들을 데려오지 않는다는 것이었다. 그래서 레옹스가 남편의 사전 지시에 따라 홀에 불쑥 들어와서는, 죄송해요, 전 식사를 마치신 줄 알았어요, 라고 사과하면서 발을 돌려 떠나려는 시늉을 했을 때…… 주베르는 자기가 이제 동창들의 코를 납작하게 하는 마지막 포인트를 획득했음을 깨달았다. 레옹스의 휘황한 미모에 모두의 입이 딱 벌어진 것이다. 아닙니다, 아닙니다, 주베르 부인, 그렇게 사과할 필요 없으세요……. 모두의 시선이 때로는 그녀의 눈에, 때로는 그녀의 골반에 못 박혔고, 그녀를 옆에서 보는 사람들은 침을 꿀꺽 삼키며 그 기가 막힌 엉덩이를 흘깃거렸다. 그녀는 눈부시게 아름다운 아이보리색 크레이프 드 신[12] 드레스를 걸치고, 머리에는 검은 장식 빗을 꽂고 있었다. 가지 마세요, 부인, 여기 앉으세요! 주베르는 속으로 뿌듯했다. 레옹스 옆에 자리 잡고 앉은 사케티는 이 죽여주는 여자는 단지 코티 향수 냄새만이 아니라 엄청난 색기 또한 내뿜고 있음을 느꼈다.

뒤프레 씨는 잠시 멈춰 섰고, 그와 마찬가지로 공장에서 나오는 다른 인부들과 몸이 부딪쳤다. 맞은편 보도에 오도카니 서 있는 마들렌 페리쿠르는 우연히 저기 있는 것이 아닐 터였다. 게다가 저렇게 그를 똑바로 응시하고 있을 때는 말이다. 그는 길을 건넜다.

「안녕하세요, 뒤프레 씨.」

그는 대답 대신 검지를 개똥모자 챙 쪽으로 짧게 한 번 올리고 말았다. 그녀의 존재는 그를 불편하게 만들었다. 전에 한 번 우연히 마주친 적이 있었다. 그게 언제였던가, 아마도 지난해 가을이었으리라. 그들은 피차 할 말이 전혀 없었고, 그 일은 아주 괴로운 추억으로 남아 있었다. 그때 그는 열쇠 공장에서 십장으로 있다고 말했었다. 공장은 샤토됭가에 있는데, 찾기가 그렇게 어렵진 않아요…….

「저, 우리 잠시…….」

그녀는 거리를 가리켰다. 뭔가 얘기할 게 있는데, 보도는 적합한 장소가 아니라는 뜻이었다.

그들은 생조르주가까지 걸어갔고, 그는 자신이 이따금 점심

12 주름진 두꺼운 실크의 일종.

식사를 하는 카페 〈셰 제르멘〉의 문을 열어 주었다. 그러고는 앞장서서 홀의 맨 끝까지 걸어갔다. 옆에 붙은 홀에서는 당구를 치는 사내들이 큰 소리로 떠들고 있어, 아무도 그들의 말소리를 들을 수 없을 터였다. 그녀는 레모네이드를, 그는 비시 광천수를 주문했다. 이 사람은 다른 남자들과 달리 맥주나 포도주 같은 것을 전혀 마시지 않는 걸까, 그녀는 속으로 자문했다. 그러고는 잠시 시간을 벌기 위해 지나칠 정도의 관심을 보이며 홀 안을 구석구석 훑어보았다. 마치 그가 자주 얘기해 주던 장소에 그녀를 데려왔고, 그녀는 그곳을 감탄하며 둘러보듯이 말이다. 모자를 쓴 이 부티 나는 여자는 거기 있던 다른 손님들의 호기심에 불을 붙였지만, 뒤프레 씨는 대단한 완력이 느껴지는, 아주 다부진 체구의 사내였다. 그의 불쑥 튀어나온 귀, 그리고 약간 눈곱이 낀 눈은 여자에게 집적거리고 싶은 생각을 사라지게 해, 사내들의 눈은 다시 당구대 위로 돌아왔다.

「자, 나한테 뭘 원하시죠, 페리쿠르 부인?」

그녀는 레모네이드를 다시 한 모금 마셨다. 그는 자기 잔에 손도 대지 않고 뻣뻣한 자세로 꼼짝 않고 앉아서 그녀를 응시했다.

「난…… 당신께 조언을 구하려고 왔어요.」

「내게요……?」

그의 곤두선 경계심이 그녀의 피부에까지 느껴졌다. 그녀의 시선은 재빨리 자신의 손에서 카운터 쪽으로 옮겨졌고, 그러고는 당구실로 갔다가 다시 그에게로 돌아왔다. 그녀는 이렇게 말해 버렸다.

「그러니까 말이죠…… 난 누군가를 찾고 있어요.」

「그게 누구죠?」

「아, 어떤 특정한 사람을 찾는 것은 아니고요, 오, 그런 건 아니에요……. 그러니까 난…… 어떤 일을 해줄 수 있는 사람을 찾고 있어요. 네, 어떤 일을 해줄 수 있는 사람.」

「어떤 종류의 일이죠?」

그녀는 다시 여기저기 시선을 던졌고, 손가락 끝으로 테이블을 신경질적으로 톡톡 두드렸다.

「이를테면…… 어떤 걸 조사하는 일이라고 할 수 있어요. 사람들에 대한 조사요.」

그는 고개를 주억거렸다. 조사라……. 오케이. 상황이 조금 이상하게 흘러가고 있었다. 그는 그녀의 다음 말을 기다렸으나, 마들렌은 얘기를 다 한 것처럼 거기서 멈췄다. 그는 광천수에 조금 입을 댔다. 〈사람들에 대한 조사〉라면 필경 어떤 남녀 문제나 간통과 관련된 것일 터였다. 페리쿠르 부인이 어떤 애인이나 미래의 남편, 혹은 어떤 연적에 대해 조사하기를 원하는 것이라면, 그게 자신과 무슨 상관이란 말인가?

「페리쿠르 부인, 세상에는 그런 일들을 하는 사람들이 있습니다. 사립 탐정들 말입니다. 그들은 어떤 장소들을 감시하고, 법들을 알고 있어요……. 적시에 수사반장을 출동시킬 줄도 알고요……. 남녀를 현장에서 덮치기 위해서 말이죠.」

「오!」 마들렌은 그가 오해하고 있음을 깨닫고 손사래를 쳤다. 「그런 게 아니에요, 뒤프레 씨!」

「그렇다면 무슨 일이죠?」

「그러니까…… 당신이 말씀하셨듯이 어떤 이들을 살펴보는 일이에요. 어떤 것들을 찾아내기 위해서 말이죠…….」

「그들을 해치기 위해서겠죠?」

「네, 맞아요!」

마들렌은 속이 후련해졌다. 그녀는 만족한 미소를 지었다.

「그런데 그게 나하고 무슨 상관이 있죠?」

「내가 생각한 것은, 혹시…….」

「내가 그런 일을 할 수 있는 사람이 아닐까 생각했다고요?」

「오, 아니에요, 뒤프레 씨. 전혀 그렇지 않아요! 아니에요, 당신은 아니에요. 오, 맙소사, 절대로 아니에요……. 하지만 어쩌면 당신이 아는 사람 중에…….」

뒤프레 씨는 앞으로 두 팔을 교차시켰다. 그는 생각을 모으기 위해 근육들을 한데 모으는 버릇이 있었다.

「당신은 내가 그런 일을 할 사람들을 안다고 생각한다는 거죠.」

「네, 그래요, 내 생각에는…….」

「어떤 악당을 찾고 있는데, 이제 남편이 옆에 없으니 내게 부탁한단 말이죠.」

「아니에요, 정말로 그런 것은…….」

「아뇨, 지금 당신은 바로 그렇게 하고 있어요. 나는 당신이 정확히 무얼 원하는지 모르겠지만, 내가 보기에 당신은 어떤 깡패가 필요한 것 같네요. 그리고 그런 인간을 저런 노동자들 가운데서 구할 수 있으리라 생각했겠죠.」

만일 누군가가 외부에서 이 장면을 관찰했더라면, 그는 뒤프레 씨의 차분한 모습을 보고, 지금 대화가 얼마나 고약한 방향으로 흘러가는지 알아차릴 수 없었을 것이다.

「은행가의 따님에게는 노동자나 깡패나 큰 차이가 없겠죠.」

마들렌은 그의 말을 끊으려 했다.

「그리고 당신은 전남편이 부리던 십장은 그 사장하고 똑같은 부류일 거라고, 그는 무슨 짓이든 할 수 있는 인간들을 한 무더기 알고 있을 거라 여기고요. 그게 아주 논리적이겠지.」

그의 비난에는 틀린 말이 하나도 없었다. 마들렌을 슬프게 하는 것은 아무 성과 없이 돌아가서, 풀기를 바랐던 문제를 다시 제기해야 한다는 사실이 아니라, 사실 뒤프레 씨가 말한 것이 너무나 진실이라는 점이었다.

「당신 말이 맞아요, 뒤프레 씨. 당신에게 실례를 범했어요.」

그녀는 일어섰다.

「그리고 용서를 빌게요.」

그녀의 사과에서는 진정성이 묻어났다. 그녀가 한 걸음 뗐을 때 뒤프레가 앞을 막았다.

「아직 대답하지 않았어요. 왜 그걸 나한테 부탁했죠?」

「뒤프레 씨, 난 이제 아는 사람이 아무도 없어요. 그리고 날 아는 사람도 없고요. 그래서…… 왜 그런지는 모르겠지만, 당신을 생각하게 된 거예요. 단지 그뿐이에요.」

「누구를 해치고 싶은 거죠, 뒤프레 부인?」

모든 게 아주 단순해졌다. 이제는 거짓말을 할 필요가 없었다.

「전직 은행가 하나, 민주연합당 소속 국회 의원 하나, 그리고 『수아르 드 파리』의 기자 하나.」

이렇게 말한 뒤 그녀는 큼지막한 미소를 지었다.

「보시다시피 다 아주 괜찮은 사람들이에요. 아, 그리고 한 명 더 있어요. 전에 고용인이었던…… 아니, 전에 친구였던 여자 하나…….」

「앉으세요, 페리쿠르 부인.」

그녀는 망설이다가 자리에 앉았다.

「그 일에 대한 보수는 얼마입니까?」

「그건 상의해 봐야……. 이런 일에 경험이 없어서…….」

「난 지금 월급을 1024프랑 받고 있어요.」

액수를 듣고 나니 따귀를 한 대 얻어맞은 기분이었다. 그녀
는 3년 전부터 어렵게 저축해 왔지만, 그것 가지고는 어림도
없었다.

「이것은 섬세한 솜씨와 수완을 요구하는 길고도 어려운 일
입니다. 그리고 난 매우 숙련된 직공이에요. 이 금액 이하로는
절대로 일할 수 없습니다.」

그러고는 잠시 생각해 본 뒤 이렇게 덧붙였다.

「물론 들어가는 비용은 별도고요.」

「그렇다면……?」

뒤프레 씨는 테이블에 두 팔꿈치를 박고 얼굴을 마들렌의
얼굴 가까이 들이댔다. 그러고는 아주 낮은 목소리로 말했다.

「페리쿠르 부인, 당신이 무슨 이유로 이 사람들을 쓰러뜨리
려 하는지는 묻지 않겠어요. 지금 당신은 그렇게 하기 위해 누
군가를 찾고 있고, 난 장담컨대 그걸 해낼 수 있어요. 내 가격
은 지금 받는 급료이고, 거기서 단 한 푼도 더 받거나 덜 받을
생각이 없어요. 잘 생각해 보세요. 내가 어디 사는지는 잘 아실
겁니다.」

그들은 일어섰고, 어떻게 됐는지도 모르는 사이 둘 다 문 앞
에 서 있었다. 마들렌은 뒤프레 씨가 계산하려 한다는 것을 깨

닫고는 급히 핸드백을 열었다. 그는 손을 들어 그녀가 계산하는 것을 막았다.

「당신은 벌써 나를 모욕하셨는데, 또다시 그러진 마세요.」

그는 값은 치르고 보도로 나와 머리를 까딱해 인사하고는 몸을 휙 돌렸다.

그는 거기서 지하철 네 정거장 떨어진 곳에 살았는데, 비가 오나 바람이 부나 항상 걸어다녔고, 그걸 원칙으로 삼았다. 뒤프레 씨에겐 원칙이 많았다.

그는 자신이 너무나 갑작스레 내린 결정에 대해 곰곰이 생각해 보았다. 생각하면 할수록 잘했다는 확신이 들었다. 그녀의 말로는 자기가 노리는 사람이 어느 은행의 권한 대행과 민주연합당의 어느 국회 의원이라고 했는데……. 이들은 몇 달 전 파산하면서 소액 예금주 수백 명을 함께 파멸시킨 산업예금 신용은행, 이른바 〈페리쿠르 은행〉과, 이 재앙에서 용케 빠져나간 같은 이름의 국회 의원일 가능성이 컸다. 또 반동적 성향의 일간지 『수아르 드 파리』의 기자로 말할 것 같으면, 그가 누구든 간에 위의 두 인물과 비슷한 부류일 터였다.

여기서 독자 여러분은 ─ 마들렌 자신이 그랬듯이 ─ 대체 어떤 기묘한 이유로 뒤프레 같은 노동자가 그런 제안을 받아들이게 되었는지 궁금할 것이다. 그것은 그가 과거에 당시 꽤 많은 사람이 그랬듯이, 이 세상 마지막 전쟁을 수행한다는 확신을 품고 전쟁터에 나갔기 때문이다. 그는 국가의 부름에 응했고, 약속을 지켰지만, 국가는 약속을 지키지 않았다. 자신의 두 형제와 가진 모든 것을 잃은(그는 포화로 완전히 초토화된 노르주 출신이었다) 그 형언할 수 없는 지옥을 30개월 동안 겪고 난 뒤, 그는 이 전쟁 뒤에 또 다른 전쟁이 이어질 가능성이 갈수록 커지고 있음을 느꼈다. 제대한 그는 마르셀 페리쿠르의 남편, 앙리 도네프라델 밑에서 일했다. 몰락한 집안 출신이지만 야심으로 이글거리는 이 귀족은 장교일 때 그의 사병들을 이용해 먹었듯이, 민간인이 되어서는 뒤프레 같은 인부들을 냉혹하게 착취했다. 그는 병사들을 죽음에 내몰았던 것처럼 노동자들한테도 그렇게 할 수 있는 사람이었다. 자본의 힘, 자본가들의 뻔뻔함, 그리고 정의롭지 못한 사회는 1917년의 러시아 혁명 소식에 이미 큰 충격을 받은 뒤프레에게 많은 생각을 하게 만들었다. 전역, 참전 용사들에게 무관심한 프랑스에서 일자리도 찾기 힘든 현실, 그리고 도네프라델의 회사에서 십장으로서 겪은 쓸쓸한 경험…… 뒤프레 안에서 공산주의자가 되고 싶다는 생각이 움트는 데는 이 세 가지만으로 충분했다. 그는 1920년 프랑스 공산당에 입당했고, 1년 뒤 당원증을 반납했다. 4년 동안 전쟁을 겪은 그로서는 위계질서를 참아 내고 규율을 준수하는 것이 너무 힘들었다. 하지만 모든 것을 부숴 버리고 싶은 맹렬한 욕구를 간직하고 있던 그는 상당히 개인적인 형태의 무정부주의로 기울었다. 과거에 사람들이 그랬듯이 아무 데나 폭탄을 설치하거나(그는 희생자를 만들 필요성을 느끼지 못했다) 대통령을 암살하기에는(그는 상징이란 것을 믿지 않았다) 너무 이성적이고, 어떤 단체를 위해 투쟁하기에는 너무 개인주의적이었던(그는 집단이란 것을 믿지 않았다) 그는 혼자 살았고, 자신과 생각이 같은 사람을 만나는 일이 드물었기 때문에 말도 거의 하지 않았다. 이기주의에 가까운 개인주의는 그를 은둔자로 만들었다. 내가 좀 더 과격해지지 않은 게 이 사회로서는 정말 행운이야, 라고 그는 종종 생각하곤 했다. 자신만을 위한 신앙인들이 존재하듯이, 그는 자신만을 위한 자유주의자였고, 그 신념을 다른 이들에게 명확히 표현할 필요성을 느끼지 않았다. 사유 재산이 없고, 자유로운 개인들의 연합으로 이루어지는 세계의 이상에도 그는 확신이 없었다. 이는 그가 무정부주의적 이론들에 동조하지 않았기 때문이 아니라, 전쟁과 전후의 경험들로 휑하니 비어 버린 그의 내부에 순전히 부정적인 힘들만 남아 있었기 때문이다.

그는 직업을 자주 바꾸었다. 기회만 생기면 권리를 주장하고 파업을 선동하며 권력에 맞섰는데, 그 결과가 늘 좋지 않았기 때문이다.

사실 뒤프레에게 어느 은행가를 파멸시키고, 어느 우파 국회 의원을 박살 내고, 어느 반동적인 기자의 숨통을 끊어 버리는 일은 세상의 무질서와 불안정화를 위한 임무 중 하나, 영웅적이지 않은(그는 영웅이란 것을 믿지 않았다) 조그만 체제 흔들기 작업, 세상의 혼돈이 커지는 데 자신이 조금이라도 기여한다는 느낌을 줄 수 있는, 바로 그런 종류의 일이었다.

아주 작은 방이었지만, 비좁음은 가장 불편한 점이 아니었다. 아니, 문제는 소음이었다. 이웃들이 내는 소음이 아니라, 그들에게 당장 멈추라고 아우성치는 소음이었다.

방이 정돈되기 무섭게 폴이 전축에 첫 번째 음반(「투란도트」 제2막에서 솔랑주가 부른 「이 궁궐에, 몇천 년 전에, 절망적인 울음이 크게 울렸다」)을 올려놓자마자, 위층에 사는 클레랑보 씨가 빗자루로 천장을 맹렬히 두드려 댔다. 그리고 2분 뒤 직접 내려와 초인종을 눌렀다. 블라디는 만면에 미소를 띠고 마치 어떤 결혼 행렬이라도 맞이하는 것처럼 문을 활짝 열었다.

「*Witam*(안녕하세요)!」

클레랑보 씨의 얼굴이 흙빛이 되었다.

「*W czym mogę pomóc*(제가 도와드릴 일이라도 있나요)?」

그는 다시 자기 집으로 올라갔다. 〈난 폴란드 여자는 상대하고 싶지 않소!〉라고, 그는 다시 달려 내려왔을 때 마들렌에게 단언했다.

폴이 전축에 음반을 올려놓을 때마다 클레랑보 씨는 빗자루를 집어 들었다. 마들렌은 고민에 빠졌다. 폴이 휠체어를 타고 돌아다니게 해주는 것은 어렵긴 했지만 불가능한 일은 아니었다. 하지만 그에게 음악을 금지하는 것은 절대로 생각할 수 없었다.

「괜…… 괜…… 괜찮아…… 어…… 엄마…….」폴이 말했다.

블라디와 마들렌은 어찌할 바를 모르고 꺼진 전축과 나란히 꽂힌 음반들, 그리고 벽에 걸린 포스터들이며 사진들을 오랫동안 응시했다.

「*Chyba znalazłam rozwiązanie*(내가 해결책을 찾아낸 것 같아요)…….」갑자기 블라디가 검지를 번쩍 치켜 올리며 소리쳤다.

그러고는 어디론가 사라져 오후 내내 보이지 않았다. 덕분에 마들렌은 폴을 화장실로 데려가는 일을 직접 해야 했다. 의심의 여지가 없었다. 폴의 체중이 불어 있었다.

블라디는 저녁 6시경에 젊은 인부 하나를 데리고 돌아왔다.

갈색 머리에 피부는 창백하고, 미간은 아주 넓으며, 먼지가 허옇게 내려앉은 파란 작업복 차림의 이 총각은 불안하게 두 손을 비비댔다. 블라디는 그를 지그시 쳐다보면서, 상황을 직접 설명해 보라고 큰 턱짓으로 청했다. 그는 입을 여는 대신 자신의 세일러 백을 바닥에 내려놓은 뒤, 거기서 그의 엄지손가락만큼이나 두툼한 코르크판 하나를 꺼냈다.

「이게 벽에 붙을랑요. 그리고 천장에도 붙어요.」

마들렌은 아주 괜찮은 아이디어라고 생각했지만, 항상 그렇듯이 이번에도 돈 문제가 그녀를 불안하게 만들었다. 에누리란 있을 수 없는 일이었다. 하지만…… 벽을 도배하려면 상당히 많은 코르크판이 필요하리라……. 게다가 접착제도 필요하고, 보수도 줘야 하고…….

젊은 인부는(그가 모습을 감추기 전날 알게 된 사실이지만, 이름이 자크였다) 마침내 입을 열었다. 블라디는 그의 손을 잡아 자신의 가슴에 꼭 붙였다. 그보다 키가 머리통 절반 정도 더 큰 그녀는 그가 사뭇 자랑스러운 듯 미소를 지어 보였다. 마치 아들에게 자작시를 낭독해 보라고 격려하는 어머니처럼 말이다.

「다 얘기됐어요.」 그가 말했다. 「그러니까 이…….」

그는 블라디의 이름을 기억하진 못했지만, 어쨌든 그들끼리 얘기가 다 됐단다.

그 작업을 하는 데 2주가 걸렸다.

방의 면적이 1제곱미터는 줄어든 것 같았다. 방 안에 들어서니 그 먹먹한 분위기가 어떤 불쾌한 청각적 인상을 주긴 했지만, 효율성에서만큼은 이의의 여지가 없었다. 폴은 다시 「투란

도트」를 전축에 걸었다.

만일 솔랑주와의 잦은 서신 교환으로 그게 필요해지지 않았다면, 아마도 폴은 주소가 변경된 사실을 그녀에게 알리지 않았을 것이다. 그녀는 이렇게 묻곤 했다. 〈새집에선 잘 지내니? 너는 지금 더 넓은 방을 쓸 것 같은데, 아니니?〉 그녀는 아이가 자세히 알려 주지 않는 데 놀랐다.

그들은 밀라노에서의 그 저녁 시간 이후 만나지 못했지만, 솔랑주는 1931년 10월에는 런던에, 넉 달 후에는 빈에 그를 초대했다. 폴은 정중히 거절했다. 그가 내용을 상세히 밝히지는 않았지만, 그런 여행을 할 수 없게 만드는 일들이 늘 있었다. 폴은 어머니에게 한 번도 이에 대해 말하지 않았다. 넉 달 전에는 최근 출소한 그의 아버지 앙리 도네프라델이 찾아왔다. 공식적으로는 〈자기 아들에게 작별 인사를 하기 위해서〉였지만, 사실은 돈을 요구하기 위해서였다. 그는 〈재판 결과가 나오길 기다리며 몸을 좀 추스르려〉 식민지로 떠난다고 했다. 거의 빈곤 상태로 전락한 전처의 모습을 본 그의 얼굴에 잔인하고도 오만한 미소가 번졌다. 어떤 드높은 정의가 실현된 것을 보기라도 한 것처럼 말이다. 모욕감을 느낀 마들렌은 많이 울었다. 이후 폴은 돈에 관련된 얘기를 절대로 입에 올리지 않았고, 따라서 그들 사이에 말하기 어려운 것들이 아주 많아졌다. 정말이지 돈은 큰 골칫거리였다.

솔랑주의 마음속에 이유를 콕 집어낼 수 없는 불안감이 싹트기 시작했다. 폴의 편지들은 점점 더 흥미로워졌다. 그는 갈수록 성장하고 성숙해졌으며, 오페라에 대한 지식도 대단한 수준에 이르러 있었다. 하지만 그는 전보다 악보를 덜 사는 게 분명했고, 솔랑주가 보내 주면 여전히 열렬하게 감사를 표하긴 하지만, 콘서트 포스터를 보내 달라고 부탁하지도 않았다. 이탈리아 여행에 실망한 것일까? 그의 어머니가 그 여행을 좋지 않게 생각한 것일까? 어머니가 같이 오지 않은 것에 대해 폴이 말해 준 이유들은 모호하기 그지없었다……. 또 솔랑주는 폴이 더 이상 새로 나온 음반들을 사지 않는다는 사실도 알아차리지 못했는데, 그것은 그가 그다지 까다롭지 않은 점원이 있는 파리포노 음반점에 가서 그것들을 들을 수 있었기 때문이다.

그러는 사이 솔랑주의 커리어는 매우 기묘한 양상을 띠었다. 밀라노 공연 때부터 그녀는 앉아서 노래했는데, 이는 생리학 법칙들에 대한 도전, 하나의 수수께끼였다. 기술적으로 볼 때 이런 식으로 폐활량이 줄어들면 소리를 제대로 낼 수 없었다. 그건 불가능한 일이었다. 하지만 그녀의 독주회는 갈수록 인기가 높아졌다. 솔랑주의 목소리는 미세하게 흐려졌지만, 그로 인해 더욱 개성적이 되었고, 과도한 체중으로 인해 짧아진 호흡은, 디바가 자신의 노래들에 독특한 색깔을 부여하는 굉장한 효과를 낳는 성악적 곡예를 하게 만들었다. 솔랑주는 대성당처럼 웅장하고, 유일무이하고, 비극적이었다. 커다란 얼굴, 초점을 잃은 시선, 축 늘어진 두 볼, 그녀를 감싼 물결치는 천으로 인해 더욱 위엄 있게 느껴지는 거대한 몸뚱이……. 그녀는 마치 카운터테너의 목소리를 지닌 부처만큼이나 놀라운 존재였다.

처음에 그녀를 둘러쌌던 꽃들은 얼마 안 가 다른 무대 장치들로 대체되었다. 밀라노 공연을 하고 몇 주 뒤, 그녀는 유명한 장식 예술가 로베르 말레스테방스에게 배경 막을 제작해 달라고 부탁했는데, 결과는 대성공이었다. 이처럼 유명 예술가에게 무대 장치를 의뢰하는 것은 하나의 습관이 되어, 이제 공연의 일부가 되었다. 런던으로 건너간 솔랑주는 스티븐 오언베리에게 무대 장치를 의뢰했다. 로마에서 독주회가 열렸을 때는 바실리 칸딘스키에게 엄청난 크기의 장식화들을 그리게 했고, 마드리드에서는 피카소를 불렀다. 이렇게 여러 해에 걸쳐 라울 뒤피에서부터 미카엘 초이크에 이르기까지, 수많은 화가가 예술품들을, 이제는 고유명사 〈갈리나토〉가 아닌 보통 명사 〈라 갈리나토〉로 불리며, 그 자체가 항상 일대 사건으로 취급되는 여가수의 독주회에 곁들이기 위한 어마어마한 규모의 창작물들을 공급했다. 예술가들을 선택할 때 그녀는 여성을 선호하는 경향을 보였다. 소니아 들로네는 그녀에게 무대 뒤 송풍장치 덕분에 살랑살랑 물결치는 푸른 천의 바다를 만들어 주었고, 이는 비올레타 고메즈, 라우라 마키에비치, 혹은 카티아 노아로 등에 의한 본격적인 설치 작품들의 신호탄이 되었으며, 1932년 3월 뉴욕 메트로폴리탄 오페라극장에서 열린 콘서트를 위해 버네사 뉴포트가 제작한, 공연이 진행되는 내내 무대 위 천장에서 하나하나 내려오는 아르데코 문양들의 거대한 앙상블은 그 절정이라 할 수 있었다.

이렇게 만들어지는 미술 작품들을 극비에 부치는 전통이 조금씩 자리 잡아 갔다. 언론에는 독창회 프로그램만 주어졌고, 초청된 예술가의 이름과 무대 장치의 성격은 독일의 재무장보다 더 철저히 지켜지는 비밀이어서, 막이 오르기 전까지는 그게 어떤 것인지 아무도 몰랐다. 기밀 유출은 항상 있었다. 새어

나간 관련 이미지나 정보 등은 지역 신문들에 아주 잘 팔렸기 때문에, 이런 것들을 훔치는 일 자체가 하나의 전문적 활동이 되어 버렸다. 오페라 극장 매니저들은 골치가 지끈거렸지만, 솔랑주는 자신이 화제의 중심이 되는 한 이런 것들을 무척 즐겼다. 콘서트 이틀 후면 공연 사진들과 무대 장치 사진들이 그림엽서, 팸플릿, 노트 등의 형태로 발행되었고, 솔랑주는 언제나 그중 한 부를 느낌표들이 난무하는 코멘트를 곁들여 폴에게 보내 주었다. 심지어 1932년 초에는 황하 범람 피해자들을 도울 목적으로, 5월에 예정된 리스본 독창회를 위해 페르낭 레제가 제작한 작품들의 자선 경매 행사를 열었을 정도다.

1932년 9월, 솔랑주는 파리의 가보 극장(로제 아르트가 무대 장식을 담당했다)에서 공연했다. 폴은 그의 어머니와 함께 무대 앞 일등석에 장관들과 나란히 앉아 관람할 수 있었다. 솔랑주는 연보라색과 녹색의 너울들로 구름처럼 몸을 감싼, 코멘다토레 석상만큼이나 인상적인 모습으로 등장했고, 평소 방식에 따라, 이제 하나의 클래식이 되어 가고 있으며 이미 몇몇 경쟁자들이 도전했던 「글로리아 문디」 아카펠라 서곡으로 독창회를 시작했다. 공연은 대성공이었다.

우리도 알다시피 솔랑주는 떠들썩한 성격이었다. 그녀는 자신 외에는 아무것도 보지 않는 듯한 인상을 주었고, 지금은 앉은 채 청중의 갈채를 받고 있음에도 누구 못지않게 요란스럽게 지껄이고 움직였다. 하지만 그녀는 엄청나게 예리한 눈을 가지고 있어, 폴과 그의 어머니가 들어오는 모습을 보고 그들이 영락했음을 눈치채는 데 단 1초도 걸리지 않았다. 마들렌은 옷을 아주 잘, 아주 공들여 차려입고 있었지만, 거기에는 무언가가, 돈 많은 여자의 여유 같은 무언가가 빠져 있었다. 보폭은 짧아졌고, 시선에서는 자신감이 덜 느껴졌다. 아주 미세한 그 무언가를 통해 솔랑주는 알아차렸다. 그녀는 계획되어 있던 화려한 만찬을 곧바로 취소시키고, 자신이 묵는 리츠 호텔 객실에서 제공되는 〈격식을 차리지 않은 가벼운 식사〉에 마들렌과 폴을 초대하기 위해 피곤하다는 핑계를 댔다. 그러고는 마들렌 모자에게 이렇게 설명했다. 이것도 내가 보기엔 너무 사치스러워요, 하지만 이렇게 짧은 시간에 만나 뵐 수 있는 다른 방법을 찾아낼 수 없어서……

마들렌은 이 모든 것을 이해했다. 그녀는 속이 상하긴 했지만, 그래도 여가수의 조심스러운 태도에 고마움을 느꼈다. 두 여자는 처음으로 사심 없는 대화를 나누었고, 예전의 경쟁 관계를 포기하며 약간의 서글픔을 느꼈다. 마들렌은 이 괴상하고도 우스꽝스럽게 행동하는, 하지만 그 비극적인 목소리가 영혼을 꿰뚫는 이 거구의 여인의 시선에 이따금 드리워지는 그림자를 감지했다. 어쩌면 그들은 자기만큼이나 끔찍한 고통을 겪은 어떤 자매 앞에 있는 듯한 느낌을 받으며 무언의 교감을 나누었는지도 모른다

솔랑주는 세계 각지에서 악보들을 보내오기 시작했고, 사진들은 음반들로, 포스터들은 음반 세트들로 바뀌었다.

어머니의 삶은 꽉꽉했고, 긴장 속에서 흘러갔지만, 폴은 불행하지 않았다. 사람이 돈을 덜 가져도 행복할 수 있다는 사실은 마들렌에게 새로운 발견이었다. 무거운 비밀을 벗어던진 폴은 어쩌면 그의 삶에서 가장 행복한 시기 중 하나를 보내고 있었는지도 모른다. 전에는 그렇게 잦았던 악몽들이 이제 드

물어졌다. 블라디는 기쁨과 활력을 뿜어내는 벗이었다. 폴은 많은 것을 읽었고, 오후 내내 도서관에서 보내곤 했다. 블라디는 폴을 그가 요구하는 신문이며 책들이 있는 큰 홀에 데려다 놓고는, 한쪽 눈을 찡긋하며 말하곤 했다. 〈*A teraz pójdę na zakupy*(자, 이제 난 쇼핑을 하고 올게)……〉

폴은 자기에게 맡겨진 여동생의 철없는 행동들을 덮어 주듯 모르는 체하고 넘어갔다.

21

우선 여자들부터 시작해야 했다. 무정부주의자라고 해서 남자가 아닌 것은 아니었다. 뒤프레의 사고방식도 여느 남자와 별반 다르지 않았다. 그가 보기에 약점은 늘 여자들 쪽에 있었다. 그리고 그 한심한 여편네를 처음 본 순간, 그의 확신은 천배나 더 굳어졌다. 그녀를 정면으로 한 번 보았을 뿐인데 바로 느낄 수 있었다. 지독하게 매력적이었다. 그녀를 택시 정류장까지 따라가면서, 뒤프레는 이 여자와 마주치는 사람들이 얼마나 위험해질 수 있는지 어렵잖게 계산해 낼 수 있었다. 매 순간 자동차 충돌 사고를 걱정할 정도였다. 어떤 남자들이 돈 냄새를 풍기듯이, 그녀는 색정을 물씬 풍겼다. 그녀는 걷는 게 아니라, 물결처럼 일렁거렸다. 생토노레가에서는 노동자 열 명의 급료에 해당하는 돈을 지출했다. 뒤프레에게 노동자의 급료는 가치의 척도였다. 그녀가 전에 페리쿠르 은행의 권한 대행이었던 남편을 데리고 무슨 짓을 하는지 짐작하기란 어렵지 않았다. 그녀는 그의 재산을 쪽쪽 빨아먹고 있었다. 그런데 아직도 재산이 남아 있는 모양이었다. 그들이 사는 저택 하나만 해도 엄청난 재산이었는데, 그 안에 있는 것의 가치는 저택의 두 배는 될 터였다. 자동차 두 대, 복작대는 하인들, 번쩍거리는 신형 기계들로 채워진 멋진 회사, 최저 임금으로 부려먹는 직공들....... 정말이지 이 주베르 집안은 너무나 잘 돌아가고 있어, 뭔가 꼭 찾아내고 싶게 만들었다.

오전 10시경에 레옹스 주베르가 라 빅투아르 거리 쪽으로 향하는 것을 본 뒤프레는 더 이상 힘들이지 않기로 하고 한 카페에 들어가 4분의 1리터짜리 맥주 한 잔을 시켰다. 그녀는 그녀의 놈팡이를 만나러 주베르가로 가는 거였다. 이름은 로베르 페랑, 포주 같은 상통에 개똥모자를 눈 위로 바짝 눌러쓰고, 몸은 장작개비처럼 말라 가지고 기둥서방처럼 건들거리며 다니는 이 녀석을 뒤프레는 귀싸대기라도 한 대 올려 주고 싶었지만, 이건 그가 할 일이 아니었다. 그는 여자가 준 돈을 모조리 경마에 탕진하고 있었는데, 그를 보러 경마장에 간 뒤프레가 한번 계산해 보니 꽤 많은 액수였다....... 놈을 생각하면 서글프기까지 했다. 부자들이 부자인 것은 공평하지 못한 일이지만, 최소한 논리적이긴 했다. 분명히 어느 수챗구멍 같은 곳에서 태어났을 로베르 페랑 같은 친구가 자본가의 헤픈 여자에게 빌붙어 살면서 저렇게 좋아라 하는 꼴을 보니, 결국 사람은 다 똑같다는 생각이 들었다. 정말이지 인간이란 그렇게 아름다운 동물이 아니었다.

맥주를 홀짝거리면서 뒤프레는 다른 방향에서 문제에 접근하는 게 좋겠다는 생각이 들었다. 페리쿠르 부인에게 어떤 시시한 불량배 녀석의 족보와 주베르 부인이 자기 애인을 먹여 살린다는 증거를 들고 갈 수는 없는 노릇이었다. 그것 가지고는 너무 부족했다. 그리고 그녀가 그에게서 기대하는 바에 한참 못 미쳤다.

그는 손목시계를 들여다보며 계산한 뒤, 파리 13구 구청 쪽으로 향했다.

앙드레 델쿠르는 그가 허물없이 〈마리에나르〉라는 이름으로 부르는 드 마르상트 부인의 살롱에 변함없는 충성을 바치고 있었다. 그가 별 볼 일 없는 존재였을 때 그녀가 받아 주었기 때문이다. 이제 그는 중요한 존재(파리 사교계의 매우 상대적인 기준에 따라)였고, 살롱의 젊은 피보호자 위치에서 마스코트로, 더 나아가 핵심적인 위치로 바뀌어 있었다.

그의 『수아르 드 파리』 칼럼은 많은 사람이 읽고 기다리는 코너가 되었다. 그는 커리어의 초반부에 돈이 없어 어쩔 수 없이 택한 〈성직자 같은 지식인〉의 역할을 한창 꽃피우고 있었다. 그는 저녁 식사 자리를 일찍 떠나곤 했다. 그가 생각하기에, 밤늦게까지 일하고 아침 일찍 일어나는 몇 안 되는 사람이야말로 가치 있는 사람이었다. 그는 많이 먹지 않았고, 술도 마시지 않았다. 금욕주의에 가까운 이 절식 습관은 많은 이에게 깊은 인상을 주었으며, 그가 거의 모든 초대를 — 어떤 주에는 여섯 번이나 — 받아들이고, 커리어를 위해 쓸모 있는 만남을 놓치지 않으면서도 예외적인 사람으로서의 위치를 유지할 수 있게 해주었다. 그는 사람들의 이름이 빼곡히 적힌 주소록을 가지고 있었지만, 그 어떤 변호사도, 그 어떤 상원 의원도, 그 어떤 관청 공무원도 자기가 앙드레 델쿠르를 도와준 일이 있노라고 뻐길 수 없었다. 아무한테도 빚을 지지 않았기에 그는 허점이 없었다. 조용한 삶이었다. 그는 은둔자 혹은 순수한 영혼으로 통했는데, 이는 진실과 크게 다르지 않은 명성이었다. 그는 자위를 많이 했던 것이다.

쥘 기요토 역시 드 마르상트 부인의 살롱에 드나들었다. 그녀는 언론과 기자들을 좋아했으니, 이것은 그녀의 전문 분야였다. 기요토가 왔을 때 앙드레는 마치 자기 보스가 거기 없는 것처럼 행동했고, 그가 재치 있는 말이라도 한마디 내놓으면 간접적으로 대꾸해, 기요토가 겉으로는 아무렇지 않은 척하지만 속으로는 앙심으로 부글거리게 만들었다. 언제나 돈이 문제였다. 왜냐하면 앙드레는 파리 제일의 부수를 자랑하는 일간지의 스타 칼럼니스트가 되긴 했지만, 여전히 그가 받는 보수는 입사 첫날에 비해 기사당 4프랑밖에 인상되지 않았기 때문이다.

이날 저녁, 앙드레는 만찬 자리에서 1930년에 베르길리우스와 프레데리크 미스트랄을 기리는 축제에 참석하기 위해 로마 여행을 같이한 적 있는 아드리앵 몽테북살과 다시 만났다. 이 한림원 회원은 거기서 아주 멋진 연설을 했었다. 이탈리아 르네상스, 미켈란젤로의 예술, 카라바조의 난잡한 여자관계 등에 관한 대화에 앙드레는 끼어들려고 했지만, 결국 쓰라린 추억만 얻었고, 자신이 모든 점에서 보잘것없다고 느꼈다. 하지만 이제 다 지난 애기였다. 더구나 그는 이 여행에서 〈신(新) 이탈리아 연대기〉라는, 다들 느끼겠지만 그리 겸손하지 못한 제목[13]의 일련의 기사들을 가지고 와서 큰 화제를 모았다.

13 『이탈리아 연대기Chroniques italiennes』는 1855년에 발행된 프랑스의 문호 스탕달의 중단편집이다.

식사를 하면서 늙은 한림원 회원은 그때 일들을 떠올렸지만, 앙드레는 그땐 지성의 축제처럼 보였으나 이제는 좀스러운 것들로 가득한 시시한 상황으로 느껴질 뿐이었다.

「난들 어쩌겠어요, 베르길리우스를 예찬하는 역할이 내게 맡겨졌는데. 당연히 심의회 전체와 맞서게 되었죠…….」

몽테북살에게 여행은 호텔 객실이 컸느냐 작았느냐의 문제, 그에게 유리하지 않았던 대사관의 식탁 배치 혹은 방명록 첫머리에 누가 서명하느냐 하는 문제 같은 것들로 요약되었다. 드 마르상트 부인은 앙드레가 자신의 여행과 연대기를 하찮은 것으로 만드는 이런 얘기들을 모욕으로 느낀다는 것을 알아챘다. 그녀는 기회가 생기자마자 이렇게 말했다.

「그럼 친애하는 앙드레, 당신의 생각은 어떻죠? 당신은 이탈리아를 믿나요?」

그녀가 구조의 손길을 내밀기 무섭게 그는 특별히 아끼는 18번을 꺼냈다.

「서구 문명은 고대 로마의 딸이라 할 수 있을 것으로…….」

이 주제에 대해 발동이 걸리면, 그는 거의 서정적인 어조가 되곤 했다.

「프랑스와 이탈리아가 이루는 라틴 블록, 이거야말로 게르만의 위협에 대한 최상의 방벽이죠!」

나치즘만큼이나 공산주의에 대해 적대적이며, 프랑스-이탈리아 위원회의 적극적인 회원인 앙드레는 이탈리아 파시즘이야말로 유럽을 갉아먹으며 쇠락으로 이끄는 의회주의라는 악습에 대한 해결책이라고 생각했다. 드 마르상트 부인의 살롱은 늘 이 파시즘의 미덕들에 대한 대화로 시끄러웠으니, 당시에는 이런 게 유행이었다.

「우리 마들렌 페리쿠르 부인에게선 뭐 새로운 소식이라도 있나요?」 쥘 기요토가 물었다.

그들은 보도에서 택시를 기다리고 있었다.

「별로 없습니다······.」

그녀는 이따금 그에게 짤막한 편지를 보냈고, 어딘가에서 차를 한잔하자고 제안하곤 했다. 이제 앙드레의 삶에서 마들렌은 추억의 인물 중 하나일 뿐이었다. 그는 그녀가 더 이상 귀찮게 굴지 않았으면 하는 마음이었지만, 그녀는 아마도 회한으로 가득한, 그리고 계속 살아가기 위해 필요한 지난 삶의 추억에 그를 결부시키는 모양이었다. 그는 그녀의 집에 한 번 갔었다. 다행스럽게도 어린 폴은 외출 중이었고, 아파트는 음산하기 그지없었다. 최근에 가난해진 사람들의 집은 새로 부자가 된 사람들의 집과 같아서, 모든 게 눈에 들어왔다. 마들렌의 영락은 그 자신의 신분 상승과 비교되면서 그를 괴롭게 했다. 전에 자신에게 그녀가 필요했다는 사실을 떠올리지 않을 수 없었기 때문이다. 그리고 이것은 그가 유일하게 두려워하는 것이었다. 그녀가 자기에게 그것을 상기시킬까 봐서였다. 아니 그보다도, 그녀가 그것을 여기저기 떠들고 다니지는 않을까, 소문이 퍼지지는 않을까 두려웠다. 그는 현재 위치에 오르기 위해 수많은 적을 만들지 않을 수 없었고, 그녀가 〈남창(男娼)〉으로 지냈던 그의 과거에 대해, 그가 무위도식하면서 페리쿠르가에서 살았던, 하인들과 같은 층에서 지내게 하는 애인으로 살았던 그 시절에 대해 떠든다면 그들은 너무나 좋아할 것이다……. 그런 상황에서 빠져나오려면 얼마나 힘들 것인가! 그래서 그는 그녀가 간청하면 가끔씩 방문했고, 가서는 최소한의 시간만 보내고, 최대한 일찍 떠났다. 마들렌은 이런 그를 한 번도 힐책하지 않았고, 아무것도 요구하지 않았다. 아니, 단지 그녀는 그를 만나고, 그와 조금 얘기를 나누고 싶어 할 뿐이었다. 이제 나이가 들고, 몸도 불어난 그녀는 한창 성장 중인 듯한 폴에 대해 이야기했다. 앙드레는 그녀와 그녀의 아들에 대해 관심을 보이는 척하다가, 조금이라도 기회가 생기면 약속이 있다고, 할 일이 있다고 둘러대고는, 칠칠치 못하게도 이런 상황을 자초한 자신에게 맹렬히 화를 내며 달아났다.

「그런데 말이에요, 쥘…….」

「뭐죠?」

기요토는 보이지도 않는 어떤 택시를 노리는 것처럼 도로 쪽으로 고개를 비스듬히 기울였다.

「내가 제안할 게 좀 있는데요…….」 앙드레가 말을 이었다.

「아, 또 시작한다! 그래, 당신은 조금 유명세가 있고, 그래서 이제는 내 신문이 당신에게 맞지 않는다고 생각하는 거요?」

「그런 얘기가 아닙니다.」

「아니긴, 그게 바로 문제지! 당신은 신문 판매에 일조하고 있는데, 당신의 몫이 너무 적다고 생각하는 거야! 하지만 당신은 회계라는 게 뭔지 아시오?」

기요토는 『수아르 드 파리』는 수익을 가져다주기는커녕 엄청나게 돈이 들어간다는 사실을 명백히 증명하는 조작된 수치들이 줄줄이 적힌 서류 몇 장을 서랍 속에 항상 준비해 놓고 있었다. 이 신문은 몇 달 전부터 파산 직전 상태에 있으며, 이게 계속 발행될 수 있다면, 그것은 오로지 사장의 지칠 줄 모르는 에너지 혹은 그의 사재 덕분이라고 주장했다. 만일 이것이 나와만 관련된 문제라면, 내가 분명히 얘기하는데, 난 당장 때려치울 거요! 하지만 어쩌겠소, 이 회사에 1백여 가족의 생계가 달려 있으니! 난 이 모든 사람을 거리로 내몰 수 없단 말이오, 등등.

「이건 돈의 문제일 뿐 아니라, 원칙의 문제이기도 합니다.」

「빌어먹을! 대체 언제부터 이 바닥에 원칙이란 게 있었지?」

「난 지금 내가 받는 것보다 더 받을 자격이 있단 말입니다!」

「아, 그렇다면 다른 데 가서 찾아보시오, 난 지금 땡전 한 푼 없으니까. 어쩌겠소, 이런 불경기에 말이야.」

앙드레는 어금니를 꽉 깨물었다. 그의 사장은 자기 행동의 의미를 정확히 파악하고 있었다. 앙드레는 아주 인기가 있었고, 금전적으로 보다 흥미로운 제안들을 받고 있었지만, 『수아르 드 파리』보다 독자가 많은 일간지는 없었다. 신문을 바꾼다는 것은 더 많은 돈을 받는다 해도 그에게 퇴보가 될 거였다.

그는 수인이었다. 그는 기요토를 증오하기 시작했다.

정오가 지나 버려, 레옹스는 마음이 급했다.

마르셀 페리쿠르의 전신이 그려진 대형 초상화 앞을 지날 때마다, 그녀는 으스스 몸이 떨렸다. 자신을 오만하고도 엄한 눈으로 노려보는 저 사내…… 주베르는 저 형편없는 그림을 사느라 무려 2천 프랑이나 지불했지만, 그녀는 단 1상팀도 주고 싶지 않았다. 이 초상화는 그가 이 집에서 유일하게 간직하겠다고 요구한 것이었다.

전에 그게 문제 됐을 때, 자신의 전 친구(시각에 따라서는 그녀의 전 주인이라고도 할 수 있겠지만)의 집에 들어가 살아야 한다는 생각에 그녀는 괴로워 미칠 것만 같았다. 지금도 여전히 죄의식에 시달렸고, 할 수만 있다면 그녀를 만나 자신이 왜 그랬는지 설명하고 싶었지만, 할 얘기가 너무 많아서……. 그리고 자신의 파산에 일조한 여자가 무슨 말을 한들 귀를 기울일 것이며, 그 말이 옳다고 생각하겠는가?

레옹스가 막 나가려고 하는데 1층에서 귀스타브의 목소리가 올라왔다. 맙소사, 대체 저기서 뭘 하고 있지? 이 시간에 집에 들어오다니! 그녀는 살그머니 층계참으로 나가 그가 서재로 들어가기를 기다린 다음, 잰걸음으로 주방까지 내려와서는 초인종 줄을 당겼다.

「주인 양반에게 말해 줘요. 그가 도착하기 전에 내가 나갔다고. 그래 줄 수 있겠죠?」

하녀는 그녀의 외투와 모자와 장갑을 가져다주었다. 레옹스는 그녀에게 지폐 한 장을 쥐여 주었다. 그러고는 프로니 거리로 가서 택시를 잡기 위해 하인들이 사용하는 뒷문으로 나갔다. 아랫사람들에게 어떤 공모를 부탁할 때는 늘 그렇듯 자신에게 화가 치밀었다. 이래 가지고 어떻게 주인다운 주인이 될 수 있겠는가? 이런 일들을 훤히 알고 있는 귀스타브는 여자 집사를 고용할 생각을 내비치곤 했다. 물론 이것은 하나의 위협에 불과했고, 당신이 내 돈을 훔칠 때는 조심해야 한다, 그리고 다른 영역들에서도 마찬가지지만 이 영역에서는 적당히 하는 게 필요하다, 라고 자기 아내에게 말하는 나름의 방식이었을 뿐이다. 또 이것은 레옹스가 하녀였을 때, 마들렌 앞에서 연기해야 했던 그 싸구려 통속극에 대한 은근한 암시이기도 했다. 그녀가 돈을 훔치다 주베르에게 딱 걸려 버린 것은 로베르는 늘 몇 푼이 필요했고, 그녀는 이따금 어찌할 바 몰랐기 때문이다. 속이려 해봤자 소용없었으니, 주베르는 계산의 귀신이었다. 그녀는 주베르의 엄숙하고 딱딱하고 뻣뻣한 태도 뒤에 거의 전적인 성적 미숙함이 숨어 있다는 것을 본능으로 직감했다. 그리고 그를 샴페인 뚜껑처럼 공중에 펑 튀어 오르게 하기 위해서는 채 한 시간도 필요하지 않았다. 그러고 나서 그녀는 그의 지시에 따라 마들렌 앞에서 자신의 역을 연기했다. 고약한 추억에 사로잡히고, 후회하는 모습을 보이고, 눈물을 흘리고, 부끄러워하고…… 그럴라치면 마들렌은 어쩔 줄 몰라 하며 두 손을 맞잡고 비틀었다. 이 배신의 대가로 레옹스가 얻은 것은 급료의 두 배 인상이었다…… 주베르의 성적 판타지 문은 한 번 열리더니 닫히지 않았다. 레옹스는 정부(情婦)가 되는 확실한 길을 밟고 있었던 것이다. 이제 로베르는 매일 경매장에 나갈 수 있게 되었다.

그런데 이게 웬일인가! 주베르는 상황을 그녀와 같은 시각으로 보지 않았다. 그가 결혼을 요구한 것이다. 레옹스는 얼굴이 새하얘졌다. 그녀는 완벽한 정부가 되기 위해 모든 짓을 했건만, 이제 그의 마누라가 될 위기에 처한 것이다. 그녀는 모든 방법을 써봤다. 주베르를 다시 천장까지 튀어 오르게 해준 다음, 이건 정부와만 할 수 있지 마누라와는 할 수 없는 짓이라고 설명했다. 하지만 호흡을 되찾은 그는 생각을 바꾸지 않았다. 귀스타브 주베르 부인이 되든지, 아니면 당장 꺼지라는 거였다. 그녀는 이 제안을 로베르에게 알리지 않았으니, 그가 알면 그녀가 굴복할 때까지 한 순간도 그녀를 내버려 두지 않을 것이기 때문이었다. 그에게도 본능이 있었다. 사흘 후, 그에게 5천 프랑의 빚이 생겼다. 결국 레옹스는 주베르와의 결혼을 받아들였고, 결혼식 비용으로 6천 프랑의 가불을 요청했다.

아아, 그 결혼식만 생각하면……! 기가 막히게도 로베르는 결혼식에 참석하길 원했고, 하객 행세를 했다. 은행가들, 사교계 여자들, 주주들, 정치가들이 모여 있는 자리에 그는 체크무늬 양복 차림으로 쳐들어왔다……. 그러고는 밑 빠진 독처럼 술을 퍼마셨고, 잔치 음식을 훔쳐 먹으러 온 사람으로 여겨져 쫓겨나면서도 킬킬대며 신부에게 슬쩍 윙크를 했다……. 레옹스도 남몰래 피식 웃고 말았다. 다행히 주베르는 정원 반대편 끝에 있어서 아무것도 보지 못했다.

오후 1시. 레옹스는 한숨을 내쉬었다. 30분 안에 주베르가에 도착할 거고, 로베르는 벌써 침대에 누워서 담배를 피우고 있으리라.

살롱의 창을 통해 귀스타브는 쿠르셀 대로를 지나가는 택시 안에 레옹스가 앉아 있는 것을 보았다.

그는 처음부터 그녀에게 미행을 붙였지만, 그것은 그들의 암묵적 계약의 일부였던 그녀의 철딱서니 없는 짓들에 대해 더 알고 싶어서가 아니라, 이 철딱서니 없는 짓들이 어느 날 자신을 어려운 상황에, 어떤 스캔들 가운데로 몰아넣는 일이 없게 하기 위해서였다.

그자는 이름이 르네 델가라고 했다. 좋아, 이 르네 델가에게 가기로 하자! 그녀가 가질 수 있는 모든 애인 중에서 이자가 가장 편리했는데, 항상 빈털터리였기 때문이다. 보고받은 바에 따르면 그자는 이런저런 사기를 치며 살고 있지만, 그렇다고 지폐 다발 위에서 뒹굴지는 않는다는 거였다. 잘된 일이었으니, 이자는 돈이 필요한 한 레옹스를 떠나지 않을 거고, 귀스타브는 안정적인 마누라를 가질 필요가 있었기 때문이다. 전에는 이런저런 험담을 듣고 살아도 별 상관 없었지만, 지금 그는 다른 사람이었다.

그렇다, 완전히 다른 사람이 되어 있었다……. 그는 변해 버린 자신의 모습에 깜짝 놀랐다.

자, 이 구두만 해도…… 전에는 생각도 못했을 일이지만 지금은 이게 너무나 마음에 들었다. 맞춤 구두였다. 한 켤레에 2천 프랑이나 하는 이걸 위해 전속 구두닦이까지 하나 두었다. 조그만 검둥이 꼬마로, 매주 세 번씩 그의 사무실에 들렀다. 그리고 이 양복과 셔츠도……. 그는 자신도 우아해질 수 있다는 사실을 몰랐다. 레옹스는 이런 것들에 안목이 있었다. 그녀가 없었다면 그는 거부가 된다 해도 청교도처럼 살았을 것이다. 로스차일드가 부럽지 않은 황금 더미 위에 구입한 지 10년이 지난 후줄근한 양복을 입고 앉아 있었을 것이다. 그녀가 고양이처럼 민첩하게 침대에 기어올라, 그것을 화전(火箭) 같은 속도로 벽으로 날아가게 할 때면, 현란한 불꽃놀이가 그의 숨을 멎게 만들었다. 그녀를 얻은 것은 정말이지 로또에 당첨된 거나 다름없었다. 그는 이래 봬도 파리에서 가장 매력적인 여자 중 하나를 아내로 가진 몸인 것이다! 사람들과 함께 있을 때는 우아하고, 만찬석에서는 조신하고, 어떤 경우에나 아주 예의 바른데, 그것도 모자라 믿어지지 않을 만큼 음란하기까지 했다.

순식간에 쌓아 올린 재산, 모두가 부러워할 만한 위치, 장식 효과 만점인 기가 막힌 아내……. 아, 세상에! 심지어 그에겐 페리쿠르 저택까지 있었다. 그는 집을 나설 때마다 마르셀 페리쿠르의 대형 초상화에 눈길을 던지곤 했다. 저 사내가 이룬 것은 주베르가 이제 실현하려는 것에 비하면 아무것도 아니었다.

레옹스는 코마르탱가 모퉁이에서 택시를 내렸다. 신중을 기하기 위해서였다. 귀스타브는 혼인 공시를 하기 전에, 결혼할 상대가 어떤 여자인지 알아내기 위해 자신에게 탐정을 붙였다. 마치 자기가 아무것도 눈치채지 못할 것처럼 말이다……. 주베르는 재정 분야에서는 아주 똑똑한 머리를 가졌는지 모르지만, 삶의 경험에서는 풋내기일 뿐이었다.

탐정은 몸집이 매우 뚱뚱했고, 코가 무처럼 생기고, 검은 턱수염이 텁수룩한 것이 만화 『니켈 발[足]』에 나오는 리불댕그와 아주 흡사했다. 그녀는 그를 수많은 상점과 미술관들(아, 그러느라 얼마나 지겨웠던지! 정말이지 그녀는 그림에 아무런 흥미도 없었고, 이해도 할 수 없었다)에 끌고 다녔다. 그가 자신을 시야에서 놓치지 않도록 가끔 걸음을 늦추기도 했다. 이렇게 그녀는 그를 하루이틀 산보시킨 뒤 뒤바크가의 어느 호텔까지 데려가서 르네와 함께 방에 틀어박혔다. 르네 델가는 로베르가 〈여행 중에〉 — 로베르는 자신의 수감 기간을 이렇게 불렀다 — 알게 된 친구였다. 레옹스는 남자를 선발할 때 아주 까다롭게 굴었는데, 미래의 남편이 자신이 아무 놈팡이하고나 붙어먹는다고 생각하는 게 싫었기 때문이다. 물론 그가 로베르를 찾아낼 수 없게 하려는 목적도 있었다.

르네는 그녀의 목적에 부합했다. 상당히 다양한 분야에서 밀매를 하는 잘생긴 사내였다. 사실, 이것은 몇 사람만 알고 있는 비밀이었는데, 그는 위폐범이었다. 떠도는 말로는 파리 최고 위폐범 중 하나였지만, 그리 부지런하지는 않았다. 그들은 호텔 방에서 담배를 피우고, 애기를 나누며 그날 오후를 보냈고, 레옹스는 도둑처럼 몸을 벽에 딱 붙이며 나와서 불안해하는 시늉을 하려고, 그리고 리불댕그가 자신을 잘 따라오고 있는지 확인하려고 여러 차례 고개를 돌리며 걸었다.

귀스타브는 의심이 많은 성격이어서, 그녀를 보름 넘게 미행하도록 했다.

그리고 나서 그는 안심했다. 리불댕그에게는 다른 커플들, 다른 호텔들, 다른 고객들이 생겼다. 마침 잘된 일이었으니, 그녀는 정말 지겨워지고 있었다. 그럼에도 불구하고 르네는 오후 내내 낮잠만 자는 대가로 1백 프랑을 요구했다. 객실료는 별도였고.

22

프레생제르베[14] 공장은 오늘따라 몹시 시끌벅적했다. 직공들이 사다리에 올라서서 커다란 간판을 다는 작업을 끝마치고 있었다.

프랑스 르네상스
항공기 연구 제작소

그 안에서는 주베르의 연락을 받고 달려온 20여 명의 기자가 한데 모여, 드넓은 창고를 2층 높이로 빙 도는 좁은 통로를 호기심 어린 눈으로 둘러보고 있었다. 그 통로를 따라 죽 이어지는 사무실들의 유리벽 너머로 사람들이 탁자, 소파, 칠판 따위를 밀고 있는 모습이 보였다.

커다란 차량 한 대에서 르페브르스트뤼달사의 엄청난 크기의 신형 공작기계 두 대가 내려졌다. 그러자 주베르가 설명을 시작했다.

14 파리 북동부에 위치한 외곽 도시.

「우리 프랑스 공군은 열 개의 다른 회사 제품과 열다섯 개 유형의 엔진이 장착된 백여 대의 항공기로 구성되었습니다. 다시 말해 일관성이 전혀 없다는 얘깁니다!」

참석자들은 마치 어떤 연속극의 한 회를 놓친 듯한 기분이었다. 대체 여기가 무얼 하는 곳인지 이해가 되지 않았다.

「에, 그런데,」 주베르가 말을 이었다. 「이 연구 제작소는 프랑스와 영국의 가장 중요한 항공기 회사들의 연합체입니다.」

사람들의 당혹해하는 표정들 위로 물음표 하나가 떠올랐다. 그래서 대체 무얼 하겠다는 거지?

주베르가 큼지막한 미소를 지으며 뭐라고 대답하는데…….

「엉? 뭐라고요?」 누군가가 소리쳤다. 「잘 안 들려요! 다시 한번 말씀해 주세요! 어이, 저리 좀 비키라고! 자, 다시 한번 말씀해 주세요!」

주베르는 좌우를 둘러보다가, 뒹굴고 있는 궤짝 하나를 발견하고는 그 위로 성큼 올라섰다. 사람들은 조용해졌고, 주베르는 문장의 간결함을 부각시키는 차분한 목소리로 아까 한 답변을 다시 한번 반복했다.

「여기서 우리는 세계 최초로 제트 비행기 엔진을 만들 계획입니다. 우리는 항공 기술의 혁명을 가져올 것입니다.」

〈제트 비행기〉가 정확히 무엇을 의미하는지 아는 사람이 아무도 없었다. 하지만 한 가지만은 이해했다. 지금까지 비행기들은 프로펠러의 도움으로 날았다면, 제트 비행기는 프로펠러가 없을 뿐 아니라, 훨씬 빨리 난다는 사실 말이다.

그리고 사흘 후, 라 클로즈리 데 릴라 레스토랑의 거대한 식탁에서는 온통 이 얘기뿐이었다.

식전주들이 콸콸 부어졌고, 주베르가 여느 아내 같지 않기 때문에 모두가 감탄하며 바라보는 그의 아내를 동반하고 도착했을 때, 분위기는 벌써부터 한껏 달아 있었다.

주베르는 모두와 따스한 악수를 나눴지만, 특히 메카니크 주베르사 매상의 60퍼센트를 책임져 주는 르페브르스트뤼달 사의 사주이자 대표이사인 르페브르 씨와는 더욱 그랬다.

앙드레 델쿠르도 초대에 응하고 싶은 유혹을 이겨 내지 못했다. 그는 한 번도 귀스타브 주베르를 좋아한 적이 없었고, 주베르도 늘 받은 만큼 돌려주었다. 하지만 그는 프랑스 르네상스의 성공을 멀리서 지켜봐 왔고, 자신 역시 뭔가가 되었다는 것을 보여 주고 싶었다. 그는 항상 자신에 대한 불안감에서 벗어날 필요가 있었다.

「오, 델쿠르! 이쪽으로 와요! 자, 어서!」

귀스타브는 일어서서 두 팔을 활짝 벌렸다.

앙드레는 자신은 식탁 끝자리에 만족하겠노라고 겸손하게 손짓했지만, 오, 아니야, 아니야, 아니야, 라고 귀스타브는 열렬히 손을 저었다. 사람들은 자리를 좁혔다. 의자 끌리는 소리, 나이프가 쨍강대는 소리가 났고, 유리잔 하나가 엎어졌다. 주베르는 자라처럼 움찔하며 목을 집어넣었고, 그 모습에 좌중은 웃음바다가 되었다. 귀스타브 가까이에 식기 한 세트가 마련되었고, 귀스타브는 맞은편에 사케티와 기요토, 그리고 오른쪽엔 레옹스, 왼쪽엔 앙드레 델쿠르에게 둘러싸였다.

「자, 그래서, 친애하는 주베르!」 기요토가 식탁 위로 소리쳤다. 「그러니까 다음번 전쟁을 당신 혼자 힘으로 이겨 보겠다는 심산이구먼!」

사람들은 다시 웃음을 터뜨렸다. 주베르는 짓궂은 농담을 허허 웃으며 받아들였다.

『피가로』지의 기자가 질문을 이어 갔다.

「당신이 보기에 프랑스 공군은 능력이 안 됩니까?」

주베르는 나이프를 내려놓고 두 손바닥을 접시 양옆의 식탁에 대며, 어떻게 하면 가장 잘 설명할 수 있을지 생각하는 듯한 표정을 지었다.

「지금으로부터 2년 전, 정부는 그 시제품이 아직도 이륙하지 못하는 비행기를 구매했습니다. 그런데 몇 대나 주문했는지 아십니까? 무려 50대였어요! 그런데 히틀러가 이끄는 독일은 곧 재무장할 겁니다. 그는 호전적인 의도를 품고 있어요. 우리 군에는 아주 빠른 비행기들이 필요합니다.」

이 속도의 개념은 모두의 정신을 사로잡았다. 10년 혹은 15년 전부터 속도는 계속 증가해 왔다. 자동차의 속도가 그랬고, 기차의 속도가 그랬다. 온 세상이 점점 빠르게 돌아가고 있는데, 하늘만 만인이 벌이는 이 신기록 경쟁에서 제외될 이유가 없었다. 갑자기 터질 전쟁, 그리고 마치 달려오는 말처럼 순식간에 차오르는 몽생미셸의 밀물처럼 진격하는 군대의 개념은 누구에게나 익숙한 것이었다.

「이상(理想)은 음속에 근접하는 것이겠지요.」 주베르가 덧붙였다. 「하지만 우리는 시속 7백 내지 8백 킬로미터에 만족할 겁니다. 그것만 해도 아주 괜찮은 거니까요.」

이 의기양양하고도 허세스러운 선언에 청중은 주베르를 교만하게 보는 이들과 그가 미쳤다고 생각하는 이들로 양분되었다.

「그렇다면 당신은,」『랭트랑지장』지의 리포터가 배알이 꼬인 목소리로 끼어들었다. 「이를 위한 처방을 갖고 계시겠죠?」

「우리에겐 아주 확실한 영국 특허권이 하나 있어요…….」

이 특허권은 원래 어떤 영국 물리학자 소유였다. 그는 이것을 연장하는 데 필요한 단돈 5파운드가 없어서 소유권을 상실했다. 그렇게 굴러다니는 것을 주베르가 발견해 빛을 보게 한 것이다. 그는 그것을 개인 명의로 취득했다. 기본적인 예방 조처였다. 프랑스 르네상스는 바로 그 자신이었으므로, 특허권 역시 그의 것이 되어야 하지 않겠는가? 그게 논리적이었다. 그는, 특별히 이 특허권의 관리를 위해 〈민족 항공사〉라는 뻑적지근한 이름의 멋진 회사를 하나 만들었다. 파트너들은 출자하고, 국가는 보조금으로 지원하고, 항공기 연구 제작소는 메카니크 주베르사에 굵직한 주문들을 넣고, 그러면 결국 수익이 나서 주주들에게 배당금을 조금씩 나눠 주고, 정부의 칭찬을 듣고, 남은 이익금을 자기 주머니에 챙기는 것이다. 모든 사람이 금융 분야 출신 사업가가 얼마나 무서운지 곧 알게 되리라.

「만일 정부가 당신 말을 듣지 않는다면?」 기요토가 물었다.

주베르는 그 맑은 눈으로 좌중을 천천히 둘러보았다.

「우리는 정부 없이 할 겁니다. 우리는 프랑스를 위해 이 일을 할 겁니다. 정부는 일시적인 것이지만, 프랑스는 영원히 남습니다…….」

박수 소리가 산발적으로 일다가, 보다 뚜렷해졌다.

한 사람이 일어섰고, 다른 사람들이 뒤를 이었으며, 결국 만장의 갈채가 터졌다. 주베르는 협회의 다른 임원들도 손으로 가리켰고, 그들은 겸손하게 눈을 아래로 내렸다.

「근데 말이오, 우리 델쿠르 씨…….」

주베르는 앙드레의 팔뚝에 한 손을 은근히 올려놓았다. 그의 발언이 있은 지 30분이 지나 식사 분위기가 한창 무르익고, 기자들은 보충 정보들을 얻어 내기 위해 자기 잔을 들고 다른 사업가들 곁으로 가서 앉아 있었다.

「……우리 델쿠르 씨도 우리의 운동을 공개적으로 지지해 주실 거죠?」

「난 당신이 당신의 운동을 〈공개적으로〉 지지할 준비가 되어 있는 기자들을 꽤 많이 찾아낼 거라고 믿어 의심치 않습니다만.」

주베르는 고개를 끄덕였다. 아, 그렇군, 오케이, 알겠어요……. 그는 약간 피곤한 표정으로 한숨을 내쉬었고, 다른 회식 참석자들의 존재를 잠시 잊고 있기라도 한 듯 갑작스러운 관심을 보이며 정면을 응시했다.

「……그런데 우리 마들렌 씨에 대해서는 뭐 새로운 소식이 없나요?」

「별로……. 우린 가끔 우연히 마주치는 사이라서…….」

「가만있자, 당신이 페리쿠르 저택에서 얼마 동안이나 사셨던가?」

앙드레는 마른침을 꿀꺽 삼켰다.

「아니, 아니, 계산할 필요 없어요,」 주베르는 곧바로 청년의 팔뚝에 다시 손을 얹으며 말했다. 「그냥 단순한 호기심에서 물어본 거니, 전혀 중요하지 않아요.」

다음 날 마들렌은 『수아르 드 파리』에서, 귀스타브 주베르가 라 클로즈리 레스토랑에서 펼친 그 센세이셔널한 선언을 발견했다.

그녀는 제1면의 사진에서 귀스타브 주베르가 클로슈 모자와 세 줄 목걸이를 한, 그 어느 때보다 매력적인 레옹스와, 이 자리와는 실제적으로 관련 없는, 어쩌다 거기 있게 된 사람의 전형적인 얼굴을 하고서 뻣뻣하게 앉아 있는 앙드레 델쿠르 사이에 끼여 겸손을 떨고 있는 모습을 보고는 미소를 금할 수 없었다.

마들렌은 아주 기분이 좋았다. 평생 한 번도 담배를 피워 본 적 없지만, 지금만큼은 기꺼이 한 대 피워 물고 싶은 기분이었다.

그녀는 신문을 정성껏 접고는, 웨이터를 불러 음료 값을 치른 뒤 밖으로 나왔다.

이제 사랑스러운 레옹스를 만나 봐야 했다.

23

그들은 매주 상황을 정리했다. 뒤프레 씨는 보고하는 일에 아주 열성적이었다. 자신이 받는 급료를 정당화하고 싶었던 것이다. 처음에는 어떤 카페에서 만났지만, 꽤나 시끄럽고, 또 저녁에 여자가 카페에 들어간다는 것이……. 그녀는 주위에 폴과 블라디가 있는 집에서는 만나고 싶지 않았다. 그러자 뒤프레는 자기 집에서 만나자고 제안했다. 그래서 매주 수요일 블라디는 폴과 함께 저녁 시간을 보내고, 마들렌은 샹피오네가 한 건물의 4층에 있는 조그만 아파트로 갔다.

그곳은 마들렌을 약간 불편하게 했다. 청결하고, 깔끔하고, 비개성적인 독신남의 아파트가 꽤 당황스러웠다. 사진 액자 하나, 벽에 걸린 그림 한 점 보이지 않고, 왁스 냄새만 흐릿하게 떠돌며, 식기는 거의 없고, 책도 한 권 없는 그곳에서는 상당히 스파르타적인 분위기가, 호텔 객실들에서 느낄 수 있는 그런 익명적인 면이 느껴졌다.

만남은 항상 똑같은 방식으로 이루어졌다. 그는 마들렌에게 인사하고 그녀는 모자를 벗는다. 그는 그녀의 외투를 받아 들어 옷걸이에 걸고, 커피를 만든다. 그런 다음 그들은 탁자 양쪽에 마주 앉는다. 왁스를 먹인 테이블보 위에 잔 두 개, 그리고 설탕 그릇과 커피 주전자가 놓이는데, 이것들은 아마도 이 경우를 위해 특별히 사온 것인 듯, 주위 배경과 전혀 어울리지 않는다. 뒤프레 씨는 항상 끝까지 마시는 법이 없는 커피를 홀짝거리며 보고한다. 그에게는 광물질 같은 무언가가 있어서, 그가 병에 걸리거나 이웃과 시비가 붙거나 어떤 해결할 수 없는 상황과 마주한 모습을 도무지 상상할 수가 없다.

이따금 상황이 불가피할 때는 다른 장소에서 만났다. 그녀는 그를 그의 집에서 보는 것에 너무 익숙해져 있어 다른 배경에서는 마치 상점 안에서만 보던 상인을 거리에서 마주쳤을 때처럼 뭔가 잘못된 것 같은 느낌이 든다. 샤젤가의 이 찻집에 앉아 있는 오늘처럼 말이다. 마들렌은 그가 홀을 가로지르고, 흰 테이블보의 소형 원탁들과 노끈 문양의 전등갓이 달린 스탠드들 사이로 걸어오는 모습을 보았다. 그는 이런 곳에서 볼 수 있는 유형의 손님이 아니었다.

「이제 다 준비됐습니다.」 그가 마들렌 쪽으로 살짝 몸을 기울이면서 말했다. 「혹시 필요하시다면 나도…….」

마들렌은 벌써 일어서 있었다.

「아뇨, 고마워요, 뒤프레 씨. 아무 문제 없을 거예요.」

그들은 보도에서 헤어진 뒤, 마들렌은 쿠르셀 대로 쪽으로 걸음을 옮기고 뒤프레 씨는 반대 방향으로 갔다.

그녀는 과거에 자신이 살았던 집의 크고 육중한 철책 문을 무덤덤하게 바라보았다. 그 커다란 성관은 아직도 〈페리쿠르관〉이라 불렸다. 화재로 소실되어 버렸지만, 아직도 이름은 남아 있는 어떤 건물들처럼 말이다. 벌써 거기에선 다른 세 가족이 이어져 살았지만, 사람들은 여전히 〈르블랑 박사의 집〉이라는 표현을 쓰고, 20년 전에 없어져 버린 〈베르니에 사거리〉라는 지명을 사용했다.

안에 들어선 마들렌은 실내가 새로 장식된 것을 발견하고는, 취향이 그리 나쁘지 않다고 생각했다. 하녀가 그녀를 서재로 인도했다. 거기서 조그만 비명 소리가 들렸고, 그녀는 미소를 지으며 몸을 돌렸다.

「안녕, 레옹스! 혹시 방해된 것은 아니겠죠?」

레옹스는 꼼짝도 하지 못했다. 그녀도 여유 있는 모습을, 거의 유쾌하기까지 한 모습을 보이고 싶었겠지만, 그럴 수가 없었다. 어떤 생각이 머리를 스쳤던 것이다.

「귀스타브가 곧 들어올 거예요!」

위협이 되기를 바라는 소리였다. 마들렌은 미소를 지었다.

「아니, 아니, 안심해요. 귀스타브는 방금 나갔고, 오늘 밤 전에는 들어오지 않을 거예요. 오늘 프랑스 르네상스의 이사회가 있고, 저녁 11시 전에는 끝나는 법이 없죠. 그게 어떤 건지잘 아시잖아요. 아니, 또 모르죠! 그가 친구 몇 명을 카페 드 파리에 데려가기로 마음먹는다면 말이에요. 잘 아시겠지만, 그는 항상 굴을 좋아했죠…….」

이 대답은 레옹스의 가슴에 비수처럼 꽂혔다. 그것은 단지마들렌이 그녀 자신만큼이나, 아니 그녀보다도 더 사정에 밝기 때문만이 아니라, 그녀의 말을 듣고 있으면 그녀가 주베르의 아내이고, 자기는 손님 같은 느낌이 들었기 때문이다.

「레옹스, 이리 와서 앉아요. 어서 와서 앉아요…….」

하녀가 돌아왔다. 마님께서 필요하신 거라도 있나요?

「응, 차…….」

그리고 레옹스는 자신도 모르게 이렇게 덧붙였다.

「그렇죠, 마들렌?」

「그래요, 차가 좋겠어요.」

그렇게 나란히 앉은 두 여자는 3년 넘는 세월 동안 서로 걸어온 길을 가늠했다. 지금 레옹스는 호사스러운 차림을 하고 있고, 마들렌은 디테일에 신경 쓰는 중산층 여성의 간소한 차림이었다. 더 이상 보석도 없고, 레옹스가 끔찍하게 싫어했던 그 차분한 표정. 두 사람에게 세상은 언제나 똑같은 방향으로 돌아갈 거라는 확신은 더 이상 느껴지지 않았다. 하지만 흐름은 역전되었다. 레옹스는 하녀가 차를 가져오기를 기다리며 매니큐어 칠한 손톱을 응시하고 있었고, 마들렌이 원한보다는 호기심이 담긴 눈으로 자신을 위아래로 훑어보는 데 놀랐다. 대체 뭘 원하는 걸까? 정적 속에서 각자 이런저런 생각을 굴리고 있는데, 레옹스의 머릿속에 문득 폴이 떠올랐다.

「그 애는 잘 있어요.」 마들렌이 말했다. 「고마워요.」

레옹스는 속으로 그의 나이를 계산해 보았다. 왜 그 애에게 용돈이라도 한번 보내지 않았을까? 그녀는 자신이 배신한 사실을 소년이 알게 되었는지 너무 궁금했다.

「당신을 방문한다고 그 애에게 말하지 않았어요. 말했으면 그 애는 분명히 날 부러워했을 거예요.」

하녀가 차를 가지고 왔다. 레옹스가 불쑥 입을 열었다.

「저 말이죠, 마들렌…….」

「자신을 책망하지 말아요.」 마들렌이 그녀의 말을 끊었다.

「그래요, 돌아가기엔 너무 늦어 버렸고, 또…… 어쩌면 그렇게 밖에 할 수 없었을 거예요. 그러니까…….」

그녀는 팔을 뻗어 자기 핸드백을 열었다.

「자, 우리, 감상에 빠지진 말자고요!」

그녀는 레옹스가 금방 알아본 공문서 한 장을 꺼내 낮은 탁자 위에 내려놓은 다음, 차분하게 찻잔을 다시 채웠다.

카사블랑카 시청.

레옹스 피카르 양과 로베르 페랑 씨의 결혼 증서.

「난 여자가 여러 남자를 좋아하는 것은 이해해요.」 마들렌이 말했다. 「하지만 동시에 두 남자와 결혼한다는 것은…….」

마들렌이 이걸 어떻게 입수했을까?

「어려울 것 없어요. 무슨 말이냐면, 두 번째로 결혼하기 위해 가짜 호적 등본을 구하는 것보다는 어렵지 않다는 얘기예요. 레옹스, 당신은 중혼자예요. 그리고 판사들은 그걸 별로 좋아하지 않아 징역 1년과 벌금 30만 프랑을 때리죠…….」

레옹스는 입이 딱 벌어졌다. 이것은 그녀가 가장 두려워하는 일이었다. 가난이라면 이미 겪어 봐서 알고 있지만, 감옥은…….

「그리고 로베르 페랑에게도 마찬가지죠.」

마들렌은 이 얘기가 별로 효과 없다는 것을 금방 깨달았다. 레옹스는 로베르의 자유를 위해 자신의 자유를 위험에 빠뜨릴 생각이 전혀 없었던 것이다. 레옹스는 문을 힐끔 쳐다보았다.

「다시 한번 신중하게 생각해 봐야 할 거예요. 도망치려면 많은 돈이 필요할 테죠. 〈지금 수중에 얼마나 있지?〉 당신은 이런 상상을 하고 있겠죠. 새 신분증을 사고, 외국으로 나가는 배표를 한 장 사고, 거기서 몇 달 지내다가 주베르에게서 훔쳐낸 몇 천 프랑을 들고 돌아올 수 있으리라……. 레옹스, 당신은 멀리 가지 못할 거예요……. 아니, 난 그렇게 하라고 조언하고 싶지 않아요. 더구나 당신은 지명 수배될 거고, 범죄자를 본국으로 인도하지 않는 나라를 골라 몸을 숨겨야 할 테니까요. 그러기 위해선 돈이 많이 들고, 어딜 가도 편히 지낼 수 없을 거예요. 오직 노련한 악당들만 그런 일들을 해낼 수 있어요. 참, 그리고 말이죠, 그런 바보 같은 짓을 방지하기 위해, 당신의 여권을 내 게 맡겨 두는 게 좋을 것 같아요.」

침묵이 흘렀다. 레옹스는 일어나서 방을 나와 자기 침실로 올라갔다. 그리고 상황을 곰곰이 생각해 보았다. 주베르는 절 대로 그녀에게 큰돈을 주지 않고, 조금씩, 자주 타서 쓰게 했 다. 남편이라기보다는 은행가에 가깝게 행동하고 있었다. 지 금 그녀의 수중에 있는 돈은 1천 프랑도 안 되고, 게다가 또 누 군가에게 빚을 졌다는 로베르에게 4백 프랑을 주어야 했다. 그 는 항상 뭔가 피치 못할 사정이 있었는데, 과연 무엇이 사실인 지 전혀 알 수 없었다. 마들렌은 많은 돈을 요구할 테지만, 황 금알을 낳는 닭을 죽일 위험이 있기 때문에 레옹스가 지불할 수 있는 이상은 요구하지 않을 것이었다. 그녀는 손에 핸드백 을 들고 다시 돌아와서는 자기 여권을 내밀었고, 마들렌은 그 것을 펼쳤다.

「이 사진은 별로 예쁘지 않게 나왔네요. 사진이 인물을 망쳤 어요…….」

그녀는 꽤나 기분이 좋아 보였다.

「자, 당신의 핸드백 좀 줘볼래요?」

레옹스는 시키는 대로 했다. 새미가죽으로 만든 멋진 라마르트 핸드백이었다. 이걸 빼앗을 작정인가? 하지만 마들렌은 거기서 지갑과 명함들만 꺼냈다.

「이 영국식 버튼이 아주 예쁘네요. 아주 고급스러워요.」

그러고 나서 그녀는 일어섰다.

「레옹스, 앞으로 당신은 이 집에서 내 눈이 될 거예요. 나는 주베르와 관련된 모든 것을 알고 싶어요. 만일 당신이 내가 알아야 할 무언가를 숨긴다면, 난 당신에게 전화를 걸지도 않고, 편지를 쓰지도 않고, 찾아오지도 않을 거예요. 그대로 당신의 결혼 증서를 든 수사관을 당신에게 보낼 거예요. 알겠어요?」

레옹스는 머뭇거렸다.

「당신에게…… 정확히 뭘 말해 줘야죠?」

「모두 다. 그가 누구와 얘기하고, 누구와 저녁 식사를 하고, 누구와 계약을 맺고, 고객들에게 어떤 선물을 하고, 정치가들에게는 무엇을 돌리고, 어떤 신문의 기자들을 매수하는지 등 모든 걸요. 보고 내용을 선별하지 말아요. 그건 내가 할 거예요. 그가 통화하는 내용을 잘 듣고, 그의 비망록을 읽고, 모든 것을 메모해 놓고, 주소와 전화번호들을 적어 놓아요. 우리는 루아얄가에 있는 셰 라뒤레 카페에서 매주 오후 4시에 차를 마실 거예요. 만일 어느 날 당신이 오지 않으면, 난…….」

「네, 알겠어요! 이해했어요!」

「아, 흥분하지 말아요, 레옹스!」

마들렌은 외투를 꼭 여몄다. 그렇다면 돈을 요구하지 않고 떠나려는 것일까? 레옹스는 믿어지지 않았다. 하지만 갑자기 머릿속에 문제가 새로운 각도에서 떠올랐다.

「적어도 그를 파멸시키려는 것은 아니겠죠?」

「레옹스, 우린 어려운 시대에 살고 있어요. 당신은 당신의 두 번째 남편과, 그의 돈과, 첫 번째 남편과, 당신의 자유를 모두 가질 수 없어요. 내가 진심으로 말하는데, 당신이 소유한 모든 것 중에서 그래도 가장 가치 있는 것은 당신의 자유예요.」

마들렌은 레옹스가 무슨 생각을 하는지 눈치챘다.

「그리고 당신의 첫 번째 남편과도 얘기 좀 나눠야겠어요. 로베르 페랑 말이에요. 왜냐하면 난 그 사람도 필요해질 것 같으니까요.」

레옹스의 눈이 휘둥그레졌다. 마들렌은 부드럽게 미소를 지었다.

「네, 맞아요. 결혼이란 그런 거예요. 기쁠 때나…… 또 슬플 때나…….」

두 여자는 얼굴을 마주하고 서 있었다. 마들렌은 고개를 살짝 옆으로 기울이며 레옹스를 관찰하더니, 다가가서 입술을 그녀의 입술에 포갰다. 짧은 키스였지만, 그 부드러움과 축축한 열기와 은은한 향수 냄새를 느끼기에는 충분했다. 마들렌의 이 행동은 사랑 때문이 아니라, 단지 바닥에 떨어져 있어 신경 쓰이는 동전을 줍듯이 더는 거기에 대해 생각하지 않으려고 한 거였다. 그녀는 한 걸음 물러서서 어머니의 그것 같은 만족감이 깃든 눈으로 레옹스를 응시했다. 그런 다음 문 쪽으로 걸어가다 문득 돌아서더니 미소를 지었다.

「이걸로 모든 게 청산되었다고 생각하진 말아요!」

곧이어 그녀는 생프랑수아드살 성당의 신부에게 이 상황을 언급하지 않을 거라고 확신했다.

24

샤를은 자신이 근검절약하며 사는 사람이라고 확신했다. 그 것은 시가 한 상자, 그랑 베푸르 레스토랑에서의 저녁 식사, 사창가에서의 밤시간 등 모든 지출이 하나의 예외일 뿐이며, 이 예외들을 모두 합한 액수가 그의 능력 범위를 넘어선다는 생각을 한 번도 해본 적 없기 때문이었다. 정치에서와 마찬가지로 이 문제에서도 그는 희생양의 전략을 사용했으니, 항상 다른 사람에게 모든 책임을 전가한 것이다. 그의 아내 오르탕스는 완벽한 타깃이었다.

샤를이 보기에 그녀와의 결혼만큼 자신의 불운을 명확하게 보여 주는 것도 없었다. 자신은 결코 원하지 않았다고 확신하는 이 불행한 사건은 숙명처럼 그의 삶을 무겁게 짓눌렀다. 오르탕스는 그를 너무 피곤하게 만드는 여자였다. 하지만 다행스럽게도 그에게는 두 딸이 있었다. 물론 여기에도 그렇게 즐거운 일들만 있는 것은 아니지만 말이다. 로즈와 자생트의 그 재앙과도 같은 치아 문제를 해결하려고 애쓴 전문가들은 전부 발치해야 한다는 결론에 이르렀다. 몇 날 며칠을 병원에서 살

다시피 했고, 치아를 하나 뽑을 때마다 선물을 하나씩 안겨 주고, 마침내 그 가격이면 순금으로 만들었다고 해도 이상하지 않을 의치 두 개를 해 넣었다. 이제 두 아가씨는 그레뱅 박물관의 밀랍 인형들처럼 수상쩍을 정도로 가지런하고, 거북스러울 정도로 새하얀 치아를 마음껏 드러냈다. 유년 시절 내내 미소를 박탈당했던 그들 나름의 통쾌한 복수인 셈이었다. 이렇게 사춘기의 마지막 시간은 틀니를 마음껏 과시하며 지나갔는데, 불행히도 잇몸이 그 틀니에 제대로 맞춰지지 않은 탓에 빈번히 미끄러지고, 빠지고, 난데없이 입 밖으로 튀어나오곤 해서, 틀니를 제자리에 붙잡아 놓는 일이 어떤 끊임없는 싸움처럼 느껴졌다. 이제 그들은 열아홉 살로, 말라깽이에 안짱다리요, 피부는 백묵처럼 허여멀건데, 젖가슴은 어미를 닮아 뾰족하니 가슴 위쪽에 붙어 있었다. 하지만 샤를은 자기 딸내미들이 그 어느 때보다 예쁘게 느껴졌고, 대체 어떤 이유로 사내놈들이 쫓아다니지 않으며, 구혼하는 놈이 하나도 없는지 당최 이해가 되지 않았다. 그는 딸내미들의 지참금이 충분하지 않기 때문이라고 생각했다. 또다시 돈이 문제였고, 결국 항상 그 문제로 돌아왔다.

오르탕스는 신랑감들을 구하기 위해 그녀가 가진 모든 에너지를 쏟아부었다. 춤을 곁들인 티 파티, 무도회, 이브닝 파티, 초대, 외출, 자동차 경주……. 로즈와 자생트의 좋은 혼처를 찾기 위해 백방으로 노력했으나, 결과는 실망의 연속이었다. 하지만 샤를은 자신의 〈희귀한 진주들〉에게 무시할 수 없는 장점이 있다고 믿었다. 그들이 춤을 아주 잘 추진 못하지만 음식은 상당히 깔끔하게 먹는데, 세상 여자들이 다 그러는 것은 아니었다. 몸가짐 면에서 보면, 특별 선생들까지 두어, 전보다 자세가 덜 구부정했다. 또 사교계 생활을 위해 대화법에 대한 서적들도 사주어 그 내용을 달달 외우고 있었고, 외운 내용을 대화 중 올바른 지점에서 사용하는 데 약간 어려움을 느낀다는 점만 제외하면 모든 게 완벽했다. 최근 로즈가 교회 얘기를 하면서 〈이집트〉에 대한 페이지를 길게 암송한 적이 있긴 하지만, 이 일은 큰 문제가 되지 않았다. 올해는 둘 다 마크라메 레이스에 홀딱 빠져, 우열을 가릴 수 없을 정도로 기가 막힌 냅킨, 커튼, 식탁보 등으로 온 집안이 파묻힐 정도였다. 그럼에도 불구하고 아직 한 놈도 나타나지 않는 것이다! 〈도무지 이해를 못 하겠어!〉라고 샤를은 푸념하곤 했다. 이에 오르탕스가 자신의 이론을 내놓았다. 어쩌면 이런 것 아닐까요? 그 애들은 완벽하게 똑같은 쌍둥이라서, 결혼하면 둘 다 취해야 한다고 생각하는 것일 수도…….

샤를은 눈을 질끈 감았다. 어쩌면 이렇게 멍청할 수가 있단 말인가! 정말 믿기지 않았다.

2월 중순에 오르탕스는 샤를에게 말했다. 자신이 온갖 작전을 펴고 은근한 암시를 흘린 끝에, 올해 스무 살이며 그랑제콜 입시 준비생인 알퐁스라는 외아들을 둔 크레망게랭 부인의 관심을 쌍둥이에게 끌어오는 데 성공했다고 말이다. 샤를은 드디어 터널의 끝이 보인다고 믿었다.

어느 날 저녁 그들은 만났다. 샤를은 집에 들어가면서 결코 서두르지 않았고, 쉽게 허락하지 않을 미래 장인의 심드렁한 태도를 취했다.

오르탕스가 그를 맞았다.

「그 청년이 왔어요…….」그녀가 속삭였다.

그녀는 남편을 짜증 나게 만드는 복통을 숨기기 위해 몸을 약간 구부리고 있었지만, 얼굴은 즐겁게 들뜬 듯하면서도 약간 불안한 표정이었다.

샤를은 오면서 이 젊은이들 간의 만남에 대해 나름대로 생각해 봤고, 그가 한 번도 본 적 없는 알퐁스란 청년에 대해 모종의 호의를, 진심 어린 연민을 느꼈다. 만일 자신이 이 청년 입장이라면, 이렇게나 똑같은 두 아가씨 사이에서 대체 누구를 선택해야 한단 말인가? 얼마나 당황스러울까! 자신도 그런 상황에 처하면 무척 난감하지 않겠는가?

오르탕스 역시 이 어려움을 의식하고 있었고, 서로 옷을 다르게 입는 것을 늘 거부해 온 로즈와 자생트를 설득해서 머리에 다른 색깔의 리본을 달게 했다. 이렇게 한다고 너무나 힘든 선택을 해야 하는 청년의 고뇌를 줄여 줄 수는 없겠지만, 누가 누군지는 알아보게 해주기 위해서였다. 길고 긴 협상 끝에 로즈는 녹색, 자생트는 파란색 리본을 매기로 했다.

로즈는 쪽 찐 머리를 얼마나 둘둘 감아 놓았던지, 수프수저 넓이 리본의 소용돌이 속에 사라져 버린 그 쪽머리로 인해 어떤 정신병원의 여자 청소부처럼 보였다. 자생트는 피에스 몽테 케이크[15] 형태의 머리에 오글오글한 리본 조각들을 고정시키기 위해 핀을 잔뜩 박아 머리칼을 위로 치솟게 한 탓에 항상 공포에 질려 있는 사람처럼 보였다.

샤를이 들어왔다.

---

15 과자를 높이 쌓아서 만든 장식용 케이크로, 프랑스에서 결혼식이나 성찬식 등에 활용된다.

살롱에 한 걸음 내디딘 그는 배 속에서 어떤 격한 화학반응을 일으킨 갑작스러운 깨달음에 경악해서 동작을 딱 멈췄다.

청년은 두 무릎을 꼭 붙이고, 두 손을 허벅지 위에 올려놓은 자세로 안락의자에 앉아 있었다.

맞은편의 긴 쿠션 의자에는 로즈와 자생트가 나란히 앉아 있었다.

샤를은 겁먹은 눈빛을 하고 있는 이른바 〈구혼자〉와 예복 차림의 두 딸을 번갈아 쳐다보았다. 알퐁스는 날씬한 몸매에, 고불고불한 갈색 머리, 맑은 눈동자, 관능적인 예쁜 입술을 지닌 청년이었다. 그러나 맞은편에 앉은 쌍둥이 딸들은 장식 밑단이 달리고 가슴이 깊게 파인 똑같은 망사 드레스 차림이었는데…….

그는 벼락을 맞은 듯한 충격에 사로잡혔다.

왜냐하면 청년이 너무나 잘생겼기 때문이다.

왜냐하면 그는 딸들이 이렇게나 적나라하게 자신을 내놓고, 노골적으로 상대의 마음에 들려고 애쓰는 모습을 본 적이 없었기 때문이다.

그는 딸들이 끔찍하게 못생겼다는 사실을 깨달았다.

딸들은 그 가짜 치아, 두 볼과 움푹 꺼진 가슴, 앙상한 두 무릎을 내보이며 활짝 미소를 짓고 있었다. 이 구혼자의 방문에 흥분해서 암탉들처럼 팔딱대는 그들의 반쯤 열린 입술에서는 숨이 넘어가는 듯한 웃음소리가 흘러나왔는데, 그 킥킥대는 웃음소리는 그들의 추함을 복제할 정도로 유사해 아주 음란하게 느껴지는 성적 욕구를 드러냈다.

어떻게 이 사실을 모를 수 있었단 말인가? 어제까지 그렇게 눈이 멀었던 것도, 또 오늘에야 진실을 깨달은 것도, 이유는 간단했다. 그는 딸들을 사랑했다. 그들을 끔찍하게 사랑했다. 그는 이 청년을 쫓아 버린 뒤, 딸들을 부둥켜안고 싶었다. 이 가슴 아픈 발견에 그는 흐느껴 울고 싶었다. 딸들이 우스꽝스러웠다. 그는 죽고 싶었다.

이 자리에 앉아 있는 게 죽을 만큼 힘들었다.

오르탕스는 로즈와 자생트에게 피아노 연탄곡을 연주해 보라고 제안했다. 알퐁스는 점잖게 미소를 지었지만, 한마디도 내놓을 수 없었다. 딸들은 곡 하나를 완전히 망가뜨려 아무도 알아들을 수 없게 해놓았다. 청년은 조용히 박수를 쳤고, 소녀들은 살짝 절을 했다. 로즈는 하마터면 넘어질 뻔했으나 간신히 균형을 잡았고, 둘은 다시 긴 쿠션 의자로 달려가서는 암탉들처럼 걸터앉았다. 그들의 코코넛 향수 냄새가 파도처럼 방 안을 가득 채웠다.

「어때요?」 오르탕스가 물었다.

그녀는 미소를 지으며 이를 활짝 드러냈는데, 그 치아 역시 그다지 아름답지 못했다. 뭐, 그 씨가 어디 가겠어……? 샤를은 속으로 중얼거렸다.

알퐁스는 떠났다.

감사합니다, 선생님. 그가 떠나기 전에 샤를에게 말했다. 오늘 아주…… 아주 유쾌한 시간을 보냈습니다.

샤를은 그를 좀 더 가까이에서 쳐다보았다. 이 친구는 미남에, 세련되었을 뿐만 아니라, 예의 바르기까지 했다. 그가 사위에게서 꿈꾸던 모든 것을 갖추고 있었다.

「자, 이제 그만 돌아가 보게.」 그가 말했다. 「그만하면 충분히 오래 있었어.」

그들은 악수를 나눴다. 그때 샤를은 어떤 갑작스러운 직감에 사로잡혔다. 대체 어디서 나왔는지 알 수 없는 생각이었다.

「알퐁스 군, 자네 정치에 관심 있나?」

청년의 얼굴이 환하게 밝아졌다.

「좋아.」 샤를이 말했다. 「자넬 위해 무얼 해줄 수 있는지 내가 한번 보지!」

오르탕스는 모든 게 아주 잘 끝났다고 생각해, 희망에 부풀어 있었다. 잘됐군, 샤를은 속으로 중얼거렸다, 이제 할 일이 생겼으니 날 피곤하게 만들진 않겠어. 오르탕스는 그의 방까지 따라왔다. 그는 옷을 벗었다. 입맛이 없어 저녁도 먹지 않았다.

「알퐁스가 외아들인 게 정말 유감이에요. 형제가 하나 있었으면……」

「오르탕스!」 샤를이 팬티를 벗으며 내뱉었다. 「나 좀 조용히 내버려 둬. 내일, 할 일이 있단 말이야!」

오르탕스는 한 손을 들었다. 알았어요, 알았다고요. 그러고는 밖으로 나갔다.

오늘, 그녀는 얼마나 멋진 하루를 보냈던가!

자신의 항공기 사업을 공개적으로 지지해 달라는 귀스타브 주베르의 요청은 앙드레를 깊은 근심에 빠뜨렸다. 만일 마들렌 페리쿠르 곁에서 지낸 시절을 들먹이고 다닌다면, 자신이 어떤 부유한 상속녀에 빌붙어 산 인간이라는 고약한 소문이 퍼져, 지금 한창 올라가고 있는 명성이 망가져 버리지 않겠는가?

그는 주베르의 요구에 응하는 것이 덜 위험하겠다는 생각이 들었다.

프랑스는 그 정치 계급보다는 훨씬 가치가 있다

이 나라 위정자들은 민족의 살아 있는 힘들이 내는 소리에 귀를 기울이는 것이 현명할 것이다.

무사무욕한 애국심에 고취되어, 이 나라의 첨예한 문제들에 대한 해결책을 마련하고자, 그에 대해 연구할 준비가 된 한 무리의 기업가들이, 간단히 말해 진군하기 시작한 엘리트들이 있다. 그들에게 경의를 표하자.

지금 우리를 위협하고 있는 위기에 직면해, 이 사람들은 가장 호전적인 적들과 맞설 수 있는 최초의 제트 비행기 엔진을 제작하려 하고 있다. 실로 열정적이고, 야심 차고, 애국적인 모험이 아닐 수 없다. 그들에게는 정부의 지지가, 다시 말해 민족의 지지가 필요하다. 그들에게 이 민족의 지지가 끊어지는 일은 결코 없을 것이다.

이렇게 앙드레는 주베르가 요구하는 것을 해주었다.

그리고 다음 날에는 〈프랑스 르네상스〉 로고가 찍혀 있고, 〈너무나 완벽하고 올바른 이 훌륭한 기사〉에 대해 ─ 감사까지는 아니지만 ─ 칭찬하는 조그만 명함까지 한 장 받았다.

앙드레는 귀스타브 주베르의 편에 선 것이다. 이제 주베르는 조금이라도 문제가 생기면 확실히 앙드레의 도움을 기대할 수 있게 되었다.

25

폴이 어떤 새 책을 읽기 시작하거나, 새 노트를 채우기 시작
할라치면 블라디는 하늘로 눈을 들어 올렸다. 〈아, 이 지식인
들이란!〉 하는 표정으로 말이다. 그녀는 폴이 책을 읽거나 글
을 쓸 때 종종 그의 어깨너머로 유심히 들여다보곤 했는데, 그
럴 때마다 폴은 무척 재미있어했다.

이것은 그에게 어머니와 약간의 조정 작업을 하지 않을 수
없게 만들었다. 몇 달 전, 마들렌이 자신이 전담하고 있는 폴의
교육에 블라디가 도움을 줄 수 있으리라 생각하고 있을 때
였다.

「적어도 네가 암송 같은 것을 할 때 옆에서 도와줄 수는 있
지 않겠니? 블라디는 프랑스어를 못하지만, 그래도 조금 노력
하면 가능하지 않겠어?」

「안 돼, 어…… 엄마…… 블라디는 하…… 할 수 없어.」

폴은 화제를 돌리려고 했지만, 그의 어머니는 일단 머릿속
에 어떤 생각이 꽂히면 반드시 끝장을 봐야 하는 사람이었다.

「블라디는 그냥 음만 읽으면 돼! 무슨 뜻인지 이해하진 못해

도, 네가 제대로 암송하고 있는지 확인할 수는…….」

「안 돼, 어…… 엄마. 블라디는 하…… 할 수 없다고.」

「왜 할 수 없는지, 이유를 한번 들어 보자꾸나.」

그러자 폴은 어쩔 수 없다는 듯이 이렇게 대답했다.

「왜…… 왜냐하면 블라디는 그…… 글자를 저…… 전혀 못 읽기 때문이야.」

마들렌은 이 폴란드 아가씨가 폴의 요청에 따라 마치우시왕 1세의 이야기를 담은 『마치우시왕 1세』를 읽어 주는 것을 적어도 열 번은 보았는데, 아무것도 알아채지 못했다. 하지만 훨씬 더 예민하고 보다 훈련된 귀를 가진 폴은 그녀가 읽을 때마다 어떤 페이지들에서 음절이 똑같지 않다는 사실을 발견했다. 동화책에서 종종 그러듯이 어떤 관례적인 문구들이 계속 나오긴 했지만, 사실 그녀는 이야기를 읽는 게 아니라, 그녀가 읽을 능력이 없는 책의 페이지들을 아무렇게나 넘기면서 이야기를 들려주는 거였다.

그가 도서관에 갈 때도 블라디는 그가 부탁한 책들을 달랑 검지와 엄지로만 들고 와서는, 대체 왜 이런 것들에 흥미를 갖는지 이해하지 못하겠다는 듯이 피곤한 표정으로 툭 내려놓곤 했다.

폴은 파리의 여러 도서관을 드나들었다. 내가 여기서 〈여러〉라는 표현을 쓴 것은, 폴은 자신이 원하는 것을 정확히 알고 있었고, 그의 호기심을 만족시키기 위해 종종 도서관을 바꾸곤 했기 때문이다. 하지만 그의 휠체어가 쉽게 들어갈 수 있는 곳은 아무 데도 없어, 블라디는 소년을 안아 들고 층들을 오르내리지 않으면 안 되었다! 그는 단지 음악과 오페라 쪽 서가

들만 섭렵하지 않았고, 매우 다양한 분야에 관심이 있었다. 어떤 직원과 친해지면, 더 이상 쓸모없어진 잡지나 신문 같은 것을 가져갈 수 있느냐고 물었고, 그렇게 가져온 것들에서 흥미로운 기사를 오려 내곤 했다. 폴은 정말로 부지런한 아이였다.

이런 것들을 알게 된 마들렌은 기쁘기도 하고 그가 대견하기도 했다. 애에게 공부를 시켜야 할까? 휠체어를 타고 대학을 다닐 수 있을까?

「시…… 싫어, 어…… 엄마. 이…… 이대로 지내는 게 좋아.」

마들렌은 폴의 이런 태도가 마음에 들지 않았다. 이것은 빈둥대는 건달들이나 보이는 태도였다. 지금 그들이 가진 것으로는, 폴은 연금으로 살아가기를 바랄 수 없는 처지였고, 그의 어머니는 영원히 살 게 아니었다. 사실, 그녀는 그가 무얼 가지고 그렇게 시간을 보내는지 정확히 이해할 수 없었다. 그녀는 그가 빌려 온 책 무더기를 쳐다보았지만, 거기서 어떤 일관된 논리를 발견할 수 없었다. 폴이 편향되지 않은 정신의 소유자인 것은 사실이었으나, 그의 호기심에서는 일종의 열병 같은 것이, 그녀가 파악할 수 없는 어떤 열심 같은 것이 느껴졌다.

어느 날 오후, 폴이 생트준비에브 도서관에 갔을 때, 마들렌은 너무나 부끄러운, 하지만 도저히 저항할 수 없는 힘으로 유혹하는 어떤 일을 앞두고 오랫동안 살롱 안을 서성거렸다.

그녀는 폴의 방에 들어가서 그의 노트들을 뒤졌다. 그 안에는 화학 공식 같은 것들도 보였지만, 신문과 잡지에서 오려 낸 잡다한 광고문들도 있었다. 마들렌은 얼굴이 하얘져 버렸는데, 거기에는 모두가 속옷 차림이고(〈진정한 현대 여성들은 닐라르 팬티를 입습니다〉), 자신의 모습에 황홀해하는(〈갈통 알약

덕분에 전 날씬해졌어요!〉) 젊은 여성들을 적나라하게 보여 주
는 여성 전용 제품들(〈아름다운 치아를 원한다면 역시 덴
톨……〉)에 대한 광고들이 있었다……. 그녀는 속옷 차림의 젊
은 여자를 보여 주는(이 여자들은 전달해야 할 어떤 메시지가
있으면 일단 옷부터 벗고 봤다) 지랄도즈(〈여성의 내밀한 케어
를 위한 지랄도즈!〉)라는 이름의 어떤 제품 광고, 그리고 캥토
닌에 대한 광고(〈춘곤증으로 고생하세요? 기분이 우울하고 기
운이 없으시다면……〉)를 발견하고는 몸이 돌처럼 굳어 버렸
다. 아, 여기서 상황을 예시하고 있는 나른한 자태의 젊은 여자
가 어찌나 슬프게 보이는지! 그 예쁜 금발과 조그만 들창코와
아련한 시선을 보고 있노라면, 그 누가 그녀를 위로해 주고 싶
은 마음이, 그녀에게 삶의 기쁨을 가져다주고 싶은 마음이 들
지 않겠는가! 〈캥토닌, 소녀가 젊은 여성이 됩니다…….〉 아이
고, 웃기고 있네……!

마들렌은 울음을 터뜨렸다.

그것은 폴이 이런 것들에 사로잡혀 있기 때문이 아니었다.
그는 곧 열세 살이었다. 맞다, 충분히 그럴 만한 나이가 된 것
이다. 아니, 그것 때문이 아니라, 그가 다른 소년들처럼 행동
할 수 없기 때문이었다……. 조만간 폴의 성 문제를 신경 써줘
야 할 테지만, 마들렌은 그럴 준비가 되어 있지 않았다.

어떻게 해야 하나……. 본능이 자신의 권리를 주장하고 나설
때, 정상적인 상황에 있는 소년이라면 그보다 영악한 소녀나
선의로 충만한 연상의 여성을 만나게 되고, 그래서 동정에서
벗어날 수 있는 법이다. 하지만 휠체어에 묶여 있는 신세인 폴
이 대체 무얼 할 수 있겠는가……. 전에는 레옹스가 옆에 있어

이런 종류의 일들에 조언도 해주곤 했지만, 지금은 블라디밖에 없었다.

블라디⋯⋯.

그녀는 머릿속에 떠오르는 불온한 생각들을 쫓아내려고 머리를 흔들었다⋯⋯.

이런 상황에서 염탐을 계속하는 것은 아무런 의미가 없었다. 그녀는 노트들을 다시 정리해 놓으려 했지만, 미처 그럴 시간이 없었다. 호랑이도 제 말 하면 온다더니, 다름 아닌 블라디가 방 안에 들어선 것이다. 마들렌은 가슴이 깊이 파인 옷을 입고, 얼굴에 만발한 여드름 때문에 목하 고민 중인 듯하며, 그 때문에 어떤 치료제를 제안받고 있는 매력적인 아가씨가 그려진 광고를 아직 손에 들고 있었다. 마들렌은 아무 말 없이 그것을 블라디에게 내밀었다. 간호사는 이미 알고 있었던 듯, 조금도 놀라지 않았다.

「저기⋯⋯.」 마들렌이 용기를 내어 말했다. 「당신이 생각하기엔⋯⋯ 저⋯⋯.」

블라디는 단 1초도 머뭇거리지 않았다.

「*Nie, nie, to jeszcze nie ta chwila*(아뇨, 아뇨, 아직 때가 아니에요)!」

그녀는 아주 확신에 차 있었다. 기분이 상한 마들렌은 폴의 침대 앞에서 어떤 몸짓을 해 보이려 하는데⋯⋯. 안 돼! 하지만 너무 늦어 버렸다. 젊은 여인은 그 커다란 손등으로 솜털을 넣은 이불과 모포를 휙 젖히고는 흠 하나 없이 새하얀 시트를 가리켰다.

「*Sama pani widzi*(자, 직접 보세요)!」

마들렌은 이게 마치 자신의 성에 관한 일이라도 되는 것처럼 부끄러워서 얼굴이 새빨개졌다. 블라디는 고개를 좌우로 흔들며 침대를 정리하면서, 단호한 어조로 혼잣말처럼 이렇게 말했다.

「*Nie, nie teraz! Jeszcze nie*(아직은 아니야! 암, 아직은 아니고말고)!」

하지만 마들렌에게는 이런 차분한 확신이 없었다. 폴란드에서는 열세 살 먹은 소년들이 다른 것들을 생각할지도 모르지만, 폴은 속옷에 대한 호기심 때문에 이런 광고물들을 수집하는 것이 아닐 터였다!

처음으로 그녀의 전남편이 그리워졌다. 적어도 이런 일에서는 그에게 의지할 수 있었으리라.

이것은 그녀가 가능성을 잠시 생각해 보았던 폴의 여행을 허락할 수 없는 또 하나의 이유였다. 솔랑주가 그를 베를린에 초대한 것이다. 솔랑주는 자신이 리하르트 슈트라우스와 매우 돈독한 사이라고(아마 사실이겠지만, 뭐든 자기중심적인 그 사고방식이라니!) 뻐겼다. 자그마치 리하르트 슈트라우스와 말이다. 그는 갈리나토의 〈여얼렬한 숭배자〉라고 했다. 마들렌은 독일어에서도 〈열렬한〉을 〈여얼렬한〉으로 발음하는지 궁금할 따름이었다. 이 슈트라우스는 「살로메」에서 그녀가 노래하는 것을 듣고는 그대로 무너져 버렸단다. 그 불쌍한 양반이 말이다. 뭐, 그건 그렇다 치고…… 솔랑주는 2월에 독일에 가서 바그너 서거 50주년 기념 음악제에 참여하는 것을 받아들였지만, 〈불행히도 몸져누웠단다〉. 그게 정말인지는 알아봐야 할 일이니, 이 여자는 거짓말을 밥 먹듯이 하기 때문이다. 어쨌든 그쪽 튜턴족 인간들은 몹시 실망한 모양이었다. 솔랑주의 편지들을 읽고 있노라면, 어떻게 그 사람들이 디바도 없는 상황에서 그 기념제를 용기 있게 밀고 나갈 수 있었는지 궁금해질 정도였다. 슈트라우스는 삐치지 않고 곧바로 다시 초청장을 보냈으며, 솔랑주는 그 한없는 아량을 발휘해, 9월에 친히 독일로 가서 독일 음악을 축하해 주기로 했단다. 〈나의 귀여운 피노키오, 한번 상상해 보렴. 바흐, 베토벤, 슈만, 브람스, 바그너가 포함된 프로그램을 말이야. 그런 날 너의 늙은 친구를 혼자 내버려 두진 않겠지?〉

콘서트는 9월 9일 베를린 오페라 극장에서 열린다고 했다.

스칼라 오페라 극장에 갔던 1927년 7월 이후, 폴은 해외 공연에 오라는 솔랑주의 수많은 초대에 한 번도 응하지 못했다. 결국 그는 어머니에게 보내 달라고 요청하기에 이르렀고, 마들렌은 거의 승낙할 뻔했지만, 지금 한창 성적으로 예민한 폴을 혼자 보낸다는 것은…… 기차표를 적어도 두 장은 사야 하고, 호텔에서 여러 날 묵어야 하고, 게다가 음식 값이며……. 마들렌은 필요한 돈을 가지고 있었기 때문에 죄의식이 들었지만, 이 돈은 여행 — 그게 폴을 위한 여행이라 할지라도 — 이 아니라, 뒤프레 씨에게 지불하는 데 쓰기로 결정한 터였다.

그녀는 거절했다. 〈난 이…… 이해해요, 어…… 엄마.〉

솔랑주가 가을에 베를린에서 일련의 독창회를 연다는 소식이 알려지자 일간지들은 수많은 논평을 쏟아 냈다. 여가수는 〈모두가 알다시피 너무나 음악적인 영혼을 지닌 독일 국민을 만날 수 있게 된〉 기쁨을 떠들썩하게 표현했다. 독일의 새 정권은 — 때는 2월로, 히틀러 씨가 총리가 된 지 한 달밖에 되지 않았다 ─ 이 위대한 여가수가 독일의 음악적 정수에 열렬한 경의를 표하기 위해 방문한다는 사실에 만족을 금치 못했다. 유대인들과 〈퇴폐 문화〉의 일부에 대한 강력한 조처들로 상당히 비난받고 있던 정권은 솔랑주 갈리나토라는 위대한 예술가가 자신들의 예찬자라는 사실을 자랑스럽게 여겼다. 레드카펫이 펼쳐지고, 초연에는 총리가 직접 참석할 예정이었다. 솔랑주는 만일 그가 온다면 자신은 기쁘고 흐뭇할 거라고 여기저기 말하고 다녔다.

마들렌이 살아오면서 직공들을 많이 접하지 못한 것은 사실이지만, 이 사내는 그녀가 가진 〈직공〉의 개념과 한참 거리가 멀었다. 목을 감은 머플러 하며, 다트 바지 하며, 반들반들한 구두까지······. 레옹스도 이 점을 잘 느끼고 있었다.

「로베르는······ 그러니까 연금 생활자가 된 이후에는 더 이상 진짜 직공이라고 할 수 없어요. 하지만 기술을 배우긴 했다고요!」

마들렌은 두 손을 앞으로 모았다. 자, 거기에 대해서 얘기해 봐요.

「뒤몽 정비소에서요.」 로베르가 말했다. 「뱅센에 있는.」

그의 맞은편에 앉은 뒤프레 씨는 4분의 1리터들이 맥주잔을 지친 듯이 내려놓았다. 그는 로제 델베크라는 이름으로 만들어진 신분증을 뚫어지게 내려다보고는, 그것을 로베르 앞에 척 던졌다.

「이걸 만들려고 너한테 6백 프랑을 줬어. 그런데 이 거지 같은 것을 가져오면서 우리한테 얼마나 사기쳐 먹은 거야?」

로베르는 아랫입술을 삐죽 내밀었다. 자기가 조금 부풀린 것은 사실이었다. 르네 델가는 이것을 130프랑에 만들어 주었다. 레옹스가 구조에 나섰다.

「맞아요, 결과물이 그다지 좋지 못한 건 사실이지만, 시간이 없었기 때문이에요. 급히 만들다 보니…… . 하지만 다시 만들어 오게 하면 돼요. 안 그래, 우리 아기?」

아기는 동의했지만, 이것은 별 의미가 없었으니, 그는 언제나, 모든 것에 동의했다. 만일 그녀에게 여권과 프랑스를 뜰 만한 돈이 있었다면, 로베르를 또 하나의 트렁크 정도로 여겼을 것이다.

마들렌은 기한에 대해 생각하고 있었다. 채용 인터뷰는 2, 3일 뒤에 있을 거였다. 그녀는 시작이 좋지 않다고 여겼다.

「페랑 씨, 얘기해 봐요. 그 뱅센에 있다는 뒤몽 정비소에서 당신은 정확히 무슨 일을 했죠?」

로베르는 얼굴을 약간 찌푸렸다.

「어, 그냥 이것저것 했어요, 뭐 이해하시겠지만…… .」

마들렌은 잘 이해가 되지 않았다. 뒤프레 씨는 크게 숨을 들이마셨다. 짧은 순간, 모두 그가 벌떡 일어서 로베르의 따귀를 후려칠 거라고 생각했다. 레옹스가 황급히 끼어들었다.

「자기야, 페리쿠르 양께서는 자기가 한 일이 좀 더 정확히 어떤 것이었느냐고 묻고 계셔.」

「아……! 어, 그러니까 차 엔진을 갈아 끼우고, 등록 번호를 산(酸)으로 지우고, 차를 새로 칠하고, 뭐 그딴 일들을 했죠.」

「그게 언제 적 얘긴가요?」

당황한 로베르는 턱을 어루만졌다. 가만, 그게…… .

「한 20년은 됐을걸요……. 어, 그래, 맞아, 내가 여행에서 돌아온 게 1913년이고, 전쟁에 나간 게 1914년이니까, 한번 계산해 보슈…….」

마들렌은 레옹스를, 그리고 뒤프레 씨를 쳐다보고 나서 다시 로베르에게로 눈을 돌렸다.

「페랑 씨, 잠시 우리에게 시간 좀 주시겠어요?」

「어, 문제없수.」 로베르는 팔짱을 끼면서 대답했다.

「아기야.」 레옹스가 참을성 있게 말했다. 「페리쿠르 양께서는 잠시만 우리끼리 있게 해달라고 부탁하고 계셔.」

「아, 오케이!」

아기는 일어서서 머뭇거렸다. 카운터로 갈까, 아니면 당구대? 그는 당구대 쪽을 택했다.

레옹스도 인정하지 않을 수 없었다.

「그래요, 나도 알아요. 저이는 일 쪽으론 약간 헤매는 경향이 있어요…….」

그녀는 로베르의 입사 지원에 문제가 많다는 것을 충분히 인식하고 있었다. 그는 침대에서는 일을 썩 잘했다. 그야말로 금메달감이었지만, 기계공학과는 아무런 상관이 없다는 점을 인정해야 했다.

뒤프레 씨는 아무 말도 하지 않고서, 레옹스가 전날 밤 멋진 필체로 베껴 온 자료를 다시 한번 꼼꼼히 훑어보았다. 귀스타브가 자고 있을 때 그의 파일에서 훔쳐 온 문서로, 입사 지원자들에게 던질 몇 가지 질문을 적은 리스트였다.

마들렌은 로베르 페랑을 프랑스 르네상스 작업장에 들어가게 하고 싶었지만, 정말로 자격을 갖추었고, 그 경력이 전쟁 전

321

으로 거슬러 올라가지 않는 직공들 틈에서 과연 그가 채용될 가능성이 있는지 의문이었다.

세 사람은 암담한 기분에 사로잡혔다. 당구대 쪽에서 떠들썩한 웃음소리가 들렸다. 로베르가 고래고래 소리치고 있었다.

「야, 봤어? 투 쿠션이야! 이 몸이 챔피언이라고!」

뒤프레 씨는 레옹스를 쳐다보았다.

「피카르 양, 당신을 기분 나쁘게 하고 싶진 않지만…… 당신의 저 애인을 가지고 대체 어떻게 하길 바라는 거요? 그들은 아주 노련하고 첨단 기술을 갖춘 전문 직공들을 구하는 엘리트 엔지니어들이오. 만일 저 사람에게 어떤 당구 패턴에 대해 묻는다면 뭐, 대답할 수도 있겠지……. 그것 말고는……. 20년 넘게 공작기계 같은 것은 구경도 못한 사람이 가봤자 뭘 하겠소? 완전히 웃음거리만 되겠지.」

그리고 정확히 그의 말대로 되었다.

이탈리아인 엔지니어는 소매로 입을 가리고 풋, 웃음을 터뜨렸다. 그의 명랑한 기분은 다른 두 동료에게도 전염되었고, 심지어 귀스타브조차 미소를 참지 못했다.

「자, 자, 여러분.」 그가 말했다. 「이분에게 너무 그러지 마세요.」

이 친구는 완전히 천치인 걸까, 라고 귀스타브는 속으로 중얼거렸다. 그는 우리에게 확인 불가능한 사실들로 채워진 이력서를 제출하고는, 여덟 가지 질문 중에서 단 하나도 대답을 — 심지어 틀리게라도 — 못 했어. 이런 사람을 기계 앞으로 데려가서 시험해 보고, 더 창피를 당하게 하는 게 과연 인도적인 처사일까……. 면접 지원자가 아직도 여덟 명이나 남아 있

어, 귀스타브는 어쩔 수 없다는 듯한 몸짓을 하며 서류를 덮어
버렸다.

「아시겠지만, 이 일을 하려면…….」

로베르는 입을 꼭 다물고 어깨를 으쓱했다. 뭐, 그러시겠죠,
당연히…….

귀스타브는 요즘 구름 위에 떠 있는 기분이었다. 벌써 몇 주
전부터 이런 상태가 계속되고 있었다. 그는 지금까지 사는 동
안 이렇게 행복했던 적이 없었다. 무엇이든 손만 대면 성공이
었다.

터보 제트 엔진이 그의 작업장에서 나오는 광경이 벌써부터
눈에 그려졌다.

두 달 전인 1933년 2월 10일, 그는 기자들과 리포터들을 대
동하고 찾아온 산업장관과 항공장관 앞에서 최고의 순간을 만
끽했다. 그는 개발 팀 멤버를 하나하나 소개했다. 여기는 공기
역학 전문가입니다. 여기는 연소 방면 전문가이고, 여기는 점
화 분야의 거인, 송풍 장치의 제왕, 동체 제작의 신, 합금의 불
카누스……. 이런 반복적인 열거는 지루한 감이 있었지만, 주
베르는 끝까지 했다. 그리고 이틀 후, 정부는 프로젝트에 〈적
극으로 참여하겠다〉고 선언했다. 자기들이 그걸 어떻게 피할
수 있으랴……. 이제 보조금이 떨어질 것이다. 그리고 귀스타
브는 앞으로 정부가 이 방면에서 쓸 수 있는 예산 대부분을 맛
있게 빨아먹을 생각이었다. 온 세상이 자기 것 같았다.

개발 팀을 본 궤도에 올리고 두 달이 지나, 설계된 부품들을
제작할 수 있는 직공들이 필요해진 것이다.

주베르는 일어섰다. 자, 다음 지원자로 넘어갑시다……. 로

베르는 심사 위원들과 악수를 나눴다. 자기를 떨어뜨렸다고 원망하지도 않고, 여전히 미소를 짓고 있었다. 무골호인이 따로 없었다.

요즘 마음이 바다만큼 넓어진 귀스타브는 그를 문까지 인도했다.

「오케이……. 적어도 당신이 자동차를 좋아한다는 것은 알겠어요.」

「아, 맞아요…….」

「나도 당신처럼 자동차를 좋아해요……. 그런데 당신이 꿈꾸는 자동차는 뭐죠?」

「어, 그러니까요, 난 블루 트레인 스페셜을 한번 운전한 적 있어요. 그것 다음에는…….」

귀스타브의 동작이 딱 멈췄다.

「당신이…… 아니, 뭐라고요……? 아니, 언제요?」

「1929년에요. 친구 중에 차체 일을 하는 놈이 하나 있걸랑요. 그놈이 이 차의 도색 작업을 조금 했는데, 그걸 망트라졸리에 가져다줘야 했어요. 그래서 내가 핸들을 잡았죠…….」

주베르는 경악했다. 1928년, 벤틀리사는 6기통 모델, 스피드 6를 내놓았고, 그걸 몰고 울프 바나토는 칸-칼레 간 특급 열차와 경주를 했다. 너무나 흥미진진한 여행 끝에 그는 열차보다 4분 먼저 도착했다! 이 사건을 기념하기 위해 벤틀리사의 후속 6기통 모델에는 블루 트레인 스페셜이라는 별명이 붙었고…… 단 한 대만 제작되었다. 그것이 어디에 있는지 아는 사람은 아무도 없었다. 180마력을 내뿜는 6595cc 배기량을 자랑하는 이 차는 그야말로 전설이었다.

이탈리아인 엔지니어가 왔다.

「주베르 씨, 다음 지원자를 받으려면 시간이 없어서…….」

귀스타브는 거의 들뜬 상태로 자신도 모르게 로베르 쪽으로 몸을 돌렸다.

「그 블루 트레인은…… 어땠나요?」

로베르는 입을 벌렸고, 이렇게 떠듬거렸다.

「사장님은 상상도 못하실 거예요…….」

이렇게 해서 로베르는 프랑스 르네상스 항공기 연구 제작소의 전문 기술자가 되는 데는 실패했지만, 대신 청소부 자리를 제의받았다.

벌써 두 달 넘게 마들렌과 뒤프레 씨는 그의 집에서 만나 그가 조사한 내용들을 함께 정리하곤 했다. 그는 자신이 어떤 사람을 보고 또 문의했는지, 어떤 장소를 찾아갔는지, 몇 시간이나 기다렸는지, 돈을 얼마나 썼는지 등 하나도 빼놓지 않고 다 보고했다. 듣고 있는 마들렌은 조바심이 났지만, 예전에 은행의 권한 대행도 그랬듯, 이 노동자도 중간에 말을 끊으면 안 될 것 같았다. 그래서 만나는 시간이 길어지고, 커피가 잔 속에서 차갑게 식어 버리곤 했다.

레옹스와 관련해 훌륭한 결과물을 얻은 뒤프레 씨는 샤를에 관련된 사실들과 그가 한 일들에 대해서도 완벽하게 알아냈다. 아파트 건물의 관리인 여자와 치과의 여자 사무원에게는 돈을 제대로 먹여 놓았고, 국회의 경비원은 친자노[16] 석 잔이 들어가니 이야기가 줄줄 나왔단다. 덕분에 뒤프레 씨는 완전히 실

16 이탈리아산 식전주의 일종.

패로 끝난 알퐁스 크레망게랭의 샤를 씨네 집 방문에 대해서도 마들렌에게 얘기해 줄 수 있었다. 또 그는 앙드레 델쿠르를 캐는 데도 엄청난 시간을 썼는데, 여기서는 별 소득이 없었단다. 앙드레 델쿠르는 신문사에 나가고, 만찬회에 다니고, 도박은 하지 않는단다. 집에 돌아와서는 늦게까지 글을 쓴단다.

「어떻게 해볼 수 없나요?」 마들렌은 포기하지 않았다.

뒤프레는 자신은 이런 말을 하고 싶지 않지만, 이 사내에게서 빈틈을 찾아내는 게 어려울지 모른다고 말했다.

〈그리고 이 사람을 매수할 수 있다고 생각하지도 않습니다〉라고 그는 덧붙였다. 마치 마들렌이 누구든 매수할 능력이 있기나 한 듯이 말이다. 그는 특별한 업소들에 드나들지 않는단다. 여자들도 별로 좋아하는 것 같지 않고……

「어쩌면 그쪽 말고 다른 쪽을 캐야 할지도 몰라요.」

대담한 의견이었다. 마들렌은 말을 하고 나서 얼굴을 붉혔다. 뒤프레 씨는 상당히 세심하고 신중한 성격이어서 더는 물어보지 않았다. 아마 그는 마들렌이 전에 앙드레의 정부였고, 그 때문에 어떤 내밀한 고백처럼 들리는 이런 말을 할 수 있다는 사실을 알고 있었을 것이다.

뒤프레 씨는 회의적인 표정으로 어깨를 으쓱해 보였다. 마들렌은 불쑥 화가 치밀었다.

「여보세요, 뒤프레 씨, 내가…….」

「그는 자기 몸에 매질을 합니다.」

「네?」

뒤프레 씨는 그의 집에 들어가 봤단다.

「어떻게 하신 거죠?」

「난 직업이 열쇠공입니다.」

「아…… 그런데 말씀하시길 그가…….」

「그의 집에는 채찍이 하나 있어요. 식민지에서 사용되는 이국적인 물건이죠. 많이 써서 닳았어요.」

마들렌은 놀랐지만, 이상하게 느껴지진 않았다. 앙드레라면 충분히 그럴 수 있었다. 만일 이 배출구가 그의 충동을 진정시킬 만한 수단이 되어 준다면, 그를 잡는 것은 쉬운 일이 아닐 터였다.

하지만 마들렌은 차분했다. 그녀가 걱정하는 유일한 문제는 돈이었다. 그녀가 꼼꼼히 저축해 놓은 돈은 빠른 속도로 녹아 없어지고 있었다. 그사이 별 탈 생기지 않으면 12월까지는 갈 수 있었다. 그다음엔…….

뒤프레 씨는 레옹스에 대해 평소처럼 오랫동안, 차분하고도 세밀하게 보고했다. 그러고 나서 마들렌은 일어섰다. 뒤프레는 그녀의 외투를 찾아와서 내밀었다. 그녀는 외투에 팔을 대충 찔러 넣고 그에게로 몸을 돌렸다. 그들은 키스를 나눴고, 그는 그녀를 안아 들고 침대로 가서는 오랫동안, 차분하게, 그리고 세밀하게 그녀를 공략했다.

26

폴은 어머니를 이해했다. 한 푼도 아껴 가며 그럭저럭 살아 가는 형편에 베를린 여행은 생각도 할 수 없는 일이었다. 하지 만 솔랑주가 무대에 서는 일이 점점 줄어들고 있어 그녀의 독 주회를 다시 한번 가고 싶었다. 〈나의 귀여운 늑대야, 지금 너 의 친구는 아주 피곤하단다. 난 데이트 신청도 여러 번 거절하 고, 다른 것들도 취소했단다. 너 아니? 이 솔랑주는 아주 못 돼 먹은 늘근 년이란다……〉

그녀는 동정받는 것을 좋아했기 때문에 폴은 그녀를 동정해 주었다. 〈당신은 쉬는 게 옳아요. 당신이 피곤하다면, 그것은 당신이 모든 사람을 기쁘게 해주고, 사람들이 부탁하면 어디 든 찾아가서 노래해 주려고 하기 때문이에요. 거절하는 것은 때로 나쁜 게 아니에요.〉

별생각 없이 쓴 이 문장이 그의 머릿속에서 맴돌기 시작했 다. 그의 안에서 무언가가 흐릿하게 움직이고 있었지만, 그게 무엇인지는 정확히 알 수 없었다.

그는 판 데르 뤼버라는 네덜란드 조합 운동가가 선거 전날인 2월 27과 29일 사이 밤에 베를린의 독일 제국 의회 의사당에 방화했다고 신문들이 보도했을 때 비로소 이해하기 시작했다. 폴은 화염에 싸인 이 건물의 사진들을 보았고, 공산주의자들의 광범위한 테러 계획에 대한 국회의장 헤르만 괴링의 복수심에 찬 선언들을 읽었다.

거기서 무슨 일이 일어나고 있는지 잘 이해할 수는 없었지만, 지금 분위기가 무겁다는 것은 어렵지 않게 느낄 수 있었다. 선거를 며칠 남기고 사회민주당 계열 신문은 15일간 발행이 금지되고, 2백 명의 인사가 체포되었으며, 개인의 자유와 관련된 헌법 조항들은 효력이 정지되고, 나치스 돌격대 3만 명이 질서 유지에 동원되었단다. 그들은 아침에는 완장과 장전된 권총 한 자루를, 저녁에는 3마르크를 지급받는단다. 또 3만의 인파가 히틀러 총리가 인종주의 정책에 대해 연설하는 것을 듣기 위해 스포츠궁에 모여들었다니, 유럽의 그쪽 지역이 크게 요동치고 있는 게 분명했다.

기묘하게도 두 개의 조그만 사건이 폴의 눈길을 끌었다. 베를린에서 어떤 연극 공연과 한 네덜란드 클럽이 개최하는 가장 무도회가 금지되었다. 그는 이 뉴스들이 솔랑주가 스위스 루체른에서 휴식을 취하면서 보내온 편지에 가득한 열광과 이상하게 삐걱거린다고 느꼈다. 〈난 온천욕을 하고 있어. 온종일 온천욕을 하며 시간을 보내곤 해. 근데 너 아니? 난 작업도 계속하고 있단다. 베를린의 그 대규모 독창해를 준비할 시간이 아식 있으니까 말이야. 근데 말이지, 어머니께서 널 보내 주지 않는 게 확실하니? 돈 문제 때문에 그런 건 아니길 빌어! 너의 늘근 벗에게 그런 종류의 비밀을 숨기긴 안겠지? 그랬지? 왜냐하면 난 베를린의 행사를 위해 더는 독일적일 수 없는 어떤 프로그램을 구상하고 있거든. 뜻밖의 것들로 가득하고, 모든 사람이 항상 들을 수는 없는 것들로 채워진 프로그램을 말이야. 하지만 서둘러야만 해. 무대 장치도 의뢰해야 하고!〉

그녀는 가을에 있을 독일 방문을 떠들썩하게 전하는 프랑스 신문들과 외국 신문들의 기사를 서신에 첨부했다. 〈라 갈리나토는 히틀러를 위해 노래할 것이다〉, 〈솔랑주 갈리나토는 베를린에서 독일 음악을 찬미할 것이다〉…….

폴의 의혹이 더욱 깊어진 것은 3월 중순에 나치 정권이 새 체제의 마음에 드는 행운을 얻지 못한 상당수의 음악 협회들을 해산시키는 법령을 발포했다는 소식을 읽었을 때다. 음악 애호국으로 알려진 나라에서 음악에 헌신하는 단체들을 탄압하다니! 폴은 도무지 이해가 되지 않았다.

그런데 바로 이런 나라에 공연하러 가면서 솔랑주는 저리 좋아하고 있다…….

폴은 머리가 복잡했다. 뭔가 이해되지 않는 부분이 있었다. 보통 이런 종류의 상황에선 어머니를 찾았다. 하지만 두 여자의 라이벌 관계는 하나가 죽어야만 끝날 것 같기도 했거니와, 이유는 알 수 없지만 왠지 마음에 걸렸다……. 그는 솔랑주의 계획이 좋은 생각이 아닐지도 모른다는 느낌이 들어 걱정되었다.

앙드레는 터덜터덜 몽테북살의 집으로 향했다. 이것은 거절하기 어려운 초대, 어쩔 수 없이 해야 하는 고역이었다. 그리고 끔찍한 시련이기도 했으니, 앙드레가 들어간 곳은 거대한 서

가와 미술품, 판화, 서적, 잡다한 장식품 등으로 가득 채워져 마치 어떤 수집가의 진열실처럼 느껴지는 엄청나게 큰 아파트였고, 이 모든 것은 그가 되고 싶고, 가지고 싶은 것들, 그가 되기를 꿈꾸지만 너무나 멀게 느껴지는 것들을 보여 주고 있었기 때문이다.

그는 긴 소파에 궁둥이 한쪽을 걸쳤다. 틈만 생기면 그대로 도망쳐 버릴 생각이었다.

「아, 이탈리아……!」

몽테북살은 온갖 유명한 예술 작품을 들먹이며 장광설을 늘어놓기 시작했다. 산비탈레 성당, 베르니니의 다비드상, 타르키니아의 성모상……. 쪼그라들고 기력이 쇠한 이 조그만 노인네의 입에서 나오는 백과사전적인 잡동사니들은 클리셰들의 무더기처럼 느껴졌다. 앙드레는 지옥에 와 있는 기분이었다. 오, 신이여, 당신은 거기서 무얼 하고 계시나이까!

때는 4월 초여서 날씨가 화창했다. 봄이 온 것인데, 한림원 회원은 여기에 조금도 관심이 없었지만, 나이를 먹어 가는 앙드레에게는 하나의 조그만 사건이었다. 이따금 그는 조금 열린 창문 쪽으로 시선을 돌렸다. 방 안으로 들어오는 신선한 공기를 들이마시며 고양이처럼 눈을 가늘게 찌푸리다가, 마지못한 듯 한숨을 내쉬며 들고 있는 자료들로 다시 돌아오곤 했다.

「……그리고 우리는 자넬 생각하게 됐네.」

딴생각에 빠져 있던 앙드레는 지금 무슨 말을 하는지 정확히 이해하지 못했다.

「네? 제게요……?」

「그렇다네.」

지금 내가 제대로 들은 것일까? 어떤 잡지 말씀입니까?

「아니, 일간지야. 그게 더 무게 있단 말이야. 우리가 어떤 생각을 전하고 싶을 때, 또 사람들을 설득하고 싶을 때는 그게 필요하지.」

프랑스-이탈리아 위원회의 영향력 있는 멤버들, 기업가들, 그리고 생각이 깬 몇몇 유력 가문이, 오늘날의 이탈리아를 위대한 라틴 민족으로 다시 일으켜 세운 주장들을 전달할 수 있는 신문에 자금을 대기로 했다는 것이다.

몽테북살은 힘겹게 일어서서 팔걸이 없는 긴 쿠션 의자에까지 몇 걸음 옮기고는, 그 위에 무겁게 노구를 내려놓았다. 그는 손바닥으로 쿠션을 탁탁 쳤다. 자, 이리 와서 앉게!

「파시즘은 현대적인 독트린이야, 그렇지 않은가?」

노작가의 손은 차갑고 꺼끌꺼끌했다. 앙드레는 자기 손을 빼고 싶었지만, 예의상 참았다.

「사람들을 설득해서 이 멋진 대의를 승리할 수 있게 하는 정치적 언론 기관과 일할 수 있게 된다면 좋아 죽을 유능한 문필가가 파리에 일개 사단은 될 걸세.」

앙드레는 머리가 핑 돌았다. 뭐? 파리 지역 일간지 하나를 맡아 달라고?

「메신로(路)에 사무실도 있어. 굉장하지 않나?」

몽테북살은 아주 여성적으로 들리는 웃음을 조그맣게 흘렸다. 처음엔 기자가 서너 명밖에 없겠지만, 시간이 지나면…….

「자넨 먼저 그 너그러운 기부자님들부터 만나 봐야 할 거야. 일은 9월부터 시작할 수 있을 걸세. 물론 자네가 관심 있어야겠지만……. 신문 제목은 아직 정하지 못했는데, 그거야 찾아보면 되고.」

「르 릭퇴르.」[17]

자신도 모르게 튀어나온 말이었다.

「그건 조금…… 현학적이지 않을까? 뭐, 한번 생각해 보자고.」

몽테북살은 자리에서 일어나 실내 가운의 옷깃을 여몄다. 면담이 끝난 것이다.

앙드레는 극도로 흥분되었다.

아직은 보잘것없지만, 몇 주 후면 너무나 품위 있는 새 일간지의 수장으로서 온 세상의 주목을 받을 것이었다.

기요토 밑에서 받는 것보다는 돈도 더 벌 거고…….

로베르는 인사하면서 항상 이렇게 말했다. 〈아, 시발! 오늘 날씨 봤어?〉 그날 날씨가 어떻든 상관없고, 심지어 밤에도 똑같았으며, 대답을 기다리지 않았다. 이날 저녁도 예외는 아니었다. 그런 다음 로베르는 차에 올라 줄담배를 피우며 앞의 도로를 쳐다보았다. 눈은 게슴츠레하고, 뭐가 그리 좋은지 히죽거리는 녀석을 뒤프레는 차 문을 열고 밖으로 던져 버리고 싶었다.

그들은 자정 무렵 샤티용에 도착했다.

뒤프레는 도시에서 빠져나올 때 전조등을 끄고 공장까지 천천히 차를 몰았다. 그는 공장에서 상당히 떨어진 곳에 차를 세울 계획이었다.

그는 로베르에게 주의 사항들을 숙지시키기 위해 별짓을 다

17 고대 로마에서 행진할 때 고위 관리들을 선도하는 하급 관리.

333

해보았지만 허사였다. 항상 무언가가 빠졌다. 아, 맞아, 그래, 내가 깜빡했네, 라고 로베르는 낄낄대며 말했다. 그가 보기엔 중요한 것이 아무것도 없었다. 어스름에 잠긴 자동차 안에서 뒤프레는 마지막 시도를 해보았다.

「어, 그래?」 그가 한마디 할 때마다 로베르는 마치 그걸 처음 듣는 것처럼 대꾸했다. 뒤프레는 정말이지 미칠 지경이었다.

결국 뒤프레는 하고 싶지 않은 것을 하고 말았다. 그는 주의 사항을 큼직큼직한 대문자로 쓴 쪽지를 무거운 마음으로 내밀었다. 이런 녀석의 손에 이런 흔적을 남긴다는 것은 그의 성격상 상상도 할 수 없는 일종의 자살 행위였지만, 다른 방법이 없지 않은가?

로베르는 소리를 내어 그럭저럭 읽어 내려갔다. 그가 읽은 내용을 제대로 이해하는지는 알 수 없었다.

「자, 됐어.」 뒤프레가 절망적인 심정으로 말했다. 「자, 어서 시작해!」

그는 서로 역할을 바꾸는 방안도 생각해 봤다. 하지만 그것은 로베르에게 자동차를 맡긴다는 얘기였고, 조금이라도 문제가 생기면 녀석이 오도 가도 못하게 된 뒤프레를 남겨 두고 혼자 내뺄 확률이 거의 90퍼센트였다……

「오케이.」 로베르가 대답했다.

말은 시원시원하게 잘했다. 그는 차에서 내려 트렁크를 열었다.

「빌어먹을, 지금 뭐 하고 있는 거야!」 뒤프레가 급히 차에서 뛰어내리며 고함쳤다.

「어, 그러니까…….」

「이런 천치 같으니! 종이에 뭐라고 써 있어?」

로베르는 호주머니들을 죄다 뒤졌다.

「그 종이쪽지를 언다 뒀더라……. 아, 여기 있다!」

사위가 아주 어두웠다. 로베르가 라이터를 꺼냈으나 뒤프레가 간발의 차로 빼앗았다.

「불을 켜서 들키면 어떡하려고, 이…….」

뒤프레는 절망적인 심정으로 주의 사항을 다시 한번 상기시켰다. 로베르는 고개를 끄덕였다.

「아, 맞아, 이제 생각이 나네…….」

「그래, 바로 그거야. 자, 빨리 꺼져, 이 멍청아.」

뒤프레는 그가 집게 모양의 절단기를 어떤 촛대처럼 들고 멀어져 가는 모습을 지켜보았다. 문제가 생기면 녀석을 저기다 버려 놓고 가버리리라, 라고 속으로 중얼거렸지만, 그는 자신이 결코 그러지 못하리라는 걸 잘 알고 있었다. 로베르 페랑이라는 자만 보면 짜증이 나고, 심지어 역겹기까지 했지만, 그의 정신 속 어딘가에는 항상 노동 연대의 가치들이 숨 쉬고 있었다. 그는 이 가치들을 로베르 같은 불량배에게 적용하는 것은 너무 어리석은 짓임을 인정했지만, 어떤 경우에도 그것들을 어길 수는 없었다.

그는 저 앞쪽 멀리 흐릿하게 보이는 공장 벽들의 어두운 실루엣을 뚫어지게 쳐다봤다.

로베르는 공장에 도착했다. 오른쪽인가? 왼쪽인가? 잘 기억나지 않았다. 분명히 종이에 써 있을 것이고, 그걸 꺼내야 할 터인데, 대체 어느 호주머니에 집어넣었는지도 알 수 없었고,

이렇게 빛도 없는 데서 그걸 읽는다는 것은……. 그는 그냥 왼쪽으로 돌기로 했다.

그러다가 얼마 후 의혹에 사로잡혔다. 막 돌아가려는데, 철책이 어렴풋이 보였다. 그는 자신의 본능이 옳았다며 흐뭇해하면서 계속 걸어가 절단기로 철책에 개구멍을 하나 뚫고, 마침내 공장 마당으로 들어섰다. 건물들이 그를 약간 주눅 들게 했다.

뒤프레는 매우 초조했다. 일 자체는 전혀 복잡한 게 아니었으나, 저 얼간이와는 확실한 것이 아무것도 없었다. 그래서 그는 발소리가 난 뒤, 로베르가 만면에 미소를 머금고 돌아오는 것을 보고 무척 놀랐다.

「됐어?」 그가 불안한 어조로 물었다. 「야간 경비원들이 도는 걸 보았나?」

「아, 그럼!」

뒤프레는 한숨을 내쉬었다.

「그리고 꼭지를 열어 놨어? 살짝?」

「아, 그럼! 당신이 말한 대로 했어.」

뒤프레는 놀라서 입을 딱 벌렸다.

「좋아, 그럼 가보자고!」

그들은 석유통 두 개를 꺼내 들고 걷기 시작했다.

철책에서 로베르는 다시 개구멍으로 들어갔다. 뒤프레는 석유통을 한 개씩 저쪽으로 전달했고, 로베르는 그걸 들고 달려가 자신이 미리 만능열쇠로 문을 열어 놓은 공장 안에 가져다 놓았다. 뒤프레가 사흘 동안 정찰한 결과 다음번 순찰은 한 시간 후에야 있었다.

336

「자, 이제,」뒤프레가 속삭였다. 「넌 저기서 나를 기다려.」

「오케이!」

「담배 피우지 말고!」

「오케이!」

뒤프레는 살그머니 공장 안으로 들어갔다. 휘발유 냄새가 느껴졌다. 유조(油槽)로 가서 보니 과연 꼭지가 조금 열려 휘발유가 가늘게 흘러나와 아래의 시멘트 바닥을 적시고 있었다. 천천히 석유통 두 개의 내용물을 이곳저곳에 부으니 매캐한 냄새가 코를 찌르기 시작했다. 그런 다음 석유통 두 개를 문 근처에 놓고 오랫동안 관찰한 뒤, 호주머니에서 신문지를 꺼내 둘둘 말아서는 불을 붙여 기름 웅덩이에 던졌다. 그는 급히 뛰어나와 열쇠를 한 번 돌려 문을 닫은 다음, 철책으로 돌아왔다.

그가 자동차에서 30여 미터 떨어진 곳에 이르렀을 때 폭발음이 들렸다. 폭발 자체는 별것 아니었으나, 불길이 바닥에 이어진 휘발유를 따라 상당히 빠르게 번진 모양으로, 그들이 파리를 향해 달리기 시작하는 순간, 화재의 벌건 불빛이 도로에서도 보였다.

27

뒤프레의 머릿속에는 마들렌이 앙드레의 성적 취향을 암시한 내용이 오랫동안 맴돌았다. 그것 때문에 저렇듯 이를 갈며 앙드레를 뒤쫓는 것일까? 자신이 델쿠르를 너무 〈좋은 눈으로〉 본 것일까?

그는 감시를 재개했다. 앙드레의 삶 자체만큼이나 지루한 작업이었다.

뒤프레는 다시 신문사에서, 앙드레가 저녁 식사를 하러 가는 아파트 건물들에서, 스크리브가에서, 뤽상부르 공원에서, 생메리 광장 공원에서, 그가 이따금 작업하러 가는 생마르셀 도서관에서 그를 추적했다. 그리고 바로 이 도서관 앞을 지키고 서 있던 어느 날 아침, 어떤 생각이 뇌리를 스쳤다.

생메리 광장 공원에서 델쿠르는 오후 4시경 항상 같은 벤치에 자리 잡곤 했다. 그가 떠나자마자 뒤프레가 직접 실험해 보니, 그로부터 30분 후 문이 열리는 생메리 초등학교에서 남자아이들이 하교하는 광경이 훤히 보였다. 뤽상부르 공원에서는 사내아이들이 장난감 배를 띄워 놓고 수면으로 몸을 굽히고 있는 분수전 근처였다. 스크리브가에서 그가 선호하는 위치는 정확히 무용 학교 정면이었다. 델쿠르는 이곳 시간표를 귀신같이 알고 있어서, 계집아이들이 나올 때는 결코 거기에 앉는 법이 없었다.

일주일 뒤, 델쿠르는 다시 생마르셀 도서관을 찾았다. 뒤프레는 아무 책이나 손에 잡히는 대로 한 권 ─ 중국 문화에 대한 책이었다 ─ 뽑아 들고 그와 멀지 않은 곳에 가서 앉았다. 델쿠르는 젊은 사서를 처다보며 그날 오후를 보냈는데, 두 다리를 바짝 꼬고, 한 손을 탁자 아래로 내린 자세였다.

「뭔지 대충 감이 오는데요…….」 뒤프레 씨가 말했다.

「맞아요.」 마들렌이 대답했다. 「앞으로는 완전히 다른 식으로 접근해야 할 것 같다는 생각이 들어요.」

여기서 그는 더 이상 참지 못하고 이렇게 물었다.

「그자에 대한 당신의 원한은…… 이런 성향과 관련 있나요?」

그녀는 듣지 못한 체했으나, 이 침묵이 잘못 해석될 수 있다는 것을 곧바로 깨달았다. 뭐야? 뒤프레 씨는 내가 단순히 남자들을 더 좋아하는 남자를 애인으로 둔 게 화나서 이러는 줄 아는 거야? 저급한 이유였다. 마들렌에게는 여러 가지 편견이 있었지만, 적어도 이런 편견은 없었다.

이런 상황에서 뒤프레 씨는 자기 수저만 응시하고 있었다.

마들렌이 말했다.

「폴 때문이에요, 무슨 말인지 아시겠죠…….」

그녀는 흐느끼기 시작했다. 그는 일어나서 다가왔다.

「고마워요, 뒤프레 씨.」 그녀는 그를 멈춰 세우며 말했다. 「그럴 필요 없어요.」

그녀는 계속 울다가 설명을 했고, 이 고백은 아물지 않은 상처를 다시 일깨웠다. 그녀는 너무나 불행했고, 자신에게 온갖 죄악을 부과했다. 내가 너무 부주의했어요, 너무 무관심했어요…….

「아닙니다.」 뒤프레 씨가 말했다. 「그놈은 그냥 개새끼입니다! 그게 전부예요!」

그의 말이 옳았다. 그것 말고는 다른 말이 필요 없었다.

마들렌은 숨을 크게 내쉬었다. 이 쌍욕은 단순한 진실을 단순하게 표현했다. 돌아오는 차 안에서 두 사람은 어린 폴에 대해 생각했다. 물론 각자 생각은 달랐지만, 분노만큼은 서로 비슷했을 것이다.

독자들도 기억하겠지만, 샤를 페리쿠르는 자신이 불운의 희생자라는 강박관념이 있었다. 그는 자신을 늘 괴롭히는 운명을 여러 차례 따돌렸다고 믿었다. 그러나 이날 저녁만큼 이 불운한 운명이 그에게 가까이 다가온 적은 없었다.

오늘은 중요한 날이었다. 바로 지금 말이다. 아니, 한 시간 전에는 그랬다. 하지만 다 끝나 버렸다. 너무 늦어 버렸다. 만일 그에게 권총이 있었다면, 그는 자기 관자놀이에 대고 쐈을 것이다. 자신의 짧고도 거친 숨소리가 들렸다. 자신이 헐떡거리며 죽어 가고 있는 듯한 느낌이었다.

「하지만 곧 올 거야!」 베르토미외가 옆에서 말했다. 「자, 자, 샤를! 너무 걱정하지 마. 그런 일은 시간이 필요한 법이야.」

그는 관련 정보가 많은 베르토미외 의원을 저녁 식사에 초대했으나, 불행히도 그는 확실한 식욕만 가지고 와서 엄청나게 먹어 치웠다.

「정부는 소득세를 10퍼센트 인상할 거야.」 베르토미외는 포레누아르 케이크를 공략하면서 툭 내뱉었다. 「납세자들을 진정시킬 제스처를 취해야 하거든.」

미안하지만, 이것은 샤를도 그 못지않게 잘 알고 있는 사실이었다!

지난 4년 사이 나랏빚이 무려 140억 프랑 늘었다. 국고에 돈을 다시 채워 넣고, 공무원의 봉급을 삭감하고, 공공 기관의 몸집을 줄여야 했으며, 자동차, 라이터 돌, 택시에 대한 간접세는 상상으로 그쳤지만, 소득에 대해서는 정말로 세금을 때려야 했고, 그 대가로 모든 사람이 자기가 이웃보다 세금을 많이 낸다고 생각하기 때문에, 7억 5천만 프랑의 세수가 기대되는 조세에 대한 관리 감독을 강화하겠다고 약속했다.

바로 여기서 샤를의 행운이 모습을 드러냈다.

정부는 탈세를 추적하기 위한 법안을 준비하고 있었다. 그리고 이 법안을 연구하고, 개선하고, 발전시키기 위한 국회 위원회 하나가 발족될 예정이었다. 민주연합당은 해양부 장관직 하나만 얻었으니, 정부의 균형을 위해 그쪽으로 뭔가 제스처를 하나 더 보여 주는 게 필요했다. 그래서 샤를 페리쿠르의 이름이 거론된 것이다!

그의 흥분을 이해하기 위해서는, 당시 국회 위원회는 정부에 그들의 뜻을 부과할 정도로 막강한 파워를 가지고 있었고, 장관들은 그들 앞에 출석해 해명하고, 때로는 수십 분 동안 곤욕을 치르기도 했다는 사실을 알아야 한다.

샤를에게 이건 엄청난 일이었다.

위원장 선거가 있겠지만, 원칙적으로 야당은 참여하지 않을 거였다. 그가 유일한 위원장 후보자가 될 거라는 소문이 48시간 동안 지나치게 확대되어, 벌써 상당수 동료 의원이 축하하러 다가왔다. 하지만 샤를은 신경이 예민해져 얼굴을 돌려 버렸으니, 이런 친구들이 꾀면 재수가 없는 까닭이었다.

그는 아무것도 말하지 않겠다는 자신의 결정을 딱 한 번 위반했다. 더는 집에 찾아오지 않아 오르탕스를 깜짝 놀라게 하고, 꽃 같은 두 쌍둥이에게 크나큰 실망감을 안겨 준 알퐁스 크레망게랭에 대해서였다. 크레망게랭가는 역대 국회 의원을 둘이나 배출한 집안이었다. 제복에 대한 환상이 있는 알퐁스의 어머니는 그가 진학할 학교로 폴리테크니크를 고집했다. 그는 시앙스 포에 끌렸다. 그녀는 장군 아들을 원했고, 그는 장관이 되고 싶었다. 어쩌면 더 높이 올라갈 수도 있고…… 〈아, 대통령?〉 그의 어머니가 말했다. 〈그건 또 다른 거지!〉 그녀는 결국 양보했다. 좋아, 그럼 시앙스 포에 들어가! 그러고는 곧바로 자신의 외아들에게 권력의 막후로 들어갈 수 있는 문을 터줄 수 있는 인척들을 찾아다니며 분주하고, 집요하고, 때로는 모욕감까지 안겨 주는 운동을 시작했다. 알퐁스는 자기 어머니가 트루베츠코이 대공비처럼 행동하는 것을 좋지 않은 눈으로 바라봤지만, 오르탕스에게 초대받았을 때는 그녀의 집요한 노력이 비록 괴롭긴 하지만 결코 헛되지 않았음을 인정했다. 샤를 페리쿠르 같은 노련한 국회 의원을 통해 정계에 입문한다는 생각에 흥분한 청년은 쌍둥이 자매와 저녁을 보낸 뒤, 국회에 있는 샤를의 사무실에 여러 차례 찾아왔다. 그래서 위원회 위원장 자리에 오를 가능성이 생기자, 샤를은 좀이 쑤셔 가만히

있지 못하고 알퐁스에게 전보를 한 통 보냈다. 〈정치적 문제
─ 스톱 ─ 날 보러 올 것 ─ 스톱 ─ 샤를 페리쿠르.〉

알퐁스는 총알같이 달려왔다.

「그래, 공부 쪽으로는 어떻게 되어 가나?」

알퐁스는 〈준비하고 있다〉고 대답했다. 은행가 형을 가진
게 유일한 학위증인 독학자, 샤를은 이게 정확히 무슨 뜻인지
알 수 없었다.

「내가 곧 위원회 위원장직을 제안받을 걸세.」

청년은 입을 딱 벌렸다.

「이건 우리끼리만 아는 비밀이야!」

알퐁스는 얼이 빠져 두 손을 번쩍 들어 올렸다. 자기 어머니
에, 헌법에, 성경에 걸고 맹세할 준비가 되어 있었다…….

「모든 게 예정대로 진행된다면, 나는 유능한 보좌관이 하나
필요할 걸세. 무슨 말인지 알겠나?」

알퐁스의 얼굴이 하애졌다. 일단 말을 시작한 샤를은 거침
이 없었다.

「내 아내 말로는, 자네가 얼마 전부터 우리 딸내미들을 방문
하지 않았다고 하던데…….」

알퐁스는 비틀거리며 사무실에서 나왔다.

샤를은 그 일을 다시 생각하며 후회했다. 청년을 매수한 것
이 후회되는 게 아니라, 김칫국부터 마신 게 후회되었다.

지금은 밤 10시 30분, 베르토미외는 아르마냐크산(産) 코냑
을 홀짝거리고 있는데, 관련 부처에서는 아무런 소식이 없었
다. 하지만 샤를은 거기에다 두 번이나 자신이 오늘 저녁 내내
사라쟁 레스토랑에 있을 거라고 말해 놓지 않았던가.

웨이터들은 입구 앞에 정중한 자세로 도열해 여기가 또한 출구이기도 하다는 사실을 강조했다. 이제 떠나야 했다. 베르토미외는 다른 말 없이 요란하게 트림을 한 번 하고, 약간 짜다고 느낀 고기 스튜에 대해 마지막으로 논평을 한 뒤, 레스토랑이 제공하는 상자에서 큼직한 시가 몇 개를 집어 안주머니에 쑤셔 넣고는 샤를이 계산을 마치자마자 그의 곁으로 왔다.

「여보게, 곧 올 거야, 곧 올 거라고.」 베르토미외가 말했다.

「이 시각에……?」

샤를은 기가 꽉 꺾여 있었다.

첫 번째로 실망한 것은 자신이 단독 후보가 아니라는 사실을 알았을 때였다. 브리야르, 세네샬, 모르드뢰, 필리페티 등이 거론된 것이다……. 쉬울 거라고 여겼던 이 선거는 실질적인 자격을 갖춘 인물들을 상대로 하는 장애물 경주로 변할 위험이 있었다.

베르토미외는 배를 가득 채웠으니 이제 빨리 집에 들어가서 잘 생각밖에 없었다. 그는 호주머니를 톡톡 두드리며 말했다. 자, 나도 더 있고 싶지만…….

「자, 잘 가게, 샤를.」

그는 택시를 불러 올라탔다. 그러고는 아직도 약간의 처세적 감각이 남아 있어, 멀어져 가면서 차창을 내리고 이렇게 소리치는 게 좋다고 생각했다.

「그리고 말이야, 다른 후보들한테 당하고 있지만 말라고! 그자들은 자네 발끝에도 못 미치는 얼간이들이야! 모두 묻어 버리라고!」

아닌 게 아니라 샤를은 다른 경쟁자들에 비해 상당한 이점이 있었다. 의정 경력을 시작할 때부터 조세 문제는 그의 정치적 관심사의 중심에 있었다. 사실 그는 탈세자들보다는 세금 자체를 비난했고, 〈세무적 종교 재판〉에 대한 고발은 언제나 그의 영업 자산이었다. 만일 그가 선출되어 탈세자를 추적하는 위원회를 주재한다면, 그것은 모양새가 미묘하게 뒤틀리는 꼴이 되겠지만, 그가 정치적으로 표변하는 것은 이번이 처음은 아닐 터였다. 그는 유연한 전략 변경이야말로 나폴레옹 전쟁들의 성공 요인이었다는 사실을 즐겨 상기시키는 사람이었다.

그가 다시 돌아가서 레스토랑의 유리벽을 두드리자, 한 웨이터가 문을 열어 주었다. 샤를은 자신에게 온 메시지가 하나도 없는지 확인하고 싶었던 것이다. 아뇨, 아무것도 없어요. 그들은 그저 빨리 집에 들어가서 뻗어 자고 싶을 따름이었다.

샤를은 몹시 풀이 죽어 있었다. 알퐁스는 자기 사무실에 찾아와 새로운 소식이 없는지 〈아주 공손히〉 묻고 갔단다. 이 청년에게 한 말을 취소해야 하는데, 자기야 아무 상관 없지만 이게 딸년들의 장래를 더 망칠 수 있다는 생각에 그는 죽고 싶을 만큼 슬펐다.

「아, 당신 왔어요?」

도대체 왜 그러는지 모르겠지만, 오르탕스는 항상 오븐 안에 수프 한 그릇을 따뜻하게 보관하고 있었다. 아마도 조상이 어떤 깡촌 사람들이었으리라.

「따끈한 수프 한 그릇 하시…….」

「그 빌어먹을 수프를 가지고 날 귀찮게 하지 마!」

샤를은 모자를 옷걸이에 걸고, 〈항상 자기를 졸졸 따라다니는〉 아내를 밀쳐 버린 뒤 자기 침실에 들어가 문을 쾅 닫았다. 그는 밤을 거의 뜬눈으로 새웠다. 브리야르가 위원장에 선출되었고, 자신에게는 위원회에 접이식 의자 하나 내주지 않았으며, 국회 의원 선거에서도 의외의 결과로 낙선해 가진 것을 몽땅 털리고 알거지가 되어 길거리에 나앉았다⋯⋯.

그는 새벽 4시경 땀에 흠뻑 젖어 소스라치듯 깨어났고, 동이 틀 때까지 천장의 균열을 노려보며 시간을 보냈다. 그러다가 7시경 방을 나왔다. 딸년들은 11시가 다 되어 일어났고, 집 안에서 소리 내는 것이 금지되어 있었다.

오르탕스는 살롱에서 남편을 보자마자 벌떡 일어서며, 더없이 자랑스러운 미소를 지었다.

「잘 주무셨어요, 여보오?」

샤를은 대꾸도 하지 않았다.

「아, 이거 받으세요. 어제저녁에⋯⋯.」

오르탕스는 그에게 속달우편 한 통을 내밀었다. 전날 저녁 8시에 도착했단다.

「당신이 너무 피곤한 것 같아서, 바깥일 가지고 귀찮게 하고 싶지 않았어요.」

이렇게 해서 샤를 페리쿠르는 자신이 탈세 방지 국회 위원회 위원장으로 선출되었다는 것을 알게 되었다.

28

거의 새벽녘, 귀스타브 주베르는 항공기 연구 제작소에 도착했다. 뭔가 하기 위해서라기보다는 곤두선 신경을 가라앉히기 위해서였다. 그는 청소 일을 하는 사내와 잠시 잡담을 나누며, 그가 블루 트레인 스페셜을 타고 파리-망트 구간을 달렸다는 이야기를 다시 한번 하게 했다. 그런데 너무나 유감인 것은 이 친구가 사용할 수 없는 어휘가 모두 1백여 가지밖에 되지 않는다는 사실이었다. 〈굉장했어요!〉, 〈엄청 빨랐어요!〉, 〈아, 그 기분이라니!〉, 〈정말 부드럽게 나가요!〉…… 한심한 얼간이 같으니! 아마 오리엔트 특급 열차를 타고 여행한다고 해도 똑같은 소리를 하리라.

사실 로베르는 그 빌어먹을 자동차를 딱 한 번밖에 보지 못했다. 그것도 상당히 멀리서, 거리에 지나가는 것을 언뜻 봤을 뿐이다. 주베르가 그 얘기를 꺼내면, 그는 뭔가 말할 거리를 찾아내기 위해 머리를 쥐어짜야 했다…….

그는 항공기 연구 제작소에서 하는 일이 아주 마음에 들었다. 청소는 밤에 하기 때문에, 아침에는 레옹스와 그 짓을 하고, 오후에는 경마장에 갈 수 있었다. 2층의 연구실은 어떤 처녀가 도맡아 했고, 그는 1층과 작업장들과 창고들 담당이었다. 주베르는 이렇게 강조했다. 〈여기는 아주 정밀한 작업이 이루어지는 곳이야. 이 공간이 새 동전처럼 깔끔하게 유지되길 바란단 말일세!〉 로베르는 겉만 살짝 한 번 비질하고, 먼지는 기계들 밑으로 대충 쓸어 넣었다. 대걸레로 재빨리 두 차례 왕복한 뒤, 사방에 냄새가 퍼지게끔 세제 몇 통을 통째로 바닥에 들이부어 들어오는 사람이 청결 상태가 완벽하다고 느끼게 만들었다. 그렇게 해서 로베르는 직원들이 도착해 퇴근할 수 있는 아침이 되기를 기다리며, 대부분 시간을 경비원들과 카드를 치면서 보낼 수 있었다.

기다리는 무료함을 달래고, 곤두선 신경을 가라앉히기 위해 주베르는 2층의 빙 둘러진 통로에서 작업장을 내려다보았다.

기업 세계는 금융 세계보다 훨씬 더 난폭했다. 그가 페리쿠르 은행을 관리하던 시절에도 여기 못지않게 직원들을 쥐어짜고, 해고하고, 임금 인상을 거부하고, 속도를 높이라고 사람들을 닦달했지만, 그 모든 것이 아주 조용히 이루어져, 복도에서 고함 소리도 나지 않았고, 문을 부서져라 닫고 나가는 일도 없었다. 타이피스트 한 명을 해고하면, 화장실에서 흐느끼는 소리가 조금 난 뒤 수면에 인 파문이 금방 사라져 버렸고, 어렵지 않게, 힘들이지 않고 다른 일로 넘어갈 수 있었다. 기업의 세계는 완전히 달라, 모든 게 노천에서 벌어졌다. 지난 몇 주 동안 이어진 일련의 돌발적인 사건들은 비밀로 남지 않았고, 팀마다 온통 이 얘기뿐이었으며, 전반적인 사기는 영향을 받았고, 모든 게 좋지 않은 방향으로 풀리기 시작했다.

먼저 르페브르스트뤼달사에서 일어난 화재는 주베르에게 엄청난 타격을 주었다. 경찰 조사 결과 방화로 결론 났지만, 수사는 더 이상 진척이 없었다.

메카니크 주베르사의 수익 절반을 보장해 준 이 군납 업체는 곧바로 직공들을 조업 정지 처분했으며, 발주한 주문을 모두 취소했다. 불가항력적인 일이라 주베르는 속수무책이었고, 회사는 자금난을 겪기 시작했다.

제트 엔진은 아직 불확실한 상태인데, 예산은 벌써 떨어져 가고, 20만 프랑의 추가 지원금을 협상해야 하는 상황에서 기술적인 사건들이 끊이지 않아 프로그램이 1주일, 2주일 뒤로 연기되었다. 일정과 예산, 모든 게 늘어나고 있었다.

로베르는 일하는 건 끔찍하게 여겼지만, 사보타주라면 신났다. 그는 이곳이 문을 연 후 발생한 문제의 상당수가 자기 작품이라 주장했고, 그것은 사실이었다. 그는 다섯 개를 꼽았는데, 모두가 프로그램의 진척을 며칠씩 늦추었다. 시기적으로 가장 나중의 것은 골무 세 개 분량의 먼지를 한 유조 안에 집어넣은 일이었다. 먼지는 잠든 물고기처럼 유조 밑바닥에 서서히 내려앉아, 유조를 다시 채우려 하자 먼지가 다시 수면에 떠올랐다. 주말의 실험은 이로 인해 엄청난 방해를 받았다. 이렇게 해서 또 나흘을 잃었다.

「혹시 사보타주일까?」 주베르가 물었다.

한 번 머릿속에 들어온 이후 이 단어는 계속 맴돌았다. 국제적 긴장과 의심의 시기에 이 단어는 모든 사람을 두렵게 했다. 주베르는 그동안 일어난 소소한 사건들을 세어 보았다…… 연구 제작소에는 꽤 많은 직원이 있는데, 그들을 무슨 수로 다 감시한단 말인가? 유체역학 전문가가 곧바로 반응했다.

「사보타주라고요? 오, 아니에요, 주베르 씨! 하지만 어쩌겠습니까, 아무리 여과해도 항상 불순물이 섞여 드는걸요.」

전문가도 이번에는 불순물이 조금 많다고 생각했다. 하지만 이에 대해 아무 말도 하지 않았으니, 이 불순물 여과를 책임진 사람이 바로 자신이어서, 세부적인 얘기로 들어가고 싶은 마음이 전혀 없었던 것이다.

이런 문제들만으로 충분치 않았던지, 그 전문가는 명백한 사실을 인정하지 않을 수 없게 되었다. 즉, 원심 압축기가 적합하리라는 가정은 나쁜 선택이었다는 사실 말이다.

연구 결과 오직 축류(縮流) 압축기만이 회전 날개의 구조를 변경한다는 조건에서 충분한 성능을 발휘할 수 있다는 사실이 드러났다. 원점으로 돌아간 것은 아니었으나, 일정이 단번에 거의 반년은 늦춰졌다.

이 소식에 프랑스 르네상스의 인내심은 바닥을 드러내, 전문가들이 방문해서 평가하겠다고 결정했다. 정말 어처구니없는 일이었다. 다섯 명의 감정단이 들이닥쳐 서적, 계획표, 회계 장부, 설비, 인사 기록부 등을 보여 달라고 요구했다. 주베르는 자신의 귀를 의심했다. 이건 완전히 세무 조사였다! 자신은 이 기업을 만든 사람이요 이 운동의 영혼이거늘, 자기를 마치 어떤 의심쩍은 납세자처럼 취급하고 있었다!

로브주아는 아주 깐깐한 조사관 행세를 했다.

「이보게, 귀스타브, 이 12만 프랑은 뭔가?」

「내 회사가 지금 추경 예산이 필요한 연구 제작소 계좌에 입금한 거야.」

「이 사업은 밑 빠진 독이나 마찬가지인데, 자넨 그 사실을 숨기려 하고 있어!」

어색한 분위기가 감돌았다.

심지어 옆방에서 청소하는 시늉을 하고 있던 로베르도 지금 사장의 일들이 꼬여 간다는 것을 이해할 수 있었다. 전날 밤, 그는 손톱 조각만큼이나 가느다란 튜브들을 조각조각 자르며 시간을 보낸 바 있었다. 갑자기 고무 타는 냄새가 코를 찔렀고, 사람들은 일제히 고개를 돌렸다.

작업장 전체에 퍼지던 터빈 돌아가는 소리가 갑자기 늦춰졌다. 마치 기계가 헐떡대는 것 같았다. 주베르는 벌떡 일어나서 2층 통로 쪽으로 걸음을 옮겼다. 검은 구름 같은 연기가 피어오르더니 뭔가 퍽 하고 터지는 소리가 났다.

경비원이 양손에 모래 양동이를 하나씩 들고 황급히 뛰어갔다. 기술자들과 엔지니어들은 사무실에서 뛰쳐나와 공중에 걸린 통로 위로 달려갔다. 위에서 보니 터빈은 보기에도 안쓰러운 꼴을 하고 있었다. 마치 폐차장에 던져진 어떤 기계 같았다. 주베르는 층계를 한걸음에 네 계단씩 뛰어 내려갔다.

터빈은 갈수록 뜨거워지고 있었고…….

「연결 고무관들이 견뎌 내지 못했어요.」 이탈리아인이 설명했다. 「완전히 부스러져 버렸네요.」

그는 낙하산 천 재질의 장갑을 끼고 터빈 케이스의 나사를 풀었다. 사람들은 불안한 얼굴로 빙 둘러섰다. 고무가 녹아 버렸다……. 연결 고무관들이 부스러져 있는데, 이게 원인일 수도 있고, 아니면 결과일 수도 있다……. 뭐라고 단정 짓기 힘들다……. 이게 그가 말할 수 있는 전부였다. 목소리를 높이는 사람은 아무도 없었다. 모두가 일정을 알고 있어 이 결과를 가늠해 보고 있었다. 11일이 고스란히 날아가 버린 것이다.

주베르를 따라온 감정단의 다섯 사내는 터빈에서 흘러나오는 이 악취의 존재에 반응하지 않을 수 없었다. 타는 고무, 휘발유, 뜨거운 기름이 섞인 것 같은 그 지독한 냄새에, 그들은 마치 파리를 쫓듯 연신 손부채질을 했다.

「심각한가요?」 누군가가 물었다.

「그냥 사소한 사고입니다.」 주베르가 얼버무리듯 대답했다.

하지만 그의 얼굴은 아주 창백했다. 감정단을 구성하고 있는 사람들은 모두 엔지니어였고, 그들에게 지금 무슨 일이 일어나고 있는지 설명할 필요가 없었다.

주베르는 고개를 돌리지 않았지만, 비수처럼 날카로운 로브주아의 미소가 등짝에 느껴졌다.

앙드레는 그가 가을부터 이끌게 될 파시즘 성향의 새 일간지에 기사, 칼럼, 사건 리포트, 서평 등을 제공할 사람들을 만나기 위해 정력적으로 뛰어다녔다. 그들의 수가 꽤 많아, 앙드레는 힘이 났다. 파시즘은 세간에 널리 퍼져 있었다. 그가 접촉한 지식인과 작가들은 모두 열광했고, 파시즘이야말로 갈수록 강해지고 오만해지는 나치즘에 대한 최상의 방벽이라고 확신하고 있었다.

앙드레는 일을 썩 잘 해나갔다. 설득력 있고 매력적이었다.

사업 계획은 아직 비밀이었지만, 자금은 준비되어 있었다. 그는 기자 세 명을 구해야 했다. 자신이 장악할 수 있는 초심자들을 고를 생각이었다. 돈을 많이 줄 생각은 없었다. 기다리는 동안 그는 『수아르 드 파리』를 이용해 곧 보다 강하고 분명하게 선포할 생각들을 퍼뜨릴 생각이었다.

범죄

낙태, 이 끔찍한 역병은 이중으로, 즉 정치적, 윤리적으로 잘못된 것이다.

우선 정치적으로 잘못되었다. 노쇠해 가는 프랑스에서, 이 나라가 절실히 필요로 하는 아이의 생명을 해치는 여자들을 과연 용납할 수 있을까? 우리의 이웃 독일인들은 착각하지 않는다. 그들은 기운찬 청년들 덕분에 강력한 민족을 원한다. 나중에 그들이 청년이 몇 명 남지 않은 프랑스와 마주친다면?

하지만 이것은 무엇보다 윤리적인 과오이니, 왜냐하면 이 행위는 인간의 근본적인 권리, 즉 생명의 권리에 대한 용서할 수 없는 침해이기 때문이다.

우리는 계획적으로 잔인한 짓을 저지른 살인자들을 어떤 형벌에 처하는가? 사형에 처한다. 그렇다면 왜 여기서는 그렇게 하면 안 되는가? 인간 타락의 끝을 보여 주는 이런 종류의 살인자들에게 아무도 거스를 수 없는 지고의 힘, 즉 사랑의 이름으로 가장 엄한 형벌을 내리는 것은 절대적 요청이 되어 가고 있다.

낙태를 행한 범죄자들은 단지 보통법을 어긴 죄인만이 아니다. 그들은 모든 것을, 신분과 운명과 불행을 뛰어넘는 사랑에 대해 죄를 지은 범죄자들이다…….

사랑은 신이 창조한 모든 존재의 신성한 재산이다.

29

지금 난 내 집에 있는 거야! 마들렌은 이 사실을 확신하려 애쓰며 속으로 중얼거렸다. 그녀는 침을 꿀꺽 삼켰고, 6층으로 올라가는 동안 미리 순서대로 정리한 논거들을 속으로 다시 한 번 반복해 보았다. 차분하면서도 단호한 자세로 임해야 했다. 그녀는 초인종을 눌렀다.

게노 씨가 직접 문을 열어 주었다.

「게노 씨가 아니라, 게노 변호사요!」 그는 곧바로 자신의 호칭을 정정했다.

그는 상당히 키가 크고 덩치가 좋은 사내였다. 모발은 몇 가닥 없고, 낯빛은 불그죽죽한데, 볼 위쪽에는 지저분한 색깔의 쭈글쭈글한 살덩이가 커다랗게 늘어져 있고, 한쪽 눈은 엘뵈프, 다른 쪽 눈은 콜마르에 가 있다는 노래 가사처럼 아주 심한 사팔뜨기였다. 그가 걸친 아주 화려한 실내 가운은 지금보다 더 나은 시절이 있었음을 암시해 주었다.

「잠시 들어가도 될까요?」 마들렌이 물었다.

「아니, 안 되오!」

이 딱딱하고도 결연한 목소리를 통해 그가 한바탕 붙으려 한다는 것을 어렵지 않게 짐작할 수 있었다. 흥분을 가라앉히고 차분하게 얘기하자. 마들렌은 속으로 중얼거렸다. 부드럽게 얘기하고, 싸움은 피해야 해.

「내가 온 것은…….」

충계참의 다른 문들에 사람들이 귀를 대고 엿듣고 있다는 걸 마들렌은 확신할 수 있었다. 미묘한 상황이었다. 빈손으로 돌아갈 수는 없다는 생각이 그녀에게 힘을 주었다.

「당신에게 편지를 썼어요. 세 번이나요. 하지만 답장이 없어서 이렇게 찾아왔어요.」

그는 그녀를 엿 먹이려고 작정한 듯, 아무런 대꾸도 없이 쳐다보기만 했다. 마들렌은 뱃속의 용기를 모두 끌어모았다.

「집세가 벌써 두 달 치나 밀렸어요, 게노 씨…… 아니 게노 변호사님.」

「그래, 맞소.」

이게 바로 그녀가 두려워하는 상황이었다. 당황한 세입자는 놀란 척하면서, 이건 사고였다고 둘러대고, 반드시 보내겠다고 약속한다. 하지만 이의를 제기하지 않는 거주자에게는 대체 어떻게 해야 한단 말인가?

「내가 온 것은…… 나는…… 그러니까…… 우리, 이 조그만 문제에 대해 얘기 좀 나눌 수 있을까요?」

「싫소.」

그녀는 다리가 후들거리는 게 느껴졌다. 그녀 역시 단호한 모습을 보이며, 〈권리는 권리예요! 내게는 법이 있어요!〉라고 맞받아야 할 텐데 말이다. 그녀는 임대 계약서를 작성한 공증

355

인을 찾아갔는데, 그의 의견은 분명했다.

「좋아요」 그녀가 말했다. 「만일 이 연체에 대해 의논하고 싶지 않다면, 여기서 얘기를 끝내야겠네요. 그리고 밀린 집세를 내세요.」

「낼 수 없소.」

그는 꼼짝도 하지 않았다. 겉으로는 차분함을 유지하고 있었지만, 속은 이글거리는 분노로 채워졌다. 낯빛은 시커멓고, 눈 밑의 살덩이들은 풍선처럼 팽창했다. 그의 짤막한 대꾸들은 봇물처럼 터져 나오려는 말들을 막는 제방일 뿐이었다.

「그러시다면 난 당신을 내 집에서 퇴거시키는 수밖에 없겠어요!」

「뭐? 〈내 집〉이라고? 페리쿠르 부인, 내겐 임대 계약서가 있어요! 그것에 의거해 난 지금 내 집에 있는 거라고!」

「하지만 이 집에 계시려면 집세를 내야 해요.」

「천만에. 집세를 지불하지 않는다고 임대 계약서가 무효가 되는 것은 아니오.」

맞다, 공증인은 이 부분에서 말을 좀 모호하게 했다. 집을 점유하는 권리와 집세를 내야 하는 의무를 분리하셔야 합니다……. 이 둘은 별개라고, 서로 아무런 관계가 없는 것 같았다.

「하지만…… 당신은 집세를 낼 의무가 있어요!」

「이론적으로는 그렇소. 하지만 지금 내겐 그럴 만한 돈이 없으니, 이 상황을 받아들여야 할 거요.」

이 집세는 마들렌의 유일한 수입원이었다.

「선생, 난 당신이 집세를 내도록 만들겠어요!」

그는 미소를 지었다. 마들렌은 그가 자신이 이렇게 말하도록 유도했다는 사실을 곧바로 깨달았다.

「그러려면 추방 절차를 밟아야 할 거요. 아주 오래 걸리는 일이지. 세입자는 제대로 통고받아야 하고, 또 예를 들면 퇴직 변호사는…… 퇴거 기한을 늦추는 방법을 무수히 알고 있지. 이 절차가 얼마나 오래 걸리는지 당신은 상상도 못할 거요. 몇 년씩 갈 수도 있지.」

「말도 안 돼요! 난 살아가려면 그 돈이 필요하다고요!」

그는 잡고 있던 문손잡이를 놓고, 두 손으로 실내 가운을 꽉 여몄다.

「페리쿠르 부인, 우리 모두 같은 처지라오. 당신은 앞으로 오랫동안 당신에게 아무런 수익도 가져다주지 못할 아파트에 당신의 돈을 투자한 거요. 그리고 나는 지난해 11월에 파산한 어떤 은행에다 내 돈을 투자했지.」

마들렌은 숨이 찼다.

「그리고 당신도 그 은행을 잘 알 거요. 산업예금신용은행 말이야.」

「난 그 은행과 아무 관계가 없어요!」

자신을 방어하기 위해 이런 말까지 해야 하다니!

「그 은행은 또한 〈페리쿠르 은행〉이라고 불리기도 하지 않던가? 당신 집안은 파산하면서 내가 가진 모든 것을 가져가 버렸어. 난 이 집을 점유하는 것을 정당한 보상으로 여기고, 절대로 떠나지 않을 거요. 내게 남은 모든 힘을 여기 남는 일에 쏟아부을 거라고! 이 아파트를 떠나야 한다면, 그대로 길바닥에 나앉아야 하니까. 어쩌면 당신은 이 일에서 아무런 잘못도 없을지 모르지만, 그건 나하고 상관없는 일이야.」

마들렌은 입을 열었지만, 문이 닫혀 버렸다.

층계참에는 어떤 요동치는 항공기 안처럼 파르르한 정적이 감돌았다. 그녀는 관자놀이가 쿵쿵 뛰고, 그대로 쓰러져 버릴 것만 같았다.

그녀는 초인종을 누르려고 손을 조금 들어 올리다가, 무슨 말을 해야 할지 몰라 그만두었다. 밖을 내다보는 조그만 눈구멍이 컴컴했다. 문 뒤에서 게노 씨가 그녀를 관찰하고 있었다.

그녀가 상상했던 모든 것보다 더 고약한 일이 일어난 것이다. 때는 5월 중순이었다. 12월까지는 버틸 수 있었다. 하지만 뒤프레 씨에게 주는 봉급과 그녀가 약속한 경비를 계산한다면, 그 기한이 9월로 내려올 수도 있었다.

빨리 해결책을 찾지 못하면, 그녀와 폴의 삶이 어떻게 되겠는가?

그러다 갑자기 분노가 가라앉았다. 그녀는 이게 이 시대의 특징이라는 것을 깨달았다. 그녀는 끔찍하게 거칠어진 것이다.

게노 씨는 화요일마다 포토가에서 장을 보곤 했다. 집에 돌아온 그는 쓰레기통들이 나란히 놓인 내정을 가로질렀다. 그런데 엘리베이터에 이르렀을 때 뒤에서 어떤 소리가 나는 것 같아 고개를 돌렸다.

「선생 이름이…… 제노……? 그레노?」

두 눈이 바짝 붙고 입이 헤벌어진 사내는 쪽지를 들고 있었으나 어딘가 자신 없어 보였다.

「게노요! 그리고 선생이 아니라 변호사라고!」

로베르는 만족한 미소를 큼지막하게 지으며 쪽지를 호주머니에 집어넣었다. 너무나 흡족한 표정이어서 게노 씨는 이 사내가 자신의 이름 철자를 확인하러 여기 왔고, 이렇게 임무를 마치면 곧 떠날 것 같다는 느낌에 잠시 사로잡혔다.

「이리 줄래요?」

로베르는 아주 배려가 넘치는 동작으로 체크무늬 천으로 된 게노 씨의 장바구니를 받아 들고 아파트 층계의 첫 번째 계단에 조심스럽게 내려놓았다. 그의 손에는 크루아드푀나 악시옹 프랑세즈[18]의 시위 대원들에게서 가끔 볼 수 있는 것과 같은 커다란 나무 뭉치가 끝부분에 달려 있는 아주 굵직한 지팡이가 들려 있었다.

둔기는 변호사의 오른쪽 대퇴골을 가격했다. 퍽 하는 아주 고약한 소리가 울렸다. 게노 씨는 입을 벌렸지만, 통증이 너무 심해 아무 소리도 나오지 않았다. 청년은 곧바로 나와서 그를 첫 번째 계단, 그의 장바구니 옆에 앉히며 말했다. 자, 이렇게 하면 좀 나을 거예요, 여기 앉으세요.

게노 씨는 땀을 비처럼 쏟으며 멍한 시선으로 자신의 다리를 내려다봤고, 두 손으로 그걸 움켜쥐려는데 두 번째 타격이 날아들었다. 둔기는 시계공의 그 정확성을 방불케 해 아까와 똑같은 곳을 때렸다. 소리는 완전히 같지 않아 좀 더 둔탁했으나, 위력은 훨씬 강했다. 그러고 보니 그의 대퇴골이 45도로 꺾여 있었다.

마침내 통증의 소식이 그의 뇌에 도달했지만, 그는 울부짖을 수가 없었으니, 로베르가 쯔쯧, 쯔쯧 하며 한 손으로 그의

18 크루아드푀Croix-de-feu와 악시옹 프랑세즈Action française는 제1차 세계 대전과 제2차 세계 대전 사이 활동했던 파시즘 성향의 프랑스 우익 단체이다.

입을 틀어막았기 때문이다.

「괜찮아. 보면 알겠지만, 깁스를 잘 하면 다시 붙을 거야.」

게노 변호사의 빠질 듯이 튀어나온 두 눈은 이상한 방향으로 꺾인 자신의 다리와 고개를 끄덕거리는 청년의 미소 사이를 왕복했다.

「물론 집세를 내지 않으면 두 번째 다리는 절대로 이렇게 끝나지 않아. 난 양쪽 무릎을 날려 버릴 거고, 당신은 다시 걸을 수 없을 거야. 만일 당신이 경찰서에 간다면, 난 당신의 두 팔꿈치도 날려 버릴 거야. 그럼 당신은 잠자리에 들 때마다 드러눕느라 고생깨나 할 테지.」

로베르는 눈을 가늘게 찌푸렸다. 뭔가 잊은 게 없는지 기억해 보려고 했다. 하지만 모든 게 제대로 됐다. 그는 몸을 일으켰다.

「아, 집세 잊지 마! 그거 아주 중요한 거라고, 엉!」

그는 변호사의 다리를 가리켰다.

「잊지 말라고 표시해 놓은 거야!」

그가 내정을 가로질러 나올 때, 울부짖는 게노 씨의 소리가 계단통을 가득 채우기 시작했다.

찻집에서는 숙녀들이 원탁에 앉아 있었다.

「우리 아기, 일이 잘 진행됐어?」 레옹스가 물었다.

그녀는 로베르에게 말할 때면 폴이 무언가 말하려고 필사적으로 애쓸 때 마들렌이 그러듯이, 항상 문장 끝에 격려의 미소를 곁들이곤 했다.

「그럼! 아주 스무스하게 진행됐지.」 로베르가 대답했다.

레옹스는 마들렌에게 고개를 돌렸다. 봤죠? 내가 말했잖아요.

「고마워요, 페랑 씨.」

로베르는 개똥모자에 경례하듯 손을 올렸다.

「뭘요, 그까짓 걸 가지고! 만일 내가 거기에 다시 가야 할 일이 있으면⋯⋯. 우린 아주 친해졌걸랑요.」

뒤프레 씨의 아파트에서는 항상 왁스 냄새가 나는 것이, 누군가가 와서 청소를 해주는 모양이었다. 마들렌은 너무나 비개성적이고, 수도원처럼 느껴지는 이 장소에 어떤 여자가 드나든다는 것이 매우 엉뚱하게 느껴져 뒤프레 씨 자신이 일요일 아침에 무릎을 꿇고 마루를 쇠 수세미로 문지르고 왁스 칠하는 모습을 상상해 봤다.

「그는 열의로 충만한 바보입니다.」뒤프레가 경고했었다. 「그런 인간들은 통제하기 힘들죠.」

로베르 페랑이 연구 제작소에 채용된 이후, 마들렌은 그가 너무 열성을 보이다 발각될까 봐 가슴이 조마조마했다. 그녀는 그에게 아주 엄격한 지침을 내렸고, 그가 시키는 대로 하지 않을 때는 경찰에 신고하겠다, 감옥에 보내겠다, 라며 위협을 되풀이했다. 그가 말을 듣게 하는 방법은 이것밖에 없었다.

마들렌은 손목시계를 들여다보았다. 저녁 9시 30분, 어떤 날은 정리 작업이 다른 날보다 빨리 진행되었다. 집에 들어가기 전에 시간이 약간 있었다. 그녀는 몸을 돌렸다.

「뒤프레 씨, 이 거들 푸는 것 좀 도와주겠어요?」

「물론이죠, 마들렌.」

어떤 일에서든 마찬가지지만, 성적으로도 뒤프레 씨는 효율적인 남자였다. 그와의 관계는 과거 젊은 혈기에 정신없이 날뛰었던 앙드레와의 관계와 전혀 비슷하지 않았지만, 어떤 면에서는 더 낫다고 할 수 있었다. 그녀는 전희를 발견해 가고 있었다. 바쁜 사내였던 그녀의 남편도, 수동적인 남자였던 앙드레도 그걸 해주지 않았었다. 그녀가 생프랑수아드살 성당의 신부에게 털어놓지 않는 것이 점점 더 많아졌다. 관계 중에 그들은 거의 말을 하지 않았다. 하지만 관계가 끝나면 마들렌은 꼭 이렇게 말했다.

「고마워요, 뒤프레 씨.」

「천만에요, 마들렌.」

하지만 이날 저녁 옷을 다시 입고 병풍 뒤에서 간단히 화장을 마친 그녀는 (뒤프레 씨는 담배를 피우러 다른 방의 창가로 갔다) 평소처럼 문으로 향하지 않았다.

「뒤프레 씨, 어쩌면 이걸 아실지도 모르겠는데…… 사내아이들은 보통 몇 살에…… 그러니까 몇 살에 그걸 하죠?」

「그건 기질에 따라 많이 달라요. 어떤 아이들은 열두 살에 진짜 사내가 되기도 하고, 어떤 아이들은 열여섯 살 넘어서까지 그것에 대해 모를 수도 있어요. 개인차가 아주 심하죠.」

이 설명은 마들렌을 만족시키지 못했다.

「왜냐하면…… 폴이 이 문제로 나를 좀 불안하게 해요…….」

뒤프레 씨는 입술을 쭉 내밀며 눈을 찌푸렸다.

「그렇다면 아닌 게 아니라…… 그게 좀 미묘하네요.」

그는 지금 마들렌이 어떤 문제에 봉착해 있는지 어렵지 않게 상상할 수 있었다. 그리고 만일 그녀가 그걸 좀…… 도와달라고 요청한다면, 자기가 어떻게 해야 할지 알 수 없었다. 과연 자신이 휠체어에 앉아서 지내는, 그리고 한 번도 본 적 없는 미성년의 사내아이를 자신도 별로 출입해 본 적 없는 업소 중 한 곳에 데려갈 수 있을까? 그건 어렵다고 느껴졌다.

시간이 조금 흘렀다. 마들렌은 뒤프레 씨가 어떤 제스처를 보이거나 말을 해주길 기다렸지만, 당사자는 그럴 마음이 별로 없었다.

「그렇게 걱정하기엔 너무 이르지 않을까요?」

「그럴지도 모르죠…….」

결국 그녀는 폴과 직접 얘기해 보기로 마음먹었다.

맙소사, 어떤 식으로 행동하고, 어떤 말부터 해야 한단 말인가? 또 자기가 그 애를 위해 무얼 할 수 있단 말인가? 내일, 그래, 내일, 폴과 대화해 보리라. 일단 부딪쳐 보고 상황에 따라 이야기를 풀어 가리라.

그녀가 도착했을 때, 폴은 자지 않고 음악을 듣고 있었다. 그녀는 재빨리 욕실로 들어갔다. 먼저…… 몸을 완전히 씻지 않고는 그에게 키스하러 가고 싶지 않았다.

그녀는 혼자 있으면서도 그런 생각들에 얼굴을 붉혔다.

네글리제 차림으로 그녀는 커다란 전신 거울 앞에 섰다. 엄밀히 말해 뚱뚱하다고는 할 수 없었지만, 조금 살이 붙어 있었다. 모든 남자가 이런 걸 싫어하는 것은 아니지만, 요즘 유행이 허용하는 것보다 더 통통하다는 게 문제였다. 비참하지는 않았지만, 마들렌은 자신이 유행에 뒤처졌다고 느꼈다. 오늘날에는 날씬하거나 마른 여자를 선호했다. 이것은 광고를 보면 알 수 있었는데, 거기 나오는 여자들은 새끼손가락처럼 홀쭉했다. 엉덩이만 볼록 나오고, 자그마하면서도 당당해 보이는 젖가슴도 그녀의 것과 같지 않았다. 혀를 쭉 내밀고 아, 하고 소리를 질러 보던 그녀는 네글리제 차림이었음에도 불구하고 황급히 가슴을 가렸다. 폴이 열린 문을 통해 자신을 보고 있었던 것이다. 어머니의 그런 반응에 그는 웃음을 터뜨렸다.

「뭐…… 뭐야, 어…… 엄마!」

마들렌은 서둘러 목욕 가운을 걸치고 그에게로 가서 평소처럼 휠체어 가까이 웅크리고 앉았다.

「아니, 여기서 뭐 하고 있니?」

폴은 자신의 서판을 집어 들었다. 〈엄마가 들어오는 소리가 들려서, 엄마에게 밤 인사하려고.〉

그녀는 아들을 쳐다보았다. 그 역시 살이 붙어 있었다. 이제 얼굴도 조그만 찐빵처럼 보이는 것이, 설탕과 지방이 들어간 음식에 신경을 써야 할 것 같았다…….

늦은 시간이었고, 건물은 보일러 돌아가는 소리, 충계의 발소리, 거리의 자동차 소리가 간간이 들려올 뿐 정적에 잠겨 있어 내밀한 대화를 나누기에 적당했다. 마들렌은 아들과 얘기할 기회가 왔지만, 자신은 그럴 용기가 없다는 것을 깨달았다.

그녀는 회피하는 쪽을 택했다.

「난 너무 살이 쪘어…….」

금방 폴의 대답이 터져 나왔다.

「저…… 전혀…… 안 그래!」

「아냐, 살이 많이 쪘어, 이제 다이어트 좀 해야겠어.」

그는 미소를 지었고, 서판을 집어 들었다.

〈살 빠지는 크림 중 하나를 한번 시도해 봐. 엄청나게 비싸긴 하지만……. 거기에 대해서는 내가 조언해 줄 수 있어.〉

마들렌은 미처 생각해 볼 시간도 없었으니, 폴이 벌써 휠체어를 돌린 것이다.

그가 광고 기사를 스크랩해 놓은 노트들을 꺼내 탁자 위에 내려놓자 그녀는 속이 거북해졌다. 그녀가 모르는 것도 하나 섞여 있는 그 노트들의 페이지를 그는 참을성 있게 넘겨 가다가 갑자기 손을 멈췄다.

「어…… 엄마…… 그…… 그런데 말이야…….」

「왜 그러니?」

그는 다시 서판의 도움을 받았다.

〈엄마가 저녁마다 만나는 그 남자…… 왜 그걸 비밀로 하는 거야?〉

마들렌은 얼굴을 붉히며 대답하려고 입을 벌렸지만, 폴의 정신은 이미 다른 것으로 넘어가 있었다. 그는 광고 하나를 가리켰다.

「자, 여기!」

체격은 아주 좋은데, 낙담한 표정을 짓고 있는 어떤 여자였다. 〈비만은 우스꽝스럽고도 위험한 신체장애입니다. 사람들의 비웃음과 기분 나쁜 생각들을 유발하는 유일한 질병입니다.〉 따라서 둘 중 하나를 선택해야 한단다. 우울증에 걸릴 것이냐, 아니면 마텔 알약에 도움을 청할 것이냐…….

폴은 큼지막한 미소를 머금었다. 조금 전 그가 던진 질문의 충격에서 아직 헤어나지 못한 마들렌은 머릿속이 멍해지는 느낌이었다. 마침내 광고 문구가 눈에 들어왔다. 〈비만은 우스꽝스러운 신체장애다.〉대체 이 말을 어떻게 받아들여야 하지?

「내가 이걸 사야 하니?」

「아…… 아니면…… 이…… 이거.」

폴은 페이지들을 넘겼고, 그 위로 포탈 교수의 알약, 로피랄 크림, 생토딜 연고, 베르테 포마드 등이 이어졌다. 거기서 여자들은 광고가 권하는 치료제를 사용하느냐 않느냐에 따라 날씬한 몸매에 환한 미소를 짓기도 하고, 뚱뚱한 몸에 우거지상을 하기도 했다.

「이…… 이런 게…… 수…… 수도 없이 많아.」

마들렌은 노트를 한 권밖에 보지 못했는데, 지금 그는 심각하면서도 만족스러운 표정으로 세 권이나 뒤적거렸다. 건강하고 새하얀 치아를 위한 덴톨! 샤르봉 드 벨록, 원하는 만큼 드세요! 체스브로 바셀린, 품질을 선택하십시오……! 그중에서도 압권은 테르모젠으로, 이 약은 기침, 류머티즘, 독감, 그리고 요통에 효과가 있단다!

「아주 흥미롭구나.」 마들렌이 말했다.

이것은 그녀가 전에 귀스타브 주베르가 담보 대출이나 채권의 총수익률 따위에 대해 설명할 때 그에게 하던 말이었다.

마침내 마들렌이 알고 있는 노트 차례가 됐는데, 이것은 그녀에게 이전만큼 큰 충격을 주지 않았다. 그녀는 폴의 예쁜 옆모습을 슬쩍 훔쳐보았다. 아이는 생각에 잠긴, 그러면서도 ─ 그녀는 적당한 표현을 찾아보았다 ─ 만족스러운 표정을 짓고 있었다.

「대체 이 모든 걸 왜 이렇게 모아 놨니……?」

폴은 휠체어를 움직여 자신의 옷장까지 가서 또 다른 노트

한 권을 가지고 왔다. 그것은 시청의 어떤 대장(臺帳)처럼 더 크고 두꺼운 노트였다. 그 안에는 수학 공식들이 적혀 있었다.

「아…… 아냐…….」 폴이 고개를 저었다. 「화…… 화학 공식들이야.」

그는 서판을 집어 들었다. 〈엄마, 지금 이런 제품들이 날개 돋친 듯 팔리고 있어…….〉

「나도 알아…….」

〈그런데 이게 뭔지 알아?〉

「요즘 새로 나온 신제품들이지…….」

〈아냐, 엄마, 이것들 안에 새로운 것은 하나도 없어! 대부분 아주 오래전부터 알려져 온 것들이야. 어떤 약초나 향료 같은 것을 첨가해서 질감이나 색깔을 조금 바꿨을 뿐이야.〉

「난 네가 지금 무슨 얘기를 하는지 잘 모르겠구나…….」

폴은 자신의 대장을 가리켰다.

〈이 모든 제품은 결국 약전(藥典)에 들어 있는 처방들일 뿐이라는 얘기야. 약효가 나아진 게 거의 없는.〉

「아, 약전…….」

〈그것은 의과대학이 승인한 처방들을 모아 놓은 책이야. 일반에 공개되어 누구나 이용할 수 있지. 그래서 이 사람들도 그렇게 하고 있는 거라고.〉

오케이. 마들렌은 마침내 이해되었다. 그녀는 만족했다. 우선 이 제품들에 대한 폴의 관심이 순전히 과학적인 것이라는 사실에 안도했고, 그의 지적 활동이 단지 오페라에만 머무르지 않는다는 사실에 흐뭇하기도 했다.

「세상에, 내가 오늘 너한테 별걸 다 배우는구나!」

폴은 뭔가 묻는 듯한 눈으로 그녀를 응시했다.

「그래, 아주 흥미로워.」 마들렌은 덧붙였다. 「그런데 시간이 늦었구나…….」

〈근데 이 제품들이 왜 그렇게 잘 팔리는지 알아?〉

「폴, 그 얘기는 내일도 할 수 있어. 이제 그만 가서 자야지.」

〈선전 기사 때문이야. 이 제품들은 아무런 가치가 없어. 누구나 쉽게 만들 수 있다고. 하지만 선전 기사가 잘 만들어지면 사람들은 앞다투어 사지!〉

마들렌은 미소를 지었다.

「그래, 확실히 사람들은 약아빠졌어.」

〈엄마, 이 제품들이 왜 비싼 줄 알아? 사람들에게는 자기 몸보다 소중한 게 없기 때문에, 가격이 문제가 되지 않는 거야.〉

마들렌은 자신도 모르게 조그맣게 웃음을 터뜨렸다.

「네가 마침내 뭔가를…… 그러니까 직업을 하나 찾아낸 걸 보니 난 너무나 기쁘구나……. 그래, 화학자가 되는 것도 괜찮겠지.」

〈오, 아니야, 엄마. 난 화학에 전혀 관심 없다고!〉

「아, 그러니? 그렇다면…… 이런 선전물을 만들고 싶다고? 그런 거야?」

〈아냐, 엄마…….〉

그는 신문 스크랩한 것들을 가리켰다.

「저…… 저 사람들은…… 이런 서…… 선전물이나 만들지만, 나…… 난…… 과…… 광고를 하고 싶어.」

샤를 페리쿠르는 알퐁스 크레망게랭을 보좌관으로 채용하

고, 그를 동료들에게 정식으로 소개했다.

「뭔가 필요한 게 있으면 주저하지 말고 이 친구에게 말하게. 아주 빠릿빠릿해.」

그러고 나서 샤를은 청년에게 슬쩍 떠보았다.

「집에 한 번 오면 우리 식구들이 좋아할 것 같은데?」

그다음 주, 알퐁스가 대답했다.

「위원장님, 귀찮게 해드리고 싶진 않지만, 부인과 아름다우신 두 따님을 한번 찾아뵙고 인사라도 드리고 싶은데요.」

알퐁스의 방문은 오르탕스를 몹시 들뜨게 했다. 알퐁스는 두 딸 중 누구를 선택할 것인가? 그리고 선택되지 못한 아이는 어떻게 반응할 것인가?

「여보, 혹시 보좌관을 하나 더 채용할 일은 없어요?」

샤를은 대꾸하지 않았다.

알퐁스가 저녁 식사를 하러 왔다. 그도 바보는 아닌지라, 샤를 페리쿠르가 무얼 바라는지 잘 알고 있었다. 하지만 그의 딸들은 둘 다 너무 못생겨 그의 두뇌가 아무 생각 없이 그대로 굳어 버린 터였다.

쌍둥이 자매는 그의 과업을 어떻게든 단순화시켜 주고 싶어 했다. 그들은 남자가 한 명밖에 없다는 사실을 이해했고, 다른 과목들에서와 마찬가지로 산수에서도 두각을 나타내지 못했지만, 그가 한 명을 선택해야 한다는 것쯤은 알고 있었다. 로즈는 자기가 언니이기 때문에 우선권이 있다고 생각했고, 항상 언니에게 눌려 살아온 자생트는 자기 차례를 기다리며 그녀의 뜻을 받아들였다.

그리하여 로즈가 비스킷 가져오는 일을 맡게 되었다. 곡예

만큼이나 아슬아슬한 그 일을 말이다! 살롱에 있던 사람들은 모두가 처녀의 그 놀라운 기술적 쾌거에 감탄을 금치 못했다.

샤를은 너무나 가슴이 아팠다. 첫째는 로즈를 사랑했기 때문이고, 둘째는 알퐁스의 마음을 이해했기 때문이다.

그들은 분위기를 바꿔 보고자 정치 얘기를 했다.

샤를 페리쿠르가 주재하는 위원회 창설에 대해 사람들은 말이 많았다. 항상 좋은 쪽으로만 말하는 것은 아니었다.

정치가들이 유권자들에게 신용을 많이 잃은 터라, 그들이 바른말을 해도 유권자들은 귀를 기울이지 않았다. 이번에는 의도가 불순하지 않았다. 국회 의원들은 나랏빚 때문에 정말로 걱정이 많았다. 많은 이가 프랑스는 예전의 건강한 경제로 돌아갈 것이라는 환상에 사로잡혀 있었다. 그들은 지금 이 나라는 일시적인 위기를 통과하는 것이라 믿었고, 앞으로 오래 지속될 새로운 세상이 자리 잡았다는 사실을 이해하지 못했다.

모든 신문이 〈페리쿠르 위원회〉에 대해 떠들었다.

「아주 고무적인 현상입니다.」 알퐁스가 말했다.

팔꿈치를 식탁에 박고, 양손으로 턱을 받친 로즈는 〈오오!〉 하며 탄성을 발했다.

「아, 자넨 그렇게 생각하나?」 샤를이 물었다.

「지금 모두가 이 문제를 생각하고 있어요. 심지어 안달하는 사람까지 있죠. 정부는 의원님께서 취하는 조처들을 거부하기 어려울 겁니다. 지금 아주 견고한 위치에 서 계신 겁니다.」

샤를은 한숨을 내쉬었다. 이 친구가 제대로 보고 있었다. 아, 이 녀석을 사위로 삼으면 얼마나 좋을까!

30

여러 날 전부터 레옹스는 꾹 참으며 살고 있었다. 손버릇이 나쁘긴 했지만, 로베르는 로베르였고, 그녀는 첫 번째 남편에게 허용하는 것을 두 번째 남편에게서까지 당하고 싶지 않았다. 주베르는 난폭하지 않았다. 적어도 지나치게 난폭하지는 않았다. 세상엔 그보다 배려심 없는 남편이 얼마든지 있는 것이다. 하지만 요즘 그는 아주 예민해져 있고, 걸핏하면 화를 냈다. 이따금 기분이 고약해지면 레옹스를 낚아채듯 거칠게 돌려세웠고, 마치 그녀를 증오하듯이 어떤 질문을 던지고는 울화를 눌러 가며 답변을 기다리는 것처럼 그녀를 노려보면서 등 뒤에서 용을 썼다. 그는 눈 하나 깜짝 않고, 신음 한 번 내지 않고 그녀의 몸 안에서 폭발하곤 했다. 이런 모습이 레옹스를 조금 겁나게 했다.

그는 스트레스가 가득한 얼굴로 외투와 모자를 던져 버리고, 그녀에게 한마디 말도 없이, 눈길 한 번 주지 않고 타일 위로 딱 소리를 내며 발을 돌렸다. 그러고는 자기 사무실에 처박혀 버렸다.

레옹스는 문에 귀를 가까이 댔다. 지나가던 하인들이 몸을 바짝 구부리고 열쇠 구멍에 눈을 대고 있는 그녀를 위아래로 훑어봤지만, 개의치 않았다. 그녀의 마음은 이미 이곳을 떠나 있었다.

귀스타브는 전신국에 전화를 걸어 여기저기로 속달 편지를 보냈다. 마들렌은 누구에게 보낸 거냐고 물으리라. 대답은 어렵지 않았으니, 모두 다에게였다. 당장 오늘 저녁에 모여야 했다. 반드시.

전화를 거는 사이사이 귀스타브는 어두운 생각에 잠겨 들었다. 클리시의 공장과 프레생제르베의 항공기 연구 제작소 위로 먹구름이 갑자기 짙어지고 있었다.

감사 결과가 나오기까지 오래 걸리지 않았다. 프랑스 르네상스는 자금 지원을 끊어 버렸다. 〈확실한 결과〉가 나와야 다시 지갑을 열겠다는 거였다.

그는 전화를 끊었다. 마지막 속달 편지를 보낸 것이다. 그는 일어났고, 그 짧은 순간 동안 레옹스는 문에서 몸을 떼고 복도를 지나가는 척했다.

「요깃거리 좀 가져와!」 그는 마치 주방 하녀에게 명령하듯이 말했다. 「조금 이따가 다시 나가 봐야 하니까.」

그러는 동안, 로베르 페랑은 눈을 감고 도박꾼 중 하나가 〈내가 났어!〉라고 외치는 소리를 듣고 있었다. 따분했다.

「그들이 돈 좀 따게 해! 잘못하면 그들과 적이 되겠어!」

이것은 마들렌의 지시를 받는 레옹스의 명령이었다.

아닌 게 아니라 지금은 사람들과 사이가 틀어질 때가 아니었다. 벌써부터 분위기가 아주 좋지 않았다. 뭐, 그럴 수밖에 없었지만⋯⋯. 로베르는 처음에는 직원들이 일과를 마치는 시간에 일을 시작했기 때문에 거의 아무와도 마주치지 않았다. 하지만 시간이 지나면서 모두가 점점 더 늦게까지 일했고, 걸레질을 하려면 사람들 사이를 요리조리 빠져 다녀야 할 정도였기 때문에, 청소하는 척하기가 전보다 훨씬 어려워졌다.

「야, 떴다!」 운 좋게도 게임 중 화장실에 갔던 경비원이 소리쳤다.

그는 헐레벌떡 달려왔는데, 차 한 대가 마당으로 들어오고 있었다. 사람들은 재빨리 카드를 긁어모으고, 황급히 정규 복장의 단추를 채웠다. 로베르도 자신의 창고로 달려갔다. 사장이 문을 지날 때, 그는 바닥에 물 한 양동이를 들이부어 주베르가 다리를 쭉 벌려 물웅덩이들을 넘어야만 층계에 이를 수 있게 만들었다.

「사장님, 죄송합니다⋯⋯.」

주베르는 대꾸하지 않았다. 이 양반은 갈수록 비호감이 되어 갔다. 화난 듯한, 혹은 바쁜 걸음걸이로 휙 들어왔다 다시 나가곤 했으며, 퉁명스러운 목소리로 지시를 내렸다. 정말로 밉상이었다. 하지만 로베르는 그를 원망하지 않았다. 심지어 그의 심정을 이해했다. 하루도 빠짐없이 터지는 그 골치 아픈 일들을 생각하면⋯⋯.

밤 11시, 회의실의 대형 탁자 주위에 모두가 자리를 잡고 앉았다.

처음에는 참석자가 스물세 명이었지만 감사 결과로 인해 지금은 열세 명에 불과했다. 협력사들은 모두 — 여기는 엔지니어 한 명, 저기는 기술자 두 명 — 자사 직원들을 철수시켰다. 주베르는 이들에게 말했다. 〈아, 좋아요! 데리고 가요! 여기는 아무 문제 없어요. 심지어 예정보다 조금 빠르게 진행되고 있으니까……〉 웃기고 있네…….

연구 제작소에 더 이상 자금이 남아 있지 않다고 의심하는 악의에 찬 기사들이 쏟아져 나오자, 한 납품 업자는 부품을 인도하기 전에 그동안 밀린 대금을 정산해 달라고 갑자기 요구했다. 정부도 방금 지원금을 끊었다. 신용 위기가 찾아온 것이다. 오랫동안 은행가 생활을 해온 주베르는 더 이상 자신이 어딘가에서 대출을 협상하기에 충분한 보증이 되지 못한다는 사실을 알고 있었다. 그는 벼랑 끝에 서 있었고, 혼자였다.

「정부의 결정은,」 귀스타브는 아직 남아 있는 팀원들에게 말했다. 「예상했던 것보다 우리를 어려운 상황으로 몰아넣고 있습니다.」

그는 빼어난 심리학자는 아니었지만 보스의 반사 신경을 지니고 있었고, 직원들은 다그칠수록 일을 잘 못한다는 사실을 알고 있었다.

「오늘 우리에게 일어난 일은 큰 야망을 품고 모험을 하는 사람이라면 누구에게나 일어나는 일입니다. 내가 오늘 여러분을 이 자리에 모이게 한 것은 여러분에 대한 나의 전적인 신뢰를 다시 한번 확인시켜 드리기 위해서입니다. 강한 영혼들은 어려운 순간에 빛을 발하는 법입니다.」

그는 이 표현이 상당히 마음이 들었다. 사람들은 조금 어깨를 폈고, 의자 위에서 자세를 바로잡았다.

「하지만 우리에겐 결과가 필요합니다. 어떤 결정적인 테스트 같은 것, 약간 화려한 뭔가가 필요하단 말입니다. 그리고 나면 아주 오랫동안 마음 편히 지낼 수 있을 겁니다.」

사람들은 최악의 경우를 예상하고 있었다. 어쩌면 연구 제작소가 문을 닫을지도 모른다고 생각했다. 주베르는 그 대신에 다시 기한을 연기한 것이다. 그는 입가에 가느다란 미소를 머금고 덧붙였다.

「터보 제트 엔진의 축소 모델을 만들어 증거를 보여 주면, 실물 크기 원형 제작의 길이 열릴 것입니다. 그걸 9월 초에 공개하는 겁니다. 어때요, 괜찮을 것 같습니까?」

10주였다.

「가능해.」 누군가가 불쑥 말했다.

돌아가며 모두의 의견을 들어 보았다. 사람들은 각자 자신의 분야를 결산했다. 새 회전 날개는 한 달 뒤 도착할 거고, 날개판 부분은 6주 후면 작동 가능하고, 터빈은 아직 약 3주 간의 조정이 더 필요하고, 연료 혼합 문제와 공기 역학 문제 같은 것은 나중에 해결해도 되니까……

네, 10주면 불가능할 것도 없어요.

고되게 작업해야겠지만, 새 합금에 대한 테스트들이 곧 있을 것이고, 해결책 도출을 목전에 두고 있었다. 그때까지 제트 엔진의 축소 모델 공개 테스트를 준비하는 것이 꼭 불가능한 얘기만은 아니었다.

됐어. 주베르는 속으로 중얼거렸다. 저들을 꽉 조이되, 절망시키지는 말아야 해.

〈앙드레 델쿠르는 여전히 붙잡기 힘들어요〉라고 뒤프레 씨는 고충을 토로했다. 그는 정기적으로 인디언처럼 살그머니 그의 아파트에 들어가서 편지들을 읽고, 책들을 들추고, 침대 시트며 물소 가죽 채찍의 상태를 살핀 다음, 앙드레가 특별히 좋아하는 어떤 종이 몇 장, 둘둘 말아 쓰레기통에 버려진 낡은 실내 가운, 먼지가 묻은 것으로 보아 더는 사용되지 않는다는 것을 알 수 있는 펜 한 자루, 새것으로 교체된 잉크병, 구겨져 휴지통에 버려진 편지 초고 등, 온갖 잡동사니를 가끔 들고 나오곤 했다. 그는 이런 것들을 손수건으로 집어 호주머니에 넣고 와서는 자기 침대 아래에 놓인 조그만 궤짝에 정리했다.

「걱정 마요, 시간문제일 뿐이니까.」 마들렌은 이렇게 대꾸하곤 했다.

마치 그녀가 그를 위로해 주는 것 같았다. 이게 자기 일이 아니라, 그의 일인 것처럼 말이다.

두 사람은 어떤 쓸모 있는 정보나 요소를 찾아내기를 바라며 앙드레의 칼럼들을 주의 깊게 읽었다. 하지만 헛수고였다. 벌써 몇 주 전부터 앙드레는 독자들의 비위를 맞추는 글들만 써오고 있었기 때문이다. 어쨌든 마들렌에게는 신문을 뒤적이며 시사 문제에 관심을 갖는 기회가 되었다.

「〈소련 대사 도브갈렙스키 씨는 일반적인 정치 상황에 대해 프랑스 정부와 의견을 나누고 있다. 소비에트 사회주의 연방과의 점진적 접근은 전혀 불가능하지 않은 것이 돼가고 있다.〉 살다 보니 별일도 다 있네요, 정말!」

「어쩌면 독일과 가까워지기를 더 바라시는지도 모르겠네요.」 뒤프레가 대꾸했다.

「그럴 일은 절대 없어요! 하지만 1917년의 배반자들과 동맹 관계를 맺는다는 것은, 아, 그건 사양하겠어요!」

「마들렌, 우리의 적은 파시즘이지 공산주의가 아니에요.」

「하지만 뒤프레 씨, 나는 말이죠, 그들이 우리나라에 밀려드는 꼴을 보고 싶지 않아요! 그들은 야만인일 뿐이라고요!」

마들렌은 팔짱을 꼈다.

「그럼 뒤프레 씨는 프롤레타리아들이 우리나라에서 혁명을 일으키길 원하나요?」

「그들이 당신에게서 무엇을 빼앗아 갈까요?」

「네?」

「그러니까 내 말은, 만일 프롤레타리아들이 우리나라에 밀려 들어온다면, 그들이 당신에게서 과연 무엇을 훔쳐 가겠느냐는 거예요. 당신의 돈? 당신은 이제 돈이 없어요. 당신의 냄비 쪼가리 때문에 걱정되나요? 당신의 카펫 때문에?」

「하지만…… 뒤프레 씨, 난 우리나라가 볼셰비키화되는 것은 싫다고요! 그들이 우리 아이들을 빼가는 게 싫어요!」

「지금 당신은 파시즘과 나치즘에 대해 얘기하고 있어요. 그건 다른 거예요.」

마들렌은 발끈했다.

「하지만 이 사람들은 혼란을 퍼뜨리려 하잖아요. 그들에게는 더 이상 윤리도 없고, 신도 없어요!」

「그럼 지금까지 신이 당신을 잘 도와줬다고 생각하는 건가요?」

뒤프레 씨는 다시 신문을 읽기 시작했다. 마들렌은 대답하지 않았다.

이런 종류의 대화는 심심찮게 일어났고, 마들렌에겐 아주 새로운 뒤프레의 생각들은 종종 그녀를 깊은 상념에 빠뜨렸다. 그녀는 이 모든 문제를 진지하게 생각해 보고 있었다.

「뒤프레 씨, 한 가지 조그만 부탁이 있는데요……」

늦은 시간이었고, 그는 택시로 그녀를 집까지 바래다주었다. 택시는 항상 그러듯이 라퐁텐가의 끝부분에서 섰다. 이웃들의 이목 때문이었다.

「네, 말씀만 하세요.」

「집에 오셔서 폴하고 몇 분만 얘기를 나눠 줄 수 있겠어요?」

잠시 싸한 침묵이 흘렀다.

「……무슨 얘기를요?」

마들렌은 하마터면 웃음을 터뜨릴 뻔했다. 뒤프레 씨의 급한 어조로 보아 그가 불안해하고 있다는 걸 알 수 있었다. 마들렌은 여기에 뭔가 신비로운 분위기를 남겨 두고 싶은 유혹을 이겨 내지 못했다.

「아마…… 어떤 개인적인 질문이 있나 봐요. 하지만 만일 불편하시다면……」

「오, 천만에요, 마들렌! 천만에요……」

하지만 목소리가 잔뜩 찌그러져 있었다. 그가 로베르 페랑과 마주하고 있을 때처럼, 그녀의 궁둥이를 걷어차 버리고 싶다고 얼굴에 써 있었다.

「조심해서 들어가세요, 뒤프레 씨.」

그녀는 미소를 지으며 문을 열었다.

「잘 자요, 마들렌.」

뒤프레 씨는 말쑥한 정장 차림이었다. 그는 이 집에 처음 오는 거였다.

곧바로 블라디가 나와서 그를 반겼다. 마치 이 집 딸내미나 되는 것처럼 애교를 부리면서.

「*Miło mi pana poznać*(만나 봬서 반가워요)!」

「네, 나도 반갑소!」 뒤프레 씨가 대답했다.

그들은 폴이 나오고 있는 살롱의 입구 쪽으로 몸을 돌렸다.

「폴!」 마들렌이 말했다. 「이분은 뒤프레 씨란다.」

휠체어가 문턱을 넘을 수 없었기 때문에 소년은 멀리서 손을 내밀었다. 뒤프레는 그에게 걸어갔다.

「안녕, 폴?」

모두가 어색한 표정으로 굳어 있는데, 마들렌이 나섰다.

「뒤프레 씨, 커피 한잔하시겠어요?」

그는 마시고 싶은 마음이 없었다. 마들렌의 교묘한 부탁의 덫에 걸려 버린 이후, 그는 심란하기 이를 데 없었다. 평소엔 잠을 아주 잘 자는 편이었지만, 밤마다 꿈에서 자신과 아무 상관 없는 아주 생소한 질문들을 받고 깨어나곤 했다. 하지만 이렇게 온 이상, 빨리 끝내 버리고 싶었다. 그는 회피하려 들지 않을 생각이었다. 그에게는 충분히 생각해 둔 계획이 있었다. 사실 마들렌에게는 비난할 게 아무것도 없었다. 싱글 맘이 누구에게든 도움을 받으려는 것은 당연한 일이니까. 하지만 그가 생각하기에 그녀는 올바르게 행동하지 않았고, 그것이 화나는 이유였다.

뒤프레 씨는 폴을 가리켰다.

「자, 나는 이 젊은이와 대화를 하러 온 것 같은데요?」

블라디는 문을 닫았고, 마들렌은 〈전 그동안 나가서 장을 봐 오겠어요〉라고 선언했다. 뒤프레는 이 말에 반응하지 않았지만, 이 역시 그렇게 용기 있는 태도라고는 할 수 없었다.

그는 자기가 상상했던 모습과 같지 않은 폴을 바라보았다. 소년은 거의 열네 살이 다 되었고, 자기 어머니가 주장하는 것보다 조금 더 살이 쪘으며, 아직 솜털에 불과한 콧수염이 빨리 자라기를 바라는 마음에서 입술 위를 면도했음에 틀림없고, 며칠 전 머리를 조금 자른 것 같았다. 문제는 두 다리인데, 아주 가늘었다. 얼굴은 잘생겼는데, 그의 아버지도 미남이었다. 둘도 없는 악당이었지만 매력적인 사내였다. 항상 여자를 끼고 살았으나 자기 아내와는 그런 적이 한 번도 없었다. 조그만 방에는 서적, 자료, 음반 등이 산더미처럼 쌓여 있고, 양탄자는 휠체어가 다니는 곳이 허옇게 닳아 있었다.

「아…… 앉으세요……..」

모리세트. 프루아드보 거리의 계집애. 그녀는 자신이 열여덟 살이라고 우기지만, 사실은 열여섯 살도 안 되었다. 정말로 예쁘다. 그 미소라니……. 그녀의 상냥해 보이는 얼굴이 뒤프레 씨가 결정하도록 만들었다. 사실 그것은 아무런 의미도 없다. 얼굴은 아기 천사 같지만 속에는 구미호가 들어 있을 수도 있으니까. 하지만 뭔가 기댈 수 있는 게 필요하다. 그리고 그녀는 전문적인 창녀가 아니다. 어쩌다 가끔씩 할 뿐이다. 그리고 능숙하다. 곧바로 침상에 걸터앉아, 그가 경험해 본 다른 창녀들과 달리 아주 상냥하게 이야기를 해가면서 스타킹을 벗는다. 그리고 그가 옷을 벗지 않고 그냥 앉는 것을 보고는 이 손님이 다른 것을 요구하리라는 것을 눈치채는 것으로 보아, 머리도 꽤 빨리 돌아가는 것 같다.

〈그래 자기, 뭣 때문에 온 거야?〉

상대에게 휘둘리지 않으리라 단단히 마음먹은 표정으로, 그녀는 침대 발치에 꼿꼿이 섰다. 이런 상황을 수십 번 겪어 봤을 것이고, 그때마다 쉽게 끝나지 않았으리라 생각하니, 뒤프레 씨는 조금 서글프기도 했다.

뒤프레 씨는 돈을 꺼내, 마치 그녀와 잘 것처럼 화대를 지불하고는, 여기에 온 것은 자신을 위해서가 아니라고 설명했다. 그녀는 천천히, 조금씩 설명했지만, 결국에는 모든 게 원만하게 끝났다.

「그래, 폴,」 뒤프레가 말했다. 「내가 이해한 바로는 도움이 필요하다고?」

소년은 얼굴을 붉힌다. 뒤프레 씨는 자신이 너무 서투르게 표현한 것 같아 후회되었다. 아이한테 상처를 주고 싶지는 않았는데…….

「어…… 엄마가…… 아…… 아저씨한테 말했어요?」

「대략적으로만 말씀하셨어. 하지만 핵심은 파악했다고 생각해.」

좋아요. 폴은 안도한 기색이었다.

「이…… 이걸로…… 얘…… 얘기해도 될까요?」

그는 자신의 서판을 가리켰다.

「그래, 물론이지.」

〈내게는 세 가지 문제가 있어요.〉 폴이 글을 써나간다. 〈적당한 사람을 구하는 문제, 장소의 문제, 그리고 돈 문제.〉

「그래, 바로 그거야.」 뒤프레는 미소를 지었다.

이 꼬마 녀석은 머리가 장식품으로 달려 있지는 않구먼, 그래. 모리세트랑 붙여 놓으면 둘이서 죽이 잘 맞겠어.

〈돈에 대해서는, 지나치지만 않다면 그 정도 돈은 있다고 엄마가 말씀하셨어요.〉

「엄마 말씀이 맞다. 그 문제는 해결할 수 있을 거야.」

폴은 고개를 끄덕였다. 그렇다, 이 문제는 그를 꽤 고민하게 했지만, 어머니는 돈을 마련할 수 있다고 말했다. 무슨 수를 쓰든 구해 주겠다는 거였다. 〈그게 상식적인 수준이라면 말이야!〉라고 그녀는 덧붙였다.

희소식이구먼!

〈장소에 대해서는,〉 폴은 글을 이어 나갔다. 〈나는 어디가 가장 적합할지 아직 잘 모르겠어요.〉 그는 혼란스러워진 표정이 되었고, 글씨는 더 어지러워졌다. 〈사실, 나는 그게 어떤 식으로 이뤄지는지 잘 몰라요.〉

그는 뒤프레 씨를 바라보고, 다시 말했다.

〈그러니까…… 구체적으로 모른다는 뜻이에요.〉

그는 자신의 무지가 부끄러운 듯 얼굴을 붉혔다.

「폴, 그게 아주 클 필요는 없어. 중요한 것은 네가 거기서 편안한 느낌을, 안전하다는 느낌을 갖는 거야. 내 생각에는 내가 적당한 곳을 찾아낸 것 같은데?」

폴의 얼굴이 환해졌다.

「저…… 정말요?」

「그런 것 같아.」

그들은 서로에게 미소를 지었다. 모든 게 잘돼 가고 있었다. 뒤프레 씨는 이 꼬마 녀석이 너무 귀여웠다. 그가 기쁘다니 뒤프레도 기뻤다.

〈이제는 적합한 사람을 찾아야 해요. 난 신문에 구인 광고를 낼 생각을 하고 있어요. 어떤 사람이냐면……〉

「오, 폴, 그럴 필요 없을 거야. 네게 필요한 사람을 내가 알고 있는 것 같으니까.」

「아아아…… 정말요?」

어린 폴은 얼떨떨한 표정이 되었다. 그러더니 웃음을 터뜨렸다. 순수한 기쁨에서 나오는 웃음이었다. 그는 흥분해서 서판에 휘갈겼다.

〈만일 아저씨에게 제약소로 쓸 수 있는 장소가 있고, 일을 시작할 수 있는 돈이 엄마에게 있고, 또 아저씨가 유능한 약사도 한 분 알고 계시다면…… 아주 빨리 진행될 수 있겠네요, 안 그래요?〉

이번에는 뒤프레 씨가 미소를 지었다. 약간 머쓱한 미소였다.

「그래…… 정상적으로는……. 하지만 그래도 네가 다시 한번 자세히 설명해 주는 게 낫겠구나……. 그러니까…… 네 방식으로 말이다.」

폴은 고개를 끄덕였다. 그러잖아도 자신의 계획을 자세히 설명해 주고 싶어 좀이 쑤시던 차였다.

〈그러니까 내 아이디어는 말이죠, 제약 회사를 하나 만드는 건데요…….〉

31

그곳은 파시로(路)에서 돌아 들어가는 들라 투르가에 위치
한 개인 저택으로, 그 앞 보도를 하인들이 바쁜 걸음으로 지나
다니는, 주변 건물들과 조금도 구별되지 않는 고급스러운 주
거용 건물이었다. 『르 탕』지에 실린 광고를 폴이 발견한 것이
었다.

「어······ 엄마······.」

그는 서판에 썼다. 〈이거 참 희한하지 않아?〉

「뭐가 그렇게 희한하다는 거니, 우리 강아지?」

〈이 광고문이 고객을 끄는 방식 말이야.〉

이것은 폴의 전문 분야였다. 그는 오페라를 배경 음악으로
깔아 놓고, 광고문들을 읽고, 판촉물들을 세밀하게 관찰하고,
선전 문구들을 분석하며 시간을 보내곤 했다.

〈이걸 읽고 있으면, 이게 무엇을 팔기 위한 광고라는 생각이
들어?〉

마들렌은 폴의 머리칼을 다정하게 헝클어뜨렸다. 아유, 우
리 똘똘이!

광고문에는 주소는 나와 있지 않고, 전화번호만 하나 적혀 있었다. 여자 목소리가 전화를 받았다. 외국 억양이 살짝 섞여 있는 목소리였다.

「그리고…… 성함이 어떻게 되시죠?」

「주베르예요, 레옹스 주베르.」

「연락할 수 있는 전화번호가 있으신가요?」

그들은 문의자에게 직접 답변하지 않고, 나중에 집에다 전화를 건다. 문의자의 신분을 확인하는 조심스러운 방법이었다. 사흘 뒤 레옹스가 마들렌에게 전화를 걸었다.

「그들이 내게 전화번호를 하나 주었어요. 난 아가씨가 말씀하신 대로 했고요.」

「좋아요, 불러 봐요.」

「르노 씨, 파시 27-43.」

전화를 걸자 곧바로 어떤 남자를 바꿔 주었다. 귀를 간질이는 느낌마저 드는 나긋나긋하고 뜨끈한 목소리, 영화에서나 들을 수 있을 법한 목소리였다.

「르노입니다. 끝이 d로 끝나는. 자동차 회사 이름과는 다르죠.」

그와의 만남을 위해, 마들렌은 레옹스에게서 돈을무늬가 들어간 벨벳 투피스 정장 한 벌을 빌렸다. 그녀가 입기엔 약간 작았다.

「아…… 아냐……아…… 아주 예뻐…… 어…… 엄마…….」

폴의 말이 고맙긴 했지만, 허리띠를 철제 버클로 꽉 졸라매야 하는 고충을 어찌 알겠는가? 뭐, 중요한 것은 그녀가 주베르 부인으로 보일 수 있다는 점이었다.

르노 씨는 나이가 목소리보다 열다섯 살은 더 들어 보이고 도청 직원 같은 외모를 지니고 있었다. 은행가로서는 사뭇 실망스러웠다. 그의 머리통은 층계 난간을 장식하는 유리 공처럼 반들거렸다. 그는 마들렌을 만나게 되어 너무나 기쁘다고 말했으나, 누구든 만나면 까무러칠 듯 기뻐하는 모습을 보이는 게 그의 일이었다.

마들렌이 차까지 대접받은 그의 사무실은 사실 소파, 안락의자, 낮은 탁자 등을 갖추어 놓은 살롱이었다.

르노 씨는 주베르 씨가 직접 오지 못하는 사정을 충분히 이해했다. 그가 대신 보낸 아내는 영국식 대문자들이 도드라지게 새겨진 멋진 명함을 작은 원탁 위에 내려놓았다.

「페리쿠르 은행이 문 닫은 건 정말 슬픈 일이었습니다…….」

그는 정말로 언짢아하는 것처럼 보였다. 어떤 금융기관의 파산은 은행가에게 가족상을 당한 것과 다를 바 없었다.

「반면, 이 프랑스 르네상스…… 아, 참 멋진 운동이죠……! 그리고 이 항공기 연구 제작소도 정말 야심 찬 기업이고요!」

「하지만 요즘 많이 어려워요…….」

그도 신문을 통해 알고 있단다. 그런 사업이 어려움에 처한다는 것은 자신과 같은 사람에게 견디기 힘든 잔인한 일로 느껴진단다.

「바로 그 때문에 제가 오늘 찾아온 거예요, 르노 씨.」

그는 괴로운 듯 오랫동안 눈을 질끈 감고 있었다. 네, 저도 이해합니다…….

「만일 부인의 남편분 일이…… 좋지 않게 진행된다면…… 정부가 그분의…….」

그는 자신의 대담함에 깜짝 놀라며 고개를 부르르 흔들었다.

「안 돼! 두 분 조국의 정부를 비판할 생각을 하다니!」

마들렌은, 사과하실 필요 없어요, 저도 그 정도는 가려들을 줄 알아요, 라는 뜻의 손짓을 했다.

이렇게 해서 사교적인 의식이 끝났다. 그들은 서로를 탐색했고, 서로를 이해했으며, 동일한 가치들을 지니고 있었다. 도산을 눈앞에 둔 주베르 씨는 국세청이 뒤져 대기 전에 돈을 숨기려 하고, 이런 종류의 장애물을 제거하기 위해 그가 이 자리에 있는 것이다!

빈터투어 은행 조합은 눈에 띄지 않는 단 하나의 광고를 통해 미래의 고객들에게 개인 계좌들이 〈완전히 비밀로〉 남을 것이라고 장담했다. 해 아래 새로운 것은 하나도 없으니, 스위스 은행비밀주의의 명성은 거의 전 세계에 퍼져 있는 것이다. 또 은행 조합은 대리인 한 명이 〈고객님들을 만나고〉, 〈고객님들의 걱정거리들을 가장 가까이서 해결해 드리기 위해〉 정기적으로 파리와 프랑스의 다른 지역들에 온다고도 설명했다. 바로 이 부분이 폴의 관심을 끌었다.

어느 스위스 은행에 예치해 놓은 돈의 이자를 수령하기 위해서는 스위스에 가야 했다. 그리고 위험을 무릅쓰고 거기서 돌아와야 했다. 지난 몇 년 동안 여행자들은 검문을 당했는데, 이들은 가방을 열고, 자신의 개인적 사업에 대해 해명해야 했다. 아주 불쾌한 일이 아닐 수 없었다.

빈터투어 은행 조합은 매우 친절한 기관이었다. 그들은 고객에게 여행의 피로를 면제해 주고, 고객의 돈을 집까지 가져다

주었다. 이것이 바로 〈고객의 소리에 귀를 기울이는 대리인〉의 역할이었다. 누군가가 유가 증권을 맡겨 놓으면, 은행원은 그를 대신해서 이익금을 챙기고, 이 모든 것을 그의 집에 빳빳한 현금으로 가져다주었다. 그러니 세무서는 아무것도 알 수 없었다.

「저희에겐…… 아주 새로운 시스템이 있습니다. 저희가 직접 발명한 것이죠.」

르노 씨는 자신을 증오하는 타입이 아니었지만, 지금 그의 얼굴에 번지는 만족감은 지나칠 정도였다. 마들렌은 질문을 하지 않고 차분하게 기다렸다.

「바로 번호 계좌입니다.」

그녀는 무슨 말인지 이해하기 어렵다는 뜻으로 얼굴을 살짝 찌푸렸다. 르노 씨는 그녀 쪽으로 머리를 기울였다.

「어떤 고객이 어떤 은행에 계좌 하나를, 그러니까 고전적인 계좌 하나를 개설합니다. 이 계좌에는 그의 이름이 붙습니다. 입금, 인출 등 모든 거래는 그의 이름으로 검인이 찍힌다고 할 수 있어요. 만일 이 사람을 좀 괴롭히고 싶다면, 그보다 더 쉬운 일은 없어요. 그의 장부를 펼치기만 하면, 그의 삶 전체가 만천하에 드러나니까요.」

「내가 알기로는 은행비밀주의에 의해…….」

「물론이죠, 부인! 하지만 그것은 상대적인 보장에 불과합니다. 이에 비해 저희는 절대적인 보호를 제공하죠. 저희와 함께 하시면, 이런 표현이 어떨지 모르겠지만, 그야말로 허리띠와 멜빵이라 할 수 있죠!」

자신도 모르게 터져 나온 조크였다. 그는 이 절묘한 농담이 유발할 수도 있는 나쁜 인상을 지워 버리기 위해 크흠 하며 목청을 고른 뒤, 다시 단호한 어조를 되찾았다.

「저희는 이름 없는 계좌들을 엽니다. 장부들이 공개되더라도 아무와도 연결되어 있지 않은 번호 하나만 찾아낼 뿐이죠.」

그는 찻잔을 내려놓고 안락의자에 다시 벌렁 등을 기댔다.

「만일 제가 120.537이라고 말씀드린다면, 부인께서는 이게 무엇인지 어떻게 알 수 있겠습니까? 그건 불가능해요.」

마들렌은 고개를 끄덕였다.

「하지만 말이에요.」 그녀가 의아해하며 물었다. 「거래를 하려면 당신은 어떤 번호가 어떤 사람에 해당하는지 아셔야 할 것 같은데요……?」

「제 수첩이 있지요! 그게 바로 번호가 매겨진 계좌들과 우리 고객들의 신원을 이어 주는 문서예요. 다시 말해, 유일한 문서죠……. 문서가 또 하나 있긴 한데, 그것은 우리 본사의 금고 속에 들어 있고, 절대로 사용되지 않아요. 신중에 신중을 기해야죠! 제 수첩으로 말할 것 같으면, 그것은 금고에 있든지, 아니면 제 수중에 있어요. 이것은 절대적인 비밀이라서, 알고 있는 타이피스트가 있어도 안 되고, 휴지통에 굴러다니는 카본 복사지가 있어도 안 돼요. 우리 계좌들의 번호와 우리 고객들의 신원을 연결시킬 수 있는 사람이 이 세상에 세 명 있으면 안 된다는 겁니다.」

그는 자가(自家) 제작한 잼에 대해 얘기할 때, 그들이 기가 막히게 웃긴다고 생각하는 똑같은 농담을 1년에 3백 번은 늘어놓는 여관 주인들의 그 음흉한 웃음을 조그맣게 터뜨렸다.

마들렌은 머리를 주억거렸다.

「우리 남편이 깊은 인상을 받겠어요. 어쩌면 시간이 촉박할지도 모르겠네요……. 필요한 조치들을 빨리 취해야 할 거예요. 그러니까 만일의 경우에 대비해……. 무슨 말인지 아시겠죠.」

「그분께 말씀해 주세요. 그분이 원하는 장소와 시간에 된다고요.」

마들렌은 미소로써 감사를 표했다. 어떤 은행가든 가장 꺼내기 힘든, 하지만 꺼내고 싶어서 입술이 근질근질한 그 질문은 항상 똑같았으니, 〈얼마입니까?〉였다. 사람마다 나름의 요령이 있었다. 르노 씨는 이 미묘한 질문을 별로 중요하지 않은 얘기를 하듯 꺼냈다.

「그리고 그게…….」

「처음엔…… 80만 프랑이에요.」

르노 씨는 짧게 고개를 끄덕였다. 80만 프랑, 네, 좋습니다! 그는 미소를 지었다. 돈이 고객의 호주머니에서 당신의 호주머니로 옮겨질 때의 그 짜릿한 기분을 누가 알랴!

후우……. 허리띠며 투피스를 벗어 버리니 숨통이 트이는 기분이었다. 마들렌은 투피스를 정성껏 개어 커다란 종이 상자에 다시 넣었다. 아무런 미련이 없었다. 너무 꽉 조였다. 어쨌든 살을 좀 빼야 하리라…….

4월 초, 진열창에 글자들이 대문자로 낙서되어 있고, 문 앞에 병사들이 서 있는 독일 상점의 사진들이 한 일간지의 1면에 실렸다. 〈유대인 상인들에 대한 전국적 보이콧〉이라는 제목의 기사에 딸린 사진이었다.

『엑셀시오르』지의 설명에 따르면, 〈그들은 밤중에 유대인의 진열창들에 해골을 그려 넣고,《위험! 유대인 상점!》같은 문구들을 써냈다〉는 것이다. 폴은 충격을 받았다.

대부분 프랑스 매체들은 나치 민병대가 저지르는 폭력 행위들을 고발했다. 〈히틀러는 그 어떤 폭력보다 끔찍한, 유대인들과의 체계적이고도 가차 없는 전쟁을 시작하려 하고 있다.〉

4월 4일부터, 출국을 원하는 독일인들의 여권에는 〈문제없음〉이라고 찍혀 있어야 하며, 그게 없으면 독일 땅을 떠나는 게 불가능했다.

같은 날, 『코뫼디아』지에는 〈솔랑주 갈리나토, 제3제국의 새 얼굴마담〉이라는 제목의 기사가 실렸다.

만일 솔랑주가 그 베를린 독주회에 대해 얘기하지 않고, 폴에게 거기로 오라고 그토록 종용하지 않았다면, 폴은 특별히 독일에 대해 관심을 갖지 않았을 것이다. 하지만 이제 그곳을 주목하게 된 그는 거기서 일어나는 일들을 전하는 신문들을 통해, 이 나라에 심각하게 우려할 만한 점이 많다는 것을 알게 되었다.

『르 프티 파리지앵』지의 어조는 보다 직설적이었다. 〈히틀러 추종자들은 자기편이 아닌 모든 것을 증오하고, 그의 뜻과 그의 사상에 맞서는 사람은 누구든 짓밟을 준비가 되어 있는 사나운 광신도들이다.〉

솔랑주는 이런 나라에 가서 공연하게 되었다고 저리 좋아한단 말인가? 그녀는 스크랩한 기사들을 보내왔다. 〈솔랑주 갈리나토가 베를린에 오는 것을 제3제국은 자랑스럽게 여긴다고 요제프 괴벨스가 말했다〉, 〈히틀러 총리는 라 갈리나토를 국가 원수처럼 영접할 예정이다〉.

〈나의 귀여운 병아리야, 이제 됐어! 난 지금 너무나 기쁘단다. 내 독주해 프로그램이 정해졌거든. 난 그걸 그쪽 사람들에게 보냈어. 그들은 분명 깜짝 놀랄 거야! 그래, 넌 어떻게 됐니? 올 거지?〉

폴은 자신이 어른들의 일을 판단할 자격이 없다고 생각했다. 그는 다만 한 편지에서 〈솔랑주, 이런 때…… 독일로 공연하러 간다는 게 과연 좋은 생각일까요?〉라고만 썼다.

〈요 귀여운 녀석아, 물론 지금 독일에 가야지! 이 위대한 음악의 나라는 그 어느 때보다 공연해 줄 예술가들을 필요로 한단다.〉

솔랑주의 답변이 도착한 것은 베를린 오페라 광장에 세워진 장작더미의 커다란 사진이 〈초대형 화형식! 어제저녁, 비독일적인 서적 2만여 권이 소각되었다!〉라는 설명과 함께 신문에 공개된 지 며칠 안 된 5월 중순이었다.

폴이 화형식에 대해 아는 것이라곤 역사책에서 잔 다르크와 조르다노 브루노에 대해 읽은 것이 전부여서, 그렇게 안심된다고 할 수는 없었다. 〈화형대 주위로 엄청난 군중이 몰려들었다〉라고 『랭트랑지장』지는 전했다. 〈그들은 마치 어떤 사원에서처럼 엄숙하게 애국적인 찬가들을 불렀다. 독일은 야만이 신비주의적 형태를 취하고, 영혼들을 경건한 희열 속에 빠뜨리는 세계 유일의 국가다.〉

야만, 화형식, 추방된 음악가들, 덫에 갇혀 오도 가도 못하게 된 유대인들……. 폴은 뭐라고 반론을 제기할 수는 없었지만, 이 모든 것이 좋지 않다는 것을 알고 있었다.

〈난 너에게 내 독주해 프로그램에 대해 자세히 알려 주고 싶지 않아. 왜냐하면 난 네가 그게 너무 궁금해서 내가 노래하는 걸 직접 들으러 베를린에 오길 바라기 때문이야. 이것은 내 커리어에서 매우 중요한, 아니 어쩌면 가장 위대한 순간이 될 거야. 세상에 말이야, 총리께서 직접 왕림하신다는 거야! 위대한 제3제국의 각부 장관들과 최고의 명사들과 함께 말이야! 네가 침 좀 더 흘리게 해볼까? 무대 장치를 위해 네가 아주 좋아할 어떤 화가를 잡았다는 것만 말할게. 모두가 깜짝 놀랄 거야! 정말이야!〉

솔랑주의 열광은 폴을 힘들게 했다.

〈제3제국이 내게 요청하면, 난 독일의 어디에서든 노래할 거예요〉라고 그녀는 선언했는데, 이런 말을 하는 것은 단순히 그녀가 순진하기 때문만은, 사람들에게 속아 넘어갔기 때문만은 아니었다. 폴이 신문에서 읽은 얘기들은 모든 사람이 읽을 수 있었다. 심지어 솔랑주 자신도 읽을 수 있었다.

6월 10일, 8백 명에 달하는 유대인 연극배우, 음악가, 가수들이 〈사퇴당했고〉, 그중에는 국립 오페라단 오케스트라의 지휘자 오토 클렘페러도 포함되어 있었다.

그달 말, 멘델스존, 마이어베어, 오펜바흐, 말러의 작품들이 연주회 프로그램에서 추방되었다. 현대 음악은 바흐, 베토벤, 슈만, 브람스, 바그너, 슈트라우스로 대표되는 진정한 독일 음악 전통의 타락한 형태로 여겨졌다. 그런데 솔랑주는 베를린에서 그녀가 〈위대한 제3제국〉이라고 부르는 것을 위해 이 음악가들을 노래할 수 있게 되어 너무 기쁘다고 했다.

폴은 편지를 여러 번 고쳐 썼고, 특히 마지막 부분에서 고민했다.

친애하는 솔랑주,

베를린에 가서 노래하기로 한 당신의 결정에 너무나 걱정
돼요. 난 지금 그곳에 불행한 사람들, 특히 불행한 음악가들이
많다는 얘기를 여러 신문에서 읽었어요. 내가 사정을 잘 모르
는 게 사실이지만, 그쪽 사람들은 책들을 불사르고, 유대인 상
점들을 약탈하고 있어요. 그런 사진들도 많이 봤어요. 지금 나
를 힘들게 하는 것은 당신이 베를린에서 노래한다는 사실이
아니라, 당신이 이런 일들을 하는 사람들에 대해 그렇게나 열
광하는 모습을 보는 거예요. 당신에게 이걸 어떻게 말해야 할
지 모르겠어요. 할 말을 오랫동안 머릿속으로 생각하다가 비
로소 펜을 들었답니다. 난 당신에게서 많은 것을 받았어요. 당
신의 목소리를 처음 들었을 때, 마치 새로 태어나는 기분이었
어요. 내가 아직도 이렇게 살아 있는 것은 당신 덕분이에요.
하지만 지금 당신이 그곳에서 하고 있는 일들은 나의 삶과 맞
지 않아요. 그래서 이렇게 당신에게 편지를 쓰고 있어요. 당신
에게 진심으로 감사드리기 위해서요. 하지만 또 당신에게 더
이상 편지를 쓰지 않을 거라는 말씀도 드리고 싶어요. 왜냐하
면 그런 사람들을 좋아하고 다른 것들은 도외시하는 사람은
내가 그토록 좋아했던 사람이 아니니까요.

폴

항공기 연구 제작소에 몰아쳤던 비관주의 물결은 사업 세계
에서 이따금 일어나는 그런 급작스러운 반전 중 하나로 마감되
었다. 다시 구름이 걷혔고, 하늘은 처음만큼이나 밝게 빛났다.
9월 초에 공개 테스트를 한다는 발표는 팀원들을 주눅 들게

하기는커녕, 오히려 그들의 자존심을 자극하는 결과를 가져왔다. 연구 제작소에서 밤늦게까지 일하다 새벽에 출근하는 것은 더 이상 드문 일이 아니었다. 더 이상 토요일도, 일요일도 없었다. 끝없이 떨어지기만 하던 사기는 다시 치솟기 시작했으니, 이제 결과가 바로 눈앞에 있었기 때문이다. 연료 테스트, 송풍 장치 테스트, 내열성 테스트를 다시 했다. 주베르는 하루 종일 팀원들과 함께 시간을 보냈다. 그는 어디에나 있었고, 감탄을 자아내는 에너지로 모든 것을 돌봤다. 모두에게 한 마디씩 건네고, 격려를 아끼지 않았다. 만일 할 수만 있다면 유머러스한 농담까지 곁들였을 것이다.

그리고 선순환이 일어나기 시작했다.

터빈들의 효율은 기대 이상이었고, 특히, 특히, 새 합금은 모두의 기대를 저버리지 않았다. 열흘 전 첫 번째 테스트가 있었다. 제트 엔진이 돌기 시작했을 때는 아무도 자신의 눈을 믿을 수가 없었다. 엔진이 강력한 추진력을 발휘하자 박수갈채가 터져 나왔다. 목석같은 사내로 소문난 주베르마저 눈물이 솟구치는 걸 느꼈고, 그걸 감추기 위해 코를 팽 풀고는 테스트를 두 번 더 시행할 것을 지시했다. 나흘 뒤에 열린 첫 번째 테스트에서는 보다 확실한 결과를 보여 주었다. 이제 주베르는 성공을 확신했다.

그리고 성공해야만 했다. 시간이 없었다.

프로젝트의 재정 여기저기서 문제가 생기기 시작했다. 주베르는 한 주에도 몇 번씩 날아드는 프랑스 르네상스의 요구에 응해야 했다. 그는 각종 도표, 연구 진척 상황, 엔지니어 운용 계획, 재고 현황, 지출 내역 등 모든 것에 대해 설명해야 했다.

사케티는 이렇게 말했다. 〈어쩌겠나? 그들은 자네처럼 야심이 없는데. 조금만 이상해도 화들짝 놀란다네.〉 주베르는 꾹 참아 넘기고 자기 팀원들을 보호했다. 여러분은 오직 일에만 전념하세요, 나머지는 다 내가 맡겠습니다!

송풍 장치에 대한 마지막 테스트는 성공적이었다. 확정적 형태의 몸체 제작을 주초에 시작한다는 결정이 내려졌는데, 이런 일에는 늘 따르기 마련인 불의의 사고들을 말끔히 지워 버릴 수 있는 완벽한 일정이었다.

모두가 새 회전 날개 장치가 도착하기를 초조하게 기다렸다. 0.25밀리미터의 오차 범위 내에서 정밀하게 제작된, 여러 주 동안 연구와 계산을 거듭하고, 가장 유능한, 따라서 가장 비싼 회사에 제작을 맡겨 얻어 낸 결과물이었다……. 이 회전 날개 장치 하나의 가격만도 20만 프랑이 넘었다.

초조한 심정으로 따지자면 로베르도 누구 못지않았다. 그는 마들렌에게서 분명하고 무서울 정도의 지시를 받은 터였다.

「페랑 씨, 만일 이 일을 성공하지 못하면, 당신이 외투를 다 입기도 전에 난 경찰서로 달려가 당신의 결혼 증서를 제출할 거예요.」

레옹스도 마들렌만큼이나 불안했으니, 침대 위를 제외하곤 로베르가 어떤 일을 하면서 세 번 연달아 성공한 경우를 본 적이 없었기 때문이다.

「우리 아기, 해낼 수 있겠어?」

「아, 그럼!」

그는 자신의 성공을 조금도 의심하지 않았지만, 보고 있는 사람은 전혀 안심이 되지 않았다.

그에게 행운이 찾아오고, 뜻밖에도 그가 그것을 붙잡는다면 모르겠지만 말이다.

로베르는 작업장에서 업무를 끝내고 나오면서 아침에 도착한 것들을 슬쩍 훑어보았다. 〈콩파뇽 프레르〉라는 검인이 찍힌 커다란 꾸러미 하나가 있었다. 그는 깊이 생각하지 않고 — 깊이 생각할 능력 자체가 없는 사람이었다 — 그걸 팔 밑에 끼고는 집으로 돌아왔다.

다음 날 아침에 출근해 보니 제작소가 벌집을 쑤셔 놓은 것처럼 소란스러웠다.

사람들은 온데간데없이 사라진 소포를 찾고 있었다. 경비원의 증언은 명확했다. 그는 자기가 〈그걸 분명히 여기에 두었다〉고 주장했다. 사람들은 제작소 전체를 탈탈 털었고, 사무실이며 창고들을 이 잡듯이 뒤졌다. 소포를 귀신이 가져갔을 리는 없고, 이렇게 사라질 까닭이 없지 않은가? 그리고 여기는 거의 강박증에 가까울 정도로 보안에 신경 쓰고, 방문한 사람들을 장부에 정확히 기록하고, 그 어떤 〈외부 인사〉도 관계자를 대동하지 않고는 제작소 안을 돌아다닐 수 없기 때문에, 감쪽같이 없어진 소포에 대한 공식 발표가 있은 지 이틀 만에 모두가 두려워하는 말이 다시금 새어 나오기 시작했다. 사보타주 말이다.

팀원들은 서로를 의심쩍은 눈으로 노려보았다. 그곳에는 다섯 나라 출신의 기술자들이 있었다. 사람들은 수군대기 시작했다. 이 사람 저 사람에 대한 소문들이 생겨났고, 이 모든 소리는 주베르를 아주 예민하게 만들었다.

이런 불안한 배경 음은 분위기를 급격히 다운시켜 작업 속도가 느려졌다. 심지어 누군가는 〈독일 놈들〉 얘기까지 했다. 그들의 항공기 개발에 대한 기사들도 있었는데, 혹시 제작소 안에 스파이가 숨어 들어온 것은 아닐까? 누군가가 사무실에 들어서면 대화가 뚝 끊겼고, 사람들은 말하기보다는 속닥거렸으며, 각자 자신의 언행을 조심하고 다른 이들을 감시했다.

열흘 뒤, 마들렌의 지시를 받은 로베르는 소포를 기적적으로 찾아냈다. 그것은 도착한 물건들을 쌓아 두는 조그만 창고 근처, 사람들이 여러 번 확인했다고 생각한 전기 분해기 아래에서 먼지를 뒤집어쓴 모습으로 발견되었다.

그는 영웅 대접을 받았지만, 너무 늦어 버린 것이, 이미 콩파뇽 프레르사에 새 부품을 주문했던 것이다.

앙드레는 두 젊은 기자의 의사를 타진해 보았다. 또 그는 프로젝트에 자금을 대는 집안들이 개최하는 만찬회에 매주 세 번씩 참석하고, 그들에게 일간지(주주들은 보다 나은 의견이 없어, 결국 〈르 릭퇴르〉라는 이름을 받아들였다)의 견본을 보여 주었으며, 그의 멘토라 할 수 있는 몽테북살의 집에도 드나들었다.

은퇴해 이탈리아 토스카나에서 살고 있는 어느 귀족의 소유인 메신가의 사무실은 아주 널찍했으며, 필요한 가구도 구입한 터였다. 앙드레는 인쇄소들을 찾아다니며 견적도 내보았다. 돈은 항상 부족했지만, 그는 그 어느 때보다 흥분해 있었다.

창간일은 뒤로 미뤄졌다. 10월 중순에 시작하는 것을 고려하고 있었다. 앙드레는 몸이 달았다.

『수아르 드 파리』에 실린 칼럼들에서는 그의 계획과 확신들이 점점 진하게 배어났다.

「이봐, 앙드레.」 누구보다 후각이 발달한 기요토가 물었다. 「자네, 요즘 너무 세게 나가는 거 아냐? 이 칼럼은 느낌이 아주 요상한데……?」

프랑스에는 독재자가 필요한가?

강력한 권력을 장착한 이탈리아가 부활한 라틴 유럽의 리더 자리를 넘보게 된 이후, 이 매력적인 단어는 모든 이의 정신을 사로잡고 있다.

독재정은 공화정의 발명품이라는 사실을 상기하자. 독재자는 희화화되곤 하는 파렴치한 인물이기는커녕, 어떤 위기 상황에서 한정된 기간 동안 전권을 부여받는 최고 행정관인 것이다.

자격을 완전히 상실한 우리의 정치 계급과 혼란을 초래할 뿐인 우리의 의원 내각제 앞에서, 이웃 나라들이 채택한 해결책은 우리에게 하나의 가능성을 보여 준다고 할 수 있으니, 능력 있는 인물에게 어떤 국가 부흥 정책을 시행할 수 있는 권한을 부여하는 것은 조금도 부끄러운 일이 아니기 때문이다. 무릇 민주정에는 뛰어난 인물들이, 우리 프랑스도 다른 시대에 경험한 바 있는 강인한 영혼들이 필요한 법이다.

만일 이런 인물이 내일 우리 앞에 나타난다면, 우리가 범한 실수들과 이탈리아의 혁혁한 성공 사례에서 교훈을 이끌어 내야 할 때가 아니겠는가?

카이로스

「마들렌, 이 문제는 벌써 사흘 전에 논의한 거잖아요…….」

그녀는 항상 어떤 핑곗거리를 찾아냈다. 직설적으로는 아무것도 얘기하지 못하는 여자였다.

「알아요, 뒤프레 씨! 그래도…… 난 상황을 정리해 볼 필요가 있다고요.」

좋아. 마들렌이 보스이고 봉급을 주는 사람이니까, 어쩔 수 없지……. 이리하여 그들은 또다시 뒤프레의 조그만 주방에 마주 앉았고, 지난번 이후 새로 얘기할 거리가 전혀 없었기 때문에 입을 다물고 있었다. 커피 잔을 묵묵히 휘저은 뒤 마들렌이 말했다.

「……좋아요, 그럼 다 얘기한 거죠?」

「네, 마들렌, 다 얘기했어요.」

그제야 그녀는 단추들에 시선을 고정한 채 블라우스를 벗었다. 그녀는 이 일을 할 때 뒤프레 씨를 쳐다보는 게 싫은 모양이었다. 그는 조용히 그녀에게 다가왔다. 그는 그녀를 결코 난처하게 만들지 않았다.

그는 자신이 폴과 나눈 대화에 대해서는 상세히 설명하려 하지 않았으니, 그들 사이에 있었던 그 조그만 오해는 그냥 단순한 오해만이 아니었던 것이다. 지금 열네 살인 폴은 안색이 창백하고, 낯빛은 초췌하기 이를 데 없으며, 마들렌이 해결되었다고 생각하는 사춘기 문제는 사실 매우 실제적인 것이었다. 뒤프레는 매주 한두 번 그를 만났다. 폴은 총명하고도 진취적인, 나이에 비해 매우 조숙한 소년이었다…….

뒤프레는 그를 위해 약사를 한 명 찾아냈다. 브로츠키 씨라는 독일 사람이었다. 이름이 알프레트인 그는 1년 내내 감기를 달고 살며, 운영하던 〈유대 약국〉이 파괴되어 한 달 전 프랑스로 건너온 남자였다. 그는 브레슬라우에서 가족의 옷가지만 간신히 챙겨 왔다. 그런데 놀랍게도 어느 날, 그는 궤짝 세 개를 받았다. 그가 고향 땅을 떠나기 전, 다시는 돌아오지 못하리라 생각하고 준비해 놓은 것들이었다. 그 안에는 재난에서 살아남은 증류기, 단지, 버너, 튜브, 저울 등속이 빼곡히 담겨 있었다.

약학 쪽에서 보면, 브로츠키는 일종의 신자였다. 그는 약전의 능력에 절대적인 믿음을 가지고 있었다. 그는 모든 병에는 그것에 대한 치료제가 ─ 비록 그게 아직 존재하지 않을지라도 ─ 있다고 생각했다.

폴은 그에게 자신의 계획과 약전에서 영감을 받은 자신의 처방에 대해 설명했다. 아, 네, 네, 좋습니다, 좋아요, 한번 해보죠……. 그럼 1천 프랑이면 되겠소? 하고 뒤프레가 묻자, 아, 네, 네, 좋습니다, 좋아요, 라고 대답한 뒤 떠났는데, 그를 다시 볼 수 있을지는 아무도 장담할 수 없었다. 그런데 그가 단지 하나를 들고 돌아온 것이다. 사암으로 된 그 단지는 어떤 푸르스름한 물질로 가득 채워져 있었다. 주성분은 밀랍이라고 하는데 냄새가 그다지 좋지 않았고, 그가 보장하는 바에 따르면 〈거의 미지근한 물이나 다름없을 정도로〉 약효가 전혀 없었다.

폴에게는 이상적인 제품이었다. 한 가지 문제는 냄새였다. 아주 유감이에요, 라고 폴은 설명했다. 왜냐하면 〈모든 게 갖춰졌거든요. 뭐, 대충 갖춰졌다고 할 수 있어요. 하지만 질감과 색깔에는 조금 문제가 있어요. 그리고 무엇보다 냄새가 중요해요. 사람들은 제품을 열었을 때, 냄새가 좋으면 그대로 사거든요). 따라서 필요한 것은 〈이와 똑같은 제품이되, 여성들을 위한 것〉이었다.

「알았어, 향이 나도록 만들지.」

〈아니에요, 브로츠키 씨.〉 폴은 서판에 이렇게 썼다. 〈그건절대로 아니에요! 연고는 향수처럼 느껴져선 안 되고, 어떤 냄새가 나야 해요. 완전히 약품 같은, 하지만 상쾌하게 느껴지는냄새 말이에요.〉

브로츠키는 마치 예포를 쏘듯 재채기를 연달아서 서너 번터뜨렸다. 오케이, 알았어. 그러고는 다시 떠났다.

뒤프레는 그다음 일이 걱정되었다. 마들렌은 자기 아들을 5만 프랑 이상의 비용이 들어가는 사업에 뛰어들게 놔뒀는데, 그 아들이 이 일을 해낼 수 있을지는 알 수 없었다.

뒤프레는 약간 코가 꿰인 기분이었다. 호감이 가고 아주 똘똘하게 느껴지는 소년을 좀 도와주려 했을 뿐인데, 이렇게 회사 하나를 만드는 일에 끼어들게 된 것이다. 만일 〈자, 여기서 스톱!〉이라고 외치지 않는 한, 어떤 가족 공장의 전무 신세가되고 말 터였는데, 자신은 이러려고 공산당을 떠난 게 아니었다.

약사 문제는 해결됐고, 이제 사업장 문제가 남아 있었다. 그렇게 큰 공간은 필요하지 않았다. 적어도 처음에는 그렇지만, 이 일이 어떻게 진행될지는 아무도 예측할 수 없었다. 브로츠키 씨의 산정에 따르면, 첫 출범을 위해 소량을 제조하는 데는그가 가지고 있는 재료로 충분했다. 하지만 그 뒤로는⋯⋯. 델쿠르와 주베르와 샤를 페리쿠르를 염탐해야 하고, 이제는 폴의 사업까지 도와야 하니⋯⋯. 뒤프레는 아주 바쁜 몸이 되어 버렸다. 때로는 정신이 하나도 없을 정도였다.

「뒤프레 씨, 이 모든 일이 너무 힘들어서 하시기에 곤란하다면, 난 이해할 수 있어요.」

하지만 마들렌은 이렇게 말하면서 원피스를 벗고 그에게로 몸을 돌렸으며, 그는 그녀를 쳐다보고는 어느 애매한 지점을 응시하며, 아니에요, 아니에요, 라고 기계적으로 대답했다. 자신의 매력 덕분에 여러 가지를 얻을 수 있다는 사실은 마들렌에게 매우 큰, 정말로 큰 만족감을 안겨 주었다.

그와 달리, 그녀는 자신감이 넘쳤다. 폴은 훌륭한 아이디어를 가지고 있고, 뒤프레는 수단이 무궁무진하며, 물론 돈이 약간 들어가긴 하겠지만, 빈터투어 은행 조합을 방문한 이후 그녀는 상황이 자신에게 유리하도록 전개될 거라는 예감이 들었다. 그리고 이처럼 뒤프레가 애쓰고, 폴은 자신의 일을 해나가고, 블라디도 온종일 부지런히 뛰어다니는 것을 보아 온 그녀는 이렇게 물었다.

「뒤프레 씨, 나도…… 그러니까…… 일자리를 하나 얻어야 한다고 생각하지 않으세요?」

뜻밖의 질문이었다. 심지어 그녀 자신에게도 뜻밖이었다. 그녀에게 문득 이런 의문이 떠올랐던 것이다. 지금 자신은 쫄딱 망해 더 이상 그럴 처지가 못 되는데도 여전히 부잣집 마나님처럼 살고 있는 것 아닐까?

그녀가 말할 수 없는 부분은, 이런 생각이 남몰래 얼굴을 붉히며『사창가에서 보낸 한 달』이라는 책을 읽는 중에 떠올랐다는 사실이다. 마리즈 슈아지라는 여기자가 창녀 행세를 하면서 사창가 내부로 들어가 생활한 이야기를 담은 이 책의 독서는 마들렌에게 달콤한 위반의 느낌을 안겨 주었다. 〈나는 똥, 엉덩이, 섹스 같은 말을 주저 없이 쓴다. 이것들은 명확하고, 고귀하고, 솔직한 단어들이다.〉 이 의견에 동의하는 것은 아니었지만, 마들렌은 이런 태도가 용감하다고 생각했고, 직업여성들에 대해 새로이 눈뜨게 되었다. 물론 그녀는 자신을 매춘부들과 동일시하지 않았고, 여직공들과도 동일시하지 않았다. 그녀의 출신은 그녀의 눈을 여성 조종사, 여성 기자, 여성 사진가의 예들 쪽으로 향하게 했다……. 그런데 그녀는 공부를 하지 않았다. 그녀는 결혼이나 해야 딱 맞을 여자였던 것이다.

「난 아무것도 할 줄 모르는 사람이에요…….」 그녀가 덧붙였다.

뒤프레 씨는 이 아주 어려운 질문에 집중하기가 힘들었으니, 마들렌이 이렇게 말하면서 근심 어린, 그리고 집중한 얼굴로 옷 벗기를 거의 끝내고 있었기 때문이다. 이제 알몸이 된 그녀는 두 손을 등 뒤로 하고 섰다.

「자, 뒤프레 씨, 내가 어떻게 해드리면 좋겠어요?」

32

샤를은 국회 의원이란 사람을 접촉하는 직업이라고 늘 생각해 왔다. 〈우리는 신부들하고 똑같아. 사람들에게 충고도 하고, 가장 말 잘 듣는 이들에게는 밝은 미래를 약속해 주지. 그리고 우리의 문제도 똑같아. 즉, 사람들이 미사에 다시 나오게 하는 거야.〉 중요한 것은 유권자들과 긴밀한 관계를 유지하는 거였다. 샤를의 작업 방식은 편지였다. 그래서 알퐁스가 데스크 위에 산더미 같은 자료를 내려놓자 눈이 휘둥그레지고 입이 딱 벌어졌다. 〈맙소사!〉 그는 비명을 질렀다. 〈차라리 물자 낭비 대책 위원회를 만드는 게 낫겠어!〉

그런데 본인을 포함해 아무도 예상하지 못했던 일이 일어났으니, 샤를이 자신이 검토를 맡은 문제에 흥미를 느낀 것이다. 지금까지 한 번도 없던 일이었다. 그는 이런 생각이 들었다. 물론 세금은 그 자체로 보면 부당하고 가혹한 조처인 게 사실이야. 하지만 어차피 그건 존재하는데, 어떤 사람들은 세금을 내고 어떤 사람들은 내지 않는다는 것은 너무나 불공평한 일이잖아……? 전자는 순진한 인간들로 여겨지는 애국자들이고, 후자는 처벌을 피해 가는 뻔뻔한 인간들이었다. 정말 기가 막히는 일이었다.

그리고 이런 생각은 진심이었다.

그는 수치들을 요구했으나, 그런 건 존재하지도 않았다.

「뭐야? 수치가 없다고?」

「왜냐하면…… 그걸 산정하기 어렵기 때문입니다.」 위원회의 사무관이 대답했다.

전체적인 탈세액은 아무리 적게 잡아도 40억 프랑은 되고, 더 확실하게는 60억 내지 70억 프랑에 달한다는 거였다. 어마어마한 규모였다.

샤를은 세금 신고를 감시하고 탈세를 처벌하는 현행 조처들에 대한 전반적인 조사를 지시했다.

「세상에, 그뤼에르 치즈[19]가 따로 없구먼!」 그는 2주에 걸친 조사 작업 끝에 결론을 내렸다.

아닌 게 아니라 관련 법제에 구멍이 상당히 많았고, 정보만 확실히 갖고 있으면 법망을 빠져나가는 것은 땅 짚고 헤엄치기였다. 다시 말해, 합법적으로 탈세를 할 수 있게 도와주기 위해 생겨났고, 대부분 재경부의 전직 공무원들이 종사하는 아주 새로운 직업이 하나 존재하고 있었다.

「이른바 〈세무 분쟁 대행사〉라고 하는 것입니다.」 사무관이 설명했다.

「맞아, 그들은 정부와 해결해야 할 문제가 있으니까! 적어도 이 대행사들은 법으로 규제되고 있겠지?」

그러나 그런 것이 전혀 없단다. 이 전직 공무원들은 양심이

---

19 스위스 그뤼에르 지방의 특산 치즈로, 속에 구멍이 많이 뚫려 있다.

라곤 눈곱만큼도 없었기에, 양심 없는 고객들에게 그들의 재능을 마음껏 제공할 수 있었다. 정말이지 해야 할 일이 너무 많았다.

하여 샤를은 온갖 종류의 전문가를 데려다 청문회를 열었다. 해야 할 일이 명확했으니, 나사를 꽉 조이는 거였다.

「어떤 이유로, 전에는 그렇게 하지 않았나요?」 샤를은 재경부의 한 감독관에게 물었다. 감독관은 프랑스 남서부 출신의 키가 크고 몸집이 우람한 사내로, 럭비 선수가 되지 않은 것은 레이스 짜는 여인의 손, 다시 말해 보고서 페이지들을 넘기고 또 넘기기에 적합한 손가락 때문이었다. 그는 모든 것을 읽고, 모든 것을 기억해 두고 있었다.

「위원장님, 우리가 모든 것을 통제할 수 있지만, 그것은 ─ 다음은 인용문입니다 ─〈은행가들과 그들의 고객이 맺는 관계의 비밀을 침해하지 않는〉 조건에서입니다. 그리고 대부분 세금 망명자들은 스위스를 택하므로, 우리는 결국 원점으로 돌아올 수밖에 없는 것입니다.」

샤를은 오른쪽을 쳐다본 다음 왼쪽을 쳐다보았다. 위원회의 다른 멤버들도 그와 마찬가지로 어안이 벙벙해진 얼굴을 하고 있었다.

「아니, 아무리 그렇더라도 납세자 전표(傳票)라는 게 있지 않은가……?」

지금 그는 국세청에 뭔가 내야 할 게 있는 납세자들의 이름이 자동적으로 은행에 전달되는 행정 시스템을 암시하고 있는 거였다.

「1925년에 파기되었습니다. 은행가들이 그걸 원하지 않았지요. 〈정부의 조처들이 은행비밀주의를 침해하는 일이 없도록 주의해야〉 합니다.」

「내가 제대로 이해한 거라면…… 지금 아무것도 안 하고 있다는 얘기군!」

「그렇습니다. 만일 부자들을 감시하면, 그들은 자신의 돈을 다른 곳에 갖다 놓을 거라고 모두가 생각하고 있습니다. 제가 또 인용을 좀 하겠습니다. 〈만일 프랑스가 가난한 사람들의 나라가 된다면, 우린 어떻게 되겠는가?〉」

「아, 그 개소리들 인용 좀 그만하쇼!」

「이걸 쓴 사람은 바로 위원장님이십니다. 1928년 국회 의원 선거 때 쓴 글이죠.」

샤를은 헛기침을 했다.

지금은 1933년도 국가 재정이 지난해들에 이어 4년째 적자를 기록해 더욱 어려운 상황이었다. 적자액이 6백만 프랑에서 60억 프랑으로, 그리고 60억 프랑에서 450억 프랑으로, 그야말로 눈덩이처럼 불어나고 있었다. 나랏빚은 경제 전문가들을 우려하게 했고, 경제 전문가들은 정치가들을 불안하게 만들었으며, 정치가들은 국민들에게 죄책감을 불어넣었다. 이 홍수처럼 범람하는 염려들을 없애려면, 돈을 그것이 있는 곳에서 찾아내야 할 터였다. 납세자들의 호주머니는 여전히 가장 쉽게 접근할 수 있는 장소였지만, 세금 반대 단체들이 그 어느 때보다 맹렬히 맞서고 있어 알퐁스를 몹시 불안하게 만들었다.

「세금 반대 운동은 어느 때나 있었어.」 직접 이런 운동을 상당히 조장한 바 있는 샤를이 대답했다.

토요일이었다. 알퐁스는 위원회에서 맡은 일 때문에 바쁘다는 핑계로 샤를의 집을 방문하는 데 일주일에 하루 오후만 쓰고 있었다.

토요일은 〈알퐁스와 데이트하는 날〉이었다. 두 처녀는 항상 함께 있었는데, 그 이유는 아무도 알 수 없었다.

사실 두 처녀는 끔찍한 딜레마에 빠져 있었다. 그들은 누가 알퐁스와 결혼할지 여전히 결정을 내리지 못하고 있었던 것이다. 자생트는 로즈의 언니로서의 권리에 이의를 제기하지 않았지만, 어느 날 저녁 그들의 방에서 그녀도 자신의 논리를 펼쳤다. 청년은 언젠가 장관이 되고, 어쩌면 그보다 더 높이 올라갈 수도 있을 텐데, 자기는 언니보다 영어를, 특히 〈현재완료형〉을 더 완벽하게 구사한다는 거였다. 로즈는 수긍했다. 그렇다면 자신들이 문제를 재고했다고 구혼자에게 어떻게 설명할 것인가? 그리고 만일 자신들의 의견이 또다시 바뀐다면 어떤 일이 일어날 것인가? 그들은 이 결정이 오직 자신들에게 달려 있다고 생각해, 아무에게도 얘기하지 않고 서로 자리를 바꿔 버렸다. 알퐁스는 자생트와 팔짱을 끼고서, 그게 로즈라고 생각하며 데이트를 했다. 그에게는 아무런 문제가 되지 않았으니, 두 자매를 전혀 구별할 수 없었고, 두 처녀는 똑같이 못생겼기 때문이다. 또 두 여자를 함께 데리고 다니면, 약혼녀가 다른 남자와 시시덕거리고 싶은 맹렬한 욕구에 사로잡힐 경우 어떤 엿 같은 상황을 피할 수 있다는 이점도 있었다.

그들은 함께 루브르 박물관에 갔는데, 이날을 위해 특별히 예습까지 한 두 자매는 보티첼리의 「성모와 아기 예수」를 발도비네티의 작품과 혼동하고는 눈앞의 그림과 아무 상관 없는 분석에 열을 올렸다.

그다음 주에 두 처녀는 결정을 번복했다. 그들 생각으로는 로즈가 결혼하는 편이 낫다고 여겼는데, 왜냐하면 외아들인 알퐁스는 아이를 하나만 갖기를 원하는 유형인데, 자생트는 그보다 훨씬 많이, 적어도 여섯 명(어떤 날은 아홉 명까지 올라갔다)은 갖고 싶었기 때문이다.

알퐁스는 아무런 차이를 발견하지 못했다.

고가의 회전 날개들이 든 소포가 분실된 사건에 대한 주베르의 결산은 양면적이었다. 나쁜 소식은 20만 프랑에 가까운 손실을 입었다는 사실이었다. 좋은 소식은 스케줄이 열흘만 늦춰졌다는 점이었다. 그는 시종일관 냉정을 유지하고, 〈이 손실을 공식화하지 않은〉 것을 자찬했지만, 사실 그럴 용기가 없었을 뿐이다. 이제 다시 모든 것이 가능해졌다. 주베르는 테스트 결과를 기다리지도 않고, 9월 초에 공개 시범회를 개최하겠다고 발표하고, 거기에 프랑스 르네상스 회원들, 그리고 기자들과 정부 인사들을 대거 초청했다. 여기에서 그들은 모든 것이 완벽하게 모델화되었고, 이제는 사상 최초로 제트 엔진 제작이 가능하다는 것을 보여 줄 예정이었다. 8개월 뒤에는 세계 최초 제트 비행기가 프랑스 하늘에 날아오르는 모습을 모두가 보게 되리라.

마침내 터널의 끝이 보였다. 얼마나 오랫동안 기다렸던가!

정부 인사들은 과중한 업무를 핑계로 보다 하급 관리들을 대신 보냈다. 주베르는 개의치 않았다. 성공했다는 소리만 들리면 그들은 그 결실을 수확하기 위해 다시 전속력으로 달려올 테니까.

이 사업에 인력과 상당한 자금을 투입한 회사들은 참석을 약속했지만, 회의적인 시각을 제대로 감추지 못했다. 감동과 서스펜스에 목마른 기자들은 떼거리로 몰려올 준비를 하고 있었다.

주베르는 자신만만했다. 내가 정말로 의심한 적이 한 번이라도 있었던가? 그는 자신이 약해졌던 순간들을 잊어버리고 자문했다. 그가 보기에 이런 순간들은 아무것도 아니었다.

제작소는 애초의 그 활기찬 분위기를 되찾았다. 열광과 확신 속에서 시작된 프로젝트는 어려운 날들을 겪고 난 뒤, 이제 성공을 향해 단호하게 나아가고 있었다.

솔랑주는 폴의 편지를 받자마자 그에게 전화를 걸었다. 마드리드에서 말이다. 아파트 건물의 여자 관리인이 언짢은 얼굴을 하고서 올라왔다(〈수위실은 우체국이 아니란 말이야!〉). 폴은 통화를 거부했고, 그녀는 툴툴거리며 다시 내려갔다(〈관리인은 전보 배달부가 아니란 말이야!〉).

한 달 동안 폴은 솔랑주가 보내온 편지, 갖가지 선물, 악보, 은반, 포스터 — 소포의 겉모양을 보면 속에 무엇이 들어 있을지 쉽게 짐작할 수 있었다 — 등에 파묻혀 버렸다. 하지만 우편물들은 뜯지 않은 채 그대로 있었다. 블라디는 매일 아침 그것들의 먼지를 털면서 이렇게 말했다.

「*Szkoda nie otworzyć tej przesyłki… W środku mogą być prezenty, naprawdę nie chcesz otworzyć*(이것들을 뜯어 보지 않다니 정말 유감이야……. 이 안에 선물들이 들어 있을지도 모르는데 말이야. 정말 뜯어 보지 않을 거야)?」

폴은 고개를 저어 싫다고 대답했다. 그것들을 쓰레기통에
던져 버려야 했으나, 차마 그러지는 못했다. 연인에게 차인 남
자처럼, 결별을 결심했지만 마음속 한 부분은 그걸 거부하고
있었다. 더 이상 솔랑주의 음반들을 듣지 않았지만, 그녀의 사
진들은 여전히 방의 벽면을 장식하고 있었다. 블라디는 폴에
게는 어떤 구실이, 어떤 핑곗거리가 필요하다는 것을 알고 있
었기에 포기하지 않았다.

「*Skoro nie chcesz otworzyć, uprzedzam cię, że sama to
zrobię*(만일 네가 뜯지 않으면, 내가 뜯어 버릴 거야)!」

8월 중순, 폴은 마침내 굴복했다. 좋아, 알았어. 그는 커다
란 분홍색 봉투를 뜯었다. 파출리 향기가 짙게 밴 봉투였는데,
이 향수 냄새에 대해 마들렌은 〈아, 정말 고약한 냄새야! 어떻
게 이런 것들을 좋아할 수 있는지 도무지 이해가 안 돼〉라며 입
을 삐죽거리곤 했다……. 그것은 폴이 결별의 뜻을 밝힌 편지
에 대해 솔랑주가 처음으로 보낸 답장이었다. 그는 이 편지에
서 그녀가 자신의 행위와 제3제국을 변호하고 있지 않을까 하
는 어렴풋한 두려움을 느꼈다. 아니, 그보다는 어떤 나쁜 이유
로 베를린 독주회를 취소했다는 소식이 들어 있을까 봐 더 걱
정되었다. 하지만 그녀가 나치의 가치들을 깊이 공유하고 있
는 한, 베를린에 노래하러 가든 가지 않든, 폴이 상관할 바가
아니었다.

그녀의 글은 격앙되어 있고, 평소보다 과장된 어투를 사용
하고 있었다.

그래, 작은 물고기야. 이 모든 게 내 잘못이야! 난 네가 여기

올 마음이 생기게 하려고 일부러 신비롭게 굴었는데, 오히려 서툰 짓이었어. 난 네가 생각만 해도 얼굴이 붉어지는 것들을 믿게 만들었고, 이 못돼먹은 늘근 년이 얼굴을 붉혔다면 그게 정말로 부끄러운 것들이기 때문이란다! 난 네게 전화를 걸었는데, 넌 나랑 얘기하려 들지 않았지! 내 편지들에도 답하지 않고 말이야! 만일 네가 계속 그렇게 침묵을 지킨다면, 내가 특별히 널 보러 파리에 가겠어. 난 어떻게 하든 상관없으니까. 프로그램에 있는 독창해들을 마치는 대로 곧장 출발해서 널 보러 갈 거야. 네게 모든 걸 설명해 주기 위해서 말이야.

너도 알지? 리하르트 슈트라우스가 나를 얼마나 좋아하는지 말이야……

솔랑주는 괜히 우쭐대는 게 아니었다. 슈트라우스는 그가 〈갈리나토라는 신비〉라고 부르는 것, 다시 말해 마치 벌새처럼 노래 부르며, 「토스카」나 「나비부인」 같은 오페라에서 청중의 눈물을 빼내기 위해 새끼손가락 하나 까딱할 필요가 없는 이 육중한 여인을 볼 때 느끼는 경탄의 감정을 여러 차례 표현한 바 있었다. 이렇게 누구보다도 솔랑주의 독일 방문을 하나의 특별한 상황으로 만드는 이는 괴벨스의 신임을 받는 슈트라우스였으며, 누구보다 이것을 하나의 정치적 사건으로 만드는 이는 바로 괴벨스였다. 또 이렇게 하도록 이들을 부추긴 것은 솔랑주의 수많은 발언이었다. 〈나는 그들을 칭찬하는 데 인색하지 않았어! 괴벨스 씨는 나의 방독을 자랑스럽게 생각한다고 직접 편지를 보내왔고, 난 어딜 가나 이 말을 반복하면서 항상 히틀러 씨에 대해 상냥한 말 한마디를 덧붙여 그들을 아주

좋아하게 만들었지.〉

프로그램은 제3제국이 바라는 것에 완전히 부합했다. 바흐, 바그너, 브람스, 베토벤, 슈베르트……. 6월부터 독일 신문들은 좌석 예약이 마감되었다고 떠들어 댔다.

솔랑주는 7월 중순까지 기다렸다가, 자신은 로렌츠 프로이디거의 「잃어버린 나라」와 「나의 자유, 나의 영혼」도 노래할 거라고 슈트라우스에게 알렸다. 〈나의 귀여운 오리야, 이 말을 듣고 그들이 얼마나 기절초풍했는지 넌 상상도 못 할 거야!〉

충분히 이해할 수 있는 반응이었다. 에르푸르트 음악학교 교장이었던 프로이디거는 3월에 튀링겐주의 나치 당가(黨歌) 작곡을 거부한 이유로 해직될 때까지 세상에 별로 알려지지 않은 음악가였다. 두 작품의 제목, 〈잃어버린 나라〉와 〈나의 자유, 나의 영혼〉은 제3제국에 썩 좋은 어감으로 다가오지 않았고, 이 완벽한 행사에 하나의 얼룩이 될 뿐이었다. 이런 생각을 슈트라우스는 솔랑주에게 급히 보낸 편지에서 다음과 같은 외교적 형태로 표현했다. 〈친애하는 솔랑주, 이 두 개의 하찮은 작품은 당신의 재능과 어울리지 않아요. 또 그렇게 하면 우리는 여기서 역사적인 것으로 여겨지는 이 행사에 쓸데없이 어두운 그림자를 드리우게 될 거예요.〉

〈그래, 역사적인 거지! 토끼야, 이게 무슨 뜻인지 알겠니?〉

폴은 미소 짓기 시작했다.

「*Mój Boże… ale… co to jest*(세상에……! 이게 대체 뭘까)?」 솔랑주의 편지와 함께 온 커다란 종이 상자를 두 손으로 든 블라디가 물었다.

폴은 대꾸하지 않고 계속 읽어 나갔다.

〈슈트라우스는 나한테 편지를 두 번이나 보냈단다.〉 그러고 나서, 거역당할 염려 없이 명령만 하는 데 익숙해진 독일 제국은 프로그램에 이 두 곡을 첨가하는 것을 깨끗이 거부해 버리고……. 이 문제를 해결된 것으로 여겼다.

〈난 슈트라우스에게 말했어. 제3제국의 입장을 충분히 이해하겠고, 따라서 이 독창해가 취소된 것으로 여기겠다고 말이야.〉

그러자 정부의 윗대가리들 사이에서 상당한 풍파가 일었다. 용기가 없지 않은 슈트라우스는 솔랑주의 선택을 옹호했지만, 그의 이런 태도가 그들의 결정에 크게 작용한 것은 아니었다. 왜냐하면 그동안 당국이 너무 많이 떠들어 댔고, 솔랑주 자신도 무수한 발언을 쏟아 냈기 때문에, 독창회를 강행하는 것보다 취소하는 것이 더 난처한 일이었기 때문이다. 괴벨스는 자신이 라 갈리나토가 제3제국을 위해 노래한다는 사실에 감격한 나머지, 너무 경솔하게 굴지 않았나 자문했다. 콘서트를 취소하면 유럽 전체에 큰 반향을 일으킬 것이고, 이 프로이디거와 다른 몇 사람의 상황에 스포트라이트를 비추는 결과를 가져올 터였다. 사실 그것들은 두 개의 하찮은 곡들에 불과하지 않은가, 라고 베를린의 고위 인사들은 자기들끼리 수군거렸다. 그건 별로 중요한 게 아니란 말이야…….

〈그들은 아직도 죽도록 고민하고 있어. 왜냐하면 내가 그들이 잘났다고 계속 떠들어 대고 있거든. 제3제국의 장점을 계속 띄워 주는 거지. 그리고 무대 장치에 대해서는, 내가 수락한 프로젝트를 편지에 같이 보낼게.〉

「*Mój Boże… ale… co to jest*(세상에……! 이게 대체 뭘

까)?」 블라디는 종이상자를 폴에게 내밀면서 다시 물었다.

폴이 생각을 제대로 표현하려면 몇 분은 필요할 것이었다. 그래서 그는 이렇게 요약해서 말했다.

「이…… 이게 뭐냐고? 아…… 앞으로…… 이…… 있게 될…… 기똥찬 스캔들…….」

그리고 솔랑주를 만나러 베를린에 가기를 완강히 거절했던 그가 이젠 거기 갈 수 없다는 사실에 절망하게 되었다.

7월부터 브로츠키 씨는 열심히 작업했다.

「당신이 요구하는 것을 만들기는 그다지 어렵지 않아요. 왜냐하면 아무짝에도 쓸모없는 것이기 때문이죠.」

그는 이 생각을 꺾지 않았지만, 5백 프랑을 추가로 받았다. 그의 처지에서는 쏠쏠한 액수였다.

8월 말에는 제품의 질감이 안정화되었다. 제품은 촉감이 부드럽고 약간 미끈거리면서도 피부에 잘 스며들었다. 색깔은 크림빛으로, 우유로 만든 버터와 거의 흡사했다. 냄새와 관련해서, 폴은 고민을 거듭한 끝에 자작나무와 차나무기름이라는 단 두 개의 옵션이 있을 뿐이라는 결론에 이르렀다.

〈이제 테스트 단계로 넘어가야 해요〉라고 그는 서판에다 썼다. 그는 뚜껑으로 덮여 있는 조그만 사암 단지들을 가리켰다.

레옹스는 발끈했다.

「아, 싫어요, 마들렌! 난 실험용 모르모트가 아니라고요! 이걸 내게 강요할 수는 없어요!」

「하지만 이건 인체에 해가 없어요!」

「누가 그렇게 말했죠?」

416

「이걸 만든 약사가요!」

「그 독일 사람? 아, 난 사양하겠어요! 게다가 그는 유대인이기까지 하고.」

「그게 대체 무슨 상관인지 모르겠네?」

「난 신뢰할 수 없어요.」

「폴이 특별히 부탁하는 거예요. 그 애도 매일 자기 다리에다 이 제품을 바르는데, 죽지 않았다고요!」

「아직은 아니겠죠!」

「뭐라고요……?」

레옹스는 사과했다. 아, 좋아요, 알았어요. 그럼 내가 어떻게 해야 하죠? 이 테스트의 주목적은 이걸 발랐을 때 여드름, 농포, 종기, 임파선종창 등의 부작용이 나타나지 않는지 확인하는 거였지만, 솔직히 말하기는 좀 그랬다.

「다리에다 바르고 문질러서 크림이 스며들게 해요. 하루는 흰색 뚜껑 단지, 다음 날은 회색 뚜껑 단지, 이런 식으로. 그러고 나서 어느 것이 더 좋았는지 말해 주면 돼요.」

「알겠어요.」

폴, 블라디, 브로츠키, 뒤프레, 마들렌 등 모두가 실험에 동원되었다. 하지만 테스트는 제대로 통제되지 않았다. 브로츠키는 이 연고에 아무런 효능도 없다고 확신해 시도조차 하지 않았다. 뒤프레는 걸핏하면 잊어버렸지만 결과를 물어보면 아무 문제 없다고 대답했고, 마들렌은 폴의 반응이 두려워 솔직하게 대답하지 않았다. 난 피부가 너무 약해서 아무것도 견뎌 내지 못해……. 한편 레옹스는 그녀의 기질에 걸맞은 묘책을 하나 생각해 냈으니, 제품이 피부에 완전히 스며들기만 하면

다리는 신체의 어느 부위로도 대체 가능하다고 확신해, 로베르에게 〈기가 막힌 최음 효과가 있는〉 오일 마사지를 해주겠다고 제안했다. 차나무기름이 5대 1의 표차로 자작나무를 눌렀다. 압도적인 동시에 불완전한 승리라 할 수 있었으니, 진지하게 실험에 참여한 사람은 폴과 블라디뿐이었기 때문이다. 특히 폴란드 아가씨는 발에서 어깨까지 연고를 덕지덕지 바르고는 가는 곳마다 차나무기름 냄새를 진하게 풍겨(〈*Ach, uwielbiam zapach tego kremu*(아, 이 냄새, 너무 좋아)!〉) 마들렌을 웃게 만들었다. 그녀와 폴란드 아가씨의 관계는 그동안 상당한 변화를 겪었다. 마들렌은 처음에 어쩔 수 없이 그녀를 채용했지만 좋아한 적이 한 번도 없어, 3주 전 어느 유제품 가게에서 일어난 일에 대한 자신의 반응에 스스로 놀랐다.

미녜가의 유제품 가게 주인인 페르낭 발레는 머리는 그다지 똑똑하지 못했지만, 한 성격 해서 항상 목소리를 높이는 사내였다. 어느 날 아침, 그는 블라디에게 더 이상 물건을 팔지 않기로 결정했다.

「여기선 더 이상 폴란드 것들을 상대하지 않아! 바르샤바로 돌아가서, 우리 프랑스 사람들을 일하게 놔두라고!」

당황한 블라디는 다른 곳에 가서 장을 봤다. 이 사실을 알게 된 마들렌은 이유를 물어봤다. 처녀는 자신이 폴란드 사람인 것이 잘못이라고 생각해 얼굴을 붉히기만 했다. 마들렌은 계속 캐물었다.

「*Nie mogę już tam chodzić. Nie chcą mnie obsługiwać*(난 더는 그 가게에 갈 수 없어요. 그들은 날 받지 않으려고 해요).」

하지만 무슨 상황인지 명확히 알 수 없었다. 마들렌은 블라디에게 장바구니를 들려서 함께 유제품 가게로 달려갔고, 페르낭 발레는 평소처럼 거드름을 피웠다.

「안 됩니다, 부인!」 그는 성을 내며 소리쳤다. 「여기는 프랑스 가게예요. 우린 오직 프랑스 손님들만 받습니다!」

그는 자신의 말이 맞지 않느냐는 듯이, 이 시간이면 많이 모여드는 다른 고객들을 둘러보았다. 모두가 고개를 끄덕였다. 발레는 팔짱을 끼고 마들렌을 노려봤다.

그녀는 어디서 그런 직감이 떠올랐는지 자신도 알 수 없었다. 어쩌면 얼굴을 붉히는 블라디의 모습을 보고 그랬는지도 모른다. 아니면 수탉처럼 폼 잡고 있는 유제품 가게 주인 때문이었는지도…….

「그보다는 이 아가씨가 당신과 자는 것을 거부했기 때문 아닐까요?」

고객들은 일제히 〈오!〉 하며 탄성을 질렀지만, 모두가 가정주부나 하녀로 죄다 여자여서, 그들의 분노 어린 시선은 입을 꼭 다물고 자기 발밑만 내려다보는 젊은 처녀보다는 말을 더듬거리는 가게 주인에게로 향했다. 아닌 게 아니라 그는 블라디가 그렇게 어려운 여자가 아니라는, 만인이 다 아는 소문을 전해 듣고 그녀와 한번 즐겨 보려는 생각에 계속 추근거렸다. 하지만 블라디도 선호하는 스타일이 있었다. 발레 씨는 그런 축에 들지 못했고, 그 때문에 그는 화가 났던 것이다…….

마들렌은 이 어처구니없는 일을 온 동네에 알리겠다고 약속하고는, 차분하게 일련의 질문을 던졌다. 발레 부인께서는 이 사실을 알고 계신가요? 치즈를 사려면 당신과 자야 하나요? 중세시대의 영주 초야권이 파리의 이 동네에서 부활한 건가요?

이 아가씨가 프랑스 사람이었어도 발레 씨는 그녀를 쫓아냈을까요? 그리고 똑같은 제안을 했을까요?

질문이 이어짐에 따라 여자들 간에 모종의 연대 의식이 생겨 고객이 하나둘 상점을 떠나게 했다. 성질이 났지만 패배를 인정한 발레 씨는 그뤼예르 치즈 한 덩이를 내놓지 않을 수 없었고, 마들렌은 버터 반 파운드와 함께 그것의 무게와 가격을 꼼꼼히 확인했다.

33

제작소는 만반의 준비를 갖추고 있었다. 초청받은 이들은 지난 1월 라 클로즈리 데 릴라 레스토랑에서 보았던 그 열렬한 지지자들이 아니었고, 딱딱하고도 엄숙한 얼굴을 한 채 입술 끝으로 인사말을 건네고, 마지못해 악수를 나누는 사람들이었다. 하급 관리들은 오기 전에 지시를 받은 듯, 행사 후 뷔페 파티를 즐기시라는 초대를 정중히 사양했다. 프랑스 르네상스 회원인 사업가들은 제작소 안쪽에 케이터링 업체 포텔&샤보가 차려 놓은 식탁을 쳐다보았다. 그들은 하얀 식탁보며 샴페인 버킷 등을 흘깃거렸고, 프티 푸르[20]들이 담긴 접시들의 가격과 웨이터들의 급료가 얼마나 될지 계산해 보는 것 같았다. 사케티도 냉담해 보였으나, 이는 외교적인 태도일 뿐이었다. 다시 말해 공개적으로는 차가운 모습을 보이면서 은근히 프랑스 르네상스 회원들에겐 상냥하게 대하는, 한마디로 약아빠진 여우처럼 굴었다. 기자들은 미리부터 신나 있었다. 오지 않은 리포터나 사진 기자가 한 명도 없었다.

20 한입에 들어갈 수 있게 만들어 놓은 케이크나 요리 따위.

제작소의 전 팀원이 소집되어 있었다. 그들 역시 처음에 비하면 초라하기 이를 데 없었다. 너무나 많은 사람이 빠져, 숫자를 채우기 위해 경비원들과 청소부들도 참석하라는 지시를 받았다. 로베르는 그가 〈위층 아가씨〉라고 부르는 처녀, 그러니까 사무실들을 청소하면서 기회만 있으면 엉덩이에 손을 대곤 하는 여직원 옆에 병사처럼 똑바로 서 있었다. 그는 샴페인 두 병을 가져가기 위해 이미 웨이터들과 협상을 해놓은 터였다. 직원들을 위한 것이라고 말했지만, 사실은 집으로 가져가서 레옹스와 함께 마실 생각이었다. 또한 그는 프티 푸르 한 상자를 슬쩍 해서 탈의실에 숨겨 놓기도 했다.

제작소의 3분의 1을 차지하는 공간, 즉 레일 위에 강철 수레 한 대가 놓여 있고, 그 위에 제트 엔진의 축소 모델이 실려 있었다. 사진 기자들에게는 이 엔진을 좀 더 가까이서 촬영하도록 실험 구역의 경계를 표시하는 사슬 밑으로 통과할 권한을 주었다. 그것은 알루미늄처럼 밝은 빛의 합금으로 제작된 번들거리는 둥근 물체로, 흡사 밑바닥이 없는 커다란 냄비를 모로 눕혀 놓은 것 같았다.

주베르는 속으로 떨렸지만, 내색하지 않았다. 그는 개회사를 몇 마디로 짧게 끝냈다. 감동적인 연설을 해봤자 사람들이 콧방귀도 뀌지 않을 거였다.

「신사 여러분! 이 제트 엔진은 곧 전투기에 장착되어, 현재 항공기들보다 세 배나 빠른 속도로 날게 해줄 엔진을 모델로 해서 만든 것입니다. 이 안에는 압축기 하나가…… (그는 짧게 웃었다), 아니 이런 것들로 여러분을 지루하게 하지는 않겠습니다! 단지 이제 여러분에게 제트 엔진의 엄청난 위력을 보여

드리겠다는 말씀만 드리겠습니다. 잠시 후 여기 있는(그는 팔을 크게 움직여 보였다) 우리 개발 팀이 필요한 모든 세부적인 정보를 여러분께 제공해 드릴 것입니다.」

사진 기자들은 플래시를 터뜨린 다음, 다시 사슬 뒤로 돌아가서 사진기를 재장전했다. 주베르가 엔진 가까이 서 있던 흰 작업복 차림의 사내에게 과장된 동작으로 몸을 돌리자, 사내는 들고 있던 용접용 토치에 불을 붙였다. 제트 엔진이 돌아가기 시작했고, 사람들은 냄비 뒤쪽에서 세찬 불길이 완전히 수평으로 분출되는 것을 보았다. 소리는 어떤 거대한 용접기가 발하는 것과 같았다. 대단히 인상적이었고, 심지어 조금 두렵기까지 했다. 참석자들은 본능적으로 한 걸음씩 뒤로 물러섰다.

주베르는 팔을 들어 올렸다.

수레는 무서운 기세로 출발했고, 질겁한 사람들의 입에서는 비명이 터져 나왔다. 수레는 엄청난 속도로 레일 위를 달렸다. 그대로 제작소 안쪽 벽에 처박혀 버릴 것 같았다. 플래시들이 정신없이 터졌다. 수레가 쇠사슬들로 거칠게 붙들리고, 엔진은 꺼졌지만, 그 추동하는 움직임이 너무 맹렬해 어떤 경악스러운 느낌이 여운처럼 남았다. 모두가 꼼짝도 하지 못했다.

로베르만 머리를 긁적였다. 이해할 수 없는 일과 마주한 게 한두 번이 아니었지만, 이번만큼은 정말로 알 수가 없었다. 도대체 뭐가 잘못됐단 말인가?

시범은 참석자들에게 강렬한 인상을 남겼고, 곧바로 우레와 같은 박수가 터지고 얼굴들에 미소가 번졌다. 사람들은 안도의 한숨을 내쉬며 악수를 나누고 서로 축하했다. 그래, 이 일에 참여한 것은 옳은 일이었다! 기뻐서 어쩔 줄 모르는 팀원들은 사람들에 둘러싸여 축하를 받았다. 이 같은 상황에서는 자신이 너무나 작게 느껴지는 법이었다.

주베르는 겸손한 태도로 사람들의 축하를 받았고, 팔을 쭉 뻗어 팀원들 전체를 가리켰다. 그러고는 우아하게 몸을 빼어 더욱 높아지는 박수를 받으며 나아가서 다리 하나를, 그리고 다른 하나를 번쩍 들어 사슬을 건넌 뒤 제트 엔진에 다가갔다. 그는 사진 기자들 쪽으로 몸을 돌렸다. 쉿, 조용히 해요! 주베르는 주위가 잠잠해지기를 기다렸다. 그는 간결하면서도 단호하고 겸허한 표현들로 이루어진, 그의 야심이 더욱 강조되는 발표문을 미리 준비해 가지고 있었다.

사진 기자들이 사진기를 올리는 순간, 냄비에서 쐐 하는 날카로운 소리가 났다.

주베르는 제트 엔진 쪽을 쳐다보았다. 엔진 내부에서 일어난 폭발이 너무 거세어 거기서 뿜어져 나온 바람이 그를 1미터 뒤로 날려 버렸다. 쿵 하고 엉덩방아를 찧은 그는 눈썹과 머리칼이 반쯤 그을리고, 입은 헤벌어지고, 완전히 넋이 나간 상태로 바닥에 주저앉았다.

로베르는 미소를 지었다. 아, 이제 좀 낫군! 그는 자신이 알루미늄 용액에 그 많은 양의 수은을 부었는데, 이 물건이 어떻게 지금까지 견뎌 낼 수 있었는지 도무지 이해가 되지 않았다⋯⋯. 하지만 이제 모든 게 제대로 돌아가고 있어, 그는 자신이 만족스러웠다.

사방에서 플래시가 터졌다.

입을 헤벌린 채, 녹아내리는 합금 마그마로 변해 버린 멋들어진 제트 엔진 모델 앞에 주저앉은 주베르의 사진은 신문에 발표되어 큰 센세이션을 일으켰다.

희화 작가들은 주베르를 폭발풍으로 인해 옷이 반쯤 벗겨져 버린 굴뚝 청소부의 모습으로 묘사하기도 하고, 조르주 멜리에스의 어떤 영화에서처럼 로켓에 말 타듯이 걸터앉아 공중으로 날아가는 모습으로 그리기도 했다.

이제껏 한 번도 경험하지 못한 깊은 실의에 빠진 귀스타브는 오전 내내 방 안에 틀어박혀 있었다.

아무도 감히 그의 방에 들어가서 그의 상태를 물어볼 생각을 하지 못했다.

그가 죽었을까? 레옹스는 자문했다. 그러면 무슨 일이 일어날까? 내가 상속자일까? 물론 개인 저택이 있지만, 만일 그가 부채를 안고 있다면 빚쟁이들이 그 빚을 갚으라고 나한테 요구하지 않을까?

하인들은 새 일자리를 찾아보았다. 모두 사기가 그리 높지 않았다.

주베르는 창가를 떠나 벽난로 위에 걸린 커다란 거울에 비친 자신의 모습을 보았다. 그는 거울로 다가가서 잠시 고통스러운 시간을 보냈다. 까칠한 수염으로 덮인 뺨, 피곤에 전 거뭇한 눈가, 불안해 보이는 입가의 주름…… 이 모든 것이 그가 알지 못하는 얼굴을 이루고 있었고, 그를 두렵게 만들었다. 그는 고개를 돌려 버렸다.

사실 그는 지금까지 그렇게 어려운 삶을 살아오지 않았다.

그는 모든 것에서 성공을 거뒀다. 학업, 커리어, 그리고 활동 분야를 바꾸는 일까지⋯⋯. 심지어 모두를 감탄케 한 이 프랑스 르네상스까지 창설했고, 제트 엔진 프로젝트는 사람들이 그를 시샘하고 부정적인 얘기를 하게 만들었는데, 이는 그것이 얼마나 유망한 사업인가에 대한 반증이었다. 그는 면도를 하면서 참혹한 실패에서 다시 일어난 역사적 인물들의 무수한 예를 떠올려 보았다. 그래, 루이 블레리오![21] 르바바쇠르와 결별하지 않을 수 없었을 때 그는 입지가 썩 좋다고 할 수 없었다. 그리고 로베르 에노펠트리[22]를 선택해 상황이 더욱 나빠졌지만, 그럼에도 불구하고 1909년에 도버 해협을 횡단했다. 그런데 자신처럼 하늘 높은 줄 모르고 치솟다가 갑자기 추락해서는 영영 일어서지 못한 인물도 결코 적지 않았다.

그는 자신의 상황을 분석하기 위해 다른 사람의 도움을 받을 필요가 없었다. 이것은 자신이 은행가로서 단 한 푼도 빌려주고 싶지 않은 사람의 상황이었다. 그리고 자신의 회사를 사라고 하면 상징적인 1프랑 이상은 주지 않을 거였다.

오전에 방에서 나와 층계를 내려온 그는 아무와도 마주치지 않았다. 레옹스는 그의 발소리를 듣고 달려가 문에 귀를 대기만 했을 뿐, 문을 열지는 않았다.

주베르는 조금 걸으면서 생각을 정리하고 싶었다. 그는 낙담했지만, 깊은 곳에서 무언가가 이런 우울한 기분에 은근히 저항하는 것이, 두 개의 힘이 서로 싸우는 것이 느껴졌다. 마음이 완전히 양분되어 있었다. 이때는 청명한 10월 초여서, 하늘

---

21 Louis Blériot(1872~1936). 프랑스의 발명가, 엔지니어, 조종사.
22 Robert Esnault-Pelterie(1881~1957). 프랑스 항공의 선구자.

은 아름다운 파란색으로 빛나고 공기는 따스했다. 그래, 이건 센강에 몸을 던질 사람의 생각이 아니야! 그는 속으로 중얼거렸다.

예상했던 바지만, 일요일 낮에 제작소의 모든 직원은 월요일 아침부터 각자 자기 회사로 복귀해야 한다는 내용의 전보를 받았다.

다음 날 사케티는 귀스타브에게 전화를 걸어 프랑스 르네상스 의장직에서 사퇴하겠다는 의사를 밝히는 게 좋겠다고 말했다.

「귀스타브, 자네도 잘 알겠지만, 이건 아주 일시적인 거야. 세르반테스가 말했듯이, 가끔은 순리에 몸을 맡겨야 해. 뭐, 무슨 얘긴지 알겠지만……」

이번에 프랑스 르네상스는 새 지도자로 사케티 씨를 맞게 되었다. 전임 의장 주베르 씨는 더 이상 내세울 만한 인물이 못 되는 게 사실이다. 전임 및 신임 의장 두 사람(둘 다 비행기 광이다……)은 바통을 넘겨받는 자리에서, 지난달 뉴욕에서 이륙한 지 55시간 만에 레바논에 착륙한 프랑스 비행사 로시와 코도가 세운 최장 직선 비행 거리 세계 신기록을 언급하는 것을 잊지 않았다.

비행사들이 성공하는 것을 보면 위안이 되는 게 사실이다.

카이로스

주베르는 자기 서재에 처박혀 이틀을 보냈다. 거기서 나오는 일이 거의 없어 간간이 커피를 올려보냈는데, 레옹스는 이런 상황에선 자신이 직접 가져다주어야 한다고 생각했다.

「고마워, 여보.」 그는 뭔가 계산하고 있는 종이에서 코를 박은 채 말했다.

〈여보〉는 그가 평상시에 사용하는 어휘가 아니었다.

「우린 많은 것을 바꿔야 할 거야.」

레옹스는 문 앞에서 걸음을 멈췄다. 그녀는 쟁반을 내려놓고 싶었으니, 이런 자세로는 자신이 하녀 같은 느낌이 들었기 때문이다. 하지만 그녀는 실제로 일개 하녀일 뿐이었고, 주베르는 지금 그녀에게 그 사실을 상기시키고 있었다.

「아…….」 그녀가 말했다.

〈많은 것을 바꾼다〉는 게 무슨 뜻일까? 아마도 돈에 관련된 것이리라. 마들렌은 새 남편을 찾는 편이 나을 거라고 암시했는데, 어쩌면 그녀가 옳을지도 모른다.

「난 내 개인 회사를 닫고, 기계들을 매각하고, 클리시의 공장 건물을 반환할 거야. 그리고 이 저택도 팔 거야. 모든 걸 합하면 150만 프랑 정도 돼.」

암담한 상황인데도 그의 목소리는 파산한 남자 같지 않고, 오랫동안 그의 부하들과 타이피스트들에게 사용해 온 건조하고도 딱딱한 음성이었다. 자신의 아내에게 말하고 있었지만, 아랫사람들에게 말하던 때와 크게 다를 바 없었다. 그는 그녀의 의견을 묻는 게 아니라, 일방적으로 통고했다.

「건질 수 있는 금액의 반 정도만 가지면 우리는 그렇게 남부끄럽지 않은 동네로 이사 갈 수 있어. 그리고 나머지 반으로 나는 혼자 일할 거야. 제트 엔진 개발은 거의 끝났어. 합금 문제만 해결하면 되는데, 이 분야에서 유능한 인물들을 찾아낼 거야. 그러고 나서 원형 제작만 하면 끝이야.」

레옹스는 아무런 반응도 보이지 않았다. 귀스타브는 이야기를 멈췄다. 그녀가 격려의 말 한마디쯤 해주길 기다리는지도 몰랐다.

「하지만…….」 그녀가 말끝을 흐렸다.

이게 그녀가 말할 수 있는 전부였다. 귀스타브는 기분이 나빴다.

「뭐라고?」

이 표현은 그가 그녀의 따귀를 때릴 때마다 사용한 것이었다. 그의 사정거리 내에 있지 않은 것에 안심하며 그녀는 덧붙였다.

「이게…… 마지막 기회라는 느낌이 들어서요.」

흠, 그렇군. 그는 속으로 중얼거렸다. 이년도 나를 사면초가에 몰린 놈으로, 어쩌면 끝장난 놈으로 보고 있군. 비록 아내를 동료로 여긴 적은 한 번도 없었지만, 그래도 이런 때는 조금의 믿음이라도 보여 줄 수 있는 것 아닌가?

「레옹스, 이게 첫 번째 기회건 마지막 기회건 상관없어! 중요한 것은 기회가 나타날 때 그걸 붙잡는 거야! 그리고 바로 지금이야!」

아, 지금은 쓸데없이 흥분할 때가 아니었다.

「이 모든 일은 결국 큰돈을 가져다줄 거야. 내 파트너들은 엔진 모델을 제작하는 데 나를 도와줬지만, 그 특허는 내 것이기 때문에 거기서 나오는 수익은 내가 독차지하게 돼. 1년 후에는 당신이 억만장자의 마누라가 된단 말이야!」

「좋아요……」 레옹스는 무덤덤하게 웅얼거렸다. 「네, 좋
아요……」

주베르는 제작소로 갔다. 제작소 정문 앞에서 자동차 경적
을 울렸지만, 이제 거기에는 아무도 없었다. 주차장은 텅 비었
는데, 이곳이 항공기 연구 제작소임을 알리는 대형 간판은 아
직도 새것인 양 색깔이 선명했다. 이 모험은 채 6개월도 지속
되지 못한 것이다…….

그는 직접 정문을 열고 사무실 맞은편에 주차했다. 건물 안
으로 들어간 그는 로베르 페랑이 대걸레를 밀고 있는 모습을
보고 깜짝 놀랐다.

「아니…… 지금 여기서 뭐 하고 있는 거요?」

「아, 그러니까 말이죠, 주베르 씨, 저도 그런 생각을 하고 있
었걸랑요. 왜냐하면 오늘 아침부터 여기에 쥐새끼 한 마리 안
보여서 말이죠.」

「제작소는 문을 닫았소. 그걸 알고 계시오?」

제작소의 물건 대부분은 이미 다른 곳으로 옮겨진 터였다.
구리 코일, 각종 형태의 물건과 관, 압축기, 용접기, 작업대,
각종 도구 등 모든 게 사라져 버렸다. 분위기가 황량하고 을씨
년스러운 것이 폐허가 따로 없었다.

「아, 그랬나요?」

「텅 빈 걸 보면 모르겠소?」

「어…… 맞아! 이런, 내가 실수를 했구먼요…….」

「여긴 이제 문 닫았소, 완전히. 집으로 돌아가시면, 남은 임

금을 우편으로 받게 될 거요.」

「아, 그렇다면, 그렇게 하죠, 뭐.」

귀스타브는 역시 텅 빈 사무실들이 있는 2층으로 올라갔다. 백지 다발, 각종 용품, 제도대, 의자, 심지어 블라인드까지 모든 게 사라져 버렸다.

그는 사무실들을 돌면서 공책, 메모지철, 설계도 등 굴러다니는 것을 모두 모아 여덟 개의 종이 상자에 넣었다. 그런 다음 금고를 열어 계획표, 행정 서류, 작업 일지, 특허 신청서 등을 챙겨 한 아름 들고 다시 1층으로 내려오자, 로베르가 문을 열어 주었다.

밖으로 나가려던 순간, 주베르는 거의 아무것도 남지 않은 거대한 작업장 쪽으로 고개를 돌렸다.

「이곳이 이렇게 큰지 몰랐군…….」

로베르는 그가 자료들을 자동차 트렁크에 넣는 것을 도와주었다. 귀스타브는 예외적으로 그와 악수를 나눴다. 이제 정말 마지막이구나, 하는 생각이 들었다.

「아뇨, 그냥 놔두세요, 주베르 씨. 제 물건들을 챙겨 와야 하니까, 제가 나가면서 잠글게요. 걱정 마세요.」

「어, 좋소……. 그럼 행운을 비오…….」

「사장님도요…….」

로베르는 부러워하는 눈으로 한마디 덧붙였다.

「차가 정말 멋지네요……..」

로베르는 정문을 닫았다.

어휴, 큰일 날 뻔했네! 그는 벌떡이는 가슴을 쓸어내렸다.

그는 자동차 엔진 소리가 멀어질 때까지 기다렸다가, 건물

뒤편에 숨어 있던 친구 셋을 부르러 갔다. 어젯밤부터 그와 함께 남아 있는 물건들을 팔려고 트럭들에 싣고 있던 친구들이었다.

다음 날, 제작소에 대여한 물건들을 회수하려고 찾아온 소속 회사의 직원들은 제작소가 안쪽 문 근처 구석에서 뒹굴고 있는 양동이 하나와 대걸레 하나를 제외하고는 완전히 텅 비어 있는 것을 발견했다.

34

위원회의 작업은 순조롭게 진행되었다. 샤를은 자신 있었다. 그는 솜주의 페론 근처에 위치한 라 쿠드린이라는 조그만 촌락에서 자신의 상황을 완전히 바꿀 기회를 주리라고는 정말이지 꿈에도 생각지 못했다. 그를 포함해 아무도 이름을 들어보지 못한 이 두메산골에 소뵈르 피롱이라는 농부가 있었는데, 그는 그 당시 수많은 시골 사람과 마찬가지로 〈파리의 그 양반들을 살찌우는 게〉 싫어 납세를 거부하고 있었다.

1933년 8월 16일, 헤아릴 수도 없는 최고장을 지참한 집달리 하나가 군경 두 명을 대동하고 체납액 9천 프랑에 상당하는 재산을 압류하기 위해 그의 집 문을 두드렸다. 이웃에 사는 농부들이 그를 도우러 달려왔고, 욕설이 오갔고, 군경들은 퇴각해야만 했다. 그리고 인원을 증강해 다시 돌아왔으며, 농부들도 마찬가지였다...... 이 일은 보통 때 같으면 도내(道內)에서나 알려질 조그만 사건으로 남았겠지만, 이번엔 표출될 기회만을 기다리고 있던 보다 광범위한 불만을 폭발시키는 촉매제가 되었다.

과세에 대한 항거가 시작된 것이다.

곳곳에서 반대 시위가 벌어졌다. 8월 하반기 동안, 프랑스에서 일어난 시위가 44건에 달했고, 여기서는 애국 청년 동맹과 참전 용사 연맹이, 저기서는 각종 노조와 동업 조합이, 그리고 다른 곳에서는 반공화주의자들이 합세했다. 어딜 가나 강탈당하고, 가진 것을 빼앗기고, 도둑질당했다고 느끼는, 불만과 분노에 가득 찬 사람들이 우글거렸다. 그들이 보기에 가장흉악한 죄인은 세금이었고, 가장 악랄한 적은 정부였다.

정부는 끊임없이 영토를 넓혀 가는 이 화재의 색깔들을 관찰했다. 스당, 에피날, 루베, 그르노블, 르망, 느베르, 샤로루 등지에서 수천 명이 집회를 벌였다. 도처에서 경찰력이 개입해야 했다. 자동차와 상점들이 불타고, 구급차들이 쉴 새 없이 출동했다.

베지에에서는 모두의 머릿속에 있던 생각이 공동 결의되었다. 〈여기 서명한 납세자들은 우리의 투쟁에 만인이 참여해, 필요할 경우 납세 거부 운동까지 벌일 각오로 싸울 것을 호소한다.〉

무서운 말이 나온 것이다. 그리고 이 말을 한 것은 공산주의자들이 아니라, 상인, 수공업자, 약사, 공증인, 의사 들이었다! 많은 납세자가 세금 고지서를 처리하지 않은 채 그들의 국회의원에게 돌려보낼 준비가 되어 있다고 선언했다.

정부로선 〈납세 총파업〉이라는 가장 고약한 형태의 반란이 사방에서 터질 위기에 처해 있었다.

「그가 모든 것을 팔겠다고 말했다고요?」 마들렌이 물었다.

「네, 모든 것을요. 그 거지 같은 집을 포함해서…… 앗, 죄송
해요…….」

그녀가 말한 것은 마들렌이 어린 시절을 보낸 집, 그녀의 아
버지가 지은 집이었다. 마들렌은 차분하게 한 손을 들어 올렸
다. 아, 사과할 필요 없어요. 레옹스는 잠시 머뭇거리다가 이
렇게 말했다.

「지금까지 난 당신이 시키는 대로 다 했어요. 그러니…….」

「네?」

「내 여권을 돌려받고 싶어요.」

「미안하지만, 그럴 수 없을 것 같아요.」

이제 레옹스는 빨리 프랑스를 뜨고 싶은 마음뿐이었다. 이
모든 것에 대해 생각을 많이 해봤기 때문에, 어디로, 어떻게 갈
지도 알고 있었다. 문제는 돈이었다. 그녀에게는 돈이 없었다.
그녀가 돈을 훔쳐 낼 수 있는 유일한 사람은 주베르였는데, 지
금은 그도 돈이 없었다. 그녀의 약점을 쥐고 있는 마들렌과 어
떤 고약한 짓을 시키면 신바람 나서 날뛰는 로베르 사이에서,
레옹스는 이 모든 이야기가 어디로 흘러갈지 알 수 없었다.

잠깐, 〈고약한 짓〉 얘기가 나왔으니 말인데…….

그로부터 이틀 후의 일이다.

페리쿠르 씨가 전쟁 전에 설치해 놓은 거대한 메르클랑&디
틀랭 금고 앞. 금고는 세공된 주철로 만들어지고, 흑연과 황동
장식 문양이 들어간 웅장하면서도 고색창연한 물건이었다. 귀
스타브는 이 금고를 아주 오래전부터 알고 있었고, 이 저택을
샀을 때도 그것을 다른 것으로 교체하고 싶지 않았다. 그것은
노련한 도둑이라면 아주 쉽게 열 수 있는 낡은 모델이기도

했다.

로베르는 손의 감각을 — 그런 게 있기나 했는지 모르겠으
나 — 상당히 잃어버려, 그것을 여는 것은 무리일 터였다. 어
쨌든 그는 금고 앞에 탐욕스레 무릎을 꿇고서 어떤 가느다란
도구를 꺼내 열쇠 구멍 주위의 금속 면을 벅벅 긁어 대기 시작
했다. 레옹스는 불신 가득한 눈으로 지켜보았다. 가장 쉬운 일
을 할 때도 한 번에 끝내는 법이 없는 그였다.

「자기야, 그 정도면 충분하지 않을까?」

「아, 조금만 더 하고.」

그는 몇 번 더 긁고는, 물러서서 자신의 작품을 감상했다.
마음에 들었다.

그러는 사이, 레옹스는 지금껏 수도 없이 훔쳐봐서 그 안에
주베르가 커다랗고 넓적한 금고 열쇠를 넣어 둔다는 사실을 알
고 있는 지구의를 열었다. 그녀는 열쇠를 꺼내 무거운 금고 문
을 열었다. 두 사람은 각종 설계도와 서류를 쓸어 담았고, 마들
렌이 지시한 대로 금고의 중단에 달린 서랍들을 깨끗이 비웠
다. 신바람 난 로베르의 모습은 마치 베개를 휘두르며 싸우는
놀이를 하는 10대 소년 같았다. 레옹스는 이 상황을 이용해 봉
투 하나를 슬쩍했는데, 그날 저녁 큰 실망감을 맛보았다. 거기
에 한밑천 들어 있으리라 기대했던 것이다. 그 돈으로 여권도
사고, 배표나 비행기표도 사서 마들렌과 그녀의 개인적 이야
기를 뒤로한 채 멀리 떠나 버리리라 생각했는데, 겨우 2천 프
랑밖에 들어 있지 않았다. 이 일에 대해선 로베르에게 얘기하
지 않았다. 그래 봤자 주말까지 기다리지도 않고 돈을 경마장
으로 가져갈 게 뻔하니까.

자신에게 맡겨진, 그리고 그 아닌 누구라도 해낼 수 있는 조그만 임무에서 해방되자마자, 로베르는 〈오!〉, 〈와!〉 하는 감탄사들을 연발하며 온 집 안을 뛰어다니기 시작했다.

「어이, 이것 좀 봐!」 그는 마치 레옹스가 이곳을 모르기라도 하는 듯이 고래고래 소리쳤다.

그는 은기(銀器)들을 발견하고는, 포크며 수저 등을 한 움큼씩 쥐어 호주머니에 쑤셔 넣었다.

「하지만 자기야, 그건 가져갈 수 없어! 그건 너무 무겁다고!」 레옹스가 소리쳤다.

그는 잠시 생각했다. 과연 묵직하게 느껴지는 식기의 무게에 확신이 사그라졌지만, 레옹스가 고개를 돌리자마자 모카 수저 세트가 든 상자를 상의 호주머니에 쑤셔 넣지 않고는 배길 수가 없었다.

레옹스는 귀금속과 현금을 있는 대로 긁어모으고, 심지어 고용인들이 장을 볼 때 돈을 꺼내 쓰는 지갑까지 털었다. 로베르는 마치 이 집을 사기라도 하려는 것처럼 호기심 어린 얼굴로 집 안을 성큼성큼 돌아다니다가, 레옹스와 귀스타브가 각방을 쓴 이후, 다시 말해 결혼 초기부터 사용하지 않아 닫집으로 덮인 커다란 침대에 이르렀다. 그는 그 크림색 천개며, 통통한 엉덩이의 아기 천사들이 조각된 기둥들이며, 가장자리가 꽃 줄로 장식된 침대 커버 등을 얼빠진 눈으로 쳐다보았다.

「와, 이건 정말로…….」

그가 적당한 표현을 찾고 있는데 레옹스가 옆으로 왔다.

「자기, 여기서 뭐 하고 있어?」

그녀의 입이 채 다물어지기도 전에 그는 그녀를 번쩍 안아 올려 매트리스 위로 집어 던졌다.

「안 돼, 로베르, 이건 불가능해!」 그녀가 소리쳤다. 「시간이 없단 말이야!」

그는 상의를 벗어 바닥에 던졌다. 그 바람에 수저가 요란스럽게 쩔그렁거렸지만 레옹스는 그것을 눈치챌 정신이 없었으니, 로베르가 벌써 그녀를 올라탔던 것이다.

「로베르, 지금은 안 된다고!」

만일 주베르가 들어오기라도 하면, 둘은 완전히 망하는 거였다. 레옹스는 안 돼, 안 돼, 라고 웅얼대면서도 그가 자신의 치마를 벗길 수 있게 몸을 들어 올렸다. 그리고 세상에! 할 때마다 느끼는 바지만, 그가 맹렬히 꿈틀대며 파고들 때마다 그대로 숨이 멎는 듯한 기분이었다. 귀스타브가 방 안에 불쑥 들어올 수도 있었지만, 그녀는 소리를 듣지 못할 뿐만 아니라, 눈에서 눈물을 쏙 뽑아내는 그 동아줄 끝에서 요동치기를 단 1초도 멈추지 않을 거였다. 그녀는 목쉰 비명을 길게 토했고, 눈알이 빠질 듯 튀어나왔고, 결국 진이 빠지고 창백해진 얼굴로 털썩 허물어져 곧바로 잠들었다.

「자기, 이제 그만 가봐야 하지 않겠어?」 로베르가 물었다.

내가 얼마 동안이나 이렇게 있었지? 지금 몇 시지? 그녀는 팔꿈치로 기대고 몸을 일으켰다. 아이고, 내가 못 살아, 더 이상 못 해먹겠어! 그녀는 몇 분 동안 깜빡 잠들었던 것이다. 어이, 내 치마 좀 건네줄래? 그녀는 까르르 웃음을 터뜨렸다. 자기, 그 꼴이 뭐야……! 그들은 노획품을 챙겨서 아래로 내려갔다.

「로베르!」

레옹스는 창을 겸한 문들을 가리켰다.

「아, 맞아, 빌어먹을!」

그는 자신이 해야 할 일을 잊었던 것이다.

「그녀가 뭐라고 했더라?」

마들렌이 다 설명한 터였다. 로베르가 팔꿈치로 유리판 하나를 박살 낸 뒤 두 사람은 하인용 문을 통해 집 뒤편으로 나와서 골목길로 통하는 정원 안쪽으로 향했다. 레옹스의 두 다리는 아직도 솜처럼 흐느적거렸다.

그들은 오후 늦게, 거의 7시가 다 되어 쌩 하고 지나간 주베르와 마주치지 않았다. 아이고, 사장님, 사장님……. 주방 하녀는 넋이 나가 있었다. 제가 방금 전에 들어왔는데요, 아이고, 사장님, 사장님……. 그녀는 목이 메어 제대로 말을 잇지 못했다. 아이고, 사장님……. 그녀는 상황을 설명하려고 애썼다.

「집사람은 어디 있지?」 그가 물었다.

하녀는 아침부터 그녀를 보지 못했단다(〈아이고, 끔찍해라! 아이고, 끔찍해라!〉). 그는 반쯤 열려 있는 창을 검한 문들을 따라 걸어가서 유리가 깨져 있는 것을 보았지만, 자신의 서재에 이르러서야(〈저도 처음에는 이게 무슨 일인지 잘 몰랐어요……〉) 재난의 규모를 가늠할 수 있었다. 금고가 활짝 열려 있고(〈솔직히 말해 겁이 덜컥 났어요〉), 서랍들은 바닥에……. 그는 충격이 너무 커서 생각을 제대로 정리할 수가 없었다(〈그래서 제가 경찰서에 전화했어요〉).

「뭐라고? 어디다 전화했다고?」

어쩌면 그도 그녀처럼 했을지 모르지만, 그로서는 졸지에 당한 일이었다. 그에게는 1, 2분 정도 생각할 시간이 필요했지만, 너무 늦어 버렸다.

「안에 누구 계십니까?」

아래층에서 누군가의 목소리가 들렸다. 주베르는 하녀를 밀치고 난간 위로 몸을 굽혀 아래를 내려다보았다. 커다란 나선형 층계 발치에 사복 차림의 사내 하나와 제복 차림의 경찰 둘이 서 있었다.

「피셰 반장입니다. 가택 침입 절도 건으로 전화하셔서…….」

주베르는 대답하기 전에 잠시 시간을 가졌다. 베이지색 외투 차림의 경찰관은 늙수그레하고 구부정하지만 강인해 보이는 사내였는데, 문 쪽으로 고개를 돌리고는 남은 시가 조각을 질겅거리며 깨진 유리창을 쳐다보았다.

「네, 맞아요, 여기입니다…….」

하녀는 마치 방울뱀을 보듯이 주먹으로 입을 막고 난간 너머로 경찰관을 쳐다보았다.

「내 생각에는,」 반장이 말했다. 「그 위에서 일이 벌어진 것 같은데요?」

두 부하에게 한 명은 살롱으로, 한 명은 주방으로 가보라고 손짓한 뒤 그는 느릿한 걸음으로 위층으로 올라왔다.

주베르는 냉정한 남자의 모습을 보이려고 애썼다. 1초, 1초 흐를 때마다 그는 윤곽이 어렴풋이 드러나기 시작하는 어떤 새로운 상황으로 다가가고 있었다.

서재는 난장판이 되어 있었지만, 그 가운데서도 거대한 금고가 마치 배를 가른 짐승처럼 모두의 눈길을 끌었다.

「그런데 집 안에 아무도 없었나요? 한낮에 아무도 없었어요?」

반장은 주베르와 하녀 쪽으로 고개를 돌렸다.

「고용인들이 쉬는 날이라서요.」 하녀가 대답했다.

「하지만 당신은 여기 있었잖소?」

「아, 꼭 그런 건 아니고요…….」

이제 사람들이 설명해 보라고 하고, 또 마침내 자기 말을 들어 줄 누군가가 나타났기 때문에, 그녀는 기운을 냈다.

「전 하루 종일 장을 보러 나가 있었어요. 마님이 장 볼 것들을 엄청 길게 써주셨거든요.」

「좋아요.」 주베르가 끊고 나섰다. 「테레즈, 이제 우리끼리 있게 해줘요. 내가 반장님하고 얘기할 테니까.」

그녀는 경찰이 자기 주인보다 더 높은 권위를 가지고 있다고 생각했기 때문에 반장이 허가해 주기를 바랐지만, 당사자는 마치 손안경처럼 들고 다니는 둥그런 안경을 통해 금고 문을 꼼꼼히 살피느라 정신이 없었다.

「자, 어서, 테레즈……!」 주베르가 짜증을 냈다.

「이 안에 돈이 많이 들어 있었나요?」 반장이 물었다.

「아주 조금밖에 없었어요. 몇천 프랑 정도인데, 내가 한번 계산해 볼게요.」

「가치 있는 것들도 있었겠죠?」

「그렇다고 할 수도 있고 아니라고 할 수도 있고……. 가치라는 것은 보는 사람에 따라 다른 거니까…….」

「돈이 되는 물건 말입니다.」

「한번 정확히 알아봐야겠네요…….」

「네, 그럴 필요가 있습니다. 신고하려면요. 정식으로 경찰에 신고하셔야죠……. 아마 부인께 귀금속이…….」

「그녀에게 한번 물어보죠…….」

「주베르 부인은 지금 안 계시나요?」

하인들이 없는 날을 선택한 것, 하녀를 멀리 보낸 것, 이 모든 것의 의미는 뻔했다. 레옹스는 돈궤를, 적어도 이 집에 남아 있는 것을 들고 튄 것이었다.

「친구 집에 가 있을 겁니다. 곧 들어오겠죠.」

반장은 다시 복도로 나가서 이리저리 헤매고 다녔다.

어떤 방도 서재만큼 난장판이 되지는 않았는데, 아주 여성적인 분위기의 방 하나만은 예외였다(〈부인의 방인 모양이죠…….?〉). 서랍들이 죄다 활짝 열려 있고, 보석 상자가 화장대 위에 엎어져 있었다. 반장은 질질 끌리는 걸음으로 층계를 통해 유리문이 있는 곳으로 돌아왔다. 그는 안경을 호주머니에 집어넣고는 머리통을 긁었다.

「거참, 묘하네요……. 보통 절도범들은 집 밖에서 들어오죠. 그래서 유리창을 부수면, 유리 조각들이 실내에 흩어지기 마련인데 여기는 정반대네요. 아주 이상하군요.」

주베르는 앞으로 나가 깨진 곳을 들여다보면서, 자신도 놀랍다는 듯이 입을 조금 삐죽 내밀었다.

경찰관 한 명이 주방에서 돌아왔다.

「주방 하녀 말로는 살림하는 돈이 없어졌다고 하네요.」

반장은 주베르에게 시선으로 물었다.

「일상적인 지출을 위해 우리가 하녀에게 주는 돈입니다. 절대로 많이 주진 않아요. 기껏해야 몇십 프랑 정도죠.」

반장은 생각에 잠긴 표정으로 몇 걸음 옮겨 커다란 식당으로 들어갔는데, 그곳의 찬장들 역시 활짝 열려 있었다.

「주방도 뒤집혀 있던가?」

「아닙니다, 반장님. 오히려 아주 깔끔하게 정돈되어 있었습니다.」

「거, 묘하지 않습니까?」

그는 다시 주베르를 쳐다보았다.

「도둑이 이 집 물건들을 잘 알고 있었던 것 같아요. 귀금속도, 주방 하녀의 돈도 찾느라 고생하지 않았어요. 머뭇대지 않고 그것들이 있는 곳으로 곧바로 갔어요…….」

두 사내의 머릿속에서는 사건의 요소들이 거의 같은 방식으로 착착 자리를 잡아 갔다.

「또 금고의 긁힌 자국도 문제예요.」 그는 검지로 천장 쪽을 가리키며 주베르에게 말했다.

주베르는 두 손을 으쓱 펼쳐 보였다. 무슨 말씀이신지…….

「금고를 억지로 열려고 하면, 도구가 미끄러질 수 있어요. 그렇게 한 번, 두 번 금고가 긁히죠. 아주 미숙한 절도범은 긁힌 자국이 네댓 개 생기는데, 사장님도 이해하시겠지만 열 개 혹은 스무 개나 생기는 경우는 극히 드물어요. 내 경험에 따르면, 그렇게나 긁힌 자국을 많이 내는 자는 이런 금고를 절대 열수 없어요. 왜냐하면 이런 금고를 열려면 아주 섬세한 감각이 필요하기 때문이죠……. 누군가 고의로 긁힌 자국을 냈다는 느낌이 드는군요. 절도를 가장하기 위해서 말이죠.」

「그렇다면 반장님은 내가…….」

「아, 천만에요, 사장님! 난 단지 사실을 확인하고, 이해하려고 애쓸 뿐이에요. 내가 사장님을 의심한다고요? 천만에요, 사장님! 그런 생각은 하지 마세요…….」

그런데 누가 봐도 그는 그렇게 생각하고 있었다.

「하지만 말입니다, 사장님, 누군가가 이런 집을 털려고 생각할 때는, 게다가 대낮에 모두 외출해 버린 아주 드문 행운이 찾아왔을 때는, 값나가는 물건들을 모조리 담아 갈 궤짝들을 가져오고, 멀지 않은 곳에 트럭 한 대를 세워 놓는 법입니다.」

그는 한 서랍에 다가갔다.

「주방 하녀의 지갑 따위를 가져가면서, 이렇게 은기들을 남겨 놓진 않는단 말이죠…….」

반장은 상대방이 혼자만의 복잡한 생각에 잠겨 있을 뿐, 자신과의 얘기에는 별로 관심이 없다고 느꼈다.

「좋아요, 그럼 조서는 나중에 쓰기로 하죠. 없어진 것들을 다 적어서 경찰서에 제출하세요. 빠를수록 좋습니다.」

경찰관들이 나갈 때도 귀스타브는 깊은 생각에 빠져 있었다. 그는 머리를 부르르 흔들고는 온 집 안을 돌아다니며 문들을 활짝활짝 열어 봤다. 정말로 다른 것은 아무것도 사라지지 않았다. 그는 서재로 돌아왔다.

레옹스는 돈을 훔치러 왔다가 아무것도 찾아내지 못했던 것이다. 그는 바닥에 흩어진 물건들을 짓밟으며 방 안을 성큼성큼 걸어다녔다. 그런데 왜 자료들과 설계도들을 가져갔을까? 너무나 어처구니없는 일 아닌가? 모두 그녀에게 아무런 가치도 없는 것들 아닌가 말이다! 그것을 돈으로 바꿀 수도 없을 것이다! 벌써 그와 경쟁 관계에 있는 누군가와 접촉하고 있지 않다면 말이다. 하지만 이 경우는 더욱 고약하다고 할 수 있으니, 그들은 가치의 30분의 1도 주지 않을 것이다! 혹시 애인의 강요를 받은 것일까? 주베르는 머리를 흔들었다. 왜 그따위 것에 신경 쓰는가? 지금은 핵심에 집중해야 할 때였다.

상황이 몹시 긴박했다.

아내는 달아나 버렸다. 회사는 이미 처분한 터였다. 그리고 이제 설계도와 특허증과 함께 군자금도 사라져 버렸다.

어떻게 모든 것이 이렇게까지 망가질 수 있단 말인가? 게다가 이렇게 빨리.

이야기가 진행되는 방식이 그를 불안하게 만들었다. 그는 여기에 어떤 의미를 부여해야 할지 알 수 없었고, 자신이 어떤 새로운 상황에 처해 있는지 이해할 수 없었다.

마들렌은 흥미로워 보이지 않는 것들은 옆으로 치워 놓았다. 핵심적인 것은 두 개의 두툼한 서류에 들어 있었다. 첫 번째 것 위에다 주베르는 성난 글씨체로(이날 별로 기분이 좋지 않았던 모양이다) 〈포기된 가설〉이라고 휘갈겨 놓았다. 아마도 5월에 포기된 연구일 것이리라. 두 번째 서류에는 〈진행 중인 연구〉라고 적혀 있었다.

마들렌은 이 서류들을 옆의 긴 소파에 조심스레 내려놓고, 흡족한 미소가 올라오려는 것을 꾹 참았다. 완벽한 결과였으나, 레옹스 앞에서는 어떤 반응도 보이고 싶지 않았다. 로베르는 멍한 얼굴로 앉아 있었다. 둘이 함께 있는 모습을 보고 있으면, 어떻게 이들이 만나고, 심지어 결혼까지 할 수 있었는지 그저 신기할 따름이었다. 다른 사람들에게는 도무지 이해할 수 없는 것들이 있는 법이다.

마들렌은 그냥 미소만 지었다.

「레옹스, 이제는 어딘가 안전한 곳에 가 있어야 할 것 같아요. 호텔을 바꿔야 해요.」

「왜요?」

그녀의 음성에서 화들짝 놀라는 기색이 느껴졌다. 마들렌은 자기에게 남편의 집을 털라고 하더니, 이젠 도망자로 만들려 하고 있지 않은가……?

「우리는 지금 주베르가에 살고 있다고!」 로베르가 항변했다.

그는 이 〈주베르가〉를 찾아낸 게 아직까지도 신기하기만 한 모양이었다.

「자기야, 조용히 좀 해!」 레옹스는 그의 팔뚝에다 그녀의 예쁜 손을 올려놓으며 말했다. 그녀는 상당히 화가 나 있었다.

그녀는 마들렌의 눈을 똑바로 쳐다보았다.

「그리고 말이에요, 다른 곳으로 이사하라니, 대체 무슨 돈으로 하죠?」

「아, 그래요, 그게 정말 중요한 문제죠……. 그래요, 레옹스, 말이 나왔으니 말인데, 당신의 두 번째 남편의 금고에서 이 설계도 말고…… 다른 건 뭐가 있었죠?」

「정말로 아무것도 없었다고요!」

레옹스는 거의 고함에 가까운 소리를 쳤다. 아주 실망한 표정이었다.

「아무것도 없었다……. 얼마였는데, 아무것도 없었다는 거죠?」 마들렌은 물러날 기미가 없었다.

로베르는 유리잔 면에다 입김을 불어 놓고 코끝으로 열심히 그림을 그리는 중이었다.

「뭐가 얼만데?」 그가 물었다.

「자기야! 이건 여자들끼리 하는 얘기야!」

로베르는 두 손을 번쩍 들었다. 아, 여자들끼리의 얘기, 그건 신성한 거지! 그는 맥주를 한 잔 더 주문하려고 웨이터에게 몸을 돌렸다. 만일 거기에 당구대가 있었다면, 돈내기 한판 치러 달려갔으리라.

마들렌은 미소를 지으며 레옹스를 쳐다보았다.

「자, 그래서…….」

레옹스는 자신의 손을 뚫어지게 쳐다보았다. 두 장. 그녀는 손가락 두 개로 대답했다.

「확실해요?」

「아, 그럼요, 확실해요!」

「뭐가 확실한데?」

로베르가 다시 끼어들었다. 레옹스는 그에게로 몸을 돌렸다.

「자기야, 잠시 우리끼리만 있게 해줄래?」

아, 그렇지, 여자들끼리 할 얘기가 있다고 했지. 무슨 일이 있어도 자신이 진짜 젠틀맨임을 보여 주고 싶은 로베르는 자리에서 벌떡 일어섰다.

「자, 숙녀분들, 혹시 두 분께 겨례가…… 결례가…… 실례가 안 된다면, 난 저쪽 가서 담배 한 대 빨고 올게요!」

「그렇게 하세요.」 마들렌이 대답했다.

그리고 그가 떠나자마자 말했다.

「레옹스, 무엇보다 말이에요, 제발 얘기 좀 해봐요(마들렌은 그녀의 두 손을 꼭 잡았다)……. 어떻게 저런 말도 안 되는 인간하고 삶을 보낼 수 있죠?」

성(性) 문제에서, 레옹스는 쉽게 복수할 수 있는 방법을 알고 있었다. 하지만 과거 마들렌에게 못된 짓들을 저지른지라 차마 무례하게 굴 수가 없었다. 그녀는 마들렌의 손가락들을 마치 셈을 하듯 하나하나 떼어 내는 것으로 만족했다.

「마들렌, 그러니까…… 내밀한 차원에서 얘기하자면 말이에요…… 내가 장담하는데, 만일 당신이 저런 남자를 찾아냈다면 내게 그런 질문을 하지 않았을 거예요.」

잔인한 말이었고, 피차 그것을 알고 있었다. 그들은 각자의 손을 빼냈다.

「자, 이제 내 여권을 돌려받고 싶어요.」 레옹스가 말했다.

「며칠 후에 돌려주겠지만, 가져 봤자 더 이상 아무런 가치가 없을 거예요. 아니, 그뿐만이 아니죠. 그 여권은 당신을 감옥으로 직행하게 만들 거예요.」

레옹스는 얼굴이 창백해졌다. 이제 끝인가? 여권이 없으면 더 이상 해외로 도피할 수도 없고, 따라서 더 이상 희망도 없다는 얘기였다. 그녀는 마치 물에 빠져 익사를 눈앞에 둔 사람처럼, 자신을 어린 시절부터 시작해 여기, 이 카페에까지 이끌어 온 길을 엄청난 속도로 다시 따라갔다. 갖가지 시련, 아버지, 카사블랑카, 슬픔, 배고픔, 섹스, 남자들, 도피, 그리고 로베르, 그리고 파리, 마들렌 페리쿠르, 그리고 주베르…….

「언제 나를 떠나게 해줄 거죠?」

「곧. 며칠만 지나면 당신은 자유롭게 돼요.」

「자유롭게 된다고요? 땡전 한 푼 없이?」

「네, 알아요. 삶은 고달프죠. 내가 당신을 감옥에 보내지 않는 것만도 다행이라고 생각해요…….」

「당신에게 내가 더 이상 필요 없어지면 그렇게 하지 않는다고 누가 장담하죠?」

마들렌은 그녀를 오랫동안 응시했다.

「아무도 장담하지 못하죠. 또 난 당신에게 그걸 약속한 적도 없고요. 그러니 당신을 감옥으로 보내고 싶은 생각이 들지 않도록 계속 내게 협조하라고 충고하고 싶네요…….」

마들렌은 폴의 방으로 들어갔다.

「우리 강아지, 내 얘기 좀 들어 보렴…….」

아주 온화한 밤이었다. 창문은 모두 열려 있고, 바깥공기는 누군가의 귀에 대고 얘기하러 오는 미지근한 잔물결처럼 살랑살랑 방에 들어왔다.

「많이 생각해 봤는데, 너 혹시 솔랑주의 독창회를 위해 베를린에 가고 싶니?」

폴은 울부짖듯이 외쳤다.

「어…… 엄마!」

그는 어머니를 꽉 끌어안았다. 그녀는 웃음을 터뜨렸다.

「애, 숨 막혀! 애고, 숨 좀 쉬게 해줘…….」

폴은 벌써 심각한 얼굴로 돌아왔다. 그는 서판을 집어 들었다.

〈하지만 돈은? 우린 돈이 없잖아!〉

「그래, 우리에겐 돈이 많지 않은 게 사실이야. 하지만 우리가 여기로 이사 온 이후, 난 네게 많은 희생을 강요했어. 너는 더 이상 음반도 사지 못했고, 초대를 많이 받았지만 여행도 한 번 못 했지……. 그러니까 한마디로…….」

그녀는 맛있는 음식을 앞에 둔 표정으로 그를 응시했다.

「자, 베를린에 갈 거야, 안 갈 거야?」

폴은 기쁨의 괴성을 질렀다. 블라디가 황급히 뛰어 들어왔다.

「*Wszystko w porządku*(아무 일 없어요)?」

「응…… 괘…… 괜찮아!」 폴이 소리쳤다. 「나…… 베…… 베를…… 베를린에 가!」

그러다가 갑자기 의혹에 사로잡힌 그는 서판을 집어 들고 이렇게 썼다. 〈엄마, 독주회는 모레야! 시간이 안 될 거야!〉

마들렌은 자신의 소매 속을 뒤져 열차표 세 장을 꺼냈다. 일등칸이었다. 폴은 눈썹을 찌푸렸다. 어머니가 이렇게 마지막 순간 여행을 결정했다는 것, 여기에는 뭔가 사연이 있을 터였다. 그녀가 가장 비싼 좌석표를 샀다는 것, 이것은 더욱 놀라운 사실이었다. 하지만 그녀의 열차표에 레옹스 주베르 부인의 이름이 적혀 있다는 것, 이것은 정말로 이해할 수 없는 신비 그 자체였다. 폴은 턱을 만지작거렸다.

「공식적으로는,」 그녀가 말했다. 「난 너와 여행하지 않아. 넌 블라디와 함께 갈 거야.」

「*W porządku!*」

「그녀가 뭐라고 했니?」 마들렌이 물었다.

「조…… 좋대요.」

「하지만 내가 네게 설명을 좀 해야겠다. 왜냐하면…… 네 도움이 필요할 것 같아서 말이야.」

35

　파리 동역(東驛)에는 사람들이 바글바글했다. 폴은 몹시 들떠 있었다.

　블라디가 칸막이 객실로 올리기 위해 두 팔로 안아 들었을 때, 그는 밀라노를 여행하던 때를 떠올렸다. 아, 그게 벌써 언제 적 얘기던가. 솔랑주는 그를 맞으러 역까지 나왔었다. 그리고 그 구름처럼 몰려온 기자들과 리포터들, 그리고 자욱한 기차 연기 속에서 불쑥 나타난 그 베일의 소용돌이……. 폴은 그녀와 재회하는 것이 두려웠다.

　신분이 낮아졌음에도 불구하고, 또한 한 푼 한 푼 세어 가며 써야 하는 돈, 허름한 아파트, 불평 많은 이웃, 드물어졌지만 여전히 끔찍하기 그지없는 악몽들에도 불구하고, 폴이 할 수 있는 말은 오직 하나였다. 자신은 행복한 아이였다. 자신을 보호해 주는 어머니가 있고, 또한 블라디가 있었다. 그에게는 자신만을 위해 사는 두 여자가 있었다. 이런 행운을 가지고 있다고 말할 수 있는 사람이 세상에 몇이나 될까?

　솔랑주는 아주 오래전부터 혼자였다. 그리고 폴은 자기가 그녀를 의심하고, 그녀에게 화를 내고, 좋지 않은 생각들을 품었던 게 후회되었다……. 맙소사, 내가 지금 베를린에 가고 있다니! 신문의 제목들이 자꾸만 떠올랐다. 그는 마치 어떤 모험 소설에서처럼 불안하면서도 달콤한 느낌에 사로잡혀 있었다. 그는 고개를 돌려 어머니를 눈으로 찾았고, 미소 짓고 있는 블라디를 발견했다. 언제나 똑같은 그 모습이었다. 그는 자신이 어머니를 얼마나 사랑하는지 깨닫고는 가슴이 뭉클해졌다.

솔랑주는 그가 온다는 소식을 듣고 곧바로 회신을 보내왔다. 그녀의 답장은 출발하기 몇 시간 전에 도착했다. 한 통의 전보였다. 〈뭐? 네가 온다고? (여기에는 맞춤법 오류가 없었으니, 적어도 초등학교 졸업장은 갖고 있을 전신 기사들이 그녀의 말을 받아썼기 때문이다) 아, 정말 얼마나 기쁜지 모르겠구나! 하지만 훌륭하신 어머니와 함께 오지 못한다니, 아, 너무나 유감이야! 난 너와 네 보모가 나와 함께, 같은 호텔에서 지내야 한다고 요구했어. 너희는 편하게 지낼 수 있을 거야, 여기 직원들은 정말 완벽하거든! (솔랑주는 한 글자에 4프랑이나 하는 전보를 마치 편지를 쓰듯이, 요금을 따지지 않고 쓰고 있었다. 대단했다!) 지금 베를린에서는 많은 일이 일어나고 있단다. 네게 이것들을 빨리 얘기해 주고 싶지만, 네 눈으로 직접 보게 될 거야. 이곳은 하나의 세상이야. 무슨 말이냐면, 또 다른 세상이라는 뜻이야. 아, 나의 작은 피노키오, 어쩌면 넌 이번에 와서 이 늙은 솔랑주가 죽는 모습을 보게 될지도 몰라. 왜냐하면 난 너무 지쳤기 때문이야. 난 이제 노래를 엉망으로 부르기 때문에 무척 실망할 거야. 하지만 널 보게 되어 너무나 기쁘고, 널 기다리고 있어. 네게 해줄 얘기가 너무 많단다. 빨리 오렴!)

칸막이 좌석에는 간이침대가 갖춰져 있었다. 열다섯 시간 넘는 여행이었다.

블라디는 벨벳으로 된 벽지, 객차마다 깔린 카펫, 갓이 달린 스탠드를 전과 마찬가지로 감탄하며 둘러보았다. 그리고 젊은 검표원도 마찬가지였다. 그는 폴란드 출신은 아니었지만, 어쨌든 아주 훤칠하게 생긴 청년이었다. 폴은 통역 노릇을 해야 했다. 마치 폴란드어를 할 줄 아는 것처럼 말이다!

「블라디, 이⋯⋯ 이분은⋯⋯ 프⋯⋯ 프랑수아야. 뭐⋯⋯ 뭐라고요?」

「성은 케슬러야.」

블라디는 킥킥댔다.

「*Ich bin Polnisch*(난 폴란드 사람이에요).」 그녀가 말했다.

「*Ich bin Elsässer*(난 알자스 출신입니다)!」 프랑수아가 외쳤다.

「*Na dann, ich denke wir können uns etwas näher austauschen*(아, 그렇다면, 보다 가까이서 얘기를 나눌 수 있겠네요)⋯⋯.」

마들렌은 식사 시간이 되어서야 모습을 드러냈다. 식당 칸에 들어선 그녀는 테이블에 앉아 있는 폴을 발견하고는 옆 테이블에 앉았고, 그들은 은밀한 신호로 대화를 나눴다. 아주 재미있었다.

폴은 그녀의 눈을 빤히 쳐다보면서, 미소를 지으며 웨이터에게 주문했다.

「포…… 포르토 하…… 한 잔 주세요…….」

그는 재미있어하는 어머니의 입술이 〈요런 못된 녀석!〉을 그리는 것을 보았다.

폴은 금방 술기운이 올라와 식욕이 싹 가서 버렸다. 그래서 주문한 음식을 블라디가 2인분씩 먹어 치워야 했다. 고기 수프, 작은 양파가 들어간 영계 조림, 치즈, 노르웨이식 오믈렛……. 그녀는 도대체 가리는 게 없었다. 검표원 총각이 자꾸 옆을 지나갔다. 폴이 꾸벅꾸벅 졸았다. 블라디는 그를 가볍게 안아 들어 침대 칸으로 옮겼으나, 국경에 도착하기 전에는 잠을 자면 안 되었다. 그를 깨어 있게 하려고 블라디는 이야기를 하기 시작했으나, 폴은 건성으로 들었다. 빨리 자고 싶은 생각뿐이었다.

마침내 국경 도시 포르바크에 이르렀다.

승객, 경찰관, 역무원 등이 뒤섞여 있어 꽤 어수선한 플랫폼에 휠체어가 내려졌다. 세관원은 이 아이처럼 덩치는 꽤 크지만 다리는 너무나 짧은 아이를 자주 보는 것이 아니었다. 아마도 어떤 질병이나 휠체어 탓이리라. 폴 페리쿠르 씨와 브와디스와바 암브로지에비치 양……. 그는 여권에 스탬프를 찍었다. 그들은 열차로 돌아왔고, 세관원들은 짐을 검사하고, 가방을 열게 했다. 폴이 깔고 앉은 게 무엇인지 확인하기 위해 일어서라고 요구하는 사람은 아무도 없었다. 만일 그랬다면 마분지 표지로 덮인 두툼한 서류 두 권을 찾아냈을 텐데 말이다.

마들렌도 세관을 통과했다. 레옹스 주베르 부인.

세관원은 눈썹을 조금 찌푸렸다. 여권에 붙은 사진이 실물과 상당히 달랐던 것이다. 하지만 이런 귀부인에게는, 특히 일

454

등칸 승객이고 이렇게 여유 있는 모습을 하고 있을 때는 이런 걸 가지고 트집 잡지 않는 법이다. 그는 그냥 넘어가기로 했다. 자, 부인, 즐거운 여행 되시길 빕니다……

열차는 다시 출발했다. 폴은 블라디의 숨죽인 웃음소리, 나른한 신음 소리, 헐떡이는 소리를 들을 수 없었으니, 이번에는 그런 것이 없었기 때문이다. 검표원 총각은 복도에서 그녀에게 얘기하고, 또 그녀가 하는 얘기를 들으며 오랫동안 서 있었다. 이윽고 블라디가 말했다.

「*No, a teraz już pora iść spac. Dobranoc, François*(자, 난 이제 그만 들어가서 자야겠어요. 잘 자요, 프랑수아)……」

「*Gute Nacht dir auch*(당신도요)……」

정말로 특별한 여행이었다.

솔랑주는 더 이상 돌아다니는 일이 없기 때문에 역까지 나오기는 어려울 거라고 했다. 그녀는 리무진 한 대를 보내 폴과 블라디를 데려오게 했다.

만(卍)자 문양이 그려진 완장을 찬 운전사는 휠체어 문제를 가지고 고민했다. 그는 여느 사람처럼 두 다리로 걷지 않는 이 약간 통통한 소년을 이상한 눈으로 쳐다봤다. 블라디는 폴을 뒷좌석에 앉힌 다음, 단호한 동작으로 휠체어를 착착 접어서 한마디 말도 없이 트렁크에 욱여넣었다.

폴은 차창을 통해 주베르 부인 행세를 하는 자기 어머니가 택시를 타려고 줄 서는 것을 보았다. 그 모습에 가슴이 짠했다.

프랑스 신문들은 나치의 프로파간다와 관련된 가장 난폭한 사건들을 전할 때만 베를린과 독일을 언급했다. 폴은 피와 불로 뒤덮이고, 민병들이 지키고 서 있는 도시를 상상했는데, 실제로 와보니 어느 한가로운 지방 도시처럼 느껴졌다. 거리에는 물론 사람들이 있었지만, 생각했던 것만큼 군인들이 많지 않았고, 만일 그가 최근 사건들에 대한 보도 기사를 읽지 않았다면, 유럽 북부의 한 평범한 도시에 있다고 생각할 정도였다. 卍자 문양이 새겨진 깃발들이 공공기관, 역, 대학교, 중앙우체국 건물 등에 무수히 걸려 있었지만, 진열창이 무너져 내리고, 아직 칠이 마르지 않은 커다란 글자들을 휘갈겨 쓴 빈 상점 몇 개가 보이지 않았다면, 그는 자신이 지금 베를린에 있다고 믿지 못했을 것이다.

솔랑주는 에스플라나데 그랜드 호텔 로비 홀에 어떤 거대한 기념물처럼 앉아 있었다.

폴이 나타나자 그녀는 비명을 질러 직원들과 고객들의 고개가 일제히 돌아가게 했다. 그녀는 거대하고도 살이 축 늘어진 두 팔로 폴을 부둥켜안았고, 마치 그대로 삼켜 버릴 것처럼 키스를 퍼부었다. 폴은 웃고 있었지만, 속으로는 그녀를 다시 만난 기쁨과 변해 버린 그녀의 모습을 보는 슬픔이 착잡하게 뒤얽혔다. 가까이서 본 그녀의 얼굴, 화장하고 분칠하고 분장한 그 커다란 얼굴이 기괴하면서도 처량한 어떤 카니발 마스크처럼 느껴졌다. 그는 그녀가 걱정되었다. 아직도 노래할 수 있을까? 그녀가 전보에서 늙은 솔랑주는 이제 엉망으로 노래한다고 말했던 게 떠올랐다.

「어때? 괜찮니, 우리 예쁜 아기?」 그녀가 물었다. 「마음이 불안한 것은 아니겠지?」

폴은 안심했다. 그녀는 세상 누구보다 냄새를 잘 맡았고, 이

것이 언제나 그녀의 예술의 비밀이었다.

그들은 엘리베이터 쪽으로 갔다. 솔랑주는 느릿느릿 둔중하게 걸었다. 그녀가 사용하는 지팡이 손잡이는 그녀의 커다란 손 안에 파묻혀 보이지 않았다. 그녀는 강하면서도, r 발음을 평소보다 많이 굴리는 달콤한 음성으로 쉴 새 없이 지껄였다. 오늘은 그녀가 스페인식 억양을 쓰는 날인 모양이었다. 어떤 날은 이탈리아 억양, 어떤 날은 아르헨티나 억양, 이런 식으로 그녀의 발음은 도무지 종잡을 수가 없었다.

「아니, 그보다 시내 구경을 하고 싶니? 아, 브란덴부르크 문! 피노키오, 그걸 꼭 봐야 해! 난 더 이상 거기 가지 않지만, 지금껏 백 번도 넘게 봤단다.」

하지만 언제 이렇게 제안했는가 싶게 또 금방 잊어버리는 그녀였다.

폴과 블라디의 스위트룸에 들어와 솔랑주가 널찍한 방에 그 무거운 몸을 털썩 내려놓자, 폴란드 아가씨는 너무나 엉터리여서 아무도 알아들을 수 없는 아리아들을 휘파람으로 부르면서 가방과 트렁크를 열고, 옷들을 걸고, 쿵쿵거리며 욕실로 들어가는 등 부산을 떨어 댔다.

「예전의 그 아가씨구나…….」 솔랑주가 말했다.

「마…… 맞아요.」

솔랑주는 자신의 〈근심거리들〉을 늘어놓기 시작했다. 그녀는 모든 것에 대해 불평하고, 한탄하고, 죽는소리를 했다. 워낙 그녀의 말버릇이기도 했지만, 폴은 그녀가 이번에는 충분히 그럴 만한 이유가 있음을 인정하지 않을 수 없었다.

다음 날 독창회를 둘러싸고 마지막 순간까지 밀고 당기는 협상이 이어질 터였는데, 왜냐하면 총리가 직접 참석하고, 홀의 절반은 나치의 최고위 인사들과 사진사들, 즉 나치 프로파간다 요원들로 채워질 것이기 때문이었다. 주최 측은 불안감에 사로잡혀 있었고, 그녀에게 온갖 것을 요구하고, 또 캐물었으니, 무슨 일이 있어도 모든 게 예정대로 진행되어야 했기 때문이다…… 어쩌면 솔랑주는 지난 몇 달 동안 재미 삼아 한 일이 이제 자신이 베를린에 있기 때문에 어떤 심각하고도 정치적인 차원으로 들어갔다는 사실을 의식하고 있었는지도 모른다. 왜냐하면 이곳 사람들은 그다지 유머를 즐기지 않기 때문이다. 그녀는 두려워하고 있을까? 폴은 그렇다고 느꼈다.

「너, 아니? 나는 요즘 슈트라우스 때문에 힘들어 죽겠단다…… 그래, 그의 입장이 아주 난처하다는 것은 나도 이해해. 하지만 사전에 분명히 말했어. 내가 노래할 곡들에 대해서는 절대로 생각을 바꾸지 않겠다고 말이야.」

그녀는 스위트룸에 도청 장치가 되어 있기나 한 듯 이따금 목소리를 낮추곤 했다.

「그리고 무대 배경 때문에 더 골치가 아파…….」

그것의 프로젝트를 처음 보았을 때, 폴은 웃었다. 그녀는 그에게 사진을 한 장 내밀었는데, 전에 본 것과 많이 달랐다.

「이…… 이게…… 뭐예요?」

「위장을 위한 거란다, 우리 귀여운 오리야.」

폴이 이해하기 힘들어하자 솔랑주는 곧바로 눈치챘다.

「왜냐하면 말이야…… 무대 배경에 대해 비밀을 지키기가 어렵기 때문이야. 50달러짜리 지폐 한 장을 쥐여 주고 문을 여는 약아빠진 사진사가 늘 있기 마련이거든.」

폴의 손에 들려 있는 사진 속 그림은 하늘이 보이는 어떤 밀밭과도 흡사했는데, 점점이 이어진 색깔들은 과히 흉하지 않았으나, 솔랑주가 보내 준 무대 배경과는 완전히 달랐다.

「귀여운 분홍 토끼야, 비밀을 철통같이 지켜야 했어. 만일 그걸 있는 그대로 가져오게 했다면, 중간에 비밀이 새어 나갔을 거야. 그러면 나는 그들이 원하는 것들을 노래하고 싶지 않기 때문에 상황이 그리 좋지 않은 이곳에서는 그것이 당장 파기되고, 나치 당 색깔의 꽃다발들로 대체되어 버렸을 거야.」

아주 교묘한 계책이었다.

화가는 자신의 그림 위에 무르익은 밀 다발을 묘사한 또 다른 그림을 붙여 놓았다. 막이 오르기 전에 이 그림을 떼어 내기만 하면, 그 밑에서 진짜 모티프가 드러나는 것이다.

「하지만 귀여운 솜사탕아, 내가 골치 아픈 게 바로 이 점이란다. 이렇게 두 다리로 버티고 서 있기도 힘든 내가, 어떻게 거의 3미터나 되는 곳에 올라가서 그림을 떼어 낸단 말이니?」

그것도 네 개의 커다란 평면에 붙어 있는 그림들이었다. 그것들을 떼어 내리려면 에너지와 근육이 필요하고, 사다리도 사용해야 하므로 현기증을 느끼지 않아야 했다.

「한마디로, 오 나의 귀여운 장밋빛 하트야(그녀는 이 모든 괴상한 표현들을 대관절 어디서 가져오는지 알 수 없었다), 난 이 노란 얼룩들 앞에서 노래해야 할 것 같은 예감이 들어……. 아, 그리되면 얼마나 처량하겠니! 그리고 이 무대 배경을 만들려고 몹시 고생한 그 스페인 젊은이에게는 대체 뭐라고 편지를 써야 한단 말이니?」

원래 프로젝트는 폴을 웃게 했지만, 그것은 파리의 웃음이

459

었다. 이곳 베를린에서는…… 역으로 그를 데리러 온 운전사의 딱딱한 얼굴만 봐도 모든 걸 느낄 수 있었다……. 이때 어떤 생각 하나가 번쩍 떠올랐다.

「사…… 사다리에…… 오…… 올라가야 한다면…… 브…… 블라디가 어때요?」

솔랑주는 고개를 돌렸다. 폴란드 아가씨는 의자 위에 올라가서 커다란 창문의 떨어진 커튼 고리를 호텔 직원을 부르지 않고 팔을 쭉 뻗어 직접 매달고 있었다.

독일 제국 항공성은 빌헬름가에서 멀지 않은 곳에 위치한 한 거대한 건물의 세 개 층을 차지하고 있었다. 건물 전면은 나치 당기로 덮여 있고, 막대기처럼 뻣뻣하게 버티고 선 경비원 두 명이 닭의 눈처럼 고정된 시선으로 사람들을 노려보고 있었다. 마들렌은 차분하고도 단호해 보이는 걸음걸이로 건물에 들어가기 위해 온 힘을 끌어모아야 했다.

어려움은 입구의 안내 데스크에서부터 시작되었다. 거기 앉아 있는 공무원은 프랑스어를 하지 못해, 누군가를 불러야 했다.

「*Ihr Pass bitte*(당신 여권을 주시오)!」

그는 대기실에 있는 벤치들을 가리켰고, 그녀는 외투 속에 숨겨서 여기까지 가져온 서류를 무릎 위에 올려놓으며 자리에 앉았다. 벽시계 하나가 오전 10시를 가리켰다.

최근 창설된 독일 항공성은 제1차 세계 대전 때의 혁혁한 무공으로 영광을 얻은 조종사이며 히틀러 총리의 측근이기도 한 괴링 씨가 지배하고 있었다. 마들렌은 신문을 통해 이 기관이

민간기 및 군용기의 개발과 생산을 감독, 결정, 관리하는 업무를 담당한다는 것을 알게 되었고, 찾아갈 만한 곳으로 이만한 곳이 없다고 느꼈다.

「무슨…… 용건이시죠?」

스무 살가량 되어 보이는 청년이 서툰 프랑스어로 말했다.

「에르하르트 밀히 원수님을 만나 뵙고 싶어요.」

마들렌은 상대가 잘 이해할 수 있도록 과장되다 싶을 정도로 또박또박 말했다. 병사는 그녀를 뚫어지게 쳐다보았다. 그는 손에 든 여권에서 그녀의 이름과 사진을 내려다보았지만, 독일어도 할 줄 모르고, 약속도 없이 불쑥 찾아와서 차관을 만나고 싶다고 말하는 프랑스 여자에게 무슨 말을 해야 할지 알수 없었다.

「무슨…… 용건이시죠?」

「에르하르트 밀히 원수님을 만나 뵙고 싶어요.」

대화는 제자리걸음을 하고 있었다. 청년은 그녀를 거기 남겨 두고, 안내 데스크의 동료와 긴 대화에 들어갔다.

「잠깐 앉아…… 계세요.」 마침내 그가 말했다.

그는 커다란 층계를 올라갔고, 마들렌은 다시 기다리기 시작했다.

벽시계 바늘이 정오 위치에 가까워졌을 때, 쉰 살가량으로 보이는 나치 제복 차림의 장교 하나가 그녀 앞에 나타났다. 그는 그녀의 여권을 들고 있었다.

「기다리게 해서 죄송합니다, 주베르 부인. 하지만 미리 약속을 잡지 않으면…….」

그는 군화 뒤축을 아주 가볍게 마주쳤다.

「귄터 디트리히 소령입니다. 이곳엔 무슨 일로 오셨죠?」

마들렌은 이런 홀에서…… 개인적인 대화를 시작하는 것은 별로 좋지 않다고 느꼈다.

「디트리히 씨, 이것은 개인적인 일이에요…….」

「네, 그래서요?」

소령은 지금 상황이 불편하다는 것을 충분히 인식하고 있었다. 그리고 마들렌이 조용히 자신을 응시하고만 있자, 이렇게 덧붙였다.

「개인적인 일이라……. 그러니까 〈매우 개인적인〉 일이란 뜻인가요? 당신의 남편과 관련된 일인가요, 주베르 부인?」

그렇군. 마들렌은 선수를 놓친 거였다. 그들은 그녀가 누구인지, 귀스타브가 누구인지 알고 있었고, 어쩌면 그녀가 그들에게 얘기하려는 주제에 대해 그녀 자신보다 더 많은 것을 알고 있을지도 몰랐다. 이처럼 수세에 몰린 상황이 역설적으로 그녀가 마음을 놓을 수 있게 했다. 이제 더 이상 아무것도 할 필요가 없었기 때문이다. 그리고 그녀가 단호하게 나갈수록, 이 궁지에서 빠져나갈 가능성이 커질 터였다.

「제 남편이 저를 여기로 보냈어요.」

디트리히는 몸을 돌려 뒤에 서 있던 청년에게 뭐라고 지시했다. 그런 다음 마들렌에게 말했다.

「나를 따라오시겠습니까……?」

그는 층계를 가리켰다. 그들은 나란히 걸었다.

「어제 파리 날씨는 어땠나요, 주베르 부인?」

그들은 그녀가 언제 도착했는지 알고 있었고, 아마 열차를 어디서 내렸는지도 알고 있을 거였다……. 그들이 그녀에 대해 모르는 게 과연 존재할까?

「아주 쾌적했어요, 소령님.」

널따란 복도가 나오고, 이어서 또 다른 복도가 나왔다. 2층에서는 사람들 목소리, 분주하게 타자 치는 소리, 석재 타일 위로 탁탁탁 걸어다니는 신경질적인 발소리 등이 흐릿하게 메아리쳤다. 드넓은 사무실 안에 조그만 응접 공간이 마련되어 있었다. 그는 소파를 가리켰다.

「나는 프랑스 숙녀분에게 독일 항공성의 차나 커피 따위를 권하는 무례를 범하고 싶지 않습니다……. 하지만 물 한 잔은 어떻겠습니까?」

마들렌은 사양하는 손짓을 했다. 디트리히는 그녀 앞에 놓인 의자에 앉아, 머리통 두 개 정도 위에서 그녀를 굽어보았다. 그는 짐짓 유감스러운 표정을 지었다.

「그래서 주베르 부인…… 파산한 건가요?」

「네, 소령님, 그렇게 얘기할 수 있겠지요. 제 남편은 최대한 버텼지만…….」

「애석하군요, 아주 멋진 프로젝트였는데!」

마들렌은 무릎 위에 놓인 서류 위로 보란 듯이 두 손을 포갰다.

「맞아요, 그리고 상당한 단계까지 진척되었었죠…….」

「마지막 테스트들은 아주 확정적이지 못했지만요…….」

무심한 듯 툭 던진 말이었다.

「제 남편은 종종 말하곤 해요. 테스트는…… 한번 테스트해보기 위한 것이라고요. 실패들은 제트 엔진의 모델화에서 눈부신 발전을 가능하게 해주었어요. 앞으로도 출자자들은 조금 더 인내하고 ─ 이렇게 표현해도 좋을지 모르겠지만 ─ 조금 더 용기 있는 모습을 보여 주셔야 할 거예요.」

「그리고 부인의 남편께서는 작업의 결실이 쓰레기통에 던져지는 것을 보고 싶지 않으시겠죠…… 자신의 연구가 계속 이어지길 바라실 거고……」

「과학 공동체의 이익을 위해서죠!」

디트리히는 고개를 끄덕였다. 네, 그 고귀한 뜻을 충분히 이해합니다…… 그는 마들렌의 무릎 위에 놓인 서류를 가리켰다.

「그것은……」

「네, 그거예요.」

「아, 좋아요, 좋아요. 그리고 남편께서는 이 일에서 전혀 사심이 없으시다……」

「물론이죠, 소령님!」 마들렌이 발끈한 어조로 대답했다. 「프랑스에서 지적인 작업은 어떤 천한 상품이 아니에요! 우리나라에서 창작품은 파는 물건이 아니란 말이에요!」

「그렇다면 부인의 남편께서는 어떤 조건으로…… 자신의 연구 결실을 과학 공동체가 이용할 수 있도록 하실 생각이죠?」

「그거야…… 무상이죠, 소령님. 무상으로요! 물론 들어간 약간의 부대 비용만 제외하고요.」

「그러니까 그게 어느 정도나……」

「제 남편은 그것을 60만 스위스 프랑으로 산정했어요. 난 그이에게 말했죠. 〈귀스타브, 그건 경우에 맞지 않아. 그래, 당신은 비용을 많이 썼어. 그건 부인할 수 없는 사실이야. 하지만 사람들은 당신에게 사심이 있다고 생각할 거라고.〉 그리고 내 얘기가 통했어요, 소령님. 그는 계산을 다시 해봤죠. 그리고 내 말이 맞았어요. 딱 50만 프랑만 들어갔다는 거예요.」

「액수가 많군요…….」

「맞아요, 소령님. 요즘엔 연구하려면 돈이 정말 끔찍하게 들어가요!」

「그러니까 부인, 내 말뜻은 그게 너무 많다는 겁니다…….」

마들렌은 고개를 끄덕였다. 내 알겠습니다. 그녀는 일어섰다.

「소령님, 솔직히 말하자면, 제 남편은 대서양을 건너라고 했지만 저는 베를린에 오는 편을 택했어요. 왜냐하면 제가 배 타는 걸……. 어쨌든 저를 맞이해 주셔서 고맙습니다, 아주 감사했어요.」

그녀는 문 쪽으로 세 걸음 옮겼다.

「모든 것은…… 그 자료가 얼마나 흥미로운가에 달려 있습니다.」

마들렌은 다시 디트리히 쪽으로 몸을 돌렸다.

「소령님, 한번 말씀해 보세요……. 당신들은…… 그러니까 영광스러운 독일 제국 공군은, 제트 엔진 분야에서 어느 단계까지 왔죠?」

「어…… 네, 그래요, 우린 지금 걸음마 단계죠.」

마들렌은 들고 있는 자료를 톡톡 쳤다.

「이걸로 걸음마 단계에서 최첨단 연구 단계로 건너갈 수 있어요. 설마 위대한 독일 제국이 걸음마하는 공군의 모습을 세계에 보여 줄 생각을 하는 건 아니겠죠, 소령님?」

「무슨 말인지 잘 알겠습니다……. 그러나 아시겠지만, 이것은 어려운 결정이에요. 그리고 중요한 결정이기도 하죠. 비용을 생각할 때…….」

마들렌은 그에게 자료를 내밀었다.

「여기 몇 군데 발췌해 온 게 있어요. 스케치, 설계도, 몇몇 테스트의 결과, 그리고 권장 사항들이 적혀 있는 마지막 리포트의 네 페이지. 솔직히 말씀드리자면, 제가 배를 타고 뉴욕까지 가는 고생을 안 하게 해주시면…….」

그녀는 마치 뱃멀미가 오기 직전 상태인 것처럼 손부채질을 했다.

「이걸 다 가져다 감정해 봐야 할 것 같습니다…….」

「월요일까지 시간을 갖기로 할까요?」

마들렌은 입을 다물었다. 디트리히는 미소를 지었다.

「그럼 같은 시간에? 아, 한 가지 더, 이 자료들을 찾으러 내가 묵고 있는 호텔에 온다거나, 나를 불안하게 만들 수 있다고 상상하실 필요는 없어요……. 이것들은 모두 안전한 장소에 있으니…….」

아닌 게 아니라 그 나머지, 그러니까 핵심적인 부분은 에스플라나데 그랜드 호텔, 폴과 블라디의 객실에 있었다.

「주베르 부인, 우리 독일 제국은 그런 방법을 사용하지 않아요! 우리는 아주 문명화된 사람들이에요!」

「좋아요, 그럼 월요일에 저는 독일 제국 항공성의 차(茶)를 마시는 위험을 기꺼이 받아들이겠어요…….」

36

메시지는 마들렌 페리쿠르가 보낸 것이었다. 앙드레는 그것을 재빨리 종이 한 귀퉁이에 적어 놓고 오랫동안 들여다보았다.

〈친애하는 앙드레 ─ 스톱 ─ 친구한테 들은 소식 ─ 스톱 ─ 레옹스 주베르가 독일에 있는 듯 ─ 스톱 ─ 이상하지 않아요? ─ 스톱 ─ 마들렌.〉

처음에는 이게 장난 아닌가 싶었다. 마들렌이 보낸 거라면 장난일 가능성이 별로 없지만, 너무 놀라운 정보라서……. 그리고 만일 사실이라면, 그녀가 어떻게 알게 되었단 말인가? 그리고 이 〈친구〉는 대체 누구인가? 마들렌에겐 더 이상 친구가 없지 않은가?

앙드레의 표정이 딱 굳었다. 이 일의 의미가 무엇인지 불현듯 깨달은 것이다. 이건 엄청난 일이었다.

그는 한 달 후 출범하기로 되어 있는 자신의 신문『르 릭퇴르』를 생각했다……. 하지만 1초도 머뭇거릴 수 없었다. 뉴스란 금방 상하는 것이다. 쇠는 뜨거울 때 두드려야 하는 법이다.

그는 재빨리 종이들을 뒤져서 전화번호를 찾아내 레옹스 주베르와 통화를 신청했다. 어쨌든 지금 첫 번째 타깃은 그녀였다. 만일 그녀가 집에 있으면 정보는 가짜고, 집에 없다면…….그는 통화가 되길 기다리며 결과들을 상상해 봤다. 이 사실을 아는 것은 나 혼자뿐일까? 그건 분명했다. 그는 마들렌과 멀게나마 관계를 유지해 온 것이 잘한 일이라고 생각했다. 전화 교환원이 전화를 걸어 와서는 그녀가 전화를 받지 않는다고 했다.

앙드레는 한걸음에 네 계단씩 뛰어 내려가 택시를 잡아타고 마들렌의 집에 도착했다.

「그들은 엊그제 떠났어요.」 관리인 여자가 대답했다.

그녀는 말쑥해 보이는 이 청년에게 뭔가 도움을 줄 수 없어 애석하게 생각했다. 그녀는 과부였다.

「그들은 온천에 갔어요.」 그녀는 덧붙였다. 「노르망디에 있는 온천이라던데, 정확히 어딘지는…….」

그녀는 앙드레가 놀라는 것을 보았다.

「아이를 위해서요. 온천물이 아이에게 아주 좋다고 의사가 말했다나 봐요.」

「언제 돌아오나요?」

「그게…… 부인 말로는 보름 정도 걸릴 거라고 했는데…….」

앙드레는 잠시 머뭇거리며 보도에 서 있었다. 입맛이 쓰긴 했지만, 지금 상황에서는 다른 방법이 없었다. 20분 후, 그는 신문사에 가 있었다.

쥘 기요토는 메시지가 적힌 종이를 굵은 손가락으로 만지작거렸다.

「그녀가 베를린에 가 있다……. 남편의 지시로?」

「지금 죄인이 한 명이든 두 명이든 그건 별로 중요하지 않습니다. 만일 사실이라면 이건 국가 반역 행위예요……. 이것은 프랑스에…….」

「프랑스에는 어찌 되든 상관없어!」 기요토가 대꾸했다. 「하지만 우리 신문에는 기똥찬 일이지!」

「일단 전화를…….」

「이봐, 이봐, 이봐, 이봐, 젊은 친구! 아무에게도 알려선 안 돼! 이게 새어 나가기를 바라는 거야, 뭐야?」

택시 안에서 두 사람은 각자의 작업에 몰두했다. 앙드레는 칼럼을 쓰면서, 속으로는 이제 얼마 뒤면 이런 종류의 특종이 당신 손에 들어갈 리 없다고 기요토에게 고함치고 있었다. 기요토는 평소처럼 자기 계산에 여념이 없었다.

「이거 확실한 겁니까?」 비트렐이 물었다.

그는 르네상스 시대 때부터 고관대작을 배출해 온 명문가 출신의 아주 호리호리한 사내로, 내무성의 정보통이었다.

「이보세요,」 기요토가 발끈했다. 「만일 이게 확실하다고 생각했다면, 이렇게 당신 사무실에 찾아오지도 않았을 거고, 『수아르 드 파리』에는 벌써 뉴스가 떴을 것 아니겠소?」

「원, 성격도 급하시긴! 자, 자, 내가 동료를 한 명 부르겠습니다.」

이때부터 정보는 조용하면서도 활기찬 봄날의 폭포수처럼 내무성 상부에서부터 방첩 기관 지하실에까지 순식간에 흘러내렸다.

「기요토, 이거 절대로 발표하지 말아요! 그 대신 조사 결과를 당신에게 제일 먼저 알려 주겠소.」

「글쎄, 별로 마음에 안 드는데…….」

비트렐은 이 기관에서 배운 바대로 질문 대신 말없이 그를 쳐다보았다.

「내게 제일 먼저 알려 줄 뿐 아니라, 나한테만 알려 줬으면 하오. 그렇지 않으면 당장 발표할 거요!」

「오케이. 당신한테 제일 먼저, 그리고 당신한테만 알려 주겠소! 됐소?」

기요토는 웃었다. 아주 크게 웃었다.

집에 돌아온 앙드레는 다시 기사를 쓰기 시작했지만, 정신은 딴 데 가 있었다.

그는 어쩌면 엄청난 스캔들을 쥐고 있는지도 몰랐다. 아니, 그의 손에는 복수의 칼이 들려 있었다. 주베르는 그를 멸시했고, 이제 그는 이 주베르를 한시라도 빨리 죄인 공시대에 매달고 싶을 뿐이었다.

폴은 무대 뒤편에서 독창회를 참관하기로 결정되었다. 휠체어를 탄 장애아는 독일 제국 당국자들이 꿈꾸는 이상적인 인류의 이미지에 부합하지 않았고, 그러잖아도 충분히 복잡할 것으로 예상되는 저녁 행사에 또 하나의 막간극을 추가할 필요가 없었던 것이다. 또 폴은 폴대로 그의 친구 솔랑주와 의미도 제대로 이해하지 못하면서 제의받은 임무를 신나서 떠맡은 블라디와 함께 있기를 원했다.

공연이 시작되기 약 20분 전, 솔랑주는 무대에 자리를 잡았다. 그녀는 실물 장치에 힘겹게 올라와 더 이상 움직이지 않았다. 부산하게 움직이는 의상 담당자들과 분장사들 사이에서

닫힌 무대 커튼을 마주하고 앉은 그녀는 마지막 순간에야 빠져
나올 일종의 의식 분리 상태에 잠겨 석상처럼 굳어 있었다. 마
치 신이 그녀를 다시 지상에 내려보내기 위해 손가락을 딱 튕
기기를 기다리는 것 같았다. 그녀에게 인사할 수 있게 해달라
고 요청한 리하르트 슈트라우스조차 무대에 올라올 수 없었다.

예정된 시간이 되자 아직 도착하지 않은 고위 인사들 자리
를 제외하고는 홀이 가득 찼다. 폴은 칸막이용 막(幕)들 사이
에 밀어 넣은 휠체어에 앉아, 마치 오늘 저녁의 스타인 양 무대
에 입장할 준비를 하고 있는 블라디를 뚫어지게 쳐다보았다.

홀에서 와글거리는 소리가 들려, 폴은 그쪽을 힐긋 내다봤
다. 총리가 수행원들, 제복 차림의 남자들, 그리고 우아하게
차려입은 여자 몇 명을 이끌고 들어왔다. 폴이 손을 들어 올리
자, 블라디는 자기 키보다 높이가 네 배나 되는 사다리를 쭉 편
두 팔 위로 들고는 결연한 걸음걸이로 나아갔다. 그러고는 그
것을 무대 배경을 이루는 커다란 화폭들 앞에다 세웠다.

숨죽인 비명 소리, 목구멍에 걸린 고함 소리……

자신들의 통제를 벗어난 일이 일어나고 있음을 깨달은 세
명의 공연 감독은 황급히 무대 위로 뛰어 올라갔으나, 블라디
는 이미 사다리의 두 다리를 벌리고 일고여덟 칸 올라선 뒤였
다……. 세 남자는 그녀 쪽으로 고개를 쳐들다가 동작을 딱 멈
췄다. 위에 있던 블라디는 손가락 끝으로 화폭의 어느 부분을
잡아 자기 쪽으로 당겼다. 그것은 천천히 바닥으로 떨어져 내
려 마치 어떤 거대한 과일 껍질처럼 돌돌 말려 마루 위에 뒹굴
며, 그 밑에 감춰져 있던 진짜 배경 그림이 나타나게 했다. 공
연 감독들은 최면에 걸린 것처럼 꼼짝하지 못하고 그녀가 하는

것을 지켜보고만 있었다. 대체 그녀의 치마 밑에 무엇이 있기에, 아니 무엇이 없기에, 세 남자는 저렇듯 굳어 버린 것일까? 폴의 머릿속에 이런 의문이 떠올랐는데, 그녀가 살짝 고개를 돌려 그에게 장난스러운 미소를 보낸 순간, 그는 쿡 하고 웃음을 터뜨리고 말았다.

단 몇 초 만에 그녀는 배경 그림의 절반을 떼어 냈다. 그러고는 한 칸 한 칸 천천히 내려와 사다리를 조금 옆으로 옮겨 놓더니 다시 올라가서 두 번째 부분을 떼어 냈다. 희한하게도 세 남자 중 어느 누구도 그녀를 막기 위해 손가락 하나 까딱하지 않았다. 그들은 다시 사다리 밑에 집사들처럼 서서 마치 천국의 문에 눈이 못 박힌 것처럼 하늘을 올려다보았다.

배경 그림의 두 번째 부분이 바닥에 떨어져 내렸고, 블라디는 다시 내려와서 찢어진 그림 조각들을 주워 모았다.

공연 시작을 알리는 벨소리는 세 남자에게 전기 충격과도 같은 효과를 가져왔다. 한 사람이 사다리를 들어 올려 셋이서 함께 무대 뒤로 사라졌는데, 그들 중 누구도 우레와 같은 박수 속에 막이 오르자 갑자기 환히 빛나며 모습을 드러낸 그림에는 눈길도 주지 않았다.

홀은 어둠에 잠겨 있는데, 강렬한 조명을 받는 무대 중앙에 홍수와도 같은 망사와 천과 리본으로 몸을 감싼 솔랑주 갈리나토가 거대하고도 위엄 있는 자태를 드러냈다.

청중이 미처 반응할 틈도 없이 모두가 듣고 싶어 하는 그 첫 번째 음, 이제는 세계적으로 알려진 세 개의 간단한 단어로 이루어진 그 전설적인 첫 번째 음이 무반주로 높이 올라갔다.

나의 소중한 사랑이여…….

베를린 오페라 극장의 드넓은 홀에 모인 사람들은 그 강력
하면서도 선율적이며, 갈가리 찢기는 것 같은 목소리로 사람
들의 가슴에 파고드는 디바의 마법에 넋을 잃었다. 하지만 동
시에 미리 예고되었고, 확인된 것으로 모두가 믿고 있는, 진부
하면서도 안심되는 그 노란색 그림의 농업적이면서도 의기양
양한, 상상력도 특색도 없는 모티프와 아무런 관계가 없는, 너
무나 해석하기 어려운 배경 그림의 모티프에도 강한 충격을 받
았다.

　　우리가 처음으로 만났던
　　그 궁전의 폐허에 우리 다시 서 있네

아닌 게 아니라 거기에 그려져 있는 것은 어떤 폐허였다. 다
시 말해 더 이상 사용되지 않아 먼지에 덮이고 광택을 잃은, 어
떤 광에서 빠져나온 것처럼 보이고, 현 두 개도 떨어져 나간 거
대한 첼로였다. 그 악기는 가만히 보면 기타 같기도 했으니, 활
짝 벌어진 굴 하나가 자리를 차지한 향공(響孔)을 가지고 있었
기 때문이다.

　　지금 우리가 서 있는 이 폐허가
　　우리에게 남아 있는
　　전부란 말인가?

이렇게 젊은 화가는 — 스물아홉 살 먹은 어느 스페인 남자였다 — 솔랑주를 상징화한 것이다. 그는 또한 그녀를 복제했다고도 할 수 있으니, 왜냐하면 그녀를 상징하는 이 첼로의 맞은편, 그러니까 그림의 반대편 끝에 거대한 칠면조 한 마리가 마치 공작새처럼 꼬리 깃털을 부채처럼 활짝 편 채 관객을 마주 보고 있었기 때문이다. 그것은 흐릿한 눈에 헤벌린 부리를 가진 너무나 평범한 한 마리의 칠면조에 불과했지만, 가금장의 다른 새들(그림의 한쪽 구석에 아주 조그맣게 그려진 몇 마리가 보였다)에게는 없는 무언가를, 즉 거대하고, 화려하고, 환하고, 관능적인 부채꼴의 꼬리깃털을 가지고 있었다.

하지만 당신들이 내 삶을
그 어떤 혼돈에 빠뜨렸는지 보라…….

이 혼돈은 솔랑주가 아마도 그 어느 때보다 잘 불렀을, 그 어느 때보다 확신을 가지고 불렀을 이 도입부가 계속되는 동안 은밀히 잠복해 있었다. 그리고 그것은 주저하는 듯하고, 산발적이고, 불안하게 느껴지는 최초의 박수 소리 위에 감돌기 시작했다. 모든 이의 시선이 총리의 자리에 꽂혔다.

프로그램에 따라 오케스트라는 「나의 마음은 핏속에 헤엄치네」의 첫 번째 소절을 연주하기 시작했으나, 모든 것을 압도하는 솔랑주의 목소리가 울렸다. 당황한 지휘자는 그녀 쪽으로 고개를 돌렸고, 오케스트라가 있는 아래쪽으로 쭉 내밀어진 그녀의 오른손 손바닥을 보았다. 솔랑주는 강한 어조로 〈*Bitte! Bitte*(멈춰요! 멈춰요)!〉라고 말했다.

혼란에 빠진 연주자들은 악보에서 이탈하기 시작했다. 몇 초 동안, 청중은 악기들이 서로 음을 맞추려 애쓰고 있다는 느낌을 받았다. 정적이 내려앉았다. 모두가 입을 다물었다. 솔랑주는 눈을 감고 다시 무반주로 노래하기 시작했다. 로렌츠 프로이디거의 「나의 자유, 나의 영혼」, 원래는 프로그램의 다른 곡들 사이에 묻힐 예정이었으나, 그녀가 독창회의 사실상 서곡으로 삼은 곡이었다.

솔랑주는 눈을 감은 채 〈나는 너와 함께 태어났네〉를 불렀다.

1분이 흐르고 나서 총리가 일어섰고, 모두가 따라서 일어섰지만, 솔랑주는 여전히 〈나는 너와 함께 죽을 거야〉를 부르고 있었다.

폴은 무대 뒤편에서 감동에 겨워 흐느꼈다. 고관들은 자리를 떠났고, 곧이어 모두가 움직이기 시작했다.

솔랑주는 아직도 〈내일, 우리는 함께 죽을 거야〉를 부르고 있었다.

홀은 비어 갔고, 연주자들은 악기 부딪치는 소리를 내며 일어섰으며, 솔랑주의 목소리는 고함 소리, 야유 소리에 덮여 버렸다……

홀 안에는 여기저기 흩어져 앉은 서른 명가량의 사람들만 남아 있었다. 그들이 누구인지는 전혀 알 수 없었다. 그들은 일어서서 열렬한 박수를 보냈다. 그러고 나서 극장은 완전한 어둠에 잠겨 들었고, 어마어마한 웃음소리가 울려 퍼졌다. 솔랑주 갈리나토의 웃음, 아직도 음악 속에 있는 웃음이었다.

돌아오는 열차에서, 폴은 잠들고 싶지 않았다. 모든 게 꿈처럼 지워질까 봐 두려웠다. 그는 모든 걸 간직하고 싶었다.

베를린 오페라 극장의 불이 꺼지면서 남은 관객들은 일제히 항의했다. 솔랑주의 끔찍하면서도 절망적인 웃음소리만 울리고 있었다. 그렇게 1, 2분이 흘렀고, 무대 뒤편에 있는 폴에게 저쪽에서 사람들이 어둠 속을 더듬으며 출구를 찾는 소리가 들리는가 싶더니, 머리를 쳐드는 솔랑주 위로 번쩍하고 빛이 나타났다. 프로젝터가 갑자기 켜지며 솔랑주 갈리나토의 광기와도 같은 망사 의상과 머리칼을 수직으로 비춘 것이다.

폴은 휠체어의 바퀴들을 잡았다. 그리고 블라디가 나타났다. 그녀가 공연 감독을 찾아내 스위치를 올린 거였다.

얼마 안 가 이 커다란 무대 위에는 세 사람만 남았다. 독주회는 20분밖에 지속되지 않았지만, 그들에게는 하나의 삶처럼 느껴졌다.

블라디가 걸어와서 솔랑주 앞에 무릎을 꿇었고, 폴도 나왔다. 그들은 서로 부둥켜안고, 오랫동안 그런 상태로 있었다.

「자, 피노키오, 우리 이제 움직여야지!」

하지만 솔랑주는 일어나려 하는 대신 두 손으로 블라디의 얼굴을 잡았다.

「자넨 참으로 아름다운 영혼이야……」

그녀는 몸을 약간 기울이고서 「마농」의 첫 번째 소절, 〈아, 얼마나 아름다운 다이아몬드인가……〉를 부드럽게, 거의 들리지 않을 정도로 부드럽게 불렀고, 그런 다음 블라디에게 키스를 했다. 그러고는 한숨을 내쉬었다.

「자, 드디어 이 공연의 하이라이트야. 이제 솔랑주 갈리나토가 일어설 거야…….」

그녀는 그렇게 했다.

여기 베를린 오페라 극장의 텅 빈 무대 위에 우리의 세 인물이 있다. 오른쪽에 있는 사람은 브와디스와바 암브로지에비치, 일명 블라디다. 그녀는 많은 일을 겪었지만, 그 무엇도 삶에 대한 그녀의 믿음을 흔들어 놓지 못했고, 그녀의 살고자 하는 욕망을, 즐기고자 하는 욕망을 꺾지 못했다. 그녀는 사람들이 자신에 대해 어떻게 생각하든 개의치 않았고, 다만 남자들과 섹스와 불시에 벌이는 정사와 격렬한 오르가슴을 사랑했다. 그녀는 서른 살이 다 되었고, 튼튼한 체격과 탐욕스러운 입과 제비처럼 활기차고도 자유로운 심장을 가지고 있다. 그리고 이날 저녁 그녀에게 무언가 완성됐는데, 그녀는 그게 무엇인지 아직 몰랐다.

왼쪽에는 휠체어에 앉은 폴 페리쿠르가 있었다. 우리가 봤다시피, 그가 3층에서 할아버지의 운구차 위로 몸을 던진 이후 그의 삶에도 많은 일이 있었다. 우리는 그가 대화를 거부하고, 긴장병에 걸리고, 죽음의 문턱에까지 이르고, 또 1929년 12월 어느 밤에는 어린 시절에 찾아올 수 있는 가장 추악한 장면 중하나의 기억에 사로잡혀 울부짖는 모습을 지켜보았다. 그리고 그가 마치 외투로 몸을 감싸듯 음악으로 몸을 감싸고, 목소리가 그의 삶을 꿰뚫은 그 스타를 사랑하는 것도 보았다.

그리고 이 둘 사이에서 양손에 지팡이를 하나씩 들고, 무겁게 걸음을 옮기는 솔랑주 갈리나토가 그녀의 커리어에서 가장기억할 만한 독창회를 끝내고 무대에서 나오고 있었다.

마침내 피어나려는 세 영혼.

이 저녁은 그들의 삶을 바꿔 놓을 것이다.

무대 뒤편에서 그림자 하나가 나타났다. 독주회에서 네 소절도 제대로 연주하지 못한 오케스트라 지휘자였다. 이 사람은 아직 여기서 무얼 하고 있는 것일까?

「고맙습니다.」 그가 눈물을 글썽이며 말한다.

「별말씀을요.」 솔랑주가 대답한다. 「뭐가 고맙다고 그러세요.」

하지만 그녀는 알고 있다.

저쪽, 그녀의 등 뒤 무대에서는 세 사람이 다음 날 제발 무사하게 해달라고 하늘에 빌고 있었다. 그들은 스페인 화가의 배경 그림을 갈가리 찢었고, 이제는 아무도 볼 수 없게 된 이 작품의 조각들을 커다란 자루에 쑤셔 넣었다.

「여기 불 좀 켜줄 수 있어요?」 솔랑주가 그들에게 부탁했다.

평소 그녀의 대기실은 팬, 관계자, 비평가 등 사람들로 꽉 차고, 그녀는 겸손을 가장하며 우쭐대는 게 보통이었다. 그런데 이날 저녁에는 아무것도 없었고, 아무도 없었다. 하지만 솔랑주는 행복했고, 지금은 그녀의 삶에서 가장 아름다운 저녁이었다. 종종 그녀는 부차적인 이유로 자만하기도 하지만, 이날 저녁 그녀는 진정으로 자랑스러웠다. 이것은 전혀 다른 것이었다.

「피노키오, 너도 그걸 봤니?」

그녀는 화장을 지우고, 블라디는 그녀에게 솜이며 로션 등을 건네주었다.

이것은 파리로 달리는 열차 안에서 폴의 머릿속에 다시 떠오른 영상들이었다. 어머니가 봤으면 얼마나 좋았을까…….

「블라디!」 그가 말했다. 「배고프지?」

「*Oczywiście*(물론이지)!」」

열차는 파리를 향해 계속 달렸다.

폴은 마침내 잠이 들었다. 약간 코를 고는데, 블라디는 이걸 아주 좋아했다. 그가 코 고는 것을 말이다. 그녀는 이것을 그가 아무것에도 신경 쓰지 않고 잔다는 신호로 받아들였다. 저 검표원 총각과는 달랐다. 이름이 뭐랬더라? 프랑수아…… 뭐, 이름이야 어찌 됐든 상관없…… 케슬러! 맞다, 케슬러다.

복도에서 그들은 독일어로 얘기했다. 그는 자신이 어떤 동료 대신 근무한다고 설명하고 미소를 지었다. 하지만 블라디를 다시 보기 위해 동료에게 이 대체근무를 제안했다는 사실은 말하지 않았다. 그는 그녀의 주소도 가지고 있지 않았고, 심지어 그녀의 이름도 몰랐지만, 그녀가 파리로 돌아오는 날짜만은 알고 있었다.

솔랑주 갈리나토는 암스테르담을 향해 달리고 있다. 하노버를 경유해서였는데, 그녀에겐 다른 선택이 없었다. 그날 밤, 독일 병사들이 그녀의 방에 들이닥쳤다. 제복을 입은 젊은 여자들이 그녀의 짐을 쌌는데, 참으로 볼 만한 광경이었다. 그녀를 거칠게 다루지는 않았다. 아마도 그렇게 지시받은 모양이었다. 중요한 것은 그녀가 지금 당장 베를린을 떠나야 한다는 것인데, 처음 떠나는 열차가 암스테르담행이었다. 오케이, 솔랑주는 주말이면 밀라노에 도착할 수 있을 거라고 중얼거렸다. 그녀는 어디에도 살고 싶지 않지만, 특히 암스테르담에서는 절대로 살고 싶지 않았다. 그녀는 그 스페인 화가에 대해 약간 미안한 생각이 들었다. 하지만 그는 그냥 웃어넘기리라. 그녀는 그를 딱 한 번 봤는데, 잘 웃고 우상 파괴적 기질이 있는 잘생긴 청년이었다.

슈트라우스로 말할 것 같으면, 그는 인사도 오지 않았고, 심지어 한마디 전갈도 없었다. 화가 단단히 난 모양인데, 충분히 이해할 수 있었다.

솔랑주는 피노키오를 생각했다. 그리고 사다리에 올라간 그 폴란드 아가씨도 생각했다. 그 처녀, 정말 물건이었어.

솔랑주는 피곤했다.

그녀가 직접 떠날 준비를 하지 않아, 읽을거리도 없어 그냥 잠이 들었다. 그 광경을 한번 상상해 보라. 야간열차, 일등칸, 그리고 너무나 비대한데 주위에 도와줄 사람이 하나도 없어 몸을 일으킬 수 없는 이 전설적인 여자 혼자서 쓰는 칸막이 객실…… 평소에 그녀는 사람들에게 둘러싸여 있었다. 그들은 그녀의 환심을 사려고, 그녀와 대화를 하려고 애쓰지만, 이날 밤에는 어느 도시에서, 그녀가 한때 성공과 영광을 맛보았던 — 리하르트 슈트라우스 자신도 오직 그녀만을 좋아한다고 편지로 수없이 밝히지 않았던가? — 베를린에서 쫓겨나 혼자였다. 한 철도 회사 직원이 조심스럽게 노크를 했다. 네? 그는 문을 열고 검표를 하고는, 잔뜩 주눅 들어 실례했습니다, 라고 말하며 다시 문을 닫았다. 솔랑주의 모습이 그를 두렵게 했던 것이다. 그녀는 쿠션 댄 긴 좌석 위에 던져진 주름살 무더기, 마치 한 마리 고래처럼 숨을 쉬는 주름살 무더기였을 뿐이다.

사실, 그녀는 조그만 계집애일 뿐이었다.

그녀는 창문에서 뛰어내린 폴과 같은 나이인 일곱 살이다.

드디어 그녀의 아버지가 들어온다. 그는 포도주 냄새를 풍긴다. 부엌에서 의자들이 넘어지는 소리가 들린다. 그녀는 일어선다. 이런 일에는 이력이 나 있다. 어머니는 식탁 위에 엎드려 있고, 아버지는 그 위에서 그녀를 때린다. 조그만 계집애는 달려들어 아버지를 잡아당겨 보지만, 그는 힘이 세고, 몸이 포도나무 가지처럼 울뚝불뚝하다. 바깥에서 일하는 그는 무쇠 같은 근육 덩어리다. 그녀는 주위에서 찾아낼 수 있는 유일한 것, 즉 모루만큼이나 무거운 프라이팬을 머리 위로 높이 들어 올려 그의 뒤통수를 후려친다. 황소라도 쓰러뜨릴 만한 거센 일격이다. 그는 데굴데굴 바닥에 구르고, 사방에 피가 흐른다. 어머니는 아이들과 함께 자러 가고, 그는 그렇게 피를 흘리게, 그렇게 뒈지게 놔둔다. 항상 이런 식이다. 항상 이 아비는 우리 속의 짐승이다. 폭력과 공포 속에서 살지 않는 날이 하루도 없다. 아이들은 여기저기 퍼렇게 멍이 들어 있지만, 학교에서는 아무 말도 안 한다. 여기는 시골이고, 멍이 든 아이들의 수를 일일이 세기 시작한다면⋯⋯.

지금 몇 시지? 여기가 어디지? 그녀는 잘 기억이 나지 않지만, 멀리서부터 올라오는 어떤 아픔이, 그 근원적인 아픔이 느껴지고, 그녀의 내장을 울리는 열차의 덜컹거림에 실려 오는 영상들을 보게 된다. 암스테르담, 그녀는 거기에 모리스 그랑데와 함께 있다. 신처럼 아름다운, 거의 여성적으로 느껴질 만큼 아름다운 그는 한 주 내내 비가 내리고 있는 그 도시에서 「글로리아 문디」를 작곡한다. 그들은 운하 쪽으로 난 창문들이 있는 어느 호텔에 묵고 있다. 일주일 동안 침대에서 사랑을 나누며 시간을 보낼 수도 있지만, 모리스는 악보를 쓰고, 솔랑주는 그의 위로 고개를 숙이고 그의 냄새를 들이키면서, 시시각 각 채워지는 악보 위에 이어진 음표들을 입을 닫은 채 흥얼거 린다. 숱한 페이지들이 찢겨 나가고, 솔랑주는 인내하며 기다 리는데, 모리스는 마침내 드러눕는다. 기진맥진한 그가 그녀 위로 쓰러져 내리면, 그녀는 그를 자기 안으로 빨아들인다. 그 렇게 그들은 함께 잠들지만, 그녀가 다시 깨어나면 그는 벌써 그 조그만 탁자에서 창문과 운하를 마주하고 앉아 작업을 하고 있다. 그가 작업을 마쳤을 때, 그들은 오후 내내 호텔의 살롱에 서 시간을 보낸다. 모리스는 낡은 입식 피아노 앞에 앉아 있고, 솔랑주는 악보를 손에 들고 노래를 부른다. 참다 못한 고객들 이 조용히 해달라고 요구하지만, 잠시 후 모두가 웃음을 터뜨 리고, 그들에게 사인을 부탁한다. 어느 날 멜버른에서 한 남자 가 다가와 당시 그녀가 사인했던 호텔 레스토랑의 메뉴판을 보 여 주었다. 거기에 모리스의 사인도 있어, 솔랑주는 울음을 터 뜨렸다.

바다가 보이는 또 다른 창문은 코트다쥐르에 있다. 모리스 는 너무나 아름답다. 여전히 너무나 아름답다. 그녀는 그에게 롤스로이스를 한 대 사준다. 미친 짓이다. 군경들이 와서 초인 종을 누른다. 그녀는 아직 네글리제 차림이어서 그들은 그녀 가 실내 가운을 걸치는 동안 외면하고 있다가, 그냥 모리스가 죽었다고만 말한다.

그녀에게 재능이 있다면, 그것은 순전히 고통과 슬픔에서 나온 것이다. 왜냐하면 그게 그녀의 운명이기 때문이고, 그녀 는 고통의 아이이기 때문이다. 처음부터 끝까지 그랬고, 이제 는 끝에 다다랐다.

새벽 2시다. 열차는 자게 하고, 꿈꾸게 하는 그 단조로운 노래를 웅얼거린다. 솔랑주는 자고 또 꿈꾸고 있는데, 열차는 곧 암스테르담 역에 도착한다. 젊은 검표원은 천공기 밑바닥으로 칸막이 좌석의 유리창을 두드린다. 여기는 일등칸인 고로, 그는 승객들을 배려한다. 부인? 우리는 몇 분 후면 도착합니다.

솔랑주는 아직 베를린에 있다. 〈*Bitte! bitte!*(멈춰요! 멈춰요!)〉라고 그녀는 소리친다. 그녀는 자신이 이렇게 할 수 있을 줄 몰랐다. 자신에게 이런 맹렬함이, 이런 용기가 있을 줄 몰랐다. 그녀는 자신이 뼛속까지 증오하는 이 사람들 앞에서 콘서트를 치러 낸 것이 기쁘다. 어쩌면 부질없는 짓일 수도 있지만, 어쨌든 해냈다.

그녀는 노래를 부른다. 그러다가 흥얼거리고, 또 속삭인다.

Morgen werden wir(내일 우리는)…….

열차는 암스테르담 역으로 들어간다.

……*zusammen sterben*(함께 죽으리).

쥐라주(州)의 돌에서 베르나데트 트라비에로 태어난 솔랑주 갈리나토는 방금 죽었다.

37

「저와 차를 마시자고 하지 않으셨나요, 디트리히 소령님?」

마들렌은 초연한 듯 말했지만, 사실은 이틀 동안 잠을 자지 못했다.

그녀는 솔랑주가 콘서트하는 바로 그 시간에 라이프치히가의 한 레스토랑에서 저녁 식사를 했다. 오페라 극장에서는 어떤 일이 일어나고 있을까? 솔랑주라는 그 미친 여자는 사람들의 관심을 끌기 위해 이번에는 또 뭘 꾸며 냈을까? 그러고 나서 그녀는 마음을 진정시키려고 베를린의 거리를 걸어다녔다. 손목시계를 들여다보았다. 10시. 10시 30분. 자, 이제 들어갈 시간이야.

폴이 호텔에 메시지를 한마디 남기거나 전화를 거는 것은 경솔한 짓일 터였다. 그녀는 소식을 받지 못하고 지내야만 했는데, 이것이 미치도록 힘들었다.

그녀는 침대에서 계속 자반구이를 했다. 아침에는 기진맥진해 있었다. 그러고는 또 기다리며 긴 하루를 보냈다. 폴과 블라디는 파리로 가는 열차에 있을 터였다. 일요일이었다.

「네, 아주 잘 잤어요, 감사해요, 디트리히 소령님. 독일 호텔은 아무리 칭찬해도 부족할 정도예요.」

「일요일에 도시를 구경하셨나요?」

「그럼요, 정말 아름다운 나라예요.」

그녀는 호텔 밖으로 나가지 않았다. 로비와 보도에 사내들이 서로 교대해 가며 어정거렸다. 여기서 한 발자국만 나가도 곧바로 귄터 디트리히에게 보고될 터, 그냥 객실에 처박혀 있는 편이 나았다. 그녀는 식사를 방으로 가져오게 했고, 두려움에 떨기도 하고 화를 내기도 하면서 하루를 보냈다. 또한 폴과 함께 여행하는 상상을 하면서.

「주베르 부인, 제 상관들은 비용 액수가 지나치다고 생각하십니다. 유감입니다.」

디트리히는 차를 따라 주기도 하고, 파리에 있는 생트준비에브 도서관과 관련된 일화를 하나 들려주기도 하다가, 갑자기 본론으로 들어갔다.

「우리 엔지니어들은 부인께서 가져오신 자료들에서 충분히 흥미로운 점을 발견하지 못했어요.」

마들렌은 속으로 안도의 한숨을 내쉬었다. 그들은 레옹스 주베르의 신원에 대해 더 깊이 파고들어 가지 않은 것이다. 어쩌면 프랑스에 있는 그들의 요원들이 레옹스가 마들렌이 지시한 대로 파리에서 종적을 감춰 버렸다는 사실을 확인했는지도 모른다. 그 나머지 부분에서는 각자의 전략을 따르고 있을 뿐이었다. 이 단계에서 그녀가 내건 조건들을 디트리히가 받아들인다면, 그것은 아주 나쁜 신호일 거였다. 그의 원칙적인 거부는 오히려 그녀가 팔려고 하는 것의 가치를 확인해 줄 뿐이었다.

「디트리히 소령님, 매우 실망스럽네요. 하지만 이해해요. 이왕 이렇게 됐으니 소령님께 한 가지 비밀을 알려 드리죠. 제 남편은 늘 이탈리아인들과 얘기해 봐야 한다고 생각해 왔답니다.」

「그들은 돈이 없어요!」

「그게 바로 내가 그에게 죽도록 하고 있는 얘기예요! 하지만 제 남편은 그런 사람이죠. 어떤 생각에 한 번 사로잡히면······ 그는 내게 이렇게 말해요. 〈유럽에서는 아무도 돈이 없어. 하지만 뭔가 사고 싶은 게 있으면 서랍 속을 닥닥 긁어서라도 지불할 돈을 만들어 내지.〉 그의 말로는, 무솔리니 씨에게는 히틀러 씨를 돋보이게 하는 역을 맡고 싶은 생각이 전혀 없답니다! 지난달 발보 원수가 수상 비행기 편대를 이끌고 로마에서 시카고까지 날아갔다면, 그것은 구경꾼들에게 놀라움을 선사하기 위함이 아니라는 거예요! 그것은 파시스트 정권이 군사적 항공기에 야심이 있기 때문이라는 거죠······! 하지만 디트리히 소령님, 솔직히 말씀드려서 전 이 모든 것이 잘 이해가 안 됩니다. 이런 것들은 남자들의 일이죠.」

마들렌은 일어섰다.

디트리히는 당황했고, 이것이 얼굴에 그대로 나타났다.

「괜찮으시다면 질문을 하나 하겠습니다. 만일 내 상관들이 생각을 바꿀 경우에 말입니다······.」 그는 여기서 목소리를 낮추고, 은밀한 얘기를 하는 어조를 취했다. 「잘 아시겠지만, 윗사람들이란 뭔가 말했다가 다음 날엔 그 반대로 말하기도 하니까요······. 부인께서는 그 〈비용〉이 남편분에게 어떤 식으로 지불되기를 바라시나요?」

마들렌은 다시 자리에 앉았다.

「디트리히 소령님, 우린 이 문제에 대해 서로 의견이 아주 다르답니다. 그는 이체를 원하고, 저는 현금을 선호해요. 그게 더…… 편리하니까요. 무슨 말인지 이해하시겠죠. 만일 소령님께서 가정의 평화를 위하신다면, 가장 좋은 방법은 두 사람 모두를 만족시켜 주는 거예요. 반반씩 해서 말이죠.」

그녀는 핸드백을 뒤져 종이를 한 장 꺼냈다.

「여기에 은행 계좌번호가 있어요. 물론 만약의 경우를 위해서 드리는 거예요.」

디트리히는 그것을 받았다. 그는 의혹에 사로잡혔다.

「이 계좌는…… 남편분 명의로 되어 있지 않네요. 이게 정상인가요?」

「그러니까…… 네, 맞아요. 이 계좌는…… 어떻게 말해야 할까요……. 숨겨진 계좌예요. 귀스타브는 은밀한 것을 좋아해요. 나쁜 뜻을 가진 사람들이 있을 수 있으니까요. 그런 사람들은 어디에나 있죠.」

디트리히는 이 설명에 완전히 납득한 기색이 아니었다.

「또 당신의 상관들께서 생각을 바꾸실 경우에,」 마들렌은 말을 이었다. 「돈이 오는 곳을…… 말하자면 〈은밀하게〉 해주시면 우리에겐 이상적이겠어요. 예를 들어 그게 어떤 외국 회사에서 오게끔, 그게 어떤 주문에 대한 대금처럼 보이게끔 하는 거죠.」

「무슨 말인지 알겠습니다……. 그러니까 절반은 이 계좌로 (그는 손가락 끝으로 은행 명세서를 들어 보였다), 나머지 절반은 부인에게 달란 말이죠? 그렇습니까?」

「그래요.」

그녀는 일어섰다.

「저는 오늘 저녁에 베를린을 떠나요. 소령님 생각에는 상관 분들께서 생각을…… 빨리 바꾸실 것 같나요?」

「충분히 가능합니다, 주베르 부인. 현금 부분만 빼면요. 그 문제는 훨씬 더 복잡해요. 그렇게 짧은 시간에…….」

마들렌은 미소를 지으며, 마치 그를 짓궂게 놀리듯이 장난 스러운 표정을 지었다.

「설마 영광스러운 제3제국 같은 치밀하게 조직된 단체가 그 정도 금액을 자유롭게 사용할 수 없단 말씀은 아니시죠……?」

오후 내내 마들렌은 시뻘건 숯불 위에 있는 것처럼 안절부 절못했다. 시간은 흘렀고, 짐을 다 싸놓은 그녀는 창문 밖을 엿 보기도 하고, 객실 전화가 제대로 작동하는지 확인하기도 했 다. 마침내 호텔 안내 데스크에서 어느 공무원이 로비에서 기 다리고 있다는 연락이 왔다. 그녀는 그가 오는 것을 미처 보지 못했다.

그녀는 문서를 가지고 아래로 내려갔고, 병사는 그것을 받 아 옆구리에 끼면서 휙 손을 뻗어 거리를 가리켰다. 그리고 마 치 그녀를 여기서 쫓아내고 싶은 듯 수동식 회전문을 가리켰 다. 자동차 한 대가 다가오고 있었다. 검은색 리무진이었다. 젊은 사내는 위압적인 목소리로 계속 뭐라고 말했다.

수위가 통역을 해줬다.

「저 차가 부인을 기다리고 있답니다.」

「하지만 어떻게…….」

「짐은 나중에 올 거니까 걱정하지 말라네요.」

그들은 그녀에게 외투를 내주었고, 그녀는 호텔 로비를 기계적인 걸음으로 나왔다. 병사가 차 문을 열어 주어 그녀는 리무진에 올랐다. 호텔의 객실 담당 여직원들이 그녀의 짐을 내리는 모습이 차창을 통해 보였다. 그녀 옆의 좌석에는 아주 두툼한 봉투 하나가 놓여 있었고, 그 안에는 그녀가 알려 준 계좌로의 이체 주문서와 그녀의 손만큼이나 큼직한 지폐들이 다발로 들어 있었다.

똑똑. 호텔 수위였다. 그녀는 손잡이를 찾아내 유리창을 내렸다. 젊은 병사가 수위 옆에 서서 독일어로 뭐라고 말했다. 수위는 그녀에게 허리를 굽히고 프랑스어로 옮겨 주었다.

「파리로 잘 돌아가시라고, 디트리히 소령님께서 전해 달랍니다.」

레옹스는 달아났다. 오히려 속이 후련했다. 그녀는 한 푼의 값어치도 없었지만, 귀스타브는 그녀의 한심하기 짝이 없는 도둑질이 너무 불쾌했다. 특허 등록 원부 사본들의 발급을 신청해 놓긴 했지만, 연구실에서 행해지는 모든 것, 그러니까 테스트 결과며, 권고 사항이며, 작업 방향 결정 사항 등을 매일매일 꼼꼼히 적어 놓은 그 커다란 일지가 없어진 것은 크나큰 손실이었다. 레옹스, 그 멍청한 여자는 급하게 쓸어 가느라 그 자료들이 뭔지도 몰랐을 것이다.

주베르는 안정된 기반에서 다시 출발하기 위해, 집과 회사의 매각을 기반으로 하는 자금 조달 계획을 세웠다. 그의 가장 큰 어려움은 중단된 작업을 다시 이어 가기 위해, 그것이 중단되었을 때의 정확한 상태를 재구성하는 것이었다. 그는 서재에 자리 잡고 앉아, 프레생제르베에서 가져온 문서 박스들을 다시 열고, 읽고, 분류하고, 메모하고, 조사하고, 결과들을 비교하면서 몇 시간을 보냈다. 그것은 아주 오래 걸리고, 아주 느리고, 때로는 아주 맥 빠지게 하는 작업이었다.

커다란 페리쿠르 관은 이제 폐가가 되었다. 고용인들은 도둑이 든 다음 날 모두 해고했고, 주방 하녀 테레즈 한 사람만 남겨 놓았다. 그녀는 하루에 두 번씩 쟁반에 음식을 담아 가지고 올라왔는데, 몇 시가 됐든 항상 실내 가운 차림에 수염이 까칠한 얼굴로 어마어마하게 늘어놓은 서류들 한가운데 앉아 있는 그의 모습을 보곤 했다. 테레즈, 조심해요. 그쪽으로 돌아와요. 그녀는 높직이 쌓아 놓은 서류 더미들을 에돌고, 다리를 크게 벌려 종이 상자들을 건너야 했다. 또 나갈 때 보면 주인은 항상 열에 들뜨고 집중한 얼굴로 서류들 위로 고개를 숙이고 있었고, 다음 식사를 가져와 보면 이전의 음식이 손도 대지 않은 채 있는 경우도 허다했다. 돈을 버는 것은 피곤한 일이었지만, 파산하는 것만큼 사람을 진 빠지게 하는 것은 없었다.

주베르는 클리시 공장의 임대 계약 해지를 통고하고, 저택을 매각했으며, 당장 필요한 자금을 마련하기 위해 공작 기계들을 원래 가치의 3분의 1 가격으로 양도했다. 경제적으로 아슬아슬한 상황이었다. 이제 아무에게도 전화가 걸려 오지 않았다. 그는 존재하기를 멈춘 것이다.

레옹스가 달아난 지 닷새째 되는 9월 11일, 경찰관들이 그를 찾아왔다. 하지만 그는 빨리 내려가지 않았다. 마침 압축기 테스트 날짜들과 결과들을 비교하고 있었을 뿐만 아니라, 도둑맞은 것을 그냥 잃은 것으로 여기고 단념하고 있었기 때문이다. 그는 갑자기 고개를 번쩍 들어 올렸다. 그런데 만일 레옹스가 잡혔다면? 그리고 사라져 버린 그 자료들도 다시 찾았다면? 그는 벌떡 일어나 층계참으로 나왔다.

전에 왔던 그 경찰관이 아니었다. 주베르는 얼굴을 찌푸렸다. 그와 함께 온 두 남자는 제복 차림이 아니었고, 그들을 여기로 보낸 것은 이 동네 파출소가 아니었다. 그는 아주 기분 나쁜 불안감에 사로잡혔다.

「마르케 반장입니다. 잠시 얘기 좀 나눌 수 있겠습니까, 주베르 씨?」

귀스타브는 본능적으로 뭔가 기울어지고 있다는 것을 깨달았다. 나쁜 쪽으로 말이다. 그는 천천히 층계를 내려왔고, 홀을 굽어보고 있는 마르셀 페리쿠르의 커다란 전신상 초상화에 고개를 돌렸으며, 뭔가 잘못을 저지르다 걸린 듯한 기분을 느꼈다.

반장은 끔찍하게 평범한 외모를 보상하기 위해 뺨에 넓게 퍼져 있고, 스테이크만큼이나 두툼하고, 거의 코믹하기까지 한 구레나룻을 기르고 있었다. 그는 명함을 한 장 내밀었지만 귀스타브는 읽어 보지도 않았다.

「미안합니다, 내가 아주 바빠서요…….」

「부인 얘기를 하기 위해 잠시 시간을 내주셔야 할 것 같습니다, 주베르 씨…….」

최근 파산 신청을 한 전 은행가의 아내인 레옹스 주베르 부인이…… 베를린에 있다는 사실이 오늘 확인되었다! 그렇다, 여러분이 제대로 읽었다, 지금 그녀는 튜턴족의 수도에 있는 것이다!

그녀는 심지어 체류 장소로 빌헬름플라츠에 있는 카이저호프 호텔을 선택했다. 히틀러 씨가 총리가 되기 전까지 살았던 바로 그곳 말이다.

사람들에겐 자신이 원하는 곳에 여행할 권리가 있지 않을까? 아마도 그럴 것이다. 하지만 이 경우, 왜 레옹스 주베르 부인은 9월 9일 토요일 오후 늦게 라이히스루프트파르트미니스테리움, 다시 말해 독일 항공성이 있는 건물에 들어가는 모습이 목격되었는지, 그 이유를 우리에게 설명해 줘야 할 것이다.

「뭐라고요, 독일 항공성에요?」

「확실합니다, 주베르 씨. 우리 방첩대는 분명히 그렇게 얘기하고 있어요…….」

오랫동안 은행가로 지내 오면서 주베르는 별의별 고약한 일을 다 겪었지만, 이런 일은 처음이었다. 뭐? 레옹스가 내 설계도를 팔려고 독일 놈들을 찾아갔다고? 그는 도무지 믿어지지 않았지만, 다시 정신을 가다듬었다.

「내 아내는 9월 6일 우리 집에 있는 물건들을 도둑질한 뒤 사라졌어요. 귀금속들과 주방 하녀의 돈까지 훔쳐 갔죠. 그리고 난 경찰에 신고도 했습니다. 그녀가 대체 무슨 짓을 꾸미고 있는지 모르겠지만, 난 아무런 책임이 없어요.」

「흠…….」

반장은 구레나룻을 손톱으로 문질러 마치 흰개미들이 뭔가

갉는 것 같은, 아주 불쾌한 소리를 냈다.

생각하면 할수록 귀스타브는 이 이야기가 어이없게 느껴졌다. 레옹스는 이런 모험을 할 만큼 똑똑하지도 않고, 용기가 있지도 않았다. 누군가 그를 함정에 빠뜨리려 하고 있었다. 그는 그 안에 빠지지 않을 것이었다.

「주베르 씨, 혹시 독일 항공성에 아는 사람이라도 있나요?」

「아무도 없어요.」

「부인도 그렇습니까?」

「내가 그걸 무슨 수로 알겠습니까?」

「당신의 아내이지 않습니까……?」

귀스타브는 숨을 길게 들이마셨다.

「반장님, 내 아내는 화냥년이에요. 나와 결혼하기 전에도 그랬지만, 난 눈감아 줬어요. 하지만 결혼 후에도 계속 그랬는데, 그게 그녀의 천성이에요. 반장님도 모르시지 않겠지만, 난 최근에 몇 가지…… 직업상 역경을 겪었는데, 내 아내는 내 재산에만 관심이 있었던 까닭에, 이제 됐다고 생각한 거예요. 그래서 이 집을 털었죠. 아주 서툴게 말입니다. 그리고 난 그 여자가 읽을 줄도 모르는 그 문서들을 가지고 베를린에 갈 이유가 전혀 없다고 생각해요!」

「하지만 그녀는…… 라이히스-루프트-파르트-미니스테리움…… 뭐, 그러니까 이 독일 관청에 9일 날 갔어요. 그리고 11일에 다시 갔죠.」

경찰은 그저 당혹스러울 뿐이었다. 우선, 주베르 집안을 알거지로 만든 그 떠들썩한 파산. 그다음에는 독일이 군침이 흘릴 만한 비행기 설계도들이 감쪽같이 사라져 버린, 아주 시의적절한 절도 사건. 그리고 마지막으로 베를린에서 독일 항공성에 두 차례나 영접된 아내.

이쯤 되면 끔찍하지만 말하지 않을 수 없다. 이 모든 것에서 국가 반역 냄새가 솔솔 풍긴다. 주베르 씨는 국가 안보와 직결된 프랑스의 산업 기밀을 팔아넘긴 것일까?

「지금 내가…… 반역죄를 지었다는 겁니까?」

자신에 대한 엄청난 혐의가 그의 가슴을 서늘하게 만들었다. 이보다 못한 죄로 사형에 처해진 사람들을 많이 보았던 것이다.

「아직 그렇게까지 얘기하고 싶진 않습니다, 주베르 씨. 하지만 사실들이 너무나 당황스러워요.」

「내가 내 나라를 배신했다는 것을 입증하는 것은 당신들이 할 일이지, 나 스스로 결백을 증명해야 하는 것은 아니지 않습니까?」

「주베르 씨, 두 분께서 대면해 각자 변호해 보면 더 나을 겁니다.」

「지금 그녀는 도망갔는데, 어떻게…….」

「그분은 돌아오고 있습니다. 주베르 부인은 파리행 열차를 타고 있어요. 우리 요원들이 열차가 베를린에서 출발할 때 확인했습니다. 국경을 통과하고 열차에서 내리면, 그녀는 곧바로 심문받을 겁니다.」

귀스타브는 정신을 차릴 수가 없었다. 레옹스가 돌아오고 있다면, 그녀가 거기 갔다는 얘기였다. 그렇다면 정말 이게 사실이란 말인가? 그는 입이 딱 벌어졌다.

「어떤 사고가 있지 않은 한,」 경찰관은 말을 이었다. 「그녀는 내일 파리에 옵니다. 그녀가 오는 즉시, 괜찮으시다면 그녀와 대면해…….」

「그렇게만 되면 나도 소원이 없겠어요!」

그는 고래고래 소리쳤다.

이제 하늘이 터지고, 구름이 걷히고 있었다. 그는 내일 그녀와 마주하게 될 것이다. 마주해서 그 쌍년을 한 방에 무너뜨릴 거고, 그러면 그의 결백이 입증될 것이다.

「네, 아주 좋습니다. 우리를 대질시켜 주세요. 그럼 더 이상 바랄 게 없겠습니다…….」

국경.

열차가 멈춰 선다. 밤이다. 사람들이 내린다. 공무원들이 열차에 올라 짐들을 열게 한다. 다른 공무원들은 플랫폼에 지켜서서 빠져나가는 승객들을 감시한다.

마들렌은 짐꾼 하나를 불러 짐들을 싣게 하고, 검문소로 걸어가 자신의 여권을 내민다.

「페리쿠르 부인…… 이름은 마들렌…….」

그들은 어떤 여자가 나오기만을 기다리고 있다. 레옹스 주베르라는 이름의 프랑스 여자인데, 이 여자는 아니다.

마들렌은 미소를 짓고, 세관원은 만족한다. 사진하고 사람이 일치하는데, 항상 그런 것은 아닌 것이다. 자, 다음 분!

날씨가 쌀쌀하다. 마들렌은 돌아서서 짐꾼이 잘 따라오는지 본다. 역 앞에선 택시 몇 대가 승객들을 태우고 있고, 사람들은 택시를 먼저 잡으려고 서로 밀쳐 댄다.

자동차 한 대가 전조등으로 신호를 보낸다. 한 남자가 차에서 내려 그녀에게로 걸어온다.

「안녕하세요, 뒤프레 씨.」

「안녕하세요, 마들렌.」

그는 가방들을 잡아 너무나 쉽게 들어 올리고, 그 모습에 마들렌은 가슴이 뭉클해진다. 그가 차 문을 열어 놓아, 그녀는 차에 올라타 좌석에 앉는다.

「그래, 다 잘됐나요?」 그가 시동을 걸면서 묻는다. 「아주 피곤해 보여요…….」

「나, 죽을 정도로…….」

차는 도시를 빠져나온다.

「뒤프레 씨…….」

그녀는 그의 허벅지 위에 손을 올려놓는다. 가볍게 느껴지는 손이다.

「뒤프레 씨, 시간이 너무 늦었는지 모르겠지만, 난 지금 끔찍하게 졸려요……. 혹시 이 근처에 여인숙이나 다른 뭔가가…… 그러니까 방을 하나…….」

「마들렌, 내가 벌써 생각해 뒀어요. 15분 후에 도착할 거니까, 거기서 쉴 수 있어요.」

차는 멈춰 섰지만, 그녀는 좀처럼 잠에서 깨어나지 못한다.

「마들렌…….」 뒤프레가 재촉한다. 「우리 도착했어요.」

그녀가 눈을 뜬다. 하지만 여기가 어디인지도 모른다. 아, 그래, 고마워요, 죄송해요, 뒤프레 씨, 내가 지금 꼴이 말이 아닐 거예요.

그녀는 차에서 내린다. 날씨가 차갑다. 빨리! 여인숙 문 안으로 들어간다. 뒤프레는 모든 것을 준비해 놓았다. 자, 여기 열쇠예요, 방은 2층에 있어요. 그는 그녀의 팔꿈치를 잡아 부축해 주고, 피곤에 취한 그녀는 비틀거리며 걷는다. 이제 들어가서 자요.

마들렌은 그에게로 지그시 고개를 기울인다. 저 가방들을 잘 간수해 주세요, 그 안에 돈이 많이 들어 있어요…….

뒤프레는 즉시 몸을 돌려 되돌아가고, 마들렌은 객실에 들어간다. 예쁜 방이다. 그녀가 상상했던 것보다 고급스럽다. 그녀는 옷을 벗고, 간단히 몸을 씻는다.

그가 다시 올라오지 않아 그녀는 창밖을 내다본다. 그는 안뜰에서 담배를 피우고 있다. 검은 고양이 한 마리가 그의 종아리에 몸을 비빈다. 그가 몸을 굽혀 녀석을 쓰다듬자, 녀석은 등을 둥글게 말아 올린다. 아마도 기분이 좋아서 가릉대는 모양인데, 마들렌은 녀석의 심정을 충분히 이해할 수 있다.

그녀는 침대에 누워 기다린다. 뒤프레 씨가 가볍게 노크하고는 머뭇거리며 머리를 쑥 내민다. 그러고는 들어온다.

「아직 안 자죠……?」

그는 수심이 깃든 얼굴로 침대 언저리에 걸터앉는다.

「마들렌, 당신에게 할 말이 있어요.」

그녀는 그가 자기를 떠나려 한다고 느낀다. 가슴이 꽉 조여 온다.

「난 당신을 도왔어요……. 당신이 요구하는 모든 것을 했죠. 하지만 이것은…….」

마들렌은 뭐라고 한마디 하고 싶은데, 목구멍이 말라붙어 아무 소리도 나오지 않는다.

「무슨 애국심이 발동해서 이러는 건 아니에요. 무슨 말인지 알겠죠⋯⋯. 하지만 나치를 돕는다는 것은⋯⋯.」

「지금 무슨 얘길 하는 거죠?」

「우릴 위협할 수 있는 그들에게 도움이 될 수 있는 연구 결과를 넘긴다는 것은⋯⋯.」

마들렌은 다시 몸을 일으켰다. 그녀는 미소를 짓는다.

「뒤프레 씨, 나는 그런 짓을 절대로 하지 않아요! 대체 나를 어떻게 생각하는 거죠?」

마들렌의 격한 반응에 그는 놀란다.

「왜냐하면⋯⋯ 그 설계도들은⋯⋯.」

「맞아요, 난 디트리히 소령이 내가 파는 것의 가치를 확인할 수 있게끔 네 페이지만 주었어요. 하지만 떠나면서 그들에게 넘긴 것은 〈포기된 가설〉이라는 문건이었어요. 그들이 그게 아무런 의미가 없는 연구라는 걸 깨닫는 데 며칠 걸리겠죠.」

이번에는 뒤프레가 미소를 지었다. 마들렌이 그를 알고 나서 처음으로 보는 미소였다.

「자 뒤프레 씨, 이제 내 위에 몸 좀 눕히지 않을래요?」

폴은 파리에 돌아오자마자 솔랑주에게 편지를 썼다. 피노키오, 난 밀라노에 가 있을 테니, 거기로 편지하렴. 약속할 거지? 그녀는 그를 숨이 막힐 정도로 꼭 끌어안았다. 그가 그녀에게 쓰고자 하는 것은 역설적이었다. 그에게 가장 감동적인 기억으로 남을 독창회는 솔랑주가 노래를 가장 적게 부른 공연이기도 했다.

그는 편지를 쓰기 시작했으나, 그것을 끝맺을 시간이 없었다.

9월 12일, 파리의 일간지들은 솔랑주 갈리나토가 그녀를 싣고 암스테르담으로 달리던 열차 안에서 사망했다는 소식을 전했다.

블라디는 신문을 들고, 마치 최면에 걸린 듯 뚫어지게 쳐다봤다. 꼭 글을 읽을 줄 알아야만 여가수의 사진 아래 제목이 그녀의 사망을 알린다는 사실을 눈치챌 수 있는 것은 아니었다.

폴은 울지 않았지만, 분노에 사로잡혔다. 그는 자신을 신문가판대로 데려가게 해서, 일간지를 죄다 사가지고 다시 올라와 솔랑주에 대해 얘기하는 페이지들을 모조리 읽었고, 그러고 나서는 괴로워하며 망연자실해서 모든 것을 방 저쪽으로 집어 던졌다. 디바가 열차의 칸막이 좌석 안에서 죽은 채 발견되자, 기자들은 자세한 사정을 듣기 위해 베를린 쪽으로 고개를 돌렸다. 독일 제국은 처음부터 끝까지 허구인 소설을 한 편 지어냈고, 언론은 그대로 믿을 준비가 되어 있었다. 더없이 멋진 콘서트를 마친 디바는 특별석에 있는 히틀러 씨에게 직접 인사를 드리고 싶어 했단다. 이 자리에서 그녀는 위대한 독일 제국에 대한 자신의 믿음과 희망과 전적인 지지를 재천명했고, 이에 감동한 총리는 그녀를 저녁 식사에 초대했으나, 불행히도 디바는 건강상의 이유로 사양해야만 했단다. 실제로 그녀는 지금 자신이 극도로 피곤하다고 고백했단다. 디바의 탈진 상태에 놀란 당국자들은 그녀에게 그다음 독창회들을 취소하라고 제의하고, 당장 다음 날 그녀가 가기를 희망하는 암스테르담으로 떠날 수 있게 조치해 주었단다. 떠나면서 그녀는 괴벨스 씨와 슈트라우스 씨에게 이 베를린에서의 독창회는 〈커리어에서 가장 중요한 콘서트로 자신의 기억과 마음에 남을 것〉이라고 말했단다. 솔랑주가 독일의 새 정권을 추켜세우는 요란한 발언들을 쏟아 냈기 때문에, 독일 선전성(宣傳省)이 전하는 이 말이 완전히 사실이라는 것을 의심하는 사람은 아무도 없었다.

폴은 모든 신문에, 신문마다 다른 내용으로 편지를 하나하나 썼다. 그리고 저녁에는 탈진해 울음을 터뜨렸다.

그렇게 일주일을 울었다.

블라디가 음반을 틀어 솔랑주의 노래를 들려주려 했지만, 그는 거부했다. 그가 그녀의 노래를 괴로워하지 않고 다시 들으려면 몇 달은 지나야 했다.

〈이 나치즘의 열렬한 지지자의 장례식은 이탈리아 파시즘 핵심 인사들이 참여한 가운데 밀라노에서 거행되었다.〉

폴에게 이 거짓말은 견딜 수 없을 정도로 잔인했다. 그는 어머니가 가진 분노와 원한과 상당히 흡사한 감정에 사로잡혔다.

어제 왔던 그 경찰관들이었다. 그들은 자기네 사무실에서 일을 처리하기를 원했고, 주베르는 이것을 좋은 신호로 받아들였다. 베를린에서 출발한 열차는 오후 늦게 파리에 도착하는데, 벌써 저녁 6시였다. 그는 빨리 레옹스와 마주하고 싶었다. 그녀만 생각하면 이가 갈렸다.

그녀의 배신을(그리고 그녀의 멍청한 짓을…… 대체 이 바보 같은 년은 뭘 바란 것일까?) 알게 된 이후, 그는 밤마다 그녀에게 소리치고 따귀를 때리고, 아침에는 그녀의 침실 문을 왈칵 열고 침대에서 끌어내 머리채를 잡고 질질 끌고 다니고 싶었고, 할 수만 있다면 창밖으로 던져 버렸을 것이다.

만일 그의 설계도들이 정말 독일에 있다면, 그의 프로젝트는 끝장나 버리고, 그는 완전히 파산한 거지만, 적어도 이 국가 반역죄에서만큼은 무사히 빠져나갈 수 있는 반면, 그녀는 감옥에 들어갈 거고, 어쩌면 더 심한 일을 당할 것이다.

그는 외투를 걸쳤다. 경찰관들은 그가 바짝 긴장해 있고, 폭발 직전이라는 걸 느꼈다. 그들은 밖으로 나가려 했다.

「뭐라고요? 그녀가 체포되지 않았다고요?」

귀스타브의 손이 문손잡이에 올려져 있었다.

「그렇습니다, 주베르 씨. 그녀는 세관원들과 그녀가 나오는 길에 배치된 우리 요원들의 감시망을 뚫고 탈출하는 데 성공했어요. 아무도 그녀가 내리는 것을 보지 못했는데, 열차가 파리에 도착했을 때 그녀는 열차 안에 없었습니다…….」

주베르는 이 소식에 얼굴이 하얘져서 두 사내를 차례로 쳐다보았다. 그는 한 걸음 뒤로 물러섰다.

「우리를 좀 따라오셨으면 합니다, 주베르 씨.」

귀스타브는 정신이 멍해졌다. 만일 레옹스가 체포되지 않았다면, 왜 나를 데려가는 거지? 그는 차에 올랐고, 운전을 하는 경찰관 뒷좌석에 앉았다.

첫 번째 빨간 신호등에서 그는 차창 밖을 내다보았다.

처음엔 실감하지 못했다. 지금 내가 꿈을 꾸고 있는 건가? 옆쪽에 주차된 차 안에 있는 사람이 마들렌 페리쿠르였나? 언뜻 지나가며 봤지만, 너무나 갑작스럽고 뜻밖의 영상이어서……. 그래, 〈강렬한 영상〉이 맞는 표현일 것이다.

아니, 그녀가 여기서 무얼 하고 있지? 여기는 그녀가 다니는 곳이 전혀 아니었다. 우연히 있게 된 걸까?

이런 혼란한 생각에 잠겨 있던 그 앞에 구레나룻을 기른 반장이 어떤 사내와 함께 나타났다. 세련된 옷차림에 딱딱한 얼굴을 한 사내는 자신이 누군지 말하지 않았으나, 아마도 반장의 상관인 듯했다.

「우리는,」 반장이 말했다. 「당신이 아내가 베를린에 가는 것을 잘 알고 있었다고 생각합니다…….」

「내가 알았다고요? 그 사실을 당신이 내게 알려 주었잖아요!」

「그녀는 아마 가짜 신분증을 사용해 열차에서 내린 뒤 모처에서 당신이 오기를 기다리고 있겠죠…….」

「농담하지 마세요!」

「그렇게 보여요?」

다른 사내가 말을 이어받았다. 어느 정부 기관에서 나온 사람 같았다. 법무부일까? 그는 마분지 표지로 덮인 서류 파일 하나를 펼쳤다.

「당신은 만첼프라운호퍼게젤샤프트를 아십니까?」

「전혀 모르는데요.」

「그건 어떤 스위스 회사예요. 공식적으로는 무역업을 하고 있지만, 외견상일 뿐이죠. 실제로는 독일 정부에 속한 회사입니다. 독일 제국이 자기네와 연결되기를 바라지 않는 은밀한 상업적 거래들을 위해 사용하는 것이죠.」

「대체 이게 내 일과…….」

「이 회사에서 방금 라 프랑세즈 다에로노티크, 즉 당신 소유 회사에 25만 스위스 프랑을 입금했어요.」

주베르는 얼이 빠졌다.

「난 도무지 이해가 안 되는데요…….」

그는 진심이었다.

「프랑스 방첩국은 분명히 얘기하고 있어요. 당신의 연구물 몇 페이지가 독일 항공성 사무실들에 굴러다니는 게 목격되었다고.」

「그건 내 아내가 가져간…….」

「당신 부인에게도 해명을 요구할 겁니다. 그녀를 잡게 된다면 말이죠…….」

바로 이 순간, 주베르는 대체 무슨 이유인지 모르겠지만 한 시간 전에 언뜻 보았던 마들렌 페리쿠르의 얼굴이 떠올랐다.

그 이유를 자세히 따져 볼 시간이 없었으니, 정부 기관의 사내가 말을 이어 갔기 때문이다.

「주베르 씨, 지금으로선 모든 정황상 당신이 그녀와 공모해 당신의 연구 결과를 독일에 팔아넘겼다고 생각하지 않을 수 없습니다. 그리고 이 연구는 프랑스 정부와 맺은 계약하에 행해진 것이기 때문에, 법적으로 당신의 행위는 국가 반역죄에 해당합니다.」

「자, 잠깐만요……!」

「귀스타브 주베르 씨, 당신을 체포합니다.」

38

보통 르노 씨는 빈터투어 은행 조합 사무실에서 저녁 8시 45분경에 나왔다. 사실, 그는 가능한 한 정확히 8시 45분에 맞춰 나오려 노력하고 있었으니, 그에게 이것은 하나의 미학적 문제였던 것이다. 그의 운전기사는 늦지 않기 위해 8시 40분경 벨리니가 부근에 멈춰 서 있다가, 건물 현관등이 켜지는 게 보이면 시동을 걸고 천천히 나아가서 차를 세우고, 그의 상관이 보도에 나타나는 순간에 딱 맞춰 차에서 내려 차 문을 열곤 했다. 이 모든 것이 완벽하게 맞춰져 있었다. 그렇다, 이를테면 스위스 시계처럼 말이다.

하지만 이날 저녁, 외젠들라크루아가에 접어든 운전기사는 있는 힘을 다해 브레이크 페달을 밟았으나 아무 소용이 없었다. 조금 과장하자면 차의 바퀴 밑으로 쪼르르 달려 들어온 한 사내가 스튜드베이커의 보닛에 두 다리를 받혀 공중에서 한 바퀴 빙 돌았고, 찰나의 순간 운전기사와 피해자가 차 앞 유리창을 통해 서로 얼굴을 마주 본 다음, 청년의 몸은 보닛을 따라 스르르 미끄러져 내렸다. 그는 마치 죽어 버린 것 같은 두 손으로 무엇을 움켜쥐려 하지도 않고 차 앞쪽으로 사라져 버렸다. 황급히 차에서 내린 운전기사는 무릎을 꿇고 청년의 어깨를 조심스레 붙잡았다. 그는 축 늘어져 움직이지 않았다. 맙소사…… 행인들이 걸음을 멈췄다. 그들 중 하나가 경찰을, 구급차를 불러야 한다고 말했다. 운전기사는 피해자의 창백한 얼굴을 보고 말 그대로 최면에 걸려 꼼짝도 하지 못했다. 죽었어요? 누군가가 물었다. 어떤 여자가 길게 비명을 질렀다.

아래로 내려온 르노 씨는 자기 차가 없는 것을 보고 깜짝 놀랐다. 지난 4년 동안 두 번 있었던 일로, 아주 드문 경우이긴 하지만, 결코 일어날 수 없는 일은 아니었다. 그는 지난번에 했던 대로 했다. 즉, 트로카데로 쪽을 향해 들라 투르가를 따라 올라갔다. 그는 슬그머니 미소를 머금었다. 살다 보면 이런 불의의 상황이 오히려 고맙게 느껴질 때가 있는 법이다. 만일 그가 차를 탔더라면, 남자들이 마치 사냥개들처럼 공중에 코를 내밀고 킁킁대게 만드는 은근한 향수 냄새를 흘리는 저 여자 행인의 매력적인 실루엣을 눈으로 좇는 행운을 결코 얻지 못했을 것이다. 그는 좁아 보이는 골반의 리듬에 따라 팔락이는 여자의 블라우스와, 이렇게 마음속으로만 가리켜 보일 수 있는 그것, 다시 말해 기가 막힌 엉덩이를 정신이 몽롱해진 상태로 관찰하고 있었다. 아, 얼마나 그녀를 추월하고 싶던지……! 얼굴도 저 멋진 몸매에 걸맞은 모습을 하고 있겠지?

갑자기 그녀가 비명을 질렀고, 넘어지지 않으려고 벽에 몸을 기댔다. 르노 씨는 급히 달려가 그녀가 균형을 잃으려는 순간 한 손을 내밀었다. 오, 별것 아니고, 그저 하이힐 뒷굽이 부러진 것뿐이었다. 하지만 젊은 여자는 깨금발로 춤을 추며 뭔가 붙잡을 것을 찾았고, 르노 씨가 내민 팔을 발견했다. 그는 말했다. 자, 제 팔을 잡으세요……. 그녀는 장갑을 끼고 있었지만 그 안의 열기가 느껴졌다. 그녀는 그의 팔을 붙잡고 1, 2미터를 절뚝절뚝 걸었는데, 어찌나 세게 잡던지 부축해 주기가 힘들 정도였다. 이번에는 그마저 넘어뜨리려고 이러나? 그는 도로 쪽으로 고개를 돌렸다. 조금 있으면 지나가는 차가 있을 텐데. 세상에, 뭐, 이런 상황이 다 있나……. 젊은 여자는 절뚝이며, 라 빌라 에메, 그러니까 예쁜 주택들이 늘어선 막다른 골목으로 나아갔다. 너무 무리하지 마세요, 라고 그는 충고했지만, 그녀는 아야, 아야 하며 계속 절뚝거렸다. 드디어 그 길이 나타났는데, 그는 그 길을 본 것을 마지막으로 머리통에 큰 충격을 느꼈다. 누군가가 조준해서 딱 한 방 때린 것으로, 그는 이 느낌을 오랫동안 기억하게 될 것이다.

뒤프레는 1분도 안 되어 그가 가진 것들을 털었다. 그러는 사이 레옹스는 자기 핸드백에서 신발 한 켤레를 꺼내 재빨리 갈아 신은 다음, 한마디 말도 없이 라 빌라 에메를 나와 들라투르가 쪽으로 총총히 걸어갔다.

뒤프레는 모든 것을 챙겼다. 지갑, 열쇠, 손수건, 안경, 수첩, 동전 지갑, 명함, 손목시계, 결혼반지, 가문(家紋)이 새겨진 금반지, 심지어 은 도금된 버클이 달린 허리띠까지……. 경찰은 이렇게 말할 것이다. 〈선생께서는 운이 없었습니다, 이런 동네에서 털리는 경우는 흔치 않은데 말이죠.〉

뒤프레는 만족했다. 그가 처음으로 턴 은행가였다.

그는 세일러 백을 꽉 졸라매고 들라 투르가를 아까와 반대 방향으로 올라갔다. 그는 빠르지만 결코 급하지 않은 보조로

506

걸었다. 저쪽에 사람들이 모여 있었고, 차 한 대가 길 한가운데 서 있었으며, 차 앞에 누군가가 쭉 뻗어 있었다. 운전기사와 구경꾼들 모두 신음하고 있었다……. 뒤프레는 속도를 늦추지 않고, 심지어 눈도 돌리지 않고 계속 걸었다. 바로 이때, 남자들의 목소리가 들렸다. 타고 온 자전거를 차에다 기대 놓고 걸어오는 순경들의 목소리였다. 〈비켜요, 경찰이오! 여기 무슨 일이오?〉 대답이 나오는 데 오래 걸리지 않았다. 경찰이라는 소리에, 그때까지 누워 있던 사내는 용수철처럼 일어나서 아주 잠시 동안 두 순경을 응시한 뒤, 거리를 따라 산토끼만큼이나 빠른 속도로 내달리기 시작했다. 모두가 어찌나 놀랐던지, 그 모습을 보고도 손 하나 까딱할 수 없었다.

할 수 있는 최대한의 속도로 내달렸지만, 로베르는 한마디 중얼거리지 않을 수 없었다. 이제 담배 좀 줄여야겠어…….

머리가 미치도록 아팠지만, 르노 씨는 잘, 그리고 올바르게 생각하려고 애썼다.

그는 경찰관에게 말했다.

「생각보다 별거 아니에요. 그들은 아무것도 가져가지 않았어요.」

반장은 깜짝 놀랐다.

「미처 내 물건들을 털 시간이 없었나 봐요.」 르노 씨는 조금 더 대담하게 꾸며 냈다. 「잘은 모르겠지만, 아마 누군가가 올 것 같아 겁났나 보죠, 뭐.」

「네? 아무것도 가져가지 않았다고요?」

르노 씨는 텅 빈 호주머니들을 더듬어 보며 대답했다. 네,

정말로요, 정말 아무것도 안 가져갔어요. 피해가 전혀 없어요.

「이것만 빼놓고 말이죠.」 그는 보기에도 처량한 미소를 지으며 방금 간호사가 붕대를 감아 준 자신의 머리통을 가리키며 말했다.

경찰관은 물론 그의 말을 믿지 않았다. 뭐, 각자 사정이 있는 법이니까. 이 양반은 아마도 자기가 지금 어디 있는지 마누라에게 알리고 싶지 않은 거겠지. 손가락에 반지가 빠진 자리가 허옇게 보이고, 허리띠가 사라진 바지를 계속 추어올리고 있지만, 어떡하겠는가, 당사자에게 신고하라고 강요할 순 없는 법이고, 만일 그가 빼앗긴 것을 도둑놈에게 선물하고 싶은 거라면, 뭐, 본인의 만수무강을 빌어 주는 수밖에······.

르노 씨는 즉시 빈터투어 은행 조합에 속달 우편 한 통을 보냈다. 하지만 그쪽에도 모든 것을 말하지는 않았다. 계속 머릿속을 맴돌며 그를 괴롭히는 한 가지 의문 때문이었다. 도대체 왜 그가 어떤 골목길에서 머리를 얻어맞고 고꾸라진 바로 그 순간, 공교롭게도 그의 운전기사는 경찰이 오자마자 부리나케 도망간 어떤 사내를 차로 받았단 말인가? 그는 두 사건을 나란히 놓고 연결점을 찾아보았다. 뭔가 수상쩍은 음모 냄새가 느껴졌지만, 문제를 아무리 여러 각도에서 생각해 봐도 이게 도대체 어디서 온 것인지, 또 이 일을 어떻게 처리해야 할지 알 수가 없었다. 하여 그는 상부에는 운전기사의 일을 얘기하지 않고, 자신이 공격당한 일만 보고했다. 수첩이 사라진 사실을 감출 수 없었기 때문이다.

빈터투어 사람들의 생각은 모두 같았다. 누군가가 아무런 의미도 발견할 수 없는 숫자들과 이름들만 줄줄이 적혀 있는 이 수첩을 가지고 무엇을 할 수 있단 말인가. 도둑이 르노 씨의 물건들을 죄다 털어간 것은 오히려 마음이 놓이는 일로, 이는 그가 오직 돈에만 관심 있었다는 표시였기 때문이다. 그리고 르노 씨가 정식 고소도, 신고도 하지 않은 것은 대단히 신중한 조치였으니, 이로써 이 사건은 고객들에게 스위스 금고처럼 꽉 닫혀 버렸다.

그럼에도 불구하고 르노 씨는 잠을 설치기 시작했다. 밤이면 젊은 여자들이 몰려와서 하이힐 굽들로 그의 심장을 쿡쿡 찌르고, 차들이 그를 넘어뜨렸으며, 그 자신은 안쪽 벽면에 숫자들과 이름들이 회계장부처럼 줄줄이 적혀 있는 우물 속에서 허우적대곤 했다.

정부에 대한 반란으로 비화되고 있는 민중의 광범위한 세금 반대 운동 앞에서, 샤를은 어찌할 바를 모르고 오랫동안 턱을 만지작거렸다. 한편으로 시위자들이 주장하는 것은 그 자신이 20년 동안 재선을 위해 목이 터져라 외쳐 댔던 내용, 바로 그것이었다. 다른 한편으로, 그는 지금 세금이 국고에 확실히 들어오게 감시하는 임무를 지닌 국회 위원회를 맡고 있었다.

여름이 끝날 즈음, 전국을 한 바퀴 돈 항의 물결은 〈납세 총파업〉이라는 혁신적인 제안으로 마감되었다. 그리고 이의 적용을 결정하기 위한 대규모 집회가 9월 19일, 바그람홀에서 열릴 예정이었다.

이런 반란의 북소리는 샤를의 확신을 굳혀 주었다. 결국 ── 그는 위원회에서 선언했다 ── 납세를 거부하는 것은 탈세나 마찬가지인바, 왜냐하면 이런 행위에는 〈공동체에서 세수(稅

收)를 박탈하려는 의지〉가 담겨 있기 때문이었다. 따라서 그에 따르면, 국가의 재원을 보호하기 위한 법을 정부에 제의하는 일이야말로 위원회가 해야 할 사명이었다.

〈세무적 종교 재판〉, 〈퇴폐적인 의회주의〉, 그리고 〈공화주의적 협잡〉을 고발하는 연설자들을 지지하기 위해 수천 명의 시위자가 몰려들 준비를 하고 있을 때, 샤를은 정부에 제출할 법안을 위원회에 상정했다.

〈바그람의 부름〉이라는 한 격문이 민중은 〈의회를 벗어던질 준비가 되어 있다〉고 연호하고 있을 때, 위원회는 샤를의 이 법안을 승인했다.

9월 19일 집회에서는 〈강탈적이고도 무능한 국가〉를 고발하는 단일하고도 상세한 선언문을 대통령궁으로 가져가기로 결의되었다. 결국 노도처럼 나아가는 군중이 샹젤리제 거리와 콩코르드 광장 일대에서 경찰과 충돌했다. 특별히 결의에 차고 연장도 제대로 갖춘 왕당파 당원들과 악시옹 프랑세즈의 청년들은 군사 정부의 병사들을 괴롭히다가, 급기야 이들이 자신들을 도발한다며 비난하고 나섰다. 개머리판으로 얻어맞은 그들은 바리케이드를 뚫었고, 기마경찰대가 투입되었고, 밤이 되어서야 평온이 찾아왔는데, 그때까지 부상자가 40여 명이나 되었다.

다음 날 아침, 위원회는 밤새 토의를 거듭한 끝에 〈실제 행위나 위협이나 협력 작업을 통해 집단적인 납세 거부 운동을 벌이거나 벌이려 한 자는 누구를 막론하고〉 처벌하는 법안을 정부에 제출했다.

샤를은 기진맥진했으나, 만족했다.

온 나라가 들고 일어서는데, 이 체제는 세금과 공공요금의 가소로운 백(白)기사, 샤를 페리쿠르 씨의 작품인, 봉기한 프랑스 국민들을 처벌하는 법안을 꺼내 드는 것을 노련한 응수라 생각하고 있다.

일반적으로 프랑스 혁명을 매우 자랑스러워하고 계신 우리 의원님들께서는 프랑스 민중이 그들의 자유를 위해 투쟁하는 것을 비난하기가 몹시 힘든 입장인데, 왜냐하면 〈정부가 민중의 권리를 침해할 때, 반란은 가장 신성한 의무〉이기 때문이다. 이는 인간과 시민의 권리 선언 제35조에 있는 말이다.

카이로스

폴은 일종의 전체 회의를 열어, 자신이 개발한 제품의 이름, 판촉 전략의 방향, 그리고 홍보 문구 등을 밝히는 엄숙한 시간을 갖고자 했다.

그는 자신의 어머니, 뒤프레 씨, 블라디, 그리고 브로츠키 씨로 구성된 첫 번째 동아리뿐 아니라, 레옹스도 초청하고 싶어 했다. 〈그녀의 첫 번째 남편과 함께〉라고 그는 덧붙였다.

사람들이 도착하기를 기다리면서, 브로츠키 씨가 그 신비스러운 조제 작업을 계속하는 가운데, 폴은 그 어느 때보다 집중한 얼굴로 그의 계획이 적힌 카드들을 검토하고 있었고, 마들렌과 뒤프레 씨는 그들이 만날 때면 자주 그러듯이 신문을 뒤적이고 있었다. 〈이자에게서 결국 뭔가 찾아낼 수 있을 거예요〉라고 뒤프레는 앙드레 델쿠르에 대해 말하곤 했지만, 아직 아무것도 이 소망을 이뤄 주지 못하고 있었다.

뒤프레는 정치 뉴스들을 즐겨 읽었고, 마들렌은 세상을 떠들썩하게 하는 재판들, 이를테면 비올레트 노지에르 사건 심리(審理)라든가 파란만장하게 전개되는 파팽 수녀 사건 같은 것에 관심이 많았다. 그러했기에 뒤프레는 그녀가 이렇게 말하는 것을 듣고 깜짝 놀랐다.

「당신은 어떻게 생각할지 모르겠지만, 나는 이 알레한드로 레룩스에게 별로 신뢰가 안 가요.」

스페인의 새 정부 수반에 대한 이 언급은 정말이지 뜻밖이었다.

「이 나라 전임 총리도 그렇게 호감이 가지는 않았어요. 그냥 가톨릭교회의 적이기만 했을 뿐, 그 외엔 아무것도 아니었으니까요! 하지만 뒤프레 씨, 한번 얘기해 보세요. 이 사람은 지금 스페인을 파시스트 체제로 끌고 가고 있지 않나요?」

뒤프레가 막 대답하려는데 레옹스가 로베르를 달고 도착했고, 마들렌은 벌써 일어나 있었다. 어서 와요, 레옹스. 얘, 폴, 이리 와서 레옹스에게 인사하지 않을 거야?」

레옹스와 폴은 1929년 이후 처음 만나는 거였다. 벌써 4년이나 흘렀다.

젊은 여인이 도착하자 폴은 마음이 크게 격동되었다. 그녀와 더불어 그녀가 친밀하게 자신을 어루만져 주고 목덜미에 키스를 해주던 세월이 함께 들어왔지만, 또한 자신의 어머니를 나락으로 떨어뜨린 그녀의 배신도 함께 들어왔다.

하지만 그녀를 만난 심정이 마냥 힘들기만 한 것은 아니었다. 그가 얼마 전에 읽은 『마농 레스코』 덕분에 그녀의 또 다른 얼굴을 발견한 것이다. 물론 그는 그동안 솔랑주가 부른 푸치니의 「마농 레스코」를 자주 듣긴 했지만, 자신의 정신 속에서 아베 프레보의 젊은 여주인공은 언제나 레옹스의 모습을 하고 있었다는 사실을, 그에게 마농은 바로 레옹스였다는 사실을 전혀 깨닫지 못하고 있었다. 어쩌면, 세월이 아직 그녀의 아름다움을 손상시키지 못했음을 확인하면서, 이제 욕망의 나이에 들어선 그는 거기서 견디기 힘든 무언가를, 고통스러운 무언가를 느꼈는지도 모른다. 그는 흐느끼기 시작했다. 그러잖아도 보름 전에 솔랑주를 떠나보내 힘들어하던 폴은 지금도 슬픔을 이겨 내려 애썼고, 그의 이런 모습을 보면서 레옹스는 그가 얼마나 성장했는지 깨달았다.

그녀는 다가와서 무릎을 꿇고는 그를 가슴에 꼭 끌어안고 아무 말도 하지 않은 채 오랫동안 부드럽게 흔들어 주었다. 사람들은 그냥 보고만 있었다. 그들은 말하지 않았다. 폴은 이 포옹에서 그가 어린아이였을 때 그렇게나 자주 찾곤 했던 평온한 충만감을 느끼지 못했는데, 이제 레옹스의 향내를 전혀 다른 것과 연결시키고 있었기 때문이다.

한편 레옹스는 소년기를 휠체어에서 지내는 것이 어떨지 가늠해 보고는 가슴이 먹먹해졌다. 그것은 너무나 가슴 아픈 일이었다.

폴은 동정받고 싶지 않았기 때문에, 그녀를 아주 살짝 떠밀면서 〈됐어요〉라고, 더듬지도 않고 말했다.

마들렌은 이 〈모임〉이 어떤 가족사진과 약간 비슷하다고 느꼈다. 하지만 참 희한한 가족이었다.

이 작은 무리는 살롱 안에 몸을 맞대고 모여 있었다. 앞줄에는 숙녀들, 그러니까 마들렌과 레옹스, 그리고 아무것도 의심하지 않고 살아온 여자답게 척 팔짱을 낀 블라디가 앉아 있었다. 마들렌 뒤에는 의자 등받이에 얌전히 두 손을 올려놓은 뒤프레가 서 있었다. 레옹스 뒤에 선 로베르는 〈어, 이걸 왜 아직도 안 팔고 있었지?〉 하는 표정으로 아내의 목걸이를 만지작거렸다. 마지막으로 브로츠키 씨는 블라디 뒤에 서 있었다(그들은 독일어로 끊임없이 속닥거렸는데, 그들이 대체 무슨 얘기를 나누는지 아무도 알아들을 수 없었다).

폴은 더듬는 것을 최대한 줄이기 위해, 할 말을 미리 외워 놓았다.

그는 현대 상업의 영광을 기리는 어떤 기념물의 낙성식을 거행하듯이, 젊은 여자 하나가 그려진 커다란 판지를 드러냈다. 길쭉한 체형에, 45도 각도로 옆에서 포착된 그녀는 마치 구두 뒷굽 하나가 없어졌는지 확인하는 것처럼 한쪽 다리를 쭉 펴고 고개를 뒤로 돌리고 있었다.

〈젠장!〉 그녀는 화들짝 놀란 표정으로 외쳤다.

다소 과장적으로 묘사된 그녀의 풍만한 엉덩이를 보면 왜 이런 감탄사가 나왔는지 충분히 이해되었다.

그리고 그 위에 다음과 같이 간략하게 적혀 있었다.

모로 박사의 칼립소 미용 크림

〈미용 크림〉이라는 표현은 — 폴은 설명을 시작했다 — 이 제품이 너무 의약품처럼 느껴지는 것을 피하게 해줘요. 게다가 이 말에는 〈미〉라는 글자가 들어갔는데, 이것은 무의식에서 긍정적으로 작용하게 되죠.

〈칼립소〉는 교양 있고, 신화적이고, 낭만적인 느낌, 뭔가 사랑과 연관된 느낌을 주면서, 이게 여성적 매력을 위한 제품이라는 점을 강조하죠.

그리고 〈박사〉는 이 제품에 필요 불가결한 과학적 보증을 부여해 주고요…….

마지막으로 신비스러운 〈모로 박사〉가 남아 있었다.

「이게 누구야?」 레옹스가 물었다.

「아…… 아무도 아니에요. 이 제…… 제품은 이…… 익명으로 남아서는 안 돼요. 누…… 누군가…… 트…… 특별한 인물의 바…… 발명품이어야 해요. 그…… 그래야 신뢰가 가거든요. 모로는 아…… 아주 프랑스적인 이름이에요. 사…… 사람들이 아주 좋아할 거예요.」

그는 미소를 지으며 덧붙였다.

「브, 브, 브로츠키 박사보단 훨씬 낫죠.」

모두가 고개를 끄덕였고, 심지어 브로츠키 씨까지 동의했다.

홍보 논리는 매우 구체적이었다.

당신의 체중이 마음에 걸리십니까?

당신의 몸매가 불안하십니까?

지금 당장 사용하세요.

모로 박사의 칼립소 미용 크림

의과대학에서 승인하고

파리의 모든 미녀가 선택한

간단하고도 근본적인 치료제입니다.

이 〈의과대학에서 승인하고〉는 과학적인 보증을 통해 고객을 안심시키기 위한 것인데, 좀 과한 표현이라고 생각할 수도 있겠지만, 이게 결국은 등록되고, 허가받고, 단순한 향을 첨가한 제품이기 때문에 뭐, 무방하다고 생각해요.

그리고 크림을 담은 사암 단지의 매력은 무엇보다, 마치 이게 어떤 향수인 것처럼 뚜껑에다 새겨 놓은 〈젠장!〉[23]이라는 감탄사에서 온다는 것이다.

「아, 이 냄새, 뭔지 알겠다!」 냄새를 맡아 보기 위해 뚜껑을 연 로베르가 외쳤다.

「물론 잘 알겠지, 자기야…….」 레옹스가 얼굴을 붉히며 말했다.

그들은 샴페인 한 병을 땄다. 브로츠키 씨는 독일어로 블라디와 얘기를 나눴다. 레옹스는 폴에게 축하해 주며 여자들이 아주 좋아할 거야, 라고 말했고, 폴은 여자들이 널 아주 좋아할 거야, 라는 뜻으로 이해했다.

그들은 한 번도 마주친 일이 없었다. 더 이상 같은 세계에 살고 있지 않았으니까. 따라서 마들렌 페리쿠르가 찾아왔다는 소리를 들었을 때, 기요토는 어떤 사적인 부탁을 위한 방문이라고 생각해, 지금 바쁘다고 전하라 일렀다.

「괜찮아요, 기다리죠.」

그녀는 차분하고도 참을성 있는 모습으로 로비에 자리를 잡았다.

오전 11시 반경, 상황이 우스꽝스러워질지도 모른다고 느낀

23 〈젠장〉을 뜻하는 〈Mince〉라는 단어에는 〈날씬한〉이라는 뜻도 있다.

516

기요토는 생각을 바꿨다. 그녀가 뭔가 과도한 것을 부탁한다 해도 거절할 수 있을 거였다. 이것은 봉급 인상을 요구하는 사람과 마주하는 것과 다를 바 없을 터, 그는 이런 일에 이력이 나 있었다.

마들렌은 모습이 많이 변해 있었다. 가만, 이 사람을 얼마 동안 보지 못했더라······? 그는 기억을 더듬어 보았다.

「4년이 넘었죠, 쥘.」 그녀가 대신 대답해 주었다.

그는 어떤 거지를 보게 될 줄 알았는데, 지금 앞에 있는 사람은 깔끔하고 미소 짓는 소시민 계급의 부인이었다. 그는 마음이 놓였고, 자신이 그녀에게 졌을지도 모를 빚을 속으로 깨끗이 지워 버렸다.

「그래, 마들렌, 요즘 어떻게 지내요? 그리고 루이는 어떻게 지내고요?」

「루이가 아니라 폴이에요. 그리고 걔는 잘 지내요.」

쥘 기요토는 사과나 감사의 말 따위는 절대로 하지 않는 사람이었다. 그는 아주 잘 기억하고 있다는 듯 고개를 끄덕이는 것으로 만족했다. 맞아, 폴, 그래, 물론이지.

「그리고 쥘, 당신은 어떻게 지내죠?」

「오, 이렇게 사업이 안 되는 것은 처음이야. 아시겠지만, 요즘 언론계 상황이······.」

「언론계 상황에 대해서는 모르겠지만, 당신의 상황은 잘 알고 있어요. 이 둘은 서로 아무 관계가 없어요.」

「뭐라고요?」

「쥘, 당신의 시간을 빼앗고 싶지는 않아요. 그게 아주 귀한 것인 줄 잘 아니까요.」

그녀는 핸드백을 열어, 그에게 가져올 것을 잊지 않았나 걱정하는 것처럼 찌푸린 얼굴로 안을 뒤졌다. 그러고 나서 안도하는 신음을 짧게 발했다. 아, 여기 있네! 그것은 숫자들이 적혀 있는 쪽지 한 장이었다.

기요토는 안경을 끼고 읽어 보았다. 그것은 어떤 날짜도, 전화번호도 아니었다. 그는 그녀에게 의문에 찬 눈을 들어 올렸다.

「그것은 당신의 은행 계좌 번호예요.」

「뭐라고?」

「당신이 수년 전부터 국세청에 숨기는 것을 넣어 두기 위해 빈터투어 은행 조합에 개설한 계좌죠. 액수가 꽤 되죠, 아마? 이 신문사 직원 전체의 봉급을 올려 주거나, 경쟁사들의 반을 사버릴 만큼은 될 테니까요.」

쥘은 순발력이 좋은 사람이었지만, 지금은 한 번도 겪어 보지 못한, 당혹스럽고 확실히 위험해 보이는 상황이었다.

「이걸 어떻게 아셨지……?」

「중요한 것은 내가 이걸 어떻게 알게 되었느냐가 아니라, 내가 뭘 알고 있느냐예요. 거의 모든 것을 알고 있죠. 돈을 넣은 날짜, 돈을 인출한 날짜, 그렇게 해서 이익을 본 액수 등 모든 것을.」

마들렌은 차분하고 단호한 목소리로 말했지만, 사실은 살얼음판 위를 걷는 것처럼 마음이 조마조마했다. 왜냐하면 그녀가 아는 것은 단 하나, 르노 씨의 수첩에 쥘 기요토의 이름이 적혀 있다는 사실뿐이었기 때문이다.」

하지만 기요토는 그걸 몰랐다.

누군가가 자신이 이용하는 은행의 이름과 아주 은밀한 자신의 계좌번호를 알고 있다면, 나머지 것들에 대해서도 모를 이유가 없는 것이다.

「쥘, 그럼 전 이만 가보겠어요…….」

마들렌은 벌써 문 앞에 이르러 손잡이에 손을 얹어 놓고 있었다. 그녀는 쪽지를 가리켰다.

「거기에 다른 숫자도 적혀 있을 거예요……. 아니, 아니, 종이를 뒤집어 봐요.」

「빌어먹을! 이거 너무 막 나가는구먼!」

「당신도 그런 것 같은데요? 당신 계좌를 한 번 보면 말이죠.」

「하지만 당신이 이걸로 그친다고 어떻게 보장할 수 있겠소?」

「쥘, 약속할게요! 이것은 페리쿠르 집안 사람이 하는 약속이에요……. 당신에게 이 이름이 아직도 어떤 가치가 있는지는 모르겠지만.」

기요토는 안심한 듯 보였다.

「내가 너무 재촉한다고 섭섭해하지 마시고, 안내 데스크에 봉투를 하나 맡겨 주세요. 어때요, 내일 아침이면 괜찮을까요? 자, 더 오래 방해하지는 않을게요. 이미 충분히 폐를 끼쳤으니까.」

「로베르, 이제 우리 둘만 있게 해줘도 괜찮을 것 같아요.」

그는 놀랐다.

「어…… 왜요?」

마들렌은 이 사내가 그리 싫지 않았다. 그는 생각이라고는 전혀 없고, 마치 일곱 살배기 사내아이처럼 자연스럽게 반응하지만, 그 점이 바로 신선하게 느껴졌다. 힘든 것은 그에게 모든 것을 일일이 설명해 줘야 한다는 점이었다. 하지만 이번에는 그럴 마음이 없었다.

「로베르, 가서 당구를 치든지, 당신이 하고 싶은 대로 해요. 하지만 부탁하는데, 우리가 좀 조용히 얘기할 수 있게 해줘요.」

로베르는 마들렌 앞에서 늘 주눅이 들었다. 그는 일어서서 르네 델가와 악수를 나눈 뒤, 발을 질질 끌며 홀에서 나갔다.

「여기가 당신의 본부인가요?」 마들렌은 미소를 지으며 물었다.

「뭐, 그렇다고 할 수 있죠…….」

보면 알겠지만, 아주 미남이에요, 라고 레옹스가 말했었다. 세상에 둘도 없는 게으름뱅이죠. 온종일 잠만 자고, 밤에는 뭐를 하고 다니는지 모르겠지만, 파리 최고의 위조범 중 하나로 통하죠……. 마들렌은 다소 불안했다. 그거, 로베르에게서 들은 얘긴가요? 아니니까, 걱정 말아요!

「나는 손으로 쓴 문건들을 다시 쓰고 싶은데요.」

「모든 게 가능하죠.」

사내의 변신은 놀라울 정도였다. 그는 여기에 유연하고도 가벼운 걸음걸이로 들어왔고, 자신이 매력적임을 잘 아는 남자들이 이따금 취하곤 하는 약간 경박하고도 서글서글한 표정을 짓고 있었다. 그런데 지금은 이렇게 진지하고 집중된 얼굴로 변해 있는 것이다. 일단 일 얘기가 나오자 전혀 다른 사람이 되었다. 더 이상 한 점의 미소도 없고, 말을 한 마디 한 마디 신중하게 재가면서 했다. 그는 자기 앞에 있는 사람이 어떤 종류

의 여자인지 이해한 것이다. 마들렌이 로베르를 밖으로 쫓아
보낸 것은 그가 그들 간의 계약 내용을 알지 못하게 함으로써,
그에게 수수료를 주지 않기 위해서였다. 아주 약은 행동이었
고, 이는 델가를 경계하게 만들었다.

그가 소문만큼 솜씨가 좋은지 확인하기 위해 마들렌은 그에
게 수기 편지 한 장을 내밀었다. 베를린에서 돌아왔을 때 앙드
레에게서 받은 것이었다.

마들렌,

당신이 너무나 친절하게 전해 준 정보는 완전히 맞는 것이
었고, 당신께 감사드려요. 난 이게 어찌 된 사연인지 빨리 알
고 싶네요.

그 온천욕이 당신의 소중한 폴의 건강에 도움이 됐기를 바
라요.

당신의 친구,

앙드레

델가는 편지를 일부러 쳐다보지도 않았다.

「페이지당 120프랑입니다.」

왜 이리 비싸, 라고 마들렌은 생각했고, 그 생각이 얼굴에
그대로 나타났다. 르네는 휴우 하고 한숨을 내쉬었다. 보통 때
같으면 그냥 나가 버릴 테지만, 방금 전 그가 기대하고 있던 마
르세유 친구들과의 멋진 계약이 코앞에서 지나가 버린 터였다.
어쩔 수 없지, 타협하는 수밖에⋯⋯. 그는 몸을 숙여 조그만 가
죽 가방을 열고 백지 한 장과 만년필 한 자루를 꺼낸 다음, 앙

드레의 편지를 자기 앞에 놓고는 그대로 필사하기 시작한다.

마들렌,
당신이 너무나 친절하게…….

그렇게 텍스트의 반을 베껴 썼다. 그는 이걸로 충분하다고 생각해 종이를 마들렌 쪽으로 돌렸다. 그녀는 터져 나오려는 탄성을 마지막 순간에 삼켰다. 두 개의 글은 그야말로 얼이 빠질 정도로 비슷했다.

델가는 만년필 뚜껑을 닫아 제자리에 갈무리해 놓았다. 그런 다음 자신이 방금 만든 위조품을 살짝 집어 들어 조각조각 찢어서 재떨이에 담아 놓고는 팔짱을 꼈다.

「난…… 이것의 복제본이 필요해요.」

그녀는 스위스 은행가의 수첩을 내밀었다. 델가는 주의 깊게 그것을 넘겨 보고는 그녀에게 돌려주었다.

「8천 프랑.」

마들렌은 멍해졌다.

「여보세요, 장당 120프랑짜리가 50페이지면, 6천 프랑 아니에요? 8천이 아니라고요!」

「이 수첩은 사용한 지 3, 4년은 돼 보여요. 이것을 가졌던 사람은 여러 개의 다른 만년필을 사용해, 여러 장소에서, 오랫동안 이걸 적어 왔어요. 우선 이와 똑같은 수첩을 찾아내야 하는데, 그것부터…….」

「똑같을 필요는 없어요. 대충 비슷하기만 하면 돼요.」

「뭐, 그렇다고 하더라도 이걸 오래된 물건처럼 보이게 하고,

다양한 펜과 다양한 잉크로 내용을 채워 넣어야 하고, 이 숫자들을 기재하고, 글씨 모양에 영향을 미친 각 순간들을 흉내 내야 해요. 이 모든 것의 값이 8천 프랑이에요. 게다가 당신은 나에게 어떤 줄들을 고치게 할 것 같은데요? 안 그래요?」

「단 한 줄만 첨가하면 돼요. 수첩 앞부분에. 7천 프랑.」

델가는 단 1초도 머뭇거리지 않았다.

「오케이.」

「이 작업을 언제까지 마칠 수 있나요?」

「두 달.」

마들렌은 입이 딱 벌어졌다. 그러고는 미소를 지었다. 정말 약아빠진 친구네!

「만일 이걸 열흘 안에 해달라고 부탁한다면…… 8천 프랑이겠죠?」

이번에는 델가가 미소를 지었다. 대답할 필요가 없었다. 마들렌은 망설이는 시늉을 했지만, 원래는 1만 프랑을 예상했으니 그렇게 나쁘지 않은 거래였다. 그녀는 봉투 하나를 꺼냈다.

「선금으로 3천. 더 이상은 안 돼요.」

델가는 봉투를 호주머니에 집어넣고, 수첩을 조심스럽게 가방에 넣은 다음, 자리에서 일어섰다. 음료 값은 마들렌의 몫이었다. 그녀가 고객이니까.

「요즘 로베르 페랑과는 어떻게 지내요?」 그녀가 물었다.

「뜸하게 봐요. 별로 내 스타일이 아니라서요. 아주 난폭한 친구죠. 우린…… 가끔 접촉하는 사이일 뿐이에요. 왜요?」

「왜냐하면 만일 당신이 이 수첩을 분실한다거나 이것을 당신의 목적을 위해 사용할 생각을 한다면, 내가 로베르 페랑에게…… 당신과 다시 접촉하게 할 거니까요.」

르네 델가는 몸짓으로 대답했다. 네, 당연하죠.

39

그는 앙드레와 파리의 저녁 식사 모임에서 두어 번 마주친 적이 있는 사이로, 손의 제스처가 아주 가볍고도 화려하고, 목소리는 이따금 귀를 기울이지 않으면 안 될 정도로 나긋나긋한, 부드럽다 못해 느끼하게 느껴지는 사내였다. 계속 법무부에서 일해 온 그는 지금 아주 높은 직책에 있어, 그곳 돌아가는 사정을 훤히 꿰고 있었다. 앙드레가 그를 선택한 것은 바로 이런 이유로, 그가 아주 미묘한 이 사건을 맡기에 가장 적합한 인물로 보였기 때문이다.

며칠 전, 마들렌 페리쿠르는 귀스타브 주베르의 모가지를 쟁반에 담아 그에게 선사했다. 덕분에 앙드레 델쿠르는 파리 제일의 정보통이라는 명성을 공고히 할 수 있었고, 그 결과 어떤 호의적인 귀를 찾고 있는 정보들이 그에게로 향하곤 했다.

이번에도 새로운 정보가 하나 들어왔는데, 지체 없이 그것을 처리해야 하기 때문에 『르 릭퇴르』가 혜택을 입을 수는 없겠지만, 어쨌든 때가 되면 그의 신문이 파리에서 정보가 가장 빠른, 다시 말해 가장 영향력 있는 신문 중 하나가 될 거라는 사실을 확인해 주는 일이었다.

「요즘 새 일간지 얘기가 나오던데요?」법무부 관리가 말했다. 「그에 대해 아직 아는 바는 별로 없지만, 그래도…….」

앙드레는 한 손을 슬쩍 들어 올렸다. 아, 그거 말이죠……. 이것은 좋은 징조였다. 건물의 복도마다, 사교계의 살롱마다 이 소문으로 술렁거렸다. 기요토는 지난 몇 주 동안 노골적으로 인상을 찌푸렸는데, 이것은 아주 좋은 징조였다.

형식적으로 서두를 끝낸 관리는 이제 눈을 크게 뜨고 상대를 쳐다보았다. 크게 뜬 그 눈은, 난 당신 얘기에 관심 있다, 그러니 한번 털어놔 봐라, 그리고 내가 당신을 맞이하게 되어 기쁘긴 하지만, 난 이것 말고도 할 일이 많은 사람이다, 라고 말하고 있었다.

「이건 아주 미묘한 사안인데요…… 제가 편지 한 장을 받았는데…….」

「어디 한번 봅시다.」관리는 손을 내밀며 말했다.

「뭔가를 고발하는 내용인데…….」

「우리는 이런 일을 많이 겪죠. 프랑스 사람들은 경찰에다 편지 쓰기를 좋아하거든요.」

「난 경찰이 아니에요.」

「수신인이 누구냐는 중요하지 않아요. 결국 경찰에 이르기만 하면 되는 거죠. 자, 이번에는 뭐를 고발하고 있죠?」

「이것은 세금을 피하기 위해 어떤 스위스 은행에 계좌를 갖고 있는 프랑스 고객들의 명단입니다. 그 수가 천 명이 넘을 것 같아요.」

관리의 얼굴이 창백해졌다. 그는 팔을 뻗어, 이유는 모르겠지만 빼꼼하게 열려 있던 오른쪽 서랍을 갑자기 닫았다.

「자, 자……!」 그는 마치 어떤 언어적 오류를 나무라는 초등학교 교사처럼 말했다.

「전부 1084명이라고 하더군요. 내게 전달된 리스트에는 50여 명밖에 들어 있지 않지만, 거기에는 상인들, 예술가들, 주교 두 명, 장군 한 명이 포함된 군인들, 재정검사관 한 명, 관리 세 명(죄송합니다), 고등법원 판사 한 명, 그리고 꽤 많은 귀족이 포함되어 있어요.」

「만일 그게…….」

「그리고 아주 많이 알려진 기업인도 하나 있습니다. 언론에 많이 노출된 인물이죠. 애국심의 상징 격인 사람이니까. 이들만 다 모아 놓아도 프랑스 엘리트 계급의 축소판을 이룬다고 할 수 있지요……. 만일 압수 수색을 하면 은행 사무실에서 전체 장부를 찾아낼 수 있을 겁니다.」

「그렇다면 이 정보의 소스는 누구요?」

「전혀 모릅니다. 아마도 어떤 원한 관계로 밀고한 거겠죠. 나는 수사를 위해 당신에게 그 리스트를 맡길 테니, 그 대가로 수사 결과를 가장 먼저 전달받고, 또 발표했으면 해요.」

관리는 숨을 깊이 들이마시고는 안락의자에서 몸을 뒤로 끌어당겼다.

「우리는 보통 이런 일을 하지 않아서 말이오…….」 그는 거짓말을 했다. 「뭐 아시겠지만, 우리 사법 기관은…….」

「나는 이 모든 것을 사실 관계도 확인해 보지 않고, 사전에서 찾아낼 수 있는 온갖 종류의 인용 부호를 붙여 가면서 기사로 터뜨려 버릴 수도 있어요. 만일 이 모든 게 사실이라면, 그 은행 사무실은 그날 당장 문을 닫아 버리고, 은행 직원들은 바로 그날 저녁 열차 안에 있고, 은행은 은행비밀주의 뒤로 숨어 버리겠죠. 내 기사를 읽은 사람들은 난리를 치며 이젠 불가능하게 된 수사를 법무부에 요구할 거예요. 그리고 나는 오늘 우리가 나눈 대화도 발표할 겁니다. 당신은 여기에 조금도 관심을 보이지 않았다고 설명하면서 말이죠.」

관리는 상대를 배웅해 주면서 거리끼는 심정을 다시 한번 표현했다. 물론 형식적인 말이었다. 사실 말이오, 우리는 아주 예외적으로 이 일을 하는 거라오⋯⋯. 앙드레는 미소를 지었다. 아, 물론이죠, 물론이죠. 이제 이 모든 게 사실이기를, 아주 빨리 확인되기를 바라기만 하면 되었다.

리스트는 〈어느 진정한 프랑스 국민〉이라고 서명된 고발문과 함께 커다란 봉투에 들어 있었다. 두 시간 뒤, 이 봉투는 검사국 경제 사범 담당 팀장의 손에 들려 있었다(〈맙소사, 어떻게 이런 일이⋯⋯〉). 그날 저녁에 모두 논고가 완성되었고, 예심 판사는 증거 조사를 시작할 채비를 갖췄다. 그리고 바로 다음 날 7시경 센도 경찰청 소속의, 경찰 표시를 지운 차 한 대가 들라 투르가 모퉁이에 멈춰 섰다. 거기에는 감시요원 한 사람과, 익명의 편지가 지목한 건물에 찾아온 사람들이 거기서 나오자마자 미행하는 임무를 맡은 세 명의 요원이 앉아 있었다.

샤를은 일어서서 창가로 걸어가 창밖의 축축한 대로를 바라보았다.

「당신, 지금 나를 엿 먹이는 거요?」장관은 고함을 쳤다. 「그러잖아도 아무것도 모르면서 설쳐 대는 이 천치 같은 인간들 때문에 골치 아파 죽겠는데, 완전히 도발이나 다름없는 이런 법안을 우리에게 던져 놓느냔 말이야?」

「하지만, 하지만, 하지만……」

「뭐가 하지만, 하지만, 하지만이오? 만일 우리가 이 멍청한 법안을 심의하면 무슨 일이 일어날지 한번 생각해 봤소? 지금 이 나라 국민의 절반이 길거리에 나와 있는데, 나머지 절반까지 끌어낼 작정이오, 엉?」

장관은 샤를의 자존심이라 할 수 있는 종이 뭉치를 탁자 위에 집어 던졌다.

「난 법안과 당신을 함께 묻어 버리겠소. 이틀 후 당신의 위원회는 더 이상 존재하지 않을 거요. 그만 나가시오, 백기사 양반!」

「뭐라고요?」

「이 위원회는 그게 필요했을 때 창설됐으나 이제 때가 지나갔으니, 위원회도 함께 사라져야지.」

「아니, 무슨 권리로?」

샤를은 고함을 쳤다. 장관 사무실에서 이런 일은 흔치 않았지만, 지금은 모두에게 어려운 때였다.

「오, 권리라……」

「이 위원회가 결론을 내놓기 전엔 없어지지 않을 거요!」

「결론은 이미 나왔소. 당신은 지난달 8월에 보고서를 제출했고, 그게 결론이오. 위원회는 아주 훌륭하게 임무를 완수했고, 당신은 며칠 후 칭찬을 받을 거요. 그리고 정중히 해고될 거요.」

샤를에게 이것은 원점으로 돌아가는 거였다. 이 위원회를 이끌고 나서 다시 국회 의원에 선출된다는 것은 거의 불가능한 일이었다. 미래의 사위는 페리쿠르 집안 말고 다른 곳에서 그의 장래를 찾게 될 거였다. 로즈의 혼처를 구함으로써 절반은 해결되었다고 믿었던 딸들의 문제는 다시 하나의 온전한 문제로 돌아갔다.

모든 게 아주 분통 터지는 일이었으나, 무엇보다 정부는 이제 그의 삶 자체가 된 것을 빼앗으려 하고 있었다. 그의 사명 말이다. 그의 투쟁 말이다. 독자들이여 웃지 마시라, 지금 그의 생각이 이랬다.

위원회는 그의 커리어에서 정점을 이루었고, 아무도 자기에게서 이것을 훔쳐가지 못하게 해야 하지만, 어떻게 해야 그걸 피할 수 있을지 알 수 없었다. 그는 턱을 빳빳이 치켜든 채 〈아무것도 날 꺾어 놓을 수 없어〉라고, 경탄과 경악에 찬 시선으로 그를 바라보는 알퐁스에게 선언했지만, 지금은 너무나 외롭고, 이 모든 일이 어떻게 끝날지 자문하고 있었다. 그는 두 손을 호주머니에 깊이 찔러 넣었다. 안 돼! 그럼 내가…….

「아빠……?」

로즈가 불안한 표정으로 머리를 빼꼼히 내밀었다.

「응?」

「엄마 몸이 많이 안 좋은가 봐.」

샤를은 한숨을 쉬면서 일어섰다. 오르탕스는 소파에 누워 있었다. 늘 그렇듯 배를 움켜쥐고 있었지만, 샤를은 특별한 점을 발견하지 못했다. 전보다 심하게 끙끙거린다는 점만 빼고는. 그래, 아닌 게 아니라 그녀의 복부가 평소보다 많이 부풀어 있다고 볼 수도 있겠지만…….

로즈와 자생트는 겁먹은 얼굴로 꼭 붙어 있었다.

「내 생각에,」 오르탕스는 애교 있게 보이기를 바라는 미소를 지으며 말했다. 「의사의 진찰을 한번 받아 봐야 할 것 같아요. 병원에 가서…….」

맙소사, 지금은 8시가 넘었는데……. 샤를은 운전기사를 다시 부르고, 딸들은 그들의 어머니에게 옷을 입혔다. 샤를은 프록코트를 걸쳤고, 그들은 전에 오르탕스가 치료받은 적 있어 진료 기록이 남아 있는 라 살페트리에르 병원으로 출발했다.

「고마워요, 샤를.」 오르탕스는 그의 손을 꼭 잡으며 말했다.

그녀는 옷을 벗고, 흐릿한 조명으로 밝혀진 커다란 방에서 탈착식 칼라만큼이나 뻣뻣한 시트를 덮은 채 침대에 누웠다.

「주방에 수프가 있어요.」 그녀는 배를 움켜쥔 채로 말했다.

「알았어, 알았어.」 샤를이 대답했다. 「찾아볼게…….」

그는 귀가해서 딸들을 돌봐야 했다. 사실 그는 이곳을 빨리 떠나고 싶다는 생각밖에 없었다. 그는 걱정으로 가득했고, 법안 문제가 머리에서 떠나지 않았다.

로즈와 자생트는 마치 수녀들처럼 속삭이면서 저녁을 먹었다. 샤를은 그다지 좋지 못한 소식들을 읽었다. 백기사는 사방에서 공격을 받았고, 사람들은 그와 그의 위원회, 그리고 그의 커리어에 대해 회의적으로 말하고 있었다. 그는 주먹으로 식탁을 쾅 내리쳤다. 내 투쟁은 올바른 거라고, 빌어먹을!

딸들은 고개를 쳐들었다. 그는 자신이 큰 소리로 말하고 있다는 사실을 의식하지 못했다. 그는 상냥한 모습을 보이려고 애썼다.

「애들아, 나한테 아직 얘기해 주지 않았잖아! 그래, 이번 토요일에는 알퐁스와 뭐 하고 지냈니?」

딸들은 풉 하고 웃음을 터뜨렸다. 그들은 또 서로 자리를 바꿨는데, 너무나 귀엽게도 이 청년은 아무것도 알아채지 못했다. 그래서 하나가 그와 결혼하고 둘이서 번갈아 가며 그와 자면 어떨까 하는 생각을 해보았다. 생각만 해도 짜릿했다. 하지만 그들의 웃음은 서글픈 웃음이었으니, 이럴 때면 어김없이 이렇게 말하던 오르탕스가 떠올랐기 때문이다.

〈얘들아, 수프 조금 더 먹어라! 그걸 또 남길 참이냐?〉

샤를은 늦게까지 일했다. 그는 알퐁스가 작성한 위원회 발표문 하나를 다시 읽고, 꽤 잘 써 표현만 몇 개 손봤다.

그가 병원에 도착했을 때, 오르탕스는 밤사이 죽어 방금 전 발견된 상황이었다.

40

센도 경찰청에서는 더 힘든 잠복근무도 많았다. 하루에 서너 명이 투입되었고, 그 이상인 경우는 드물었다. 요원 한 명은 차 안에 남아 두 시간마다 차를 이동시키다가, 의심을 사지 않기 위해 다른 차로 바꿔 와서는 또 자리를 바꿨고, 다른 두 요원은 미행을 맡았다. 매일 이런 식이었다.

방문객들은 차분하고, 별로 경계심도 없고, 자신감 넘치는 사람들이었다. 그들은 부자 동네에 살았다. 그들을 따라가 보면 때로는 어떤 정부기관이나 커다란 레스토랑에 이르고, 심지어 한번은 노트르담 성당에 가기도 했지만, 대부분은 파리 제8구의 파시 거리로 오게 되었다……. 공무원 중에서도 최소한의 봉급을 받는 요원들로서는 조금 짜증 나는 일이었으나 뭐, 자주 겪는 일이었다.

반면, 저런 종류의 여자는 한 번도 본 적이 없었다. 먼저 여기에는 여자들이 거의 없기 때문이고(잠복근무를 시작한 이후 두 번째 여자였다), 또 하나는 저토록 기가 막히게 예쁜 여자는 파리 전체를 뒤져도 몇 명 없을 것이기 때문이었다. 그녀의 실루엣이 들라 투르가에 나타나는 것을 발견한 감시 요원은 그녀가 건물의 로비로 사라지자 어안이 벙벙해졌다.

르노 씨도 마찬가지였다.

그는 그녀를 맞이하기 전에 꽤나 꾸물거렸다. 그녀의 이름이 너무나 생소했기 때문이다. 로베르 페랑 부인, 이름이 뭔가 가명처럼 느껴져 전화를 걸지 않았는데, 그녀가 예쁜 목소리로 또 연락해 온 것이다. 결국 그는 굴복하고 말았다. 그 예쁜 목소리 때문에. 어차피 그는 고객들을 선택할 때 어떻게 해야 하는지 알고 있었고, 그가 원치 않는 이들은 절대로 틈입할 수 없었다. 그는 패를 전혀 보여 주지 않은 채 가벼운 어조로 대화를 이끌어 갔지만, 어떤 모호한 암시가 나와도 절대로 흐트러지지 않았다. 상대를 어떤 식으로 대해야 할지 분명히 알 필요가 있었던 것이다. 특히 그가 강도에게 당한 그 불행한 사건 이후로는 더욱 그랬다. 그 일에 대해서는 어떤 얘기도 들은 적이 없었고, 그가 신고를 하지 않았기 때문에 경찰도 아무 일 하지 않았다. 아무런 얘기도 귀에 들리지 않았고, 어떤 치사한 도둑놈들의 짓이었다는 게 분명해져, 그는 다시 잠을 이룰 수 있었다.

젊은 여자는 기가 막힌 미인이었지만, 이 페랑이라는 이름은……. 그는 투파리나 보탱 몽댕 같은 인명부를 샅샅이 뒤져 봤지만, 어디에서도 그 이름을 찾을 수 없었다. 외교관의 부인? 아니면 어떤 고위 관리의 부인? 아니, 반지가 없는 걸 보면 미혼이었다. 개인 자산은 전혀 보이지 않는데, 이제 그가 찾아낼 것이었다. 그는 차근차근 나아갔다.

그녀가 내놓은 것은 여권도 아니고, 명함도 아니고, 결혼 증명서였다. 카사블랑카. 1924년 4월. 이건 일반적인 방식이 아니었다. 이 젊은 여자는 무슨 일이 있더라도 자신의 신원을 정당화하고, 뭔가를 증명하고 싶어 하는 것 같았다. 마치 모든 것을 감추고 싶은 사람들처럼 말이다.

「그러니까…… 돈을 넣어 두고 싶어서요…….」

그녀는 모자에 달린 베일을 올렸다. 어이쿠야, 죽여주는 여자였다!

「부인 돈을요?」

「네…….」

그녀의 얼굴이 분홍빛으로 물들어, 그 모습을 보는 이의 목이 컥 막히게 만들었다.

「돈이라……. 아마 어떤 개인 자산이겠죠?」 그가 슬쩍 떠보았다.

그녀의 얼굴이 분홍빛에서 새빨간빛으로 바뀌었다.

「제가…… 번 돈이에요.」

그는 당긴 활처럼 긴장했다.

「남자 친구들에게서…….」

레노 씨의 입이 딱 벌어졌다. 그의 첫 번째 창녀 고객이었다! 그는 가슴이 벅차기까지 했다.

이 정도 여자는 값이 얼마나 할까? 분명 두툼한 지갑을 준비해야겠지? 그는 이제 완전히 마음이 놓였다. 빈터투어 은행 조합 같은 곳에 이런 고급 매춘부가 고객으로 포함되어 있으면, 어떤 장군이나 학술원 회원과 마찬가지로 대외적으로 확실한 보증이 되는 것이다!

그는 차분하면서도 강렬한 행복감 속에서 은행이 제공하는 서비스들을 하나하나 설명해 주었다. 아, 이런 세계를 조금 엿보고 나니, 이 여자가 얼마나 탐스럽게 보이던지! 그녀는 몇 가지 질문을 던졌는데, 그녀의 어깨 위에 달린 머리가 그저 장식품만은 아님을 느낄 수 있었다. 당연하지, 그런 일을 하려면 판단력이 있어야겠지.

그녀는 홀짝거리며 차를 마셨는데, 심지어 그 손가락마저 눈부셨다.

계좌 개설을 위한 약속이 잡혔다. 그녀는 돈을 현금으로 가져오겠다고 했다.

「얼마나 됩니까?」

「18만······. 처음에는요.」

세상에! 르노는 애초의 평가를 수정했다. 이런 여자를 가지려면 지갑이 아니라, 가방을 준비해야 하리라!

「하지만 그런 거액을 들고 움직이는 것은 좀 위험하지 않을까요?」 그녀가 물었다.

이때 번쩍 떠오른 직감이 그녀에게 이런 제안을 하게 만들었다.

「제가 댁에 가기를 원하신다면······ 만일의 경우에 대비해서······ 제가······ 그러니까, 원하신다면 제가 직접······.」

「아, 물론이에요, 르노 씨!」 레옹스는 애교를 부렸다. 「기꺼이 받아들일게요.」

그는 입이 딱 벌어졌다. 머릿속이 어질어질했다. 그녀 집에 간다? 물론 돈을 가지러 가는 거지만, 그녀는 자신의 은밀한 남자 친구 중 하나로, 자기에게 조언해 주고 도움을 주고 돈을 불려 줄 은행가를 갖고 싶지 않을까?

「다음 주에…… 오실 수 있겠어요?」

르노 씨는 자신의 비망록을 집어 들다가 바닥에 떨어뜨렸고, 다시 주워서는 거꾸로 들고 펼쳤다. 아, 일정을 한번 보고요, 보고요…….

「화요일에요? 그러니까 정오쯤? 가벼운 식사를 함께하실 수 있겠어요?」

르노 씨는 더 이상 선택의 여지가 없었다. 그는 침도 제대로 삼키지 못했다.

그녀는 제7구의 주소 하나를 주었다. 만일 르노 씨가 거기에 갔더라면, 어떤 강아지 미용실과 마주하게 됐으리라.

레옹스는 떠나기 전에 무심한 듯 물었다. 저, 혹시 여기…….

「아, 물론이죠!」 르노 씨는 화장실로 향하는 복도를 가리키며 소리쳤다.

그는 멀어져 가는 그녀의 뒷모습을 바라보았다. 아, 세상에, 저…….

그는 의자에 앉아야만 했다.

레옹스는 안으로 들어가서 슬그머니 살피고는 잠시 머뭇거리더니 장갑을 끼었다…….

르노 씨는 물 내려가는 소리를 들었다. 젊은 여자가 다시 그에게로 왔다. 아, 얼마나 세련된 여자인가! 이런 여자가 그런 직업을 갖고 있다니, 참으로 믿기지 않았다.

그녀가 밖으로 나오자 한 경찰청 요원이 미행했다. 그녀는 그를 봉 마르셰 백화점, 여성 란제리 코너로 데리고 갔다. 눈둘 곳을 찾기 어려운 그런 곳에서 남자 혼자 어정거리자니 거북하기 이를 데 없었다. 그런데 갑자기 그녀가 보이지 않았다.

보기 좋게 놓쳐 버린 것이다.

9월 23일, 두 요원은 평소와 다름없이 각자 위치에 자리를 잡았다. 한 사람은 들라 투르가에, 다른 한 사람은 파시가에 서서 첫 번째 손님을 기다렸다.

11시경에 회색 프록코트로 멋지게 차려입은 한 50대 사내가 도착했다. 그리고 10여 분 뒤, 작전 팀은 건물 안으로 몰려 들어갔다. 모두 여섯 명으로, 그중에는 센도 경찰청 경제 사범 파트의 수사관도 포함되어 있었다. 문을 열어 주려고 나온 사무원은 압수수색 영장을 보자 마치 악마라도 본 것처럼 뒷걸음쳤는데, 그건 그렇게 틀린 느낌이 아니었다.

옆방에서 나는 소리를 들은 르노 씨는 고객에게 잠시 양해를 구하고 머리를 삐죽 내밀었다. 그러고는 무슨 상황인지 이해했으나 벌써 경찰관 두 명이 문을 막고, 세 번째 경찰관이 그를 붙잡은 뒤 다른 이들이 방 안으로 들어오고 있었다. 고객은 벌떡 일어나 떠나려고 외투를 집어 들었다. 전, 이만 실례하겠습니다…….

「여기에 몇 분만 더 남아 주시겠습니까?」 한 경찰관이 말했다.

「그럴 수 없습니다, 급한 약속이 있어서요.」

그는 한 걸음 내디뎠다.

「약속에 조금 늦으셔야겠습니다.」

「여보쇼! 당신은 내가 누군지 모르는 모양이구먼그래!」

「그렇다면 그게 내 첫 번째 질문이 되겠습니다. 자, 신분증 좀 보여 주시죠.」

드 빌리에비강. 보르도에 포도 농장 여러 개 보유. 조상 대대로 내려온 재산. 가족은 생산물의 3분의 1 이상을 미국에 수출.

「이곳을 방문한 이유를 물어봐도 되겠습니까?」

「에, 그러니까, 난…… 친구를 방문하러 온 거요. 이 르노 씨 말이오. 이제는 자기 친구들을 방문할 권리도 없소?」

「14만 프랑이나 되는 지폐를 가지고 말입니까?」 경찰관이 반문했다.

고객은 몸을 돌렸으나, 경찰관이 그의 외투를 잡자 두툼한 은행권 지폐 다발 하나가 떨어졌다.

「이건 내 것 아니오!」

참으로 바보 같은 소리라는 걸 모두가 알 수 있었다. 당사자 자신도 그 사실을 깨닫고는 고개를 푹 숙인 채 안락의자에 주저앉았다.

르노 씨는 아무 말도 하지 않았다. 그는 매우 빨리 머리를 굴리는 중이었다.

그의 수첩이 사라진 이후, 존재하는 유일한 장부는 은행 본부에 모셔져 있었다. 분명 경찰은 서류들을 발견하겠지만, 그것을 이름들, 즉 사람들과 연결시키는 것은 불가능할 터였다. 어떤 업무 절차의 진가는 어려운 상황 속에서 드러나는 법이다. 그는 수첩을 도둑맞은 게 오히려 천만다행이라고 생각했다. 만일 자신이 그 도둑놈들에게 당하지 않았더라면, 수첩은 지금 금고에 있을 것이고, 사법부의 결정에 따라 그걸 펼치지 않을 수 없을 것이다……. 으…… 생각만 해도…….

그의 손님은 자신이 여기에 있었으며, 자신의 외투 속에 거금이 들어 있었음을 인정하는 진술서에 서명하는 것을 받아들였다.

르노 씨는 고객을 한 명 잃었고, 이것은 드 빌리에비강 씨의 간을 콩알만 하게 만든 것에 대해 마땅히 치러야 할 대가였지만, 앞으로 사업을 계속하는 데는 전혀 문제 될 게 없었다. 그는 경찰관에게로 돌아왔다.

「도대체 왜들 이러시는 건지…….」

「아, 저기 오셨네!」 누군가가 말했다.

반장이 도착했다. 동료 경찰관이 찾아낸 서류들을 반장에게 내밀었다.

「그것은 회계 전표들이에요! 우리 은행 본부에 기탁된 유가 증권들을 기재해 놓은 거라고요!」

경찰관들은 서로 얼굴을 쳐다보았다. 이제 필요한 것은 누군가가 여기에 있다고 주장했고, 그것 없이는 그 어떤 기소도 가능하지 않은 고객 장부였다.

그들은 작업에 들어갔다. 사무실, 응접실, 캐비닛 등 모든 것을 뒤집어엎었다. 심지어 카펫 아래와 커튼 뒤까지 뒤졌다. 르노 씨는 왔다 갔다 하면서, 여러분 차 한잔하시겠어요, 라고 말하기도 하고, 커다란 소파에 앉기도 하고, 잡지책을 펼치기도 하고, 어떤 철도 광고에 엄청난 관심을 보이는 척하기도 했다.

오후 1시, 분위기는 더 이상 아까와 같지 않았다.

경제사범 파트 경찰관들은 어마어마한 일감을 가지고 돌아갔지만, 그렇게 고생해 봐야 아무런 결과에도 이르지 못할 터였다. 어느 스위스 은행에 계좌를 연 죄를 대체 누구에게 물어야 할지 알 수 없었기 때문이다. 또한 은행도, 그것이 프랑스

영토에서 세금을 피한 배당금들을 지불했다는 사실을 증명할
수 없는 한, 무사할 거였다.

「아, 벌써 가십니까?」 르노 씨가 물었다.

그들은 궤짝이며 종이 상자 등을 승합차에 실었다. 반장은
이제 이 사건이 진저리 나서, 차라리 가장 비열한 기둥서방 놈
들이 낫겠다는 생각이 들었다.

「아, 좋소, 나는 가서 오줌이나 싸야겠소…….」

「오, 그러시구려!」 르노 씨는 이 상스러운 태도에 기분이 팍
상해서 대꾸했다. 이 경찰청 친구들은 그렇게 좋은 선수들이
못 되는구먼!

하지만 그렇게 나쁜 선수들도 아니었으니, 몇 분 후 반장이
수첩 하나를 들고 다시 돌아온 것이다.

「수세 장치 뒤에서 찾아냈소. 이거 당신 거요?」

르노 씨는 수첩을 뚫어지게 쳐다보았다. 아뇨, 내 거 아닌데
요……. 사실 그것은 〈거의〉 그의 것이었다. 이 수첩은 그의 것
과 아주 비슷하지만, 그의 것은 아니었다. 그는 그것을 받아서
펼쳐 보았다. 그러나 의심할 여지 없이 그의 글씨였고, 그 내용
도 자신이 쓴 것들이었다. 그는 자신의 기억이 자석처럼 잡아
당기는 몇몇 특별한 이름들과 계좌번호들을 알아보았다…….
도무지 이해할 수 없는 일이었다. 그는 정말 진지하게 이렇게
말했다.

「맞아요……. 아닌데? 이건 내 수첩이 아닌데……?」

「하지만 이건 당신 글씨잖소? 내가 틀렸소?」

그 점에는 의심의 여지가 없었다……. 어떻게 이 수첩이 여
기에 있을 수 있단 말인가? 그것도 그런 장소에?

갑자기 모든 게 떠올랐다. 맞다, 그 창녀!

그녀가 화장실에 갔었지! 그 뒷모습을 자신이 지켜보지 않았던가? 오, 맙소사!

이제 그 엉덩이가 생각났다! 그래, 전에도 본 적이 있었다! 거기에서, 거리에서, 그가 보는 앞에서, 하이힐 뒷굽을 부러뜨렸던 그 여자……!

「이건 가짜예요!」 그는 울부짖었다.

「어쨌든 이 위에 당신 지문이 찍혔잖아!」

르노 씨는 마치 그게 살모사라도 되는 양 화들짝 놀라며 수첩을 손에서 떨어뜨렸다.

「그래, 앞으로 다른 수첩들이 나오는지 두고 봅시다.」 경찰관이 덧붙였다.

은행가는 멍한 얼굴로 진술서에 뻣뻣이 서명했다. 마치 어떤 자동인형처럼.

정말이지 믿을 수 없는 일이었다. 이제 엄청난 스캔들이 터지리라. 빈터투어 은행 조합은 죄인 공시대에 걸리고, 다른 모든 동업자를 대신해 대가를 치르게 되리라.

르노 씨는 한순간 자살을 생각했다.

보름 전, 폴이 불쑥 이렇게 물었다.

「엄마, 혹시 프레생제르베에 우리가 쓸 수 있는 공장이 있지 않을까?」

임대료는 그리 비싸지 않고, 전 세입자 프랑스 르네상스 항공기 연구 제작소가 갑자기 건물을 비웠기 때문에, 건물주는 이렇게 빨리 새 세입자를 구하게 되어 기쁠 따름이었다.

「와, 넓다!」 폴이 외쳤다.

그는 휠체어를 오랫동안 장애물과 부딪치지 않고 굴러가게 하는 이 공간이 아주 마음에 들었다. 안쪽에 길게 맞대 놓은 커다란 테이블들 위에 브로츠키 씨는 독일에서 가져온 기재 중에서 사용할 수 있는 것을 모두 늘어놓았다. 보조적인 기구들과 원료들은 아직 궤짝들 안에 있었다.

마들렌은 미신적인 생각에 사로잡혀 로베르 페랑이 공장에 들어오는 것을 금지했다.

뒤프레는 샴페인 한 병을 땄다. 그러고 나서 프티 푸르 접시들을 덮어 놓았던 하얀 식탁보들을 걷자, 모두가 약간 뭉클해지는 걸 느끼며 의자에서 일어섰다. 폴은 뒤프레가 아주 조금만 잔을 채워 주자 실망했다.

「이봐, 맑은 정신으로 살아야 해!」

뒤프레가 이런 어조로 말할 때는 아무도 말대꾸를 할 수가 없었다.

브로츠키 씨의 기구 설치가 대충 끝나는 다음 주 월요일부터 1차로 3백 개의 제품을 생산하기로 결정되었다. 블라디와 폴은 단순한 작업들을 보조해 주기로 했다.

상표와 제품 마크가 인쇄된 포장재는 보름 안에 들어올 예정이었다.

언론을 통한 광고는 제약소(공장 출입문 위에 붙여 놓은 페인트 간판에는 〈페리쿠르 제약소〉라고 적혀 있었다)가 수요에 부응할 능력이 되는 대로 시작될 거였다. 모든 판매는 관례에 따라 우편으로 이루어지겠지만, 폴은 제품이 세상에 알려지는 대로 판촉 사원들이 약국들을 방문해 판매하는 것을 고려하고 있었다. 이렇게 그는 계속 터무니없는 공상에 빠지곤 했다.

그들은 저녁 8시경에 제약소 문을 닫았다. 뒤프레는, 자, 시간이 됐어, 라고 말했다. 그는 갑자기 바쁜 일이 있는 사람처럼 굴었다. 오케이, 어차피 샴페인도 마셨고, 모두 일이 시작되는 다음 날만을 기다리고 있었다.

「마들렌, 폴은 나와 함께 갈 겁니다.」택시가 도착하자 뒤프레가 말했다.

「그게……」

「걱정하지 말아요. 둘이서 간단히 처리할 실제적인 일이 몇 가지 있어요. 끝나는 대로 금방 데려다줄게요.」

창졸간에 일을 당한 마들렌은 마지못해 받아들였지만, 마음이 개운치 않았다. 자기가 모르는 뭔가가 있었고, 그녀는 이런 걸 좋아하지 않았다. 그녀는 내일 뒤프레 씨와 얘기를 좀 해야겠다고 마음먹었다.

택시를 타고 가는 동안 그들은 말을 하지 않았다. 폴은 뒤프레 씨가 화난 건지 알 수 없었지만, 그의 얼굴이 평소보다 굳어 있었다. 제약소 준비 작업을 하면서 자기가 어떤 실수를 저질렀기에 뒤프레 씨가 이렇게 급히 대화를 가지려는 것일까? 그것도 뒤프레 씨의 집에서?

뒤프레 씨는 폴을 너무나 쉽사리 들어 올렸다. 그렇게 숨 한 번 몰아쉬지 않고, 또 한 번도 걸음을 멈추지 않고, 한마디 말도 없이 5층까지 올라갔다.

「자.」그는 마침내 폴을 앉히면서 말했다.

침대 위에.

집에는 탁자 하나와 의자들도 있는데 말이다.

하지만 방 한쪽 구석에 예쁜 미소를 짓고 있는 열여섯 살짜리 소녀도 있었다.

「폴, 여기는 모리세트야. 이 친구는…… 보면 알겠지만 아주 친절하지. 자…….」

그는 손등으로 자기 재킷 호주머니를 툭툭 쳤다.

「아, 그런데 제약소에 내 열쇠를 두고 온 것 같아! 뭐, 별거 아니야, 가서 찾아오면 되니까. 그럼 두 사람을 두고 갈 테니까, 할 얘기가 있으면 해보라고…….」

그는 세일러 백을 집어 들고 밖으로 나갔다.

오르탕스는 오래전부터 배가 아팠다. 그 때문에 몇 번이나 입원했고, 집으로도 의사들이 여러 번 찾아왔지만, 샤를은 별로 불안해하지 않았다. 그가 기억하는 한 그녀는 항상 고통을 호소했다. 어떤 때는 자궁이 아팠고(〈그게 분해되어 버리는 느낌이야〉라고 말하곤 했다), 어떤 때는 대장이었지만(〈그게 얼마나 무겁게 느껴지는지 몰라……〉), 이러한 장기들의 경연에서 확실한 우위를 보인 것은 난소였다. 샤를이 보기에 이 모든 것은 너무 여성적인, 다시 말해 너무 기질적인 어떤 실체와 연관되어 있었고, 그는 이것이 답답하게 느껴졌다. 그는 이 통증들을 어떤 개인적 특이성 혹은 어떤 성격적 특성으로, 타협하면서 살아야 하는 피치 못할 무언가로 간주했다. 이것은 쌍둥이가 태어나고 나서 그들의 성관계에 큰 영향을 미쳤다.

샤를은 그녀가 이렇게 죽어서 누워 있는 모습을 보니, 전혀 딴 사람같이 느껴졌다. 그의 형은 더 늙어 보였는데, 오르탕스는 놀라울 정도로 젊어 보여 그들이 처음 만났을 때를 떠오르게 했다. 그때 그들은 스무 살이었다. 오르탕스는 아주 섬세한, 혹 불면 날아갈 것 같은, 깨지기 쉬운 도자기처럼 느껴지는 존재였다. 그들은 약혼 기간 동안 서로 야한 장난도 치곤 했지만, 오르탕스는 〈갈 데까지 가는 것〉을 늘 거부해 왔다. 이 표현은 샤를을 웃게 했는데, 그녀가 이 말을 별로 이상하게 생각하지 않아서 더욱 그랬다. 그들은 오르탕스의 가족이 사는 리모주에서 첫날밤을 치렀다. 신방은 시내 중심가 한 호텔의 가장 큰 방이었는데, 마룻바닥은 삐걱거리고 벽은 판지처럼 얇은, 다른 방들보다 별반 나을 게 없었다. 오르탕스는 조그만 소리로 날카로운 비명을 질러 댔다. 그녀는 〈제발, 제발〉을 연발했지만, 그녀의 몸은 그 반대의 것을 애원하고 있었다. 그들은 새벽이 되어서야 잠이 들었고, 샤를은 그녀가 자는 모습을, 그 커다란 침대 가운데 너무나 작게 느껴지는 그 몸을 오랫동안 지켜보았다…….

기분이 정말로 이상했다. 무질서하게 떠오르는 추억들, 그리고 이제는 없어져 버렸다고 믿었지만, 멀리서부터 다시 올라오는 과거의 일들……. 그렇다, 그는 그녀를 많이 사랑했고, 오르탕스는 오직 그만을 사랑했다. 그녀는 언제나 그를 어떤 영웅처럼 바라보았다. 물론 그건 바보 같은 생각, 너무나 순진한 맹신이었지만, 어쨌든 그 시선은 샤를을 계속 붙잡아 주었다. 하지만 또 그녀를 보며 얼마나 짜증을 냈던가! 그렇게 아파하는 그녀에게 얼마나 매몰차게 굴었던가!

그는 스스로도 깨닫지 못하는 사이 울고 있었다. 모든 사람이 그렇듯이, 자기 자신을 슬퍼하며 울고 있었다. 그를 놀라게 한 것은 자신이 눈물을 흘린다는 사실이 아니라 ─ 그는 감정적인 사람이었다 — 그 눈물의 성격이었다. 그는 깊이 사랑했던 여자의 죽음을 슬퍼하며 울고 있었다. 이 사랑은 오래전부터 한갓 추억에 불과했지만, 그가 경험한 유일한 사랑이었다.

오르탕스는 금요일에 운명했고, 월요일에 관이 집으로 와서 장례 행렬이 시작되었다.

샤를은 쌍둥이가 보일 반응을 생각하면서 걱정이 많았으나, 결과적으로는 깜짝 놀랐다. 그들은 울긴 했지만 감정을 절제했는데, 천성이 이렇지 않았던 것이다. 그들은 어느 때보다 못생겨 보였다. 알퐁스는 조문을 와서 자기가 도울 일이 있느냐고 물었다. 쌍둥이는 그를 잘 접대했지만, 마치 어떤 사촌을 맞듯이 대했다. 그들은 손수건을 소매 안에 집어넣으며, 그냥 〈고마워요〉라고만 대답했다. 이런 차분한 모습, 크나큰 슬픔에도 불구하고 앞장서서 집안일을 돌보고, 장례 준비에 내해서도 그에게 조언하는 그들의 어른스러운 모습을 보는 샤를의 머릿속에, 그들은 결코 결혼하지 않으리라는, 결코 자신을 떠나지 않으리라는 생각이 문득 들었고, 이런 예감은 그를 소름 끼치게 했다.

그들은 집안사람들에게 소식을 전했다. 마들렌은 나타나지 않았고, 아주 형식적인 편지를 보내 자신은 장례식에만 참석할 거라고 알려 왔다.

이 〈스위스 수첩〉 사건 수사가 성공하기 위해서는 절대적으로 은밀하게 진행되어야 하는데, 그게 가장 어려운 일이었다.

「한번 상상해 보세요……. 천 명이 넘습니다. 이건 정말…….」

그다음 형용사는 쉽게 찾아지지 않았다. 빈터투어 은행 조합의 자본은 5억 프랑에 달했지만, 그들의 금고에는 아마도 20억 프랑 넘는 예탁금이 들어 있을 거였다.

법무부와 외무부 동료들과의 합의하에, 예심 판사는 중앙경찰청 반장에게 9월 25일 새벽에 작전을 벌이라고 지시했다.

두세 명의 경찰관으로 이루어진 팀들이 파리와 지방에 거주하는 50명에 가까운 사람들의 거처에 동시에 들이닥쳤다. 제3공화국 역사상 최대 규모의 탈세범 일제 검거 작전이 막을 올린 것이다.

그들은 벨포르의 상원 의원과 오랭의 상원 의원을 침대에서 끌어냈고, 애인 집에서 자고 있던 한 자작(子爵)을 깨어나게 했다. 자동차 제조업자 로베르 푸조 씨, 가구를 만드는 레비탕 씨, 그리고 금융 광고 대행업자 모리스 미농 씨에게는 그들 집의 문과 사무실과 서랍과 계좌를 열 것을 요구했다. 군(軍)의 한 재정 검사관은 자기 머리에 총알을 박겠다고 위협했지만, 결국 자제하고 울음을 터뜨렸다. 주교들은 보다 의연한 모습을 보였다. 오를레앙 주교는 마치 신도들을 영접하듯이 하면서 커피까지 권했다. 『르 마탱』지 사장은 웃기 시작했지만, 그의 아내는 사형 선고를 받은 것처럼 고개를 떨어뜨렸다. 유명한 향수 제조업자의 전 부인 앙리에트프랑수아 코티는 자신은 이제 전남편과 아무 관계 없다고 소리 질렀는데, 아마도 이게 그걸 설명해 준다고 생각하는 모양이었다. 프랑스 학술원 회원 보드리야르 경은 아주 위엄 있게 나갔다.

작전은 아침 6시에 시작되었다. 9시 무렵에는 이 소문이 돈 있는 동네들에 삽시간에 퍼졌고, 돈이 없는 동네에 사는 이들은 신문을 통해 소식을 듣게 될 거였다.

같은 시각, 오르탕스의 관을 실은 영구차가 바티뇰 공동묘지에 들어왔다.

마들렌은 폴을 데려온 것을 후회했다. 차들이 늘어서 있는 저쪽 보도에서 뒤프레 씨의 모습을 보는 순간, 그녀는 끔찍한 회의감에 사로잡혔다. 하지만 너무 늦어 버렸다. 1분 안에 그는 차 문을 열고 끈으로 묶은 꾸러미를 뒷좌석에 슬그머니 내려놓을 것이고, 그러면 끝일 것이다. 마들렌은 폴의 손을 잡고 꽉 쥐었다. 소년은 어머니에게 뭔가 힘든 일이 있다고 생각했다. 그리고 그것은 사실이었다.

장례 행렬은 공동묘지에 들어와 가족 묘소로 향했다. 장례식 참가자들은 샤를과 그의 두 딸 뒤에 열을 지어 천천히 나아가고 있었는데, 그들 사이에서 갑자기 어떤 얘기가 돌기 시작했다. 뒤쪽에서 사람들이 술렁거렸다. 뭐? 뭐라고? 누가? 아니, 그 얘긴 도대체 어디서 나온 거야? 뉴스는 마치 연동 운동에 의한 것처럼 행렬 뒤에서 앞으로 밀려 나왔고, 마침내 알퐁스의 귀에까지 이르렀는데, 그는 어찌할 바를 몰랐다. 그는 망설였지만, 모두가 그걸 얘기하기 시작해 진실을 숨겨 봐야 아무 소용 없다고 판단하고는 자기 보스에게로 가서 어깨를 툭 쳤다. 로즈는 이것을 연민의 제스처라고 착각해 고마워하는 눈으로 그를 돌아보았다.

「뭐야?」 샤를이 반문했다.

가족 묘소에서는 매장식이 시작되려 하고 있었다. 샤를이 참을성을 잃은, 그리고 기진맥진한 어조로 말했다.

「뭐야? 압수 수색?」

「의원님 댁에서요. 한 시간 전이라네요. 판사 한 명, 반장 한 명 등 사법 기관에서 나온 모양인데, 그 이유를 알아보고 있습니다만…….」

그러잖아도 샤를은 마음이 심란하기 이를 데 없었다. 두 딸은 자기에게 몸을 꼭 붙여 오고, 오르탕스는 관 속에서 자기에게 미소를 짓고……. 그는 속으로 울고 있었다. 그런데 이렇게 슬픔에 빠져 있는 그를, 이 소식이 마치 성난 물결처럼 후려친 것이다. 뭐야, 경찰이 급습했다고? 아니, 도대체 왜? 장례 행렬이 출발한 직후에? 이건 너무나 있을 법하지 않은 얘기여서 그는 알퐁스에게 물어보려고 했으나, 주위엔 아무도 없었다. 사람들은 이 마지막 몇 분 동안 마지막 경의를 표하려고 모두 물러서 있었던 것이다. 반면, 거기 있어야 할 이유가 없는 사람들이 공동묘지에 들어설 때부터 눈에 띄고 있었다.

마들렌은 폴에게 말했다.

「그럼 우린 이제 그만 돌아가자.」

하지만 휠체어를 조작하고, 사람들에게 조금만 비켜 달라고 부탁하는 동안, 샤를은 벌써 두 딸을 뒤에 달고 성큼성큼 온 길을 되돌아가고 있었다.

상황을 알고 있는 조문객들은 옆으로 비켜섰다. 지금 샤를은 오쟁이 진 남편 같다고 할 수 있었는데, 모두가 그 자신보다 사정을 더 잘 알고 있었던 것이다. 사복 차림의 사내 세 명이 서 있었다.

「뭐요! 지금 여기서 뭐 하는 거요? 아니, 이제는 자기 마누라도 조용히 묻을 수 없단 말이오?」

「죄송합니다……. 만일 묵념할 시간이 필요하시다면, 여기서 기다릴 테니 얼마든지 하십시오.」

「아뇨, 여기서 당장 끝냅시다! 그래, 대체 뭣 때문에 그러는 거요?」

사람들은 폴의 휠체어 앞에 길을 터주었고, 마들렌이 도착했다. 그녀가 삼촌 바로 뒤에 섰을 때 예심 판사가 말했다.

「페리쿠르 씨, 당신은 빈터투어 은행 조합을 통해 탈세한 혐의를 받고 있습니다. 이 은행 사무실에서 압수된 수첩에 당신의 이름이 있어요. 나를 좀 따라오셨으면 합니다…….」

일제히 비명이 터져 나왔다. 상황이 기괴할 뿐만 아니라, 터무니없기까지 했다!

「아니, 이게 도대체 무슨 얘기냐고!」 샤를이 고래고래 소리쳤다.

혹시 내가 어떤 실수라도 저질렀나? 그런 것은 전혀 없었다. 내가 무슨 돈을 감춘 일이라도 있나? 천만에, 감추기는커녕 번 돈을 죄다 선거운동 비용으로 썼고, 유권자들이 돈의 씨를 말려 버려, 지금은 땡전 한 푼 없는 빈털터리 아닌가? 로즈와 자생트는 바위 위의 홍합들처럼 아버지에게 꼭 붙어 있었다.

「페리쿠르 씨, 우리와 함께 조용히 가서, 우리가 하는 질문에 대답하는 편이 나을 겁니다. 만일 만족스러운 답변을 하신다면, 편안히 집에 들어가실 수 있어요…….」

「하지만 이건 진짜 해괴망측한 얘기란 말이오! 난 지금 땡전 한 푼 없는데, 어떻게 그 스위스 은행에다 돈을 넣겠냐고?」

「우린 그 부분을 분명히 규명할 거고, 그건 빠를수록 좋을 거예요, 페리쿠르 씨.」

「하지만 우선, 당신들, 무슨 영장이라도 가지고 왔소?」

판사는 한숨을 푹 내쉬었다. 주위엔 사람들이 많았고, 이 일을 조용히 처리하길 바랐지만, 그는 엄명을 받고 온 터였다. 〈페리쿠르가 최우선 목표야. 가능한 한 빨리 그를 잡아 오라고!〉 그들에겐 본보기가 필요했다. 그리고 샤를은 본보기가 될 수 있었다. 판사는 영장을 꺼냈다. 샤를은 그것은 받아서 읽으려 하지도 않았다. 여기에 판사가 와 있고, 그가 영장을 가지고 있고, 자신, 즉 이 샤를 페리쿠르가 경찰한테서 따라오라고 독촉받는다는 사실, 이 모든 것이 그의 머릿속에서 어떤 형체를 갖추기 시작했다. 그는 적합한 표현을 찾아보았다. 그리고 그것을 찾아냈다. 이건 〈음모〉였다.

「아, 이제 알았어, 내 입을 막으려는 수작이구먼! 정부가 말이야!」

「자, 자, 페리쿠르 씨…….」 판사가 말했다.

「아, 그래, 바로 그거였어! 당신들, 지시를 받았다고? 그들은 내 투쟁이 거북스러운 거야!」

예심 판사는 순수하고도 진지한 마흔 살가량의 남자로, 상부로부터 결코 쉽지 않은 임무를 위임받아 그것을 요령 있게 완수하려 노력했다. 하지만 샤를 페리쿠르가 그걸 방해했다. 둘러선 사람들은 서로 얘기를 나누거나 논평하고 있었는데, 그들은 보통 사람들이 아니었다. 정치가, 변호사, 의사, 각계의 최고 권위자……. 그들 중 하나가 벌써 가슴을 쑥 내밀고는 앞으로 나오고 있었다. 여보시오, 판사님, 거 옆에서 듣자 하니…….

이제 행동으로 넘어가야 했다.

「페리쿠르 씨, 우린 당신의 거처를 압수 수색했고…….」

「헛수고하셨구먼, 하, 하, 하! 도대체 뭘 생각한 거요, 엉?」

샤를은 주위 사람들을 둘러보았다.

「하, 하! 들으셨어요? 이 사람들이 우리 집에 왔답니다!」

「……당신의 자동차도요, 거기서 우리가 방금 고액권으로 20만 스위스 프랑을 찾아냈는데, 이에 대해 설명을 좀 해주셨으면 합니다. 내 사무실에 가셔서요.」

금액을 말한 것은 효과 만점이었다.

판사는 마분지로 싼 꾸러미 하나를 손에 들고 스위스 고액권의 그 인상적인 볼륨을 최대한 은근히 내보였다.

드러난 이 사실 앞에서 샤를의 허세와 군중의 고함 소리가 즉각 멈춰 정적이 감돌았다.

그런데 왜였을까? 어떤 직감 때문이었는지, 샤를은 몸을 뒤로 돌렸다.

그의 시선이 마들렌에게로 향했다.

그리고 휠체어에 앉아 있는 어린 폴에게도.

그는 입을 열었다.

「너냐……?」

사람들은 그가 뇌일혈 발작을 일으킨 줄 알았다.

친구들이 도우러 달려왔다.

그리고 샤를 페리쿠르는 미친 여자들처럼 울부짖기 시작한 딸들에게 마지막으로 손짓을 한 뒤, 그를 둘러싼 두 경찰관과 앞장선 예심 판사와 함께 공동묘지를 떠났다.

마들렌은 두 손으로 휠체어를 꽉 붙잡고 석상처럼 굳은 모습으로 그 자리에 남아 있었다.

그녀는 아까 달아나고 싶었으나, 삼촌이 자신을 보기를 바라는 마음이 더 컸다. 그러나 이제는 자신이 어리석고 못되게 느껴졌다. 그녀의 아버지는 딸의 행동에 찬성하지 않을 것이었다. 그녀는 폴 쪽으로, 볼 때마다 가슴이 뭉클한 아이의 목덜미 쪽으로, 그리고 모포 아래 두 무릎이 불룩 솟아 있는 그의 다리 쪽으로 눈을 내렸다. 아니, 그녀는 어리석지도, 심술궂지도, 못되지도 않았다. 아버지에게 그녀는 대답했다. 〈아빠, 이 일에 간섭하지 마세요! 난 내 방식대로 해요!〉

폴은 아무 말 없이 어깨 위로 손을 뻗어, 어머니의 손 위에 자신의 손을 올려놓았다.

41

안 돼! 이번에는 절대로 안 돼! 레옹스는 종이를 구겨서 바닥에 내던졌다. 그걸 짓밟아 버리고 싶었지만, 그건 우스꽝스러운 짓이었다. 그녀는 이제 확실하게 거부할 생각이었다. 마들렌에게 너무 흥분해 있어 감옥에 가는 것도 전만큼 두렵지 않았다. 오케이, 거기에도 판사가 있겠지, 난 예쁘게 꾸밀 거야, 남자들에게는 항상 통했으니까…….

가진 게 별로 없어서 그녀는 2주일 넘게 어느 수상쩍은 호텔에서 지내야 했고, 거기서 로베르는 더 이상 경마장에 갈 수 없는 신세를 한탄하며 세월을 보내지 않았다면 가진 재능을 백 퍼센트 발휘했을 것이다. 마들렌이 베를린에서 돌아오자 그녀는 이제 해방되길 바랐다. 하지만 웬걸, 마들렌은 이번에도 아직 때가 아니라고 했다! 〈곧 될 거예요, 레옹스, 곧.〉 마들렌은 이렇게 말했지만, 기한은 항상 뒤로 늦춰졌다. 먼저 어린 폴을 만나라는 것……. 그건 그렇다 치자(세상에, 그사이 얼마나 컸는지……! 그 애와 그렇게 재회하니…… 자신이 걱정했던 것 이상으로 가슴이 먹먹했다). 그런데 뭐? 어떤 수첩을 화장실 수

세 장치 뒤에다 숨겨 놓기 위해 스위스 은행가 앞에서 창녀 역할을 하라고? 이런 멋진 임무를 맡기다니, 아이고, 고맙기도 해라! 그리고 마들렌이 호텔에다 쪽지 하나를 남긴 것이다. 〈오늘 오후, 세 라뒤레 카페로 와서 나를 만나요. 오후 4시. 반드시 와야 해요.〉

레옹스는 외출할 준비를 하면서 안 돼, 라고 중얼거렸다. 이번에는 정말로 끝이었다. 그녀를 쫓아 보낼 것이다! 자신의 잘못으로 잃은 모든 것을 그녀는 자기 입속에다 쑤셔 넣으려 하고 있었다. 그녀는 마들렌의 따귀라도 후려치고 싶었다.

「어디 가, 우리 아기?」

로베르도 그녀의 신경을 상당히 긁기 시작했다. 여기서는 사람들의 이목을 끌지 말아야 했기 때문에 절대로 소리를 내면 안 되었다. 그래서 둘은 양들처럼 얌전하게 지냈지만, 대화에 관한 한 로베르는 최상의 상대라고 할 수 없었다.

정말이지 모든 게 나빠지고 있었다. 마들렌과 마주 앉았을 때, 그녀는 짜증이 났고, 심지어 공격적이기까지 했다. 그녀는 상대가 자리에 앉아 숨을 돌리기도 전에 다짜고짜 말했다.

「마들렌, 이젠 이걸로 충분해요!」

「나도 그렇게 생각해요, 레옹스. 당신은 자유예요.」

「네?」

「이제 떠나도 돼요. 파리를, 프랑스를 떠나 가고 싶은 곳으로 가세요. 난 더 이상 당신이 필요하지 않아요.」

마들렌의 어조에는 혼동의 여지가 없었다. 그녀는 지금 자신을 어떤 하녀 내보내듯 보내고 있는 것이다. 레옹스는 얼굴이 붉어졌다.

그리고 이제 자기가 자유의 몸이고…… 일전 한 푼 없는 몸이라는 걸 깨닫고는 울고 싶어졌다. 돈도 없고, 신분증도 없고, 저 로베르 하나만 달고서, 지금 지내고 있는 저 싸구려 호텔 방세도 낼 돈이 없어서 어쩌면 슬그머니 도망쳐야 할지도 모르는 신세였다…….

갑자기 자유가 그 무엇보다 고약한 것처럼 느껴졌다.

마들렌은 그녀를 차분하게 쳐다보았다. 마치 그녀가 짐 싸는 것을 지켜보듯, 그녀 뒤로 문을 닫아 버리기 전에 참을성 있게 기다리듯이 말이다.

레옹스는 움직이지 않았다. 그래, 이렇게 아무 말도 없는 거야? 둘이 같이 그 많은 일을 겪었는데, 이렇게 한마디 말도 없이 쫓아내는 거야?

「조, 좋아요.」레옹스가 더듬거렸다.

그녀는 일어섰다. 서로 헤어지려는 이 순간, 영원히 서로를 떠나려는 이 순간, 그들 사이에는 끔찍한 허공이 가로놓여 있었다.

하지만 마들렌은 원한의 덩어리, 차갑고 비인간적인 복수의 일념으로 뭉친 원한의 덩어리일 뿐이었다.

레옹스는 그 자리에 서서, 테이블과 마들렌의 얼굴을 차례로 쳐다보았고, 문 쪽으로 몸을 돌렸다. 아무 말도 나오지 않았다. 무슨 말을 해야 할지 알 수 없었다. 모욕에 가까운 이런 벌을 내리는 그녀가 미웠다.

「레옹스, 난 더 이상 당신을 원망하지 않아요.」마침내 마들렌이 말했다. 「여자로서 나도 경험이 있어요. 때로는 선택할 게 그리 많지 않을 때가 있죠.」

화해의 손길을 내미는 것일까?

아닌 게 아니라 그녀는 손을 내밀었다. 거기엔 봉투 하나가 들려 있었다.

「5만 스위스 프랑이 들어 있어요. 부디 몸조심해요.」

마들렌은 자리에서 일어나 탁자를 돌아 걸어갔고, 레옹스는 입을 벌렸다. 레옹스는 몸을 돌렸다.

마들렌은 이미 나가고 없었다.

이제 한 달밖에 남지 않았는데 이게 뭐란 말인가? 아, 정말로 분통이 터졌다!

한 달만 있으면『르 릭퇴르』지는 앞으로 앙드레가 규탄해 마지않을 사회적 타락의 완벽한 예화라 할 수 있는 이 센세이셔널한 사건을 그 첫 번째 호에 실을 수 있는데 말이다!

그는 이 특종을 진지하고도 수준 높은 정치 분석 기사들로 이름이 높으며 그 어떤 사건 앞에서도 움츠러들지 않는 대형 보수 일간지『레벤망』에 주기로 결심했다.

대규모 탈세 사건

한 스위스 은행은 세금을 공제하지 않고 수익금을 지불하는 비밀 지점을 파리에 하나 두고 있다. 이런 식으로 빼돌린 탈세액은 수천만 프랑에 달할 것으로……

그전 날, 앙드레는 사표를 내기 위해『수아르 드 파리』의 사장실에 있었다.

「며칠 후 당신은 언론의 스포트라이트를 받게 될 겁니다. 아주 지저분한 탈세 사건이 발표될 거니까요. 당신은 이 스캔들의 중심에 서고, 여러 주 동안 그리될 겁니다. 난 거기에 대해 기사를 쓸 거예요. 아마 내가 첫 번째가 될 건데, 왜냐하면 이 일을 들춰낸 사람이 바로 나이기 때문이죠. 나는 『수아르 드 파리』의 칼럼난이 이 모든 것을 싣기에…… 그리 이상적이지 않다고 생각해요. 하여 난 오늘 이렇게 사표를 내고자 합니다.」

쥘 기요토는 분개했다. 이렇게 범죄자로 몰렸기 때문만이 아니라, 마들렌 페리쿠르에게 감쪽같이 속았기 때문이다.

「그래, 자네는 얼마나 원하나?」 그가 앙드레에게 물었다.

「너무 늦었어요, 쥘. 사건은 이미 검찰의 손에 들어갔어요. 난 오늘 당신에 대한 충성심으로 이 얘기를 하는 겁니다. 그리고 내 자유를 되찾아야겠기에…….」

「내가 돈을 주는 대가로 입을 닫겠다고 했잖아!」

기요토는 즉시 그녀의 집으로 달려갔다. 그렇게 아무 예고도 없이 쳐들어가서는 블라디를 밀어젖혔다. 당신 주인 어딨어? 그는 왈칵 문을 열었고, 음악을 듣고 있는 폴을 보게 되었다. 어머니는 아이 곁에 있었다. 그는 인사도 생략하고 고함을 쳤다.

「나한테 약속했잖아!」

「그래요, 쥘.」 마들렌은 미소를 지으며 대답했다. 「그리고 당신에게 거짓말했어요. 난 약속을 지킬 생각이 전혀 없었거든요. 그런데 당신도 날 비난할 만큼 양심적인 사람은 아닐 텐데요?」

그는 목구멍에서 튀어나오는 욕을 아이 때문에 간신히 삼켰지만, 입술에 그대로 써 있었다.

기요토는 열심히 뛰어다녔다. 그의 주소록에 적힌 사람들
—친구, 지인, 인맥 등—을 모두 찾아다녔다. 하지만 스캔들
이 이미 터진 상황에서 뭔가 해볼 수 있는 사람은 아무도 없
었다.

앙드레 델쿠르는 그에게 들어온 여러 가지 제안 중에서 『레
벤망』을 선택했는데, 이 일간지가 민족주의적이고도 반의회주
의적인 자신의 이미지와 맞았기 때문이다. 그는 이 신문 편집
국이 사건을 자세히 파악할 수 있도록 그가 가진 모든 정보를
제공했고, 자신은 위에서 분석하고 논평하는 위치를 떡하니
차지했다.

어떤 기가 막힌 예

스위스 은행가들은 서비스 정신이 넘치는 사람들이다. 그
들은 프랑스 영토에까지 와서 우리 국민들이 탈세하는 것을
돕고 있다.

용의자들은 분명히 항변할 것이다. 사실 어떤 국민이 도둑
질해 먹는 국세청에 탈세로 응수한다고 해서 누가 놀라겠는
가? 납세자들이 국고 탕진 장본인들의 끊임없는 표적이 되어
온 것은 분명한 사실이다. 하지만 아무리 그렇다 해도, 도둑질
이 도둑놈의 잘못이 아니라…… 도둑당한 이의 잘못이라고, 여
기서 범죄자는 아무 책임이 없고, 피해자는 지갑을 가지고 있
지 말았어야 한다고 주장하는 것이 과연 온당하다고 할 수 있
는가?

무려 천 명 넘는 탈세범이 포함된 첫 번째 리스트는 국가적

타락의 한 멋진 견본이라 할 것이다. 이들 중에서 시사하는 바가 가장 큰 인물은 물론…… 탈세에 대한 투쟁 임무를 맡고 있는 국회 위원회 위원장, 샤를 페리쿠르 씨다. 독자들이여, 웃지 마시라. 아내 장례식 날, 그의 자동차에서 정당화하기 어려운 20만 스위스 프랑이 발견되었다. 어쩌면 그는 장례식 날 묘지 매입 비용을 현금으로 지불해야 한다고 생각했는지도 모른다……. 그는 입건되었지만, 곧 석방되었다. 그는 자신은 어떤 음모의 희생양이라고 고함쳤는데, 어쨌든 그렇게나 영예로운 성(姓)에 걸맞지 않게 지저분했던 커리어는 이제 끝을 맺게 되었다.

이런 일을 겪고 난 뒤, 이 나라가 보다 엄격한 제도와 보다 깨끗한 지도자를, 그리고 보다 단순하고 보다 올바른 법을 요구한다고 해서 놀랄 수 있겠는가? 그리고 여기에 약간의 질서를 부여할 수 있는 누군가를 요청하는 것이 과연 놀랄 일이겠는가?

카이로스

42

「여기에 뭔가 흥미로운 게 있는 것 같은데…….」

마들렌은 고개를 휙 돌렸다.

「아, 실론 티? 고마워요, 마들렌……. 어, 아니오! 시간이 너무 늦었으니, 그냥 비시 광천수나 한 잔 줘요.」

뒤프레는『랭트랑지장』지 한 페이지의 하단에 있는 기사 하나를 검지로 가리켰다.

르 랭시에서 일어난 살인 사건

젊은 여성은 임신 4개월의 몸이었다

한 프랑스 가스 회사 직원의 방문으로 인해 서른두 살 마틸드 아르샹보 양의 시신이 오후 늦게 그녀의 거처에서 발견된 것은 아주 우연한 일이었다. 그녀는 2, 3일 전에 사망한 것으로 보인다. 이 젊은 여성은 범인과 몸싸움을 벌인 뒤 여러 차례 — 총 12회인 듯 — 칼에 찔려 숨을 거둔 듯하다. 흉기는 발견되지 않았다. 희생자는 임신 〈4, 5개월〉이었다고 하며, 이 사실은 이 범죄를 특히 더 가증스러운 것으로 만든다.

가택 침입 흔적이 없다는 것은 면식범의 소행임을 암시한다.

그 살인 사건은 베일에 싸여 있다. 아르샹보 양은 그녀의 부친이 사망한 뒤 르 랭시의 지라르댕가 끝부분에 위치한 이 가족의 주택에서 2년 전부터 살아왔다. 이웃들과 동네 상인들의 증언에 따르면, 그녀는 조용한 아가씨였는데, 지난 몇 주 동안 전혀 모습이 보이지 않았다.

시 경찰은 1차 확인을 마친 뒤, 파리의 과학 수사대에 사건을 보고했다. 젊은 여성의 시신은 부검을 위해 시체 공시장으로 옮겨졌다. 희생자와 관련된 정보가 거의 없기 때문에, 센도 검찰청 소속 바질 검사에게 맡겨진 수사의 결과가 어떻게 나올지 경찰관들도 감을 잡지 못하고 있다.

신문 하단에 실린 기사의 위치는 이 사건에 대해 『랭트랑지장』이 얻어 낸 정보가 거의 없으며, 이 사회면 사건은 일간지들과 잡지들 덕분에 대중이 갈수록 좋아하는 흥미 만점의 범죄 사건 중 하나가 될 가망이 별로 없음을 강조하고 있었다.

마들렌은 고개를 들어 올렸다.

「네, 어쩌면…….」

막다른 골목에 몰린 그녀는 어둡게 찌푸린 얼굴이었다. 그녀는 기사를 천천히 다시 읽었고, 이 젊은 여인의 삶에 자신을 투영시켜 보았다.

「마틸드…….」 그녀가 중얼거렸다.

「다른 해결책이 전혀 보이지 않아요.」

앙드레 델쿠르의 수도승 같은 삶은 지금까지 아무런 허점도 드러내지 않았다.

「만일 결정을 내려야 한다면, 지금이…….」

「알아요, 뒤프레 씨, 안다고요!」

그녀는 신경질적으로 탁자 위를 톡톡톡톡 두드렸다. 그는 기다렸다.

그녀의 비시 광천수 잔은 건드리지 않은 채 그대로였다. 그녀는 더 이상 물을 마실 생각이 없었다. 그녀는 화가 난 것처럼 신문을 탁 접었다.

「그럼…… 이제 끝을 봐야죠.」 그녀는 거의 들리지도 않는 소리로 말했다.

「원하는 대로 해요, 마들렌. 하지만…… 이것은 신중하게 생각해 보는 게 좋겠어요.」

이 충고는 그녀가 의혹을 품게 만들기는커녕, 오히려 그녀를 더 자극하는 것 같았다. 그녀가 조금 추해 보이는 삐딱한 미소로 대답했다.

「뒤프레 씨, 폴을 한번 생각해 보세요. 그러면 도움이 될 거예요.」

그녀의 어조는 여전히 신랄했고, 그녀의 마음은 조금도 누그러지지 않았다. 가족력인 고집스러움이 다시 고개를 쳐들고 있었다.

뒤프레는 자신이 냉정한 인간, 즉 잔인한 인간으로 여겨지고 있다고 느꼈다. 이는 부당한 일이었으니, 그는 마들렌이 사는 삶을 이해하고 있었기 때문이다. 그가 지닌 정의의 개념은 귀스타브 주베르의 전락에도, 샤를 페리쿠르의 몰락에도 크게 충격을 받지 않았다. 앙드레 델쿠르는 이들보다 더 낫다고 할 수 없었지만, 지금 실행하려는 방법은 그를 심란하게 만들었다.

「마들렌, 자꾸 얘기해서 미안한데, 당신의 행동에 대해 확신이 있어야 해요. 이것은 중요한 결정…….」

「당신은 이 결정을 문제 삼는 것 같군요.」

그는 시선을 아래로 내리지 않았다. 이제 그녀는 그녀가 올해 초에 만났던 뒤프레, 직설적이고 무감각하고 광물 같은 그 사내와 마주하고 있었다.

「그럴 수 있죠.」

「어떤 이유에서죠, 뒤프레 씨?」

「당신은 어떤 일 때문에 나를 고용했어요. 그런데 이것은 (그는 신문을 가리켰다) 우리의 계약에 포함되지 않아요.」

마들렌은 아무렇지 않은 척하기 위해 비시 광천수 잔을 잡아, 다른 곳을 바라보며 두 모금 마셨다. 그러고는 다시 그에게로 눈을 돌렸다.

「만일 무엇보다 당신의 원칙들이 중요하다면, 네 맞아요, 당신은 여기서 나를 버려 두고 갈 수 있어요. 우리의 계약은…… 거기까지 가는 것이 아니었으니까.」

「당신의 윤리는 그걸 허용하나요?」

「물론이죠, 뒤프레 씨.」 마들렌은 가슴을 찌르는 진지한 어조로 대답했다. 「내 윤리는 내게 최악의 것들을 하라고 명령해요…….」

그녀는 마지못한 듯 서글프게 덧붙였다.

「그리고 보다시피, 난 그것에 대해 준비되어 있어요.」

뒤프레는 속으로 이미 결정한 선택 앞에 있었다.

「……좋소.」

마들렌은 일어서지 않았다. 뒤프레는 그녀를 이해했지만, 그녀가 옳다고 생각하지는 않았다. 방금 전부터 둘의 관계는 그들이 예상하지 못했던 심각한 양상을 띠기 시작했다.

곧 그들은 더 이상 만나지 않을 것이다. 뭔가 할 말을 찾아야 하는데 떠오르지 않았다.

「그럼,」 그녀가 말했다. 「나는 델쿠르 씨의 상냥한 초대에 응해야 할 것 같아요. 저녁 식사, 어쩌면 오늘 저녁에…… 괜찮겠어요, 뒤프레 씨?」

「나는 전혀 문제없어요.」

그는 일어섰다. 더 이상 아무 말도 할 수가 없었다. 그는 고갯짓으로 마들렌에게 작별을 고하고는 밖으로 나갔다.

「아, 뒤프레 씨!」

그가 돌아섰다.

「네?」

「고마워요.」

마들렌은 오랫동안 탁자와 자신의 잔과 신문을 응시하며 앉아 있었다. 그녀가 하려는 일이 벌써부터 그녀를 기진맥진하게 만들었다. 그녀 안에 있는 모든 윤리와 양심은 거기에 반대하고 있었고, 그녀가 동원할 수 있는 모든 분노와 원한은 그렇게 하라고 떠밀고 있었다.

그녀는 원한에 굴복했다. 늘 그렇듯이.

「아니, 마들렌!」

그야말로 비명에 가까운 외침이었다. 놀람과 두려움이 반반씩 섞여 있는 소리였다.

「혹시 방해되는 것 아닌지 모르겠어요?」

「오, 전혀 그렇지 않아요!」

몇 달 전부터 앙드레는 그가 느끼기에 우아하고 교양 있는 이런 종류의 표현들을 사용하려 애쓰고 있었다.

그는 어떤 손이 그의 칼라를 잡아당긴 것처럼 갑자기 옆으로 홱 물러섰다. 마들렌은 안으로 들어갔다. 뒤프레 씨는 그가 정기적으로 방문하는 이 장소를 그녀에게 종종 묘사해 주곤 했다. 그녀는 물소 가죽 채찍이 들어 있다는 서랍장의 두 번째 서랍을 힐끗 쳐다보지 않을 수 없었다.

「온천욕을 하러 갔다가 그저께 돌아왔어요. 우연히 이 옆을 지나다가 당신이 보내 준 그 고마운 말에 대해 인사도 할 겸 들렀어요.」

앙드레는 한순간에 쏟아져 들어오는 수많은 정보에 숨이 막힐 지경이었다. 마들렌이 자신의 집을 찾아온 것, 수수께끼 같은 그녀의 전보, 그것이 페리쿠르 은행의 전 권한 대행 귀스타브 주베르에게 초래한 결과들…… 그리고 이렇게 내밀하고도 사적인 장소에, 과거 둘의 관계를 상기시키는 이런 모호한 상황에서 그녀와 함께 있게 된 것……

선반들에 너무나 많은 책과 자료들이 쌓여 있어서, 방 전체가 〈작가 앙드레 델쿠르의 언론계 데뷔 시절 소박한 아파트〉라는 제목의 그림과도 같은 느낌을 주었다.

「앙드레, 오늘 저녁에 함께 식사할 시간 있어요?」

그녀는 그가 다른 약속이 잡혀 있기를 바랐다. 그러면 더 고민할 필요가 없으리라. 하지만 그는 약속이 없었다.

「어…… 네…… 그러니까…….」

「그러면 더 오래 방해하지 않을게요. 리프에서 저녁 8시 30분, 어때요?」

이건 설상가상이었다. 그로서는 도저히 거절할 수 없는 이 초대, 파리의 최고 저명인사들이 그들이 함께 있는 모습을 보게 될 이 레스토랑……

「좋아요, 어…… 리프라……」

「거기 못 가본 지 꽤 오래됐네요……」

「아, 그렇다면……」

그녀가 지나간 뒤 향수 냄새가 떠돌았다. 앙드레는 창문을 활짝 열어 놓았다.

르네 델가는 마들렌이 본론으로 들어가자마자 지난번처럼 얼굴 위로 보이지 않는 커튼을 내렸다.

「자, 여기 글씨 견본이에요. 편지죠. 그리고 이것은 사용할 종이.」

그는 뭔가 바뀌어 있었다. 이번에는 안경을 쓰고 있었다. 아마도 직업병일 거라고 마들렌은 생각했다. 그는 재빨리 편지를 훑어본 뒤 안경을 벗어 탁자 위에 내려놓았다. 그리고 입을 열었는데, 마들렌이 먼저 말했다.

「당신의 것과 같은 위조문서가 진짜처럼 보이는 정도는…… 얼마만큼이나 되죠……? 무슨 말이냐 하면, 경찰이 그걸 봤을 때……」

「솔직히 말씀드리자면, 경찰은 갈수록 뛰어난 검출 수단들을 가지고 있어요. 그리고 진짜와 구별하기가 아주 어려운 문서들을 만들어 낼 수 있는 사람은 파리에 그리 많지 않죠……」

무슨 얘기를 해도 그는 항상 값 얘기로 돌아왔다.

자신의 질문에 대한 대답을 아직 듣지 못한 마들렌은 그냥 탁자 위에 두 손을 포개기만 했다.

「처음에는,」 델가가 덧붙였다. 「조금도 의심하지 않죠. 경찰은 이 문서를 진짜로 여길 거예요, 판사도 그럴 거고요. 문제는 훨씬 나중에 시작되죠. 변호사가 재감정을 요구할 때요. 그때부터는 어느 쪽으로 결론이 날지 아무도 몰라요.」

마들렌에겐 그 시간이면 충분했다.

「이 편지는 1천5백 프랑입니다.」 그가 말했다.

「여기서 우리가 늘 하는 짓을 또 해야 하나요? 다시 말해, 내가 3백 프랑을 깎으면 당신이 받아들이고, 내가 이걸 오늘 저녁까지 해달라고 부탁하면, 당신은 다시 3백 프랑을 올릴 건가요?」

「아뇨, 이번에는 그렇게 못합니다. 지난번 수첩 건은 내가 값을 제대로 못 받았어요.」

「나를 협박하는 건가요? 그동안 직업을 바꿨나요?」

「아뇨, 난 그 작업을 과소평가했어요.」

「그건 당신 문제지, 내 문제가 아니죠. 난 당신이 요구하는 대로 값을 지불했어요.」

「맞아요. 하지만 지금 당신이 새 일을 의뢰하고 있으니 어쩔 수 없이 저번에 입은 적자액을 조금 메꿔야겠어요.」

「조금……?」

「1천 프랑요. 그게 내가 해드릴 수 있는 최소 금액입니다. 그래서 이 편지 가격이 1천5백 프랑이에요.」

마들렌은 과연 이렇게 밀고 당기기를 계속할 필요가 있을까

하는 의문이 들었고, 이 의문은 그녀를 갑작스러운 회의감에 빠뜨렸다.

델가는 마들렌의 침묵을, 절대로 질 수 없는 협상에서 더 이상 말하지 않고 버티고 있는 것으로 해석했다.

「그 대신에,」 그가 덧붙였다. 「기한에 대한 추가금은 받지 않을게요. 오늘 밤에 마쳐 드리죠. 11시까지요.」

「좋아요…….」 마들렌이 대답했다. 「아, 그러고 보니 선금 줄 돈을 가져오지 않았네요…….」

델가는 괜찮다고 한 손을 들어 올렸다.

「믿는 사람들끼린데요, 뭘.」

뒤프레는 앙드레 델쿠르가 택시에 오르는 걸 보았고, 이 젊은 친구가 리프 레스토랑의 주소를 말하는 것을 들었다기보다는 눈으로 짐작했다.

그가 뭔가 잊고 나와서, 예상치 못하게 집에 돌아오는 일은 언제라도 가능했다. 가장 신중한 태도는 택시가 생제르맹 대로까지 가는 약 30분 동안 기다리는 것일 터였다.

「당신 이름으로 예약했는데, 괜찮겠죠?」

앙드레는 고개를 끄덕였다. 네, 당연하죠…….

그들은 홀을 가로질러 왼쪽에 테이블들이 길게 이어지고 있는 곳, 그러니까 거울들 사이에 그려진 녹색 식물들이 사람들의 머리 위로 자라고 있는 듯한 느낌을 주는 곳까지 걸어갔다.

앙드레였다면 결코 선택하지 않을 자리였다. 둘이 사람들의 눈에 띄지 않고 조용히 얘기하기에는 맨 끝쪽의 테이블이 더 나왔다. 하지만 마들렌은 그곳을 선택했으니, 그에게는 거기가 가장 거북한 자리였기 때문이다. 한 웨이터가 마들렌이 벽쪽의 모조가죽 의자에 앉을 수 있게 테이블을 옆으로 당겨 주었다.

「미안해요, 앙드레. 괜찮으시다면 내가 의자에 앉아도 되겠어요? 팔걸이 없는 의자는 그리 편하지 않아서요. 온천욕을 다녀와서 몸이 많이 좋아졌는데, 다시 건강을 해치고 싶지 않아요…….」

「아, 물론이죠, 물론이에요!」

앙드레는 홀 쪽으로 등을 돌리고 싶은 마음이 굴뚝같았지만, 바로 그 때문에 마들렌은 그를 안쪽에 앉게 한 것이다.

「마들렌, 잠깐만 실례해도 될까요?」

그녀는 아주 조그만 손짓으로 대답했다. 네, 그러세요.

앙드레는 테이블을 돌면서 아는 사람들에게 인사를 했다. 이쪽은 어느 야당 의원, 저쪽은 『레벤망』지 사장, 그리고 파시즘적 주장들에 동조적이며, 앙드레의 일간지 창간에 참여하는 것을 고민하고 있는 실업가 아르망 샤토비외…….

자리로 돌아오는 길에 그는 차가운 화이트와인이 담긴 물병하나를 주문했다.

「어머나, 이제 사교계 사람이 다 됐네요!」 앙드레가 돌아오자 마들렌이 감탄 어린 어조로 말했다.

그는 겸손하게 나왔다. 글쎄요, 내가 사교계 사람이라…….

「그런데 말이에요, 새로 나온다는 그 일간지는…… 곧 나오나요?」

그녀는 그가 끔찍하게 미신적인 사람임을 알고 있었다.

「요즘 들리는 소문으로는…….」

마들렌은 내보이려던 카드를 다시 내려놓았다. 그렇게 결정하고 나서 두 손을 차분히 앞으로 모았다.

앙드레는 샤토비외에게 정신이 팔려 있었던 것이다. 어라? 방금 저이가 내 쪽으로 살짝 잔을 들어 올리지 않았나? 앙드레는 감사의 표시로 눈을 한 번 깜짝하는 것으로 만족했다. 세상에! 만일 샤토비외가 드디어 참여하기로 결정한다면, 성공이 보장된 것이나 다름없었다!

「뭐라고 했죠?」

「앙드레, 정신이 딴 데 가 있네요……. 옛 친구와 저녁 식사하는 날에 그런 모습은 별로 멋지지 않아요…….」

「미안해요, 마들렌, 난…….」

그녀는 웃음을 터뜨렸다.

「농담이에요, 앙드레!」

그녀는 그의 어깨너머로 눈길을 던졌고, 신문을 통해 얼굴을 알고 있는 샤토비외를 발견했다.

「내 느낌에는 오늘 저녁 당신에게 뭔가 중요한 게 걸려 있는 것 같은데, 내 생각이 맞나요?」

웨이터가 차가운 화이트와인 병을 가지고 왔다. 마들렌이 먼저 잔을 들어 올렸다.

「자, 우리 둘의 저녁 시간이 잘되기를 빌며 건배해요…….」

「고마워요, 마들렌, 기꺼이 건배하죠.」

앙드레가 거주하는 건물에는 아파트가 아주 많았다. 뒤프레는 소리를 내지 않고 5층까지 올라갔다. 곁쇠질해서 자물쇠를 여는 것은 눈 감고도 가능했다. 그동안 몇 번이나 왔던가? 아마도 일고여덟 번은 되리라. 이번이 마지막 방문이었다.

「아, 그 치료요?」

마들렌은 포크를 내려놓았다.

「정말 기가 막혀요. 앙드레, 당신도 한번 시도해 봐야 해요. 당신처럼 끊임없이 긴장 속에서 사는 사람에게는, 장담컨대 그 사람들이 기적을 일으킬 수 있어요.」

「뭐라고요? 〈긴장 속에서 산다〉고요?」 앙드레가 미소를 지으며 되물었다.

「네, 그런 것 같아요. 내가 아는 당신은 항상 예민하고, 뭔가 어둡기까지 했어요. 그런데 지금 보니 — 사실 요즘은 서로 보는 일이 점점 드물어지고 있죠, 안 그래요? — 뭔가 극도로 흥분해 있는 것 같네요.」

「네, 아마도 그럴 거예요, 일 때문에…….」

그녀는 해산물 요리에 집중하고는 그것과 필사적인 싸움을 벌이기 시작했다.

「치료 중에 치료사에게서 들은 얘긴데, 어떤 오지 사람들은 신경쇠약증을…… 채찍으로 치료한다네요, 글쎄…….」

그녀는 고개를 들어 올렸다.

「맞아요. 그 사람들은 자기 등을 피가 날 때까지 채찍으로 후려친대요. 정말 야만인들이에요, 그렇게 생각하지 않아요?」

앙드레는 바보가 아니었다. 그는 불안하게 느껴지는 차가운 표정으로 이 일화를 들었다. 마치 각 단어의 의미를 해독해, 그것을 환불받아야 할 항목들에다 적어 놓는 것처럼.

「치료받는 곳이 어디죠?」 그가 무뚝뚝하게 물었다.

「바뇰드로른요. 원한다면 주소를 줄게요.」

그는 아직도 뭔가 석연치 않았다. 그녀는 채찍에 대한 얘기를 우연히 꺼낸 것일까? 다른 가능성은 생각할 수도 없었지만, 한 번 생겨난 경계심은 계속 남아 있었다.

「우리 샤를 삼촌에 대한 당신의 기사를 읽었어요…….」

앙드레는 그녀의 말에서 아무런 비난의 감정도 느낄 수 없었다. 다행이었다. 자신을 변호해야 하는 상황이라면 참으로 불편했을 것이다.

「네…… 유감입니다.」

「나도 그 불쌍한 샤를 삼촌 때문에 아주 유감이에요. 그 양반은 아주 윤리적인 임무를 맡은 어떤 위원회를 이끌었는데, 당신도 인정하겠지만 더 이상 지저분할 수 없는 어떤 일 때문에 한순간 추락해 버렸죠…….」

앙드레는 그녀의 목소리에서 전에 몰랐던 어떤 날카로운 어조를, 그리고 그녀의 시선에서 어떤 고약한 불꽃을 느꼈다. 무슨 이유로 나를 찾아왔을까? 그로선 명확히 설명하기 어려운 어떤 의혹이 솟아나기 시작했다.

「앙드레, 당신은 우리 불쌍한 삼촌에게 매우 가혹했지만, 나는 이해해요. 당신은 당신의 일을 한 거죠. 그리고 누군가가 말했듯이, 그렇게 부정을 저지르지 않았다면 아무 일 없었겠죠!」

앙드레는 그게 하나의 구실에 불과했는지 아닌지 보기 위해 오늘 저녁의 본론으로 들어가기로 했다.

「지난번 레옹스 주베르에 대한 정보를 이용할 수 있게 해줘서 정말 고마워요…….」

마들렌은 포크와 나이프를 내려놓았다.

「또 귀스타브가 그런 짓을 하리라고 누가 짐작이나 했겠어요? 당신도 당신의 칼럼들을 통해 그가 성공하기를 수없이 기원하지 않았나요? 그게 사람들을 얼마나 열광시킨 프로젝트였나요……. 그런데 그는 그걸 깨끗이 파산시킨 것도 모자라, 자기 아이디어를 불구대천의 원수들에게 팔아먹었죠. 앙드레, 정말 당신에게 묻고 싶네요. 도대체 누굴 믿어야 하죠?」

「하지만 마들렌…….」

「네?」

「당신은 그…… 극비 정보를 대체 어디서 얻었나요?」

「오, 우리 불쌍한 앙드레, 난 너무나 유감스럽게도 당신에게 그걸 말해 줄 권한이 없네요. 가만, 당신들 은어로 이런 걸 뭐라고 부르죠……? 맞아, 정보원(情報源)의 비밀을 지켜 줄 의무! 만일 내가 그 이름을 알려 주면 큰 어려움에 처할 누군가로부터 알게 됐어요……. 그 사람은 프랑스에 값을 따질 수 없는 엄청난 봉사를 한 거고, 우린 그에게 결코 돌을 던질 수 없죠……. 그렇게 생각하지 않나요?」

사악했다. 맞다, 바로 그거였다. 마들렌이 대화를 이끌어 가는 방식에는, 은근히 뭔가를 암시하는 방식에는 어딘가 사악한 구석이 있었다. 그리고 지금은 그 자신이 사용할 수 있었을 논리를 사용하며 대답하기를 거부하고 있는 것이다. 그는 의자에 앉은 채 몸을 살짝 뒤로 뺐다. 더 이상 입맛이 없었다. 그는 통제할 수 없는 상황 속에 빠져드는 것을 느꼈다.

뒤프레는 델쿠르가 스스로 요리하는 법이 없는 작은 공간인 주방으로 향했다. 그는 초대받는 일이 많았기 때문에 저녁 식사는 주로 그렇게 해결했다. 그리고 나머지 시간에는 조그만 찬장, 그러니까 바깥쪽으로 난 창문 아래의 한 네모진 공간에 보관해 둔 것을 조금씩 뜯어먹곤 했다. 주방기구를 찾아보았지만, 있는 것이라곤 잔 몇 개, 수저 몇 개, 접시 두 개뿐이었고, 모두가 완벽할 정도로 깨끗했다.

「참, 감개가 무량하네요…….」

이번에는 마들렌이 몸을 조금 뒤로 빼고서, 그녀가 특별히 자랑스러워하는 어떤 그림처럼 앙드레를 쳐다보았다.

「내가 쥘 기요토에게 소개해 주었던 그 언론계의 초심자가 생각나요…….」

모든 화제 중에서 그들의 공통적인 과거는 그가 가장 견뎌 내기 힘든 것이었는데, 대화 중에 위험 신호와도 같은 이름들이 계속 튀어나왔다. 샤를 페리쿠르와 귀스타브 주베르, 이번에는 쥘 기요토였다…….

앙드레는 재빨리 계산을 해봤다. 그의 기사는 다음 날 나오기 때문에 비밀을 지키는 것은 더 이상 의미가 없었다. 이런 상황에서는 자신이 아는 것을 말하는 게 현명했다. 그렇지 않으면 그녀는 그를 비난할 수 있었다. 뭐라고요? 알고 있었으면서 내게 아무것도 말해 주지 않았다고요……?

「기요토 씨는 앞으로 큰 고초를 겪게 될 거예요…….」

마들렌은 엄청난 흥미를 느끼는 것처럼 눈을 크게 떴다.

「그의 이름이 당신 삼촌과 같은 리스트에 들어 있어요. 그도 경찰 수사의 표적이 될 거예요.」

「네? 쥘 기요토라고요? 우리가 아는 그 사람이 맞나요?」

말의 내용과 모순되는 그 억양이 그녀의 목소리에 다시 나타났다. 마치 자신이 이미 보유하고 있는 어떤 정보 앞에서 놀라는 시늉을 하는 것처럼.

「그런데 앙드레, 그걸 어떻게 알게 됐죠? 아, 미안해요, 정보원 보호의 의무가 있었지…….」

어떤 익명의 편지를 통해 이 사실을 알게 되었다고 말하는 것이 과연 의미가 있을까?

마들렌은 지금 그녀의 삼촌이나 쥘 기요토의 이야기를 통해 그에게 다른 것을 말하고 있는 게 확실했다. 저 순진한 척하는 반응 뒤에서, 그녀는 과연 무엇을 말하고 싶은 것일까?

「앙드레, 난 곧바로 디저트를 들겠어요. 당신은요?」

뒤프레는 작업 테이블 위에서 유리잔 하나를 손수건으로 감싸 들고 밝은 곳에서 자세히 살핀 다음, 자신의 세일러 백에 집어넣었다. 그러고 나서 서랍장의 두 번째 서랍을 열었고, 물소가죽 채찍을 꺼내 가져온 큰 종이 봉지에 담았다.

그런 다음 들어올 때와 마찬가지로 아파트를 나왔다. 다시 말해, 나와서 아주 조심스럽게 문을 닫았다.

셔벗을 다 먹은 마들렌은 입가를 살짝 닦았다.

「이렇게 만난 김에, 당신에게 조언 좀 하나 부탁해도 될까요, 앙드레?」

「글쎄요, 나는 조언을 즐기는 편이 아니라서…….」

「미래의 신문사 사장님에게 의견을 묻지 못한다면, 대체 누구에게 물어야 하죠?」

그녀는 이 말을 하면서 언성을 약간 높이지 않았나?

「폴에 대한 문제예요.」

이 이름은 앙드레를 얼어붙게 했다. 이제 분명했다. 백 퍼센트 분명했다. 오늘 저녁 이 이름들을 하나하나 꺼낸 목적은 단하나, 폴 얘기를 하기 위해서였다. 그의 얼굴이 창백해졌다.

「당신이 우리를 찾아와서 그 불행한 일이 일어난 이후 무슨일이 있었는지 아세요……? 그러니까 폴이 끔찍한 악몽을 꾸다가 소스라치듯 깨어났던 그날, 기억하시죠? 아, 그러니까, 그런 악몽들이 정기적으로 계속 그 애를 찾아왔을 뿐만 아니라(지금까지도 그래요!), 그게 언젠지는 알 수 없지만, 훨씬 전부터 시작되었다는 생각이 들었어요. 당신은 당신이 우리 집에…… 그러니까 거기 있을 때 그 사실을 알고 있었나요?」

앙드레는 목이 바짝 타들어 갔다. 이제 무슨 일이 일어날 것인가? 폴의 악몽들…… 폴과 함께 지냈던 시절, 그게 언제 적얘기인가? 아직도 그 일로 자책해야 한단 말인가? 가만, 그 꼬마가 지금 몇 살이나 됐지? 그렇게나 까마득한 옛날 일을 다시꺼낼 필요가 있단 말인가?

「나로서는 거기에 대해 뭐라고 얘기하기가…… 그러니까 내말은…….」

「앙드레, 난 지금 당신에게 묻고 있는 거예요. 왜냐하면 당신은 폴을 잘 알고 있었으니까.」

그녀는 큼지막한 미소를 지으며, 그를 똑바로 쳐다보았다.

「당신은 그 애의 가정 교사였으니 당신만큼 폴을 내밀하게아는 사람은 없었어요, 앙드레.」

그녀는 문장 사이에 아주 미세한 침묵을 두었다.

「당신은 그 애를 몹시 귀여워했고, 그 애를 아무런 사심 없이, 아주 정성껏 보살펴 주었죠. 그래서 당신에게 의견을 묻는 건데, 할 말이 없다면 하는 수 없죠, 뭐. 이제 우리가 헤어질 시간이 되었으니(즐거운 저녁 시간 보내게 해줘서 정말 고마워요), 말해 주고 싶은 게 있어요. 난 당신이 내 아들에게 어떤 사람이었는지 다 알고 있어요. 당신이 그 애에게 한 모든 일을 다 알고 있죠. 그리고 분명히 말하는데(그녀는 마치 그들이 아직도 연인인 것처럼 그의 손목을 살며시 잡았다), 그런 선행들은 절대로 그냥 사라지지 않는 법이죠.」

뒤프레는 르 랭시 시청까지 택시를 타고 가서 거기서부터는 걷기 시작했지만, 짙은 안개 때문에 방향을 잡기가 쉽지 않았다. 전방 40미터까지는 어느 정도 보였으나, 그다음부터는 형체들이 흐릿했다. 기사에 따르면, 과학 수사대 소속 경찰관들은 다음 날 새벽 현장에 도착할 것이고, 르 랭시 경찰이 집의 앞뒤에 보초를 세울 여력이 있을 가능성은 크지 않다고 생각했는데, 이는 사실로 확인되었다.

계단 네 개로 된 현관 층계 위에 차양이 드리워져 있고, 규석으로 만들어진 허름한 외관의 단독 주택은 문이며 창문들이 밀랍으로 봉인되어 있고, 시에서 달아 놓은 공고문은 무단 침입자는 징역형에 처해진다고 경고하고 있었다. 뒤프레는 재빨리 철책을 넘은 다음, 집을 빙 둘러서 뒤쪽의 정원까지 갔다. 이쪽의 입구들도 밀랍 봉인되어 있었다. 2층을 주의 깊게 살핀 그는 처마 밑의 둥근 채광창을 선택했다. 그는 헛간 문을 열고 사다리 하나를 꺼낸 뒤, 그걸 기어 올라가서 팔을 쭉 뻗어 어떤 유연한 쇠꼬챙이로 곁쇠질해 채광창 여는 작업을 시작했다. 두 번이나 사다리에서 떨어질 뻔했으나 마침내 잠금장치가 딸깍 하면서 풀렸다. 뒤프레는 연장을 배낭에 집어넣고, 배낭을 등에 단단히 멘 다음, 팔의 힘만으로 돌로 된 테두리로 몸을 끌어 올렸다.

그는 화장실 타일 바닥 위로 뛰어내렸다. 신중을 기하기 위해 움직이지 않은 채 몇 분 동안 귀를 기울인 그는 신발을 벗고 장갑을 낀 뒤 집 안을 돌아 보기 시작했다.

방 두 개에서는 밀폐된 공간 특유의 퀴퀴한 냄새가 났다. 거기는 사람이 사는 방이 아니었지만, 서랍들이 모두 열리고, 서랍 안은 어지럽혀 있었다. 복도 바닥에는 말라붙은 핏자국들이 이어지고 있어, 그는 그것들을 철저히 피해 가며 움직였다.

살해된 여자의 방에서는 몸싸움이 있었던지, 침대 머리맡의 작은 탁자가 넘어져 있고, 스탠드가 바닥에 부서져 있었다. 살해범은 식칼을 들고 젊은 여인을 쫓아갔던 것일까? 그녀는 손에 잡히는 대로 그의 얼굴에 던지며 도망가려 했던 것일까? 그녀는 이미 부상당한 상태였을까?

서랍들은 텅 비어 있었다. 벽장들 안의 옷과 속옷들은 뒤진 흔적이 역력했다. 조그만 화장실 안에는 면도 비누도, 백반도, 면도칼도 없었다. 서랍 하나를 엎어 쏟아 놓은 잡동사니 가운데다 뒤프레는 그의 세일러 백에서 꺼낸 낡아 빠진 만년필 하나와 오래된 잉크병 하나를 내려놓았다. 그러고 나서 벽장에 실내 가운 한 벌을 걸어 놓은 뒤 호주머니에 둥글게 뭉친 종이 한 장을 쑤셔 넣었다.

그는 손전등을 켜고 서랍장으로 다가가 비스듬히 불을 비춰 표면을 살폈다. 천 조각으로 닦아 낸 흔적이 보였다. 잘된 일이었다. 그 친구가 모든 것을 깨끗이 닦아 놓아 뒤프레로서는 할 일이 줄어든 셈이었다. 그는 문손잡이도 살폈다. 닦여 있었다. 문틀도 닦여 있었다. 층계 난간도 마찬가지였다. 그는 마틸드의 침실로 돌아와 배낭에서 유리잔 하나를 꺼내 침대 밑에 살며시 굴려 넣었다. 그런 다음, 한 계단 내려갈 때마다 더 두꺼워진 핏자국을 밟지 않도록 피해 가며 다시 1층으로 내려갔다.

응접실에서는 경찰이 시신을 발견한 위치가 분명히 식별되었다. 그는 무릎을 꿇고 마룻바닥을 살폈다. 발자국들이 보였는데, 살해범의 것은 아니었다. 자신의 지문을 시간을 들여 정성껏 닦아 낸 친구가 이렇게 희생자의 피를 마구 밟고 다니겠는가? 그렇다면 이건 경찰관들의 발자국이었다. 무엇보다 범죄 현장에서는 아무것도 건드리지 말아야 한다고 신문들이 노래하지만, 아무 소용 없었다. 여기도 다른 데나 마찬가지였고, 과학 수사대 요원들이 알아서 어떻게든 처리할 것이다. 그들은 일선 경찰서들에서 그다지 인기가 없었다. 그 실험실의 쥐들은 1년 내내 현장을 누비는 경찰관들에게 훈계를 늘어놓고 있는 것이다. 그들은 깡패들을 심문할 필요가 없었다. 이를 위해서는 보다 억센 다른 경찰관들이 필요했다. 족집게나 낙타 털 붓이나 현미경 나부랭이를 가지고 깨작거리지 않는 진짜 경찰관들 말이다······.

문 하나가 지하실로 통해 있었다. 벽을 따라 연장이며 철물 따위가 든 나무 바구니들이 놓여 있었다. 그것들 중 하나가 비어 있었는데, 뒤프레는 배낭을 열어 물소 가죽 채찍이 든 봉지를 꺼내 내용물을 그 안에 쏟았다. 그런 다음 청소 상태를 확인했다. 식탁, 닦여 있었다. 의자 등받이, 닦여 있었다. 찬장 윗면, 닦여 있었다. 벽장문, 닦여 있었다.

그는 여전히 까치발을 해서 다시 2층으로 올라왔다. 침대는 철제였고, 네 개의 침대 다리 위에 조그만 쇠공이 달려 있는 아주 흔한 모델이었다. 그는 쇠공들 중 하나를 돌려서 풀고는 델가가 준 편지를 돌돌 말아 침대 다리의 공간에 집어넣은 뒤 다시 쇠공을 돌려 조립했다. 그는 망설였다. 쇠공을 끝까지 돌릴 것인가, 말 것인가? 그래, 마틸드라면 그랬을 것이라고 생각해 끝까지 돌리기로 했다. 하지만 지나치게 조이지는 않았다.

뒤프레는 다시 신발을 신고 둥근 천창을 빠져나온 다음, 밖에서 창문짝을 잡아당겼다. 그는 그 유연한 쇠꼬챙이로 잠금 장치를 4분의 1바퀴 돌리는 데 성공했고, 그걸로 충분했다. 손목시계를 힐끗 들여다보니 새벽 4시가 지난 시각이었다.

한 시간 뒤면 가장 부지런한 노동자들이 집에서 나오리라.

그는 이제 귀가해야 할 시간이었다.

예심 판사가 오전 늦게 도착했을 때 집 안에는 사람들로 바글댔다. 바질 씨는 통통해 보이지만 억센 완력을 지녔고, 움직임이 많은 얼굴과 날카로운 눈빛의 소유자이며, 자신이 질문을 하면 반드시 대답이 나와야 하는 사내였다. 아주 까다로운 법관이라는 평판이 있었다. 그는 지금까지 무수한 사람을 체포했고, 한 명에게는 사형을, 여덟 명에게는 종신 노역 형을 안기는 빛나는 성과를 올렸다. 유능한 인물로 평판이 나 있었다.

그는 감식반원들이 현장에서 두 개의 서로 다른 지문을 채

취했다는 보고를 받았다.

그런 다음, 그는 생후 6개월가량 된 아기의 시신이 발굴된 정원으로 인도되었다.

「시신의 부패 정도로 보아 대략 1년 6개월 전에 일어난 일 같습니다.」

「이게 다가 아닙니다……」

경찰관은 정말로 난감해하는 표정이었다. 그럴 만했다.

판사는 원래 구겨진 것이지만 다시 반듯하게 펴서 탁자 위에 놓은 편지를 손으로 건드리지 않고 몸만 굽혀 읽어 보았다.

「이걸 어디서 발견했소?」

「여자의 벽장 속입니다. 남성용 실내 가운 호주머니 안에 들어 있었습니다.」

아주 난감했다.

판사는 생각 같아선 윗선의 의견을 묻고 싶었다.

「맙소사! 이봐요, 이 사건은 아주 조심해서 다뤄야겠어!」

세상을 시끄럽게 만들어도 안 되고, 시의적절치 못한 내용을 발표해서도 안 되며, 나중에 취소하게 될 발언을 해서도 안 되었다. 판사는 일이 잘못될 경우 아무도 기분 상하는 일이 없도록 자기 외에는 아무도 연루시키지 말고, 어떻게든 사건을 혼자 처리해야 한다는 것을 깨달았다.

두 개의 서로 다른 지문은 상황을 복잡하게 만들었지만, 판사의 생각은 네 군데에서 발견된 것 중 하나에 기울었으니, 다른 것과 달리 사건의 다른 요소들에 의해 뒷받침될 수 있기 때문이었다.

모든 것을 신중히 고려해 본 판사는 언론에 부분적인 정보만 제공하고, 첫 번째 장애물은 그냥 건너뛰기로 결정했다.

희생자의 침대 다리 속에서 발견된 남성적 필체의 편지는 이것이 젊은 여성이 또다시 낙태하는 것을 거부해 저질러진 살인이라는 가설을 확인해 주고 있다. 마틸드 아르샹보가 상황이 비극으로 치달을 경우를 — 그녀는 이것을 예감했는지도 모른다 — 대비해 거기에 숨겨 놓은 것으로 보이는 이 편지에서 살해범으로 추정되는 인물은 그녀에게 아이를 낳지 말라고 간청하고 있다. 그는 연인에게 애원하고, 협박하고, 또 이성적으로 행동할 것을 요구하고 있다. 수사관들에 따르면, 편지는 문장이 잘 다듬어진 것으로 보아 어느 정도 교육을 받은 사람이 쓴 것으로 짐작된다. 하지만 그는 표절도 서슴지 않았는데, 지난 8월 저명한 칼럼니스트 앙드레 델쿠르가 『수아르 드 파리』에 발표한 한 기사에 나오는 다음 표현을 그대로 가져다 쓰고 있었다. 〈모든 것을, 저주를, 운명을, 불행을 이기는 사랑……. 신이 창조한 모든 존재의 신성한 재산인 사랑.〉

파리에서 빨리 나오는 일간지들은 거의 새벽녘부터 판매되었지만, 앙드레는 오전이 끝나갈 무렵 전에는 신문을 읽지 않았다. 그는 규칙적인 생활은 장수의 비결일 뿐만 아니라, 제대로 된 인격의 상징이라고 공언하곤 했다. 그는 프랑스 대혁명이 일어났다는 소식을 들었을 때를 제외하고는 아침 산책의 규칙을 어긴 적이 없다는 칸트의 일화를 종종 언급했다(델쿠르, 칸트……. 독자들은 이 연결이 못마땅할지도 모르겠다).

「뭐라고요, 표절자가 있었다고요?」

그것은 『르 마탱』지의 1면에 실려 있었다. 〈살해범, 한 유명 칼럼니스트의 기사를 표절하다.〉 『르 프티 주르날』지도 같은 소식을 전했다. 〈살해범, 희생자에게 보낸 편지에서 카이로스의 칼럼을 그대로 베끼다.〉

「자, 이걸 한번 보세요! 한번 읽어 보세요!」 신문 가판대 주인이 말했다.

신문 창간을 불과 몇 주 앞두고 이런 무시무시한 범죄와 엮이다니!

다른 신문사들과 마찬가지로 이 사실을 당연히 알고 있을 『레벤망』지 편집국에서는 왜 그에게 연락하지 않았을까? 그는 집에 들르지 않고 곧장 신문사로 달려갔다.

사장은 파리에 없었다. 대신 전보 한 통이 그를 기다리고 있었다. 〈좋지 않은 홍보 — 스톱 — 이걸 멈추게 하게, 그렇지 않으면 난 더 이상 아무것도 책임지지 않을 걸세 — 몽테북살.〉

그렇다면 어떻게 해야 한단 말인가? 누구에게 연락해야 한단 말인가? 이게 벌써 일간지들에 실렸는데! 그래, 석간들에 반박 기사를 싣는 것, 이게 바로 해야 할 일이었다.

그리고 나타나지 않는 사장도 만나 봐야 했다.

그런데 대신 한 경찰관이 나타났다.

사회면 잡보에 불과했던 이 사건은 위치가 격상되었고, 르랭시의 경계를 넘어 수도에 입성했다. 예심 판사가 지명한 피셰라는 반장이었다. 독자들도 기억하겠지만, 귀스타브 주베르의 집에서 일어난 절도 사건 때 찾아왔던 바로 그 사람으로, 베이지색 외투를 걸치고, 입에서 시가의 지린내를 풍기고, 나이

들고 주름투성이에 구부정한 사내였다.

「하지만…… 대체 이 일이 나하고 무슨 관계가 있습니까?」

「물론 이 일은 당신과 아무 관계가 없죠, 델쿠르 씨! 그래서 이렇게 당신을 찾아온 거예요. 만일 당신이 마틸드 아르샹보를 모른다고 하시면…….」

「난 분명히 그렇게 말씀드릴 수 있어요!」

앙드레는 두리번거렸다.

「자, 이쪽으로 오세요.」

그들은 편집국의 복도에 있었는데, 거기서는 모두가 지나가면서 한마디 주워듣고 그걸 사방에 퍼뜨릴 수 있었다. 저널리즘의 생리를 너무나 잘 알고 있는 앙드레는 경계하지 않을 수 없었다. 그는 반장을 자기 사무실로 데리고 갔다. 경찰관은 외투를 벗지 않았다. 그를 방해하고 싶지 않고, 잠깐만 있다가 가겠다는 거였다.

「정말이지 너무 어처구니가 없네요!」 앙드레가 말했다. 「누군가가 사람을 죽이기 전에 내 문장 하나를 베꼈다고 경찰이 이렇게 신문사 사무실에 들이닥친다면……. 그리고 말이죠, 왜 나를 심문하는 거죠?」

피셰의 잔뜩 찌푸린 얼굴은 그게 바로 문제라고 분명히 표현하고 있었다.

「그래요, 그럴 이유가 전혀 없다는 걸 나도 인정합니다…….이것은, 말하자면 〈원칙적인 신중함〉이라고 할 수 있어요. 살해범은 어느 누구일 수도 있으니까요……. 무슨 말인지 알겠습니까?」

앙드레는 얼굴이 새파래졌다.

〈그렇다면…… 그게 나일 수 있다는 말인가? 내가…… 용의자란 말인가?〉

여비서가 오전 방문객들에게 늘 하는 대로 커피를 쟁반에 받쳐 들고 들어왔다. 그들은 그녀가 나갈 때까지 입을 다물었다. 앙드레의 두 손이 덜덜 떨렸고, 얼굴은 밀랍처럼 새하얬다. 그는 제대로 정신을 차리지 못하고 있었다. 커피 잔은 받침 접시 위에 놓이면서 쨍그랑 소리를 냈다. 무수한 범인들과 대면한 경험이 있는 피셰 반장은 여기 있는 이 사내가 이 범죄와 아무런 관계가 없다는 데 자신의 모가지를 걸 수 있었다. 그에게서는 결코 속일 수 없는 진실의 억양이 느껴졌던 것이다. 하지만 심문을 끝내야 했다.

「누군가가 당신의 말을 인용한 구절이 담긴 편지를 한 장 남겼습니다. 우리 입장에서 한번 생각해 보세요. 우리가 어떻게 해야겠습니까? 우리는 당신이 곧바로 의심에서 벗어날 수 있도록 해줘야겠죠.」

「네, 좋습니다.」 앙드레는 격심한 불안감에 잠긴 목소리로 대답했다. 「자, 그럼 빨리 끝냅시다. 뭘 알기를 원하시죠?」

그는 정신이 없는 가운데서도 만일 경찰이 곧바로 그의 혐의를 풀고, 석간들이 그 소식을 알린다면, 이 일이 해결될 거라고 생각했다.

「그럼 당신은 그 사람을 전혀 모른단 말이죠?」

「전혀요.」

「그녀는 르 랭시에 살고 있어요.」

「난 거기에 발을 디뎌 본 적도 없습니다.」

「살해범으로 추정되는 자는 수기 편지를 한 통 남겼어요.」

반장은 뭔가 생각하는 듯한 표정을 지으며 연필로 자기 머리를 긁었다.

「그러니까 말이죠…… 이 일을 끝낼 수 있는 가장 좋은 방법은 당신의 필적 견본을 우리에게 제출하는 것 아닐까, 하는 생각이 드는데…….」

앙드레는 경악했다. 그는 꼼짝도 못 하고 앉아 있었다.

「그냥 간단한 필적 비교를 위한 겁니다.」 반장이 설명했다. 「그게 끝나면 더 이상 이 일에 대해 아무 말도 안 할 거예요. 하지만 원하시는 대로 하세요, 꼭 써야 할 의무는 없으니까요.」

앙드레의 대뇌는 슬로모션으로 작동했다.

「내가 뭘 써야죠?」

그는 일어나 자신의 데스크로 가서 만년필을 집어 들었다. 그리고 기계적인 동작으로 종이 한 장을 꺼냈지만, 머리가 너무 혼란스러워 어떻게 해야 할지 알 수가 없었다.

「뭐라고 쓰든 상관없어요, 그냥 아무거나 쓰세요.」

앙드레는 백지를 내려다보았다. 거기에다 단순한 단어 하나를 쓰는 것이 마치 자백서를 쓰는 것처럼 현기증이 났다. 악몽이 따로 없었다. 그는 이렇게 썼다. 〈나는 이 사건과 아무 관계 없고, 경찰은 지금 당장 이 사실을 각 신문사에 알려 주기를 요구하는 바입니다.〉

「밑에다 서명도 해주시겠습니까? 그냥 형식적인 겁니다.」

앙드레는 서명을 했다.

「그럼 이만 가보겠습니다. 협조해 주셔서 감사합니다.」

「이 사실을 빨리 발표하실 거죠? 그렇죠?」

「아, 그럼요, 물론이죠.」

반장은 종이를 만족스럽게 내려다본 뒤, 정성스럽게 4분의 1로 접어서 외투의 안주머니에 집어넣었다.

「아, 그리고 또 한 가지…….」

앙드레는 몸이 딱 굳었다. 정말이지 이 상황이 너무나 끔찍했다……. 피셰는 창밖을 바라보며 턱을 긁었다. 뭔가 고민하는 표정이었으나 선뜻 말을 꺼내지 못했다. 앙드레는 그의 뺨을 후려치고 싶었다.

「지문이…….」

「무슨 지문요?」

「너무 전문적인 디테일들로 당신을 괴롭히고 싶진 않지만, 솔직히 필적 비교는 완전히 과학적인 방법이 아니에요. 우리가 쓰는 용어로 말하자면 그건 〈경험적인〉 거죠. 반면 지문은 백 퍼센트입니다!」

앙드레는 그 개념을 이해하고 있었지만, 자기에게서 대체 무엇을 원하는지 정확히 알 수 없었다. 그는 자신의 필적 견본 하나를 제출했다……. 그는 깨달았다……. 그렇다면 지금…… 내 지문을 요구하고 있는 건가……?

「도대체 내게 뭘 요구하는 거죠?」

「에, 그러니까 말이죠, 당신의 필적과 현장에서 발견된 편지를 비교해서 모든 사람이 이 두 개는 서로 아무 관계 없다고 동의하면, 판사는 이 사실을 각 신문사에 알리고, 당신에 관한 한 이 사건은 종결되는 거예요. 하지만 만일 누군가가 망설인다면, 그가 〈난 잘 모르겠는데? 이게 백 퍼센트 아니라고는 말하기 어렵겠는데……〉라고 한다면, 난 두 시간 뒤 여기로 다시 와야 합니다. 반면, 내가 당신의 지문을 가져갈 수 있다면, 실험실에서 현장에서 채취된 지문과 비교 작업이 끝나는 즉시 우린 결과를 발표할 거고, 그렇게 되면 이건 과학적인 거니까 더 이상 얘기할 건덕지가 없는 거죠, 이해하시겠어요?」

20분 뒤, 반장은 앙드레 델쿠르의 지문을 가지고 『레벤망』 편집국을 떠났다.

앙드레는 망연자실했다.

피셰는 그의 검지를 우악스럽게 틀어잡고는, 예고도 없이 손가락 첫마디를 종이 위에 대고 오른쪽과 왼쪽으로 마치 짓뭉개듯이 돌렸고, 그다음에는 중지와 엄지도 차례로 돌렸다. 앙드레는 잉크로 새카매진 손가락들을 내려다보았다. 필적 견본을 쓸 때는 자신이 용의자라는 생각이 들었다. 그러나 지문을 찍고 있으니 죄인이 된 것 같은 느낌이었다…….

경찰관에게 정신없이 휘둘린 것이다…….

그러지 말고 변호사를 불러야 옳았다. 그는 사무실을 나와 거리로 내려와서 호흡을 가다듬었다. 자, 침착해야 한다. 필적과 지문은 그의 혐의를 완전히 벗겨 줄 것이다.

이제 필요한 것은 이 사실이 아주 빨리 발표되는 것이었다.

그는 몽테북살에게 연락할까 말까 망설였다. 아니, 그것은 취소 성명문을 손에 쥔 다음에 할 일이었다.

그는 성큼성큼 걸었다. 그에 따라 결심이 굳어졌다. 이 공무원들은 그에 대해 선의를 품고 있는 것 같았지만, 시간을 질질 끌 위험이 있었다. 그런데 지금 그에게 가장 필요한 것은 바로 시간이었다. 이 일을 빨리 처리해야만 했다.

생전 처음으로 그는 지금까지 항상 피해 왔던 것, 즉 어떤 인맥에게 개입해 달라고 부탁할 준비가 되어 있었다. 하지만 시간이 흐르고 있었다. 그는 택시를 잡아타고 법무부로 가서 국장을 찾았다.

「오, 당신 말이 전적으로 옳아요, 앙드레. 우리가 가만히 있지 않을 거예요. 내가 직접 예심 판사를 부르겠어요. 그 경찰이 몇 시에 당신을 찾아왔다고요?」

「한 시간 전입니다.」

「그 시간이면 두 개의 지문을 비교하기에 충분해요! 아무리 늦어도 정오까지는 끝날 거예요! 내가 법무부 이름으로 취소 성명을 발표하라고 요구할게요. 오후가 시작되자마자요.」

「정말 감사합니다, 국장님. 적어도 국장님께서는 상황을 이해하시는군요…….」

「아, 물론이죠! 도대체 어떤 이유로 당신을 귀찮게 하는지 모르겠군요. 내가 아는 한, 자기 글이 인용되거나 표절되었다고 죄가 될 수는 없어요!」

9월 말이었다. 날씨가 아주 온화했다. 지난 며칠 동안 끼었던 안개도 완전히 걷혔다. 거리에는 여름의 마지막 온기가 숨을 쉬고 있었다. 나무들은 낙엽을 천천히 떨어뜨렸다. 앙드레는 안도했다.

오후 일과가 시작되는 2시나 3시에는 그의 혐의를 철회하는 내용이 발표될 것이다.

그는 한 우체국에 들어가서 전화를 걸었다.

「아주 골치 아프네, 이 일 말이야…….」 몽테북살이 입맛을 다셨다.

「두 시간 안에 성명서가 발표될 겁니다. 법무부가 저한테 분명히 약속했어요.」

「좋아, 어디 한번 보자고…….」

「전 피해자란 말입니다!」

「나도 알아, 하지만…… 이것은 이미지 문제야, 무슨 얘긴지 알겠나? 아무튼 법무무의 취소 성명이 나오는 대로 내게 보내 줘, 엉?」

이 대화는 그를 또다시 불안에 빠뜨렸다. 이미 패배한 싸움인 걸까? 그는 좀처럼 믿어지지 않았다.

이제 무엇을 해야 하나?

그저 기다리는 것 외에는 할 일이 아무것도 없었다.

모든 것을 내팽개치고 나온 집으로 돌아온 그는 오전 동안 일어난 많은 일을 되씹어 보았다. 힘이 하나도 없었다. 정확히 무얼 해야 할지 알 수 없고 답답하기만 했다.

배도 고프지 않았다.

그는 셔츠를 벗었다. 그저 펑펑 울고 싶었다.

데스크 위에 무릎 꿇고 앉기 전에 그는 서랍을 열었다.

심장이 쿵 하고 내려앉았다.

43

누군가가 문을 두드렸다.

채찍이 없어졌다는 사실에 당황한 앙드레는 급히 셔츠를 주워 들고 다시 소매에 팔을 꿰었다. 이상하다? 이렇게 문을 두드릴 사람이 없는데? 지금이 몇 시지? 너무 정신이 없어서 단추들이 손에서 자꾸만 빠져나갔다. 머리끝에서 발끝까지 전율이 찌르르 훑고 가면서 온몸이 얼어붙었다. 다시 노크 소리가 들렸다.

「무슨 일이오?」

그의 목소리는 마치 동굴 속에서 흘러나오는 것처럼 음산했다. 스산한 메아리가 울리고 있는데, 다른 목소리가 들렸다.

「나요, 선생! 피셰 반장이오!」

앙드레는 서랍 쪽으로 몸을 홱 돌렸다. 분명히 여기 있었는데…… 채찍을 다른 곳에 둔 적이 없는데…….

「당신에게 줄 서류를 하나 가져왔어요.」

오, 하느님! 경찰의 취소문이야! 이제 살았어! 그는 문으로 달려갔다.

「서류를 가져왔다고요?」

「자, 여기 있소.」

그것은 공식 문서였다. 앙드레는 읽어도 무슨 뜻인지 제대로 이해할 수가 없었다. 좀 더 단순하게 쓸 수도 있을 텐데 말이다. 형법 제122조. 바질 예심 판사. 그는 글 가운데서 취소 성명을 찾아보았지만, 보이지 않았다.

「그게 어디 있죠?」

「여기요.」 피셰 반장은 종이 가운데 부분을 검지로 가리키며 말했다. 「이것은 구인 영장이오. 판사가 당신을 보고 싶어 하니, 나랑 같이 갑시다.」

그는 좀처럼 생각이 정리되지 않았다. 그는 질문들을 쏟아냈다. 왜 날 보려고 하죠? 취소 성명은 발표됐나요? 어떤 문제가 있나요? 피셰 반장은 창밖만 내다볼 뿐 아무런 대꾸가 없었다. 마치 혼자 자동차를 타고 있거나, 귀머거리인 것처럼 행동했다.

이제 그는 긴 나무 의자에 앉아 있었다. 어떤 복도였다. 공무원들이 바삐 오갔다. 그들은 곧 데리러 올 테니, 앉아서 기다리라고 말했다. 하지만 아무도 오지 않았다. 그들은 그를 함부로 대했다. 앙드레는 너무 격렬해서 욕지기마저 일으키는 심장 박동을 가라앉히려 애썼다. 자신은 경찰의 취소 성명을 요구했고, 지금 그 대가를 치르고 있는 것이리라. 관리들은 누가 자기들에게 지시하는 것을 싫어하니까.

하지만 그 채찍은……. 도무지 풀리지 않는 수수께끼였다. 그걸 마지막으로 사용한 게 언제더라? 지난주였다. 베르트랑

광장에서 돌아와.

그는 몸이 딱 굳었다.

〈어떤 오지 사람들은…… 채찍으로…… 정말 야만인들이에요, 그렇게 생각하지 않아요?〉

그는 배 속에서 뭔가 욱하고 올라오는 것을 아슬아슬하게 참았다. 목구멍에 걸린 그것을 뱉어 내고 싶었다. 그는 옆에 누가 없는지 눈으로 찾아봤지만, 아무도 없었다.

여기서 좀 이동해도 되나? 복도 끝에 제복 차림의 순경이 한 명 서 있었다. 그는 마치 학교에서처럼 손을 들어 올렸다. 멀리서 순경이 안 된다고 고개를 저었다. 앙드레는 토사물 맛이 나는 침을 꿀꺽 삼켜야만 했다.

문이 열리고, 경비원이 나타났다.

「델쿠르 씨, 저를 따라오세요…….」

앙드레는 판사의 사무실에 들어섰지만, 판사는 그를 맞으려고 일어서지도 않았다. 앙드레는 몸을 홱 돌렸다. 문은 이미 닫혀 있었다.

「거기 앉아요.」 판사는 인사도 하지 않고 말했다.

여기서 앙드레 델쿠르는 아무런 존재도 아니었다. 그는 끔찍하게 겁이 났다.

오른쪽을 쳐다보니 창문이 조금 열려 있었다. 거기로 뛰어내리고 싶었다.

판사는 안경을 벗어 내려놓았다.

「델쿠르 씨, 긴 얘기 하지 않겠소. 당신은 마틸드 아르샹보 양을 살해한 혐의를 받고 있소. 즉…….」

「그건 말도 안…….」

판사는 주먹으로 탁자를 쾅 내리쳤다.

「닥치시오! 지금은 내가 얘기하고, 당신은 내가 묻는 말에 대답만 하는 거요! 무슨 뜻인지 알겠소?」

그는 대답도 듣지 않고 말을 이었다.

「……당신은 9월 23일 19시에서 9월 24일 6시 사이 발생한 마틸드 아르샹보 양 살인 사건의 용의자요.」

「9월 23일이라고요? 그게 언제죠?」

「지난주 토요일.」

「아, 난 그날 드 퐁탕주 부인 집에서 저녁 식사를 했어요. 그 자리에 스무 명이나 있었죠! 그건 저일 수가 없어요! 증인들이 있다고요!」

「그 저녁 식사가 다음 날 아침 6시까지 계속됐소?」

「어, 그러니까…….」

「이거 당신 글씨 맞소?」

판사는 그에게 편지 한 장을 내밀었다.

　내 사랑,

이것은 분명 그의 글씨였다.

　자기도 알겠지만, 얼마 후면 우리는 서로를 뜨겁게 사랑하며 살 수 있어. 난 지금까지 자기가 얼마나 많은 고통을 겪어 왔는지 잘 알아.

그의 글씨였지만, 그가 쓴 게 아니었다. 그는 결코 이런 글을 쓴 적이 없었다.

이제 우리는 마지막 시련을 앞두고 있어. 내 부탁을 들어달라고 다시 한번 간청할게. 너무나 순수하고 너무나 완전한 우리의 사랑에 그것을 끝내게 될 것을 부과하지 말아 달라는 말이야.

하지만 이 종이는 그의 것이었다.

너도 알잖아, 이제 몇 달만 있으면, 아니 몇 주만 있으면, 우린 그 무엇도 더 이상 우리를 나눌 수 없다고 온 세상에 외칠 수 있다는 걸 말이야.

그는 이렇게 천박하고, 이렇게 서툰 글은 절대로 쓰지 않았다. 절대로. 이것은 결코 그의 것일 수가 없었다.

사랑하는 자기야, 내가 더 이상 이런 말을 하지 않게 해줘……. 내가 자기를 얼마나 사랑하는지 아는 것처럼, 내 결심이 얼마나 확고한지도 잘 알잖아.

앙드레는 지금 읽고 있는 것에 좀처럼 집중할 수가 없었다. 다시 손이 덜덜 떨리기 시작했다.

모든 것을, 저주를, 운명을, 불행을 이기는 사랑……. 신이 창조한 모든 존재의 신성한 재산인 사랑에 대한 믿음을 나처럼 간직하길 바라.

　　너의

　　　　　　　　　　　　　　앙드레

「이 편지는 내 것이 아니에요.」

「종이는 당신 거고?」

「네, 내 거 맞아요, 하지만 모든 사람의 것이기도 하죠! 누구
든 원하면 살 수 있으니까요!」

「이것도 같은 거요?」

판사는 그에게 다른 종이 한 장을 내밀었다. 앞의 것과 같은
종이였는데, 그 위에 쓴 글씨는 의심의 여지 없이 그의 것이
었다.

　　존경하는 변호사님,

　　제가 송구스럽게도 이렇게 연락드리는 것은

　　제가 감히 이렇게 펜을 든 것은

　　변호사님께서도 우리의 공통의 친구를 통해 알고 계시리라
믿습니다만

　　제가 이렇게 변호사님께 연락드리는 것은

「이 편지는 당신 거요?」

「이거 어디서 났죠?」

「한 실내 가운 호주머니에서 발견되었소.」

판사는 일어서서 왼쪽에 위치한 탁자 쪽으로 두 걸음 옮겼
고, 앙드레가 너무나 잘 알고 있는 실내 가운을 멀리서 가리

켰다.

「저건 두 달 전 쓰레기통에 버린 거예요!」

「그럼 저게 아르샹보 양의 집에서 발견된 사실을 어떻게 설명할 거요? 우리는 거기서 이 만년필도 찾아냈고, 이 잉크병도 찾아냈소.」

「하지만 이것은 누구나 가질 수 있는 것들 아닙니까?」

「당신의 지문이 찍혀 있으면 그러기 힘들겠지.」

「그건 훔친 거예요! 내 집에서요! 누군가가 내가 없을 때 집에 들어와서 훔쳐간 거라고요!」

「경찰에 신고했소? 그게 언제요?」

앙드레는 얼굴이 딱 굳었다.

「판사님, 이건 음모입니다! 그리고 이게 누구 짓인지 알고 있어요!」

「당신의 지문은 희생자의 침대 밑에서 발견된 유리잔에도 묻어 있었소.」

「이 음모는 나를…… 화요일 저녁에, 리프 레스…….」

그는 갑자기 중간에 말을 멈췄다. 판사가 그의 채찍을 보여 준 것이다.

「여기서는 혈흔이 발견되었소. 혈액형은 희생자의 것이 아니었고. 혹시 이게 당신의 것일까? 의학적 검사를 해보면 이걸 사용하는 사람이 당신인지 확인되겠지…….」

살인 혐의를 추궁하는 말 가운데 추악한 행위를 비아냥대는 뉘앙스까지 섞여 들었다.

「만일 그리된다면 당신은 당신이 희생자와 가까이 지냈다는 사실을 부인하기 힘들겠지…….」

어리석은 일이었지만, 앙드레는 지금까지 자신에게 가해진 모든 질책보다 이 채찍이 더 부끄러웠다. 그는 고개를 도리도리 흔들었다. 아니에요, 이건 내 것이 아니에요……

「당신의 종이, 당신의 필적, 당신의 지문 네 건, 그리고 아주 확실해 보이는 당신의 혈액형. 당신을 마틸드 아르샹보를 살해한 혐의로 고발하는 바요! 특히 영아 살해를 포함한 다른 혐의들은 예단하지 않겠지만, 조사하면 알게 되겠지.」

44

마들렌은 탄산수를 마시고 있었다. 뒤프레는 천천히 커피를 홀짝대고. 그들은 대법원 건물의 커다란 층계에 시선을 고정한 채 한 시간 넘게 그러고 있었다.

날이 저물고 있었다.

센강 강변로의 시계는 저녁 6시를 가리켰다.

「저기 오네요…….」 뒤프레가 말했다.

마들렌은 곧바로 일어서서 보도로 걸어 나왔다.

거리 반대편에 앙드레 델쿠르가 제복 차림의 경찰관 두 명에게 둘러싸여 문이 열린 죄인 호송차 쪽으로 걸어가고 있었다. 얼이 빠지고 풀 죽은 얼굴의 그는 발걸음이 무겁고 어깨는 축 처져 있었다.

그는 그녀를 보았다. 그리고 걸음을 딱 멈췄다.

그의 입이 반쯤 벌어졌다.

「자, 어서 들어가!」 한 경찰관이 그를 호송차 안으로 밀어넣으며 말했다. 「서두르라고!」

이 장면은 1분도 지속되지 않았고, 호송차는 벌써 멀어져 가고 있었다. 호송차가 사라지자마자 마들렌은 자신이 끔찍하게 늙어 버린 것처럼 느껴졌다.

그것은 후회였을까? 아니, 그녀는 후회하지 않았다. 그녀는 왜 울었을까? 그녀도 이유를 몰랐다.

「혹시 내가…….」

「아니에요, 전혀 아니에요. 뒤프레 씨, 고마워요, 나 때문에 그래요, 이건…….」

「자!」 그녀는 감정을 추스르려고 말했다.

그녀는 미소를 지으려 했다.

「에, 그러니까, 뒤프레 씨…….」

「네?」

「이제 모든 걸 끝냈다고 말할 수 있겠네요.」

「네, 나도 그렇게 생각해요.」

「뒤프레 씨, 내가 당신에게 충분히 감사를 드렸나요?」

이 질문은 그를 오랫동안 숙고하게 만들었다. 그는 전부터 이 순간을, 이 결말을 생각해 왔지만, 어떻게 할지 준비하지는 못했다.

「네, 그렇다고 생각해요, 마들렌.」

「이제 어떻게 하실 건가요? 다른 일을 찾을 건가요?」

「네, 좀 더…… 조용한 뭔가를요.」

그들은 서로에게 미소를 지었다.

뒤프레 씨는 몸을 일으켰다.

그녀는 손을 내밀었고, 그는 그 손을 꽉 잡았다.

「고마워요, 뒤프레 씨.」

뭔가 상냥한 말로 대답하려 했지만, 마땅한 표현을 찾아내지 못했다. 하지만 말하지 않아도 알 수 있었다.

그는 카운터 앞에서 잠깐 멈춰 음료 값을 치른 뒤 돌아보지도 않고 떠나 버렸다.

오후 5시, 택시가 마들렌을 입구인 철책문 앞에 내려놓았다. 눈을 들어 간판을 쳐다본 그녀는 천천히 주차장을 가로지른 다음, 시멘트 계단을 올라가 문을 밀었다.

널찍한 탁자들이며 큼직한 들통, 증류기, 각종 용기, 실험관 따위를 잔뜩 들여놓았지만, 프레생제르베의 작업장은 너무나 넓어서 거의 비어 있는 것처럼 보였다.

블라디, 폴, 브로츠키 씨 모두 작업복 차림이었다. 또 모두가 머리에 위생모를 쓰고 있었는데, 약사가 이 점을 아주 중요시했기 때문이다.

차나무 향이 접착제, 송진, 뜨거운 유지 등을 연상시키는 냄새들에 파묻혀, 여기서 어떤 상쾌한 냄새가 나는 제품을 제조한다고는 상상하기 힘들었다.

「아! 어…… 엄마! 웨…… 웬일이야, 여기에?」

「이제는 더 자주 오게 될 거야. 그런데 얼마 안 되는 사이 아주 많이 변한 것 같구나!」

그녀는 모든 것을 알고 싶어 했고, 폴이 제조 공정에 대해 한 부분도 빠짐없이 설명해 주는 동안, 블라디와 브로츠키 씨는 그들끼리 독일어로 얘기했다.

「응, 좋구나…….」 마들렌은 그냥 이렇게만 말했다.

폴이 설명을 멈췄다.

「어…… 엄마…… 괘…… 괜찮아?」

「썩 좋지는 않아. 난 이제 그만 들어가 봐야겠다.」

「무…… 무슨…….」

「아무 일도 없어. 정말이야. 그냥 마음이 조금 답답할 뿐, 다른 일은 없어. 오늘은 일찍 잠자리에 들어야 할 것 같아. 내일부터는 모든 게 제자리로 돌아갈 테니, 걱정 마.」

그녀는 모두에게 인사하고, 폴에게는 키스를 했다.

그녀는 계단을 내려왔다. 몸에 힘이 없고, 가슴 한가운데 구멍이 뻥 뚫린 것 같았다. 이제 남은 것이라곤 디디고 살아가야 할 폐허를 바라보는 일뿐이었다.

그녀는 고개를 들어 올렸다.

공장 마당에서 자동차 한 대가 천천히 돌고 있었다.

차 문 앞에 이른 그녀는 머리를 숙여 차창 사이로 운전사를 들여다보았다.

「마들렌, 당신을 집까지 데려다주고 싶다는 생각이 들었어요. 시간이 늦었네요.」

그녀는 짧게 미소를 짓고는 차에 올랐다.

「네, 당신 말이 맞아요. 차로 귀가하는 게 훨씬 신중한 행동이죠. 고마워요, 뒤프레 씨.」

에필로그

앙드레가 체포되어 창간 계획이 어그러진 파시스트적 대형 일간지는 다시 일어서지 못했다.

필적 감정 전문가들의 싸움으로 뜨겁게 달궈진 이 델쿠르 사건의 심리는 18개월 넘게 지속됐으며, 결국 센도 중죄 재판소(거기서도 전문가들은 또다시 설전을 벌였다)는 앙드레에게 징역 15년 형을 언도했다.

1936년 1월 23일, 마들렌을 극도로 언짢게 만든 사건이 일어났으니, 마틸드 아르샹보의 거처에서 채취된 것과 완전히 일치하는 지문을 가진 질 팔리세라는 사내가 음주 상태에서 벌인 난폭 행위로 입건된 것이다.

허언증이 있고 삐딱한 성격이며, 자기 부모의 집에 얹혀사는 이 공영 전당포 직원은 금방 입을 열어 자신이 젊은 여인을 낙태시키고 살해한 사실을 실토했다. 결국 마틸드 아르샹보에게 연인이 두 명 있었다는 게 받아들여졌다. 연인이 아니었다고 생각하기엔 현장에 너무 많은 흔적을 남긴 델쿠르와 실제로 그녀를 살해한 팔리세 말이다. 언론은 사법부의 실수를 소리

높여 성토하기는커녕, 과학 수사대의 성과와 효율성에 경의를 표했다.

델쿠르는 곧바로 석방되었다.

마들렌은 이 사건의 결말을 지켜보면서, 뒤프레 씨로서는 도저히 진정시킬 수 없는 맹렬한 분노에 사로잡혔다.

앙드레 델쿠르는 석방된 지 한 달도 안 되어 사망했는데, 그의 죽음은 무수한 억측을 낳았다.

1936년 2월 20일, 그는 벌거벗겨져 두 손과 두 발이 침대의 네 다리에 묶인 채 시신으로 발견되었다. 부검 보고서에 따르면, 그는 당시 흔히 사용되던 수면제를 다량 삼키긴 했지만, 그의 죽음은 샅아구니에 부어진 상당량의 뜨거운 생석회가 초래한 거였다. 그는 아마 길고도 고통스러운 죽음을 맛보았을 것이다.

이 죽음의 정확한 상황은 영원히 밝혀지지 않았다.

귀스타브 주베르가 통과한 사법적 우여곡절은 또 다른 식으로 복잡했다. 국가반역죄라는 죄목은 이 시대에 상당히 모호한 개념으로, 어떤 법정에서보다 애국주의적 선언에 편리하게 쓰였고, 사람들이 이 말을 원용하는 것은 많은 경우 독일과의 긴장 관계 때문이었다. 나치 체제에 대해 큰 경계심을 드러냈던 어떤 이들은 프랑스의 단호한 결의를 보여 줄 수 있는 본보기적인 형벌을 부과하는 것에 찬성했다. 제3제국의 호전적인 의도들은 순전히 형식에 불과하므로 타협해야 한다고 생각한 다른 이들은 화친의 표시로서 무조건적 무죄 석방을 주장했다.

주베르의 아주 특별한 위치는 이 사건에 특별한 중요성을 부여하며 뜨거운 논쟁을 일으켰다.

얼마 안 가 재판은 혼란에 빠졌고, 긴 법적 전쟁이 시작되었는데, 이는 당시의 체제적 위기, 지도자들의 우유부단함, 모호한 대외 정책, 그리고 나중에 드러난 사실이지만, 제3공화국 선량들 대다수가 통찰력이 없었음을 잘 보여 준 일이라 할 수 있었다. 결국 〈국가 반역죄〉보다 더 신중한 것으로 여겨진 〈적과의 내통〉이라는 개념이 선호되었고, 1936년 주베르는 징역 7년 형을 선고받았는데, 감형받아 1941년에 석방되었지만, 그 이듬해, 한 신랄한 기자의 표현을 따르자면 〈그의 비행기들보다 훨씬 빠른〉 어떤 치명적인 암으로 사망했다.

이제 샤를 페리쿠르만 남았다. 그의 낙마를 초래한 스캔들은 금방 무마되었다. 지명된 88인의 판사를 보조하는 회계사라곤 고작…… 네 명에 불과했는데, 이는 심리를 지연시키고 불길을 가라앉히는 아주 효과적인 방법이었다.

우익 언론의 맹렬한 항의 앞에서 당국은 탈세자들의 신원 공개를 멈췄고, 이를 통해 일반 대중에게 그들의 분노를 체현할 수 있는 이름들을 박탈해 버렸다. 일부 언론은 침묵을 택해 스캔들을 아주 은밀한 단신 기사 몇 개로 처리해 버렸다. 다른 신문들은 반격을 택해, 그 끝없는 욕심으로 납세자들을 도발한 국세청을 다시금 비난하기 시작했다. 한마디로 스캔들은 점차 시그러졌고, 몇 달 지나자 더 이상 아무런 문제가 되지 않았다. 영국과 스위스 은행들은 그동안 속도가 늦춰지지도 않은 그들의 활동을 계속해 나갔고, 평범한 납세자들은 계속해서 특권층보다 상대적으로 더 많은 세금을 냈다.

샤를 페리쿠르는 위험에서 벗어났지만, 이 일로 인해 만신 창이가 되었다. 그는 오르탕스의 죽음이 준 충격에서 일어서 지 못했다. 그의 〈두 송이 꽃〉은 그가 예감한 대로 한 번도 결혼하지 못했고, 매우 혼란스러운 길을 걷다가 수녀원에 들어 갔지만, 거기서도 만족하지 못했다. 1946년 인도의 퐁디셰리로 떠난 그들은 아버지에게도 오라고 계속 종용해, 결국 그는 1951년 3월에 딸들의 청을 받아들였다. 거기서 그는 그의 〈순결한 꽃다발〉에 둘러싸여 이듬해 사망했다.

광고에 대한 폴의 조숙한 재능은 그의 미용 크림을 승승장구하게 했고, 이 성공에는 교묘한 라디오 광고 캠페인이 크게 일조했다. 〈젠장!〉이라는 광고 문구는 인기 있는 표현이 되어, 사람들은 말끝마다 이 표현을 썼다. 특히 여자들이 이 표현을 좋아했는데, 농담을 한다는 구실로 이 가벼운 욕설을 마음껏 내뱉을 수 있게 해주었기 때문이다. 페리쿠르사는 제품을 다변화시켜 나갔다. 폴 페리쿠르를 다룬 『르 프티 주르날 일뤼스트레』의 한 르포 기사는 그를 그냥 유명한 사람의 위치에서 전국적인 명사로 올라서게 했다. 사람들은 휠체어를 타고 다니고, 총명하고 진취적이면서도 겸손하며, 기자들과 만나면 (그의 얘기를 들어 줄 시간이 있을 경우) 솔랑주 갈리나토에 대해 열변을 토하며 대부분의 시간을 보내는 이 청년을 너무나 좋아했다. 그는 이 위대한 솔랑주 갈리나토가 죽기 직전 베를린에 간 것은 독일 제국의 힘에 도전하기 위해서였다고 주장하면서, 그녀가 어떤 방식으로 자신의 마지막 독창회를 반(反)나치 선언으로 만들었고, 독일 당국은 디바의 정신을 왜곡시키는, 따라서 이제는 박살 내야 할 거짓된 전설을 어떻게 날조해 냈는지 열정적으로 설명했다. 이 이야기를 한번 시작하면 아무것도 그를 멈추게 할 수 없었다. 모든 백과사전은 솔랑주 갈리나토에 대해 설명할 때 폴이 유포한 이 버전을 그대로 따르고 있다.

1941년, 그는 레지스탕스 운동에 참여했다. 1943년 게슈타포에 체포된 그는 휠체어에 앉은 채로 신문을 받아야 했다.

1944년 8월의 그 역사적인 날들 동안 그는 파리에 있었고, 거의 72시간 동안 휠체어와 창문과 소총을 떠나지 않았다.

레지스탕스 훈장, 해방 십자 훈장, 그리고 레지옹 도뇌르 훈장……. 폴은 이 모든 영예를 받아들였으나, 자신이 벌인 전쟁에 대해서는 함구했고, 그 어떤 참전 용사 협회에도 가입하지 않았다. 그는 이런 단체들을 통해 아들과 접촉하려고 애썼던 아버지를 결코 만나려 하지 않았다. 두 사람은 진정으로 같은 진영을 택한 게 아니었던 것이다.

약학에 대한 그의 관심은 칼립소 미용 크림이 성공한 후에도 계속되지는 않았다. 그에게 흥미로운 것은 제품들보다는 그것들을 파는 방법이었다. 그는 광고 일에 주력했고, 페리쿠르 광고 대행사를 창립했다. 그리고 한 미국 경쟁사의 상속녀인 글로리아 펜위크와 결혼해 뉴욕에 가서 살다가 다시 파리로 돌아왔다. 그는 아이들을 낳았으며, 광고 문구들을 만들어 큰돈을 벌었다. 그는 이 분야에서 아주 뛰어난 능력을 보여 주었다.

여러 가지 대안이 있었지만, 레옹스 피카르는 결국 카사블랑카에 가는 길을 선택했다. 그녀는 사방치기를 하다가 한 칸에서 발을 잘못 디디고는 놀이를 처음부터 다시 시작하는 계집 아이처럼 출발점으로 돌아가고 싶었던 것이다. 그녀는 로베르를 데려가지 않았는데, 그는 처음엔 몹시 놀랐지만 금방 회복되었다.

그녀는 왜 자신이 마들렌 장비에라는 이름을 선택했는지, 그 이유를 정확히 따져 보려 하지 않았다. 그녀는 몇 해 전 파리에서 그랬던 것처럼 거기서도 고객들을 찾아 나섰다. 하지만 하녀로 봉사할 어떤 부잣집 마님 대신 노르망디 출신 어떤 사업가를 만났고, 그와 결혼해 자식을 매년 한 명씩 다섯이나 낳았으며, 마지막 임신 후에는 몸이 엄청나게 불어 여러분은 그녀를 전혀 알아볼 수 없을 것이다.

아, 맞다, 블라디, 우리 블라디를 잊지 말자.

그녀는 그 동부선 철도 검표원과 결혼해 케슬러 부인이 되어 알랑송에 정착해 살았지만, 프랑스어는 한마디도 배우지 못했다. 그녀의 장남 아드리앵은 다들 알다시피 노벨 의학상을 수상했다.

마들렌과 뒤프레는 계속 존댓말로 대화했으며, 평생 그렇게 했다.

그는 그녀를 〈마들렌〉이라고 불렀다. 그리고 그녀는 마치 어떤 상인의 아내가 고객 앞에서 그러듯이 그를 〈뒤프레 씨〉라고 불렀다.

2017년 7월, 루데르그에서

내가 진 빚들

나의 스승 알렉상드르 뒤마에 대한 오마주인 이 작품의 제목은 아라공의 시(시집 『단장(斷腸)의 슬픔 *Le Crève-cœur*』[1941])에 수록된 「라일락과 장미 Les lilas et les roses」)에서 가져왔고, 현실의 몇몇 사실로부터 자유로이 영감을 받은 것이다.

귀스타브 주베르의 〈프랑스 르네상스〉는 물론 에르네스트 메르시에의 〈프랑스 재건 운동(1925~1935)〉에서, 빈터투어 은행 조합의 행위는 바젤 상업은행 탈세 사건(1932)에서, 『수아르 드 파리』의 행태는 〈돈만 밝히는 추악한 프랑스 언론〉(『뤼마니테』지에 실린 보리스 수바린의 시리즈 기사[1923])에서 그 요소들을 빌려 왔다. 쥘 기요토라는 인물은 『르 마탱』지의 사장이었던 모리스 뷔노바리야로부터 영감을 얻은 것이다.

만일 이 책에 〈진짜 역사〉와 동떨어진 부분이 있다면 그것은 전적으로 내 책임일 뿐, 내가 여기서 감사를 표하고 싶은 분들은 아무런 책임이 없다.

집필하는 내내, 카미유 클레레(내가 운 좋게도 그녀를 만날 수 있었던 것은 에마뉘엘 L. 덕분이었다)는 자신의 역사가로서의 재능과 순발력과 지식을 이 소설을 위해 사용했다. 내가 어떤 역사적 진실을 왜곡할라치면, 그녀는 내게 그 사실을 알려 주었다. 내가 대담하게 나가기로 마음먹으면, 그녀는 그 위험한 기도를 격려해 주었다. 그녀와의 협력은 너무나 훌륭하게 이뤄졌다.

나는 이 소설의 배경이 되는 시기의 역사가들에게 상당한 빚을 지고 있으며, 특히 파브리스 아바드, 세르주 베른스탱, 피에르 밀자, 올리비에 다르, 프레데리크 모니에, 장프랑수아 시리넬리, 유진 웨버, 미셸 비노크, 시오도어 젤딘에게 그러하다.

당대 재계와 정치계에 대한 흥미진진한 저서인 장노엘 잔느네의 『숨겨진 돈 *L'Argent caché*』은 내게 대체 불가능한 요소들을 제공했으며, 니콜라 들랄랑드의 『세금 전쟁 *Les Batailles de l'impôt*』도 마찬가지로, 조세 탄압과 관련된 샤를의 아이디어들 대부분은 여기서 나온 것이다. 그리고 크리스토프 파르케의 작업(「탈세와의 싸움: SDN의 실패 Lutte contre l'évasion fiscale: l'échec de la SDN」) 덕분에 이것들을 보완할 수 있었다. 또 탈세와 관련해 세바스티앵 겍스의 뛰어난 기사(「1932년: 탈세 사건과 에리오 정부 1932: l'affaire des fraudes fiscales et le gouvernement Herriot」)도 많이 참고했다.

또 다른 영역에서는, 제르멘 라모스의 소설 『악덕의 시장 *La Foire aux vices*』에서는 돈만 밝히는 언론의 행태와 관련해 많은 정보를 얻었으며, 당시의 의회제도와 관련해서는 로베르 드 주브넬의 『친구들의 공화국 *La République des camarades*』의 도움이 컸다.

당시 일간지들은 항상 내게 도움이 되었으며, 특히 칼럼니스트들(B. 제르베즈, L. A. 파제스, P. 르부, C. 보텔, J. 뱅빌, G. 상부아쟁 등)의 글들, 『르 피가로』지의 프랑수아 코티의 기사들, 그리고 『르 마탱』지의 박스 기사들과 『르 프티 주르날』의 M. 들라팔리스의 칼럼들이 그랬다. 〈프랑스는 독재자를 원하는가?〉는 1933년 3월 『르 프티 주르날』지에 발표된 장문의 설문 기사의 제목이다. 이 자료를 비롯해 다른 많은 자료와 관련해, 프랑스 국립도서관 데이터베이스 갈리카Gallica를 관리하는 전문가 여러분께 감사를 표하며, 이분들의 작업 여건이 개선되기를 소망한다.

폴란드어 번역은 내 작품의 탁월한 번역가인 요안나 폴라호프스카가 해주었고, 독일어 번역은 로라 클라이너의 도움을 받았다.

장노엘 파시외는 제트 엔진의 역사에 대해 매우 유용한 설명을 제공했다. 참을성 있게 도와주신 그에게 감사를 드리며, 이 작품에서 기술적으로 엉성한 부분들에 눈을 감아 준 제라르 아르트만에게도 마찬가지다. 에르베 다비드는 나를 도와 폴이 축음기에 대한 열정에 빠져들 수 있게 해주었고, 매혹적인 파리 축음기 박물관은 나를 이 분야에 입문할 수 있게 해주었다. 경이로운 축음기의 보고(寶庫), 파리 포노갈르리의 잘랄 아로는 내게 모자란 부분을 완벽히 메워 주었다.

이 작업을 하면서 내 머릿속에는 종종 다른 데서 온 것들이 떠오르곤 했으니, 우리가 쓰는 것 중에서 진정으로 우리에게 속한 것은 아무것도 없는 까닭이다. 예를 들어 솔랑주 갈리나토가 이제부터는 앉아서 노래를 부르게 될 거라는 사실을 설명해야 할 필요가 있었을 때, 나는 빅토르 위고가 샤를 미리엘의 소명의 신비에 대해 따져 보는 부분(〈그리고 나서 미리엘 씨의 운명 가운데 무슨 일이 일어났던 것일까? 옛 프랑스 사회의 붕괴는……〉)을 떠올렸다. 그 모든 것을 시시콜콜 밝히는 것은 유식한 체하는 모양새가 될 것 같아, 여기서는 대략적인 리스트만 알파벳순으로 제공하기로 한다. 루이 아라공, 미셸 오디아르, 마르셀 에메, 샤를 보들레르, 솔 벨로, 엠마뉘엘 카레르, 조르주 브라상, 아이비 콤프턴버넷, 앙리조르주 클루조, 알렉상드르 뒤마, 알베르 뒤퐁텔, 귀스타브 플로베르, 윌리엄 개디스, 알베르토 가를리니, 장 지로두, 루이 기유, 사샤 기트리, 빅토르 위고, 장 조레스, 켄 키지, 앙드레 말로, 윌리엄 매킬배니, 래리 맥머트리, 노르주, 피에르 페레, 마르셀 프루스트, 요제프 로트, 클로드 쇼프, 스탕달, 윌리엄 새커리, 레프 톨스토이, 트레바니앙, 카미유 트뤼메르, 야코프 바서만.

역사 분야에서 나의 공모자였던 제랄드 오베르, 그리고 나탈리, 카미유 트뤼메르, 페린 마르겐, 카미유 클레레, 솔렌, 카트린 보조르강, 마리가브리엘 등 나의 주의 깊은 독자들에게 감사드린다. 그리고 포셀 뒤퐁텔과 알베르 뒤퐁텔에게도.

명쾌한 조언을 아끼지 않은 베로니크 오발데를 특별히 언급하고 싶다.

그리고 처음부터 끝까지 함께해 준 파스칼린도 빼놓을 수 없다.

옮긴이의 말

1940년 5월 10일, 나치 독일군은 프랑스를 전격적으로 침공한다. 유럽 최강을 자부하던 프랑스의 6백만 대군은 파죽지세로 진격하는 독일의 장갑부대 앞에서 모래성처럼 와해된다. 1천만에 가까운 프랑스인이 겁에 질려 남쪽으로 도주하는 가운데, 한 달 뒤인 6월 14일, 파리 턱밑까지 다가온 독일군은 항복하지 않으면 〈빛의 도시〉를 폭격하겠다고 위협한다. 6월 18일, 드골 장군은 런던으로 피신하고, 필리프 페탱이 이끄는 정부는 독일에 휴전을 요청하며, 1940년 6월 22일, 독일의 열차 안에서 굴욕적인 휴전 조약에 조인한다. 이제 프랑스의 절반은 독일의 손에 넘어가고, 프랑스는 점령군의 비용까지 대야 하는 비참한 처지로 전락했다. 6월 23일, 히틀러는 텅 빈 파리에 들어오고, 페탱은 비시에 괴뢰 정부를 수립한다.

한마디로 프랑스로서는 충격과 굴욕의 한 달이었다. 당시 위생병으로 참전했던 루이 아라공(1897~1982)은 이때의 격한 절망과 분노의 감정을 「라일락과 장미Les Lilas et les roses」(1940년 6월)로 표현하는데, 이 시에 나오는 표현 중 하나가 〈화재의 색〉이다. 피에르 르메트르는 이 책의 제목을 아라공의 이 걸작 시에서 가져왔다고 밝히고 있다.

화재의 색……. 어딘가에서 발생한 대형 화재로 밤하늘을 물들이는 검붉은 빛깔을 상상해도 좋으리라. 아라공의 시에서 〈화재〉는 당연히 참혹한 국가적 재난을 의미한다. 이 르메트르의 소설을 읽어 본 독자라면 왜 그가 이 책의 제목을 〈화재의 색〉으로 정했는지 금방 이해할 수 있을 것이다. 왜냐하면 어린 폴이 신문으로 읽었듯이 이 〈화재의 색〉은 나치가 지배하는 독일에서 유대인 박해와 분서(焚書) 등의 불길한 양상들로 벌써부터 나타나고 있었기 때문이다. 곧 시뻘겋게 불타 버릴 프랑스도 예외는 아니었으니, 이 책에 등장하는 탐욕에 미쳐 날뛰는 썩어 빠진 정치가, 사업가, 언론인, 지식인, 공무원, 그리고 〈자신이 강탈당하고, 가진 것을 빼앗기고, 도둑질당했다고 느끼는, 불만과 분노에 가득 찬 사람들〉이 일으키는 소요와 갈등과 혼란의 광경이 제2차 세계 대전이라는 파국을 앞둔 1920~1930년대의 프랑스에 나타난 〈화재의 색〉일 것이다.

그렇다면 이 거대한 역사적 프레스코화를 통해 작가는 과연 무엇을 말하고 싶은 것일까? 이 소설이 그리는 시대로부터 거의 백 년이 지났지만 그때와 기이할 정도로 유사한 요즘 세상에 어떤 사회적 메시지를 던지고 싶은 것일까? 하지만 50대 후반의 늦은 나이에 작가로 데뷔해 공쿠르상이라는 대상을 받고 지금은 가장 명성 높은 프랑스 작가 중 하나가 된 피에르 르메트르의 생각은 보다 겸허하며, 보다 냉철하다. 당신의 소설을 통해 어떤 사회적 변화가 일어나길 바라느냐는 어느 기자의 질문에 르메트르는 이렇게 답변한다.

「깊은 사회적 변화를 초래하는 소설은 그리 많지 않을 것입니다. 사회적인 차원에서 무언가를 바꿀 수 있게 해주는 것은 개개의 소설들이 아니라, 문학이라는 활동입니다. 문학은 독자들의 세계관을 확장시켜 줌으로써 그리하는 것이죠. 나는 어떤 거창한 메시지를 제시하는 사람이 아니라, 그저 한 명의 소설가일 뿐입니다. 하지만 나는 군이 내 생각을 감추지 않으며, 내 작품을 읽는 사람은 누구든 내가 전달하고 싶어 하는 가치들이 무엇인지 알아챌 수 있을 것입니다.」 (문학 전문 사이트 〈레트르 잇 비Lettres it be〉와의 인터뷰에서)

이 소설 『화재의 색』에서 작가가 그리는 20세기 초반의 사회는 지금 우리가 살고 있는 21세기의 세상과 너무나 닮았기 때문에 그의 고발은 더욱 통렬하고, 그가 전달하는 가치들은 깊은 울림으로 다가오며, 바로 이런 점에서 이 작품은 〈온고이지신(溫故而知新)〉이라는 역사 소설의 미덕을 훌륭하게 구현한다고 하겠다.

하지만 이 책은 결코 무겁고 딱딱하지만은 않은데, 그것은 물론 더없이 흥미진진하고 맛깔스러운 마들렌의 이야기 덕분이다. 근본적으로 남성이 지배하는 사회였던 1930년대 프랑스에서 한 여자가 음험하고도 무자비한 폭력의 희생자가 되었을 때, 그녀가 할 수 있는 일은 과연 무엇인가? 그녀는 어떻게 복수하고, 또 어떻게 자신의 욕망들을 실현할 수 있는가? 많이 배우지도 못하고 별로 예쁘지도 않지만 그 누구보다 힘차고 꾀바른 여자, 마들렌은 자신의 수중에 있는 카드를 모두 사용해 통쾌한 복수를 이어 나간다. 작가는 알렉상드르 뒤마를 〈나의 스승〉이라고 부르는데, 아닌 게 아니라 이 소설은 뒤마가 쓴 복수 소설의 고전 『몬테크리스토 백작』을 여러모로 연상케 한다. 자신을 생의 나락으로 떨어뜨린 아주 못돼 먹은 원수들을 하나하나, 마치 손톱으로 이를 한 마리 한 마리 꾹꾹 눌러 죽이듯 철저하게 응징해 가는 모습은 시원하다 못해 등골이 서늘할 정도다. 이는 작가가 일련의 걸작 스릴러 소설들을 통해 이야기꾼으로서의 역량을 충분히 키워 왔기에 가능하지 않았나 싶다.

한마디로 묵직한 사회적 메시지와 소설적 재미를 가득 담고 있는 이 늦깎이 〈대가〉(우연히도 〈르메트르Lemaitre〉는 프랑스어로 〈대가le Maître〉라는 뜻이다)의 또 하나의 걸작에 진심으로 〈브라보!〉를 외치고 싶고, 그가 약속한 3부작 〈재난의 아이들Les Enfants du désastre〉의 마지막 작품이 너무나 기대되는 바다.

참고로 공쿠르상을 수상한 그의 전작 『오르부아르』와 이 『화재의 색』은 3부작의 첫 번째와 두 번째 작품으로 나온 것인데, 〈레트르 잇 비〉와의 인터뷰에서 그는 세 번째 작품의 제목은 『우리 고난의 거울Miroir de nos peines』이며, 『오르부아르』에 등장하는 에두아르의 그 꼬마 연인 루이즈가 주인공이 될 거라고 귀띔하고 있다.

2019년 3월
파주에서
임호경

옮긴이 **임호경** 서울대학교 불어교육과를 졸업했다. 파리 제8대학에서 문학 박사 학위를 취득했으며, 현재 전문 번역가로 활동하고 있다. 옮긴 책으로는 피에르 르메트르의 『오르부아르』, 『사흘 그리고 한 인생』, 요나스 요나손의 『셈을 할 줄 아는 까막눈이 여자』, 『창문 넘어 도망친 100세 노인』, 베르나르 베르베르의 『신』(공역), 『카산드라의 거울』, 조르주 심농의 『리버티 바』, 『센 강의 춤집에서』, 『누런 개』, 『갈레 씨, 홀로 죽다』, 앙투안 갈랑의 『천일야화』, 로렌스 베누티의 『번역의 윤리』, 스티그 라르손의 〈밀레니엄 시리즈〉, 파울로 코엘료의 『승자는 혼자다』, 기욤 뮈소의 『7년 후』, 아니 에르노의 『남자의 자리』 등이 있다.

화재의 색

발행일 2019년 4월 10일 초판 1쇄

지은이 피에르 르메트르
옮긴이 임호경
발행인 홍지웅·홍예빈
발행처 주식회사 열린책들

경기도 파주시 문발로 253 파주출판도시
전화 031-955-4000 팩스 031-955-4004
www.openbooks.co.kr

이 도서의 국립중앙도서관 출판예정도서목록(CIP)은 서지정보유통지원시스템 홈페이지(http://seoji.nl.go.kr)와 국가자료공동목록시스템(http://www.nl.go.kr/kolisnet)에서 이용하실 수 있습니다.(CIP제어번호: CIP2019008105)